Wolfgang Menzel

Der deutsche Krieg im Jahre 1866, in seinen Ursachen, seinem Verlauf und seinen nächsten Folgen

Zweiter Band

SALZWASSER VERLAG

Wolfgang Menzel

Der deutsche Krieg im Jahre 1866, in seinen Ursachen, seinem Verlauf und seinen nächsten Folgen

Zweiter Band

1. Auflage | ISBN: 978-3-75254-121-2

Erscheinungsort: Frankfurt am Main, Deutschland

Erscheinungsjahr: 2021

Salzwasser Verlag GmbH, Deutschland.

Unveränderter Nachdruck der Originalausgabe von 1867.

Der

Deutsche Krieg

im Jahr 1866.

Zweiter Band.

Der Deutsche Krieg im Jahr 1866,

in seinen Ursachen, seinem Verlauf und seinen nächsten Folgen.

Dargestellt

von

Wolfgang Menzel.

In zwei Bänden.

Zweiter Band.

Stuttgart.
Verlag von Adolph Krabbe.
1867.

Inhalt des zweiten Bandes.

Dreizehntes Buch.

Die Eroberung Hannovers und Kurhessens durch die Preußen.

Das wunderbare Schauspiel, welches Friedrich der Große vor 110 Jahren in Sachsen aufgeführt hatte, sollte sich jetzt in Hannover wiederholen. Eine ganze, Oesterreich verbündete Armee wurde von den rasch vordringenden Preußen gefangen genommen, weil Oesterreich und seine Verbündeten zu langsam waren.

Der blinde König Georg V. von Hannover hatte den ganzen Trotz des uralten Welfengeschlechtes geerbt und da er nicht sehen, nicht lesen konnte und sein Urtheil nur durch die Camarilla geleitet wurde, darf es nicht in Erstaunen setzen, wenn seine Politik so blind war wie seine Augen und ihn in den Armen falscher Freunde zum Abgrund hinführte. In blindem Vertrauen auf den „Stern Oesterreichs" ließ er sich durch die fanatischen Anhänger der österreichischen Politik in seiner nächsten Umgebung (Graf Platen, von Brandes, Meding, Onno Klopp) zur Kriegserklärung gegen Preußen fortreißen. Vergebens mahnte ihn der König von Preußen in persönlichen, durchaus nur Wohlwollen bezeugenden Briefen von diesem Schritt ab und gewährleistete ihm seinen Thron, seine Unabhängigkeit, den Besitz seines Landes unter der Bedingung, daß er dem preußenfeindlichen Bundesbeschluß nicht beitrete, nicht für Oesterreich waffne, sondern sich dem von Preußen vorgeschlagenen Bunde anschließe. Der blinde König vergaß, wie nahe sein Königreich an Preußen grenzte und wie fern noch die österreichische Hülfe für ihn war. Auch über die militärische Stärke Preußens scheint die Camarilla ihn getäuscht zu haben. Genug, er erklärte Preußen den Krieg, bedrohte Preußen, während es gegen Oesterreich zu Felde zog, im Rücken, ehe er nur Zuzug von seinen Bundesgenossen erhielt, und setzte mithin sein armes Land in der unbesonnensten Weise den schrecklichen Schlägen aus, die ihm Preußen in berechtigter Nothwehr versetzte.

Man erfuhr, Graf Münster habe dem König die besonnensten Vorstellungen gemacht, sey aber dafür bei Hofe auf die undankbarste Weise beschuldigt worden, er wolle Hannover an Preußen verkaufen. Der Adel befand sich der Mehrheit nach in derselben Verblendung wie der Hof und verhöhnte die Männer, die es ehrlich mit dem König und dem Lande meinten. Als Bennigsen in der Kammer ausgerufen habe, vielleicht würden schon in 14 Tagen die Kanonen reden und nicht nur Ministerien gestürzt, sondern auch Dynastien vertrieben werden, hätten die Ritter nur gelacht.

Das Verhalten des Königs sollte nicht einmal den Ruhm unerschütterlicher Festigkeit behaupten, denn im preußischen Staats-Anzeiger las man eine Note, welche der frühere hannoversche Bevollmächtigte, von Stockhausen, in Berlin überreicht und worin Hannover gradezu seine Neutralität zugesagt hatte, während es zugleich mit Oesterreich unterhandelte, sich Oesterreich ganz hingab und bald darauf dem verhängnißvollen Bundesbeschluß beistimmte, der den Krieg zur Folge hatte. Ja es rüstete zum Kriege mit Preußen, ohne nur die Neutralitätserklärung vom 14. Mai zurückgenommen zu haben.

Nachdem der Bundesbeschluß vom 14. Juni den kriegerischen Plan Oesterreichs und der Mittelstaaten enthüllt hatte, vollendete Preußen, welches durch seine Armeereorganisation allerdings gut vorbereitet war, mit Blitzesschnelligkeit seine Rüstungen und zauderte keinen Augenblick, seinen Gegnern in der Kriegführung zuvorzukommen. Es hatte zwar beinahe seine ganze Kriegsmacht nach Böhmen geschickt und behielt nur wenige kleine Truppenkörper übrig, die überdieß noch zerstreut waren, allein es rechnete darauf, die Mittelstaaten weder concentrirt, noch in gehöriger Ausrüstung, noch unter guter Führung zu finden. Wie Dresden schon am 18. Juni von den Preußen besetzt wurde, so Hannover schon am 17. und Kassel am 18., und überall ohne Widerstand.

In Hannover hatte der König grade noch Zeit, seine Kostbarkeiten nach England zu schicken und mit dem Kronprinzen und den etwa 18,000 Mann starken Truppen südwärts zu entfliehen. Er hätte das gar nicht nöthig gehabt. Er hätte sein Land behaupten können, wenn er mit ruhiger Ueberlegung und Vorbedacht gehandelt hätte. Er konnte die österreichische Brigade Kalik, die aus Holstein ins Hannöversche entwich, zurückbehalten und mit seinen eigenen Truppen vereinigen. Der preußische General Vogel von Falkenstein, der von Minden aus mit nur 17,000 Mann heranrückte, wäre dann viel zu schwach gewesen, um Hannover einnehmen zu können, und unterdeß konnten ihm die Bayern zu Hülfe kommen. Aber in Hannover hatte alles den Kopf verloren. Wollte die Regierung in engem Bunde mit Oesterreich Preußen bekriegen, so hätte sie auch wie Oesterreich selbst schon im Februar rüsten müssen, aber sie hielt nur die im Frühjahr zu Beurlaubenden zurück und erließ den Mobilisirungsbefehl erst am 14. Juni. Die Truppen konnten also nicht schnell und vollständig vereinigt, noch gehörig ausgerüstet werden. Im Norden des Königreichs blieben Garnisonen und reiche Vorräthe zurück, um in die Hände der preußischen Division zu fallen.

die unter General Manteuffel nach Vertreibung der Brigade Kalik ins Hannöversche einrückte und die Küstenplätze rasch einnahm. Am 17. Juni überfiel ein preußisches Bataillon, das sich bis vor die Stadt auf ein paar preußischen Kanonenbooten und einem Hamburger Privatdampfer eingeschifft hatte, die kleine Festung Stade. Die kecken Matrosen brachen zuerst das Thor auf, die Soldaten stürmten nach und nach einem kurzen Gefecht ergab sich die Garnison. Auch ein hannoversches Zollschiff wurde genommen und alle Stationen längs der Küste besetzt. Am 22. Juni capitulirte auch die Stadt Emden. Man schätzte das Kriegsmaterial, dessen sich Manteuffel hier bemächtigen konnte, auf zehn Millionen Thaler. In der Hauptstadt Hannover herrschte bei der übereilten Flucht des Königs und der Truppen ein fabelhafter Wirrwarr.*) Der König entfloh mit den Truppen zunächst nach Göttingen und verweilte hier bis zum 21., viel zu lange, da er ungleich schneller hätte Fulda erreichen sollen, wo damals nur zwei preußische Bataillone standen, die ihm den Weg nicht hätten verlegen können. Er ließ sich aber aufhalten, um geschwind noch die eilig einberufenen Reservisten an sich zu ziehen und noch Pferde zu kaufen. Dann ließ er sich durch falsche Gerüchte, die Straße nach Fulda sey nicht mehr sicher, verleiten, die Straße nach Eisenach einzuschlagen.

In der Stadt Hannover wagte der Pöbel einige Ungezogenheiten

*) „Weiber, Kinder, betrunkene Taglöhner sorgten für Wegschaffung der Militärgegenstände. Herr von Tschirschnitz, der Generaladjutant, hatte im Drange des Augenblicks sogar seinen Säbel zu Hause vergessen. Die Kriegsverwaltung hatte nichts vorbereitet und völlig den Kopf verloren. Soldaten wurden zum Bahnhof bestellt, ohne Beförderungsmittel zu finden. Auf telegraphische Anfragen an die Generaladjutantur erfolgte kein Bescheid. Da es an Militärpferden fehlte, wurden den benachbarten und zu Markte gekommenen Bauern ihre Pferde weggenommen.“ Der Bundesfeldzug in Bayern, Wenigen-Jena. S. 16.

gegen die einrückenden Preußen, die sich aber mit bewundernswürdiger Ruhe benahmen und die Ordnung schnell herstellten. Am gleichen Tage, an dem Falkenstein in Hannover einrückte, hatte General Manteuffel die kleine Festung Stade überrumpelt, rückte am 18. in Lüneburg ein und konnte sich schon am 19. mit Falkenstein vereinigen.

Unterdeß setzten sich die mit Preußen verbündeten norddeutschen Staaten, namentlich Mecklenburg und Oldenburg in Bereitschaft, den Preußen nachzurücken und als Reserve zu dienen.

Von Süden her rückte eine preußische Division unter General von Beyer aus Wetzlar am 16. Juni in Kurhessen ein und fand keinen Widerstand, konnte jedoch, weil die Eisenbahn zum Theil zerstört war, erst am 19. in Kassel eintreffen. Sie führte, wie alle preußischen Corps, das nöthige Geräth zur schnellen Wiederherstellung zerstörter Eisenbahnen mit sich und fing durch ein geschicktes Manöver auf der noch fahrbaren Strecke Kassel-Bebra bedeutende Kriegsvorräthe ab, welche den nach dem Main abgezogenen kurhessischen Truppen nachgeführt werden sollten. Der Kurfürst von Hessen hatte keine Miene gemacht, sein Land zu verlassen, sondern residirte auf der Wilhelmshöhe bei Kassel, bezeigte sich aber auch nichts weniger als geneigt, sich nunmehr Preußen anzuschließen, sondern trotzte in seiner alten Weise, bis ihn die Preußen auf Befehl ihres Königs am 22. in Verhaft nahmen und rasch mit der Eisenbahn nach Stettin beförderten, wo er einstweilen im alten herzoglichen Schlosse seinen Wohnsitz nehmen mußte.

Da dieser Fürst, wie seine nächsten Vorfahren, das abschreckendste Beispiel von Mißregierung gegeben hatte, durfte der in Kurhessen einrückende preußische General in seiner Ansprache an das Volk wohl andeuten, er bringe demselben bessere Tage.

Wenn sich die Hannoveraner frühzeitig genug mit den Kurhessen, die man zu 8000 Mann schätzte, und mit den Nassauern (5000 Mann) vereinigt und an den Main gewendet hätten, um vom 7. und 8. Bundesarmeecorps aufgenommen zu werden, oder wenn die beiden letztern rascher zu ihrem Schutz nach dem Norden aufgebrochen wären, so hätten sich diese concentrirten Streitkräfte des Bundes gegenüber den Preußen in einer beinahe dreifachen Uebermacht befunden, denn das 7. Armeecorps, Bayern unter dem Prinzen Karl, war zu 45,000 Mann berechnet und hätte bei einiger Anstrengung auf mehr als 80,000 Mann gebracht werden können. Das 8. Bundesarmeecorps unter dem Befehl des Prinzen Alexander von Hessen zählte 14,000 Württemberger unter General-Lieutenant von Harbegg, 12,000 Badener unter Prinz Wilhelm von Baden, 10,000 Hessen-Darmstädter unter General von Perglas. Zu ihnen gesellten sich noch die Kurhessen und Nassauer und ein österreichisches Hülfscorps, eine Division von 12,000 Mann unter dem Feldmarschall-Lieutenant Grafen von Neipperg. Diese zahlreichen Truppenmassen vereinigten sich aber nicht. Das 7. und 8. Bundesarmeecorps zauderte. Man schob die Schuld darauf, daß man zum Ausmarsch nicht gehörig vorbereitet gewesen sey, daß die Armeeorganisation und Verwaltung in alter Weise einen zu schleppenden Gang nehme und daß die Führung zu vielköpfig sey. Zwar hatte der Bundestag dem Prinzen Karl von Bayern den Oberbefehl gegeben, das war aber schon ein alter Herr, der lange keinen Krieg mehr gesehen hatte, und die ihm untergebenen Contingente der übrigen süddeutschen Staaten standen nicht unter demselben Kriegsherrn, wie die Bayern. Man wird indeß den Grund des Zauderns vorzugsweise in einer politischen Vorsicht zu suchen haben. Es war den Mittelstaaten, als den schwächern Bundesgenossen, nicht unter allen Umständen übelzunehmen, daß sie ein wenig abwarteten, was ihr mächtiger österreichischer Bundesgenosse ausrichten würde. Man darf dabei nicht vergessen, wie groß schon viele Wochen vorher das Vertrauen auf Benedek und die Oesterreicher gewesen war. Wir erinnern uns, daß in den kritischen Wochen vor der Schlacht bei Königgrätz das Zaudern des 7. und 8. Bundesarmeecorps sogar mit dem

Zaudern Benedeks selbst in Verbindung gebracht wurde, und daß manche Stimmen mit auffallender Zuversicht davon träumten, es solle mit aller Gemächlichkeit erst um Preußen her ein Cordon gezogen werden, welcher dann vorrücken und in immer engern Kreisen Preußen erdrücken solle.

Genug, die Zeit, welche die Verbündeten Oesterreichs versäumten, wurde von den Preußen mit merkwürdiger Geistesüberlegenheit benutzt. Die kleinen zerstreuten Truppenkörper, welche gegen die Mittelstaaten zu fechten bestimmt waren und die sich später als s. g. Mainarmee concentrirten, bestanden nur aus den genannten drei Divisionen und zählten nicht mehr als 53,400 Mann.

Sobald Hannover und Kassel von den Preußen besetzt waren, schickte der nunmehr den Oberbefehl führende General Vogel von Falkenstein seine Division unter General von Göben der abgezogenen hannöverschen Armee in den Rücken, während zugleich einige Landwehr- und Ersatzbataillone von der preußischen Besatzung der Festung Erfurt und das kleine Contingent des mit Preußen verbündeten Herzog von Coburg-Gotha den Hannoveranern entgegen geschickt wurden.

Die Hannoveraner, commandirt von General von Arentsschild und begleitet von ihrem König und Kronprinzen, zogen von Göttingen, anstatt sich südwärts nach Fulda zu wenden, wo sie hätten entkommen und sich mit dem achten Bundesarmeecorps vereinigen können, westwärts über Heiligenstadt und Mühlhausen gegen Langensalza, um durch Thüringen zu den Bayern zu stoßen, während ihnen Falkenstein und Manteuffel im Rücken folgten, Beyer aber von Kassel aus ihnen den Uebergang über die Werra wehrte. Auf dem Wege von Göttingen bis Langensalza brauchten die Hannoveraner eine ganze Woche, eine viel zu lange Zeit, so daß, wenn sie sich mit den Bayern nicht vereinigten, dies zum Theil ihre eigene Schuld war. Was den Hannoveranern in der Gegend von Langensalza an preußischen Streitkräften gegenüber stand, konnte sie in keiner Weise hindern, denn sie waren diesen rasch zusammen gestoppelten Bataillonen um das Dreifache überlegen. Warum rückten sie nicht rasch vorwärts? Der blinde König, an dem man nur stolzen Trotz gewohnt war, zauderte jetzt ganz unerwartet und schickte am 23. Juni den Major Jacobi nach Gotha, um zu unterhandeln. Der König von Preußen, durch den Telegraphen schnell davon unterrichtet, schickte den General von Alvensleben zu den Unterhandlungen ab und es wurde ein Waffenstillstand bis zum 25. abgeschlossen. Der hannoversche Bevollmächtigte verlangte etwas abenteuerlicherweise freien Durchzug der Truppen bis zur österreichischen Südarmee, um mit dieser vereinigt in Italien zu kämpfen. Der preußische Unterhändler hatte jedoch keine Vollmacht, es zu bewilligen. Am 25. brachen nun die Hannoveraner in Masse auf, um sich durch Thüringen durchzuschlagen, was sie drei Tage früher mit besserem Erfolge hätten thun können. Unterdeß war ihnen Falkensteins Avantgarde unter dem General Flies bereits auf der Ferse. In der Nacht vor dem 25. ging Hofrath Klopp eilig aus dem hannoverschen Lager ins bayrische Hauptquartier bei Bamberg ab, konnte dort aber nicht erreichen, daß die Bayern vorwärts gingen, um die Hannoveraner aufzunehmen.

Am 26. kam ein neuer Abgesandter des Königs von Preußen, Oberst v. Döring, nach Langensalza, um dem König Georg noch einmal den Besitzstand seines Staates und die freie Entlassung seiner Armee in ihre Heimat unter der einzigen Bedingung anzubieten, daß Hannover in den von Preußen angebotenen Bund eintrete. Aber der von seiner Begleitung so sehr übel berathene König lehnte diesen ehrenvollen Antrag noch in der letzten Stunde ab.*) Unterdeß

*) Die „Verhandlungen zwischen Preußen und Hannover,“ Berlin 1867 S. 40 erklären: „Die hannoversche Denkschrift vom 6. Juli v. J. überging diese wichtige Thatsache ganz mit Stillschweigen, die hannoversche

hatte Falkenstein seine Truppen mehr concentrirt und die Hannoveraner umstellt. Am 27., als die Hannoveraner noch bei Langensalza standen, war Falkensteins Avantgarde unter General Flies nur noch zwei Stunden entfernt, war Gotha von der preußischen Brigade Kummer und Eisenach von General Beyer besetzt. Die Hannoveraner verließen Langensalza, aber auffallenderweise in nördlicher Richtung, wahrscheinlich hatten sie die Hoffnung aufgegeben, noch Hülfe von Bayern her zu erhalten, und glaubten vielleicht, die Preußen würden ihre Hauptstärke nach den Punkten dirigiren, die ihnen südwärts lagen, um sie hier aufzufangen, und dagegen die nördliche Seite der hannoverschen Aufstellung mehr von Truppen entblößt haben. Vielleicht hofften sie, in dieser nördlichen Richtung sich noch durchschlagen zu können, wie einst im Jahr 1809 der tapfere Herzog von Braunschweig. Sonst wäre das Einschlagen dieses Weges kaum erklärlich. Sobald Flies, der den Hannoveranern am nächsten stand, ihren Abzug gewahr wurde, griff er sogleich ihre in Langensalza noch zurückgebliebene Nachhut an, unterstützt von den wenigen Besatzungstruppen aus Erfurt und von

---

Denkschrift vom 8. August v. J. erwähnte dann die Sendung des Obersten von Döring, bestritt aber, daß derselbe ein politisches Bündniß vorgeschlagen habe. Das Schreiben des König Georg an den Freiherrn von Hammerstein vom 26. November v. J. räumte endlich dies Anerbieten als eine Thatsache ein, behauptet aber, daß der preußische Bevollmächtigte vorher seinen Auftrag als thatsächlich erledigt bezeichnet habe, weil die Truppen des General von Falkenstein bereits Befehl erhalten hätten, anzugreifen. Wir erwidern darauf nur, daß der Oberst von Döring diese Aeußerung, welche seine Mission vor ihrer Ausführung als erledigt bezeichnet hätte, nicht machen konnte und auch nicht gemacht hat, denn derselbe war einzig zum Zwecke des letzten Versuchs, den König Georg zur Verständigung mit Preußen zu bestimmen, als Beauftragter seines Königs ins hannoversche Hauptquartier geeilt. König Georg lehnte jede Verhandlung und auch das angebotene Bündniß ab, und erst der blutige Tag von Langensalza führte demnächst die Capitulation der hannoverschen Armee herbei."

den zwei Coburger Bataillonen, die sich bereits mit ihm vereinigt hatten. Er befehligte im Ganzen nur 6000 Mann, mit denen er die feindliche Nachhut zwar aus Langensalza hinauswarf, die aber nicht hinreichte, um den Gewaltstoß aufzuhalten, mit dem ihn die schnell wieder zurückgekehrte hannoversche Hauptarmee bei Merxleben überraschte. Nach einem heftigen Kampf, in welchem die Preußen 1370 Mann, darunter über 800 Gefangene, aber auch die Hannoveraner 1274 Mann verloren, wich er vor der Uebermacht zurück. Der Tag war drückend heiß, die hannoversche Armee hatte, obgleich siegreich, bedeutende Verluste erlitten, war vom Hin- und Hermarschiren ermattet und ohne die nöthige Pflege, da ihr Ausmarsch zu schnell und ohne die gehörige Vorbereitung erfolgt war. Rathlos blieb sie bei Langensalza stehen, während Falkenstein sie jetzt mit allen seinen überlegenen Streitkräften umschloß. In dieser verzweifelten Lage blieb dem König nichts übrig, als zu capituliren, wenn seine ganze Armee nicht aufgerieben werden sollte. Man begreift kaum, wie es möglich war, daß König Georg die ihm wenige Tage vorher noch von Preußen angebotene Freundeshand nicht annahm, oder daß er nicht wenigstens den südlichen Weg wählte, den einzigen, auf dem ihm die wenigsten preußischen Truppen entgegen standen, seine tapfern Truppen sich also noch hätten durchschlagen können.

Die Capitulation vom 29. Juni setzte fest, daß König Georg und der Kronprinz Freiheit haben sollten zu gehen, wohin sie wollten, daß sämmtliche hannoversche Truppen in ihre Heimat sollten entlassen werden, daß Offiziere und Unteroffiziere ihre Gage, die Offiziere auch ihre Waffen und Pferde behalten, dagegen alle übrigen Waffen und Pferde an die Preußen ausgeliefert werden sollten. Darunter befanden sich 52 Kanonen und 6000 vortreffliche Pferde.

Hinterdrein wurde der Herzog Ernst von Coburg-Gotha beschuldigt, die Verspätung verursacht zu haben, welche den hannoverschen Truppen keine Zeit mehr ließ, zu entkommen. Der gedachte

Herzog schrieb über diese Angelegenheit am 10. September einen aufklärenden Brief an den Fürsten Hermann von Hohenlohe-Langenburg. Dieser Brief erschien am 17. September in der Augsburger Allgem. Zeitung und enthält folgende Data: Am 23. Juni überschritt die hannoversche Armee die gothaische Grenze, ohne Kriegserklärung, ohne irgend eine Anzeige und fouragirte, requirirte ꝛc. Schon vorher hatte der preußische Oberst von Fabeck von Gotha aus einen Parlamentär ins hannoversche Hauptquartier geschickt mit der Aufforderung, sich zu ergeben. Da der Parlamentär nicht gehörig legitimirt war, kam am Abend des 23. der hannoversche Major Jacobi mit Vollmacht nach Gotha, um mit Oberst von Fabeck zu sprechen. Am 24. Vormittags kam gedachter Jacobi mit dem Oberst Dammers, Generaladjutanten des Königs von Hannover, in das Palais des Herzog von Gotha und baten ihn um Vermittlung zu directen Verhandlungen mit dem König von Preußen. Der Herzog war dazu bereit und telegraphirte es sogleich nach Berlin, von wo sogleich die Antwort kam, General von Alvensleben sey eben abgereist, um die Verhandlungen im Namen Preußens zu führen. Bevor Alvensleben ankam, rückten die Hannoveraner gegen Eisenach vor, der Herzog aber drang darauf, so lange parlamentirt werde, müsse man sich jedes feindlichen Akts enthalten. Alvensleben kam noch Abends am 24. an. Der Herzog verfehlt nicht, zu bemerken, daß in der Nacht des 23., während Jacobi nach Gotha ging und den Herzog um Vermittlung mit Preußen bat, Hofrath Klopp im Auftrag desselben König von Hannover ins bayrische Hauptquartier abging, um dort Hülfe gegen Preußen zu holen. — Oberst von Dammers reclamirte dagegen, er habe den Herzog keineswegs um Vermittelung gebeten, sey überhaupt nur zu ihm gegangen, weil ihm Oberst von Fabeck gesagt habe, der Herzog sey der hier commandirende preußische General, denn nur mit dem commandirenden General der preußischen Truppen, nicht mit dem Herzog von Gotha habe er zu unterhandeln gehabt. Diese Erklärung vom 20. September wurde in der Augsburger Allg. Zeitung Nr. 268 abgedruckt. In Nr. 273 daselbst folgte noch eine weitere Erwiderung von Seiten Hannovers, worin behauptet wird, der erste ins hannoversche Hauptquartier gekommene Parlamentär habe nicht preußische, sondern coburgische Uniform getragen, niemand habe den Herzog von Coburg um Vermittlung gebeten, er selber habe sie vielmehr angetragen, und nachdem der König von Hannover die Verhandlungen bereits ausdrücklich als abgebrochen erklärt, habe der Herzog gleichwohl den Major Jacobi noch zurückgehalten und zu telegraphiren überredet, daß die hannoverschen Truppen nicht weiter vorrücken sollten. In diesen hannoverschen Reclamationen wird nur die Hauptsache vermißt, nämlich der Nachweis, wie es zu erklären sey, daß man im hannoverschen Hauptquartier dem Telegramm des Majors Jacobi, welches Stillstand der Feindseligkeiten vorschrieb, Folge gegeben habe, wenn derselbe nicht dazu legitimirt und der Abbruch der Verhandlungen, die Fortsetzung des Marsches und Kampfes schon im hannoverschen Hauptquartier beschlossen war.

Man erbt die Krone nicht blos, man muß es auch verstehen, sie zu tragen. Je kleiner eine Monarchie ist, um so besonnener muß der Monarch die Wechselfälle abwägen, die seiner Krone Gefahr drohen. Schon größere Könige haben ihre Kronen um kleinerer Fehler willen verloren. Kein Mitleid ist in diesem Falle groß genug, um der Thorheit gleichzukommen, mit der die hannoversche Camarilla den König ins Unglück hineingerissen hat.

Diese Unverbesserlichen hetzten noch, nachdem sie durch die Flucht ihre eigenen Personen in Sicherheit gebracht hatten, das arme Volk auf, um durch Widerspenstigkeit Preußen wenigstens noch zu ärgern, wenn es doch in seinem Siegeslauf nicht mehr aufzuhalten war. Ein ganz unsinniger Arbeitertumult in Celle am 18. und 19. Juli gab davon Zeugniß.

Besonnener handelte der Adel, der in der feudalen Partei in

Berlin Freunde hatte. Eine Deputation aus Hannover, Herr von Münchhausen an der Spitze, begab sich nach Berlin, um dem König von Preußen ans Herz zu legen, er möge von der Annectirung des Königreich Hannover abstehen und ihnen die uralte welfische Dynastie lassen. König Wilhelm von Preußen antwortete der Deputation, er ehre ihre Anhänglichkeit an das angestammte Fürstenhaus. Er habe selbst diese ihm nahe verwandte Dynastie schonen wollen und ihr sein Wohlwollen immer zu erkennen gegeben. Er habe auch nie im Plane gehabt, andere als moralische Eroberungen zu machen. Allein seine Duldsamkeit und sein Wohlwollen sey mit einer systematischen Feindseligkeit erwidert worden. „Schon bei Bildung des deutschen Bundes wurde von denjenigen Staaten, welche durch Preußens schon damals erkennbaren geistigen Aufschwung Gefahren für die Erhaltung ihres Einflusses befürchteten, dafür Sorge getragen, daß das Bundesgebiet Preußens durch selbständige Staaten getrennt bleibe. Diese Lage wurde seit dem Bestehen des Bundes durch fortwährend erneuerte Anfeindungen vorzugsweise genährt durch österreichischen Einfluß, durch Erkaufen der deutschen, französischen und englischen Presse benutzt, um bei diesen Staaten stete Besorgnisse vor Preußens Uebergriffen und Eroberungsgelüsten anzuregen und wach zu halten, und den drei preußische Regierungen hindurch mit Eifer, aber unter Achtung aller Rechte fortgesetzten Bemühungen, dem deutschen Bunde Einigkeit und Aufschwung in materiellen und geistigen Interessen einzuflößen, beharrlichen Widerstand entgegenzusetzen.“ Der König führte nun weiter aus, wie gerecht seine Februarforderungen in Bezug auf die Elbherzogthümer gewesen seyen und wie hartnäckig Oesterreich ihm dabei entgegengetreten sey, selbst noch nach dem Gasteiner Vertrage, wie es den Krieg gewollt und zuerst gerüstet habe. „So entschloß ich mich schweren und schwersten Herzens zum entscheidenden Kampfe, dessen Ausgang Gott anheim stellend und die von mir in solcher Ausdehnung nicht vorgeahnten, selten oder nie in der Geschichte dagewesenen Ergebnisse eines Existenzkampfes zweier mächtiger Staaten in so kurzer Zeit, sind eine sichtbare Fügung der Vorsehung, ohne die auch die geschulteste Armee solche Resultate nicht erkämpfen kann. Sie wissen, wie sich Ihre Regierung in Hannover dazu verhalten hat. Sie kennen meine wiederholte vergebliche Aufforderung zum Nordbündniß in der Nacht vom 14. Juni, den Zug der hannoverschen Armee mit ihrem König, die Katastrophe von Langensalza, bei welcher ich mich zwar nicht als Sieger hinstelle, welche aber in ihren Folgen zur Vernichtung der hannoverschen Armee geführt hat. Nur die reiflichste Prüfung hat mich zu dem Beschlusse der Annexion kommen lassen, als einer Pflicht, mein Preußen für die von ihm gebrachten schweren Opfer zu entschädigen und die wahrscheinliche Wiederkehr der durch die unfreundliche Stellung Hannovers auch in Zukunft zu besorgenden Gefahren zu beseitigen."

In den Hansestädten war man sehr zufrieden, daß die lange Mißregierung in Hannover ein Ende nehmen sollte. Die Art und Weise, wie Hannover den Verkehr mit Bremen durch seine Zöllner erschwerte, war im höchsten Grade unpatriotisch. Als auswärtige Capitalisten die Paris-Hamburger Eisenbahn projectirten, forderte die hannoversche Regierung, dieselbe solle Bremen nicht berühren, sondern in weitester Entfernung von dieser Stadt auf hannoverschem Grund und Boden geführt werden.

Im preußischen Herrenhause sprach sich ein Freiherr v. d. Busch-Streithorst, welcher hannoverscher Kammerherr war, mit großer Heftigkeit gegen die Einverleibung Hannovers in Preußen aus, aber ohne Erfolg. Graf Dyhyrn erinnerte ihn, wenn der Particularismus etwas verliere, so erhalte er dafür auch desto mehr, etwas, was er noch nie gekannt habe, ein großes ruhmreiches Vaterland! Das Herrenhaus nahm einstimmig das Einverleibungsgesetz an, außer der einen Stimme des Freiherrn. In der That stand sich hier das wirkliche Recht der deutschen Nation, sie selbst, d. h. einig, groß und ganz zu seyn, dem nur fälschlich zum Recht gestempelten s. g. Recht des Particularismus gegenüber. Unrecht hatte von jeher der Particularismus, weil er gleich war mit der Zerreißung, Zerbröckelung, mit dem Selbstmord einer großen Nation.

Der hannoversche Abgeordnete Oppermann äußerte sich Ende August in der Zeitung für Norddeutschland sehr nüchtern über die Verpflichtungen des Landes gegen seine bisherigen Beherrscher, indem er an König Ernst August und seine berühmte Lehre von der Eidesentbindung vom Jahr 1837 erinnerte. Was dem König damals Recht war, sey es auch dem Volke. Man kann bedauern, daß Bande der Treue so leicht zerreißbar sind, aber nur Liebe kann sie befestigen, und Liebe eines Volkes erwirbt man nicht durch Verfassungsbruch und Mißregierung. Die Abgeordneten haben oft ermahnt und gewarnt, aber vergebens. Wir haben es nicht mit Theorien, sondern mit der Wirklichkeit zu thun und da sagen uns die Lehrer des Völkerrechts in ihrer Mehrheit: Wenn Georg V. aufhört, Souverain zu seyn, so hat auch der ihm geleistete Eid keine Geltung mehr.

Am 24. August kam der Provinzialtag der Provinz Lüneburg zusammen, wo Kammerrath von der Decken eine öffentliche Kundgebung der Antipathie gegen Preußen verlangte, die große Mehrheit aber sich dahin aussprach, die Dinge seyen bereits entschieden und Wehmuth, Schmerz, Zorn würde nichts daran ändern, höchstens sie verschlimmern. Zudem, rief Gumbrecht, sind wir nicht blos Hannoveraner, sondern auch Deutsche, und das wird uns mit unserer Zukunft wohl versöhnen können.

Vierzehntes Buch.

Das erste Zurückmanövriren der Bayern aus dem Rhöngebirge.

Nachdem General Vogel von Falkenstein mit seinen zerstreuten Heertheilen die hannoversche Armee umzingelt und zur Capitulation gezwungen hatte, griff er mit genialer Kühnheit auch die übrigen Truppen der Mittelstaaten an, obgleich sie ihm an Zahl weit überlegen waren, ehe die Mecklenburger, Oldenburger und andere kleine Contingente der mit Preußen verbündeten norddeutschen Staaten und die am Niederrhein unter dem Fürsten von Hohenzollern-Sigmaringen sich sammelnden Landwehren ihm noch nachgerückt waren.

Er hatte vor sich das 7. und 8. Bundesarmeecorps, die Kurhessen und Nassauer und 12,000 Oesterreicher unter dem Feldmarschall Grafen Neipperg. Diese Truppenmacht war seinen damaligen Streitkräften noch um das Doppelte überlegen und konnte leicht noch verstärkt werden, da Bayern, welches sich begnügt hatte, nur 45,000 Mann zu stellen, bei weitem mehr hätte stellen können. Aber die Kurhessen unter dem

General von Losberg, 8000 Mann stark, hatten von ihrem gefangenen Kriegsherrn keinen Befehl erhalten, der sie ermächtigt hätte, mehr zu thun, als das Kurfürstenthum zu vertheidigen. Der General nahm daher Anstand, zum achten Bundesarmeecorps überzutreten, und man kam endlich überein, die Kurhessen nach Mainz zu schicken, um diese Bundesfestung zu vertheidigen, zumal da mehrere norddeutsche, namentlich thüringische kleine Contingente dem Bundesbefehl, Mainz zu besetzen, nicht gehorchten, weil sie sich an Preußen anschloßen. Noch ungleich günstiger als die Absonderung der Kurhessen war für den General Vogel von Falkenstein die Gewißheit, daß seine Gegner ihre Uebermacht nicht zu brauchen verstanden. Davon hatte ihn schon die Thatsache überzeugt, daß Hannover keine Hülfe aus Bayern erhalten hatte, und die weitere Thatsache, daß das 7. und 8. Bundesarmeecorps immer noch nicht vereinigt waren, obgleich sie Zeit genug gehabt hätten, sich die Hände zu reichen und in concentrirter Masse vorzugehen. Mit derselben raschen Kühnheit, mit der er die Hannoveraner überfallen und gefangen genommen hatte, durfte der preußische General hoffen, das 7. und 8. Armeecorps eins nach dem andern durch geschickte Manöver zu täuschen, von einander getrennt zu halten und zu schlagen.

Er warf sich zuerst auf die Bayern oder das 7. Bundesarmeecorps unter dem Prinzen Karl von Bayern, von dem wir schon wissen, daß er in seinem Hauptquartier Bamberg Zeit und Gelegenheit versäumte, die unglücklichen Hannoveraner zu entsetzen. Man war in ganz Süddeutschland und am meisten in Bayern selbst über das lange Zaudern im Hauptquartier des Bundesheeres erstaunt und erhob bittere Klage, schon ehe die Niederlagen ihren Anfang nahmen.

Kurz vorher noch, im Anfang des Krieges und als man noch keine Ahnung davon hatte, daß Prinz Karl nicht rasch vorwärts stürmen, sondern zögern würde, war die Stimmung sehr kriegerisch, sehr zuverlässig, ja übermüthig. Man glaubte die Preußen verachten zu müssen, so sehr hatten die Blätter gegen sie gehetzt, ihre Energie unterschätzt und den gewissesten Sieg über sie verkündet. Noch in der letzten Woche des Juni, als der Krieg in Böhmen anfing, verbreiteten die österreichischen und bayrischen Blätter nichts als Siegesnachrichten. Bekanntlich schlugen die Preußen ihre Gegner in raschem Siegeslauf auf allen Punkten zurück, aber wo die Oesterreicher auch nur ein paar Stunden lang Stand hielten und in guter Stellung mit ihren Batterien den Preußen Verluste beibrachten, wurden solche Rückzugsgefechte von den Zeitungen als glänzende Siege der Oesterreicher ausposaunt. Wie grenzenlos verblendet die Zeitungsschreiber jubelten, davon gab unter anderm das Würzburger Wochenblatt Zeugniß. Darin war wörtlich zu lesen: „Der Sieg der österreichischen Waffen gegen die Feinde Deutschlands in Italien und Preußen wird allgemein jubelnd begrüßt, und man sieht darin die Gerechtigkeit des Höchsten, gegen den der heuchlerische s. g. Allerhöchste nur Staub ist, der in einem gotteslästerlichen Rescripte einen Bettag befahl, um sich rein zu waschen und unserm Herrgott die Schuld des Krieges zuzuschieben. Grade an ihrem Buß- und Bettage sind die Renommisten von den Sachsen und Oesterreichern geworfen worden, wie bald darauf auch von den Hannoveranern. Diese Räuber und Diebe halten also nicht einmal den so verachteten Kleinstaaten Stand, trotz ihrer vielgepriesenen Zündnadelgewehre. Was werden die bezahlten Hanswurste Bismarcks dazu sagen? Jedenfalls werden sie behaupten, Preußen habe gesiegt. Nun, wir wünschen ihnen viel solche Siege. Wenn nur unsere bayrischen Kerntruppen die Strauchdiebe abfassen werden, dann wird hoffentlich Deutschland bald von dieser Landplage gesäubert werden. Finis Borussiae, damit ein freies einiges Deutschland entstehe!“ Die Verachtung der Preußen ging in gewissen Kreisen so weit, daß z. B. in Neuburg a. d. Donau an offener Wirthstafel die Aeußerung fiel, um die Preußen zu verjagen, solle man Ober-

und Untergewehr ablegen und nur den Stecken in die Hand nehmen. — Das Mannheimer Wochenblatt schimpfte die Brandenburger, Pommern, West- und Ostpreußen „Westslaven“, als ob sie gar keine Deutsche seyen, „grade die Deutschen,“ bemerkte Rüstow dazu, „welche deutsche Sitte und Ehre und Sprache stets am heiligsten von allen deutschen Stämmen bewahrt haben.“

Der bayrische Gesandte am sächsischen Hofe, Freiherr von Giese, welcher den König von Sachsen auf seiner Flucht nach Prag begleitete, erfuhr hier mancherlei, was das Vertrauen Bayerns zu Oesterreich schwächen mußte, und schrieb es an Herrn v. d. Pfordten. Die Antwort des letztern ist später gedruckt worden und bemerkt; das Mißtrauen sey vorher schon vorhanden gewesen, denn Oesterreich hätte die bayrische Armee gern willkürlich wie eins seiner eigenen Armeecorps behandelt, Bayern aber seine Selbständigkeit gewahrt. Oesterreich habe übrigens sich so stark gefühlt und sich seiner Uebermacht so gerühmt, daß wenn dieselbe doch nicht so stark gewesen wäre, „die österreichische Politik im April als eine höchst leichtfertige Uebereilung aufgefaßt werden müsse.“

Die Bayern konnten zwei Wege einschlagen. Sie konnten nach Böhmen gehen und sich an den linken Flügel der Oesterreicher anschließen. Das wurde auch von Benedek verlangt, aber aus verschiedenen Gründen nicht ausgeführt. Einmal waren die Bayern noch nicht hinlänglich ausgerüstet und der Weg nach Olmütz, wo Benedek damals stand, doch zu weit. Wollte Oesterreich Benedeks Armee durch die Bayern verstärken und sollten beide vereinigt operiren, so hätte es den Bayern Zeit lassen, den Krieg nicht so übereilen sollen. Ein zweiter Grund der bayrischen Ablehnung war, daß, wenn die Bayern nicht den Kern der mit Oesterreich verbündeten Bundestruppen im westlichen und südlichen Deutschland bildeten, dieselben zu schwach seyn würden, der preußischen Uebermacht zu widerstehen. Durch Vereinigung der Bayern mit den Hannoveranern, Hessen, Württembergern und Badenern würde West- und Süddeutschland besser geschützt und würde Preußen genöthigt, seine Streitkräfte zu theilen. Der dritte und nächste Grund der bayrischen Ablehnung könnte die Sorge um Bayern selbst gewesen seyn. Die Bayern fürchteten offenbar einen preußischen Angriff von Sachsen her und wollten sich daher von ihren Nordgrenzen nicht zu weit entfernen. Endlich war zu bedenken, daß im Fall einer Niederlage, welche Oesterreich und Bayern gemeinschaftlich erleiden konnten, die letztern übler daran waren, als wenn sie allein fochten. Den Beweis davon lieferte nachher das traurige Schicksal der Sachsen.

Der zweite Weg, den die Bayern einschlagen konnten, führte sie zur Rettung der Hannoveraner diesen entgegen. Es kam nur darauf an, auf welchem Wege die Hannoveraner selbst ihnen entgegenkommen würden. Nun hatte man aber in Hannover auf die unbesonnenste Weise gezögert, den Krieg erklärt, keinen Kriegsplan im Einverständniß mit seinen Verbündeten entworfen und die braven hannoverschen Truppen sollten nun, unvollkommen ausgerüstet, über Hals und Kopf retiriren. Anfangs hieß es, sie sollten über Fulda mit dem 8. Armeecorps vereinigt werden, wo ihnen auch die wenigsten Preußen entgegen standen. Nachher wandten sie sich aber nach Eisenach, wo sie die Bayern eher erreichen konnten, aber alles zu spät. Wenn man auch den Bayern vorwirft, sie hätten aus Besorgniß eines preußischen Angriffs von Sachsen her ihre Nordgrenze nicht verlassen wollen, so ist doch die Entschuldigung triftig, die Hannoveraner selbst hätten schneller kommen sollen.

Die Sorge des Prinzen Karl, die Preußen könnten von Sachsen her in Bayern eindringen wollen, schien wenig begründet, wenn man erwägt, daß schon am Ende des Juni die Eisenbahn von Werdau und Gößnitz von den Preußen zerstört wurde. Sie würden das nicht gethan haben, wenn sie hätten in Bayern einfallen wollen. Sie thaten es nur, um einen Einfall der Bayern in Sachsen zu erschweren.

Der Aufmarsch der Bayern begann am 17. Juni der Eisenbahn entlang, die nach Hof führt, aber das Hauptquartier blieb bis zum 25. in Bamberg. Am 21. wurde Prinz Karl ersucht, eine Brigade nach Fulda vorzuschicken, um sich mit den Hannoveranern in Verbindung zu setzen. Der Prinz erfüllte die Bitte, aber am 23. bekam er sichere Nachricht, die Hannoveraner hätten sich anders besonnen und rückten nicht nach Fulda vor. Das hannoversche Hauptquartier befand sich am 23. Juni in Langensalza. In der folgenden Nacht reiste von hier der dem König nahe stehende, als preußenfeindlicher Geschichtschreiber bekannte Hofrath Onno Klopp eilig ins bayrische Hauptquartier, um von dort Hülfe zu holen. Man sagte ihm hier, es sey schon zu spät. Doch wir wollen den Hofrath selber reden lassen: „Seine Excellenz der General v. d. Tann (Chef des bayrischen Generalstabs) erwiderte auf meine Darlegung des Sachverhalts, daß eine Nachricht von Eisenach her die Capitulation der Hannoveraner melde. Ich bestritt die Wahrheit dieser Nachricht in entschiedener Weise. Ich erklärte ebenso, wie am Abend zuvor in meinen telegraphischen Depeschen, daß der König, mein Herr, entschlossen sey, eher alles über sich ergehen zu lassen, als daß er capitulire, und daß er sich auf die vortreffliche Gesinnung seiner Armee unbedingt verlassen könne. Ich gab dann Auskunft über die Formation, den Bestand, die Beschaffenheit der einzelnen Theile, die Stellung, die Absicht, die Eisenbahn bei Eisenach oder Gotha zu forciren. Der Herr General v. d. Tann rügte die Fehler, die bisher in der Leitung der hannoverschen Armee gemacht worden seyen. Er erwiderte dann, daß seit meinem Abgang aus dem hannoverschen Hauptquartier reichlich 36 Stunden verflossen seyen, daß seitdem die Dinge sich sehr verändert haben könnten. Ich hielt dies für sehr unwahrscheinlich. Ich hob hervor, daß wir vor den etwa nachrückenden Feinden einen bedeutenden Vorsprung hätten, daß dagegen vor uns, nämlich in Gotha und Eisenach, wo die Eisenbahn forcirt werden müßte, nach meiner eigenen Wahrnehmung und Erkundigung sehr wenige feindliche Truppen stünden. Der Weg von Gotha nach Lichtenfels, den ich am Tag zuvor gekommen, sey völlig frei. Der Herr General v. d. Tann forderte mich dann auf, mit ihm nach dem Telegraphenamt zu fahren. Der Herr General ließ von dort in Eisenach anfragen: wie es um die Nachricht von der Capitulation der Hannoveraner stehe. Die Antwort meldete dies und jenes, alles als Gerücht und gab für die Nachricht einer Capitulation so wenig einen positiven Anhalt, daß sowohl der Herr General v. d. Tann als ich gar nicht daran dachten, eine Abschrift der telegraphischen Antwort an uns zu nehmen. Inzwischen kam Se. k. Hoheit der Prinz Karl zum Bahnhof angefahren; denn das Hauptquartier sollte an diesem Tag, am 25. Juni, von Bamberg nach Schweinfurt verlegt werden. Der Herr General v. d. Tann führte Sr. k. Hoh. mich als Abgesandten aus dem hannoverschen Hauptquartier vor. Ich legte Sr. k. Hoh. so kurz und eindringlich wie mir möglich den Stand der Dinge in und um Langensalza dar. Ich bemerkte, daß das Gerücht von einer Capitulation sowohl nach meiner Kenntniß der Sachlage nicht gerechtfertigt sey, als auch durch die eben eingezogene Nachricht von Eisenach her nicht bestätigt werde. Zum Schlusse fragte Se. k. Hoh. nochmals: ‚Wie stark ist denn Ihre Armee?‘ Auf meine Antwort: 19,000 Mann, erfolgte die Erwiderung: ‚Mit 19,000 Mann schlägt man sich durch.‘ Auf meine nochmalige Bitte schloßen Se. k. Hoh. mit den Worten: ‚Ich werde thun, was in meinen Kräften steht.‘ Dies war am Montag Nachmittag, am 25. Juni, vier volle Tage vor der wirklich geschehenen Capitulation der hannoverschen Armee. Der Verlauf der Dinge hat meine Aussagen vom 25. Juni durchaus bestätigt. Ich erkläre daher, daß das bayrische Hauptquartier am Montag, 25. Juni, über den Bestand, die Stellung und den Aufenthalt der hannoverschen Armee genau unterrichtet war, und zwar aus zuverlässiger, weil vom bayrischen Hauptquartier selbst nicht angezweifelter Quelle.“

Von bayrischer Seite wurde dieser Enthüllung mit Erklärungen entgegen getreten, unter denen die in der Beilage zur Augsburger Allgemeinen Zeitung vom 26. Juni abgedruckte die wichtigste und belehrendste ist. Bayrische Truppen standen bis nordwärts von Hof auf der Plauener Straße zur Recognoscirung aufgestellt, und konnten erst am 26. Juni, nachdem man erfahren, daß die preußische Elbarmee sich von Sachsen nach Böhmen wende, von dort eine veränderte Marschrichtung gegen Nordwesten nehmen. Obwohl nun der Vereinigungspunkt Fulda mit dem 8. Armeecorps verabredet war, so versuchte doch der Prinz Karl von Bayern durch eine Concentrirung in Thüringen und veränderte Marschrichtung der hannoverschen Armee zu Hülfe zu kommen. Dies war der Grund der sogen. Hin- und Hermärsche der bayrischen Armee in den letzten Tagen des Juni; denn man mußte nun im Osten von Hof über Lichtenfels und im Westen von Würzburg und Unterfranken aus, wie im Centrum von Bamberg aus, anstatt auf der Straße nach Fulda, auf der über Coburg, Hildburghausen, Meiningen nach Eisenach der hannoverschen Armee entgegen gehen. Dieß erforderte nach der Concentrirung und veränderten Richtung, bei der Hülfe einer einzigen Eisenbahn von Coburg nach Eisenach, die sich aber nicht in den Händen der Bayern befand, einen Marsch von 30 bis 40 Stunden Wegs in gerader Linie. Wie war es also möglich in zwei Tagen, 26. und 27. Juni, bis zum 28. früh nach Eisenach und Langensalza zu gelangen? Schon die Ordres an die einzelnen detachirten bayrischen Truppencorps zur Veränderung ihres Marsches nahmen doch wenigstens einen Tag weg, wenn man einzelne derselben nicht außer Zusammenhang lassen wollte und konnte!

Ebensowohl wie Hr. Dr. O. Klopp wußte aber die hannoversche Armee nach der hannoverschen Erklärung (Frankfurt a. M., 11. Juni), daß bis zum 26. Juni nur einige tausend Mann Preußen, am 26. Juni höchstens 6000 bis 8000 ihr in Eisenach gegenüberstanden.

Hatte sie selbst, anstatt Fulda zum Zielpunkt zu nehmen, den Marsch auf Langensalza und Eisenach gerichtet, warum versuchte sie nicht einen raschen Stoß auf diese schwache preußische Macht? Die Erklärung wird uns von der hannoverschen Auseinandersetzung (aus Mitteldeutschland, Allg. Zeitung vom 13. Juli) selbst dahin gegeben: „Am 24. Juni marschirte die hannoversche Brigade v. Bülow in der Avantgarde, traf den Feind bei Mechterstedt und nahm ein Gefecht an, in Folge dessen die Preußen zurückgeworfen wurden und unsere äußerste Vorhut bereits bis jenseits Eisenach über die Bahn hinaus vorgedrungen war. Unsere Truppen waren überall siegreich und standen im Begriff, Eisenach zu nehmen, als dem Brigadecommandeur von Bülow eine telegraphische Depesche des Majors von Jacobi aus Gotha überbracht wurde, des Inhalts: „daß der Abschluß der Convention sicher, und daher die Feindseligkeiten abzubrechen seyen.“ Der Brigadier von Bülow leistete diesem Befehl (?) Folge, gab die gewonnenen Vortheile auf und zog sich in seine Positionen zurück. Die ganze Marschcolonne gerieth dadurch ins Stocken.“ Nun begannen am 25. die Verhandlungen wegen der Capitulation mit dem Generaladjutanten des Königs von Preußen, Herrn von Alvensleben, und Waffenstillstand, dann bis zum 27. das Zurückziehen der hannoverschen Armee nach Langensalza, der Waffenstillstandsbruch des Generals Vogel v. Falkenstein, das siegreiche Gefecht der Hannoveraner am 27., die Umzingelung derselben am 28. durch 50- bis 60,000 Mann Preußen und die Capitulation.

Wenn es also auch vollkommen richtig seyn sollte, was in der officiellen hannoverschen Erklärung (Frankfurt a. M. 11. Juli, Allg. Zeitung vom 14. Juli) gesagt wird, daß man im bayrischen Hauptquartier die Möglichkeit eines Entsatzes der Hannoveraner durch die bayrische Armee davon abhängig machte, daß die Hannoveraner am 24. Juni hätten nach Fulda vorgerückt seyn müssen, wo bayrische Truppen am 25. erschienen, so ist doch klar, daß man eben in der hannoverschen Armee wußte, daß die Richtung der bayrischen Armee ursprünglich nach Fulda ging, während die hannoversche auf Eisenach marschirte, ferner daß diese sich durch Unterhandlungen von coburgischer und preußischer Seite zum Stillstand und Rückzug bringen ließ, während sie wußte, daß die bayrische Armee ihr am 25. bis 27. gar keine Hülfe bringen konnte, da sie viel zu weit von Eisenach entfernt seyn mußte, und endlich daß es damals leicht gewesen wäre, für die hannoversche Armee die paar tausend Mann Preußen aus Eisenach hinauszuwerfen. Statt dessen ließ sie sich durch Unterhandlungen mit dem Herzog von Coburg und eben so mit dem General v. Alvensleben hinhalten und endlich umzingeln. So viel kann aber wohl mit mathematischer Genauigkeit behauptet werden, daß es für das bayrische Hauptquartier eine Unmöglichkeit war, vom 26. bis 28. Morgens die ganze bayrische Armee, oder auch nur zwei Divisionen, die Hälfte derselben, bis Eisenach von Bamberg aus vorzuschieben.

Ganz anders hätte die Sache freilich gestanden, wenn die bayrische Armee, anstatt aus etwa 50,000 Mann, aus wenigstens 80,000 Mann bestanden hätte, d. h. wenn sie im Stande gewesen wäre, sogleich beim Ausbruch des Kriegs ein eigenes Corps zur Verbindung mit ihren natürlichen Verbündeten aufzustellen, und doch noch genug Truppen übrig zu behalten, um für die Deckung des eigenen Landes zu sorgen oder dem eventuellen Angriff der Preußen von Sachsen her eine genügende Armee entgegenzustellen. Dieser Vorwurf, daß Bayern bei weitem nicht hinreichend gerüstet war, ebensowenig wie die südwestlichen Staaten Deutschlands, trifft aber durchaus nicht das Obercommando der bayrischen Armee. Der Grund liegt anderwärts.

Aus der officiellen Darstellung der Bestrebungen der bayrischen Armee zur Befreiung der hannoverschen Truppen in Nr. 189 (Mittagsausgabe) der „Bayrischen Zeitung“ ergibt sich: 1) daß das bayrische Hauptquartier durch hannoversche Offiziere und andere, zum Theil offizielle, Vermittler am 18., 20., 21., 23., 24., 25. und 28. Juni

Mittheiluugen aus dem hannoverschen Hauptquartier erhalten hat; 2) daß das bayrische Hauptquartier während dieser ganzen Zeit, und namentlich in den Tagen, wo seine Nachrichten lückenhaft und ihm selbst bedenklich wurden, keinen militärischen oder andern Agenten in das hannoversche Hauptquartier geschickt, oder auch nur zu schicken versucht hat; 3) daß man erst am 21. Juni von Schweinfurt nach Fulda aufgebrochen ist, daß man am 25. dort noch nicht angekommen war, sondern „in der Nähe dieser Stadt" seinen Marsch sistirte; 4) daß man am 25. zwar bis in die Nähe von Meiningen geritten ist, jedoch 5) mit wirklich und ernstlich in Frage kommenden Kräften erst am 29. die bayrische Grenze bei Coburg und Meiningen überschritten, und daß man endlich am 30., als es schon zu spät war, in Schmalkalden Halt gemacht hat; 6) daß man in der ganzen Zeit keinen Feind gesehen und gefühlt, auch von keinem gehört hat, außer von solchen preußischen Truppen, in deren Rücken man stand, und welche in der Ferne alle Hände voll mit den Hannoveranern zu thun hatten, welche preußischen Streitkräfte sich überhaupt erst am 26. Juni bei Eisenach gesammelt haben, und zwar in der Stärke von 6000, höchstens 8000 Mann; 7) daß man die Möglichkeit eines Entsatzes der Hannoveraner durch die bayrische Armee davon abhängig machte, daß die Hannoveraner am 24. hätten nach Fulda vorgerückt seyn müssen; diesen Marsch aber hätten die Hannoveraner, wenn er überhaupt thunlich gewesen, jedenfalls ohne bayrische Hülfe ausführen müssen, da die Bayern ja erst am 25. bei Fulda waren, um sie dort in Empfang zu nehmen. Mit einem Wort, der langen Rede kurzer Sinn ist: da die Hannoveraner nicht allein im Stande waren, sich zu helfen, so konnten ihnen auch die Bayern nicht helfen.

Die bayrische Presse war aufgeregt, daß mit der Kriegführung so lange gezaudert wurde. Zahllose Stimmen riefen: Warum hilft man den braven Hannoveranern nicht? Da erließ der junge König zur Beruhigung am 30. Juni eine Proclamation, nachdem er kurz vorher einen Tag im bayrischen Lager zugebracht hatte. In dieser Proclamation sprach er „Muth und Entschlossenheit zum Kampf" aus, wies auf den mächtigen Bundesgenossen in Oesterreich hin und ermahnte zur Zuversicht. Als Ziel des Kampfs bezeichnete er „die Erhaltung Gesammtdeutschlands als eines freien und mächtigen Ganzen, gekräftigt durch den Bund seiner Fürsten" ꝛc. Also die Erhaltung des Bundestags. Daß sich die Gemüther noch keineswegs beruhigten, erhellt aus einem Tagesbefehl des bayrischen Prinzen Adalbert, welchen er am 2. Juli an die Landwehr erließ und worin er sie aufforderte, „verbrecherische Umtriebe, welche die öffentliche Ruhe stören, mit aller Energie niederzuhalten."

Gleichwohl erschienen in bayrischen Blättern, namentlich im Münchener Volksboten die bittersten Ausfälle gegen die bayrische Kriegführung, und sogar die Augsburger Allgem. Zeitung erwähnte im Extrablatt zu Nr. 198: der nachher rühmlich gefallene bayrische General Zoller habe beim Obercommando rechtzeitig an rasches Vorrücken zum Entsatz der Hannoveraner gemahnt und zuletzt „sehr ungnädigen Bescheid erhalten." Dem Stuttgarter Beobachter schrieb man in Nr. 165 aus München: „Ueber den gefallenen General Oskar von Zoller erfährt man jetzt, als er den Prinzen Karl zum drittenmal um Entsatz der Hannoveraner gebeten, seyen ihm drei Tage Arrest dictirt worden." Dem wurde später in der Flugschrift „Ursachen und Wirkungen der bayrischen Kriegführung, München bei Manz" S. 37 widersprochen.

Die bayrische Presse war zunächst dem greisen Prinzen Karl und dem gleichfalls greisen Fürsten von Thurn und Taxis, dann aber auch dem vorher so beliebten Freiherrn von der Tann,*) damals

*) Von der Tann hatte sich 1848 als Freischaarenführer in Schleswig-Holstein ausgezeichnet und war der Liebling des verstorbenen Königs Max II. geworden. Auch 1850 focht er wieder mit in Schleswig, und

Chef des Generalstabs, auffäßig. Alles wurde den armen Generalen Schuld gegeben, ohne daß man schon untersucht hätte, ob sie nicht durch Instructionen nach politischen Rücksichten gebunden waren. Beim gemeinen Volk in Bayern wurde „das Hauptquartier" ein Schimpfwort. Wenn einer dem andern fluchte, rief er blos: Du Hauptquartier!

Erst am 29. Juni, an demselben Tage, an welchem die hannoversche Armee capituliren mußte, überschritt Prinz Karl mit dem 7. Armeecorps die bayrische Grenze und rückte bis nach Meiningen vor, um wo möglich noch den Hannoveranern beizustehen. Als er jedoch schon am folgenden Tage erfuhr, die Hannoveraner hätten bereits capitulirt, setzte er seinen Marsch nicht weiter fort, sondern wandte sich westlich, um sich nunmehr erst mit dem 8. Bundesarmeecorps zu vereinigen und dann mit den so vereinten Kräften den Preußen entgegenzugehen. Wenn diese Vereinigung früher bezweckt und erreicht worden wäre, so hätte Falkenstein ohne Zweifel einen schlimmen Stand gehabt, zumal da in diesem Fall die Hannoveraner auch nicht wären gefangen worden. Jetzt war es zu spät, und wenn man auch damals noch in Süddeutschland sich träumte, die vereinigten Armeecorps des Südens würden bis Berlin vordringen, so verwechselte man den Zeitpunkt. Nachdem so viel versäumt worden war, konnte nicht mehr in Erfüllung gehen, was man zu hoffen früher vielleicht berechtigt gewesen war.

---

zwar unter General Willisen als dessen Generalstabschef, wozu ihm aber, wie Kriegsverständige urtheilten, die Begabung fehlte, weshalb auch die Schlacht bei Idstedt so unglücklich ablief. Da er zu hohen Ehrenstellen gelangte und Vertrauter des Königs war, wurde er wohl sehr beneidet und man suchte an ihm zu mäkeln. Im Jahr 1864 machte er freiwillig mit den Preußen den Sturm auf Düppel mit und wurde auch von Preußen dekorirt. Das wurde ihm nun zum Vorwurf gemacht und diente zum Vorwand, ihn als Preußenfreund zu verdächtigen.

Falkenstein faßte seine drei Divisionen am 1. Juli bei Eisenach zusammen und rückte gegen die Bayern vor, um sie einzeln zu schlagen, ehe sie sich mit dem 8. Armeecorps vereinigen konnten, welches noch immer weit weg bei Frankfurt stand, um mehr als 20 Meilen entfernt. Am 3. Juli hatten die Bayern Neidhardshausen und Roßdorf im Fuldathal besetzt. Hier nun wurden sie von den Preußen angegriffen. Göben griff mit seiner Division zwei bayrische Divisionen an, mit einer Colonne unter General Kummer bei Dermbach (gegen Neidhardshausen), mit der andern unter General Wrangel bei Wiesenthal. Trotz ihrer großen Ueberzahl und tapfern Gegenwehr wurden dennoch die Bayern geworfen und Neidhardshausen, so wie die nachher von den Bayern eingenommene Stellung bei Zelle erstürmt. Göben zog seine siegreichen Colonnen zurück, weil ihm Falkenstein befohlen hatte, den Bayern nur einen Schlag zu versetzen, sich aber nicht zu weit von ihm zu entfernen. Die Bayern gingen nun wieder vor und wurden abermals zurückgeschlagen. Die Preußen gingen aber selbst wieder zurück und concentrirten sich bei Dermbach, woraus das Gerücht entstand, sie seyen an diesem Tage von den Bayern geschlagen worden.

Die bayrische Reservecavallerie, sechs Regimenter unter dem alten Fürsten von Thurn und Taxis, waren weiter westlich geschickt worden, um die Verbindung mit dem 8. Armeecorps zu suchen. Ihr Vortrapp, unvorsichtig vorrückend in einem engen Waldthale, stieß bei Hünfeld plötzlich auf Preußen, welche zur Division des General Beyer gehörten, und da gleich der erste preußische Kartätschenschuß den Bayern acht Mann und zehn Pferde tödtete und noch viel mehr verwundete, entstand eine solche Panik unter den Reitern, daß sie eilends zurückflohen. Am meisten trug dazu ohne Zweifel die nicht ungegründete Besorgniß bei, der Wald könne auch von preußischer Infanterie wimmeln, deren Zündnadelgewehren die Reiterei in diesem Terrain schutzlos blosgestellt gewesen wäre. Dazu kam der gerechte Zorn der

Reiter über die fahrlässigen Führer. In wilder Verwirrung jagte alles rückwärts, am 3. Juli. Am 4. hatte sich die Reiterei wieder gesammelt und rückte in der Nacht nach Gersfeld vor. Als sie aber hier wieder durch eine Schlucht des Rhöngebirges kam, ergriff sie abermals die Panik.*) Im Glauben, der ganze Wald sey voller Preußen, floh sie wieder in rasender Eile. Einzelne Reiter jagten zurück bis nach Würzburg und erfüllten ganz Unterfranken mit Schrecken. Es war offenbar nur die Wirkung des tiefsten Mißtrauens gegen die eigenen Generale. Man glaubte sich verrathen und verhehlte es auch nicht. Wenn in der Schrift „Ursachen und Wirkungen der bayrischen Kriegführung" S. 36 die schlechte Presse beschuldigt wird, die gemeinen Soldaten gegen ihre Offiziere aufgehetzt zu haben, so hat das die schlechte Presse freilich auch lang vorher schon gethan, aber ohne Erfolg. Diesmal war nicht die schlechte Presse schuld. Der Soldat, der vor dem Feinde stand und das sinnlose Hin- und Hermarschiren nicht begriff, besaß nicht soviel politische Einsicht, um voraussetzen zu können, daß die Generale ohne Selbständigkeit nur nach geheimen Instructionen und politischen Rücksichten handeln mußten, gab daher den Generalen allein die Schuld. Nur darum wurde dem greisen Karl und dem greisen Taxis ihr Alter und dem General von der Tann sogar Verrath oder Preußenfreundlichkeit vorgeworfen. Zwei bayrische Offiziere erschossen sich aus Zorn und Verzweiflung über diese elende Art, Krieg zu führen.**)

---

*) In der Flugschrift „Wirkungen und Ursachen der preußischen Erfolge in Bayern" heißt es, die Bayern hätten den durch den Wald roth aufgehenden Mond für preußische Wachtfeuer gehalten.

**) „Oberst von Pechmann wollte die Schmach seiner Reiterei, die bei Hünfeld und Gersfeld, von Panik ergriffen, davon geritten, weil sie sich verrathen glaubte, nicht überleben. Dem Rittmeister Strommer befahl Prinz L. einen dichten, von den Preußen besetzten Wald mit seiner Schwadron zu säubern. Vergebens erklärte der Rittmeister, daß man Cavallerie zu

In denselben Tagen war die große Niederlage der Oesterreicher in Böhmen vollendet worden und hatte Kaiser Franz Joseph Venetien dem Kaiser der Franzosen zu Füßen gelegt, um sich dadurch seine Hülfe zu erkaufen. In diesem kritischen Zeitpunkte erneuerte der König von Preußen die Friedensanträge an die Mittelstaaten unter den günstigsten Bedingungen. Man kannte den Entschluß noch nicht, den Frankreich fassen würde, es lag also im Interesse Preußens, die Mittelstaaten von einem Anschluß an Frankreich abzuhalten. Preußen blieb sich aber nur consequent, denn es hatte von Anfang an den Mittelstaaten (auch Hannover) die Erhaltung ihrer Souveränetät zugesichert und nichts von ihnen verlangt, als Zustimmung zum preußischen Bundesreformplan. Noch sind die damaligen Verhandlungen nicht aktenmäßig zur Oeffentlichkeit gelangt. Nur eine bayrische Flugschrift*) sagte aus: „Preußen hat, wie jetzt constatirt ist, Bayern noch mehrere Tage nach der Schlacht von Königgrätz, ehe die Preußen nur einen Fuß auf bayrisches Gebiet gesetzt hatten, wiederholt den Frieden angeboten. Aber denjenigen Süddeutschen, welche nach der Schlacht von Königgrätz für den Frieden mit Preußen sprachen, erwiderte man damals, daß die Regierungen ebenso diesen Frieden wünschten, ihn

---

einem solchen Zweck nicht verwenden könne. Er erhielt die Antwort, wenn er nicht Muth genug habe, solle er sein Commando niederlegen. Hierauf ritt er zu seiner Schwadron zurück und sagte: Ich will euch nicht gewissenlos auf die Schlachtbank führen, aber beweisen, daß ich den Tod nicht fürchte! Und er erschoß sich vor der Fronte." Der Bundesfeldzug in Bayern S. 58, Stuttgarter Beobachter Nr. 165. In den „Ursachen und Wirkungen der bayrischen Kriegführung" S. 37 wird in Abrede gestellt, daß der Rittmeister unter dem Commando des jungen Prinzen Ludwig gestanden sey, und Prinz Luitpold, den man auch genannt, habe damals noch gar kein Commando geführt.

*) Ueber den Anschluß Süddeutschlands an den norddeutschen Bund. Nördlingen, Beck 1867. S. 38.

aber von Preußen nicht zu erlangen vermöchten. Warum verheimlichte man das preußische Friedensoffert?“ Ein Artikel der Augsb. Allg. Zeitung vom 9. Jan. 1867 erinnert noch an ein anderes Geheimniß, in welches Herr v. d. Pfordten den mit Oesterreich abgeschlossenen bayrischen Vertrag vom 14. Juni umhüllte. „Wie konnte ein Mitglied des deutschen Bundes einen Vertrag mit Oesterreich schließen, der Bayern separatim sein Territorium garantiren sollte. Es hatte sich doch auf den Standpunkt des Bundesrechts gestellt. Wußte der Minister nicht, daß die Bundesakte alle einzelnen Bundesgebiete garantirt? Und wenn ihm ein Zweifel an der Macht dieses Bundes bei den Chancen des Kriegs gekommen war, mußte er dann nicht um so mehr alle andern Bundesgenossen solidarisch zur gemeinsamen Garantie ihrer Besitzungen auffordern, anstatt ein separates Bündniß zu schließen? Das tiefste Mißtrauen gegen eine solche Politik mußte dadurch bei den Bundesgenossen hervorgerufen werden. Man theilte ihnen den Vertrag nicht mit, sie erfuhren ihn erst später durch Oesterreich selbst — und es war wohl sehr natürlich, daß Baden in diesem Vertrage eine Auffrischung längst vergessener Ansprüche auf Theile seines Territoriums sah.“ Sodann bemerkt der Artikel, die Haltung des Prinzen Wilhelm von Baden sey dadurch hinlänglich motivirt, wie auch die spätere preußische Forderung der Kriegskostenentschädigung. Die letztere wird noch ferner motivirt durch das Nichteingehen des Herrn von der Pfordten auf eine Versöhnung mit Preußen. Nach der großen Niederlage der Oesterreicher war für Bayern „der Moment gekommen, um mit Preußen wenigstens in Waffenstillstandsverhandlungen einzutreten. Jeder gesunde Menschenverstand fragte sich damals, was denn selbst bei einem theilweisen Erfolge der Waffen des 7. und 8. Armeecorps während der österreichischen Waffenstillstandsverhandlungen für ein Heil für Bayern und seine Verbündeten zu erwarten wäre? Preußen hatte nicht blos in Würzburg für das bayrische Armeecorps eine Waffenruhe angeboten, sondern auch über Paris in München das

Anerbieten der Aufnahme von Verhandlungen mit Bayern gemacht. Jedermann konnte sich sagen, daß die Hoffnungen, die von Wien her angeregt wurden, als dürfte es gelingen, das Südheer Oesterreichs aus Italien herauszuziehen und eine Schlacht vor Wien zu gewinnen, auf einer Illusion beruhten.“ Allein der Artikel vergißt zu bemerken, daß Herr von Beust damals in aller Eile nach Paris gereist war und daß man im Cabinet der Tuilerien allerdings einige Tage geschwankt zu haben scheint. Genug, wenn Herr von der Pfordten den preußischen Friedensantrag ablehnte und auch die schnell improvisirte Ministerconferenz zu München am 18. Juli ihm beistimmte, so gibt es dafür keine vernünftige Erklärung, als daß man in diesen Regionen durch einen Sieg der Oesterreicher vor Wien und durch eine bewaffnete Einmischung Frankreichs das Kriegsglück noch herstellen zu können hoffte. Die Ablehnung der preußischen Friedensvorschläge wurde eben so geheim gehalten, wie früher der Separatvertrag mit Oesterreich. Man kann nicht leugnen, daß ein solches Verfahren in einem constitutionellen Staate alle Rücksicht auf Volk und Stände versäumte. Am schwersten aber litt unter diesem Täuschungssystem die Armee.

Das 8. Armeecorps blieb damals immer noch bei Frankfurt stehen mit der Front nach Norden, ohne den Bayern die Hand zu reichen. Prinz Karl suchte nun die Vereinigung mit demselben fünf Meilen weiter südlich zu erreichen, während Falkenstein auf einen neuen Angriff der Bayern wartete. Erst als der letztere die Absicht der Bayern inne wurde, setzte er sich gegen Fulda in Marsch und rückte von da über Schlüchtern und Brückenau durch das Rhöngebirge ins Thal der fränkischen Saale, um hier die Bayern zu fassen und abermals an der Verbindung mit dem 8. Armeecorps zu hindern. Prinz Karl hatte hier seine Bayern zwischen Waldaschach und Hammelburg in einer Länge von drei Meilen auf den dominirenden Höhen äußerst vortheilhaft aufgestellt. Falkenstein ließ ihn aber am 10. Juli von zwei Seiten her angreifen, durch Göben bei Kissingen, durch Beyer bei Hammelburg. Die Bayern waren ausgeruht, die Preußen hatten soeben ihren ermüdenden Marsch durchs Gebirge vollendet. Die Brücken über die Saale waren abgebrochen. Nach 2½stündigem Donner der Kanonen brachte Göben mit seinen Gußstahlgeschützen die bayrischen Batterien auf dem linken Ufer der Saale bei Kissingen zum Schweigen und ließ sodann durch sein Fußvolk Kissingen stürmen. Nach einem blutigen Straßenkampf*) sahen sich die Bayern genöthigt zu weichen. Aus den widersprechenden Nachrichten über den Kampf ist doch so viel mit Gewißheit zu entnehmen, daß die wenigen Bayern, die hier auf das tapferste kämpften, unmöglich siegen konnten, weil sie vom Gros der bayrischen Armee nicht unterstützt waren. Die Preußen hätten nothwendig unterliegen müssen, wenn die Bayern ihre Uebermacht gebraucht hätten. In dem ungleichen Kampfe fiel der tapfere bayrische General Zoller, der hier commandirte, und erhielt der bayrische Generalstabschef, General von der Tann, der mitten ins Feuer gegangen war, einen Prellschuß, aber man frug mit Recht, warum

*) In der kleinen Schrift: „Das Treffen bei Kissingen,“ Kissingen bei Reichardt 1866, werden viele rührende und ergreifende Einzelheiten aus dem blutigen Kampf erzählt, namentlich von der verzweifelten Tapferkeit der bayrischen Soldaten. Ein bayrischer Corporal erschoß aus einem Fenster des Hotel Sommer elf Preußen, tödtete im Zimmer, als sie eindrangen, noch drei, wollte sich durchaus nicht ergeben und fiel, von vielen Bajonetten durchbohrt. Aber die Preußen selbst begruben ihn an der Promenade, setzten ihm ein Kreuz und schrieben darauf: Hier ruht ein tapferer Bayer, gefallen seiner Pflicht! Es fehlte auch nicht an komischen Zügen. Während des heftigsten Gefechts ging ein Engländer mit seiner Gemahlin unter einem Regenschirm auf dem Verschönerungswege spazieren. Als die Kugeln um die Dame pfiffen, sagte er: „Es sind die Kugeln der Bayern und Preußen.“ „Aber, lieber Mann,“ bemerkte die Dame, „es ist doch sehr gefährlich.“ Er aber erwiderte: „Es geht uns ja nichts an.“

weder der commandirende General, noch der Generalstabschef die Höhen, welche das Thal von Kissingen beherrschen, den finsteren Berg, die Bodenlaube und einen Theil des Stationsbergs nicht mit Kanonen habe besetzen lassen, was die Preußen an ihrem siegreichen Vordringen sicher verhindert haben würde. Man frug ferner, warum die Bayern von ihren zahlreichen Kanonen nur so wenige auf dem Platz gehabt hätten?*) Man frug endlich, warum die bayrische Division unter General Hartmann, welche hätte zu Hülfe kommen sollen, doch nicht gekommen sey?**) Die einfache Antwort ist, daß nach der großen

*) „Die bayrische Artillerie führte im Felde 136 Geschütze. Davon kamen in Kissingen 12, in Hammelburg 5 zur Verwendung. Wo waren die andern 119 Kanonen, als man ihrer bedurfte? In Kornäckern, auf der Trimburg und in Feuerthal, bei Poppenhausen und sonst wo. Die tapfern Artillerieoffiziere, die stundenlang feuern hörten und nicht avanciren durften, verzweifelten fast.“ Der Bundesfeldzug in Bayern S. 44.

**) Diese Fragen wurden von der bayrischen Presse mit scharfer Bestimmtheit aufgeworfen. Zander, Redacteur des Volksboten in München, wurde deshalb von General v. d. Tann wegen Ehrenbeleidigung angeklagt, aber vom Schwurgericht frei gesprochen. Die ausführlichen Verhandlungen dieses Prozesses sind gedruckt und die Zeugenaussagen lassen einen klaren Blick in die Verhältnisse thun. Zwei in Wenigen-Jena gedruckte Flugschriften zogen, wenn auch nicht ohne Leidenschaftlichkeit, den Schleier noch weiter herunter und sind nur in Nebendingen, nicht in der Hauptsache widerlegt worden. In der zweiten der genannten Flugschriften wurde auffallenderweise dem General Zoller selbst, der doch rühmlich fiel, der Vorwurf gemacht, er habe eine Verstärkung, die doch so nöthig gewesen wäre, zurückgewiesen. Noch auffallender ist der Vorwurf, der hier dem General von Hartmann gemacht wird. Prinz Karl selbst habe demselben wiederholt den Befehl zugehen lassen, mit seiner Division schleunigst nach Kissingen vorzurücken, um dem bedrängten General Zoller beizustehen, es sey aber nicht geschehen. Ueberhaupt wird Prinz Karl hier gerechtfertigt, im Widerspruch mit den vielen Anklagen, die von andern Seiten gegen ihn erhoben worden sind, und es wird gradezu behauptet, er sey von seinen eigenen

Entscheidung in Böhmen Bayern die Sache Oesterreichs und des Bundestags wieder herstellen zu können sich nicht einfallen lassen durfte, daß es mithin bis zum wahrscheinlich nahe bevorstehenden Waffenstillstand am klügsten that, nur zu laviren, nur noch einen Scheinkrieg zu führen und jeden empfindlichen Schlag gegen Preußen zu vermeiden, um die Preußen bei ihrer jetzigen großen Ueberlegenheit nicht zur Rache zu reizen.

Zur Unterstützung der Division Göben war die Division Manteuffel vorgedrungen und hatte nördlich von Kissingen bei Hausen und Waldaschach gleichfalls die ihm entgegen geworfenen bayrischen Truppen zurückgedrängt, und auf dem rechten preußischen Flügel hatte die Division Beyer Hammelburg erstürmt. Die ganze bayrische Stellung war genommen, der Uebergang über die Saale erkämpft.

Prinz Karl zog sich mit seiner Armee nach Schweinfurt an den Main zurück, also wieder in östlicher Richtung, so daß die Verbindung der Bayern mit dem 8. Armeecorps wieder verschoben war. Er brach zwar schon am 11. wieder auf, um Manteuffel zu schlagen, welcher ihm bis Euerbach nachgerückt war, dieser aber wich ihm aus, denn er hatte ihn nur beobachten sollen und Falkenstein war zufrieden, die Bayern einstweilen abgeschreckt zu haben und brach in Eilmärschen gegen das 8. Armeecorps auf, um dasselbe nun ebenfalls einzeln zu schlagen und sich wo möglich Frankfurts zu bemächtigen. Als Prinz Karl Manteuffel zurückweichen sah, glaubte er auffallender Weise, die Preußen wichen aus irgend einer andern Ursache zurück, und kehrte

---

Untergebenen getäuscht worden. „Es scheinen maßgebendere Einflüsse geherrscht zu haben, als die des Herrn Obercommandanten, und daß er alle seine militärischen Aemter und Würden niederlegte, spricht wohl deutlich genug aus, daß er zur Erkenntniß kam, man habe ihn getäuscht."

nun auch seinerseits wieder nach Schweinfurt um. Da sich das 8. Armeecorps übrigens nicht gerührt hatte, ihm beizustehen, kann man den damaligen Gedankengang im bayrischen Hauptquartier auslegen, wie man will.

Die Preußen hatten den Vortheil davon.

Fünfzehntes Buch.

Der Mainfeldzug.

Das 8. Bundesarmeecorps unter dem Befehl des Prinzen Alexander von Hessen-Darmstadt*) hatte sich am spätesten vollzählig gemacht. Es bestand aus den Truppen dreier selbständiger

*) Dieser hessische Prinz, dessen Schwester die Gemahlin des russischen Kaisers ist, nahm in seiner Jugend russische Dienste, focht mit im Kaukasus und war schon im zweiundzwanzigsten Jahre Generalmajor und Commandant der Cavallerie. Warum er schon nach fünf Jahren den russischen Dienst wieder verließ und in den österreichischen eintrat, ist uns nicht sicher bekannt. In Oesterreich wurde er Feldmarschall-Lieutenant und zeichnete sich im italienischen Feldzug von 1859 aus. Im Jahr 1863 wurde er in Disponibilität versetzt und kehrte nach Darmstadt zurück. Da seine Kriegführung im Jahr 1866 eine eben so unglückliche war, als die des Prinzen Karl von Bayern, trafen auch ihn die schwersten Vorwürfe, ohne daß die, welche seine Kriegführung verdammten, sich auch überlegt hätten, ob ihm die Instruction und die hohe Politik überhaupt freie Hand gelassen haben.

Herrn, von denen wenigstens einer (der Großherzog von Baden) den Krieg ungern mitmachte, und hatte zum Centrum seiner Stellung Frankfurt am Main genommen, in welcher reichen und an Agitationen gewöhnten Stadt Einflüsse der verschiedensten Art auf das Lager einwirkten. In Frankfurt selbst war man zu hitzig gegen Preußen erregt, wie man es in Baden zu wenig war. Als ein Cement, welches die heterogenen Bestandtheile des 8. Armeecorps besser zusammenhalten sollte, schickte Oesterreich eine Division von 12,000 M. unter dem Feldmarschall-Lieutenant Grafen von Neipperg.

Der Einfluß der Bundesstadt Frankfurt auf das 8. Armeecorps verrieth sich insbesondere dahin, daß sich dieses schöne und kriegslustige Corps niemals weit von Frankfurt entfernen durfte. Die reichen und einflußreichen Leute von Frankfurt hatten gar zu große Angst, die Preußen würden von ihren nahen Rheinprovinzen her einen Handstreich gegen den Sitz des Bundestags ausführen, und deshalb mußte eine ganze Schutzarmee zur Hand seyn. Frankfurt wäre viel besser geschützt gewesen, wenn das 8. und 7. Bundesarmeecorps rechtzeitig die Hannoveraner entsetzt hätten und mit ihnen gegen Berlin vorgedrungen wären. Die Angst des bösen Gewissens zog hier die Strafe selbst herbei. Die Rücksicht auf Frankfurt war eine der Hauptursachen, daß die Armeen der Mittelstaaten sich nicht concentrirten. Das übermüthige Frankfurt hetzte nicht nur zum Bürgerkriege, übertraf alle andern Gegner Preußens an Etourderie, sondern verpfuschte auch die Kriegführung seiner Bundesgenossen.

Immer noch stand das 8. Armeecorps bei Frankfurt, als habe es einen Schatz daselbst zu hüten, und erwartete den Feind von Norden her. Endlich nahm es die Miene an, als wolle es den Bayern die Hand reichen, und ließ in östlicher Richtung den berühmten Paß von Gelnhausen durch Württemberger besetzen, zog dieselben aber wieder zurück, da es doch höchst nöthig gewesen wäre, sie bis an die fränkische Saale zu schicken, ehe die Preußen dort ihren Sieg über die Bayern erfochten. Hatte das 8. Armeecorps nun nicht gegen die Preußen vorgehen wollen, so wurden sie jetzt von den Preußen überfallen.

Das Feldzugsjournal des Prinzen Alexander läßt in die Verwirrung in jenen Tagen einen klaren Blick thun. Es bemerkt zum 6. Juli: „In Folge des Rückzugs der bayrischen Armee und der traurigen Nachrichten aus Böhmen und in Anbetracht, daß sich die feindlichen Streitkräfte bereits zwischen den Bayern und uns eingeschoben haben, schien mir eine rasche Wiederbesetzung der Linie Mainz-Frankfurt-Hanau das dringendste zu seyn, während ich durch einen Marsch auf Brückenau und Kissingen dem über Fulda vorrückenden Feinde Flanke und Rücken preisgeben müßte und gezwungen würde, die jungen unerfahrnen Truppen unter sehr schwierigen Verhältnissen ins Feuer zu führen. Ich entschloß mich daher, die Vereinigung mit den Bayern bei Bischofsheim aufzugeben, in der Hoffnung, Prinz Karl werde unsere Verbindung auf der Linie Hanau-Aschaffenburg anstreben, anstatt in Franken. — Courier des Prinzen Wilhelm von Baden mit der mündlichen Meldung: er sey von Wetzlar und Gießen mit der Division nach Frankfurt zurückgegangen. Ich schickte ihm Befehl, sogleich wieder bis Friedberg vorzugehen. — 7. Juli. Schreiben des Ministers von Varnbüler: „Die württembergische Regierung billige vollständig mein Umkehren bis zur bedrohten Mainlinie.“ — 8. Juli. Chiffrirtes Telegramm des Prinzen Karl mit anderem Schlüssel geschrieben als demjenigen, welcher mir übergeben worden, mithin unverständlich. Später schriftlicher Befehl aus dem bayrischen Hauptquartier, die Rückwärtsbewegung einzustellen und mit allen Kräften auf die befohlene Verbindung mit der bayrischen Armee hinzuwirken, welche sich in der Linie Neustadt-Kissingen-Hammelburg concentrirt. Ich befahl der württembergischen Division den Paß von Gelnhausen stark zu besetzen und schickte den Feldmarschall-Lieutenant mit der österreichischen Brigade als Reserve nach Marköbel. Als aber Graf Neipperg heute diesen Ort erreichte, war der Paß bei Gelnhausen geräumt, weil der Befehl beim württembergischen Divisionsstab nicht rechtzeitig eingetroffen war. — 9. Juli. Prinz Karl besteht telegraphisch auf meinem Abmarsch nach Franken, während die Preußen das ganze nördliche Nassau, Gießen, Butzbach und das Kinzigthal theils besetzt haben, theils durch fliegende Corps beunruhigen (dagegen sagt Prinz Karl in seinen „Erläuterungen“ S. 7, es sey nur ein blinder Allarm einiger Landwehrabtheilungen gewesen und bei Prinz A. habe nur „die Rücksichtsnahme auf Frankfurt vorgewaltet.“) — 10. Juli. Rasttag für die sehr erschöpften Truppen. Französisches Telegramm des Prinzen Karl abermals mit falschem Schlüssel geschrieben. Der bayrische Gesandte Baron Schrenck fand nach großem Zeitverlust in seinem Archiv den betreffenden Schlüssel unter den vor Jahren außer Gebrauch gesetzten. Das Telegramm forderte mich auf, zur Unterstützung der bayrischen Armee nach Schlüchtern vorzurücken. Auftrag an Prinzen Wilhelm von Baden, Butzbach zu besetzen. Abends Antwort, die Expedition sey unterblieben, weil die Preußen Butzbach wieder geräumt hätten. Am Abend mußte die Nassauische Brigade auf den Wunsch des Herzogs zum Schutze seines Landes dahin aufbrechen. — 11. Juli. Collectiv-Aufforderung der Regierungen von Württemberg, Baden und Hessen, ich möchte, wenn möglich, Frankfurt und die Mainlinie nicht unmittelbar vor dem nahen Waffenstillstand preisgeben.“

Wir haben die Preußen in dem Augenblick verlassen, in welchem General Vogel von Falkenstein nach Zurückwerfung der Bayern den Angriff auf das 8. Armeecorps beschlossen hatte. Plötzlich erschien am 12. Juli die Division Göben, der die von Manteuffel folgen sollte, zu Gemünden am Main in der Mitte zwischen Schweinfurt und Aschaffenburg, und durchbrach somit die Verbindung zwischen dem 7. und 8. Armeecorps. Während das siebente das gar nicht bemerkte und in seiner Stellung bei Schweinfurt verharrte, kam dagegen das achte, welches in Bornheim sein Hauptquartier hatte, in große Aufregung. In dem nahen Frankfurt herrschte außerordentliche Bestürzung, denn hier im Sitz des giftigsten und frivolsten Preußenhasses fingen die schuldbewußten Herzen gewaltig zu klopfen an, nachdem man eine Zeit lang seit dem Abzug des General Beyer von Wetzlar sich vor den preußischen Helmen sicher gewähnt hatte. Prinz Alexander von Hessen erhielt am 13. vom Prinzen Karl den Befehl, sogleich nach Franken aufzubrechen und bei Uffenheim die Vereinigung mit dem 7. Bundesarmeecorps zu suchen. Prinz Alexander schickte sogleich den Grafen Neipperg mit seiner diesem Armeecorps zugetheilten österreichischen Division und mit dem hessen-darmstädtischen Contingent gegen Aschaffenburg vor, und befahl dem letzteren ausdrücklich, sich in kein ernstes Gefecht einzulassen. Unterdeß drang Göben am 13. Juli durch den Spessart vor und seine Avantgarde unter General Wrangel stieß am gleichen Tage zuerst bei Laufach auf die Hessen, die, dem Befehl zuwider, allzu kühn vorstürmten, und schlug sie zurück.*) Sehr ermüdet ruhten die Preußen hier aus, aber am Abend drangen die Hessen, 9 Bataillone stark mit Artillerie, wieder vor, wurden indeß durch 3 preußische Bataillone mit einem so mörderischen Zündnadelgewehrfeuer empfangen, daß sie mit großem Verlust zurückwichen. Am 14. rückte Göben weiter gegen Aschaffenburg vor, vor welcher Stadt Neipperg eine gute Stellung eingenommen hatte und doppelt so stark war als die Preußen. Aber die tapfere preußische Brigade Wrangel zwang die bei Damm aufgestellte feindliche Batterie durch Infanteriefeuer zum Abzug und erstürmte den Bahnhof von Aschaffenburg, während auf der andern Seite die

*) Der darmstädtische General von Stockhausen, ein sehr geschätzter Offizier, sollte hier Fehler begangen haben und im Winter vor ein Kriegsgericht gestellt werden, nahm sich das aber so zu Herzen, daß er dem Gericht zuvorkam und sich am 8. Dezember erschoß.

Brigade Kummer nach 1½stündigem Kampf im Walde in die Stadt eindrang. Hier wurde noch in den Straßen blutig gekämpft, bis die Preußen sich der Mainbrücke bemächtigten. Was nun vom Feinde schon drüben war, entkam. Der zurückgebliebene Rest, 2000 Mann (darunter 1500 Italiener vom Regiment Wernhard, welche eviva la Prussia riefen und übergingen), wurden gefangen. Eine unglaubliche Niederlage, da Prinz Alexander mit dem Gros des 8. Armeecorps nur zwei Meilen weit davon bei Seligenstadt aufgestellt war. Auch traf derselbe keine Anstalten, den Sieg herzustellen und die Preußen von Aschaffenburg zu vertreiben. Er kehrte vielmehr um, zog die Württemberger, welche den Paß von Gelnhausen besetzt hatten, zurück, gab auch Hanau auf und überließ sogar Frankfurt seinem Schicksal, da er es allein halten zu können verzweifelte. Seine letzte Hoffnung war die endliche Vereinigung seines Armeecorps mit dem des Prinzen Karl.

Die Niederlage bei Aschaffenburg wurde von Baden aus dem Grafen Neipperg schuld gegeben, was diesen um so mehr kränken mußte, als gerade die Badener ihm zu helfen sich geweigert hatten. Er rechtfertigte sich in edler Erzürnung.*) Die Niederlage bei

---

*) Als er den Rest seiner Division auf der Rückkehr nach Oesterreich am 6. August zu Anspach musterte, hielt er an sie eine Anrede, worin er sagte, heute werde das 8. Bundesarmeecorps aufgelöst, zu dem sie commandirt gewesen seyen. „Das Bewußtseyn erfüllter Pflicht erlaubt uns abzusehen von den böswilligen Zeitungsberichten, welche euch bei Aschaffenburg überrascht und in die Flucht geschlagen darstellten, während ihr gegen einen dreimal stärkeren Feind hartnäckig ankämpfend, nur Schritt um Schritt zurückwichet. Die badische Landeszeitung hat sich unterstanden, zu behaupten, wir wären aus Sorglosigkeit beim Abessen vom Feinde überfallen worden; diese Anschuldigung ist eine Lüge. Wir können stolz zurückkehren in die Reihen der österreichischen Armee, der Tag von Aschaffenburg bleibt ein Ehrentag dieser Brigade. Wir haben allein gekämpft, niemand ist uns zu Hülfe gekommen.“ — Insbesondere erklärte der General es für eine Lüge,

Aschaffenburg veranlaßte eine Panik im südwestlichen Deutschland, welche glücklicherweise nicht das Entsetzliche hatte, wie die in Böhmen nach der Schlacht von Königgrätz, vielmehr hin und wieder eine komische Seite darbot, besonders in dem hoffärtigen Frankfurt. Das 8. Armeecorps überließ dem Feinde ohne Schwertstreich eine Stadt, welche es bisher mit nur allzu großer Aengstlichkeit gehütet hatte, so lange kein Feind da war. In der Bundesstadt, der eine unparteiische Haltung am meisten geziemt hätte, hatte sich seit lange ein Haß und eine Mißachtung Preußens bemerklich gemacht, die durch keine Beleidigung von Seite Preußens hervorgerufen wurde. Die Frankfurter Judenblätter waren bezahlt und nur das Echo derer in Wien, hetzten aber den Frankfurter Pöbel allmälig zu einer unsinnigen Wuth auf, so daß derselbe die am 14. Juni vertragsmäßig aus der Bundesstadt abziehenden preußischen Soldaten verhöhnte und beschimpfte, die Oesterreicher aber mit Jubel überschüttete. Auch der Frankfurter Senat hielt sich keineswegs unparteiisch, sondern jagte, als die preußischen Truppen Frankfurt verließen, augenblicklich auch die von ihnen zurückgelassenen preußischen Beamten fort, wenn sie gleich schon jahrelang, als zum Bundesbeamtenpersonal gehörend, in Frankfurt angesiedelt gewesen waren. Auch die preußische Telegraphenstation wurde auf Befehl des Senats zerstört und der preußische Vorschlag zu einer Bundesreform übermüthig zurückgewiesen.

In sträflichem Egoismus sorgte der Senat nicht einmal für die Bundestruppen. Verblendet durch den Wahn, Preußen werde gleich anfangs unterliegen und die Bundestruppen würden rasch nach Norden ziehen, ließ er nicht einmal die Kasernen, welche die österreichische

---

daß das italienische Regiment Wernhard zum Feind übergelaufen sey. Hier stehe es ja noch, wenn es auch durch den Kampf geschwächt worden sey. Es war allerdings sehr geschwächt, denn mehr als die Hälfte hatte sich den Preußen ergeben.

und preußische Besatzung am 14. Juni in Eile hatte verlassen müssen, reinigen, ausluften und für neuen Besuch in Bereitschaft setzen. Als zuerst die Darmstädter Bundestruppen kamen, konnten sie es vor Gestank und Wanzen nicht aushalten. Ihr Prinz Ludwig überzeugte sich selbst von dem schlechten Zustand der Kaserne und quartierte die Soldaten bei den Bürgern ein. Als die Württemberger einrückten, empfing sie lauter Jubel.*) Als sie aber so lange in dem Vogelsberg herummarschirten und das 8. Armeecorps nicht vorwärts kam und endlich die Schreckensnachrichten aus Böhmen eintrafen, geriethen die Schreier, die bisher in Frankfurt den Ton angegeben hatten, in die Verzweiflung Shylocks, der eben noch auf sein angebliches Recht gepocht hatte und dem nun sein wirkliches Recht werden sollte.

Die kölnische Zeitung sagte: „Keine Stadt trägt an dem Krieg so schwere Schuld wie Frankfurt, denn schon seit Jahren war Frankfurt Mittelpunkt der wüthendsten Hetzerei gegen Preußen und namentlich seit dem März das Hauptquartier jener nichtsnutzigen Schreier, welche Himmel und Hölle in Bewegung setzten, um Deutschland in einen Krieg zu stürzen, der mit der Vernichtung Preußens enden sollte. Man muß während dieser Zeit im Süden gelebt haben, um beurtheilen zu können, mit welcher furchtbar schweren Schuld sich Frankfurt beladen hat, und zwar nicht Einzelne, sondern Frankfurt als Stadt und als Staat. Feindseligkeit und wilde Agitation gegen Preußen war das Lebensprincip jener freien Reichsstadt geworden. Von ihr gingen fast alle die Wühlereien aus, welche über den ganzen Süden so schweres Unheil gebracht haben. Darmstadt und Baden

*) Die Frankfurter, heißt es in der Schrift „Juni- und Julitage," überboten sich damals im Verhöhnen und Verlachen der preußischen Armee, hielten das Davonjagen derselben für unfehlbar, und einer sagte mit Kennermiene, ich glaube, daß wenig Preußen aus Böhmen herauskommen werden.

seufzten unter dem Terrorismus der nichtswürdigen Frankfurter Presse, der nie eine Frankfurter Behörde einen Versuch gemacht hat, irgend eine Schranke zu ziehen. Und diese Frankfurter Politik war nicht nur die Ausgeburt eines blinden Fanatismus, sondern ebenso das Product einer jüdischen Spekulation. Frankfurt hoffte, durch die Unschädlichmachung Preußens sich mehr und mehr zur politischen Hauptstadt Deutschlands aufzuschwingen und die Monopolisirung des Geldverkehrs, die es gegen den Süden seit langer Zeit geübt, auch auf den Norden auszudehnen. Ein solches Treiben hat eine exemplarische Züchtigung in vollstem Maaße verdient."

Weit entfernt einzusehen, man sey selber an dem Mißgeschick schuld, schimpften die Frankfurter in maßloser Wuth nur über die Bundesgenerale, ihre Beschützer, in derselben frechen und gemeinen Art, wie sie bisher den Preußen gethan hatten. Dazu prahlten sie immer noch mit ihrem Muth und ließen denselben an wehrlosen und ganz unschuldigen Individuen aus, die sie als angebliche Spione anpackten. Es war freilich nur der Pöbel, aber warum fehlten die moralischen Autoritäten, die ihn hätten zur Vernunft bringen können?

Nach der Niederlage bei Aschaffenburg war Frankfurt nahe bedroht. Daher allgemeine Panik in der bisher so übermüthigen Bundesstadt. Nicht nur das ganze Personal des Bundestags sammt der Bundeskasse, auch zahlreiche Frankfurter Einwohner, theils compromittirte Preußenfresser, besonders Journalisten und allzu furchtsame Kinder Israels flohen südwärts. Der Bundestag retirirte am 14. Juli nach Augsburg. An demselben Tage floh auch der Großherzog von Darmstadt und der Herzog von Nassau. Frankfurt blieb ohne Vertheidigung. Da erließen Bürgermeister und Rath der freien Stadt Frankfurt am 15. Juli noch eine lächerliche Bekanntmachung, worin sie am deutschen Bunde festhalten zu wollen betheuerten. Zugleich erklärte dieser muthige Magistrat Frankfurt für eine offene Stadt und stellte sie unter den Schutz des durch die Anerkennung aller Nationen geheiligten Völkerrechts. Den Commentar dazu hatte schon am 6. Juli die Frankfurter Postzeitung gegeben, indem sie ohne Scham den französischen Kaiser zu Hülfe rief. Sie schrieb nämlich: „Eine momentane Besetzung der hiesigen Stadt durch preußische Truppen liegt nicht außer den Grenzen des Möglichen, doch dürfte den sich bereits zeigenden Besorgnissen der Einwohnerschaft gegenüber daran erinnert werden, daß der mächtige Monarch, welchem jetzt die Vermittlerrolle zugefallen ist, schwerlich feindliche Maßregeln gegen Bundesstadt und Bundesbehörde zulassen wird."

Die sieggewohnte Division Göben war es, welche die Ehre hatte, am 16. Juli zuerst in Frankfurt einzurücken. Voran zog die Generalität, dann die Reiterei, das Fußvolk, das schwere Geschütz. Alle Musikchöre spielten und die Westfalen vom 55. Regiment sangen ein lustiges Lied mit dem Refrain: „Eins, zwei, drei, wir Fünfundfünfziger schießen mit Blei." Ein Theil des Frankfurter-Linienbataillons, welches zur Bundesarmee gehörte, also eigentlich auch hätte flüchten sollen, salutirte von der Hauptwache aus jede preußische Fahne wie im tiefsten Frieden. Die Volksmenge verhielt sich ruhig, rief aber auch einigemal Hurrah.

Mit General von Göben erschien auch Vogel von Falkenstein. Dieser treffliche alte General hatte sehr Recht, die Unverschämtheit, die in Frankfurt a. Main gegen Preußen so patzig gethan hatte, mit gutem Humor ein wenig am Ohrläppchen zu ziehen. Zuerst sorgte er dafür, daß in einer Stadt, die mit ihrem Reichthum so oft geprahlt hatte, seine Offiziere und Soldaten auch gut verpflegt wurden. Dann nahm er denen, die immer nur waren spazieren gefahren, ihre Luxuspferde weg zu besserem Gebrauche und legte der Stadt die mäßige Contribution von 6 Millionen auf. Nun machten sich die großen Geldsäcke auf einmal so klein wie möglich, die Summe wurde für unerschwinglich erklärt, nichts desto weniger aber sogleich baar ausgezahlt, als der alte General noch einmal am Ohrläppchen zupfte. Schon am 19. verließ Vogel von Falkenstein Frankfurt, weil er zum Gouverneur von Böhmen ernannt worden war, und General Manteuffel trat an seine Stelle. Die Frankfurter waren immer noch so dumm übermüthig, daß sie sich einbildeten, Vogel von Falkenstein sey blos deswegen entfernt worden, weil er so unmanierlich mit Frankfurt umgegangen sey. Sie wurden aber bald enttäuscht, als Manteuffel die Summe von 6 Mill., welche Frankfurt bereits bezahlt hatte, lächerlich gering fand und gleich noch weitere 25 Mill. verlangte. Natürlicherweise war es nur guter Humor, nur ein Schreckschuß für das Gesindel, was vorher so viel in Preußenfresserei renommirt hatte. Ein Frankfurter Senator (Bernus) schrieb in seiner Herzensqual um Hülfe nach Paris, London und Petersburg. Die Mehrheit des Senats erklärte sich indeß bereit, zu zahlen, in der verständigen Erwartung, daß die Drohung nicht ernst gemeint sey. Der alte Senat war zwar gleich anfangs nach dem Einrücken der Preußen aufgelöst, doch eine Verwaltungsbehörde eingesetzt worden, in der sich noch mehrere Senatoren befanden.

General Manteuffel ging am 21. wieder zur Armee ab und ließ den General von Röder als Commandanten in Frankfurt zurück, der mit Zwangseinquartierung drohte*), wenn nicht alsbald die 25 Millionen gezahlt würden, und vom Bürgermeister Fellner eine Vermögensliste der gesammten Einwohnerschaft verlangte. Diese wollte

*) In der Schrift „Juni- nnd Julitage in Frankfurt" heißt es Seite 46, die Frankfurter hätten sich in der Angst eingebildet, General v. Röder werde die Stadt von allen Seiten absperren und aushungern. „Da entstand eines Morgens ein furchtbares Hin- und Herrennen auf dem Markte. Frauen schlugen sich über Körben voll Eiern und Kartoffeln, sorgsame Hausväter schleiften halbe Ochsenviertel hinter sich her, Ausläufer keuchten unter der Last von Kaffeesäcken und Zuckerhüten, Juden vergaßen ihren religiösen Abscheu gegen das Schweinefleisch und liefen mit Würsten und Schinken behangen einher."

und konnte Fellner nicht liefern und hing sich in der Verzweiflung auf, am 24. Der Unglückliche hätte getrost leben bleiben können, denn die ganze Maßregel der Contribution war nicht ernst gemeint und sollte nur denen, die allzu frech gewesen, einen kurzen Schrecken einjagen. Die Zwangseinquartierung erfolgte am nächsten Tage und erfüllte vollkommen ihren Zweck, indem sie sehr vielen Hochmuth dämpfte. Das war aber auch der letzte Akt der nur allzu gerechten Strafe. Als eine Frankfurter Deputation in Berlin um Verminderung der Contribution flehte und diese Bitte im Abgeordnetenhause unterstützt wurde, hatte die preußische Regierung die Vereinigung Frankfurts a. M. mit der preußischen Monarchie beschlossen und Graf Bismarck sagte stolz: Von seinen Unterthanen erhebt Preußen keine Contribution.

Man merkte in Deutschland wenig Trauer um das Schicksal Frankfurts und des Bundestags. Für die Stadt Frankfurt agitirte nur wieder der unvermeidliche Classen-Kappelmann in Köln. Er berief eine Volksversammlung, welche für die Rechte Frankfurts gegen Preußen interveniren sollte, er wurde aber ausgelacht, weil sich zu seiner Versammlung nicht 100 Menschen einfanden.

Der Rest der Bundestagsgesandten ließ sich in Augsburg im Gasthof zu den drei Mohren nieder und hielt hier noch einige unfruchtbare Sitzungen. Unter andern forderte er die Bundesregierungen noch einmal auf, Milizen, Landwehren und sogar Freicorps zu organisiren, um die bedrohten Bundesstaaten schützen zu helfen, natürlich ohne Erfolg. Der österreichische Freiherr von Kübeck, der dem Bundestag noch immer präsidirte, zog in Folge der Nikolsburger Friedenspräliminarien in aller Stille von Augsburg ab. Die wenigen übrigen Gesandten trafen noch Vorkehr für das Inventar und die Beamten des Bundestags und entfernten sich dann ebenfalls, ganz zuletzt der nassauische Gesandte, Fürst von Sayn-Wittgenstein, am 24. August.

Niemand kümmerte sich um diese Vorgänge, keine Stimme des Mitleids klagte um den Bundestag. Sein Ende bestätigte nur die Unpopularität, welche schon der Fluch seines Anfangs gewesen war.

Die preußischen Truppen, welche bisher unter General Vogel von Falkenstein operirt hatten und die man nunmehr die Mainarmee nannte, rückten jetzt verstärkt durch eine oldenburg-hanseatische Brigade und etwas preußischer Landwehr unter dem Oberbefehl des General v. Manteuffel dem Main entlang dem 8. Bundesarmeecorps nach, welches eilig ostwärts marschirt war, um endlich noch in der letzten Stunde seine Vereinigung mit dem siebenten oder bayrischen Armeecorps zu bewerkstelligen. Manteuffel commandirte höchstens 40,000 Mann, die Bayern und das achte Armeecorps waren doppelt so stark. Doch rückte den drei preußischen Divisionen, welche Manteuffel commandirte, nunmehr eine starke Reservearmee unter dem regierenden Herzog von Mecklenburg-Schwerin von Sachsen her und ein zweites Hülfscorps unter dem Fürsten von Hohenzollern-Sigmaringen vom Rheine her nach.

Die preußische Mainarmee brach am 21. Juli auf, fand zuerst die Badener am 23. bei Hundheim, schlug sie schnell zurück, erreichte am 24. das Gros des achten Armeecorps an der Tauber, und zwar stieß die Division Göben bei Bischofsheim auf die Württemberger, die Division Beyer bei Werbach auf die Badener. Zur letzteren preußischen Division hatten sich bereits oldenburgische Hülfstruppen gesellt, die hier mitfochten. Auf beiden Punkten erzwangen die Preußen den Uebergang über die Tauber, um die Württemberger, die den Bayern ganz nahe standen, gegen Würzburg zu verfolgen und dorthin den Hauptstoß zu führen, während die Badener sich nach einem nicht sehr ernstlichen Kampfe eigenmächtig zurückzogen. Die Württemberger hatten die Ehre, wenn auch nur mit einigen Bataillonen, in einem blutigen Kampf das bereits von den Preußen besetzte

Bischofsheim mit großem Muthe zu stürmen. Auch zeichnete sich in diesem Gefecht ihre Artillerie sehr aus, allein nach dem amtlichen Bericht über diese Schlacht war es nur die billige Schonung, welche man der bundesfreundlichen Stadt Bischofsheim angedeihen ließ, durch welche jene treffliche Artillerie sich abhalten ließ, durch Zusammenschießen der Häuser die Preußen zu vertreiben. Die Folge war am Abend der Rückzug. Der gleichzeitige Kampf bei Werbach kostete den Preußen noch weniger Opfer, da es den Badenern kein rechter Ernst war.

Im Journal des Prinzen Alexander lesen wir unterm 25. Juli: „Aufmarsch des 8. Armeecorps in der Stellung Großrinderfeld-Wenkheim-Neubrunn in Gefechtsbereitschaft. Vom Obercommando ist keine Disposition für den heutigen Tag eingetroffen und von den bayrischen Truppen ist nichts zu sehen. Da bis zu dieser Stunde kein Befehl kam, gemeinschaftlich mit den Bayern die Offensive zu ergreifen, da keine einzige bayrische Brigade sich auf der Höhe unserer Schlachtlinie zeigte oder ankündigte, da die wenigen Vortruppen, welche in der Frühe von der badischen Reiterei gesehen worden waren, im Rückmarsche auf Uettingen sich befanden, da hingegen Meldung einlief, daß sich starke feindliche Abtheilungen in der linken Flanke des Corps zeigten, welche noch vor uns Gerchsheim und hiermit die kürzeste Linie nach Würzburg erreichen konnten, so führte ich das Corps in die Stellung Gerchsheim-Altertheim zurück in der doppelten Absicht, mich der bayrischen Armee zu nähern und eine weniger ausgedehnte Kampflinie einzunehmen. Dieser Marsch im unwegsamsten Gebirgsterrain war sehr beschwerlich. In Gerchsheim erfuhr ich, daß zwei bayrische Divisionen bei Helmstadt und Uettingen ständen, mit dem Befehle, die Offensive zu ergreifen. Hätte ich diese sehnlichst erwartete Nachricht nur zwei Stunden früher erhalten, so wäre ich nicht in die Stellung von Gerchsheim zurückgegangen. So aber war die Hälfte des bayrischen Corps vorgegangen, während das achte zurückging und es war zu spät, dem Befehle des Prinzen Karl nachzukommen (was dieser in den „Erläuterungen" S. 10 bestreitet). Meine auf das äußerste erschöpften Truppen waren zum Theil in der neuen Stellung angekommen, zum Theil noch im Marsch begriffen. Um zwei Uhr meldete Graf Neipperg, seine Division sey mit dem Feinde engagirt. Ihm zunächst stand die badische Division. Der preußischen Artillerie wurden sehr bald einige Geschütze demontirt. In der Richtung der bayrischen Aufstellung wurden Kanonendonner und Gewehrfeuer immer heftiger; da ließ mir Prinz Wilhelm von Baden melden, er habe den Rückzug angetreten. Die bei Neubrunn auf das heftigste angegriffene Division des Prinzen Luitpold von Bayern hatte vergeblich um die Unterstützung der badischen Division, welche ihr zunächst stand, angehalten. Fast gleichzeitig meldete mir General-Lieutenant von Hardegg, die württembergischen Truppen seyen zu erschöpft, um sich schlagen zu können, er habe ihnen daher Befehl ertheilt, nach Kist auf der Würzburger Straße zurückzugehen. Zwei Brigaden hatten den Rückmarsch bereits wirklich angetreten, nur die Brigade Fischer blieb am nordöstlichen Waldsaume stehen und deckte später den Rückzug mit großer Tapferkeit und dem besten Erfolge. Unter diesen Verhältnissen blieben mir von neun Brigaden nur fünf auf dem Kampfplatz, alle übrigen gaben jeden Widerstand auf oder versuchten ihn nicht einmal." Die Bayern mußten sich von Neubrunn zurückziehen und das 8. Armeecorps folgte. Prinz Karl befahl dem 8. Armeecorps, auf dem Nicolausberg bei Würzburg sich zu concentriren, was auch geschah.

Wie zusammenhangslos*) die ganze Kriegführung, wie ungeneigt

---

*) Prinz Alexander von Hessen hat später in seinem „Feldzugsjournal" sich bündig genug mit Folgendem gerechtfertigt: „Zu den drei das 8. Armeecorps bildenden Contingenten waren noch drei hinzugekommen. Das bei Beginn des Feldzugs 45,000 Mann zählende Corps hatte sechs Kriegsherrn

die gegenseitige Stimmung war, erhellt daraus, daß der Train des 8. Armeecorps in der Nacht vom 25. zum 26. Juli in Würzburg nicht eingelassen wurde, weil der bayrische Commandant, einem alten Festungsreglement zufolge, um acht Uhr die Stadtthore schließen und nicht wieder öffnen ließ.*) Da mußten die ermüdeten württembergischen Truppen hinter dem Train auf offener Straße bivouakiren.

Was die vielbescholtene badische Kriegführung betrifft, über die nachher als über den „badischen Verrath" in einer Wiener Flugschrift geklagt wurde, so erhielt die badische Division im Beginn des Feldzugs den Befehl, sich von Frankfurt aus der Punkte Gießen und Wetzlar zu bemächtigen, um sowohl die Basis am Main zu decken, als auch der Armee, die ins Fuldathal vorrückte, Flanke und Rücken zu sichern. Der Befehl wurde vollzogen, als aber am 6. Juli der Vormarsch des übrigen 8. Armeecorps ins Fuldathal aufgehalten und rückgängig gemacht wurde, weil die Bayern bei Kaltennordheim von den Preußen waren geschlagen worden und sich gegen Franken zurückzogen, verließ Prinz Wilhelm eigenmächtig die ihm angewiesene Stellung, obgleich ihm, sie zu behaupten, wiederholt befohlen worden war. Ein badischer Lieutenant erschien am 6. im Hauptquartier des Prinzen Alexander zu Crainfeld und meldete ihm im Namen des Prinzen Wilhelm einfach, die badischen Truppen zögen hinter Frankfurt zurück. Hierauf wurde sogleich der im Hauptquartier befindliche badische Major Krauß mit dem gemessenen Befehl an den Prinzen Wilhelm abgesandt, seine

---

und fast eben so viel verschiedene Reglements, Signale, Artilleriesysteme und — politische Ziele. Seit 26 Jahren war das Corps nicht vereinigt, die Generale kannten sich kaum gegenseitig; keiner, mit Ausnahme des österreichischen, hatte jemals einen ernsten Feldzug mitgemacht. Im ganzen buntscheckigen Hauptquartier befand sich kein einziger Mann meiner Wahl. Vom Chef des Generalstabs bis zum letzten Lieutenant waren mir alle oktroyirt worden und ich erfuhr ihre Namen erst, als sie ihr Amt antraten."

*) Schwäbische Volkszeitung vom 11. October 1866.

schriftliche Instruktion ist jedoch aus den Akten verschwunden. Mündlich ertheilte Prinz Alexander dem Major Krauß die Weisung, der Prinz werde nöthigenfalls, wenn er nicht gehorche, seines Commandos enthoben werden. Daß wirklich davon im Hauptquartier die Rede war, bezeugte später auch Generallieutenant v. Baur, Chef des Generalstabs im 8. Armeecorps. Prinz Wilhelm befand sich bereits in Frankfurt und entschuldigte sich in einem Schreiben ins Hauptquartier, wie auch gegen den österreichischen Militärbevollmächtigten in Frankfurt, Generalmajor v. Packeny, in unklarer und nicht erschöpfender Weise. Am 7. schickte Prinz Karl dem Prinzen Wilhelm den strengsten Befehl zu, augenblicklich umzukehren. Zugleich herrschte große Aufregung in Frankfurt, sowohl unter den badischen Truppen, als unter der Bevölkerung, und von Karlsruhe erfolgte die Weisung an den badischen Prinzen, sich dem Befehl des Prinzen Karl zu unterwerfen. Dies geschah nun, allein die badischen Truppen nahmen den feurigen Antheil am Kampfe gegen Preußen nicht, den man ihnen zumuthete. Insbesondere wurde ihnen zum Vorwurf gemacht, sie seyen nahe genug gewesen, um die am 14. Juli vor Aschaffenburg in blutigem Kampf begriffenen Hessen unterstützen zu können, hätten es aber nicht gethan. Der hessische Oberlieutenant Möller bat die auf der Chaussee zwischen Babenhausen und Aschaffenburg lagernden badischen zwei bis drei Bataillone um Hülfe, sie erklärten aber, sie hätten keinen Befehl. Prinz Alexander ertheilte hierauf dem Prinzen Wilhelm noch am 14. Abends 6 Uhr den Befehl, die Preußen aus Stockstadt zu vertreiben, der Befehl wurde aber nicht ausgeführt.

Erst als die Vereinigung des 7. und 8. Bundesarmeecorps endlich verfügt wurde, bekamen die Badener auf der Hochebene bei Hundheim die Preußen zum erstenmal zu Gesicht und sollten in guter Stellung deren Heraustreten aus dem Odenwald verhindern. Obgleich hier die ganze badische Armee vereinigt war, zog sie sich doch nach einem sehr kurzen Kampfe, in welchem ihr nur 92 Mann außer Gefecht gesetzt wurden, wieder zurück und ließ den Preußen den Weg offen, am 23. Juli. Man*) beschuldigte sie, es mit dem Kampf nicht ernst gemeint zu haben. „Nicht ohne Bedeutung erscheint uns ein Telegramm, welches der Großherzog von Baden nach jenem Treffen und zwar bereits den folgenden Tag, am 24. Juli, an seinen durchlauchtigsten Bruder, den Prinzen Wilhelm, richtete und welches also lautet: Prinz Wilhelm von Baden in Wertheim. Aus Preußen wird ein Zusammenstoß preußischer und badischer Truppen bei Hundheim gemeldet. Bitte umgehende Antwort, ob das wahr ist? Sind noch keine Anordnungen vom Obercommando wegen Waffenruhe getroffen? Friedrich.“

Dieselbe Beschuldigung wiederholte sich, als am folgenden Tage die badischen Truppen bei Werbach den Preußen widerstehen sollten, während die Württemberger mit denselben das blutige Gefecht bei Tauberbischofsheim bestanden. Auch von Werbach zogen sich die Badener nach einem Verlust von nur 83 Mann gleich wieder zurück.**) Prinz Karl von Bayern war über diesen Rückzug entrüstet, weil dadurch der übrige Theil des 8. Armeecorps entblößt wurde, und Prinz Alexander von Hessen forderte den Prinzen Wilhelm dringend auf, zu erklären, warum er der 3. bayrischen Division nicht zu Hülfe gekommen sey, da er nach einer mündlichen Erläuterung vom Commandanten derselben, als sie ganz in der Nähe im Kampfe stand, aufgefordert worden sey? Eine Antwort blieb aus. Prinz Wilhelm zog

---

*) Enthüllungen über den badischen Verrath S. 21.

**) In den „Enthüllungen“ wird ein mit Bleistift geschriebener Zettel des Prinzen Wilhelm erwähnt, den er am 25. von Unteraltertheim aus in das Hauptquartier schickte, des Inhalts: „In der Richtung von Werbach auf Neubrunn starke Staubwolken, Geschütz- und Kleingewehrfeuer; Vorrücken von Werbachhausen, daher Rückmarsch in Gefechtsformation hinter Oberaltertheim, um dort Stellung zu nehmen.“

die badischen Truppen noch weiter zurück. Am 28. Juli trat v. Edelsheim aus dem badischen Ministerium und der preußenfreundliche Minister Matthy an seine Stelle, worauf schon am 29. der Großherzog seinem Bruder den Befehl zugehen ließ, sich mit seinen Truppen vom 8. Bundesarmeecorps zu trennen und nach der Heimath zurückzukehren. Weder Prinz Alexander, noch Prinz Karl waren in der Lage, es verhindern, oder den Prinzen Wilhelm zur Verantwortung ziehen zu können.

Am 27. war Manteuffels ganze Armee vor Würzburg*) concentrirt und begann dieselbe, den Marienberg (die Citadelle von Würzburg) zu beschießen. Die Kugeln thaten wenig Schaden, denn derselbe beschränkte sich auf einen kleinen Brand. Das Festungs-

*) Auch in Bayern hatte man das Volk verhetzt und demselben die abenteuerlichsten Fabeln von den Preußen erzählt, um es gegen dieselben zu erbittern, wie in Böhmen. Die Neue Würzburger Zeitung sah sich dadurch veranlaßt, in der Mitte des Juli das Volk zu ermahnen, es solle doch so grobe Lügen nicht glauben. „Da die Preußenfurcht in hiesiger Stadt von einigen Fanatikern namentlich dadurch genährt wird, daß sie der niedern Volksclasse glaubwürdig zu machen suchen, die Katholiken müßten, wenn die Preußen kämen, alle protestantisch werden, so halten wir es für unsere Pflicht, darauf aufmerksam zu machen, daß in Preußen große Provinzen fast ausschließlich von Katholiken in einer Anzahl von 6 Millionen bewohnt sind und dieselben unbeirrt ihren Cultus ausüben." Das Blatt mußte die Bürger noch ausdrücklich warnen, ja nicht auf die einrückenden Preußen zu schießen, weil das die Stadt ins größte Unglück stürzen würde.

Zu den komischen Vorkommnissen in diesem Kriege gehörte auch das Gerücht, welches durch alle Zeitungen lief, die Preußen hätten vor Würzburg 12 Kanonen verloren. Es war kein Wort davon wahr. Ueberhaupt haben die Preußen in diesem ganzen Kriege, auch in Böhmen, kein einziges schweres Geschütz verloren. In preußischen Blättern machte man sich den Spaß, zu sagen: Die Bayern hätten das Metall der eroberten Kanonen großmüthig zurückgegeben und nur die Löcher behalten.

geschütz war nicht lange vorher erneuert worden, von überlegenem Kaliber und that den Preußen vielen Schaden, wie auch abermals die württembergische und die nassauische Artillerie in diesem letzten Kampf vor Würzburg sich noch auszeichnete. Aber schon am folgenden Tage wurde der nutzlose Kampf sistirt,*) denn eben war die

*) In dem „Bundesfeldzug in Bayern" S. 56 findet sich ein frappantes Genrebild aus jenen Tagen, freilich stark karrikirt und mit etwas boshaftem Griffel gezeichnet, aber doch den Auffassungen entsprechend, die damals in der öffentlichen Meinung in Bezug auf die Dinge und Personen vorherrschten. „Das Alter ist vorsichtig, sparsam, verzagt, ergreift zu gern die passivste Defensive, statt der kecken Offensive, ist dann selbst zu sehr an Bequemlichkeit, an Ruhe gewöhnt. So kam es denn, daß das Hauptquartier des Prinzen Karl 168 Pferde, 8 Chaisen mit sich führte, einige Wägen für Silberzeug, Porzellan, Federvieh. Ja, das bayrische Hauptquartier soll nur deshalb einige Tage später zur Armee aufgebrochen seyn, weil die bestellten Leibstühle noch nicht fertig waren. Köche, Friseure und ähnliche Individuen waren in reicher Anzahl vorhanden. Fürst Taxis führte sogar nebst seinem Küchenwagen und vier brillanten Equipagen, Kammerdiener und Köchin im Cabriolet mit sich herum. Trotz der Schnelligkeit der Preußen soll der Herr Commandant der Bundesarmee vor 9 Uhr Morgens keinerlei Meldung angenommen, Offiziere nur in Galla vorgelassen haben. Gute Diners zu halten, war eine Hauptsorge des Tags. Während die Preußen das 8. Bundesarmeecorps verfolgten, wurden fünf Tage lang in der königlichen Residenz zu Würzburg splendide Essen gegeben. Fürst Taxis hielt eben auch ein Gelage in Hammelburg, als die Nachricht vom Anrücken der Preußen kam, die er natürlich, da sie störend wirkte, nicht glaubte. Das Alter und die nicht mehr gewohnten Anstrengungen wirkten so, daß königliche Hoheit und ad latus von der Tann auf der Hin- und Herreise von Würzburg nach Tauberbischofsheim zu einem Kriegsrathe mit dem 8. Armeecorps im Wagen schliefen zur Verwunderung der guten Höchberger, die meinten, die bevorstehende Verhandlung, bei der es sich um Seyn oder Nichtseyn Süddeutschlands handle, müßte wichtig genug seyn, jeden Schlaf zu verscheuchen. Aber ein gutes Gewissen ist ein sanftes Kissen. War das hohe Alter unserer Heerführer schon kein Segen, so noch weniger

Nachricht vom Waffenstillstand in Nikolsburg eingetroffen. Wozu sollte man sich jetzt noch am Main schlagen? Bayern ging am 2. August mit Preußen eine Waffenruhe ein, die Badener eskamotirten sich. Auch Württemberg mußte nun bald um Waffenruhe nachsuchen. Die Preußen begnügten sich mit ihren bisherigen Erfolgen und machten zur Bedingung der Waffenruhe nur, daß sie die nördlichen Theile von Baden, Württemberg und Bayern bis zu einer Linie besetzen dürften, die von Mannheim, Heidelberg dem Neckar, dann dem Kocherfluß entlang über Feuchtwangen südwärts von Nürnberg fortlaufen sollte. Natürlich nur auf die kurze Zeit bis zum definitiven Friedensabschluß.

Unglücklicherweise war der Abschluß der Waffenruhe noch nicht dem Herzog von Mecklenburg bekannt geworden, als dessen vorrückende Truppen am 29. Juli früh Morgens 6 Uhr das 4. Bataillon des bayrischen Infanterieleibregiments unter Major Joner bei Weiden, unfern von Baireuth, wohin es hatte marschiren sollen, unterwegs antrafen, mit Uebermacht angriffen und größtentheils aufrieben.

Am 31. Juli rückten die Preußen bereits in Nürnberg ein, am 1. August in Heidelberg und Mannheim, am 2. August in Mergentheim. Am gleichen Tage wurde ihnen auch die Stadt Würzburg mit Ausnahme des Marienbergs eingeräumt. Alles ging friedlich vor sich. Nur in Mannheim konnte der Pöbel (der s. g. Neckarschleim) wieder nicht unterlassen, Unfug zu treiben und die Preußen bei ihrem Einmarsch zu beschimpfen. Die Preußen ließen sich jedoch nicht in Hitze

die hohe Stellung derselben. Als königlicher Prinz war es mißlich, unter dem bürgerlichen Doktorssohn Benedek zu stehen, es gab Rangstreitigkeiten mit dem erst später gefürsteten Prinzen Alexander; als königlicher Prinz konnte man keinen Mahner dulden, wie General v. Zoller, und mußte ihm Arrest dictiren. Diese Strenge traf selbst Offiziere im Dienst, die so unvorsichtig waren, dem prinzlichen Wagen vorzureiten."

bringen, sondern stellten die Ordnung mit musterhafter Besonnenheit her.

Am 2. August faßte General von Manteuffel die wunderbaren Erfolge, die sein schwaches und erst nach und nach von verschiedenen Seiten her zusammen gezogenes Corps über das 7. und 8. Bundesarmeecorps, die vereint mehr als doppelt so stark waren, errungen hatte, in einem Armeebefehl folgendermaßen kurz zusammen: „Soldaten der Mainarmee! Nachdem ihr unter eurem früheren so bewährten und kriegserfahrenen Führer, General der Infanterie von Falkenstein, das Königreich Hannover, Kurhessen und die weiten Länder bis Frankfurt a. M. erobert, die ganze hannoversche Armee zur Waffenstreckung gezwungen, die Bayern am 4. Juli bei Neidhardshausen, Zelle und Wiesenthal, am 10. Juli bei Hammelburg, Kissingen, Friedrichshall, Hausen und Waldaschach, am 11. Juli bei Oerlenbach die Hessen-Darmstädter, am 13. bei Laufach diese und die Oesterreicher am 14. bei Aschaffenburg geschlagen, habt ihr am 16. Juli euren siegreichen Einzug in Frankfurt gehalten. Nach kurzer Ruhe habt ihr den Feind von Neuem aufgesucht, am 23. die Badenser bei Hundheim, am 24. die Oesterreicher, Württemberger, Hessen-Darmstädter und Nassauer bei Tauberbischofsheim, die Badenser bei Hochhausen und Werbach, am 25. das ganze vereinigte 8. Bundescorps bei Gerchsheim und die bayrische Armee bei Helmstadt, letztere am 26. Juli auch bei Roßbrunn geschlagen und seyd heute nach 20 größern und kleineren, stets siegreichen Gefechten in Würzburg eingerückt.“

In einer Flugschrift über die Operationen des 7. und 8. Bundesarmeecorps, die in Wenigen-Jena im Anfang des September gedruckt wurde, hieß es: „Der ganze Feldzug der Prinzen Karl und Alexander war nichts als der Bundestag ins Militärische übersetzt. Dasselbe Zaudern, Protestiren, Retiriren, dieselben Ferien in den Hauptquartieren! Ueberall ähnliche militärische Zustände, wie die, welche die Katastrophe in Hannover herbeigeführt hatten! Die Armeen waren bloß das Spielzeug und eine Polizeitruppe reaktionärer Regierungen gewesen, und man verstand sie nun nicht zu gebrauchen, wo sichs um ernsten Angriff und Vertheidigung handelte. Die an sich trefflichen Bestandtheile des Bundesheeres bildeten in ihrer Zusammensetzung eine nahezu hilflose Maschine, besonders das 8. Armeecorps konnte vom technischen Standpunkte aus nicht als ein zur Kriegführung in jetziger Zeit qualificirtes Instrument bezeichnet werden. Selbständigkeit, Geist und Genie im Militär hatte man nicht aufkommen lassen; jetzt zeigten die Gamaschenknöpfe, daß Kopf und Herz ihnen fehlte. Während die Zeitungen von den wunderbaren Kreuz- und Quermärschen aller Bundestruppen erzählten, hatte das mächtige Bayern keine 10,000 Mann disponibel, um durch das Werrathal hindurch den bedrängten Hannoveranern die Hand zu reichen und die paar tausend Preußen, die damals dazwischenstanden, zu vertreiben; nein, der halbinvalide Prinz, der an der Spitze der bayrischen Armee stand, brauchte so lange Zeit, sich zu dieser Hilfeleistung zu entschließen, bis sie durch die Capitulation der Hannoveraner gegenstandlos wurde. In der Festung Mainz herrschte eine so kolossale Verwirrung, daß ganze Regimenter dort einmarschirten und auf eigene Faust Quartier nahmen, ohne daß der Festungs-Commandant Kunde davon hatte. Oft mußten tagelang neuernannte Aerzte, Offiziere oder Feldspitäler ihre Regimenter suchen, niemand konnte ihnen deren Standquartier sagen. Truppenkörper schlugen sich, ohne zu wissen, daß einige Stunden davon andere Corps auch im Gefechte waren, ohne mit ihnen zu cooperiren. In Würzburg mußte ein preußischer Parlamentär erst die Nachricht bringen, daß das bayrische Hauptquartier einrücke, der Commandantschaft war es etwas neues. Nur bei den Preußen hätte man erfahren können, wo bayrische Regimenter standen. Noch bis zuletzt währte diese Kopflosigkeit; ein Uhlanen-Corporal erhielt z. B. mehrere Tage, nachdem Nürnberg schon von den

Preußen besetzt war, die Ordre, über diese Stadt sich zu seinem Regimente zu begeben. Er wurde natürlich gefangen. Todtenscheine wurden ausgestellt über Lebende. In der Verpflegung herrschte dieselbe Confusion. Oft herrschte Mangel, während das Fleisch verscharrt werden mußte, weil es verdarb, bis es an die betreffenden Compagnien kam. Dem 8. Armeecorps, das ganz verhungert von der Tauber an den Main kam, wurden sogar 88 Ochsen mit den Treibern gestohlen, wie in den Amtsblättern zu lesen. Der Prinz von Hessen hatte sich vergeblich bemüht, eine einheitliche Verpflegung seines Corps mit Hülfe eines Civilcommissärs in Frankfurt zu organisiren, der Wille des Generals scheiterte an den partikularistischen und bureaukratischen Traditionen der einzelnen Contingente und ihrer heterogenen Generalstäbe und Intendanturen. Angeblich wollte sich jede Division selber nach eigenem Modus verpflegen, und alle litten den bittersten Hunger während der aufreibenden Märsche im Vogelsgebirge und links des Mains. Ein fester taktischer Zusammenhang zwischen den drei Divisionen des 8. Armeecorps bestand durchaus nicht. Das Corps hatte 24 Jahre lang keine vereinigte Uebung mehr gemacht und war im Commando, in der Uniform, Ausrüstung und Organisation ganz verschieden. Die kurhessischen Husaren waren in der Uniformirung (selbst der Schabracke) den Preußen so ähnlich, daß die Oesterreicher bei Aschaffenburg auf sie schossen. Es bestand keine Kaliber-Einheit der Handwaffen, die vier Feldbatterien der einen Division waren nach vier verschiedenen Systemen ausgerüstet. Der Corpsverband war ein theoretischer, demnach konnten auch bei keinem Gefechte die Divisionen des 8. Armeecorps unter sich oder das 8. Corps mit dem 7. als Glieder einer und derselben Armee zu regelrechtem Zusammenwirken gelangen. Es gab nichts als isolirte, wenn auch ehrenvolle Kämpfe, nirgends konnte die überlegene Gesammtkraft der Heere sich wirklich geltend machen. Daß man auf Grund des bestehenden Bundeskriegswesens keinen energischen Krieg führen könne, hatte übrigens nicht nur Preußen, sondern fast jedermann schon vorher gewußt, die bundestreuen Staaten hatten vor sieben Jahren (Dezember 1859) es officiell am Bunde erklärt. Auch über Art und Umfang der Reform bekämpften sich die Ansichten zwei Jahre lang erfolglos, bis das ‚schätzbare Material‘ in der Aktenstube vergraben und keine einzige der für so dringend erklärten Maßregeln wirklich in Angriff genommen wurde.

Daß die enormen Diäten der Militärberathungs-Commissionen am Bunde bezahlt wurden, blieb am Ende die Hauptsache. Die Minister aller Staaten konnten inzwischen nicht genug für Wehrhaftmachung verlangen, und die Bundes-Inspectoren fanden auf dem Papier alles in schönster Ordnung. Als aber wirklich der Krieg begann, welcher Jammer! Es fehlte an allem, und welche Zeit verging, bis das 8. Armeecorps sich nach und nach gerüstet und gesammelt! Dann war man sich selbst über die nächsten Ziele nicht klar und folgte mehr dem Drange ungünstiger Verhältnisse und der Gewalt des Zufalls, als einem festen Plane. Man vereinigte sich nicht zu einer Zeit, als man noch durch keinerlei feindliches Vordringen bedroht war. Man versprach in die Action zu treten und verlegte das Hauptquartier nach Friedberg, man begann den unglücklichen zehntägigen Marsch (30. Juni bis 10. Juli) in den unfruchtbarsten Theil Oberhessens, um, nachdem man ganz nahe bei den Bayern stand und die feindliche Armee in der Mitte hatte, die Bayern allein zu lassen und zurückzugehen. Der Prinz Wilhelm von Baden erklärte, nicht mehr mitthun zu wollen, und das soll lähmend gewirkt haben. Der Herzog von Nassau rief auch seine Truppen ab, da er mit ihnen vor allem sein Land decken wollte; die Hessen wollten vielleicht das ihrige decken u. s. w. Die Württemberger trieben sich dann um Gelnhausen herum, wo man durchaus den Feind haben wollte, während er durch den Spessart ging. Er wagte sich verwegen zwischen zwei Heere einzuschieben, deren jedes an Zahl ihm mindestens gleich war. Die Bayern ließen den Feind ruhig durch die Defiléen des Werragrundes ziehen, hatten keine Lust oder Zeit, mit der ihnen noch dienstbaren Eisenbahn nur einige Schützen oder Kanonen nach Gemünden, Karlstadt, Lohr zu werfen, welche Punkte von der Natur wie zur Vertheidigung geschaffen sind. Trotz des Anerbietens von Forstleuten, wurden keine Verhaue im Spessart angelegt, die unzugänglichen Höhen dort nicht besetzt, der Feind nicht von beiden Seiten umfaßt. Durch die blutigen und höchst kläglich disponirten Gefechte der Hessen bei Laufach und der Oesterreicher bei Aschaffenburg erkaufte man nicht das Festhalten der unteren Mainlinie mit allen daran geknüpften politischen und militärischen Lebensbedingungen, sondern nur die Freiheit, sich aus dem armen Vogelsgebirge in den armen Odenwald zurückwerfen zu dürfen mit Preisgebung von Oberhessen, Nassau, Darmstadt und Frankfurt, welches man zu schützen versprochen hatte. Dieser Rückzug verursachte durch Hitze, Ueberanstrengung, Eilmärsche von 12 Stunden und schlechte Verpflegung mehr Marode und Kranke, als ein schweres Gefecht, und mehr als die Millionen an baarem Gelde und Requisitionen, welche die Preußen aus Frankfurt erpreßt, hätte auch die zäheste Vertheidigung des untern Maingebietes in dieser Hinsicht nicht gekostet. Die Kasse des 8. Armeecorps war leer, während die Preußen die ihrigen spickten. Prinz Alexander hatte sich vergeblich bemüht, das Guthaben einer der betheiligten Regierungen bei Rothschild auf Rechnung des Corps zu erheben, es waren Zweifel und Schwierigkeiten wegen der gemeinsamen Haftbarkeit der drei bei dem Armeecorps engagirten Regierungen und wegen der späteren genauen Repartirung und gegenseitigen Verrechnung dieses Vorschusses entstanden. Die Preußen verstanden besser, Rothschild von seinen Zweifeln und seinem Gelde zu helfen! Zum Ueberfluß ließ das 8. Armeecorps auch noch in Frankfurt und Darmstadt bei seinem fluchtartigen Abzug am 15. Juli die werthvollsten Vorräthe an Weißzeug, Schuhen, Montirung, Feldrequisiten, Bettwerk zurück, die sie so nöthig gehabt hätten."

Dagegen darf auch nicht unerwähnt bleiben, wie tapfer sich in den vielen Gefechten die Subalternen und gemeinen Soldaten nicht nur der Bayern, sondern auch des 8. Armeecorps, trotz der schlechten Führung geschlagen haben, und wie das auch von ihren Gegnern anerkannt wurde. Der Obergeneral der preußischen Mainarmee selbst, Vogel von Falkenstein (nebenbei gesagt 70 Jahr alt und nur ein Jahr jünger als Prinz Karl von Bayern) äußerte sich gegen einen Besucher, der die Unterhaltung mit ihm in der Zeitschrift „Daheim" (im Anfang des November) drucken ließ, wie folgt: „Ich versichere Sie, sowohl die Bayern, als auch die Reichsarmee haben sich wie brave, tüchtige Soldaten geschlagen und die deutsche Tapferkeit auf beiden Seiten wahrhaft Bewundernswürdiges geleistet. Die Offiziere haben ihre Pflicht gethan, die Zahl der Todten und Verwundeten beweist es zur Genüge. Die bayrischen Schützen schießen zweifelsohne besser, als unsere Soldaten, prächtige Cavallerie, gute Waffen ꝛc. Aber es fehlte Einheit und Energie der Führer und doch ist die Führung immer noch nicht der wahre Grund so beispielloser Schwäche. Er liegt vielmehr in der ganzen Organisation. Ich werde es nicht mehr sehen, aber wenn alle deutschen Armeen einst nach dem Muster der unsern organisirt seyn werden, dann möge die Welt nur kommen! Bei Aschaffenburg habe ich die Reichsarmee uns gegenüber gesehen. O wenn ich die braven Jungen im Verein mit meinen Westfalen einst gegen einen auswärtigen Feind führen könnte, dann würde man Wunder sehen!"

Das Benehmen der preußischen Truppen in Feindesland war durchweg ein freundliches und humanes und diente denen, die so viele Verleumdungen voraus geschickt hatten, zur Beschämung. Besonders fiel den Süddeutschen, deren niedere Stände noch sehr an rohe Ausdrücke, Schimpfen und Fluchen gewöhnt sind, das anstandsvolle und feine Benehmen der Preußen, sowohl der gemeinen Soldaten wie der Offiziere auf. Ein Schweizer Offizier, der das preußische Lager in Mittelfranken besuchte, berichtete in der Neuen Züricher Zeitung vom

9. August: „Schon die äußere Erscheinung der preußischen Truppen that wohl. Alles auffallend große und kräftige Leute, der Gesichtsausdruck bürgerlich intelligent, in den Körperbewegungen flink, im Benehmen anständig und sicher, in den Ausdrücken durchaus anspruchslos und bescheiden. Wir haben eine Unmasse preußischen Militärs gesehen, aber nirgends wurde gelärmt und geschrieen. Wir haben manchen Witz, manches heitere und muntere Wort, aber keinen Fluch vernommen. Auf den Straßen Nürnbergs wogten Militär und Bürger einträchtig und friedlich durcheinander. In unserem Gasthof ließen die preußischen Garde- und Landwehroffiziere in bescheidener Weise dem Civilisten den Vorrang oben am Tisch. Durch ihr ruhiges, anspruchloses und wahrhaft gebildetes Benehmen machten sie alles das zu Schanden, was Nachtheiliges über preußische Offiziere gesagt worden ist. Wir Milizoffiziere haben uns durchaus nicht zu scheuen, an dem tactvollen Auftreten dieser Männer ein Beispiel zu nehmen."

Unter andern hatte ein bayrisches Blatt die freche Lüge ersonnen, preußische Soldaten hätten ein Crucifix verhöhnt. Ein alter bayrischer Soldat widerlegte diese boshafte Verleumdung und schrieb: „Man war vielmehr in Aschaffenburg und Würzburg über den frommen Eifer der rheinischen und westphälischen Soldaten erbaut, wenn diese stundenlang die Beichtstühle belagerten, wenn Offiziere und Mannschaft gemeinschaftlich zum Tisch des Herrn gingen und sich überhaupt bei jeder Gelegenheit als getreue und entschiedene Katholiken bekannten. Dergleichen war man bei uns, obgleich wir uns auf unsere Katholicität sonst so viel zu gute thun, nicht gewöhnt und die Vergleiche, die gar häufig zwischen der Seelsorge in der preußischen und in unserer Armee angestellt wurden, fielen ganz entschieden zum Vortheil der erstern aus." *)

Man machte in diesem ganzen Kriege die erfreuliche Wahrnehmung,

*) Was wir wollen? Bayrische Existenzfragen. München 1867. S. 7.

daß sich unter den preußischen Soldaten viel fromme Gesinnungen zeigten. Von Nürnberg wurde im Anfang des September geschrieben: „Bemerkenswerth war die große Theilnahme der Soldaten am Gottesdienst; sie wohnten nicht allein dem für sie besonders gehaltenen bei, sondern besuchten in Trupps auch die Nachmittagspredigten. In einer Kinderlehre bei St. Sebald beantworteten preußische Soldaten beim Katechisiren die an die Schüler gestellten Fragen, weil die Antworten ausblieben, und empfingen darüber die lobende Anerkennung des Geistlichen."

Preußen hatte den Mittelstaaten eine Waffenruhe gewährt, aber noch keinen Frieden. Oesterreich kümmerte sich nicht mehr um sie und ließ sie bei den Unterhandlungen in Nikolsburg ganz und gar im Stich. Sie wandten sich daher, Bayern, Württemberg und Darmstadt (Baden allein nicht) um Hülfe nach Paris, wie es Oesterreich selbst gethan hatte. In Deutschland erfuhr man damals nichts davon. Im Februar 1867 aber wurden dem gesetzgebenden Körper in Frankreich einige Depeschen vorgelegt, die darauf Bezug hatten. Freilich unvollständig und nur, so weit es nöthig war, vor dem französischen Volk zu rühmen, welches Vertrauen die deutschen Staaten in den Kaiser, als den europäischen Schiedsrichter und Erben des Rheinbundprotectorats gesetzt hatten.

Die erste Erwähnung der Südstaaten findet sich in einer Depesche Benedettis nach Paris, die aus Nikolsburg, 25. Juli, datirt ist, den Stand der Verhandlungen mit Oesterreich schildert und beifügt: „Hr. von der Pfordten wird für Bayern dem Waffenstillstand beitreten und betreibt stark den Zutritt der andern Südstaaten. Diese Staaten werden ihrerseits neue Friedensverhandlungen mit Preußen eröffnen." Am 2. August schreibt Vicomte des Meloizes, der französische Gesandte in München, an den Minister des Auswärtigen in Paris: „Gestern sah ich Hrn. v. d. Pfordten bei seiner Rückkehr von Nikolsburg, und nachdem er mir die Einzelnheiten seiner Reise erzählt, beauftragt er mich, Ew. Exc. zu danken für die Unterstützung (concours), die er in den Verhandlungen, mit denen er beauftragt war, seitens des Hrn. Benedetti gefunden. Der Waffenstillstand beginnt heute, und Herr v. d. Pfordten ist im Begriff, nach Berlin abzureisen. Wie Sie ohne Zweifel bereits wissen, verlangt Preußen von Bayern die Zahlung von 20 Mill. Thlr. als Kriegsentschädigung und die Abtretung eines Gebiets von mindestens 500,000 Seelen in der nördlichen Pfalz und in Ober- und Unterfranken. In gerechter Bestürzung über seine Lage hat sich der Rath des Königs entschlossen, unsere Einmischung anzurufen, und Baron von Wendland hat Befehl erhalten, in diesem Sinn einen Schritt bei Ew. Exc. zu thun." Am 14. August schreibt Drouyn de Lhuys an Benedetti in Berlin: „Alle Kabinette von Süddeutschland, mit Ausnahme des Karlsruher, haben sich an die Regierung des Kaisers gewandt, um seine Unterstützung (appui) in den zu Berlin eröffneten Verhandlungen zu erlangen. Sie kennen die Gefühle, von welchen wir gegen diese Staaten beseelt sind. Das Berliner Kabinet seinerseits hat uns wiederholt die Versicherung seines Wunsches gegeben, dieselben im Besitz einer wirklich ernsthaften Existenz neben dem norddeutschen Bund zu belassen. Wir stehen nicht an, zu glauben, daß Preußen sich in den Fragen, welche sich an die Wiederherstellung des Friedens zwischen ihm und diesen Regierungen knüpfen, versöhnlich und gemäßigt zeigen wird. Sie werden sich nicht direkt in die Verhandlungen einzumischen haben, aber Sie werden Herrn von Bismarck nicht in Zweifel lassen über die persönlichen Gefühle des Kaisers in Betreff der Höfe, die sein freundschaftliches Wohlwollen angerufen haben." Am 27. August schreibt Drouyn de Lhuys an den französischen Gesandten in München: „Baron von Wendland hat mir den Wunsch ausgedrückt, von der Regierung des Kaisers einen neuen Schritt bei dem Berliner Hof zu erlangen. Herr Benedetti war, wie ich Ihnen geschrieben, mit Weisungen versehen, welche ihm erlaubten, dem

Hrn. Baron v. d. Pfordten die Unterstützung unserer guten Dienste zu leihen, und ich wußte bereits, daß er sich dieses Auftrags im freundschaftlichsten Sinn für die bayrische Regierung entledigt hatte. Gleichwohl habe ich dem Wunsch des Hrn. v. Wendland entsprochen und dem Gesandten des Kaisers durch den Telegraphen geschrieben, um ihn von neuem an das Interesse zu erinnern, welches der Kaiser für den bayrischen Hof hegt. Ich habe aus den Nachrichten, die ich aus Berlin erhielt, ersehen, daß unsere ersten Anstrengungen nicht vergebens geblieben waren. Ich bin glücklich, zu denken, daß unser letzter Schritt eben so wenig ohne Einfluß auf das definitive Ergebniß einer Verhandlung gewesen ist, die sich auf eine befriedigendere Weise endigte, als das Münchner Kabinet gehofft hatte. Drouyn de Lhuys."

Da v. d. Pfordten für die Unterstützung Benedettis in Nikolsburg dankt, gehen seine geheimen Unterhandlungen mit Drouyn de Lhuys ohne Zweifel in eine etwas frühere Zeit zurück. Aus dem Umstand, daß Napoleon III. die unmittelbare Einmischung in den Krieg versagte, die man noch am 18. Juli gehofft zu haben scheint, erklärt sich das wiederholte Drängen und Bitten, wenigstens günstigere Friedensbedingungen von Preußen zu bevorworten. Wenn Napoleon III. Herrn von Beust, der desfalls nach Paris gereist war, nachgegeben und eine Armee über den Rhein geschickt hätte, wäre der neue Rheinbund fix und fertig gewesen, und die Mittelstaaten hätten Frankreich geholfen, wieder das linke Rheinufer von Deutschland abzureißen. Denn umsonst würde sie Frankreich nicht unterstützt haben.

Das Hallesche Volksblatt von 1867 Nr. 5 sagte von den Mittelstaaten: „Seit Jahren gewohnt, ihre Bedeutung in dem Schaukelsystem der deutschen Bundesverfassung darin zu finden, die Entscheidung in dem Widerstreit zwischen Preußen und Oesterreich in der Hand zu haben, hatten sie es sich gefallen lassen, daß ihre materiellen Interessen durch Preußen gepflegt wurden, und hatten sich zum Dank dafür in den politischen Fragen meist auf Oesterreichs Seite gestellt. In dem Bewußtseyn, daß von dem absterbenden Oesterreich ihnen keine Gefahr komme, wohl aber von dem aufstrebenden, unfertigen Preußen, suchten sie diese vermeintliche Gefahr nicht durch treuen Anschluß an Preußen abzuwenden, sondern durch den Versuch, es mit Oesterreichs Hülfe zu zertrümmern. Vor dem Kriege mit Uebermuth, Siegesgewißheit und Preußenverachtung erfüllt, mußten sie im Kriege die demüthigende Erfahrung machen, daß sie, selbst durch österreichische Truppen verstärkt, nicht einmal einem in der Eile zusammengerafften preußischen Armeecorps Stand halten konnten, und müssen sich eingestehen, wie wenig realen Werth sie in der bisherigen deutschen Kriegsverfassung gehabt haben. Es hilft ihnen nicht viel, wenn sie ihre Demüthigung durch gesteigerten Preußenhaß decken wollen und wenn sie den Dank für die unverdient günstigen Friedensbedingungen lieber nach Paris, als nach Berlin addressiren."

Die Friedensbedingungen erhielten allerdings durch Verwendung des französischen Gesandten Benedetti in Nikolsburg, wohin die Minister der Mittelstaaten eilten, als eine bewaffnete Hülfe vom Rhein her ausblieb, eine wesentliche Ermäßigung. Bayern hätte ohne Zweifel mehr Gebiet an Preußen abtreten müssen, wenn Frankreich nicht vermittelt hätte. Württemberg und Darmstadt wurden zugleich wegen Rußland mehr geschont. Dennoch spielten v. d. Pfordten und von Varnbüler, als sie in Nikolsburg um einen Frieden bitten mußten, eine nicht sehr beneidenswürdige Rolle. Sie begaben sich, als der König von Preußen nach Berlin zurückkehrte, ebenfalls dahin, um alle Friedenspunkte vollends ins Reine zu bringen. Württemberg schloß seinen Frieden zuerst am 13. August und mußte 8 Millionen Gulden Kriegskosten an Preußen bezahlen. Baden schloß seinen Frieden am 17. August und bezahlte 6 Millionen. Bayern schloß am 22. August ab, mußte 30 Millionen Gulden bezahlen und ein kleines Gebiet (das Bezirksamt Gersfeld, einen Bezirk um Orb und die Enclave

Kaulsdorf) an der Nordgrenze des Reichs an Preußen abtreten. Hessen-Darmstadt schloß erst am 3. September ab, kam mit 3 Millionen Kriegskosten weg, mußte aber zugeben, daß ganz Oberhessen dem norddeutschen Bunde beitrete und Mainz eine preußische Festung werde. Auch trat es die Landgrafschaft Hessen-Homburg und einige andere Gebietstheile an Preußen ab, wofür ihm einige Gebietstheile Kurhessens zu Theil wurden.

Alle vier süddeutschen Staaten sollten im Zollvereine verbleiben, jedoch halbjährige Kündigung vorbehalten seyn. Ein großer Vortheil für Preußen, weil die Handels- und Verkehrsinteressen den süddeutschen Regierungen nicht wohl gestatteten, es auf eine Kündigung des Zollvereins ankommen zu lassen. Wichtiger als alle andern aber waren die geheimen Artikel, in welchen sich die vier Staaten zu einem Schutz- und Trutzbündniß mit Preußen verpflichteten und im Fall eines Krieges ihre Armeen unter preußischen Oberbefehl zu stellen gelobten. Diese Artikel wurden geheim gehalten, was schon deshalb nothwendig war, weil das Abkommen Preußens mit Bayern, wenn auch nur um einen Tag, doch früher zu Stande kam, als der Prager Frieden, weil Frankreich nicht zu wissen brauchte, daß die am 23. August bewilligte Mainlinie nur eine fictive und bereits am 22. thatsächlich durchbrochen worden war.

Preußen hatte von Bayern die Abtretung der früher zu Preußen gehörigen Markgrafschaften Anspach und Baireuth nebst Nürnberg gefordert, und besonders die Kriegspartei in Berlin, vor allen Prinz Friedrich Karl soll sich lebhaft dafür interessirt haben. Indeß würde dadurch Frankreich zu sehr alarmirt, das südliche Deutschland zu sehr verbittert worden seyn. Mäßigung und Versöhnung, großherziges Darbieten der Bruderhand lag eher im beiderseitigen und im deutschen Nationalinteresse.

Die politischen Parteien in Deutschland wurden von den großen Schlachtberichten aus Böhmen wie von elektrischen Schlägen durchzuckt. Alle ohne Ausnahme fühlten sich von der Macht der Thatsachen insofern nicht ganz angenehm berührt, als sie bisher so gar stolz auf die Macht des Worts gewesen waren. Sie alle erkannten jetzt die Ohnmacht dieser angemaßten Macht des bloßen Wortes. Die Zeit war gekommen, von welcher der edle Graf Strachwitz, bevor er starb, noch verkündet hatte: die Zeit der Schreier und Schreiber werde zu Ende gehen und die der Helden wiederkehren.

Der Oesterreich befreundete Reformverein sah durch die preußischen Siege den Plan, den Kaiser Franz Joseph nicht einmal am Fürstentage in Frankfurt hatte durchsetzen können, jetzt vollends vereitelt und ganz in die Defensive gedrängt, erhoben sich aus ihm nur noch einzelne Stimmen in der Presse, um mit den Parteigängern des Particularismus gemeinschaftlich Preußens Erfolge, wenn nicht mehr zu verhindern, doch zu verleumden. Sie wurden dabei auffallenderweise von ihren bisherigen bittersten Feinden, den demokratischen Blättern, unterstützt. Ihre Hauptaufgabe war, innerhalb der Mittelstaaten die moralischen Fortschritte der preußischen Partei zu hemmen und die Einheit Deutschlands unter Preußen als das größte Unglück zu verschreien, das über Deutschland kommen könne. Oesterreichische Regierungsblätter, ultramontane Blätter und roth republikanische Blätter stimmten darin zusammen. Alle gingen davon aus, der Südbund könne ganz unabhängig von Preußen zu Stande kommen. Von dem geheimen Schutz- und Trutzbündniß der süddeutschen Regierungen mit Preußen wußten sie nichts.

Die hartnäckigste unter allen preußenfeindlichen Parteien saß in Preußen selbst. Die Fanatiker des Abgeordnetenhauses kamen in eine Art Desperation, als die großen Erfolge der Bismarckschen Politik und der Armeeorganisation es ihnen für künftighin unmöglich machten, in gewohnter Weise ihre Redefrechheit auszuüben und den Ministerpräsidenten und Kriegsminister zum Object roher Beleidigungen und Beschimpfungen zu machen. Wie es gewöhnlich geht und in der menschlichen Natur liegt, wird jede Partei von bloßen Rednern und Schreiern durch die Macht der Thatsachen innerlich zerrüttet und zersetzt, wie weiland Cromwells langes Parlament. Die große wilde Opposition wurde unvermerkt zu einer kleinen, zahmen Opposition und die Vermittler fingen an, eine große Rolle zu spielen. Aber auch die conservativste Partei in Preußen, die s. g. feudale oder Kreuzzeitungspartei mußte der Macht der Thatsachen nachgeben, sofern die Weisheit des Königs von Preußen in der inneren Politik nicht verlieren wollte, was sie in der äußeren gewonnen hatte. Sie wollte die Siege in Böhmen nicht im Sinne der Reaction verwerthen. Sie behielt im Auge, daß die große Mehrheit der Deutschen, wie eine verhältnißmäßige Einheit, so auch eine verhältnißmäßige Freiheit bedürfe und verlange.

Die preußischen Erfolge vernichteten die bisherige deutsche Bundesverfassung, stellten bedeutende Annectirungen Preußens in Aussicht und bedrohten den Fortbestand des Zollvereins außerhalb des neuen preußischen Bundesstaates. Diese Verhältnisse ließen eine ganz neue politische Partei entstehen, die auch für die süddeutschen Staaten den Fortbestand des Zollvereins und engen Anschluß an Preußen verlangte, die Trennung von Nord- und Süddeutschland entschieden verdammte. Diese neue Partei, die in Bayern, Württemberg, Baden, Darmstadt laut hervortrat, in der Presse, in Volksversammlungen und Adressen ihre Meinung verkündete, kam zwar der ältern Gothaer Nationalvereinspartei am nächsten, zählte aber ganz neue Mitglieder und theilte auch nicht mehr die juristischen Vorurtheile jener ältern Partei (die noch geglaubt hatte, sich für den Augustenburger verwenden zu müssen), sondern faßte die Frage praktisch auf.

Der Ausschuß des Nationalvereins wollte inzwischen beurkunden, daß er noch existire, und beanspruchte noch einmal eine Autorität, die er in der Wirklichkeit niemals besessen hatte. In seiner Ansprache vom 9. August hieß es: „Wenn die siegreiche preußische Staatsgewalt den Platz an der Spitze der Nation aus eigner Machtvollkommenheit eingenommen hat, so kann doch das ohne die Zustimmung und den Beistand der Nation begonnene Werk ohne diese Zustimmung und diesen Beistand zu keinem gedeihlichen Ende geführt werden.“ Darin lag der naive Vorwurf ausgesprochen, der König von Preußen hätte den Ausschuß des Nationalvereins erst fragen sollen, ehe er seine Heere in Böhmen einrücken ließ.

Sechszehntes Buch.

Der venetianische Krieg.

Das Zerwürfniß zwischen Oesterreich und Preußen bot dem neuen Königreich Italien die erwünschteste Gelegenheit dar, das mit Preußen beschäftigte Oesterreich hinterrücks anzufallen und ihm Venetien zu entreißen. Das Wiener Cabinet mußte wohl Rücksicht darauf nehmen, da ihm der Kampf mit Preußen um so schwerer wurde, wenn es sich zugleich Italiens erwehren sollte. Daraus erklärt sich das Zögern Oesterreichs und sein zeitweiliges Nachgeben im Gasteiner Vertrag. Es mußte erst von Frankreich her beruhigende Erklärungen erwarten, die durch seinen Gesandten in Paris, Fürsten Metternich, vermittelt wurden und deren Kern die Zustimmung zu dem Project war, Venetien mit Schlesien zu vertauschen.

In dem Maaße, in welchem Frankreich sich Oesterreich näherte, glaubte Victor Emanuel sich Preußen nähern zu sollen, und Preußen war nicht im Fall, diesen Bundesgenossen zurückweisen zu können, denn wenn es von Oesterreich angegriffen wurde, stand ihm ein schwerer Kampf bevor, nach damaliger Meinung ein viel schwererer, als er sich nachher verwirklichte. Preußen hatte bereits im Namen des deutschen Zollvereins einen Zollvertrag mit Italien abgeschlossen, dem auch im Interesse des Verkehrs die übrigen Mitglieder des Zollvereins beigetreten waren. Derselbe wurde am 12. März 1866 ratifizirt. Bereits sechs Wochen vorher war dem König Victor Emanuel von Berlin der schwarze Adlerorden, Preußens höchstes Ehrenzeichen, zugeschickt worden, als eine deutliche Warnung für Oesterreich. Als Oesterreich gleichwohl den preußischen Forderungen nicht nachgab, kam der italienische General Gavone am 10. März nach Berlin, um einen Allianzvertrag Italiens mit Preußen zu verabreden. Diese Unterhandlung zog sich etwas in die Länge, weil Italien verlangte, Preußen solle ihm außer dem Besitz von Venetien auch den von Südtirol garantiren. Es macht Preußen Ehre, daß es sich hier als Wächter und Beschützer deutscher Ehre und Nationalität bewährte und die Abtretung Südtirols entschieden verweigerte. Darüber kamen Preußen und Italien am 10. April überein, einander im Kriege mit Oesterreich beizustehen und auch beim Friedensabschluß zusammenzuhalten, so daß keines ohne das andere einseitig Frieden schließen dürfe.

Man hat die durchaus irrthümliche Ansicht verbreiten wollen, Oesterreich sey erst durch das preußisch-italienische Bündniß aus seiner Friedensliebe und Ruhe aufgestört und zu einem Kriege gezwungen worden, den es niemals habe anfangen wollen. Preußen habe mit lauernder Arglist die Verlegenheiten Oesterreichs und dessen innere Conflicte, insbesondere die Renitenz Ungarns benutzt, um über diesen Staat herzufallen. Insbesondere stützt man sich bei dieser Anklage auf das Grünbuch, welches dem italienischen Parlament vorgelegt worden ist. Darin steht nun aber lediglich nichts, als daß Italien um Preußen gebuhlt hat und daß Preußen, nachdem Oesterreich schon im Februar gerüstet hatte, sich erst durch diese Rüstungen dazu genöthigt, sehr spät, erst am 10. April mit Italien einließ. Auch ließ Oesterreich nicht die geringste Verlegenheit spüren, als es eigenmächtig den Gasteiner Vertrag brach, über den Austausch Venetiens gegen Schlesien in Paris unterhandeln ließ, den deutschen Bundestag zur Kriegserklärung gegen Preußen aufreizte und die allerübermüthigste Sprache gegen Preußen führte. Der Krieg wurde nicht von Preußen, sondern von Oesterreich herbeigeführt. Preußen wurde dazu gezwungen. Ganz anders verhält es sich mit Italien. Italien war von Oesterreich nicht bedroht, wie es Preußen war. Italien hatte in diesem Kriege, wie in denen von 1848, 1849 und 1859, ohne von Oesterreich irgend herausgefordert zu seyn, dasselbe heimtückisch im Rücken angegriffen, während Oesterreich mit einem stärkeren Feinde zu kämpfen hatte.

So viel über die bestrittene Rechtsfrage.

Italien war außerordentlich aufgeregt. Die heißblütige Partei sah schon im Geist ihre letzten Wünsche verwirklicht, Italien einig bis zur Adria. Die österreichische Regierung bemühte sich, wenigstens unter den Venetianern die Hitze abzukühlen, um die Feindseligkeiten bis zum geeigneten Zeitpunkt hinauszuschieben. Sie machte also am 9. Januar 1866 den Venetianern bedeutende Concessionen, hob den Sequester über die Güter der Emigranten auf und bewilligte die Trennung der Stadt Venedig vom Landgebiet. Allein es war schon zu spät, mit solchen Nachgiebigkeiten die Gemüther zu beruhigen. Sowohl die Centralcongregation als die Provinzialcongregation, als auch der Stadtrath von Venedig lehnten die neuen Bewilligungen trotzig ab. Die Erbitterung der Italiener verrieth sich am 5. Mai durch den Brand der berühmten österreichischen Fregatte Novara, der Weltumsegelnden, welche durch italienische Verräther heimlich angezündet wurde. Sogar das Vergnügen hatten sich die Venetianer versagt. Das beliebte Theater la Fenice war seit 1859 wegen politischer Demonstrationen geschlossen worden. Im Jahr 1863 wünschte das österreichische Gouvernement, es wieder zu öffnen; aber die Municipalität lehnte es ab und die Meinung wurde verbreitet, das venetianische Publikum wolle sich nicht eher darin blicken lassen, bis die Stadt von den Oesterreichern geräumt seyn werde.

Im Verlauf des Frühjahrs machte Victor Emanuel ungeheure Kriegsrüstungen, die er anfangs verbarg und verleugnete, später aber leichtfertig damit entschuldigte, daß die Oesterreicher zuerst gerüstet und ihn bedroht hätten. Das war um so unwahrer, als Oesterreich im schweren Kampfe mit Preußen, auch nicht entfernt daran denken konnte, sich in Italien anders als defensiv zu verhalten. Victor Emanuel wartete nur die Zeit ab, bis der Krieg zwischen Oesterreich und Preußen wirklich zum Ausbruch kam, ließ aber unterdeß den noch immer murrend auf seiner Insel sitzenden Garibaldi herbeirufen und wieder ein Heer von Freischaaren organisiren.

Als der Augenblick gekommen war, schickte Victor Emanuel aus seinem Hauptquartier Cremona dem in Verona commandirenden Erzherzog Albrecht die vom 20. Juni datirte italienische Kriegserklärung zu, in welcher auf eine bisher unerhörte Weise das Nationalitätenprincip zur alleinigen Quelle des Rechts gemacht wurde. Es hieß darin: Das Kaiserreich Oesterreich ist seit Jahrhunderten die Hauptursache der Theilung, Knechtung und moralischen und materiellen Schädigung Italiens. Heute ist die Nation constituirt. Oesterreich mißkennt dies, indem es fortwährend eine unserer edelsten Provinzen unterdrückt und dieselbe zu einem großen, unsere Existenz bedrohenden Lager macht. Darum erklärt der König als Wächter der Volksrechte und Vertheidiger des italienischen Bodens dem Kaiserthum Oesterreich den Krieg.

In höchst ominöser Weise verbreiteten officiöse Wiener Blätter am 22. Juni den Inhalt einer Mittheilung des französichen Gesandten an den Grafen Mensdorff, wonach Frankreich sich in Italien nicht einzumischen verstand, wenn Oesterreich den bisherigen Besitzstand daselbst nicht alterire. Frankreich werde dahin zu wirken suchen, daß das Verhältniß zwischen Oesterreich und Italien definitiv geregelt, und daß Oesterreich für seinen Verzicht auf die Früchte des Sieges von Italien ausreichend entschädigt werde. Gleichzeitig (23. Juni) las man im Pariser Courrier du Dimanche: „Wenn Preußen, das wir selbst für schlecht abgegrenzt erklärt haben, und wenn Italien, das nach unserer offiziellen Erklärung der Nothwendigkeit gehorcht, indem es Venedig angreift, selbst ihre Aufgabe vollenden und mit uns die Früchte des Sieges theilen, dann sind wir neutral, aber nicht anders; wir sind ferner neutral, wie jene römischen Gesandten, welche der Senat beauftragt hatte, als Schiedsrichter einer Schlacht zwischen dem untergehenden Karthago und Massinissa anzuwohnen; sie hatten den Auftrag, die Dinge gehen zu lassen, wenn Karthago besiegt würde, und den Krieg aufzuhalten, wenn Karthago siegreich wäre." Daraus konnte man ziemlich deutlich erkennen, daß man in Paris mit dem Project, Venetien gegen Schlesien auszutauschen, einverstanden war und daß dort, wie auch in Wien und in den Hauptstädten der deutschen Mittelstaaten die Voraussetzung vorherrschend war, Preußen werde der Uebermacht seiner Gegner unterliegen. Man erfuhr, daß Drouyn de Lhuys damals wie mit dem Grafen Mensdorff in Wien, so auch mit dem Fürsten Gortschakof in Petersburg im besten Einvernehmen gestanden habe.

Victor Emanuel hatte 2 bis 300,000 Mann Soldaten aufgebracht. Den rechten Flügel führte Cialdini am Po, die Hauptarmee im Centrum am Mincio der König selbst. Auf dem linken Flügel gegen Tirol sollte Garibaldi mit seinen Alpenjägern operiren. Zum Ueberfluß hatte sich Kossuth in Italien eingefunden, um Ungarn zu insurgiren, sobald die Oesterreicher geschlagen wären.

Wegen der Stärke des österreichischen Festungvierecks wäre es für die Italiener am räthlichsten gewesen, dasselbe rechts zu umgehen und vom Po aus gegen Venedig vorzubringen. Allein Victor Emanuel hatte, durch Lamarmora verführt, den unglücklichen Einfall, im Centrum anzugreifen, über den Mincio zu gehen und sich zwischen den beiden nördlichen Festungen (Peschiera und Verona) und den beiden südlichen (Mantua und Legnano) einzuschieben und dieselben zu isoliren. Dann erst wollte er sich mit dem rechten Flügel unter Cialdini vereinigen. Diese Vereinigung hinter den österreichischen Festungen hätte er wohlfeiler gehabt, wenn er sich gar nicht von Cialdini getrennt, sondern mit ihm den Po überschritten hätte. Indem er über den Mincio ging, stieß er gerade auf die stärkste Stellung der Oesterreicher. Wie es scheint, handelte er nicht ganz ohne Aberglauben, denn er ging am 23. Juni über den Mincio, so daß er am folgenden Tage auf die Oesterreicher stoßen mußte. Das war aber der 24. Juni, der Johannestag, der Siegestag von Solferino. Auch das Schlachtfeld, was er sich aussuchte, war verhängnißvoll, nämlich das von Custozza, wo er wahrscheinlich die frühere Niederlage seines Vaters rächen wollte. Seine Armee zählte 146,000 Mann mit 228 Geschützen. Erzherzog Albrecht, Oberfeldherr der Oesterreicher in Italien, führte ihm von Verona aus nur etwa 73 bis 74,000 Mann entgegen. Er war also nur halb so stark als der Feind und hatte nur mehr schweres Geschütz, 272 Kanonen. Nach Rüstows Berechnung kamen am 24. Juni nur 90,000 Italiener und 57,000 Oesterreicher ins Gefecht. In der vorhergehenden Nacht tobte ein Gewitter, welches aber für den Schlachttag die Luft erfrischte und den Staub löschte. Da die Italiener die das Terrain beherrschenden Höhen von Sommacampagna unbegreiflicherweise nicht besetzt hatten, besetzten sie die Oesterreicher. Das erste Zusammentreffen fand am Johannesmorgen vor Villafranca statt, wo der italienische Kronprinz Humbert eine Cavalleriedivision heranführte. Andere Truppen von beiden Seiten rückten nach und hier schwankte der Kampf den ganzen Tag. Dagegen trieben die Oesterreicher durch ihr überlegenes Artilleriefeuer die Italiener aus Oliosi hinaus und erstürmten den Monte Vento. Die italienischen Generale Cerale und Durando wurden verwundet. Um 3 Uhr Nachmittag war der ganze linke Flügel der italienischen Armee geschlagen. Unterdeß hatten sich die Italiener vergebens bemüht, die Oesterreicher von den Höhen von Sommacampagna zurückzuwerfen. General Lamarmora, der eigentlich statt des Königs commandirte und von dem auch der ungeschickte Angriffsplan ausgegangen seyn soll, rückte über Custozza hinaus, wurde aber von den Oesterreichern zurückgetrieben, wobei der königliche Prinz Amadeus verwundet wurde. Eine Verstärkung setzte die Italiener in den Stand, sich noch einmal bei Custozza den Oesterreichern entgegenzustellen. Sie wehrten sich bis an den Abend mit großer Bravour, aber Lamarmora verstand es nicht, die einzelnen Divisionen in gehörigem Zusammenhange agiren zu lassen, rieth dem König, während die Schlacht noch stand, für seine Person über den Mincio zurückzugehen, und entfernte sich selbst aus dem Gefecht, um eine Verstärkung zu holen. Da nun der Oberbefehl aufhörte, zogen sich die einzelnen Generale und Obersten, wo sie gerade standen, zurück und die Schlacht war aus. Weil die Sonne während des Tages wieder sehr heiß brannte, waren die Truppen auch überaus ermattet. Die Italiener verloren an Todten, Verwundeten und Gefangenen etwas über 8000 Mann, die Oesterreicher 5 bis 6000. Der Armeebericht des Erzherzogs gestand den italienischen Truppen „viele Bravour“ zu, mit der sie namentlich Custozza lange und zähe vertheidigt hatten.

Victor Emanuel ging nun mit seinem ganzen Heere über den Mincio zurück, ohne verfolgt zu werden, denn die Oesterreicher beschränkten sich auf die Defensive. Diese zweite Schlacht bei Custozza war für die kaiserlichen Waffen so glänzend wie die erste, in welcher Radetzky gesiegt hatte. Die Italiener konnten daraus lernen, wie wenig sie immer noch fähig seyen, es mit den Deutschen aufnehmen zu können.

Garibaldi richtete mit seinen Alpenjägern eben so wenig aus. Das Tiroler Landvolk bewaffnete sich wieder mit seinen guten Stutzen und unterstützte die österreichischen Truppen in der Vertheidigung von Südtirol, wie das bisher immer geschehen war. Garibaldi schickte eine Colonne unter General Medici durch Valsugana vor, er selbst wollte Riva wegnehmen, aber die Oesterreicher und Tiroler kamen ihnen über das Stilfserjoch und über den Tonal entgegen. Man kämpfte zuerst am 22. Juni am Paß Bruffione, am 25. am Idrosee, am 3. Juli am Montezuelo, wo Garibaldi leicht verwundet wurde. Riva hielt sich. In Trient, der Hauptstadt von Südtirol, gab es zwar eine fanatisch italienische Partei, aber der österreichische General Kuhn hielt sie im Zaum.

Da die Abtretung Venetiens an Frankreich den italienischen Krieg noch nicht beendigte, weil der italienische Minister Ricasoli Muth und Verstand genug hatte, Frankreichs Machtgebot diesmal zu trotzen, und jedenfalls Südtirol nicht zu Venedig gehörte, durfte Garibaldi am 13. Juli den Krieg wieder aufnehmen und fiel sogleich in Südtirol ein, um so viel als möglich dort Terrain zu gewinnen, weil man dasselbe alsdann im künftigen Friedensschlusse hoffte behaupten zu können. Es gelang ihm, das kleine Fort Ampola zu erobern, aber am 20. wurden die Italiener bei Bececca zurückgeworfen und verloren 500 Todte. Die Oesterreicher waren hier viel zu wenig zahlreich, um den Feind verfolgen zu können, aber gut unterstützt durch die Gebirge und durch die tapfern Landesschützen von Tirol, so daß es auch den weit überlegenen Streitkräften Garibaldis und des durch Valsugana vorrückenden General Medici nicht möglich war, weiter vorzubringen. Die Südtiroler machten keine Bewegung, sich etwa als italienisch gesinnter Landsturm zu organisiren, wie sehr man sich auch bemüht hatte, sie zu fanatisiren. General Kuhn hielt die Trientiner durch Furcht zurück. Unterdeß hatten die Friedensverhandlungen zu Nikolsburg ihren Fortgang genommen und am 25. ging Kuhn mit Medici bereits eine Waffenruhe ein. Garibaldi verzichtete auf Südtirol höchst ungern, erhielt aber gemessenen Befehl, umzukehren. Preußen hatte genug für Italien gethan; die unbescheidene Forderung, es solle ihm zu Venedig jetzt auch noch Südtirol verschaffen, lehnte Preußen im Gesammtinteresse Deutschlands entschieden ab und Frankreich verfehlte nicht, der Weigerung Preußens, die es ohnehin nicht hindern konnte, energisch zuzustimmen. Somit hatte der Landkrieg in Italien sein Ende erreicht.

Um Venetien wurde aber nicht blos zu Lande, sondern auch zur See gestritten. Die italienische Flotte, die vor dem Ausbruch des Krieges unter dem Admiral Persano im Hafen von Tarent lag, war jedenfalls zahlreicher und hatte größere Schiffe als die österreichische. Auch wurde viel mit ihr geprahlt. Bei alledem hätte Italien, welches durch seine lang ausgedehnten Küsten zwischen zwei Meeren eine Seemacht ersten Ranges zu werden berufen ist, Zeit genug gehabt, mehr auf seine Marine zu verwenden. Anstatt das arme italienische Volk mit schlechten und betrügerischen Beamten zu überschwemmen, Corruptionen aller Art im Innern zu begünstigen, dem Volke seinen frommen Glauben zu nehmen, die Kirchen nicht nur auszuplündern, sondern auch zu schänden, die Geistlichkeit wie das Wild zu hetzen und den Papst in Rom mit höllischem Wuthgeheul zu umdrohen; anstatt über ihre natürlichen Grenzen bis zum Brenner und bis Dalmatien hin übergreifen zu wollen, hätten diese thörichten Italiener klüger gethan, die ihnen von Gott angewiesenen Küsten zur Schiffahrt zu benutzen. Aber ihre Marine war nicht nur verhältnißmäßig sehr klein, sondern auch übel beschaffen und schlecht geführt.

Als der Krieg erklärt war, steuerte Persano mit seiner Flotte nach Ancona. Eben dahin kam einen Tag später, am 26. Juni, der österreichische Contreadmiral Tegetthoff, der sich bekanntlich im Jahr 1864 bei Helgoland durch seinen Erfolg gegen die Dänen ausgezeichnet hatte, wollte aber nur recognosciren und kehrte wieder um, weil am feindlichen Ufer eine Seeschlacht anzunehmen nicht gerathen ist. Dieses Zurückgehen Tegetthoffs hielten die Italiener für Feigheit. Ueberhaupt hatten sie sich in ihrer Eitelkeit lächerliche Begriffe von der österreichischen Marine gemacht. Ein italienischer Deputirter, Petruccelli della Gattina, schrieb im Journal des Debats einen Artikel über sie voll Hohn. Die österreichischen Schiffe, hieß es darin, seyen eine burleske Sammlung alten Gerümpels, ein wenig neu aufgestutzt, Tegetthoff selbst sey ein Reiteroffizier und kenne das Meerwasser nur aus einem Seebade, der werde mit seinen von Würmern zerfressenen alten Nußschalen den gepanzerten Seewundern der italienischen Flotte keinen Augenblick widerstehen.

Die italienische Flotte unter dem Admiral Persano und den Gegenadmiralen Vacca und Albini zählte anfangs 28 Schiffe, zu denen noch weitere 6 stießen, darunter 11 Panzerschiffe, 4 Fregatten, 3 Corvetten, nahm Landungstruppen an Bord und griff die österreichische Insel Lissa an der Küste von Dalmatien an, um sich derselben zu bemächtigen, am 18. Juli. Erst am 19. drangen italienische Schiffe in den Hafen und fingen an, Truppen auszuschiffen, wurden aber durch schlechtes Wetter gestört. Am 20. signalisirte man feindliche Schiffe. Es war Tegetthoff, der mit 25 Schiffen zur rechten Zeit herbeikam. Die Oesterreicher griffen mit der größten Kühnheit den durch die Zahl seiner Schiffe und Geschütze und durch die Größe und Pferdekraft seiner Maschinen weit überlegenen Feind auf offenem Meere an.

Tegetthoffs Bericht sagt aus: „Die Aufstellung des österreichischen Geschwaders war folgende: Nach der Gattung der Schiffe waren dieselben in 3 Divisionen getheilt, nämlich: die Division der Panzerschiffe, jene der schweren und endlich die der leichten Holzschiffe. Diese Divisionen waren, die Panzerdivision an der Spitze, hintereinander im Kielwasser; jede einzelne im vorspringenden Winkel formirt. Ich ließ sofort die Divisions- und Schiffsdistanzen schließen, die Schiffe in Gefechtsbereitschaft setzen und die Fahrt derselben erhöhen. An die Panzerdivision gab ich den Befehl: ‚Den Feind anlaufen, um ihn zum Sinken zu bringen.‘ Die feindliche Linie kreuzte indessen vor der Kurslinie des Geschwaders, und der Führer derselben, das Panzerschiff Prinz Carrignan, mit Gegenadmiral Vacca an Bord, eröffnete der erste ein nicht sehr wirksames Feuer, welches alsbald von den nächsten österreichischen Schiffen erwidert und in Kürze allgemein wurde. Bald hierauf war die Linie der Sarden durch die österreichische Panzerdivision durchbrochen. Es begann sich ein allgemeiner Kampf zu entwickeln. Die Schiffe der feindlichen Panzercolonne, welche hinter dem Punkte lagen, wo durchgebrochen worden war, fielen nordwärts ab; hiedurch waren die eigenen Holzdivisionen bedroht, und ich ließ demnach die Panzerdivision ebenfalls nordwärts wenden, um den Holzschiffen Luft zu machen und die vom Gros getrennten feindlichen Panzerschiffe ins Kreuzfeuer zu bringen. Die Holzdivisionen verfolgten indessen ihren Weg und brachen sich Bahn durch die feindlichen Panzerschiffe, wobei sie — Fregatten wie Kanonenboote — mannigfache Gelegenheit fanden, sich mit den gegnerischen Panzerschiffen zu messen. Das Linienschiff Kaiser, Flaggenschiff der zweiten Division, Kommodore Petz, ward hiebei von 4 Panzerschiffen gleichzeitig engagirt. Kommodore Petz besann sich nicht lange, rannte in eines dieser Panzerschiffe, während er concentrirte Lagen den andern in den Leib jagte, und dies unter Umständen, welche dazu angethan waren, nicht minder auch den Muth und die Ausdauer seiner Mannschaft zu erproben. Denn im Momente des Anlaufes stürzte der Fockmast, zertrümmerte den Schornstein der Maschine und richtete mannigfache Verheerung auf Deck an, ohne jedoch wunderbarerweise die auf Deck befindliche Mannschaft irgendwie ernstlich zu beschädigen. Zugleich drohte die Gefahr eines mächtigen Brandes, da der Fockmast mit seiner Takelage über den Schornstein zu liegen kam. Durch das tapfere Benehmen der Bemannung gewann aber der Kommodore für sich und seine Division den Weg durch die feindliche Uebermacht. Das Melée wurde stets allgemeiner und es ist schwer, in dessen Einzelheiten einzugehen, da sich die Schiffe, mit ganzer Kraft fahrend, stets kreuzten und es oftmals schwer war, Freund vom Feind zu unterscheiden, obwohl beiderseits die kleine Flaggengala gehißt war. Ein glücklicher Zufall war es, daß die sardischen Panzer durchgehend grau angestrichen waren. Nur die Division der feindlichen Holzschiffe lag ziemlich geordnet unter der Küste von Lissa in nordwestlicher Richtung steuernd, und sendete gelegentlich den passirenden k. k. Schiffen ihre Breitseiten zu. Bei dieser allgemeinen Jagd gelang es dem Geschicke und der Bravour des Kommandanten meines Flaggenschiffes, Linienschiffskapitain Max Baron von Sternek, im Zeitraume einer halben Stunde drei sardische Panzerschiffe anzulaufen, zwei wurden schwer beschädigt, die Flagge des einen herabgerissen, das dritte, der Rè d'Italia, eines der größten der italienischen Flotte, ward in den Grund gebohrt und versank binnen zwei Minuten mit einer Bemannung von mehr als 600 Mann. Jeder Versuch, die schwimmende Mannschaft des Rè d'Italia zu retten, mußte leider aufgegeben werden, denn ein Angriff von allen Seiten forderte dringend, das Augenmerk auf die eigene Sicherheit zu richten. Während dieses beiderseitigen Ringens ward ein sardisches Panzerschiff (der Palestro) in Brand geschossen, und die feindliche Panzerflotte schien sich sammeln zu wollen, um selbes aufzunehmen und zu decken. Ich signalisirte daher den unterstehenden Schiffen ebenfalls sich zu sammeln und sich in drei Colonnen Kurs Nordost, die zwei Divisionen der Holzschiffe durch jene der Panzerschiffe gedeckt, neu zu formiren, während Dampfer Elisabeth beordert wurde, wenn nöthig, dem wie es schien hart mitgenommenen Linienschiff Kaiser Unterstützung zu bieten. Die sardische Flotte hatte sich indeß auf ihrem Rückzuge in beiläufiger Entfernung von 3 bis 4 Meilen in Kielwasserlinie gesammelt und steuerte derart, um das in Brand befindliche Panzerschiff aufzunehmen, was ihr auch bei dem Umstande, daß das fragliche Schiff noch seine Maschine zu gebrauchen vermochte, natürlich gelang. Nach einigen wechselseitigen Schüssen wendete die sardische Flotte in westlicher Richtung, und somit erreichte das Gefecht ein Ende, nachdem es von 10³/₄ Uhr Vormittags bis 2 Uhr Nachmittags gedauert hatte. Mein Zweck war hiemit erfüllt und Lissa vom Feinde entsetzt. Um 2 Uhr 30 Minuten sah man das früher erwähnte in Brand geschossene sardische Panzerschiff durch Explosion den Untergang finden."

Die Augsburger Allg. Zeitung fügte in einer Triester Correspondenz hinzu: „Der Heldenmuth des Vice-Admirals Tegetthoff im Kampfe bei Lissa ist über alles Lob erhaben. Dreimal rannte er persönlich mit der Panzerfregatte Kaiser Max gegen das feindliche Panzerschiff Rè d'Italia an, und bohrte es beim dritten Stoß in den Grund. Während Admiral Persano in seinem lügenvollen Bericht sich rühmt, daß er sich mit dem Widderschiff Affondatore muthig auf unsere Schiffe warf, stimmen die Aussagen der Augenzeugen darin überein, daß sich grade der Affondatore am feigsten benommen hat! Wohl hätte das mächtige Widderschiff, wenn es gut geführt worden wäre, unserm Geschwader sehr gefährlich werden können. Die italienischen Panzerschiffe sind mit achtzigpfündigen Cavalis und zweihundertpfündigen Armstrong-Kanonen bewaffnet — ihre Panzerflotte war der unsrigen nicht nur an Zahl, sondern auch an Geschützen weit überlegen. Während die italienische Flotte eiligst das Weite suchte, — sagt Admiral Persano in seinem Bericht: er habe das Schlachtfeld behauptet — nun das Meer ist freilich weit und reicht bis an die italienischen Küsten. Der Sieg bei Lissa hat nicht nur Lissa, sondern auch Venedig von der Seeseite entsetzt. Denn die italienische Flotte sollte, nach vollbrachter Eroberung bei Lissa, sich vor Venedig begeben und es von der Seeseite belagern."

Vier Monate später gab Rüstow eine lichtvolle Uebersicht der merkwürdigen Seeschlacht, aus der wir noch folgende besonders charakteristische Momente hervorheben: Persanos Schiffe litten einige Noth, indem sie in den Hafen von Lissa eindrangen, denn sie wurden von den österreichischen Batterien aus der Nähe beschossen. Indem er wiederholt trotz des schlechten Wetters und der starken Brandung eine Landung vornehmen wollte, womit er Albini beauftragte, war dieser nicht gleich zur Hand, als die österreichische Flotte zum Entsatz heranrückte. Auch Vacca trennte sich zu weit von Persano, indem er es unternahm, die österreichische Flotte in der Flanke zu fassen, sowohl er als Albini commandirten die italienischen Holzschiffe, während Persano in der Mitte neun Panzerschiffe um sich hatte. Obgleich nun die österreichische Flotte kleiner war als die italienische, wurde sie doch von Tegetthoff vortrefflich geführt. Er brachte sie in drei Reihen hinter einander heran und einigermaßen wie einen Keil, sofern je das mittelste Schiff jeder Reihe etwas vorgeschoben war. In der ersten Reihe fuhren die Panzerschiffe und führten einen Gewaltstoß gegen die italienischen Panzerschiffe aus. In der zweiten Linie fuhren die größern Holzschiffe, die ihn wirksam unterstützten. Obgleich sich nun Vacca zwischen diese zweite österreichische Linie und die dritte, in der nur die kleinern Holzschiffe fuhren, hindurchzuschieben suchte, konnte er doch nicht hindern, was vorn in der Front der Panzerschiffe geschah. Eben so wenig Albini, der nicht nahe genug war. So hatte denn Persano trotz seiner Uebermacht von seinen Holzschiffen keine Hülfe, wohl aber Tegetthoff von den seinigen. Zum Ueberfluß verließ Persano schon vor dem Kampfe sein großes Admiralschiff, Rè d'Italia, und begab sich auf das Panzerschiff Affondatore (Vertiefer, Grundbohrer) und hielt sich mit demselben hinter der Front der übrigen Panzerschiffe, so daß sich diese zwischen ihm und dem Feinde befanden und ihn hinderten, die Bewegungen des Feindes zu beobachten. War das jedenfalls unklug, so wurde es ihm überdies als Feigheit ausgelegt. Tegetthoff befahl nun seiner ganzen Linie concentrisch auf den Rè d'Italia loszugehen und richtete dieses größte und schönste Panzerschiff der Italiener durch sein überlegenes Geschütz dermaßen zu, daß es sank und vom Meere verschlungen wurde. Ein zweites großes Panzerschiff der Italiener, der Palestro, gerieth in Brand, mußte sich zurückziehen, konnte aber nicht mehr gelöscht werden und flog in die Luft. Unterdeß hatte Vacca mit seinen Holzschiffen mit den österreichischen in einem ungeordneten Gewirre herumkanonirt und nur einem österreichischen Schiffe, dem Kaiser, empfindlichere Verluste beigebracht. Doch blieb das Schiff erhalten und kein einziges österreichisches Schiff ging in dieser Schlacht verloren. Da Vacca erkannte, es sey nichts mehr auszurichten, zog er sich mit seinen Schiffen westwärts zurück und Persano that dasselbe. Persano hat in seinem Schlachtbericht seine Niederlage zu bemänteln gesucht, namentlich auch vorgegeben, er habe Signale erlassen, von denen aber sonst niemand etwas weiß. Das verhängnißvolle Schiff Affondatore, mit dem er nach Ancona zurückkehrte, sank in diesem Hafen auf den Grund, in einer bis jetzt nicht erklärten Weise, „als ob es jemand erwünscht gewesen wäre, daß es sinke.“ Persano wurde vor Gericht gestellt, denn die Wuth der Italiener, auch zur See geschlagen worden zu seyn, machte sich in Verwünschungen gegen den Admiral Luft. Allein er hatte nichts zu fürchten, denn seine Richter drückten die Augen zu. Wie Persano selbst hatten auch sie theilgenommen an der schlechten Verwaltung, welche den neuen italienischen Staat kennzeichnete. Die Staatsplünderung durch die Beamten war hier schon längst die Tagesordnung, daher der böse Zustand der Finanzen und das kolossale Schuldenmachen in Florenz grade so wie in Wien. Man hegte übrigens einen leisen Verdacht gegen Albini, als habe dieser aus Eifersucht gegen den ihm vorgesetzten Persano weniger geleistet, als er hätte leisten können. Da die öffentliche Meinung aber es durchaus forderte, wurde Persano endlich, erst im December, vor Gericht gestellt und vertheidigte sich jetzt, er habe die Seeschlacht widerrathen, sey aber durch einen Befehl Lamarmoras, der die Niederlage von Custozza zur

See habe wieder gut machen wollen, zum Angriff gezwungen worden. Wohl alles nur faule Fische. Der Prozeß zog sich in die Länge.

Italien spielte in diesem Kriege eine äußerst armselige Rolle. Auch diesmal, wie immer, so oft ihm die Franzosen nicht halfen, nur Niederlagen erlebend, hatte es zwar das erstaunliche Glück, daß ihm durch die Siege der Preußen und unter Napoleons Vermittlung Venetien geschenkt werden sollte, aber wer irgend in diesem corrumpirten Italien noch ein Gefühl für Ehre hatte, fühlte tief, wie unwürdig die königliche Regierung eines solchen Glückes war. Das ganze neugebackene Königreich Italien wurzelte in der Seele des Rè perfido, wie Karl Albert mit Recht genannt wurde. Treulos gegen die Carbonari, seine ersten Freunde, undankbar für die ihm widerfahrene Gnade und Verzeihung, treulos gegen Oesterreich, empfing derselbe die verdiente Züchtigung durch den nobeln Radetzky. Sein Nachfolger wurde der Schützling Frankreichs und durfte unter diesem Schutz mit Treulosigkeiten fortfahren, nur in größerem Maßstabe, denn sie wurden nun nicht mehr blos gegen Oesterreich, sondern auch gegen Rom, Toscana, Neapel und alle nicht sardinischen Staaten Italiens angewendet. Alle diese Arglisten und Treulosigkeiten würden bei der oft bewährten Feigheit der Italiener nichts am Stande der Dinge haben ändern können, wenn nicht Frankreich mit seinem starken Degen dem Schwächling in Turin secundirt hätte. Die letzte Treulosigkeit des Sarden, die ihm den unverdienten Erwerb Venetiens verschaffte, war die schmählichste von allen.

Kaum je hat die Weltgeschichte einen ähnlichen Fall aufgewiesen, daß mit den schlechtesten Mitteln doch der beste Erfolg erzielt wurde, wie hier, und daß den Unwürdigsten und Unfähigsten Lohn zu Theil wurde anstatt Strafe. Der ganze Triumph des neuen Italien ist eigentlich nur eine Lüge, eine Komödie. Vor allen Dingen ist es constatirt, daß bei weitem die Mehrheit der italienischen Bevölkerungen die Vereinigung unter Sardinien verschmäht und sich in jahrelangem

Bürgerkrieg dagegen gewehrt hat. Sodann hat der große Befreier Italiens, ohne den von der Vereinigung gar nicht hätte die Rede seyn dürfen, der Kaiser der Franzosen, die Einheit Italiens immer nur mit tiefer Ironie aufgefaßt. Indem er dem Nationalitätenprincipe gemäß den Italienern die Einheit und Integrität ihres nationalen Gebietes bis zu den Alpen und zur Adria garantirte, riß er ihnen ungescheut Savoyen und die Grafschaft Nizza weg und hielt Rom mit einer französischen Armee besetzt. Auch blieb das neu constituirte Königreich Italien, weit entfernt, als eine selbständige Großmacht auftreten zu können, der Vasall Frankreichs. Man darf sogar zweifeln, ob künftighin die jetzt nur unvollkommene und provisorische Einheit Italiens jemals eine definitive werden wird, denn seit der Völkerwanderung hat Italien nie wieder selbständig zu werden vermocht. Immer wurde es vom deutschen Kaiser oder vom Könige von Frankreich bevormundet, das erste in der Regel, das andere als Ausnahme. Die französische Herrschaft in Italien hat immer nur kurze Zeit gedauert und wurde immer wieder von der viel länger dauernden Deutschenherrschaft abgelöst. Das ist nun einmal das Schicksal Italiens vermöge seiner geographischen Lage und der Schwäche seiner Bevölkerungen. Erst seit sieben Jahren hat nach einer langen Präponderanz Oesterreichs in Italien Frankreich dort wieder einmal das Uebergewicht erlangt, welches es wahrscheinlich wieder verlieren wird, wie es früher immer geschehen ist, mochte das Haus Anjou, mochte Karl VIII., Franz I., Ludwig XIV. oder Napoleon sich eine Zeitlang dort festsetzen wollen.

Der Widerspruch zwischen dem Triumphgeschrei des neuen Italien und der Scham, die doch jeder ehrliche Italiener fühlen mußte, wenn er erlebte, wie der unfähige König einer geschlagenen Armee nur durch die preußischen Siege im fernen Böhmen und durch die Gnade Napoleons III. Venetien erlangte, verfehlte nicht, seinen öffentlichen Ausdruck zu finden. Der oben schon genannte Petruccelli della Gattina schrieb im Journal des Debats: „Wir sind zu Land und zur See geschlagen worden. Die Dynastie mag darüber einiges Bedauern empfinden. Jahrhunderte lang war sie gewohnt, die Blätter der Artischocke mit der Degenspitze zu pflücken, und sie erhält jetzt die Lombardei von Frankreich, Venetien von Preußen, die beiden Sicilien von Garibaldi, Mittel=Italien und Toscana durch das allgemeine Stimmrecht. Und die Italiener? Ich weiß nicht; vielleicht treiben sie das Ehrgefühl zu weit. Sey dem so. Thatsache ist, daß sie gedemüthigt sind, und als Italiener bin ich es mit ihnen; ich bin ihrer Meinung. Jede Medaille hat aber ihre Kehrseite, und in dieser Frage ist zufällig die Kehrseite die schönere. Vor dem Kriege gab es einen festen Kern von Republikanern, die stirnrunzelnd zu Savoyen sagten: ‚Die ganze Halbinsel; wenn nicht — Nein!' Es gab eine s. g. Actionspartei, freilich nur im Embryo, die aber einen Grund zum Bestehen hatte; denn sie drückte den Abscheu des Landes vor den lauwarmen Coterien und dem bewaffneten Frieden aus. Es gab die Armee, welche die Nation verkörperte, all ihre Sympathien in sich vereinigte, ihr Stolz und ihre Hoffnung war. Es gab eine Partei, welche an die Nothwendigkeit der Dictatur zur Vollbringung der Einheit und an die Möglichkeit von Revolutionen auf der einen, von Staatsstreichen auf der andern Seite glaubte. Es gab endlich die Männer der Vorsehung, die vom Schicksal Vorherbestimmten, die geistig überlegenen Menschen. Jetzt ist alles das dahin. Der Besitz von Venetien einerseits und die Niederlagen andrerseits haben eine radikale Umwandlung bewirkt. Das rothe Hemd kann ein Schreckmittel für Stiere seyn, aber es ist keine Fahne mehr. Es hat die Oesterreicher nicht eingeschüchtert, es hat die vielleicht zu hoch gespannten Erwartungen getäuscht. Die Actionspartei, die kein Princip mehr auszubeuten, keine Lorbeern zu escomptiren, niemals bedeutendere Männer gehabt hat als Garibaldi, der heute durch seine Mißerfolge um seinen Ruhm gekommen ist, sie hat keine Berechtigung mehr zu einer Sonderexistenz. Wir haben dieses Werkzeug der Befreiung mit so vieler Sorgfalt, so vielen Opfern in Stand gesetzt; was hat es ausgerichtet? Ist eine Armee möglich, die zu nichts mehr nütze ist, als die Freiheit zu bedrohen und uns dem Bankerott entgegenzutreiben?"

Man hat Vergleichungen ziehen wollen zwischen Italien und Preußen, aber sie passen nicht. Ihr moralischer Contrast kann kaum größer gedacht werden. In Italien war alles Lüge und Prahlerei, bestraft durch Niederlagen. Ohne die französische Hülfe wäre hier alles verloren gewesen. In Preußen machte man nur bescheidene und gerechte Forderungen in Bezug auf die Elbherzogthümer und die Bundesreform. Ihm diese Forderungen nicht zu bewilligen, war ungerecht und unklug zugleich. Preußen wollte den Bürgerkrieg nicht. Es sah sich erst in der Nothwehr zu Rüstungen gezwungen, nachdem Oesterreich vorher gerüstet hatte. König Wilhelm wandte sich noch einmal persönlich an den Kaiser von Oesterreich und den König von Bayern um Erhaltung des Friedens, ja er war großherzig genug, sie darum zu bitten. Aber in Wien, München und Dresden war der Krieg beschlossen. Uebermüthig rief man Preußen schon ein vae victis zu, ehe noch ein Schuß gefallen war. Prahlerisch lauteten die Proclamationen der antipreußischen Coalition. Die Sprache Preußens blieb bescheiden, in seinen Proclamationen lag keine Prahlerei. Als aber der Kampf begonnen hatte, siegten die preußischen Truppen auf allen Punkten Schlag auf Schlag und standen in drei Wochen vor den Thoren von Wien. Ehrlich ist Preußen in den Kampf eingetreten und ehrlich wieder heraus. Worin soll nun dieses Preußen jenem Italien ähnlich gewesen seyn?

Wenn man den König von Preußen das Schwert Deutschlands nennen will, hat man Recht. Daß man aber den „perfiden König" la spada d'Italia nannte, war eine Frechheit. Wenn man sagen will, Preußen habe für sich gehandelt und alles aus sich selbst gemacht, so ist das wahr. Wenn man aber sagt: Italia farà da se, so ist das eine Lüge. Die Schlacht bei Königgrätz haben die Preußen allein gewonnen, die bei Solferino nicht die Italiener, sondern die Franzosen. Ueberhaupt aber ist das Einheitsbestreben der Deutschen unter preußischer Führung weit ein ander Ding, als das Einheitsbestreben der Italiener unter dem Sarden oder der Cavourismus. Die Deutschen haben viel mehr innere Kraft, als die Italiener. Nur durch diese Kraft können sie ihre Einheit erringen. Daß sie sie nicht erringen, ist der Wunsch aller unserer Nachbarn, weil sie sich vor uns fürchten. Bei den Italienern ist es umgekehrt. Sie fürchtet niemand und deshalb durfte Frankreich ihnen zu einer halben Einheit, zu einer Quasieinheit helfen, die nur dazu dienen sollte, Oesterreich zum Vortheil Frankreichs zu schwächen, und die von Anfang an nicht sich selber Zweck, sondern nur ein Mittel für französische Zwecke war.

Am 5. Juli, zwei Tage nach der schrecklichen Niederlage von Königgrätz, warf das Wiener Kabinet im Leichtsinn der Wuth das schöne Venetien Frankreich an den Kopf. Hunderkmal hatte die österreichische Presse, hatten selbst officielle Erklärungen Oesterreichs gerühmt, das unüberwindliche Festungsviereck, welches Venetien schütze, sey zugleich das Bollwerk Deutschlands, die Schutzmauer des deutschen Nationalinteresses im Süden. Und jetzt schenkte dasselbe Oesterreich jenes unschätzbare deutsche Bollwerk weg an Deutschlands gefährlichsten Feind, blos aus Erbitterung gegen Preußen. Hundertmal hatte die österreichische und die ihr verbündete mittelstaatliche Lügenpresse den Grafen Bismarck beschuldigt, „er buhle, er speichellecke“ um Napoleons Gunst, er wolle ihm nicht nur das deutsche Saarbecken und die bayrische Rheinpfalz, sondern das ganze preußische Rheinland abtreten, kurz das Interesse und die Ehre der deutschen Gesammtnation an Frankreich verrathen, wenn ihm Frankreich nur erlaube, dafür in Deutschland die kleinen Fürsten zu berauben, und wenn es ihm gegen

Oesterreich beistehe. Und nun war es Oesterreich selbst, welches von Frankreich verlangte, es solle ihm gegen Preußen helfen.

Napoleon III. übereilte sich ein wenig, indem er schon am 6. Juli an Victor Emanuel den gemessenen Befehl ergehen ließ, derselbe habe sich jedes fernern Angriffs auf Venetien zu enthalten, weil dieses Land jetzt ihm gehöre. Victor Emanuel würde wohl auch nachgegeben haben und ebenso sein Vertrauter, der ängstliche Lamarmora, wenn nicht Ricasoli, der neue Minister, mehr Muth gezeigt hätte. Dieser Mann begriff, daß er, wenn nur Italien seine gegen Preußen eingegangenen Verpflichtungen einhielte, auch bei den Friedensverhandlungen an Preußen eine starke Stütze finden würde. Er erwog ferner die kochende Wuth der italienischen Herzen, die sich so laut aussprach und welche die Scham wegen der Niederlagen und den Hohn des Auslandes nicht noch vermehren wollte durch freiwillige Selbstschändung, durch Unterzeichnung politischer Akte, deren Schmach unvertilgbar bleiben würde. Also trotzte Victor Emanuel auf Ricasolis Rath dem Befehl vom 6. und ließ schon am 8. die italienische Armee unter Cialdini über den Po gehen und ins Venetianische einrücken. Derselbe besetzte am 11. Rovigo, am 14. Vicenza. Es kam jedoch zu keiner Schlacht mehr, da sich die Oesterreicher in den Festungen hielten.

Napoleon III. verschluckte die Pille Ricasolis, ohne eine Miene zu verändern, indem Italien erklärte, es könne sich einseitig auf nichts einlassen, was seinen Kampf gegen Oesterreich betreffe, außer mit Zustimmung Preußens, weil es durch seinen Vertrag vom 10. April an Preußen gebunden sey, und indem Preußen gleichfalls auf Einhaltung dieses Vertrages bestand, bequemte sich Frankreich, den Frieden Oesterreichs mit Italien nicht ohne Preußen zu vermitteln. Ein Waffenstillstand auf vier Wochen wurde nunmehr zwischen Oesterreich und Italien am 13. ausgemacht. Der definitive Friedensschluß verspätete sich etwas, weil die Geldfrage dabei schwierig zu lösen war.

Italien sollte den vierzehnten Theil der österreichischen Staatsschuld auf sich nehmen, weil Venetien den vierzehnten Theil der österreichischen Monarchie ausmachte. Die Schuld war aber so groß, daß der auf Venetien fallende Theil 490 Millionen Lire betragen haben würde. Es wurde nun herunter gehandelt, und am 24. September eine Ausgleichung erreicht, worauf am 5. October der definitive Frieden endlich zu Stande kam. Darnach zahlte Italien an Oesterreich für den venetianischen Antheil an der Anleihe von 1854 und für das unbewegliche Kriegsmaterial, das in den Festungen zurückblieb, 87½ Mill. Fr. Ferner übernahm es ⅔ der Schuld des Monte Lombardo=venetiano mit 163 Millionen, womit der Züricher Vertrag Oesterreich belastet gelassen hatte, so daß also Italien im Ganzen 250 Millionen zahlte. Ein besonderer Artikel hob die Confiscation des Privatvermögens der vertriebenen Fürsten auf.

Während des Krieges in Oberitalien dachte die süditalienische Opposition, dem verhaßten Sarden eine Diversion im Rücken zu machen, wartete aber erst dessen Niederlage bei Custozza und Lissa ab und brach dann im fernen Sicilien viel zu spät los. Denn nachdem durch den Sieg der Preußen in Böhmen das Mißgeschick der italienischen Armee und Flotte in Oberitalien wieder ausgeglichen war, hatte die sicilianische Diversion auf Erfolg keine Aussicht mehr. Am 16. September wurde die Hauptstadt Palermo von Freischaaren überfallen, die von außen kamen, aber bald bedeutenden Anhang in der Stadt selbst fanden und sich einige Tage darin behaupten konnten. Die italienische Presse beschuldigte wie gewöhnlich, so auch diesmal die Geistlichkeit, sonderlich die Mönche und Nonnen, das Complott angeregt zu haben. Die Erbitterung dieser vom König von Italien schon so lange systematisch und ungerecht verfolgten Classe ist sehr natürlich und entschuldbar. Doch war es nicht allein die klerikale Partei, die an dem Aufruhr theilnahm, sondern auch die Republikaner, die Mazzinisten, die wieder ihre Gönner und Hetzer in England hatten. Beide Classen waren personificirt im damaligen Chef der Insurrection, Vater Rotolo, der zugleich Priester und unter Garibaldi Freischärler gewesen war. Neben ihm wurde Miceli als Agent der Mönche, Bentivegna, ein ehemaliger, wegen grober Fehler abgesetzter Oberst, und Acquisto, ein gemeiner Räuberhauptmann, als Führer der Rebellen genannt.

Der Regierungscommissär General Cadorna war nicht vorbereitet und hatte nur wenige Gensdarmen und Soldaten zur Verfügung, mit denen er nur das Fort Castellamare, den königlichen Palast, das Stadthaus, den Finanzpalast und das Gefängniß behaupten konnte, da die Nationalgarde aus Feigheit oder Trotz nicht herbeikam. Am 17. wurde das Stadthaus von den Insurgenten erstürmt und die Gefahr war groß, da Cadorna, im königlichen Palast isolirt, sich noch nicht mit den zuerst angekommenen Kriegsschiffen in Verbindung setzen konnte. Erst am 20. drangen drei Bataillone unter General Masi in die Stadt. Am 21. wurde das Stadthaus von den königlichen Truppen wieder genommen, und da immer mehr Truppen anlangten, wurden endlich am 22. alle Insurgenten aus der Stadt hinausgetrieben. Sie hatten sich am tapfersten in einem Kloster vertheidigt. Man warf ihnen nicht nur vor, viele Häuser geplündert, sondern auch Gefangene, besonders Gensdarmen und Beamte, aufs grausamste abgeschlachtet zu haben. Sie trugen die rothen Fahnen der Republikaner, aber mit heiligen Emblemen, mit einem Herzen Jesu, mit einer Madonna oder einem hl. Joseph. Auch in der Umgegend kamen große Unordnungen vor, allein die Zahl der königlichen Truppen vermehrte sich durch Nachsendung von Schiffen und der neue Volksaufstand gehörte wieder zu den vielen vergeblichen der Sicilianer, bewies aber auch von neuem, daß die Sicilianer ihrem tiefen Widerwillen gegen die piemontesische Hegemonie noch nicht entsagt hatten.

Der Abzug der Oesterreicher aus Venetien erfolgte unmittelbar nach dem Friedensschlusse. Der feige und verrätherische Charakter des italienischen Pöbels zeigte sich wieder deutlich in der Frechheit, mit welcher er in Verona die am 6. October ausmarschirenden Oesterreicher verhöhnte und insultirte, so daß die Soldaten gezwungen waren, die Waffen zu brauchen.

Am 19. October wurde die Stadt Venedig durch den österreichischen General von Möhring feierlich dem französischen General Leboeuf und von diesem der venetianischen Municipalität übergeben, denn bevor der König von Italien Stadt und Land in Besitz nehmen durfte, mußte auch hier erst die Comödie einer allgemeinen Volksabstimmung durchgespielt werden. Als dies geschehen und weitaus die meisten Stimmen auf Victor Emanuel gefallen waren, wurde derselbe zum König ausgerufen und hielt am 7. November seinen Triumpheinzug in der Lagunenstadt.

Auch das war nur eine pomphafte Prahlerei, an die sich der Fluch der Lächerlichkeit knüpfte. Die Italiener hätten eine originelle Bescheidenheit im antiken Styl zur Schau tragen und „ohne Waffen" in eine Stadt einziehen sollen, die man ihnen, den Geschlagenen, nun schenkte. Aber das italienische Militair paradirte hier, als ob es den glänzendsten Sieg errungen hätte. Das kann man doch nur eine Theaterparade nennen. Am comödienhaftesten war des Königs Einfahrt in der ihm von der Municipalität geschenkten Gondel. Michael Klapp *) beschreibt die malerische Pracht der zahllosen Barken und Gondeln und fährt dann fort: „Und eben, da wir schon ganz geblendet vor dem Bilde standen, da kam erst die — königliche Gondel, die Gondel von San Marko, die Venedig seinem neuen Herrscher mit allem Pompe, die der Majestät wirklich würdig erscheint, bauen ließ. Die alten Bucentauren der Dogen Venedigs könnten auf die Königsgondel eifersüchtig werden, so prächtig ist sie. Ueber einem hohen schlanken Pavillon aus Glas breitet ein rothsammtner, goldgestickter

*) „Aus dem befreiten Venedig." Berlin 1867. S. 37.

Baldachin seine kostbare Decke, unter welcher der königliche Thron aufgestellt ist. Breite kostbare Draperien umschweben den Pavillon und die Goldfigur eines Genius hält die schweren Sammtvorhänge auseinander, um dem König die Aussicht auf das Vordertheil der Gondel frei zu erhalten. Da auf diesem Vordertheil steht aus massivem Golde gearbeitet der Löwe von San Marko, in seiner Klaue hält er das Evangelium mit den sichtbaren Worten: Pax tibi Marce! Am Hintertheil der Gondel fesselt dann eine andere schöne Gruppe aus massivem Golde das Auge. Venezia drückt der vor ihr knieenden Italia die Krone auf das Haupt. In der Mitte des großen Fahrzeugs erhebt sich ein goldner Mast. Achtzehn Ruderer, blaue Sammtbarette auf dem Kopfe, in grünsammtene, silbergestickte Jacken gehüllt, auf dem einen Bein Tricots von rother Seide, auf dem zweiten Tricots von weißer Seide, führten das wunderherrliche Fahrzeug sehr langsam dem Landungsplatze zu — welch ein Pomp, der Majestät wirklich würdig!" So der Berichterstatter. Wir glauben, der alte Bucentauro, der die großen Dogen der Republik getragen, würde nicht eifersüchtig, sondern mit zorniger Verachtung auf die Gondel herabgeblickt haben. Jener Bucentauro, auf dem sich einst der Doge mit dem Meere vermählte, würde seufzend hinübersehen nach Lissa und in der Erinnerung an die meerbeherrschenden Flotten der alten Republik würden ihm die buntgemalten Gondeln des neuen Königs von Italien wie Kinderpuppen vorkommen.

Eine andere Gondel trug eine Deputation aus Rom, natürlich keine päpstliche. „Welch ein Jubel brach los, als die römischen Deputirten auf einer Gondel des Municipiums die Bandiera der Siebenhügelstadt, die Fahne der Stadt Rom, mit dem wallenden Trauerflor geschmückt, daher brachten und sie vor den Augen Victor Emanuels mit den Worten senkten: Sire, la Bandiera di Roma vi saluta e spera che presto le toglierete il bruno! und Victor Emanuel soll ihnen diese ausgesprochene Hoffnung durchaus nicht benommen haben. Er soll in hohem Grade erregt gewesen seyn, und als er hierauf in den Dom schritt, zog ihm die Fahne Roms zum Tedeum voraus in den Dom. Ich weiß nicht, ob sie der Patriarch bemerkt hat. Das aber weiß ich, die Venetianer jauchzen ihr zu, wo sie ihr immer begegnen, und Victor Emanuel hat von seinen Venetianern schon heute die vollste Zustimmung zu allem, was er thun wird, um der Fahne Roms ihren Trauerflor zu nehmen."

Interessant ist eine Scene im Dome. „Der König schritt durch die stolzen Hallen San Marko's, nur begleitet von dem Prinzen, Baron Ricasoli, dem Conservator des Dogenpalastes und dem Patriarchen. Beim Austritt fesselte das Auge des Königs in der schönen gewürfelten Vorhalle ein großer rother Marmorstein, der ganz eigenthümlich die Mosaik des Fußbodens unterbricht. Der König bleibt davor stehen und frägt, was er bedeute? Der Conservator stutzt einen Augenblick, dann beginnt er zögernd: „Auf diesem Stein huldigte dem Papst Alexander III. der mächtige Kaiser Barbarossa." Kaum aber waren diese Worte heraus, so ergriff der Patriarch höchst geschäftig das Wort und erzählte die ganze Geschichte von der Demüthigung des Kaisers vor dem Papste. „Majestät," so endete der Patriarch seine ausführliche Erzählung, „hier auf diesem rothen Marmorstein hat der größte deutsche Kaiser, der Mann, vor dem alle Welt zitterte, seine Kniee vor dem Statthalter Christi gebeugt." Victor Emanuel hörte dem behaglichen Vortrag des Patriarchen sinnend zu, dann erhob er sein Haupt, drehte sich zum Minister-Präsidenten herum und sagte: Tempi passati! Nicht wahr, lieber Baron? Tempi passati! Dann rasch wieder zum Patriarchen gewendet, sagte der König nur noch: „Ich danke Ihnen für die Erzählung, der Stein ist merkwürdig, aber die Geschichte hat keine Pointe für mich." — Sollte diese Anekdote auch nicht wahr seyn, so ist sie doch gut ausgedacht.

Ohne alles Verdienst und von allen Seiten geschlagen, machte Victor Emanuel doch glänzende Geschäfte. Er hatte nun Venetien, und seine Schergen grollten, daß sie nicht auch Südtirol, Istrien und Dalmatien haben sollten. Nun mußten sie wenigstens noch Rom bekommen. Der Septembervertrag lief ab und Frankreich mußte seiner Verpflichtung gemäß im Spätherbst 1866 alle seine Truppen aus Rom zurückziehen. Napoleon III. zögerte damit und erst im Dezember gingen die letzten Truppen ab. Zunächst zur Beruhigung der französischen Katholiken hatte Napoleon III. mit Victor Emanuel stipulirt, daß der Papst als Oberhaupt der Kirche seinen Sitz in Rom behalten und ungekränkt bleiben sollte, und der Minister des Königs, Ricasoli, setzte den Garibaldianern ein energisches Decret entgegen, worin er ihnen jede Demonstration gegen Rom untersagte. Zugleich wurde insgeheim tractirt und bemühten sich namentlich die französischen Unterhändler, den Papst zu freiwilligem Nachgeben zu stimmen, um ihn zum Mitschuldigen dessen zu machen, was sich etwa ferner zutragen könnte, und die alleinige Verantwortung dafür von Frankreich abzuwälzen. Aber der Papst verharrte bei seinem non possumus.

Man muß den ehrwürdigen Greis in seiner Pflichterfüllung bewundern. Die härtesten Schläge des Schicksals entmuthigten ihn nicht. Keine katholische Macht protestirte gegen die grausame Unterdrückung des Katholicismus in Polen. Nur der schwache Papst trat furchtlos dem allmächtigen Czaaren entgegen. Als sich der russische Gesandte, Herr von Meyendorf, eine Ungezogenheit gegen ihn erlaubte, wies er ihm die Thüre. Der Gesandte zog ohne Abschied auf und davon und Rußland brach jede Verbindung mit dem römischen Stuhle ab, um innerhalb seines Reichs frei über die katholische Kirche zu verfügen. Die erste katholische Großmacht, Oesterreich, konnte nichts mehr für den Papst thun; die zweite, Frankreich, verwies ihn an Victor Emanuel, Spanien war von Radicalismus durchfressen, Portugal zu schwach. Nimmt man die französischen, deutschen und englischen Bischöfe aus, die für den Papst beteten, denen aber ihre

Regierung nicht zur Seite stand, so fehlten dem Papst nicht nur bewaffnete, sondern auch durch ihren Geist mächtige Wortführer. Am edelsten gegen den päpstlichen Stuhl benahm sich der protestantische König von Preußen, der ihm durch seinen Gesandten, Freiherrn von Arnim, sein ganzes Wohlwollen versichern ließ, wenn er auch nicht in der Lage war, ihm materielle Hülfe zu leisten.

Man erfuhr, Herr von Arnim, welcher Ende October als preußischer Gesandter nach Rom zurückkehrte, habe dem h. Vater eröffnet: „Preußen hat in Folge des Krieges eine ganz veränderte Stellung dem hl. Stuhle gegenüber. Dieser Krieg hat ihm neue katholische Unterthanen zugeführt und daher Pflichten hinsichtlich dieser auferlegt, und die Eventualität, durch Annexirung der südlichen Staaten noch mehr katholische Unterthanen mit sich zu vereinigen, gebietet ihm eine ganz neue, gegen den hl. Stuhl freundliche Stellung. Der König Wilhelm liebt und schätzt den Charakter Pius IX. hoch, und er ist bereit, alles, was an ihm liegt, für die Erhaltung des päpstlichen Thrones zu thun. Falls Pius IX. den leisesten Wunsch äußern sollte, so würde der König eine diplomatische Reunion veranstalten, um die Situation zu berathen, und diese würde in Rom stattfinden.“

Als im Anfang des Dezember die Zeit gekommen war, in welcher die letzten französischen Truppen Rom verlassen mußten, sammelten sich Schiffe beinahe von allen Nationen, namentlich auch nordamerikamische, im Hafen von Civita Vecchia, zu einigem Aerger der Franzosen. Dieser Zusammenfluß von Schiffen bewies das lebhafte Interesse, welches die in Rom eingetretene Krisis allgemein anregte, und zugleich den Eifer, mit dem wenigstens viele dem Papst zu dienen und ihn den Händen seiner Feinde noch durch eine rechtzeitige Flucht zu entziehen wünschten. Denn schon gährte und tobte es rings um Rom. Räuberhorden, von den Mazzinisten gedungen, bedrängten die schwachen Vertheidiger des Kirchenstaats an den Grenzen. Trotz Ricasolis Decret drohte dem von den Franzosen verlassenen Rom ein Ueberfall von Freischaaren und die Revolution im Innern der Stadt.

Pius IX. zweifelte selbst an einer solchen Katastrophe nicht, wie die tiefernsten Abschiedsworte beweisen, die er am 7. Dezember an die Offiziere des 85. französischen Regiments richtete: „Ihre Fahne ist von Frankreich ausgezogen, um den h. Stuhl wieder aufzurichten. Als sie auszog, war sie begleitet von den einstimmigen Wünschen der Nation. Nun kehrt das Banner nach Frankreich zurück und ich glaube, manches Gewissen wird davon wenig befriedigt seyn. Man darf sich keiner Täuschung hingeben über die Revolution, die an die Pforten Roms klopft. Man sagt, Italien sey fertig. Nein! und wenn es so besteht wie jetzt, so ist es, weil noch das Stück Erde besteht, darauf ich bin. Besteht es nicht mehr, so wird die revolutionäre Fahne in der Hauptstadt wehen. Um mich sicher zu machen, sucht man mich zu überreden, daß Rom durch seine Stellung nicht die Hauptstadt Italiens seyn könne. Ich bin ruhig, denn ich vertraue auf die göttliche Macht. Gehen Sie nach Frankreich mit meinem Segen. Diejenigen, welche in der Lage sind, sich dem Kaiser zu nähern, mögen ihm sagen: ich bete für ihn, für die Seinigen, für seine Ruhe, aber es sey seine Pflicht, auch seinerseits etwas zu thun. Frankreich ist die älteste Tochter der Kirche, aber Titel genügen nicht, sie rechtfertigen sich erst durch Thaten."

Am 11. Dezember nahm der Herzog von Montebello die französische Fahne von der Engelsburg hinweg und die letzten französischen Truppen zogen ab.

Am 29. October veröffentlichte der Papst zwei muthvolle Allokutionen, die eine gegen Victor Emanuel, die andere gegen Rußland. In der ersten verdammte er alle gottlosen Handlungen und Verordnungen, durch welche die italienische Regierung die Religion entweiht, die Rechte der Kirche verletzt und die Sittlichkeit zerstört habe, die Mißhandlung der Bischöfe, die Aufhebung der geistlichen Genossenschaften, die Einziehung der Kirchengüter, die Verfolgung, Einkerkerung und Vertreibung des Klerus, die Einführung der Civilehe, die Duldung und Begünstigung irreligiöser Lehren. Unsinnig nennt der Papst die, welche seine weltliche Gewalt antasten wollen. „Wir können nicht (non possumus) auf die bürgerliche Gewalt verzichten, die von der göttlichen Vorsehung zum Wohl der allgemeinen Kirche eingesetzt ist.“ Der h. Vater protestirt aufs neue gegen den, der ihm schon mehrere Provinzen des Kirchenstaats gewaltsam entrissen hat, und gegen jeden Versuch, ihm auch noch Rom zu entreißen. Er erklärt sich bereit, selbst den Tod zu erdulden, um die geheiligten Rechte der Kirche aufrecht zu erhalten; oder wenn es nöthig sey, würde er in einem andern Lande größere Sicherheit suchen. — In der zweiten Allokution protestirt der Papst wiederholt gegen die einseitige Verletzung des Concordats von 1848 durch Rußland und gegen alle die Willkür und Gewaltthat, die in Rußland der katholischen Kirche angethan wird, gegen die Verfolgung der Bischöfe, gegen die Unterdrückung der religiösen Orden, gegen die Einziehung der geistlichen Güter ꝛc.

Im Herbst war viel davon die Rede, die fromme Kaiserin Eugenie werde von Paris nach Rom kommen, um den guten Papst ganz sicher zu machen. Es blieb indeß bei der höflichen Versicherung, da der Papst keine Miene machte, als fürchte er sich und habe den Schutz einer Dame nöthig.

König Victor Emanuel eröffnete das italienische Parlament zu Florenz am 15. Dezember mit einer sehr friedlich lautenden Thronrede, wofür er denn auch sogleich von Napoleon III. telegraphisch beglückwünscht wurde. Die Hauptstelle der Thronrede lautete: „Die französische Regierung, treu ihren im Vertrag vom 15. Sept. 1864 eingegangenen Verpflichtungen, hatte ihre Truppen aus Rom zurückgezogen. Die italienische Regierung hat ihrerseits, die eingegangenen Verbindlichkeiten erfüllend, das päpstliche Gebiet geachtet und wird es achten. Das gute Einvernehmen mit dem Kaiser der Franzosen, mit dem wir durch Bande der Freundschaft und Dankbarkeit verbunden sind, die Mäßigung der Römer, die Weisheit des Papstes, das religiöse Gefühl der Römer und ihr Sinn für das Recht werden die Aufgabe unterstützen, die katholischen Interessen und die nationalen Strebungen, welche sich in Rom vermischen und bekämpfen, auseinander zu halten und zu versöhnen. Ergeben der Religion meiner Väter, huldige ich gleichzeitig dem Grundsatz der Freiheit, welcher, mit Aufrichtigkeit und in weitem Umfang angewendet, die Ursachen der alten Streitigkeiten zwischen Kirche und Staat beseitigen wird. Diese Entschließungen unsererseits werden die katholischen Gewissen beruhigen und zu der Erfüllung des Wunsches führen, den ich hege: daß der Papst unabhängig zu Rom bleibe."

Die Ruhe in Rom wurde auch in der That den Winter über nicht gestört. Die Garibaldianer mußten sich einen Zügel anlegen.

Kaiser Napoleon III. äußerte sich am 14. Februar 1867 in seiner Thronrede folgendermaßen über die römische Frage: „In Rom haben wir den Vertrag vom 15. September getreulich ausgeführt. Die Regierung des h. Vaters ist in eine neue Phase eingetreten. Sich selber überlassen hält sie sich durch ihre eigene Kraft, durch die Verehrung, welche das Oberhaupt der katholischen Kirche jedermann einflößt, und durch die Ueberwachung, welche die italienische Regierung an den Grenzen handhabt. Allein wenn demagogische Verschwörungen in ihrer Vermessenheit wagen sollten, die weltliche Macht des heiligen Stuhles zu bedrohen, so würde Europa, wie ich nicht bezweifle, ein solches Ereigniß, da es eine so große Störung in der katholischen Welt hervorrufen würde, nicht zu Stande kommen lassen." Diese Worte erregten in einem Theile des italienischen Klerus neue Besorgnisse. Das geringe Maaß von Schutz, welches Frankreich dem h. Stuhl gewährt hatte, war doch etwas Sicheres gewesen, die Verweisung an andre Mächte bot keine Garantie.

Wessen sich der Oberhirt der römischen Kirche vom Ministerium Ricasoli zu versehen hatte, erhellt am besten aus einem Antwortschreiben desselben an die kürzlich in ihre Diöcesen zurückgekehrten italienischen Bischöfe, die ihm vorgestellt hatten, welche glückliche Freiheit ihre Amtsbrüder in Nordamerika genössen, ohne vom Staate drangsalirt zu werden. Spreche man also in Italien von Freiheit, so solle man die freien Nordamerikaner nachahmen. Ricasoli erwiderte wie ein Freimaurer und Reformjude: „Während die aus dem Chaos des Mittelalters emporgestiegene Welt sich neu bildete und den von Gott vorgezeichneten Weg des Fortschritts einschlug, wollte die Kirche allem, was mit ihr zusammenhing, die Unbeweglichkeit des Dogmas, dessen Hüterin sie ist, mittheilen, betrachtete mit Mißtrauen die Entwicklung der Geister, die Vervielfältigung der socialen Kräfte, und erklärte sich als Feindin aller Freiheit, indem sie die erste und unanfechtbarste aller Freiheiten leugnete, die Gewissensfreiheit. Daraus entstand der Conflict zwischen der kirchlichen und der staatlichen Gewalt, denn jene vertrat die Unterwerfung und die Unbeweglichkeit, diese die Freiheit und den Fortschritt.“ — Am Ende März wurde Philipp Cordova zum interimistischen Cultusminister ernannt, ein Mann, der im Jahr 1860 Großmeister des Freimaurerordens war.

Allerdings befleißigte sich die Regierung großer Wachsamkeit und duldete nicht, daß Freischaaren gegen Rom zogen oder eine Revolution in Rom provocirt wurde, alles aus schuldiger Rücksicht gegen Frankreich. Aber Garibaldi durfte ungehindert gegen Rom forttoben. Nicht wie ein Volksheld, sondern wie ein Schwärmer zog er fortwährend in Italien umher, taufte die Kinder, die man ihm brachte, im Namen Italiens und nicht mehr der Dreieinigkeit, und verhieß den Leuten fortwährend die Eroberung Roms und den Untergang des Papstthums. Sein intimer Freund Marchese Pallavicino schrieb am 30. März 1867 an den Abgeordneten Sineo: „Mein lieber Sineo! Garibaldi und ich lasen Ihren Brief und sind mit Ihnen einverstanden, aber nicht in allem. Wir wollen, daß man ernstlich daran denke, den großen Leichnam zu begraben, dessen Gestank uns verpestet. Nein, mein lieber Sineo! Die Lösung der römischen Frage kann nicht auf unbestimmte Zeit verschoben werden. Denken Sie sich einen Menschen, an dessen Herzen der Krebs nagt. Er lebt wohl, aber welches Leben! Und wie lange wird er leben? Es ist nicht schwer zu errathen. Das Krebsübel Italiens ist das päpstliche Rom. Es bleibt nur die Wahl, es auszureißen, oder wir müssen uns entschließen, zu sterben."

Garibaldi verließ sich auf seine unermeßliche Popularität und verfehlte nicht, immerfort herumzureisen, um sich wie ein Gott anbeten zu lassen. So kam er auch nach Venedig, wo er mit ungeheurem Jubel empfangen wurde. Italien, so schrieb man in den Zeitungen, habe nur noch einen doppelten Cultus, den der Maria und den Garibaldis, jener nehme (scheinbar) immer mehr ab, dieser immer mehr zu.

Auch ein großer Theil des italienischen Parlaments war von diesem Garibaldiwahnsinn ergriffen. Doch hielten sich hier die Parteien innerhalb der Opposition selbst die Waage. Die Opposition war viertheilig: die alten Anhänger Mazzinis und Garibaldis grollten dem Königthum und waren auch jetzt noch auf eine Republik versessen, die neue seit der Verlegung der Residenz von Turin nach Florenz erbitterte piemontesische Partei grollte wegen dieser Zurücksetzung der Piemontesen, die doch allein alles für Italien gethan hätten, und wollte es nun dahin bringen, daß man sagen sollte: wenn Turin nicht zur Hauptstadt getaugt habe, so tauge Florenz noch weniger. Die Particularisten grollten der Einheit und wollten die Sonderrechte der alten Territorien wieder haben und insofern nicht mit Unrecht, als ihnen die unità ungeheure Steuern und Bedrückungen auferlegte. Die Klerikalen endlich versteckten ihre wahre Gesinnung hinter der Maske des radikalsten Eifers nach dem Grundsatz, man müsse den Parteieifer überstürzen, um die Partei zu besiegen. Obgleich nun unter sich nicht einig, machten doch diese Parteien sämmtlich Opposition gegen die Regierung, die mit Noth dem Parlament gegenüber sich hielt, und es entstand die nicht unbegründete Besorgniß, der König könne in den Fall gesetzt werden, mit einem solchen Parlamente nicht mehr fortregieren zu können, dann aber wäre sein liberaler Nimbus dahin.

Im Beginn des Februar 1867 kamen in Neapel Unterschleife hochgestellter Personen zu Tage, wie 1860 in Wien. Insbesondere wurde ein Ferrara, Oberst des Generalstabs der Nationalgarde, und Ritter Ronka, Director der Stempelverwaltung, verhaftet und in Folge der Untersuchung wurden noch mehrere angesehene Herrn als Mitschuldige bezeichnet. Man hörte, der Stempelverwaltung seyen im letzten Dezember 400,000 Frs. in Werthpapieren vom Director selbst gestohlen worden. Uebrigens wußte man schon lange, daß der Cavourismus in seiner Beamtenwelt ein ganzes Nest voll Staatsbetrüger ausgeheckt hatte. Die piemontesische Verwaltung in den annectirten Provinzen Mittel- und Süditaliens genoß den schlechtesten Ruf schon lange. Auch im Prozeß Persano wurde dessen Niederlage mit der schlechten Armeeverwaltung in Verbindung gebracht. Bei der Vertreibung der gestürzten Dynastien und bei der Plünderung der Kirche fand die Habgier der Beamten und Generale eine erwünschte Befriedigung. Bürger und Bauern wurden nicht dadurch erleichtert, sondern die Steuern immerfort erhöht. Das unvermeidliche Ergebniß war Ueberbürdung des neuen Königreichs Italien mit einer ungeheuren Schuldenlast.

Die Augsb. Allg. Zeitung schrieb: „Acht Milliarden Schulden, wovon sieben seit dem Erhebungs- und Rettungsjahr 1859 — das sind die Früchte der Verwaltung des Königreichs Italien. Das Activum der Finanzen beträgt in diesem Augenblick, nach Abrechnung von Einkünften, die nur auf dem Papier stehen, gegen 700 Millionen Franken. Diese 700 Millionen werden durch die Zinsen der Schuld,

Dotationen und Armeebudgets bis auf den letzten Centime verschlungen; die übrigen Administrationszweige mögen zusehen, wo sie Geld finden. So ist die Finanzlage in einem Moment der ernstlichsten Krisis, in welchem wir kaum eine andere Wahl haben als zwischen der Diktatur und einem Ministerium der äußersten Linken, das schwerlich etwas anderes seyn würde als eine Umschreibung des Wortes Republik. Sieben Jahre Mißregierung haben das Land so weit gebracht — der Bankerott vor der Thüre, die äußerste Steigerung der direkten und mehrerer indirekten Steuern, größte Verwirrung in allen Verwaltungsfächern, schwerfällig unbrauchbares Formenwesen, Entwerthung und Entmuthigung von Armee und Flotte durch einen über das gewohnte Maß unglücklichen und verfehlten Feldzug. Der Bankerott ist es, was die Partei, welche heute gegen die Monarchie und gegen das Ministerium Ricasoli arbeitet, am wenigsten schreckt. Die Rente ist meist im Ausland, meist in Frankreich plazirt, sagen diese großen Politiker der Sala dei Cinquecento und der radikalen Presse — die Käufer haben uns meist nur 50 Prozent gegeben; sie verlieren im Grunde nichts von dem ihrigen, wenn sie auch 50 Prozent verlieren. Dies ist das Raisonnement — wie es in Paris munden wird, ist eine andere Frage. Die französische Regierung trägt kaum eine geringere Schuld als die italienische an der gegenwärtigen Finanzlage, indem sie, ihre offenen wie geheimen politischen Plane zu fördern, einem Börsenschwindel zugeschaut hat, von welchem man längst voraussehen konnte, wie er enden werde. Daraus folgt aber nicht die Gleichgiltigkeit dieser Regierung bei einem Va Banque unserer Desperados."

Wie wenig Festigkeit und Selbstvertrauen im italienischen Cabinet war, bewies die Angst, die dort sogleich wiederkehrte, als die drohende Haltung Frankreichs gegen Preußen die Erfolge des letzteren wieder ein wenig in Frage zu stellen schien. Anstatt sich, wie der muthige Ricasoli wollte, auf die Seite Deutschlands zu stellen, in der Hoffnung, mit dessen Hülfe in einem großen bevorstehenden Kriege den

Franzosen Savoyen und Nizza wieder abzunehmen und so erst die Einheit Italiens zu vollenden, bekam Victor Emanuel Angst vor den Franzosen und schickte Ricasoli fort, um ihn am 10. April 1867 durch Ratazzi, einen Anverwandten der Napoleoniden und blinden Anhänger der französischen Politik, zu ersetzen. Das hieß er eine selbständige italienische Politik umkehren zur alten Vasallenstellung, in welche Cavour das neue Italien gebeugt hatte. Man glaubte jedoch auch, Italien habe Frankreich seine Hingebung angeboten, wenn dasselbe Rom seinen Schutz entziehen wolle. Das wäre zugleich das einzige Mittel, Garibaldi und seine zahlreiche Partei zu versöhnen.

Siebenzehntes Buch.

Oesterreichs Neugestaltung.

In Prag wurde der definitive Friede österreichischerseits vom Grafen Brenner, preußischerseits vom Freiherrn von Werther am 23. August zu Stande gebracht und wenige Tage später ratificirt. Er fußte auf den Friedenspräliminarien. Oesterreich trat aus dem deutschen Bunde aus, anerkannte die Auflösung desselben, die Neubegründung des Nordbundes unter Preußen bis zur Mainlinie, im Süden dieser Linie die Bildung eines Südbundes, „dessen nationale Verbindung mit dem norddeutschen Bunde der nähern Verständigung zwischen beiden vorbehalten bleibt.“ Oesterreich tritt unter französischer Vermittlung Venetien, „ohne andere lästige Bedingung als die Liquidirung derjenigen Schulden, welche auf den abgetretenen Landestheilen haften,“ an Italien und seine bisherigen Rechte auf die Elbherzogthümer an Preußen ab. Der Betrag der Kriegskosten, die Oesterreich an Preußen zu zahlen hat, bleibt derselbe, wie ihn schon die

Präliminarien bestimmen, zwanzig Millionen preußische Thaler. Auch in Bezug auf Nordschleswig und Sachsen blieb es bei der Bestimmung der Präliminarien. Schließlich wurde über Vertheilung des bisherigen Bundeseigenthums, Versorgung der Bundesbeamten und einige Verkehrserleichterungen Verfügung getroffen.

Oesterreich hatte somit nur Venetien, aber von allem, was es innerhalb des deutschen Bundes besaß, nicht ein Dorf verloren. Man hört hin und wieder Stimmen, welche Preußen vorwerfen, es habe seinen großen Sieg nicht genug ausgebeutet, Oesterreich zu sehr geschont und ihm zu viel Macht gelassen. Wenn man die geographische Lage von Böhmen bedenkt, so läßt sich nicht leugnen, daß von diesem Königreich aus sowohl die nordstaatliche als südstaatliche Gruppe Deutschlands nahe bedroht ist. Die Ausschließung Oesterreichs aus dem deutschen Bunde entbehrt somit ein wesentliches Moment, welches die Unfähigkeit, sich ferner in die deutschen Angelegenheiten einzumischen, seyn müßte. Während die österreichische Regierung im Stande blieb, trotz ihres s. g. Ausschlusses von Deutschland immer noch mächtig auf Deutschland einzuwirken, beklagten nur die deutsch-österreichischen Unterthanen, vom deutschen Bunde ausgeschlossen zu seyn, da ihnen bevorstand, nunmehr von den Slaven und Ungarn eben so abhängig zu werden, als es diese bisher von den Deutschen waren.

Schon am 8. September kamen eine gute Anzahl deutsch-österreichischer Abgeordneter in Aussee zusammen und beriethen über die nach dem Kriege ganz veränderte Lage Deutschösterreichs. Nach Ausschluß Oesterreichs vom deutschen Bunde war kaum zu hoffen, daß der Schwerpunkt der österreichischen Monarchie innerhalb des deutschen Sprachgebiets verbleiben werde, da Slaven und Ungarn nicht nur eine Mehrheit gegen die Deutschen bildeten, sondern auch gerade damals vom kaiserlichen Hofe selbst bevorzugt zu seyn schienen. Die Versammlung in Aussee vereinigte sich in dem Gedanken, die Deutschen in Oesterreich müßten trachten, bei der Neugestaltung des Reichs die Geltung zu behaupten, die der bisherigen historischen Entwicklung des Reichs entspreche, und sie müßten ihren nationalen Zusammenhang mit der großen deutschen Nation nicht außer Acht lassen. Man erklärte ferner, daß der durch die Anerkennung und gemeinsame parlamentarische Behandlung wirklich gemeinsamer Angelegenheiten begrenzte Dualismus die einzige Form sey, in welcher das, was sie erstreben, erreicht werden könne. Somit hoffte die Versammlung mit dem Dualismus, wenn auch nicht mehr zu gewinnen, doch weniger zu verlieren, als mit dem Föderalismus, und hoffte immer noch etwas von einem gemeinsamen Parlamente des Reiches, dem aber der Dualismus so entschieden wie der Föderalismus im Wege stand. Die Hauptsache war, daß die Deutschen lieber mit den Ungarn als mit den Slaven gehen wollten. Föderalismus bedeutete nach Belcredis Programm das Uebergewicht der Slaven über Deutsche und Ungarn, Dualismus umgekehrt das Uebergewicht der Deutschen und Ungarn über die Slaven.

Inzwischen war die Frage des Dualismus und Föderalismus in Oesterreich so schwer zu lösen, daß die Unterhandlungen darüber sich Monate in die Länge zogen. Die Ungarn gaben nicht nach. Klapkas Versuch war mißlungen, mehrere Verhaftungen in Pesth trafen Anhänger der extremen Partei. Auf der Eisenbahn über Oberberg kehrten die vielen österreichischen Gefangenen nach ihrem Kaiserstaate zurück, darunter auch die s. g. ungarische Legion, 2—3000 Mann, welche Klapka in Neiße hatte sammeln müssen. Da in Folge des Prager Friedens eine umfassende Amnestie für alle sowohl österreichischen als preußischen Staatsangehörigen, die durch ihr politisches Verhalten während des Kriegs compromittirt waren, verabschiedet worden war, durften jene ungarischen Legionäre auf straflose Rückkehr hoffen. Als aber am 7. October die letzten 700 Mann an der Grenze erfuhren, die Vorangefahrenen seyen in Lundenburg arretirt worden, verließen sie die Eisenbahn augenblicklich und zogen durch den Jablunkapaß ins nahe Ungarn, wo sie sich größere Sicherheit versprachen. Das alles aber waren Nebensachen. In der Hauptsache konnte die Wiener Regierung der Deak'schen Verfassungspartei in Ungarn keinen Fuß breit Terrain abgewinnen.

Da Oesterreich sich beeilte, die 20 Millionen an Preußen auszuzahlen, verließen auch die preußischen Truppen Böhmen und Mähren schon in der Mitte des September. In Prag, wo sie am 18. abzogen, fiel der Pöbel über die Juden her, welche die von den Preußen zurückgelassenen Armeebedürfnisse aufkauften.

Die kriegsrechtliche Untersuchung, welche über die Generale und Offiziere, denen man das Unglück der österreichischen Armee zuschrieb, verhängt wurde und von der man große Dinge erwartete, nachdem schon während des Feldzugs fünf hohe Generale waren verhaftet worden, nahm in der Mitte des October einen sehr unscheinbaren Ausgang. Graf Clam-Gallas ging glänzend gerechtfertigt aus der Untersuchung hervor und empfing ein gnädiges Handschreiben vom Kaiser. Benedek, Henikstein und Krizmanik wurden im Gnadenwege pensionirt, einige Stabsoffiziere cassirt, ein paar Subalternoffiziere erschossen.

General Graf Gondrecourt, der sich im dänischen Kriege an der Spitze der s. g. eisernen Legion ausgezeichnet hatte und durch das Mißlingen des böhmischen Feldzugs in üble Laune versetzt seyn mußte, konnte sein hitziges Temperament so wenig bezähmen, daß er einmal einen Trainsoldaten und nachher einen Feldprediger mit bloßem Degen anfiel und „nicht ungefährlich" verwundete, ohne daß er zur Strafe gezogen wurde. Erst als er den Degen auch gegen einen Stabsoffizier zog, der ihn glücklich parirte, wurden ihm 4 Jahre Festungsstrafe zuerkannt, die der Kaiser jedoch in Berücksichtigung seiner Leistungen im Kriege in einen kurzen Profosenarrest verwandelte.

Es erregte einiges Aufsehen, daß Gablenz zur Disposition gestellt wurde und der verdienstvolle Tegetthoff, obgleich in Wien vom Kaiser ehrenvoll empfangen, doch längern Urlaub zu einer amerikanischen Reise erhielt. Clam-Gallas, vollständig vor dem Kriegsgericht gerechtfertigt, ließ eine Flugschrift drucken, worin Benedek übel wegkam. Die Zeitungen meldeten, die österreichische Armee solle reorganisirt werden, aber auf französischen Fuß in rothen Hosen. Die Sprache der Wiener Blätter in Bezug auf Preußen war im October wieder eine sehr feindselige.

Im October erschien ein Erlaß des österreichischen Kriegsministeriums an die Truppencommandanten folgenden merkwürdigen Inhalts: „Im Verlauf des letzten Feldzugs hat sich ereignet, daß über Vorschlag der von irrigen Rücksichten geleiteten Truppencommandanten Individuen zur Beförderung, sogar zu einer doppelten gelangten, von denen hinterher die völlige Untauglichkeit zur erreichten höhern Charge behauptet und um Entfernung der eben Beförderten gebeten wird. Diese wäre nur durch die Pensionirung der Betreffenden zu bewirken; nachdem jedoch das Armeebudget zur Tragung solcher ungerechtfertigter Lasten keineswegs berufen ist, werden Anträge auf Pensionirung von als unfähig erklärten Offizieren nicht berücksichtigt werden, bleiben vielmehr die Commandanten derselben verpflichtet, die von ihnen unrechtmäßig protegirten Individuen mit aller Strenge zur Ausbildung in ihrem Berufsgeschäfte und zum obliegenden Dienste anzuhalten, überhaupt dieselben nach Möglichkeit nutzbar zu machen. Sollte demungeachtet wegen totaler Unbrauchbarkeit des einen oder andern solchen Offiziers die Versetzung desselben in den Pensionsstand unausweichlich werden, so müßte das Kriegsministerium wegen solcher Ahndung sich jedenfalls auch die Hereinbringung der Pensions-Mehrkosten von den Schuldtragenden vorbehalten.“

Von der Hauptsache, der sittlichen Reinigung und Erstarkung, war nirgends die Rede, außer in einem Hirtenbriefe des Wiener Erzbischofs Cardinal von Rauscher, der in Worten voll Ernst und Würde dazu mahnte. Vor allem hob er hervor, welche grenzenlose

Lüderlichkeit herrschte. „Jene, die von den Unterhaltungen anderer leben, raffen alles zusammen, um neues zu bieten, und rufen die schändlichsten Lüste zu Hülfe, um den trägen Sumpf des verkommenen Herzens in Bewegung zu setzen. Die Vergnügungen werden immer kostspieliger, sie werden immer schmutziger und immer mehr entweicht die lichte Freude; krankhafte Ueberreizung und wüster Taumel nimmt ihre Stelle ein. Freche Schamlosigkeit und Verhöhnung des Heiligen bei Lustbarkeiten, zu welchen alle Welt durch Anschlagzettel eingeladen wird, und die Ausbeutung aller schmählichen Lüste durch die Schauspielhäuser ist eine der Gesellschaft zugefügte Beschimpfung: denn es wird dabei durch die That behauptet, den Kreisen, von welchen aus man auf Zuspruch hofft, sey das Schamgefühl abhanden gekommen."

Weiter zeigt der Hirtenbrief, wie die Vergnügungssucht und der Luxus dahin geführt haben, daß man jede Pflicht vergesse und die schlechtesten Mittel nicht scheue, um sich Geld zu verschaffen. „Wie kann man von den Beauftragten des Staates und der Gemeinde verlangen, daß sie nicht nur nicht geradezu stehlen, sondern auch für sich und andere gewisse Vortheile verschmähen, welche die Kosten zum Schaden der Steuerpflichtigen erhöhen, wiewohl eine gerichtliche Untersuchung sich darüber nicht einleiten läßt? Wie will man ihnen zumuthen, die für die gemeinsamen Bedürfnisse dargebrachten Summen mit der unermüdlichen Sorgfalt und der weisen Sparsamkeit zu verwalten, womit ein verständiger Hausvater sein eigenes Hab und Gut verwendet?"

Auch der evangelische Pfarrer Fischer in Wien sagte in seiner seitdem gedruckten Predigt vom 29. Juli: „Ein Krebsschaden, der das Herz beim Blick auf Oesterreich wehmüthig stimmt, ist die Käuflichkeit, Feilheit, Unzuverläßigkeit und Wohldienerei. Wer möchte leugnen, daß es nicht auch unter uns feste Charaktere gebe. Wer möchte andrerseits in Abrede stellen, daß bei uns in allen Verhältnissen das Unkraut einer Gesinnung wuchert, die heute schwarz und morgen weiß ist, heute Freund und morgen Feind? Wer möchte es verneinen, daß es bei uns in allen Stellungen und Ständen, in allen Schichten und Kreisen der Gesellschaft Tausende gibt, die für Geld und Geldeswerth alles sind, alles thun, alles dulden? Blickt hinaus nach Deutschland! Ihr werdet auch dort dieser Nichtswürdigkeit begegnen, aber ob in solchem Maaß, in solchem Umfang, in solcher Ausdehnung, da seht selber zu!“

Solche Mahnrufe blieben unbeachtet. Weder von oben geschah etwas, um dem Uebel zu steuern, noch auch von unten zeigten sich etwa Scham und Reue, Besserung, sittliches und religiöses Ermannen. Im Gegentheil, das Unglaubliche geschah, daß die liberalen Oesterreicher an der Spitze der Commune der unschuldigen Kirche, dem Klerus, dem Concordat alle Schuld des Unglücks beimaßen und mit Anklagen und Protestationen gegen die paar Dutzend Jesuiten tobten, die aus Venetien nach Oesterreich geflüchtet kamen. Im Wiener Stadtrath wurde unter lauter Zustimmung die kirchliche Partei beschuldigt, Oesterreich ruinirt zu haben. Dr. Kopp rief im Stadtrath: „Seit der Einführung des Concordates ist der Ruf von ganz Oesterreich im Auslande gesunken. (Allseitige Zustimmung.) Der Concordatsstaat ist derjenige gewesen, der den Feinden Oesterreichs stets auf der Zunge gelegen war, der Concordatsstaat war die Waffe, mit der man Oesterreich bekämpfte, der Concordatsstaat ist der Feind, der es bei Königgrätz geschlagen! (Minutenlanger Beifallssturm.) Der Concordatsstaat ist es, der es aus Deutschland geworfen hat. (Beifall.) Wenn wir diesen Staat noch pflegen, dessen verkörperte Repräsentanten die Jesuiten sind (Zustimmung), wenn wir den letzteren, nachdem sie aus dem ultramontanen Italien vertrieben sind, eine Zufluchtsstätte gönnen, dann wird der Ruf, der bisher schon unser Feind war, noch unverhältnißmäßig wachsen, dann werden sich unsere Feinde noch mehr vergrößern, um uns ganz zu vernichten.“ (Zustimmung.) Das war die Antwort auf den Hirtenbrief des Wiener Erzbischofs. Und mit solchem Wahnsinn suchte man auch den Pöbel anzustecken und hetzte ihn überall in Oesterreich gegen die armen wehrlosen und flüchtigen Priester, zur Wonne der fort und fort in Wien herrschenden Finanz- und Literaturjuden. Das Gift, an dem man schon so lange siechte, behielt man vergnüglich im Leibe und steinigte den Arzt.

Wie in Wien, so wurden auch in Prag die wenigen dahin gekommenen Jesuiten perhorrescirt. Man hetzte den Pöbel gegen sie, man verbat sie sich; Czechen drohten, in Masse wieder Hussiten werden zu wollen, wenn man die Jesuiten nicht entferne. Die ganze künstliche Agitation galt aber gar nicht den gänzlich unbedeutenden und machtlosen Jesuiten, sondern der Kirche überhaupt, dem Hirtenbrief, der frommen und sittlichen Mahnung. Sie wollte man nicht, der „Misthaufen“ des verewigten Welden schwoll auf gegen das Kreuz.

Am 13. October brachte das amtliche Wiener Blatt einen langen Artikel über die ungeheure Vermehrung der Verbrechen und besonders der Betrügereien, falschen Bankerotte ꝛc. in Wien. Wegen der Vergehen der verschuldeten Criba wurden im Jahr 1858 bereits fünfzig und nur sieben Jahr später, im Jahr 1865, nicht weniger als 285 Personen verurtheilt. In so rascher Progression wuchs der Betrug. Die hist. polit. Blätter, Band 58 S. 710 bemerkten dazu: „Wenn nun schon aus dem Hause Israel trotz der Schlauheit dieses Hauses in derlei Angelegenheiten — das größte Contingent für die Gerichtsstuben geliefert wird, so läßt sich denken, welche massenhaften Eingriffe in das fremde Eigenthum ungestraft geschehen! Die amtliche Wiener Zeitung, seit Jahren in den Händen von Juden und in jüngster Zeit nur nominell in Christenhänden, aber immer noch von jüdischen Mitarbeitern bedient, und von amtlicher Judenfurcht dermaßen befangen, daß auf das hervorragende Element des Judenthums in Rechts- und Strafangelegenheiten nie der Ton gelegt werden darf, sondern immer mit officiösem Stillschweigen darüber hinweggegangen werden muß — diese amtliche Wiener Zeitung selber gesteht, daß das

Gros der Verbrecher gegen das Eigenthum in merkantilen Formen — dem Gesetze zu entkommen weiß."

„Es läßt sich denken, wie sich die tausende von Betrügern in Wien, unter denen die Juden statistisch die abgefeimtesten, dem Gesetze unzugänglichsten und meisten sind, so daß sich aus der großen Zahl derer, die dennoch dem Gesetz verfallen, erst auf die Unzahl jener schließen läßt, die dem Gesetze zu entrinnen wissen — es läßt sich denken, wie diese tausende von Betrügern sich über die wohlgemeinte Moral des amtlichen Blattes über ‚Gemeinsinn' und Erweckung von ‚Rechts- und Ehrgefühl' die Hälse vollachen."

„Nicht nur eine ‚strengere Strafjustiz,' wie das amtliche Organ jetzt winselt, sondern überhaupt eine Justiz auf einer ganz andern Grundlage wäre erforderlich. Mit einer salbungsvollen Phraseologie, mit schüchtern ausgesprochenen frommen Wünschen ist unser durch und durch verfaultes sociales Leben, faul geworden durch eine verjudete, alle christlichen Grundlagen untergrabende Presse und durch die völlige Unsittlichkeit im Verkehr und Handel — nicht zu verbessern."

‚Gleiches Recht für Alle,' lautet der glänzende Spruch eines großen ‚jüdische Interessen' vertretenden Blattes. Leuten aber, die kein christliches Sittengesetz und keine christlichen Pflichten kennen, das s. g. gleiche Recht verleihen, heißt diese Leute zu Blutegeln derer machen, die von christlicher Sitte und von christlicher Pflicht gehalten, nicht mit den rückhaltlosen Fortschreitern auf dem Gebiete der Industrie concurriren können."

„Fast jede Woche bringt vor dem Wiener Landesgericht Monstreprocesse gegen jüdische Gauner der verwegensten und gefährlichsten Art, die frechen Diebstähle und Betrügereien gehen in die tausende von Gulden. Das Gestohlene und Erschwindelte ist, wenn die Thäter eingezogen werden, längst in Sicherheit gebracht. Haben die Gauner einige Jährchen im Gefängniß abgebüßt, so ist ihnen dennoch die Beute, der Lohn ihrer edlen Thaten reservirt. Der Unterhalt der wegen Attentaten aller Art auf das Eigenthum in Haft sitzenden Juden beläuft sich auf viele tausende von Gulden, und die geprellten Christen haben das schöne Vorrecht, auch hier das größte Contingent in den erhöhten Steuern beitragen zu dürfen."

„Nebenbei bringen die Judenblätter fort und fort ohne Unterlaß ihre Leitartikel und Notizen, ihre Schmäh- und Lügenberichte über kirchliches Leben und kirchliche Institute. Der Wiener Gemeinderath arbeitet ganz im reformjüdischen Geiste, und getaufte Christen wie auch Juden erlauben sich der Kirche und ihren Institutionen die gröbsten Invectiven ins Gesicht zu werfen."

Eine sittliche Wiedergeburt auch nur vorzubereiten, auch nur den Besen in die Hand zu nehmen, um den Augiasstall auszufegen, daran hat in den Regierungskreisen niemand gedacht. Die Warnung des Cardinals Erzbischof blieb unbeachtet. Am 8. Dezember sagte Bischof Gasser von Brixen in einem Hirtenbriefe: „Das Schmerzlichste ist der grimmige Haß, der tagtäglich in Worten und Schriften gegen die Kirche Gottes laut wird. Das vollendet unser Unglück, von dem der Kaiserstaat in einer bisher unerhörten Weise betroffen worden ist. Man konnte eine Zeitlang hoffen, der Sturm, der über uns losgebrochen, habe alles niedergeworfen, was sich in Oesterreich seit Jahren wider Gott und die alte christliche Weltordnung erhoben hatte. Man konnte eine Zeitlang hoffen, das furchtbare Ungewitter, das sich über uns entladen hat, habe die Lüfte gereinigt von jenen pestilenzialen Dünsten, die seit Jahren aus dem Leichenfelde des Unglaubens und aus den Pfützen der Sinnlichkeit aufstiegen. Leider ist diese Hoffnung zu Schanden geworden. Mit unerhörter Frechheit macht man die Kirche Gottes für alles Unheil, von dem wir heimgesucht werden, verantwortlich. Namentlich sind es einige Zeitungen aus der Reichshauptstadt, die einst das Vorbild des Glaubens und des Patriotismus für die Völker Oesterreichs war, welche nicht müde werden, wider alles Katholische loszuziehen. ‚Nieder mit dem Ultramontanismus! nieder mit dem Concordat!' ist das tägliche Feldgeschrei, das von dort ertönt. Heutzutage ist das Wort ultramontan ein Schimpfwort, womit man jeden Katholiken belegt, der treu und aufrichtig an seiner Kirche hängt. Durch das Concordat hat die kaiserliche Regierung in Beziehung auf die Kirche so weitgehende Rechte bekommen, wie sie die Regierungen in den freisinnigsten Staaten, in England, Belgien, Nordamerika, selbst in Preußen nicht besitzen. Dabei hat dieselbe freilich auch einige Verpflichtungen übernommen, die aber leider bis daher beinahe durchgehends blos auf dem Papier geblieben sind. Ich will damit die Regierung nicht anklagen, denn ich kenne die Ungunst der Zeiten, die auch den besten Willen lähmt und hindert. Allein tief schmerzen muß es jeden Patrioten, der es mit Oesterreich gut meint, wenn er täglich hören muß, wie in heillosem Unverstand das Wort Concordat zum Schlagwort gemacht wird, das alles Unglück Oesterreichs erklären soll. Dadurch wird dasselbe erst recht vollendet."

Wie wenig der Hirtenbrief des Kardinal Erzbischof von Wien Erfolg hatte, beweist am besten die Christtagsnummer der „Neuen freien Presse" von 1866. In diesem Judenblatt erfrechte sich ein Jude, den heiligen Tag der Christenheit zu verhöhnen, mit dem Christkind den infamsten Spott zu treiben, die angeblichen schwarzen Christkinder der Neger mit den weißen der Wiener zusammenzustellen, den Glauben als Märchen zu verlachen. „Glaubt," so schließt der Artikel, „alle eure Märchen, liebe Kinder, aber glaubt ganz besonders die tausendmal widerlegten!" So durfte eins der gelesensten Wiener Blätter schreiben und niemand nahm ein Arg daran, als die historisch-politischen Blätter in München, welche bemerken: „Gewöhnlich an hohen christlichen Festen erscheinen in den jüdischen Blättern Artikel voll des Hohnes und Spottes gegen das Dogma des Festes. Alles das natürlich von der Obrigkeit nicht geahnt und völlig ungestört, denn die Juden sind in Oesterreich der Christen gnädige Herrn und die Christen der Juden armselige Knechte." Und trotz alledem gibt es noch ein liberales Publikum in Deutschland, welches sich einbildet, in Oesterreich herrsche das Concordat, der Ultramontanismus und eine Glaubenstyrannei wie weiland unter Philipp II. Und Wiener Gemeinderäthe selber klagen das Concordat an, als sey es an allem Unheil Oesterreichs schuld.

Eine anonyme Flugschrift, wahrscheinlich von einem Ungarn verfaßt,*) charakterisirt die Wiener ganz nach der Wahrheit, jene „Sprech- und Denkweise des Capua der Geister, diese scheinbar selbstironisirend witzelnde Gemüthlichkeit, die aber in Wirklichkeit ein Gift gleich dem Mehlthau ist. Denn es ist diese Specialität nicht nur eine Schlaffheit der Zunge, sondern zugleich des Geistes und Herzens, und hat die ethische Wurzel in dem Triebe, über alles was — gut oder übel — imponirt Herr zu werden, nicht, indem man es bewältigt oder kritisch zersetzt, sondern indem man seine lächerliche Seite aufspürt. Daher hat denn auch geistig dieses ‚Wienerthum' nur die Posse geschaffen, die Coupletsingerei und den Gassenhauer; und wenn einmal den Wiener irgend ein Gewaltiges unversehens ergreift, z. B. ein Drama im Burgtheater, so ‚genirt' ihn der Eindruck des Erhabenen so lange, bis er es im Zerrspiegel der Travestie gesehen, und erst von da ab ‚bangt ihm nicht mehr davor.' Und diesen Zug hat die Regierung gepflegt und als ‚Lokalgeruch' von jedermann verlangt, der haben wolle, daß ‚sein Opfer ihrer Nase wohlriechend' sey. Scholz und Nestroy erhielten aus Staatsprinzip alljährlich an ihrem Benefiztage ein dreimal so großes kaiserlich Geschenk, als für gewöhnlich die berühmtesten Hofschauspieler; und was Kaiser Franz und Metternich in dieser Richtung selbst leisteten, und wie sie darin den Ton angaben, weiß man aus Hormayr. Der berühmte Wiener Volkswitz, Fremde so sehr ‚gemüthlich' anheimelnd, grade er ist der schlagendste Beweis dieser Behauptung. Er wendet sich nicht — wie der englische, der

*) Briefe über die ungarische Frage. Elberfeld 1866.

französische, auch der Berlinische Witz — als Geißel gegen die reactionären Strömungen im Staat und in der Gesellschaft, gegen den Kastengeist, die Intoleranz, sogar nicht gegen die Modethorheiten, sondern er verhöhnt, was er ungestraft verhöhnen darf, nämlich jedes Ideal, das in seinem Prosadaseyn auftaucht, in Kunst, Literatur, Wissenschaft, Theater, wie im Nationalleben, nergelt an dessen Aufschwungsäußerungen, und zwar durchaus nicht bissig, nicht ätzend, nicht kritisch, oder sittlich entrüstet, sondern im Gegentheile, es lächerlich machend, und auch nicht darin, worin es dem sittlichen Bewußtseyn wirklich lächerlich vorkommen mag, sondern grade in den Seiten seiner etwaigen Erhabenheit und seines idealen Dranges."

Im Finanzwesen erfolgte nicht die geringste Verbesserung. Noch keine Spur von organischen Edicten, um die Bodencultur zu heben, den Naturreichthum Oesterreichs der Staatskasse und dem Wohlstand des Volks dienstbar zu machen. Noch keine Spur von einer durchgreifenden Reform jener heillosen Verwaltung, die dem Staat und dem Volk gleichmäßig den Gewinn entzieht, um ihn einzig in den Seckel der Capitalisten zu leiten.

„Der Schluß des Jahres 1865," sagt ein Deutschösterreicher,*) „der uns politisch bereits auf der schiefen Ebene nach Königgrätz rollen sah, brachte auch den Abschluß des großen in Paris negociirten Anlehens von 146 Millionen Gulden zu Stande, und zwar zu einem selbst in der österreichischen Finanzgeschichte unerhört schlechten Zinsfuße. Doch die Regierung rieb sich vergnügt die Hände und das Finanzministerium jubelte; denn es hatte ja die Mittel beschafft, auf dem eingeschlagenen Wege ruhig vorwärts trotteln zu können. Auch waren damit die glücklichen Finanzoperationen des Jahres 1866, die mit den kriegerischen auf gleicher Stufe stehen, äußerst würdig inaugurirt. Allerdings hatte der Krieg neue Creditoperationen bedingt;

*) Der Zerfall Oesterreichs. Leipzig, 1867. S. 45.

doch die Art und Weise ihrer Durchführung haben dem Reiche Wunden geschlagen, die nicht so leicht geheilt werden, als jene, die das Schlachtfeld gezeugt. Die Genialität der neuesten Maßregeln hat die Herstellung der Landeswährung für eine Zukunft hinausgeschoben, die bei der jetzigen Lage der Dinge außer aller Berechnung liegt."

„Zu diesen Maßregeln rechnen wir vor allem andern die Verpfändung der Staatsdomänen, die mit dem Gesetze vom 24. April 1866 für einen Gesammtbetrag von 60 Millionen Gulden an die österreichische Bodencreditanstalt übergeben wurden. Diese Maßregel hat dem Realcredite, wiewohl sie bis heute wegen Unannehmbarkeit der rücksichtlich der Placirung der Pfandbriefe erlangten Offerte undurchgeführt blieb, dennoch die bedeutendsten Nachtheile zugefügt, weil sie die Sistirung aller Pfandbriefinstitute, die erst in der Bildung begriffen waren, zur Folge hatte."

„In überstürzender Hast folgte nun mit den Gesetzen vom 5. Mai, 7. Juli und 28. August 1866 jene famose Uebernahme der Banknoten zu 1 fl. und 5 fl., als s. g. Staatsnoten, ein Gewaltschritt, der mit dem Bankübereinkommen vom 3. Jänner 1863 im krassen Widerspruche steht. Als nächste Operation haben wir die zwangsweise Anleihe von 60 Mill. Gulden bei der Nationalbank zu verzeichnen, und schließlich die Erweiterung des Umlaufes der mit Zwangscurs ausgestatteten Staatsnoten, die inbegriffen der vorangegangenen Anlehen, bis zu der Höhe von 300, beziehungsweise 400 Millionen stiegen. Ohne Zusammenhang mit diesen Operationen steht die Hinausgabe eines neuen steuerfreien 5prozentigen Anlehens bis zum Betrage von 50 Millionen Gulden."

„So sehen wir denn während der kurzen Zeit von nicht ganz anderthalb Jahren und zur Bewältigung des Aufwandes für einen Krieg, der nur wenige Wochen brauchte, die zu einer erschreckenden Höhe angewachsene öffentliche Schuld um nicht weniger als 300 Millionen Gulden Staatspapiergeld und ungefähr 250 Millionen 5pro=

zentige Schuld erhöht. Der Eingriff in das Privilegium der Nationalbank und die dadurch herbeigeführte Papiercirculation von 550 Millionen Gulden haben die Landeswährung einer ganz unberechenbaren Entwerthung Preis gegeben. Die Rückwirkung dieser Maßregeln hat sich geltend gemacht in der Vertheuerung aller Lebensmittel, aller Arbeits= und Produktionskosten, die wieder unsere wichtigsten socialen und volkswirthschaftlichen Interessen auf das Gefährlichste bedrohen."

Die Plünderung des Staats und der Bevölkerung durch eine Classe von Monopolisten ist längst in ein System gebracht. Wie in Washington und Florenz, aber schon länger, besteht hier eine Consorteria, die gleich einem Magnetberg hoch den Stephansthurm überragend, alles Geld der Monarchie an sich zieht und rings umlagert ist von den Wraks zerrütteten Privatvermögens, zertrümmerten Familienglücks. „Wir gehen über auf die concessionirten Erpressungen der Privat=Monopolisten, deren es in Oesterreich eine erschreckende Unzahl gibt, die sich im redlichsten Sinne des Wortes reich ausmästen und das Land arm fressen. Man blieb eben auch in dieser Richtung blind und taub für die Leiden und Klagen der großen Massen. Die Finanzoperationen, die die Regierung in Eisenbahnen in Scene gesetzt, wollen wir stillschweigend übergehen; nur die Monopolisten haben hiebei ihre Säckel gefüllt, jene Leute, die aus den Kassen der Nationalbank Gelder zu geringen Prozenten herausnehmen, hiemit dem Staate zu hohen Prozenten Anleihen machen, und die zu immensen Cursen losgeschlagenen Aktien wieder zu niederen Prozenten in Kost nehmen. Dieses heillose System saugt an unserem Lebensmarke fort; es macht einzelne zu vielfachen Millionären und die Bewohner zu Bettlern, den Staat aber bankerott! Diese österreichische Nationalbank! Welche Ironie schon in dem Worte selbst! Gehe nur einer unserer Kaufleute, unserer kleinen Fabrikanten, dem durch Ausbleiben von Posten eine plötzliche Geldverlegenheit erwächst, zu dieser sogenannten National=

bank und suche um Hülfe. Gehört er nicht zur Clique der Rothschild, Sina, Todesco rc. rc., erkauft er nicht deren Giro mit der erforderlichen Provision, oder borgt er nicht von diesen Geldoligarchen das aus der Nationalbank genommene Geld zu 10—15 Prozent aus, so kann er Angesichts der Nationalbank zu Grunde gehen. So ist dieses Institut nur eine Wechselbank für einige gewisse Bankiers, ein Institut, das statt den Handel und die Industrie zu unterstützen, diese lähmt und ruinirt; denn der geldsuchende brave Geschäftsmann muß sich unter solchen Umständen Geldwucherern in die Arme werfen, weil der Staat keine Vorsorge getroffen hat, den Betrieb des Geschäftes nicht nur nominell, sondern auch factisch zu unterstützen. Daß die Operationen der Staatsanlehen natürlich nur wieder durch die Hände der Bankiers gehen, das begreifen jene unserer Herrn Finanzbeamten, die bei solchen Operationen reich geworden sind, nur allzu wohl. Und deshalb ist auch Oesterreich so tief in der Schuld dieser gräflichen und baronisirten Hebräer, die mit ihren Börsenmachinationen den Curs machen."

Eine andere Stimme aus Wien*) fügt hinzu, wie die Volkskraft durch das Aussaugungssystem gelähmt und wie dadurch auch die Wehrkraft geschwächt wird. „Wie verträgt sich mit dieser Wahrheit die überaus bevorzugte Stellung, welche der Geldwelt auf allen Gebieten eingeräumt wird, wie jener Mangel an Controle oder Vorsicht, der beinahe alle großen Geldinstitute in die Hände der Juden lieferte, wie jene merkwürdigen Geschäfte mit der Nationalbank, wo der Staat immer nur den Nachtheil, die Bank hingegen den Nutzen hatte, was so weit ging, daß sogenannte Darleihen vom Staate abgeschlossen wurden — wo die Bank factisch nichts weiter dem Staate gab als den Betrag, welchen die Erzeugungskosten ihrer Zettel erreichen, die sie vom Staate mit 2½% sich verzinsen ließ; — ferner

*) Nach der Maskerade. Wien, 1867. S. 24.

jene unglücklichen Verträge mit ausländischen Eisenbahngesellschaften? Die Sammthände der Regierung gegen die Geldwelt haben ihr immer noch die schlechtesten Früchte gebracht und ein zu viel in dieser Beziehung, muß nothwendig einen Abbruch oder ein Opfer vom Volke bedingen. Für das große Publikum haben unsere großen Geldinstitute kaum irgend einen Werth. Die Protection spielt bei solchen eine beispiellose Rolle und das aus dem italienischen Kriege her bekannte: ‚Ich bin ein Jude‘ hat auch hier zahllose Parteilichkeiten schon zu Stande gebracht. Wie kommt die Regierung dazu, daß sie die unter den oft schwierigsten Verhältnissen ‚eingetriebenen‘ Steuern zur Unterstützung der Kapitalisten verwendet? Und wie illusorisch ist hierbei die Controle! Wer kann einer solchen industriellen Gesellschaft immer nachweisen, wie viel sie in der That Gewinn und Verlust bei ihren Unternehmen erzielte? Der bei solchen Generalversammlungen gewöhnlich anwesende k. k. Commissär ist kein Controleur der Gebahrung und die Ziffern der Bilanz nicht immer ein Beweis der Wirklichkeit. Wer sich an so viele schmutzige und vorzüglich an die Ullmanische Geschichte bei der ungarischen Bahn erinnert, wird wissen, wie trügerisch oft der Vorgang bei solchen Gelegenheiten ist, wie man auch dort ‚Majoritäten‘ erzielt, und welche Komödie bei solchen Generalversammlungen dem großen Publikum aufgetischt wird. Daß übrigens die Zinsen-Garantien, wie sie der Staat an Dampfschifffahrten und Eisenbahngesellschaften noch immer leistet, auch jedenfalls höchst einseitig stipulirt sind, geht schon daraus hervor, weil der Staat nur als Verpflichter, niemals aber auch als Theilnehmer an einem doch jedenfalls möglichen Uebergewinn erscheint. Der Staat zahlt jährlich 6—8 Millionen Zinsen-Garantie an diese armen Millionäre, erhielt aber bei dem lukrativsten Gange dieser Geschäfte nicht einen Kreuzer.“

„Trotz dieser unverdienten Begünstigungen, trotz des riesigen Anschwellens des Parasitenbauches, Angesichts der rapiden Fortschritte der

Verarmung des Volkes, der Aussaugung der Geschäfte und der Arbeitskraft durch das Kapital — erkühnen sich die zeitungsschreibenden Juden und ihre Leibeignen noch immer den Raub am Altare zu predigen, die Einziehung der Klostergüter als gute Beute anzupreisen. Sollte der österreichische Staat in seiner Bedrängniß zu einem Eingriff in fremdes Eigenthum gezwungen seyn, so möge die Regierung das Salz des Begehrens auf die Schnauze der Unersättlichkeit streuen und alsbald werden reiche Schätze durch die sich windenden Herren Juden in die Kassen des Staates fließen und diese That würde von Millionen Oesterreichern bejubelt." Wir glauben das wohl, aber eine so türkische Justiz widerstrebt den germanischen Begriffen von Ehre. Immerhin sollten die sich warnen lassen, gegen die einmal der Zorn verwilderter Massen sich richten könnte.

Dem Nürnberger Correspondenten wurde in der Mitte des October aus Oesterreich geklagt, wie das deutsche Element neuerdings in Tirol durch das Hereinbrechen der auswandernden Italiener gefährdet werde, wie andrerseits in Kärnthen, Steiermark, Böhmen und Mähren das Slaventhum bevorzugt werde. „In demselben Augenblick, wo die Regierung einem hochberühmten deutschen Professor an einer unserer Hochschulen die Erweiterung seines ungenügenden Lehrsaales aus Motiven der Staatsersparung verweigert, und in Wien der Commune gegen die Ausbildung des deutschen Lehrerstandes Hindernisse bereitet, macht sie Schritte, um in Brünn und Olmütz, zwei rein deutschen Städten, zwei rein czechische Gymnasien zu gründen; sie will im Centrum der deutschen Städte den Nationalitätenhader haben. Nicht genug, daß die Katecheten, Directoren und Geschichtslehrer an Volks- und Mittelschulen in Ländern von gemischter Bevölkerung großentheils Czechen sind und der czechischen Nationalpartei angehören: die Regierung geht in der angedeuteten Weise auch aggressiv gegen das deutsche Element vor. In allen Kronländern wird das Princip der Gleichberechtigung gegen die Deutschen und zu

Gunsten der Nichtdeutschen geübt. In Galizien, in Ungarn und Croatien geht man auf das rücksichtsloseste gegen das deutsche Element vor. Während die russische Regierung gerecht genug ist, ein glänzend ausgestattetes deutsches Gymnasium mit vorzüglichen Lehrkräften in Warschau zu gründen, gibt es in Ungarn keine oder doch fast keine deutsche Lehranstalt, weder ein Gymnasium noch eine Volksschule. Ueber die Lage der Deutschen in Polen, Ungarn ꝛc. ist man leider auf deutschem Boden in dieser Beziehung gar nicht unterrichtet. Und doch geht der Strom deutscher Cultur nicht erst seit heute, sondern seit Jahrhunderten nach Osten. Unter den ungarischen Königen genoß er einst eine Art von Schutz, jetzt entbehrt er desselben. Schon Rogerius im 13. Jahrhundert nannte in seinem carmen miserabile Pesth eine urbs teodisca. Diese vereinzelt oder in größeren Gruppen im Osten der Monarchie lebenden Deutschen, denen Volks- und Mittelschulen fehlen, denen das Recht verweigert wird, an der Universität Unterricht in deutscher Sprache zu hören: sie sind es, welche nach Hülfe schreien, um ihre nationale Existenz zu fristen, und zu verhindern, daß ihre Kinder in halbbarbarische Stämme übergehen. Hat Warschau Anspruch auf ein deutsches Gymnasium, so haben es Preßburg, Pesth, Agram, Temeswar, Lemberg in noch höherem Grade. Wenn die Regierung es für gerecht hält, daß an der Prager Hochschule czechische Lehrer mit czechischer Unterrichtssprache angestellt werden, so muß dasselbe Recht zu Gunsten der Deutschen auch in Pesth und in Krakau gelten. Ganz besondere Aufmerksamkeit verdient die Art und Weise, in welcher bei Besetzung der Bisthümer verfahren wird. Von den Traditionen des Kaisers Franz, der vorzüglich das deutsche und das bürgerliche Element für den Episkopat heranzog, ist man abgegangen; jetzt beruft man Aristokraten und nationalgesinnte Priester auf die Bischofssitze, und thut alles mögliche, damit nur ja kein Deutscher an die Spitze eines Bisthums komme. Der frühere Cultusminister, Graf Leo Thun, hat es bewirkt, daß in Marburg

(Südsteiermark) ein Bisthum creirt und mit einem Slovenen besetzt wurde, um das Deutschthum in einem deutschen Lande durch die Kirche zu bekämpfen. Die flagrantesten Beispiele aber haben wir unter dem Ministerium Belcredi erlebt. In Böhmen gibt es unter der Erzdiöcese Prag drei Suffraganbischöfe: die zu Budweis, Königgrätz und Leitmeritz. Daß der Cardinalerzbischof Fürst Schwarzenberg mit Leib und Seele der czechischen Partei angehört, weiß man aus den Landtagssitzungen. Dasselbe ist der Fall bei dem Bischof Jirsik von Budweis und dem Bischof Hanl von Königgrätz. Im Domcapitel von Prag, das statutenmäßig zur Hälfte deutscher Nationalität seyn sollte, hat die slavische bereits die Mehrheit. Um sich zu überzeugen, daß das nämliche Verhältniß in den Canonicaten von Budweis und Königgrätz stattfindet, braucht man nur die Namen der Domherren zu lesen. Jetzt ist auch bei der jüngsten Besetzung des Bisthums Leitmeritz, dessen Sprengel durchgängig deutsches Gebiet in sich faßt, der deutsche Candidat, Schulrath Maresch, durchgefallen, weil er ein Deutscher ist; man hat einen hannakischen Dechant aus Mähren auf den erledigten Bischofssitz berufen. Der ganze Episkopat von Böhmen ist daher czechisch. Noch ärgeres steht der (deutschen) Provinz Schlesien bevor, die sich schon unter Maria Theresia um einen selbständigen Bischof in Troppau beworben; jetzt will man sie einem galizischen Diöcesansprengel zuweisen, um die Geistlichkeit polakisch zu machen. Dagegen ist der deutsch-österreichisch gesinnte Erzbischof Rauscher von Wien in Gefahr, eine persona ingrata zu werden. Die Kirche, die Schule und die Bureaukratie werden aufgeboten, um dem Deutschthum den Krieg zu machen. Wir haben in deutschen Provinzen, in Justiz und Verwaltung, ganz besonders auf einflußreicheren Posten, ungarische, polnische, croatische Beamte in großer Zahl; dabei nimmt die bereits dem Gebiete der Witzblätter verfallene Invasion des czechischen Beamtenthums in deutsche Länder ununterbrochenen Fortgang, während es Beamten deutscher Nationalität nicht möglich ist, in andern als deutschen Ländern Anstellungen zu erlangen. Wir verzichten darauf, dieses Bild der Lage weiter auszumalen. Die hier angeführten Thatsachen, die keinen Widerspruch erfahren werden, sprechen für sich. Sie legen allen Freunden der deutschen Nation, Conservativen und Liberalen, die Aufgabe ans Herz, sich zu vereinigen in dem Gedanken, daß Mittel ergriffen werden müssen, um der bedrohten nationalen Existenz der Deutschen in Oesterreich, besonders in Böhmen und in den östlichen Kronländern, Hülfe zu bringen.

Zu den obigen Worten, welche unter dem Titel ‚Die Deutschen in Oesterreich' dem ‚Nürnberger Correspondenten' von Wien aus geschrieben werden, ließe sich etwa die Bemerkung beifügen, daß nicht alle Schuld von oben herab kommt, sondern daß diese Deutschen in Oesterreich es vielfach an der eigenen individuellen Widerstands- und Willenskraft, an Selbstbewußtseyn und Selbständigkeit fehlen lassen. Es sey hier nur an das eine erinnert: mit welcher Leichtigkeit so mancher seinen guten deutschen Namen ablegt, um sich ein ungarisches oder böhmisches Hemd über seine Blöße zu ziehen. Es laufen Leute in der Welt herum, die man wie eine Zwiebel abschälen kann, bis man durch die magyarischen, czechischen und was noch für Häute durch auf den wahren Kern kommt. Manche tragen auch den fremden Namen nebenher, wie man einen Ueberzieher auf dem Arm trägt, um ihn je nach Bedarf über den deutschen Rock zu werfen. Wie kann der Nichtdeutsche eine Individualität respectiren, die sich selbst aufgegeben hat?"

In Wien regte sich die Bruderschaft „Silesia" und richtete an alle Bruderschaften Deutschlands eine Erklärung: „Wir glauben," heißt es darin, „daß der Krieg verrottete Verhältnisse klärte, und daß er unvermeidlich war als erster Schritt zur endlichen Einigung der Nation. Das war das Ziel, welches überall galt, wo eine Burschenschaft lebte; unmöglich also kann ein Schritt auf dieser Bahn diejenigen trennen, die jenem Ereigniß als einer politischen Nothwendigkeit entgegensahen, und die der Genius einer Sprache, eines Denkens, der Hauch gemeinsamer Traditionen und die Siege des deutschen Geistes über alle ephemeren Gestaltungen der Tagespolitik hinaus eng verbunden haben. Die Belebung und Kräftigung unserer Nation haben wir uns als höchstes Ziel gesteckt. Wir haben es uns nie verhehlt, daß ein Provisorium, leidig wie jedes, dem oder jenem Staat die Führerschaft leihen werde; aber wir haben geglaubt und wir glauben, daß, wenn politische Rücksichten die einstweilige strammere Einigung und Organisirung eines Theils als vorläufig genügend erscheinen lassen, binnen kurzem doch der Tag kommen muß, wo die acht Millionen Deutsche südlich vom Erzgebirge und den Sudeten an eure Thore klopfen.... Im Namen unserer Hochschule, an der noch deutsches Wort und deutscher Geist lebt, verwahren wir uns gegen jede Abtrennung von dem reichen Leben der deutschen Universitäten, und protestiren wir feierlich gegen jede einseitige Trennung oder Umformung des Eisenacher Bundes."

Im October verbreitete sich das Gerücht, Herr von Beust, der kaum entlassene sächsische Minister, werde statt des Grafen Mensdorff-Pouilly Minister der auswärtigen Angelegenheiten in Oesterreich werden. Man bemerkte zugleich, daß Beust eine Rundreise durch München, Stuttgart und Darmstadt machte. Man wollte nicht glauben, daß Oesterreich dem Haß gegen Preußen einen so eclatanten Ausdruck geben werde, als die Ernennung dieses Ministers allgemein dafür angesehen wurde. Beust aber begab sich nach Prag zum Kaiser Franz Joseph, der gerade seine Rundreise durch Mähren und Böhmen machte, und empfing wirklich von ihm das Portefeuille, am 2. November. Die Zeidlersche Correspondenz sagte damals: „Wir haben uns schon daran gewöhnt, das österreichische Kabinet in jedem gegebenen Augenblick das jedesmal Thörichteste und dies noch dazu mit einer gewissen Schadenfreude gegen Preußen begehen zu sehen," und stellte somit die Ernennung des Herrn von Beust in gleiche Linie mit dem übereilten Frieden von Villafranca und mit der eben so übereilten Wegschenkung Venetiens an Frankreich. Die halb officielle preußische Provinzialcorrespondenz bemerkte: „Beusts Berufung wird als ein Anzeichen einer fortdauernden übelwollenden Stimmung Oesterreichs gegen Preußen gedeutet. Wenn jedoch aus seiner Ernennung Gefahren erwachsen könnten, so wäre es nur für diejenigen, die sich durch seine Berufung etwa verleiten lassen sollten, Bestrebungen in den deutschen Angelegenheiten, welche durch die jüngste Entwicklung ein für allemal verurtheilt und abgethan sind, wieder aufnehmen zu wollen. Jeder Versuch solcher Art würde sicher nur das Verhängniß für diejenigen beschleunigen, welche der unheilvollen Anregung folgten. Für Preußen würde darin nur ein neuer mächtiger Antrieb liegen, das bisher glücklich durchgeführte nationale Werk um so rascher und entschiedener zu vollenden."

Herr von Beust selbst drückte in einem Rundschreiben an die kaiserlichen Gesandtschaften den Wunsch aus, man solle doch das Vorurtheil ablegen, als ob er auf seiner früheren Laufbahn „Vorliebe oder Groll" in die neue mit hinüber nehme. Er sey davon vollkommen frei und werde nur dem kaiserlichen Dienste leben. „Die kaiserliche Regierung, die heute alle ihre Anstrengungen dahin richten muß, die Spuren eines unheilvollen Krieges verschwinden zu machen, wird jener Politik des Friedens und der Versöhnlichkeit treu bleiben, die sie jederzeit geübt hat. Wenn aber der unglückliche Ausgang eines jüngst bestandenen Kampfes ihr daraus eine Nothwendigkeit macht, so legt ihr derselbe zugleich die Pflicht auf, mehr als je sich auf ihre Würde eifersüchtig zu zeigen." Man bemerkte, daß dieser letzte Satz einen Hintergedanken gegen Preußen verrathe.

In der Augsburger Allg. Zeitung vom 26. October hieß es: „Wie ist nun die österreichische Politik beschaffen? Seit 1848 hat sie System und Methode verloren. Eine Tradition, welche bis dahin als Weisheit gegolten, und wenigstens den Vorzug des folgerichtigen

Zusammenhangs gehabt, ist zerrissen. Fragmente und Reminiscenzen derselben wirkten zusammenhangslos fort. Neuangeflogene Aperçus und vorüberziehende Velleitäten treten dazwischen, um mit rückfälligen Marotten und den Gelüsten unaustreibbarer Hintergedanken abzuwechseln. In verwegenen Wagstücken und unüberlegten Experimenten, bei denen ja der unverantwortliche Rathgeber nichts zu verlieren hat, rafft sich von Zeit zu Zeit eine erlöschende Thatkraft auf, um schnell wieder zusammenzusinken, so daß selbst durch die Erfassung eines Rettungsmittels die Gefahr vergrößert wird. So stellt ein fortlaufendes Gewirr der verschiedensten Intentionen sich unserem Blicke dar."

Ein Wiener Correspondent der kölnischen Zeitung enthüllte ein angebliches Programm des Herrn von Beust, welchem zufolge er sich zur Aufgabe gemacht haben wollte, vor allem für die Consolidirung eines unabhängigen süddeutschen Bundes zu wirken. Wenn daran etwas Wahres ist, muß wenigstens das Geheimniß des bereits zwischen den Südstaaten und Preußen abgeschlossenen Schutz- und Trutzbündnisses gut bewahrt worden seyn.

Am meisten fiel es damals auf, daß neben Herrn von Beust der Czechomane Graf Belcredi im Amte blieb. Die Deutsch-Oesterreicher hatten gehofft, diesen Gegner ihrer Nationalität loszuwerden durch Beust, und die Ungarn überboten sich sogar nach ihrer raschen Art in Schmeicheleien gegen Beust, um ihn auf ihre Seite zu ziehen. Allein der Kaiser glaubte damals, da ihn sowohl die Deutschen als Ungarn mit ihrer Opposition bedrängten, umsomehr der Slaven zu bedürfen. Seine Rundreise durch Mähren und Böhmen hatte zum Hauptzweck, den Czechen zu schmeicheln, und es geschah in der That in sehr auffälliger Weise. In Trautenau, wo die Czechen die bekannten Barbareien geübt hatten, wurde den Einwohnern für ihren Patriotismus gedankt und ihr aus der preußischen Gefangenschaft zurückgekehrter Bürgermeister in den Adelstand erhoben. In Pilsen war kurz vor des Kaisers Ankunft die deutsche Oberrealschule czechisirt worden. In Prag wurde der Kaiser auf dem Rathhause und im Museum in czechischer Sprache angeredet und spendete dem Museum und dem czechischen Nationaltheater Geldbeiträge. Im Museum erklärte ihm Palacky die bekannte Königinhofer Handschrift als ein böhmisches Nationalheiligthum, obgleich die ganze gelehrte Welt schon lange weiß, daß sie gefälscht, mit neuer Tinte auf ein altes Pergament geschrieben und ganz ohne Werth ist. Aber sie athmet Deutschenhaß und darum legen die Czechen diesem nichtswürdigen Machwerk Hankas einen Werth bei. Wie muß der alte Husit sein markirtes Gesicht zu lächelndem Behagen verzogen haben, als er den Erben der deutschen Kaiser mit dem vermeinten Heiligthum becomplimentirte. *)

Noch auffälliger war das Verhalten der österreichischen Regierung in Galizien. Hier war bisher der Landtag nie anders als in deutscher Sprache eröffnet worden. Zum erstenmal wurde er im Herbst 1866 in polnischer Sprache eröffnet und der Gouverneur Goluchowsky lieh durch seine auffallende Begünstigung des polnischen Elementes Rußland den erwünschten Vorwand, über diese Beschmeichelung der Polen auf Kosten der ruthenischen Nationalität in Ostgalizien Beschwerde zu führen. Die Zeitungen brachten damit schon russische Rüstungen an der Grenze von Galizien und russische Verabredungen mit Preußen in Verbindung. Niemand begriff, warum der Gouverneur von Galizien eine Neuerung vornahm, welche Oesterreich in seiner ohnehin bedrängten Lage nur schädlich seyn konnte. Die „russische Correspondenz" schrieb Anfang des Novembers: „Rußland ist immer eingedenk der Bande, die es mit der ruthenischen Bevölkerung Galiziens verbündete, und es wird niemals aufhören, sich für das Schicksal derselben zu interessiren,

*) Hier in Prag verhaftete ein englischer Capitain Palmer auf der Straße ganz in des Kaisers Nähe einen Schneider, der angeblich auf den Kaiser habe schießen wollen. Nach langer Untersuchung ergab sich des Schneiders Unschuld, der sofort gegen den Capitain Klage erhob.

aber es hat keineswegs die jetzt die Gemüther so lebhaft bewegende Frage angeregt. Oesterreich hat sie hervorgerufen ohne Grund, ohne die geringste Herausforderung von unserer Seite. Weshalb hat Oesterreich die politische Stellung unserer Glaubensgenossen verschlechtert? Warum begünstigt es die polnischen Ansprüche? Will es uns daran erinnern, daß die polnische Frage noch besteht und daß sie nach Belieben erneuert werden kann? Wir müssen voraussetzen, daß Oesterreich also bei seiner neuen Politik ohne Rußland gehen will. Wir sehen aber nicht ein, welche Vortheile ihm das Mißtrauen ersetzen sollen, welches es in Rußland hervorgerufen hat. Vielleicht verfolgt man in Oesterreich einen Plan, der zugleich gegen Rußland und gegen Preußen gerichtet ist, um die Sympathien des Westens zu gewinnen. Wir aber werden nicht vergessen, daß für uns und Preußen eine Menge gemeinsamer Interessen bestehen und daß ein gemeinschaftliches Handeln einen jeden die verschiedenen ihm von der Vorsehung bestimmten Zwecke wird erreichen lassen."

Auch im Kärnthner und Krainer Landtage regte sich eine slovenische Opposition, aufgewiegelt durch die Czechen und durch den slovenischen Klerus, der die deutsche Sprache in den Schulen ausrotten wollte. Aber die slovenischen Bauern widersetzten sich diesen Umtrieben, weil sie die deutsche Sprache im Verkehr nicht entbehren könnten. Auch auf dem Landtage drang die Opposition nicht durch. Wie weit der czechische Fanatismus ging, erkennt man daraus, daß sogar in der völlig deutschen Stadt Linz einige dortige Grafen, von der hohen Bureaukratie unterstützt, eine slavische Beseda in Szene zu setzen suchten mittelst einer Currende, worin sie den Deutschen ans Herz legten, auf diese Weise die Harmonie zwischen der deutschen und slavischen Bevölkerung zu beurkunden. In einer Studentenversammlung in Wien verlangten die Czechen, die deutsche Sprache solle bei ihren Versammlungen nicht mehr allein herrschen, denn in Wien seyen auch andere Nationen des Kaiserreichs zu treffen.

Die Bevorzugung der Böhmen vor den Deutschen fiel sehr auf. Weil man von Herrn von Beust eine vorzugsweise deutsche Politik erwartete, glaubte man, Graf Belcredi werde weichen müssen. Er blieb aber und den Böhmen wurde fort und fort auf Kosten der Deutschen geschmeichelt, weil die Regierung auf die Gutmüthigkeit und den Gewohnheitsgehorsam der Deutschen rechnete.

Ungarn verharrte in seinem passiven Widerstande und ließ es darauf ankommen, ob die Regierung mit Gewalt dagegen einschreiten werde. Die ungarische Opposition befand sich in einer günstigen Stellung, um Oesterreich Vorrechte abzutrotzen, weil die kaiserliche Regierung in Wien von so vielen andern Sorgen bedrängt war. Und doch spielten die Ungarn ein gefährliches Spiel, denn alles was sie Oesterreich verweigern, werden sie künftig, wenn sie Oesterreich zu Grunde richten helfen, Rußland leisten müssen, denn die wenigen Millionen Ungarn können unmöglich das ganze untere Donaugebiet beherrschen, wo ihnen ohnehin die nächsten Nachbarn feind sind. Die Herrschaft Oesterreichs würde hier nur vom russischen Großstaat abgelöst werden, unter dessen eisernem Despotismus die Ungarn bald gleich den Polen ihre Verfassung und Freiheit, ihre Nationalität und Kirche verlieren würden.

Zwischen Wien und Pesth wurde im Lauf des November und Dezember unausgesetzt unterhandelt. Der ungarische Landtag*)

---

*) Man macht sich von diesem Landtag einen falschen Begriff, wenn man glaubt, die Bänke seyen dort gefüllt mit finstern puritanischen Gestalten oder zornigen Garibaldis. Die Magyaren sind ein munteres Reitervolk, lustig und galant und haben, wenn sie auch Wien noch so viel opponiren, doch in den leichtsinnigen Kreisen dieser Lebestadt ihre Schule durchgemacht. In den „Licht- und Schattenbildern zur Charakteristik des ungarischen Landtags“ von Kakay findet man eine sehr lebendige Schilderung desselben. „Einige der Sitzungen sind eine täuschende Copie des Stimmens vor Beginn der Oper, dessen ohrzerreißendes Charivari nie in ordentliche Musik

debattirte alle Ausgleichungsversuche nieder. Obgleich Deak die extremste Partei zu neutralisiren schien und den Weg friedlicher Ueber-

---

übergehen will. Es ist ein Viertel auf Elf. Der Präsident bewegt sich mit seinen Adjutanten, den Notären, schon lange auf der Tribüne. Wir erwarten von Minute zu Minute die Eröffnung der Sitzung. Sie ist aber schon eröffnet, nur daß man es nicht bemerkt. Die Galerien sind gefüllt, je weiter rückwärts, um so voller. Vorn sitzen die Engel, wahre Göttinnen, die Creme und Blüte der Aristokratie. Der magnetische Zauber ihrer Augen macht sich fühlbar bis in die entferntesten Bankreihen. Joseph Rudics dreht sich auf seinem Sitze um, den Rücken dem Präsidenten, das Gesicht der Galerie zugewendet, und entfaltet die unwiderstehliche Pracht seiner hoffnungsgrünen Cravatte. Georg Czanady streicht seinen Schnurrbart und klirrt mit seinen Sporen; heute muß er sprechen, es sind so viele schöne Damen — Paul Jambor sendet seine schmelzendsten Blicke empor zum Himmel, d. h. zur Galerie, und perorirt eine zu Thränen rührende Episode aus der französischen Revolution. Karl Szaß kann es nicht vertragen, daß Bela Szechenyi ein so schöner junger Mann ist, und wirft ihn mit einer glücklichen Finte aus dem Sattel; er stimmt nämlich einen Psalm an von den patriotischen Gefühlen der ungarischen Frauen, die auch auf die schlechtesten ungarischen Verse prenumeriren, weshalb die Spatzenliteratur so blüht. Thalabér, der geheime Abstimmung und Verlesung der Acten verlangende Thalabér, Thalabér, der in den Mantel des Geheimnisses gehüllte Patriot mit seinen Donnerkeilen und seinen von der Mitte der Stirn bis zum Nacken gescheitelten Locken — Thalabér wendet seine untadelhafte Frisur wie die Sonnenblume bald gegen die rechte, bald gegen die linke Galerie, denn wenn er auch zur Linken gehört, die Frisur kennt keine Partei. Wilhelm Toth endlich verwechselt, während er auf die Galerien schaut, die Schriftfascikel und verliest statt des gestrigen das morgige Sitzungsprotokoll. Toth liest, aber niemand hört zu. Der Präsident bittet um Ruhe, aber vergeblich. Der Lärm dauert fort. Zsedenyi, scheint es, spricht schon zum 66. Mal, ohne daß ihn jemand verstünde, als er selbst, oder Bonis, der ihm auf der Stelle antwortet. Was? wissen die Götter, trotz des ausgiebigen Basses, über den er verfügt. Böszörmenyi erhebt sich und thut sein Möglichstes, um die Leute zu verblüffen; aber kein Mensch kümmert sich um ihn. Nur Maderaß wird aus dem Getöse herausgehört, wie er schreit: Ja so ist einkunft beständig offen ließ, wich er doch von der Forderung der s. g. Rechtscontinuität nicht ab und zeigte sich diesmal in dieser Hauptfrage sogar noch eigensinniger als früher. In einer Adresse, die der Landtag in der Mitte des Dezember an den Kaiser schickte, hieß es schlechtweg, ehe der Landtag sich mit der Regierung in Unterhandlungen über die Feststellung eines neuen Rechtszustandes einlassen könne, müsse zuvor der alte, den die Regierung einseitig aufgehoben habe, d. h. die Verfassung von 1848 hergestellt werden. Da dieselbe aber nur eine Personalunion zuließ, und die Verfügung über die Armee und über die Finanzen einem selbständigen ungarischen Ministerium zuwies, ließ sich damit der Fortbestand der österreichischen Gesammtmonarchie mit ihrer einheitlichen Leitung ausschließlich von Wien aus nicht vereinigen.

Beust begab sich noch im Dezember nach Pesth und besuchte alle Häupter der Opposition, ohne daß seine beredten Worte ihren Trotz gebeugt hätten. Die Kautschukpolitik half bei diesem Eisen nichts. Deak ist insofern eine welthistorische Merkwürdigkeit, als er seit mehr als 40 Jahren mit seiner politischen Ueberzeugung wie eingewurzelt feststeht, einer deutschen Eiche gleich, während unterdeß die Wiener Politik gleich einem flüchtigen Renner der Pußta nach allen Wind-

---

es! Vincenz Kublik, welcher da zu seyn glaubt, um jeden Tag dem Hause irgend einen weisen Rath zu ertheilen, hat schon dreimal sprechen wollen, aber der Stenograph ist noch nicht geboren, der seine Reden nachschriebe, denn kaum ist er aufgestanden, so ertönt von allen Seiten der Ruf: Elall! (er verzichtet auf das Wort) ‚Ich bitte um Entschuldigung‘ — abstimmen! — ‚Bitte ergebenst‘ — Kublik in Verzweiflung setzt sich nieder oder wird vielmehr niedergesetzt. Babarczy hat eine genug kräftige Stimme und donnert über Unterdrückung der Minorität. Beifallrufe. Franz Deak macht die Bemerkung: ‚Die Ordnung oder vielmehr Ordnungslosigkeit der Berathungen‘ — nun tritt einigermaßen anständige Ruhe ein — auf fünf Minuten.“

richtungen herumraste, hier in die russische Allianz, dort ins Concordat, wieder den Gaul umreißend in den Schmerlingschen Liberalismus, ins Bündniß mit Preußen, ins Bündniß gegen Preußen, in den unsinnigen Frieden von Villafranca, in den vergeblichen Frankfurter Fürstentag, ins czechische Lager und wieder heraus galoppirt ist. Was Wunder, daß alles drüber und drunter geht, wenn die Nationen ihren Charakter gradezu umtauschen, der Magyar wie ein Deutscher feststeht und der Deutsche gleich den alten Söhnen Arpads den Wind überholen will!

In der zweiten Hälfte des November wurden die Landstände der einzelnen Kronländer diesseits der Leitha gleichzeitig einberufen. Auffallenderweise zeigten die Deutschösterreicher in diesen vielen verschiedenen Versammlungen kein Verlangen, in eine große reindeutsche Versammlung zusammenzuschmelzen, um als Nation den Ungarn und Czechen gegenüber zu treten. Sie reclamirten nur den allgemeinen Reichstag, also etwas, was bisher schon versucht, aber mißlungen war, da die Ungarn einen allgemeinen Reichstag nicht beschicken wollten. Am entschiedensten sprach sich der niederösterreichische Landtag aus. Allein seine Adresse verlangte nur „Wiederherstellung der verfassungsmäßigen Zustände," also den alten unzulänglichen Reichstag und noch allgemeiner überhaupt ein liberales System, ohne welches Oesterreich „die Sympathien Deutschlands" ganz verlieren würde. In diesem Sinne hielt Kuranda eine glänzende Rede unter rauschendem Beifall, die aber, weil sie nur vage constitutionelle Garantien verlangte, alles vermissen ließ, was in einer practischen Weise die Zustände hätte verbessern können. Ungleich tiefer drang Schindlers Rede wie eine Sonde in die Wunde ein, die Deutsch-Oesterreich geschlagen war. „Nicht genug," rief er, „daß man uns aus Deutschland hinausgewiesen, das Sistirungsministerium hat nicht übel Lust, uns noch den andern Nationalitäten preiszugeben. Es überantwortet die Kinder deutscher Mütter czechischen Schulen und hat erst kürzlich bewiesen, was eine rein deutsche Provinz von ihm zu hoffen hat. Die deutsche Farbe hat in Oesterreich ein mißliches Geschick. Die czechische Fahne wird mit sympathischer Achtung, die ungarische mit tiefem Respect begrüßt; wenn aber der Deutsche seine Farbe wehen läßt, da haben wir oft gehört: was ist das? wo ist die Polizei? In Oesterreich hatte immer eine Nation Recht, die am entschiedensten gegen die Regierung auftrat. Nur die Deutschen durften diese Nation nicht seyn und wenn die acht Millionen Deutsche gegen das Februarpatent aufgetreten wären, man würde es ihnen zu liebe nicht sistirt haben, wie für die vier Millionen Ungarn. Wie, wenn der Deutsche in sorgenvoller Nacht sich einmal früge: was sitze ich hier? warum bequeme ich mich, der ich gesund bin, zur Krankendiät? Glaubt man, wir Deutsche haben unter dem Waffengerassel nicht die Lerche über dem Schlachtfelde von Königgrätz singen hören von der Freiheit und Größe des künftigen Deutschland? Der Deutsch-Oesterreicher hat diese Gedanken von sich gewiesen, er ist der Treueste in und für Oesterreich und, obwohl er sich dessen nicht zu rühmen pflegt, für die Dynastie. Während andere das Feuer zutragen, um das Vaterhaus zu zerstören, stürzt der Deutsche wie eine Schwalbe in die Flammen des brennenden Hauses, in dem sie ihr Nest hat. Die andern Nationen können Oesterreich zerstören, aber nicht aufbauen." Doch hofft der Redner, Oesterreich werde nicht untergehen. „Nicht die Schanzen von Florisdorf, auch nicht die österreichische Südarmee habe den Siegeszug der Preußen aufgehalten, aber von den mächtigsten Thronen Europas sey das Halt gerufen worden. Wenn nun Europa noch an den höhern Beruf, an den Bestand Oesterreichs glaubt, darf der Oesterreicher an demselben zweifeln?" Schließlich fordert der Redner „unsere verbrieften Rechte" zurück, d. h. er schließt sich an die Adresse an. Man hätte mehr von diesem Achtung einflößenden Redner erwarten sollen. Was hieß das, den Reichstag zurückverlangen, ohne Mittel anzugeben, wie man die Ungarn zwingen könne, ihn zu beschicken?

Fischhof sagte in einer Flugschrift nützlichere Wahrheiten, indem er erstens die völlige Nichtigkeit des modernen Parlamentarismus betonte, und zweitens darauf hinwies, die Zukunft Oesterreichs liege an der untern Donau, dort habe es seine welthistorische Mission; dort werde es von allen europäischen Mächten gegen Rußland unterstützt werden, dort werde es auch Ungarn am besten befriedigen können.

Auf dem Landtag in Kärnthen, der zu Klagenfurt tagte, hörte man am 14. Dezember folgende Stimmen. Ritter von Tschabuschnigg sagte: „Gehen die Ungarn auf gemeinschaftliche parlamentarische Behandlung aller gemeinsamen Angelegenheiten nicht ein, so bleibt den Deutschen nichts übrig, als sich loszureißen und dem großen deutschen Culturgebiet anzuschließen, wenn sie nicht in die öden Steppen Ungarns sich verirren wollen. Erfüllt Oesterreich seine verfassungsmäßige Aufgabe auch jetzt nicht, dann haben die Deutschen in Oesterreich kein Vaterland mehr und müssen sich selbst helfen.“ Doctor Luggin erklärte: „Rechtsbegriff und Staatsidee seyen in Oesterreich verloren gegangen. Man sorge nicht für das Volk, sondern nur für die Vorrechte einzelner Stände. Die Sorge für die Volkswirthschaft sey zur Aschenbrödel geworden. Der Oesterreicher, losgelöst von allen Banden, habe, den Spruch des Dichters unwahr machend, keine Ursache mehr, sein Vaterland zu lieben, und wenn es so fortdaure, werde er auch bald kein Vaterland mehr haben.“

Im mährischen Landtage saß eine Mehrheit von Czechen und Feudalen, wie im böhmischen. Im Ganzen aber war durch die beiden Städte Brünn und Olmütz hier mehr deutscher Geist verbreitet, als in dem mehr fanatisirten Böhmen. Für die deutsche Minderheit führte Giskra das Wort auf dem Landtage und verlangte, wie es Herbst an der Spitze der deutschen Minderheit auf dem böhmischen Landtage und die übrigen deutsch-österreichischen Landtage übereinstimmend thaten, die Wiederherstellung des Reichstags. Besser aber als andere scheint

Giskra begriffen zu haben, daß es mit Verfassungsformen allein nicht gethan ist, denn er schwang eine furchtbare Geißel über das bisherige Verwaltungssystem, und der Sinn seiner Rede war der schwere Vorwurf, daß Oesterreich die deutsche Bahn verlassen habe und mit ihr die Bahn des Rechts, der Zuverläßigkeit, der Humanität und Bildung. Er sagte im Anfang des Dezember auf dem Landtage: „Als sich im Vorjahre der Ministerwechsel vollzog, jubelten sehr viele; Männer von Personenkenntniß zweifelten, ob die Schultern die Last tragen würden. Woher sollte das Vertrauen kommen? Ein Weltumsegler als Handelsminister, ein Sportsman, ein tüchtiger Rübenzuckerfabrikant und Branntweinbrenner, als Finanzminister bot keine Bürgschaft. Vom Träger des Ministeriums (Belcredi) wußte man, daß er nicht der Mann sey, Oesterreich aus seinem Elend zu helfen. Nirgends eine imponirende Kraft des Geistes, die Deutschen wurden beleidigt in bezahlten und nicht bezahlten Blättern, die Nationalitäten gehetzt, durch Maßregelung der Beamten wurde eine Corrumpirung der Beschlüsse der Landtage versucht. Der Himmel von Europa hing voll Wolken und die Interessen Oesterreichs wurden unstaatsmännisch dem Zufall preisgegeben. Die Machtstellung Oesterreichs litt. Wo blieben die Freiwilligen im Lande jenseits der Leitha? Wie spärlich flossen die Gelder aus dem verhätschelten Polen! Wie steht es mit den Finanzen? Unsäglich und zum Verzweifeln traurig. Und wie um die Hebung der materiellen Lage? Ja, für Pferdezucht gibt es Prämien, aber Landschullehrer und Krüppel bekommen nichts. Wollen die Gemeinden selbst für Bildung sorgen, so werden sie zurückgewiesen. Die Richter sind elend besoldet, die Prozesse dauern jahrelang. Der Hypothekarcredit liegt darnieder. Die Justiz wird von einem Minister zu Gunsten eines Cavaliers sistirt, dem Hunderte und Tausende ihr Vermögen anvertraut.“

Da die Regierung in Wien trotz der Wünsche der Deutsch-Oesterreicher die Reichsverfassung sistirt lassen wollte, um die Ungarn zu gewinnen, aber auch dem Nationalitätenprincipe nicht zuviel nachgeben, also auch den einfachen Föderalismus nicht zulassen wollte, weil damit der Zusammenhang der verschiedenen Nationalitäten sich allzu sehr gelockert haben würde, machte sie den Dualismus zu ihrem Programme, die Theilung des Reichs in zwei Hälften, diesseits und jenseits der Leitha. Wenn es nun auch gefährlich schien, Croatien und Siebenbürgen unter Ungarn zu stellen, so mußte doch die Vereinigung der Deutschen und Böhmen diesseits der Leitha den Ungarn wieder mehr imponiren, als wenn sie getrennt geblieben wären. Das Programm der Regierung war indeß eben so wenig durchzuführen, als jedes ihrer früheren Programme. Die Croaten wollten sich den Ungarn, die Böhmen den Deutschen nicht fügen. Die Deutschen aber hatten ein richtiges Gefühl, daß die Regierung, weil sie nicht mehr mittelst des deutschen Elementes zu herrschen wußte, nothwendig in das magyarische Lager werde hinüber geführt werden. Als in der Mitte des Dezember der Stadtrath von Wien über eine Anleihe von 25 Millionen für die Stadt berieth, erhoben sich in seinem Schooße Stimmen dagegen, weil sie an der Zukunft Wiens zweifelten, da der Sitz der Regierung wohl bald nach Pesth werde verlegt werden.

Am 2. Januar 1867 erschien ein kaiserliches Patent, worin eine außerordentliche Reichstagsversammlung für die Kronländer diesseits der Leitha einberufen wurde. Sie sollte keineswegs den sistirten Reichstag auch nur provisorisch wiederherstellen, sondern war nach demselben Belcredischen Principe, wie die Sistirung selbst, gegen das Princip der früheren Reichsverfassung gerichtet. Deshalb wurde auch ein anderer Wahlmodus vorgeschrieben, durch welchen die Deutschen, die immer die alte Reichsverfassung zurückwünschten, in die Minderheit fallen mußten. Die Versammlung sollte 202 Mitglieder zählen, 54 vom böhmischen, 22 vom mährischen, 38 vom galizischen Landtag entsendet. Da nun hundert Mitglieder beschlußfähig seyn sollten, so mußten die deutschen Abgeordneten unter allen Umständen von den slavischen überstimmt werden; denn wenn sie auch austraten, blieben die Slaven auch allein noch immer beschlußfähig. Die Deutsch-Böhmen erklärten sogleich, sie würden keine Wahl annehmen, und in Prag stieg der czechische Uebermuth so hoch, daß die Bürgerwehr nur noch czechisch, nicht mehr deutsch commandirt seyn wollte.

In Wien versammelten sich die Mitglieder des niederösterreichischen Landtags unter dem Vorsitz des Freiherrn v. Pratobevera und erklärten, sie würden am verfassungsmäßigen Standpunkt unerschütterlich fest halten und eine Wahl in den Reichstag nur anerkennen, wenn sie in verfassungsmäßiger Weise vollzogen würde. Ganz ähnliche Beschlüsse faßten die Vertreter von Oberösterreich, Schlesien, Vorarlberg, Steiermark, Kärnthen und Krain diesmal in seltener Einigkeit. Eine Versammlung von Abgeordneten aus sämmtlichen deutschen Kronländern beschloß am 13. Januar in Wien, die Wahlen zur außerordentlichen Reichsversammlung abzulehnen und dagegen die zum legalen Reichsrath vorzunehmen.

Man war in Wien nicht gewohnt, sich viel um die guten Deutschen zu bekümmern, die bisher geduldig wie Wachs jeden Druck von oben aufgenommen und jede Beleidigung von Seiten ihrer nichtdeutschen Mitunterthanen des Kaiserreichs hingenommen hatten, als müßte es so seyn. Diesmal aber imponirte die Haltung der Deutschen und Herr v. Beust glaubte umsomehr, ihnen nachgeben zu müssen, als gerade damals die große Veränderung im bayrischen Ministerium eingetreten war und Fürst Hohenlohe beschuldigt wurde, er sey nicht übel geneigt, die Deutsch-Oesterreicher zu Bayern herüberzuziehen, wenn die Wiener Regierung fortfahre, nur die Magyaren und Czechen zu begünstigen und die gerechten Ansprüche der Deutschen gänzlich zu mißachten. Daher in der Wiener Politik schon wieder eine Frontveränderung. Der gefeierte Belcredi, dem bisher erlaubt gewesen war, die Deutschen in Böhmen wie Heloten zu behandeln und dem barbarischen Czechenthum einen im 19. Jahrhundert unerhörten Triumph zu bereiten, wurde plötzlich dem neuen Experiment aufgeopfert und aus dem Ministerium gestoßen. Der neue Beust'sche Versuch war, Ungarn und Deutsche zu befriedigen, wodurch die Regierung stark genug zu werden hoffte, um der zudringlichen Czechen weniger bedürfen zu müssen.

Am 18. Februar ging ein Erlaß an sämmtliche Landtage der Monarchie, worin die Regierung erklärte, sie stehe nunmehr von der Einberufung des außerordentlichen Reichstags ab, weil derselbe nicht mehr erforderlich sey, nachdem sich die Regierung mit den Ungarn verständigt habe. Die verfassungsmäßige gewöhnliche Reichsversammlung solle daher (wie die Deutschen es einstimmig verlangt hatten) wieder einberufen werden und die bisher sistirte Reichsverfassung wieder gültig seyn. Mehr hatten ja die Deutschen nicht verlangt, also konnten sie sich jetzt wieder beruhigen.

Gleichzeitig mit dem Januarpatent wurde ein neues Wehrgesetz erlassen, was ziemlich dem preußischen nahe kam, aber gleichfalls auf Widerstand stieß, vor allem in Ungarn. Die Ungarn legten sogleich Protest ein gegen ein Gesetz, das wieder so große Opfer von ihnen fordere und nicht verfassungsmäßig verabschiedet sey. Dieser Widerspruch der Ungarn verbunden mit dem der Deutschen entschuldigt den Herrn von Beust, wenn er nunmehr beiden Nationen einfach nachgab, ihnen ihren Willen ließ und sich dadurch eine neue Popularität zu erkaufen trachtete.

Auch die Ungarn sollten beruhigt werden, auch ihnen gab man nach. Das besondere ungarische Ministerium wurde bewilligt und sofort ernannt. An die Spitze desselben trat Graf Andrassy. Derselbe war 1849 Präsident des Convents in Debreczin, der das Haus Habsburg entthronte, exilirt, später amnestirt und jetzt Minister. Auch Eötvös gehörte der heftigsten Opposition in Ungarn an und vertheidigte 1849 Peterwardein gegen die kaiserlichen Truppen. Somsich, Lonyay und Graf Festetics waren ebenfalls früher als Revolutionäre geächtet. Jetzt waren sie die Begnadeten und Gefeierten. Da sich die Ungarn so energisch gegen das neue Wehrpatent erklärt hatten, sistirte es der Kaiser für Ungarn. Diese Nachgiebigkeit wurde in Pesth mit lauten Eljens aufgenommen. Die Hauptsache der Neuerung war, daß der Verwirklichung des Deakschen Programms, der vollen Selbständigkeit des Königreich Ungarn, welches nur noch durch Personalunion mit den übrigen Kronländern verbunden bleiben sollte, nichts mehr im Wege stand. Diesen Riß durch die einheitliche Monarchie hatten alle frühern Regierungen auf das beharrlichste vermieden. Unbedingt Herr über die ungarische Armee und die ungarischen Finanzen zu bleiben, hatte bisher als das erste Gebot österreichischer Politik gegolten. Wir werden sehen, zu welchen Folgen die Neuerung führen wird. Einstweilen wurden die Slaven, denen man kurz vorher so viel Wichtigkeit beigelegt hatte, geringschätzig auf die Seite geschoben.

Man charakterisirte die ewig wechselnde österreichische Politik einfach und richtig mit dem Satz: der Centralismus bedeutet die Herrschaft der Deutschen im Kaiserreich, Föderalismus die Herrschaft der Czechen, Dualismus die Herrschaft der Ungarn.

Nunmehr konnte sich das System Belcredi nicht länger behaupten und dieser Minister erhielt seine Entlassung. Der böhmische Landtag wurde aufgelöst, 27. Februar 1867, der hohen böhmischen Aristokratie durch den Kaiser plötzlich bedeutet, sie sollten jetzt wieder umkehren und gut deutsch denken. Hier war Fürst Carlos Auersperg das bewährte Haupt der Deutschen; Graf Leo Thun, der sich schon 1848 zweideutig benommen hatte, und Clam-Martiniz führten die czechische Partei.

Graf Andrassy führte am 28. Februar 1867 im ungarischen Landtag in Pesth feierlich das neue Ministerium ein und legte dem Landtag zwei Gesetzesentwürfe vor, betreffend die Besteuerung und Stellung von 48,000 Mann Recruten. Aber am 22. Februar und noch am 5. März erließ das österreichische Generalcommando in Pesth Befehle, als ob die vormalige Statthalterei noch bestehe, wodurch es den Generalen die strengste Unterordnung unter den Kriegsherrn und das bisherige Commando, und Bewahrung der Mannschaft vor jedem Einfluß, der die Einheit der Armee gefährden und „eine nationale Sonderstellung" begünstigen könne, vorschrieb. Die Ungarn protestirten laut dagegen und es wurde den Befehlen weiter keine Folge gegeben.

Der Kaiser bereitete seine Krönung als König von Ungarn in Pesth vor. Aber Deak empfahl dem Landtag, die Krönung nicht eher vornehmen zu lassen, bis die Armee- und Finanzfrage unzweideutig erledigt sey. Die Regierung gab nach und am 30. März nahm nach einer achtstündigen lebhaften Debatte das Abgeordnetenhaus in Pesth die Ausgleichung mit der Regierung an. Deak hatte mit 257 gegen 117 Stimmen vollständig gesiegt.

So lange Oesterreich deutsch regierte und mit dem germanischen Uebergewicht seine nichtdeutschen Unterthanen in Gehorsam erhielt, blieb es stets mächtig und seine Politik blieb sich immer gleich und erlangte eine berühmt gewordene Stetigkeit. So wie es aber das germanische Element seit dem Wiener Congreß systematisch zurückzusetzen und zu unterdrücken anfing, begann Oesterreich unvermerkt aus den Fugen zu gehen, aber so sicher, daß der erste Stoß seine Fortexistenz in Frage stellte. Die innere Einheit der Monarchie bestand nur noch zum Schein, als sie 1848 in wenigen Tagen aus einander brach, hier Italien, dort Ungarn und Böhmen sich frei machten und der deutsche Rest, die Hauptstadt Wien selbst, nur noch ein Tummelplatz ungarischer, italienischer und czechischer Intriguen war. Ein Oesterreich existirte damals nur noch in der Armee und diese Armee siegte. Aber der Dämon, der sich seit dem Wiener Congreß der österreichischen Politik bemächtigt hatte, ruhte nicht, bis er auch die Armee in ihrer Oberleitung begermanisirt und demoralisirt hatte, um sie von einer

Niederlage zur andern zu führen. Somit brach der letzte Halt der Monarchie. Schon seit der lombardischen Niederlage mußte sich die Wiener Regierung durch liberale Concessionen, die ihr früher ein Greuel gewesen waren, die verlorene Popularität wieder zu erkaufen suchen und um Hülfe bei den Mittelstaaten bitten, die sie bisher nur gar stolz von oben herunter besehen hatte. Sie gewann aber nichts dabei, denn es fehlte am Vertrauen. Und dieses wurde um so weniger wieder hergestellt, als das Wiener Kabinet wie in Verzweiflung einen Plan nach dem andern in den entgegengesetztesten Richtungen verfolgte, jedesmal mit Pathos verkündete, das, was es jetzt wolle, sey die wahre Lebensaufgabe Oesterreichs und solle mit größter Energie und Treue durchgeführt werden, und doch schon im nächsten Jahr wieder zu einem ganz andern Plan und zu ganz andern Versicherungen und Betheuerungen übersprang. Heute schwur man beim Concordat, morgen bei Schmerling, Toleranz und Israel. Heute schuf man einen Reichstag, morgen sistirte man ihn schon wieder. Heute wollte man Einheit, morgen Föderalismus, übermorgen Dualismus. Heute gab man den Czechen, morgen den Magyaren, übermorgen endlich auch einmal den Deutschen nach. Heute ging man mit den Mittelstaaten, morgen mit Preußen, übermorgen wieder gegen Preußen. Nirgends ein Halt, nirgends eine Ausdauer.

Trotz des verhängnißvollen Kriegs bleibt auch jetzt noch die einzig ausgiebige Allianz für Oesterreich diejenige mit Preußen. Denn schließt es sich an Frankreich an, so könnte es zwar Frankreich damit einen Dienst leisten, aber der Gegendienst würde fehlen und Oesterreich durch eine alsdann kaum zu vermeidende russisch-preußische Allianz erdrückt werden. Suchte Oesterreich aber eine Allianz mit Rußland, so würde es von vorn herein die ihm von der Natur angewiesene Politik aufgeben. Rußland trachtet nach dem Besitz der Donaumündungen, des untern Donaugebiets und der europäischen Türkei. Das ist der unveränderliche Gedanke in St. Petersburg. Ein noch viel näher liegendes Interesse hat Oesterreich, sich bis an die Donaumündungen auszubreiten. Diese Aussicht würde ihm die russische Allianz für immer versperren. Es muß Rußland auch künftighin, wie im Jahr 1854, den Riegel vorschieben, auf jede Nachgiebigkeit gegen die orientalische Politik Rußlands, also auch auf eine Allianz mit Rußland zu verzichten und Rußland entgegenzutreten wagen, oder es muß untergehen. In Deutschland und Italien hat es nichts wiederzugewinnen. Seine Zukunft liegt im Osten. Wenn es sich diese Zukunft durch eine falsche Politik entgehen läßt, ist sein Bestand unter den europäischen Mächten überhaupt in Frage gestellt. Wenn es dagegen seine Machtsphäre bis ans schwarze Meer auszudehnen trachtet, wird es niemand zum Feinde haben als Rußland allein, denn alle europäischen Mächte haben das gleiche, gemeinschaftliche Interesse, das übermächtige Rußland nicht noch weiter in Europa vorgreifen, noch es in den Besitz der Levante kommen zu lassen. Würde also Oesterreich den Russen die Donau verschließen, so würde es der Allianz mit den Westmächten und Italien vollkommen gewiß seyn und auch Preußen hat ein dringendes Interesse, sich von dem schon so weit vorgeschobenen russischen Koloß nicht erdrücken zu lassen, und würde in dem Maaß als Oesterreichs nächster Nachbar auch sein treuester und nützlichster Verbündeter werden, als Oesterreich der deutschen Politik Preußens keine Hindernisse mehr bereiten würde.

Man hat gesagt, es sey eine zu schwierige Aufgabe für Oesterreich, eine feste Hegemonie innerhalb des Conglomerates verschiedenartiger und halb barbarischer Völkerschaften im untern Donaugebiet zu erringen und zu behaupten. Allerdings hat es nur zu viel versäumt, indem es auf die Hegemonie in Deutschland und Italien einen unverhältnißmäßig größern Werth legte. Es täuschte sich in seiner nach Westen operirenden Politik und hat unterdeß zu seinem eignen Nachtheile seine Mission im Osten vernachläßigt, die Ausbreitung der Civilisation und die deutsche Auswanderung nach dieser Seite hin ins

Stocken gerathen lassen. Es hat geduldet, daß Rumänien und Serbien ein Tummelplatz für russische und Mazzini-Kossuth'sche Agenten wurden. Es hat die allein den Russen günstige Thronveränderung in Serbien und das Abhängigwerden Montenegros von Rußland nicht verhindert. Allein noch ist es nicht zu spät. Noch herrscht Rußland nicht im Donaugebiet. Noch sind West- und Mitteleuropa stark genug, sich der Russen zu erwehren und noch ist die Völker- und Staatengruppirung Europas von der Beschaffenheit, daß die Strömung der Civilisation, die seit mehr als tausend Jahren vom Occident nach dem Orient hin sich ausbreitete, nach der verhältnißmäßig nur kurzen Unterbrechung durch das Vordringen russischer Barbarei bis an die Weichsel und ans baltische Meer, wohl wieder in Fluß kommen kann, wenn die germanischen und romanischen Nationen nach dem weisen Programm Napoleons III. zusammenhalten.

Die europäische, zunächst germanische Civilisation geht der Donau nach. Wie die Donau selbst, so durchbricht ein Strom nichtslavischer Völkerschaften das weite Gebiet der Slaven und trennt die Rußland unterworfenen Slaven des Nordens von den jetzt noch der Türkei unterworfenen des Südens. Die drei nichtslavischen Völker im Donaugebiet sind Deutsche, Ungarn und Rumänen. Wenn es den Russen jemals gelänge, die Schranken, die ihm diese Völkerschaften setzen, wegzuräumen, so vermöchten sich Deutschland und ganz Europa der russischen Weltherrschaft kaum mehr zu widersetzen. Ungarn ist längst in die Sphäre germanischer Bildung hineingezogen, Rumänien im Begriff, es zu werden. Europa hat keine dringendere Aufgabe, als diese Staaten gegen Rußland zu schützen. Sie sind die natürlichen Alliirten der Deutschen gegen Rußland und es liegt in ihrem eigenen Interesse, sich an Deutschland zu halten, weil ihre Nationalität, ihre Religion, ihre alten Rechte und Freiheiten von Deutschland aus niemals können gefährdet werden, während sie von Rußland genau dieselbe Behandlung erfahren würden, wie die unglücklichen Polen.

Denn Rußland rasirt alles weg, was nicht in russische Uniform gezwängt ist und mehr weiß und glaubt, als das dumpfe Popenthum erlaubt.

Es ist der Mühe werth, sich im untern Donauthal ein wenig zu orientiren, denn unsern Zeitungslesern sind die dortigen Verhältnisse sehr unbekannt oder wenigstens unklar geblieben. Wir führen deshalb hier noch weiter aus, was wir im achten Buch nur andeuteten. Im Norden Ungarns gibt es innerhalb des österreichischen Kaiserstaates drei slavische Völkerstämme, zunächst die Polen im westlichen Galizien und in ihrer alten Hauptstadt Krakau, wie alle Polen unbesonnene Hitzköpfe und den Deutschen feind, aber wenigstens nicht russisch gesinnt, entschiedene und unermüdliche, wenn auch unglückliche Vertheidiger der europäischen Ritterlichkeit und der abendländischen Kirche gegen die russische Barbarei. Das zweite Volk sind die Slowaken, von denen ungefähr die Hälfte lutherisch und die andere katholisch ist und die bei viel persönlicher Rührigkeit sich der deutschen Cultur angeschlossen haben. Nur der dritte Volksstamm, die Ruthenen, sind den Russen näher verwandt und gehören auch der griechischen Kirche an. Sie zählen nicht ganz 3 Millionen, ungefähr eben so viel die Slowaken. Sie bilden aber einen Keil von Galizien nach Ungarn hinein und werden stark von russischen Agenten bearbeitet. Wenn Ungarn nicht das Schicksal Polens erleben will, muß es sich zähe und fest an Deutschland anklammern, und wenn wir Deutsche an der mährischen und niederösterreichischen Grenze nicht Kosakenposten haben wollen, so dürfen wir alles für Ungarn thun, um uns diesen Vorposten, dieses starke Bollwerk zu erhalten.

Im Süden Ungarns beginnen abermals slavische Völkerschaften eine an die andere sich anreihend. Allein sie haben keine nähere Verwandtschaft mit den eigentlichen Russen und gehören auch nicht alle der griechischen Kirche an. Alle ihre Gebiete an der Südgrenze Ungarns sind durch die berühmte Militärgrenze in einer Erstreckung von 200 Meilen in zwei Gebiete getheilt. Das nördliche gehört Oesterreich, das südliche der Pforte. Das erstere ist durchaus aus den Flüchtlingen und Auswanderern aus den gegenüberliegenden türkischen Landschaften bevölkert, so daß dem türkischen Croatien ein österreichisches, dem türkischen Serbien ein österreichisches gegenüberliegt. Auf der österreichischen Seite sind diese Slaven unter dem Namen der Grenzer militärisch organisirt. Es hätte jedoch für ihre Civilisation und für ihren Wohlstand viel mehr geleistet werden können, als geleistet worden ist. Südwärts von der Militärgrenze auf türkischem Gebiet hat sich Serbien zu einem fast selbständigen Fürstenthum erhoben, während ostwärts Bosnien und die Herzegowina noch von Türken und muhamedanischem Adel geplagt werden, die Montenegriner aber ein freies Räubervolk darstellen. Hier Boden zu gewinnen, hat die österreichische Politik auffallend versäumt, den russischen Agenten nicht energisch entgegen gewirkt und es in Behandlung des serbischen Hofes und der Belgrader Festungsfrage an diplomatischem Takte fehlen lassen. In Bulgarien hat sich große Neigung zur katholischen Kirche offenbart und haben bedeutende Uebertritte stattgefunden; die Zeitungen wußten aber dabei nicht von österreichischen, sondern nur von französischen Agenten zu reden. Es wäre vom allerhöchsten Werthe für Europa, wenn die katholische Kirche im Gebiet der europäischen Türkei mehr Raum gewänne. Wer aber, außer dem klugen Manne in Paris, nimmt sich dieser Frage an? Man rühmt sich im mittleren und westlichen Europa der höchsten religiösen, wissenschaftlichen und socialen Bildung, und doch geschieht von hier aus nichts, um die katholische Kirche in Polen, die lutherische in Livland gegen die Gewaltübergriffe der griechischen Kirche zu schützen und die Christen in der Türkei für die abendländische Kirche zu gewinnen. Im protestantischen Deutschland findet man häufig eine totale Unkenntniß dieser Verhältnisse. Man erwägt nicht, wie tief der katholische Glauben mit dem abendländischen Geist, mit jener nur den Romanen und Germanen eignen

Erleuchtung zusammenhängt, während in der griechischen Kirche nicht einmal gepredigt wird und ihr todtes Ceremoniell sich nur asiatischer Barbarei anpaßt. Man vergißt, wie nothwendig es dem gleichfalls schon vom russischen Popenthum in den Ostseeprovinzen schwer bedrohten Protestantismus wäre, mit dem Katholicismus vereinigt dem gemeinsamen Feinde zu widerstehen. In merkwürdiger Verblendung aber feinden die beiden abendländischen Kirchen einander an und gönnen einander nichts und nicht selten lesen wir in russischen Blättern, wie man in Rußland über unsere Einfalt hohnlacht.

Noch ist es Zeit, die Slaven der Türkei zunächst durch Oesterreich unter Mitwirkung aller mittel- und westeuropäischen Mächte für die abendländische Bildung und für ihr Zusammenstehen mit einer großen abendländischen Politik zu gewinnen. Aber es gehört ein einfacher und natürlicher Verstand dazu und ein gerader Sinn, die uns leider durch allzuhoch geschraubte Bildung und durch allzu zersplitterte Interessen abhanden gekommen sind. Wir, obgleich unendlich gebildet, verlieren uns im Detail. Der Russe, obgleich Barbar, behält immer das Ganze im Auge.

Wichtiger als alles andere ist das Verhältniß Böhmens zu Deutschland. Zum erstenmale seit dem Husitenkriege hat sich hier wieder eine fanatische Czechenpartei aufgethan und ist leider noch bis vor ganz kurzer Zeit, bis zum Sturze des Ministerium Belcredi, von der Regierung in Wien und von einem großen Theile der deutschen Aristokratie unterstützt und in ihrem Uebermuthe bestärkt worden. Diese Partei aber hat auch in Polen und Rußland Verbindungen und der Panslavismus, in den polnischen Farben überwunden, nimmt je mehr und mehr die russischen an. Man darf kaum zweifeln, daß sich die Sympathien in St. Petersburg, die sich schon so deutlich für die Ruthenen in Galizien ausgesprochen haben, auch auf die Czechen ausdehnen würden, wenn es der russischen Politik gelänge, die deutschen

Nachbarn Böhmens, wie bisher, in zwei feindliche Lager getrennt zu halten.

Wenn man eine grade Linie von Wien nach Breslau zieht, so liegt ganz Böhmen rechts auf der westlichen oder deutschen Seite und reicht bis ins Herz Deutschlands, nur wenige Meilen von der Straße entfernt, die von Nürnberg über Hof nach Leipzig führt. Kaiser Karl V. machte Böhmen zum ersten weltlichen Kurfürstenthum und wollte Prag zur Hauptstadt des deutschen Reiches machen. Ein bloßer Blick auf die Landkarte lehrt, daß Böhmen als ein deutsches Land betrachtet werden muß, daß die große deutsche Nation um keinen Preis dieses wichtige Land, das in Deutschlands Mitte und nicht an seinen Grenzen liegt und dessen Einwohner theils Deutsche, theils germanisirte Slaven sind, einzig dem kleinen Rest czechischer Barbaren, die dort noch nicht deutsch gelernt haben und jeder Cultur entbehren, überlassen darf, da sie allein lediglich nichts bedeuten und nur ein Werkzeug russischer Eroberungspolitik werden würden. Dabei ist Oesterreich nicht allein betheiligt, die Sache geht alle Deutschen an. Der neue norddeutsche Bund würde, wenn je in Böhmen eine den Deutschen feindselige Macht festen Fuß fassen könnte, eben so bedroht seyn, als Oesterreich, gleichviel, ob dort noch deutsches oder mehr ungarisches Interesse maßgebend wäre. In dieser Frage gibt es für Deutsche und Ungarn nur e i n Interesse.

Das unzweifelhafte Ergebniß aller dieser Betrachtungen kann kein anderes seyn als: das Zusammengehen Oesterreichs mit Preußen ist heute noch eben so empfehlenswerth, als es vor dem Kriege war.

Achtzehntes Buch.

Indemnität und Siegesjubel in Preußen.

Die Schnelligkeit des Telegraphen machte es möglich, daß die Siegesnachricht von Königgrätz noch am Abend des Schlachttages selbst nach Berlin gelangte. Das Telegramm des Königs wurde von der Königin Augusta am andern Morgen unter lautem Kanonendonner bekannt gemacht. Die aus dem Schlaf geweckte Bevölkerung Berlins eilte auf die Straßen und beglückwünschte sich unter unendlichem Jubel.

Zur Charakteristik des Königs diene folgende Notiz, welche wir dem Halleschen Volksblatt von 1866, Nr. 75 entnehmen. Im Jahr 1848 wurde der damalige Prinz von Preußen durch die Revolution aus Berlin vertrieben. Grade weil man von ihm mehr Energie erwartete, als von seinem königlichen Bruder, hatten ihn die Radicalen auf alle erdenkliche Art verleumdet und ihn dem Volk verhaßt zu machen gesucht. Er mußte sich eine Zeit lang nach London zurückziehen und kaum war er dort angekommen, so ging er in die deutsch-evangelische Kirche, um sich Trost von oben zu erbitten. Dieser Kirche stand damals noch der greise hochehrwürdige Doctor Steinkopf aus Württemberg vor. Als der Prinz in die Kirche trat, sang die Gemeinde grade aus Nr. 399 ihres Gesangbuchs den dritten Vers:

Da siehst du Gottes Herz,
Das kann dir nichts versagen,
Sein Mund, sein theures Wort
Vertreibt ja alles Zagen.
Was dir unmöglich dünkt,
Kann seine Vaterhand
Noch geben, die von dir
Schon so viel Noth gewandt!

Diese Worte drangen dem Prinzen tief ins Herz. Er bat den Pfarrer um ein Gesangbuch, unterstrich die Verse des Liedes und nahm es mit. Noch jetzt liegt es auf seinem Schreibtisch im Schlosse Babelsberg und man liest darin unter dem bezeichneten Liede von seiner Hand geschrieben: „Bei meiner ersten Beiwohnung des Gottesdienstes 1848 den 2. April wurde dieser Theil des Liedes gesungen, als vom Küster mir dargehalten. Babelsberg 15. 7. 50.“ Diese letzten Ziffern bedeuten vielleicht 15. Juli 1850.

Der König von Preußen hatte den Landtag nach Berlin einberufen und kehrte aus Oesterreich am 4. August ebenfalls dahin zurück, begleitet vom Kronprinzen, dem Grafen Bismarck, dem Kriegsminister und vielen andern Prinzen und Generalen. Sein Empfang noch spät in der Nacht war glänzend, sein Weg durch die Linden prachtvoll illuminirt und fünfmal mußte er auf den Balkon seines Palastes treten und sich der jubelnden Volksmenge zeigen. Der Berliner Magistrat überreichte ihm eine Adresse voll Hingebung. Der König antwortete: „Mein Heer, das Volk in Waffen, hat an Heldenmuth und Ausdauer sich den glorreichsten Thaten seiner Väter ebenbürtig gezeigt und Thaten vollbracht, welche die Geschichte unauslöschlich verzeichnen wird. Die Gesittung, welche mein tapferes Heer in Feindesland zeigte, so wie die Gesinnung und Opferfreudigkeit, welche alle Classen der Daheimgebliebenen bewiesen, sind die Frucht einer väterlichen Volkserziehung meiner großen Ahnen. Preußen mußte das Schwert ziehen, als es sich zeigte, daß es die Erhaltung seiner Selbständigkeit galt; aber auch zur Neugestaltung Deutschlands hat es sein Schwert gezogen. Ersteres ist erreicht, letzteres möge mir unter Gottes fernerem Segen gelingen!"

Die Logik der Thatsachen war allzu unwiderstehlich, als daß sie nicht ihre ganze Macht auf das Volk, ja selbst auf seine bisherigen Verführer hätte üben sollen. Das wüthende Gebell und Gehetze der Bismarckfresser war verstummt. Die Physiognomie Berlins war eine andere geworden.

Gleich am folgenden Tage nach der Ankunft des Königs eröffnete derselbe den Landtag, der schon einige Tage früher angekündigt war, dessen Eröffnung aber sich verspätet hatte, weil der König nicht eher hatte ankommen können.

Die Thronrede, welche der König, vor dem Throne stehend, mit tief bewegter Stimme vorlas und die oft von stürmischem Beifall unterbrochen wurde, lautete wie folgt:

„Erlauchte, edle und liebe Herren von beiden Häusern des Landtages! Indem ich die Vertretung des Landes um mich versammelt sehe, drängt mich mein Gefühl, vor allem auch von dieser Stelle meinen und meines Volkes Dank für Gottes Gnade auszusprechen, welche Preußen geholfen hat, mit schweren, aber erfolgreichen Opfern nicht nur die Gefahren feindlicher Angriffe von unsern Grenzen abzuwenden, sondern in raschem Siegeslauf des vaterländischen Heeres dem ererbten Ruhme neue Lorbeern hinzuzufügen und der nationalen Entwicklung Deutschlands die Bahn zu ebnen.

„Unter dem sichtbaren Segen Gottes folgte die waffenfähige

Nation mit Begeisterung dem Rufe in den heiligen Kampf für die Unabhängigkeit des Vaterlandes und schritt unser heldenmüthiges Heer, unterstützt von wenigen, aber treuen Bundesgenossen, von Erfolg zu Erfolg, von Sieg zu Sieg, im Osten wie im Westen. Viel theures Blut ist geflossen, viele Tapfere betrauert das Vaterland, die siegesfroh den Heldentod starben, bis unsere Fahnen sich in einer Linie von den Karpathen bis zum Rhein entfalteten.

„In einträchtigem Zusammenwirken werden Regierung und Volksvertretung die Früchte zur Reife zu bringen haben, die aus der blutigen Saat, soll sie nicht umsonst gesäet seyn, erwachsen müssen.

„Liebe Herren von beiden Häusern des Landtags! Auf die Finanzlage des Staates kann meine Regierung den Blick mit Befriedigung wenden. Durch sorgliche Vorsicht und gewissenhafte Sparsamkeit sind wir in den Stand gesetzt, die großen finanziellen Schwierigkeiten zu überwinden, welche die gegenwärtigen Zeitverhältnisse in naturgemäßem Gefolge haben. Obwohl schon in den letzten Jahren durch den Krieg mit Dänemark der Staatskasse beträchtliche Opfer aufgelegt worden sind, ist es doch gelungen, die bisher erwachsenen Kosten des gegenwärtigen Krieges aus den Staatseinnahmen und vorhandenen Beständen, ohne andere Belastung des Landes, als die durch die gesetzlichen Naturalleistungen zu Kriegszwecken erwachsene, bereit zu stellen.

„Um so zuversichtlicher hoffe ich, daß die Mittel, welche zur erfolgreichen Beendigung des Krieges und zur Bezahlung der Naturallieferungen, bei Aufrechthaltung der Ordnung und Sicherheit in den Finanzen erforderlich sind, von Ihnen bereitwillig werden gewährt werden.

„Ueber die Feststellung des Staatshaushaltsetats hat eine Vereinbarung mit der Landesvertretung in den letzten Jahren nicht herbeigeführt werden können. Die Staatsausgaben, welche in dieser Zeit geleistet sind, entbehren daher der gesetzlichen Grundlage, welche der

Staatshaushalt, wie ich wiederholt anerkenne, nur durch das nach Artikel 99 der Verfassungsurkunde alljährlich zwischen meiner Regierung und den beiden Häusern des Landtages zu vereinbarende Gesetz erhält.

„Wenn meine Regierung gleichwohl den Staatshaushalt ohne diese gesetzliche Grundlage mehrere Jahre geführt hat, so ist dies nach gewissenhafter Prüfung in der pflichtmäßigen Ueberzeugung geschehen, daß die Fortführung einer geregelten Verwaltung, die Erfüllung der gesetzlichen Verpflichtungen gegen die Gläubiger und die Beamten des Staates, die Erhaltung des Heeres und der Staats-Institute Existenzfragen des Staates waren, und daß daher jenes Verfahren eine der unabweisbaren Nothwendigkeiten wurde, denen sich eine Regierung im Interesse des Landes nicht entziehen kann und darf.

„Ich hege das Vertrauen, daß die jüngsten Ereignisse dazu beitragen werden, die unerläßliche Verständigung in so weit zu erzielen, daß meiner Regierung in Bezug auf die ohne Staatshaushalts-Gesetz geführte Verwaltung die Indemnität, um welche die Landesvertretung angegangen werden soll, bereitwillig ertheilt und damit der bisherige Conflict für alle Zeit um so sicherer zum Abschluß gebracht werden wird, als erwartet werden darf, daß die politische Lage des Vaterlandes eine Erweiterung der Grenzen des Staates und die Einrichtung eines einheitlichen Bundesheeres unter Preußens Führung gestatten werde, dessen Lasten von allen Genossen des Bundes gleichmäßig werden getragen werden.

„Die Vorlagen, welche in dieser Beziehung behufs Einberufung einer Volksvertretung der Bundesstaaten erforderlich sind, werden dem Landtage unverzüglich zugehen.

„Meine Herren! Mit mir fühlen Sie, fühlt das ganze Vaterland die Wichtigkeit des Augenblicks, der mich in die Heimath zurückführt. Möge die Vorsehung eben so gnadenreich Preußens Zukunft segnen, wie sie sichtlich die jüngste Vergangenheit segnete! Das walte Gott!“

Das Abgeordnetenhaus trat nun unter ganz veränderten Umständen wieder zusammen und hatte auch in seinem Personal bedeutende Aenderungen erfahren. Die Macht der Thatsachen hatte auf die Wahlen Einfluß geübt. Die conservativen Reihen hatten sich merklich verstärkt und wenn sie auch noch nicht in der Mehrheit waren, so sah sich doch auch die Opposition zu einer großen Mäßigung in ihren Ansprüchen genöthigt. Sie konnte die großen Erfolge der Regierung nicht schmähen, sie durfte der Armee ihre Anerkennung, ihren Dank nicht versagen. Daß die von ihr bisher stets verworfene Armeeorganisation des höchstens Lobes würdig sey, hatte der Krieg in Böhmen in schlagender Weise bewiesen. Nie hatte sich auf eine glänzendere Weise die Praxis der Regierung bewährt, nie hatte sich das rechthaberische Kammergeschwätz ärger blamirt als hier.*) Man bemerkte daher auch nur wüthende Verbissenheit der durch die Thatsachen geschlagenen Maulhelden neben einer gemessenen, die Reue mit Anstand maskirenden Geneigtheit, im Interesse des Landes der von der Oppo-

*) Ein edler Staatsmann der Eidgenossenschaft, v. Segesser, sagt in seinen Studien und Glossen zur Tagesgeschichte, S. 72: „Niemals hat man eine unvernünftigere Opposition gesehen, als die dieser s. g. preußischen Volksvertreter. Der preußische Staat, seine ganze Bedeutung als Großmacht, sein festes Gefüge bei losem Zusammenhang der verschiedenen Theile beruht wesentlich auf seiner Heeresorganisation und auf seinem Landwehrsystem, das die politischen Vortheile der Milizverfassung mit den Erfordernissen einer activen Militärmacht vereinigt. Dieses Heerwesen nun, die geniale Schöpfung der größten Männer aus Preußens größter Zeit, erkor sich die preußische Landesvertretung zum Zielpunkt ihrer Opposition! Wenn man die seitherigen Erfolge dieser Heeresorganisation ins Auge faßt und sich dabei der fortwährenden Angriffe auf dieselbe erinnert, welche fast die ganze Thätigkeit des preußischen Abgeordnetenhauses in den letzten Jahren absorbirten, so erstaunt man über die Unfähigkeit dieses halb feudalen, halb revolutionären Constitutionalismus, der nur in den Mittelclassen der Gesellschaft wurzelt und der Masse des Volks fremd gegenübersteht."

sition bisher so schwer beleidigten Regierung die Hand zu reichen. In der Sitzung vom 10. August kündigte der frühere Präsident Grabow feierlich an, daß er dießmal eine Wahl zum Präsidenten nicht annehmen werde, weil er nicht wolle, daß seine Person ein Hinderniß des guten Einvernehmens mit der Regierung werden könne. Doch wählte die bisherige Opposition mit noch immer 170 Stimmen seinen Gesinnungsgenossen v. Forckenbeck. Weitere 136 Stimmen fielen auf v. Arnim (die conservativen) und 22 auf den Grafen Schwerin (die altliberalen).

Die Berathung einer Antwortsadresse auf die Thronrede war von langer Dauer und sehr schwierig. Daß man der Regierung nachgeben müsse und das unvernünftige Toben und Schreien wie früher nicht mehr erheben dürfe, leuchtete so ziemlich jedem ein. Aber man wollte sich doch nicht als geschlagen bekennen, man wollte der Regierung noch imponiren und in Bezug auf die Art und Weise, wie das mit einigem Erfolg geschehen könne, gingen die Meinungen sehr auseinander. Die Hand, welche vom Abgeordnetenhaus dem vier Jahre lang so wüthend angegriffenen, so ungerecht verhöhnten Grafen Bismarck geboten werden sollte, zitterte und zuckte krampfhaft, indem sie sich dennoch nach und nach ausstreckte. In allen Schattirungen der Parteien wurden Adreßentwürfe fabrizirt und in den Parteiclubs scrupulös berathen, erst drei, dann fünf, dann sieben, dann gar neun.

Inzwischen wirkte, bis die Antwortsadresse endlich fertig wurde, die Regierung durch ihre Mittheilungen an das Haus und Graf Bismarck durch persönliche Erklärungen wohlthätig und im Sinne der Versöhnung auf die Stimmung des Hauses ein. Am 16. August kündigte König Wilhelm von Preußen dem Landtage die Einverleibung von Hannover, Kurhessen, Nassau und Frankfurt am Main in die preußische Monarchie an, noch nicht die der Elbherzogthümer. Die königliche Botschaft motivirte den Entschluß mit Folgendem: „Jene Staaten haben sowohl die Neutralität, als das von Preußen unter dem Versprechen der Garantie ihres Territorialbestandes ihnen wiederholt und noch in letzter Stunde angebotene Bündniß abgelehnt, an dem Kriege Oesterreichs mit Preußen thätigen Antheil genommen und die Entscheidung des Kriegs über sich und ihre Länder angerufen. Diese Entscheidung ist nach Gottes Rathschluß gegen sie ausgefallen. Die genannten Länder würden, falls sie ihre Selbständigkeit bewahrten, vermöge ihrer geographischen Lage bei einer feindseligen oder auch nur zweifelhaften Stellung ihrer Regierungen der preußischen Politik und militärischen Aktion Schwierigkeiten und Hemmnisse bieten können, welche weit über das Maß ihrer thatsächlichen Macht und Bedeutung hinausgehen. Nicht in dem Verlangen nach Ländererwerb, sondern in der Pflicht, unsere ererbten Staaten vor wiederkehrenden Gefahren zu schützen, der nationalen Neugestaltung Deutschlands eine breitere und festere Grundlage zu geben, liegt für uns die Nothwendigkeit, das Königreich Hannover, das Kurfürstenthum Hessen, das Herzogthum Nassau und die freie Stadt Frankfurt mit unserer Monarchie zu vereinigen. (Bravo rechts.) Wohl wissen wir, daß nur ein Theil der Bevölkerung jener Staaten mit uns die Ueberzeugung von dieser Nothwendigkeit theilt; wir achten und ehren die Gefühle der Treue und Anhänglichkeit, welche die Bewohner derselben an ihre bisherigen Fürstenhäuser und ihre selbständigen politischen Einrichtungen knüpfen; allein wir vertrauen, daß die lebendige Betheiligung an der fortschreitenden Entwicklung des nationalen Gemeinwesens in Verbindung mit einer schonenden Behandlung berechtigter Eigenthümlichkeiten den unvermeidlichen Uebergang in die neue größere Gemeinschaft erleichtern werde. Die beiden Häuser des Landtags fordern wir auf, die zur beabsichtigten Vereinigung erforderliche verfassungsmäßige Einwilligung zu ertheilen."

Schleswig und Holstein sollten erst nach vollem Abschluß des Friedens mit Oesterreich einverleibt werden, die Vorlage darüber blieb also ausgesetzt.

In der Adreßcommission äußerte sich Graf Bismarck wie folgt: „Ueber die in der deutschen Politik zu erstrebenden Ziele ist wenig Meinungsverschiedenheit, weder zwischen den einzelnen Antragstellern der Adressen, noch zwischen der Regierung und der Landesvertretung. Es fragt sich nur, auf welchem Wege und mit welchen Mitteln diese Ziele sich erreichen lassen. Die k. Regierung hat sich die Gränze des Möglichen stellen müssen, d. h. dessen, was sich erringen läßt ohne zu große, unverhältnißmäßige Opfer und ohne die Zukunft zu compromittiren. Das hätten wir aber gethan, wenn wir über die unserer Politik jetzt gestellte Linie hinausgegangen wären. Die Zusage aber, welche wir in dieser Beziehung gegeben, müssen wir halten und so vor allem den Glauben an unser Wort befestigen. Wir glauben aber auch nicht, daß es nützlich gewesen wäre, jetzt weiter zu gehen. Wir haben auch in der preußischen Regierung so viel Ehrgeiz, daß er eher der Mäßigung als der Stimulirung bedarf. Nach den Friedenspräliminarien ist die Regelung der nationalen Beziehungen des süddeutschen Bundes zu dem norddeutschen vorbehalten. Sie ist also nicht ausgeschlossen, und die Art derselben wird wesentlich davon abhängen, ob das Bedürfniß dazu von Süddeutschland sowohl in seinen Regierungen, wie in seinen Völkerschaften lebhafter empfunden wird, als wie dieß gegenwärtig der Fall ist, wo wir sehen, daß preußische Militärs, die sich jenseits der Demarkationslinie zeigen, den Ausbrüchen der Volkswuth ausgesetzt sind. Zunächst kam es uns darauf an, dem neuen Bunde feste Grundlagen zu geben. Ich glaube, daß sie um so weniger fest ausfallen würden, je ausgedehnter derselbe wäre, wir könnten unmöglich einem Staate wie Bayern solche Zumuthungen stellen, wie wir sie im Norden jetzt erheben müssen. Die erste dieser festen Grundlagen suchen wir in einem starken Preußen, so zu sagen in einer starken Hausmacht des leitenden Staates, den wir deshalb in einem direkten Besitze erheblich verstärkt haben. Das Band des engeren Bundes, durch das wir außerdem Norddeutschland verknüpfen wollen, wird dagegen so fest wie die Einverleibung nicht ausfallen. Indeß gab es, um der Wiederkehr solcher Dinge vorzubeugen, daß befreundete und verwandte Volksstämme, durch ihre Regierungen genöthigt, uns im Rücken unserer Heere entgegentreten konnten, nur zwei oder eigentlich drei Methoden. Die eine ist eben die Einverleibung und die vollkommene Verschmelzung mit Preußen selbst bei widerstrebender Bevölkerung, namentlich widerstrebendem Beamten- und Offizierstande, die sich durch ihre Treue an die früheren Regierungen gebunden fühlen. Die Regierung denkt die Schwierigkeiten derselben auf deutsche Art zu überwinden, durch Schonung der Eigenthümlichkeiten und allmälige Eingewöhnung, nicht wie es bei romanischen Völkern üblich ist, mit einem Schlage. Die zweite Methode ist die Theilung der Hoheitsrechte, so daß es gewissermaßen einen Militärherrscher und einen Civilherrscher giebt; durch die Umstände genöthigt, werden wir diese Methode in Sachsen versuchen müssen. Früher hatte ich eine lebhafte Neigung für dieß System. Nach den Eindrücken aber, die mir bei Gelegenheit der Aufstellung der Februarbedingungen gegenüber von Schleswig-Holstein geworden, befürchte ich, daß ein solches System eine dauernde Quelle von Verstimmungen bilden wird, eine Quelle, die länger fließen dürfte, als die Abneigung gegen den neuen Herrscher bei wirklich annektirten Ländern. Bei jener Gelegenheit hielt man mir das einschneidende Wort entgegen: „Wir wollen nicht Preußen zweiter Classe seyn;" aber ganz abgesehen von solchen Empfindungen hat dieses System den Nachtheil, daß der eine der beiden Herrscher, der Militärherrscher, der fremde, immer nur mit Anforderungen kommt, während alle wohlthätigen Einflüsse der Civilverwaltung in den Händen des alten Landesherrn bleiben. Ich bedaure, daß wir, wie gesagt, genöthigt seyn werden, dieses Experiment in Sachsen zu machen. Die dritte Methode endlich wäre die Zerreißung des bisher bestandenen Gemeinwesens; das haben wir verschmäht, ein sehr verkleinertes Hannover, Sachsen, Kurhessen u. s. w.

Mit diesem System haben wir 1815 in Sachsen trübe Erfahrungen gemacht. Zwar sind die an Preußen gekommenen Theile völlig mit diesem Staate verwachsen, aber in dem selbständig gebliebenen Theile hat sich von da ab eine entschiedene Abneigung gegen Preußen erhalten; deshalb haben wir dieses System, das uns suppeditirt wurde, dießmal völlig beseitigt, wir haben das Interesse der Regierten über das der Dynastien gestellt. Es ist wahr, es macht dieß vielleicht den Eindruck der Ungerechtigkeit, aber die Politik hat nicht die Aufgabe der Nemesis; die Rache ist nicht unser, sondern wir haben zu thun, was für den preußischen Staat eine Nothwendigkeit ist, und deshalb haben wir uns durch kein dynastisches Mitgefühl leiten lassen. Und deshalb haben wir aus diesen Ländern selbst schon Anerkennung gefunden. Hannoveraner haben sich mir gegenüber so ausgesprochen: ‚Erhalten Sie uns unsere Dynastie, wenn das aber nicht möglich ist, dann zerreißen Sie wenigstens nicht unser Land, sondern nehmen uns ganz.‘ Was unsere Bundesgenossen betrifft, so haben wir nur deren wenige und schwache gehabt, aber es ist nicht blos eine Pflicht, sondern ebenso gebietet es die Klugheit, auch dem kleinsten unser Wort zu halten. Je rückhaltloser Preußen zeigt, daß es seine Feinde von der Landkarte wegfegen kann, um so pünktlicher muß es seinen Freunden Wort halten. Gerade in Süddeutschland wird dieser Glauben an unsere politische Redlichkeit von großem Gewicht seyn. Was die Reichsverfassung angeht, so ist auch sie nur eine der Formen, in der das von mir angedeutete Problem gelöst wird. Ich gebe zu, daß sie das, theoretisch genommen, schärfer und richtiger thut, als unser Bundesproject, indem sie die Fürsten gewissermaßen zu Unterthanen, zu Vasallen des Kaisers macht, diese werden aber vielmehr geneigt seyn, einem Mitverbündeten, einem Beamten des Bundes Rechte einzuräumen, als einem eigentlichen Kaiser und Lehensherrn.“

Endlich vereinigten sich die Parteien des Hauses mit nur schwachen Ausnahmen zu einer Antwortsadresse folgenden Inhalts: „Allerdurchlauchtigster, Großmächtigster König! Allergnädigster König und Herr! Eure Königliche Majestät haben in einem großen Augenblicke von weltgeschichtlicher Bedeutung uns um Ihren erhabenen Thron versammelt. Unser Volk preist in Demuth die Gnade Gottes, welche Euer Majestät theures Leben beschirmte und so Großes zu vollbringen zuließ. Die großen Thaten, welche unser tapferes Heer in wenigen Wochen von Land zu Land, von Sieg zu Sieg, dort bis über den Main, hier an die Thore der Hauptstadt Oesterreichs führten, haben unser Herz mit freudigem Selbstgefühl und mit lebhaftem Dank erfüllt. Wir sprechen den Dank des Volkes aus an die Tausende, welche das Grab bedeckt, an die sämmtlichen überlebenden Streiter des stehenden Heeres und der in großer Zeit geschaffenen Landwehr, an die einsichtigen Führer, vor Allen an Eure Majestät Selbst, die Sie in der entscheidenden Schlacht die Leitung übernehmend, Noth und Gefahr mit den Kämpfern getheilt und dem Kriege durch rasche Führung ein Ziel gesetzt haben. — Von hoher Bedeutung sind schon jetzt die errungenen Erfolge: die Auflösung der Bundesverfassung, die Auseinandersetzung mit Oesterreich, die Erweiterung der Grenzen und des Machtgebietes unseres Staates, und die dadurch gegebene Aussicht, daß in nicht ferner Zeit ein politisch geeintes Deutschland unter Führung des größten deutschen Staates sich entwickeln könne. — Diese Früchte, davon sind wir mit Eurer Majestät überzeugt, werden nur in einträchtigem Zusammenwirken zwischen Regierung und Volksvertretung zur Reife gedeihen. Ohne die Sicherung und Ausbildung der verfassungsmäßigen Rechte des Volkes werden wir nicht zählen dürfen auf die Huldigung der Geister und Herzen in Deutschland, welche allein der Macht Haltbarkeit und Dauer verleiht. — Gegenüber der Thatsache, daß seit einer Reihe von Jahren die Staatsausgaben ohne einen zur gesetzlichen Feststellung gelangten Staatshaushaltsetat und theilweise im Widerspruch mit den Beschlüssen des Abgeordnetenhauses geleistet worden sind, gereicht es dem Letzteren zur großen

Genugthuung, daß Eure Majestät feierlich auszusprechen geruht haben, daß die in jener Zeit geleisteten Geldausgaben der gesetzlichen Grundlage entbehren, weil dieselbe nur durch das nach Artikel 99 der Verfassungsurkunde alljährlich zu Stande zu bringende Etatsgesetz erlangt werden kann. Im Hinblick auf dieß Königliche Wort, welches die Nothwendigkeit eines nur unter Zustimmung des Abgeordnetenhauses ins Leben tretenden jährlichen Staatshaushaltsgesetzes, sowie demgemäß die Nothwendigkeit einer für die Vergangenheit zu erwirkenden Indemnitätserklärung der beiden Häuser des Landtages anerkennt, ist das Vertrauen der Landesvertretung gerechtfertigt, daß künftighin durch die rechtzeitige Feststellung des Staatshaushaltsgesetzes vor Beginn des Etatsjahres jeder Conflict verhütet werde. — Die den Berathungen des Landtages unterbreiteten Vorlagen über die Indemnitätsertheilung und die Finanzen werden wir mit pflichtmäßiger Sorgfalt in Erwägung nehmen. — Mit derselben Sorgfalt werden wir die freudig und dankbar begrüßten Vorlagen über die Einverleibung der mit Preußen zu vereinigenden deutschen Lande und über die Einberufung einer Volksvertretung der norddeutschen Bundesstaaten prüfen, vertrauen jedoch, daß, wenn Rechte des preußischen Volkes und Landtages zu Gunsten eines künftigen Parlaments aufgegeben werden sollen, diesem Parlamente auch die volle Ausübung dieser Rechte gesichert seyn wird. — Durchdrungen von der großen Wichtigkeit der gegenwärtigen Epoche für das ganze deutsche Vaterland bieten wir aus vollem Herzen unsere Mitwirkung zur einheitlichen und freiheitlichen Entwicklung desselben, welche die Vorsehung in Eurer Majestät Hände gelegt hat. Wir können uns der Erkenntniß nicht verschließen, daß derselben noch große Schwierigkeiten entgegenstehen, und daß mit der Constituirung des norddeutschen Bundes nicht bis zur Beseitigung derselben gewartet werden kann. Aber fest überzeugt von der Nothwendigkeit eines nationalen Bandes zwischen dem Norden und Süden des deutschen Vaterlandes, hoffen wir zuversichtlich, daß dasselbe in nicht allzu ferner Zukunft geschaffen werden wird, namentlich dann, wenn die deutschen Stämme im Süden, die schon jetzt in weiten Kreisen daselbst empfundene Gefahr einer Zerreißung Deutschlands erkennen und dem Bedürfnisse nach einer nationalen festen Vereinigung mit dem Norden einen aufrichtigen und unzweideutigen Ausdruck geben. — Königliche Majestät! In allen großen Tagen unserer preußischen Geschichte fanden zu dem Geiste und der Kraft seiner Fürsten sich die des Volkes in Aufopferung und Hingebung gesellt. So soll es auch ferner unter uns bleiben, und wer möchte dann wider uns seyn? — In tiefster Ehrfurcht verharren wir Eurer Majestät treu gehorsamste das Haus der Abgeordneten."

In der Debatte über diese Adresse konnte der alte Jude Jakoby nicht unterlassen, sich wieder mit seiner unleidlichen Wichtigthuerei hervorzudrängen. In seiner Rede anerkannte der Jude großmüthig die Tapferkeit des preußischen Heeres, sagte aber, der Krieg sey ohne, ja gegen den Willen des Volks unternommen worden und der Sieg sey nicht der Volkspartei, sondern nur dem obersten Kriegsherrn zu Gute gekommen. Trotz des Sieges habe dieser Krieg dem preußischen Volk weder zur Ehre, noch dem gesammten deutschen Vaterlande zum Heile gereicht. (Bei dieser frechen Behauptung unterbrach ihn der Unwille des Hauses.) Die Gegenwart urtheile über sich selbst immer befangen. Die Zukunft werde zeigen, ob der Tag von Biarritz ehrenvoller gewesen sey als der von Olmütz. Man habe ein einiges Deutschland ersehnt, der Sieg habe nur Zerspaltung gebracht. Die Stärkung Preußens sey nicht die Stärkung Deutschlands. Daure in Preußen das bisherige Regierungssystem fort, so werde sich die neue Gestaltung Deutschlands zur früheren verhalten wie Tod zur Krankheit. Diese Regierung verlange Indemnität, aber für ein jahrelanges verfassungswidriges budgetloses Regiment könne keine Volksvertretung Indemnität gewähren, zumal wenn die alten Minister auf ihrem Posten bleiben. Der Redner setzte in diesen weniger erhabenen als hämischen

Worten voraus, Graf Bismarck habe in geheimen Verabredungen zu Biarritz das deutsche Nationalinteresse an Frankreich verkauft, während doch gerade die unruhige und mürrische Haltung der französischen Presse bewies, daß dem nicht so sey.

Sodann war es nur eine lächerliche Prahlerei, de jure die Absetzung eines Ministers zu verlangen in dem Augenblick, in welchem er de facto die größten Erfolge für das Land errungen hatte.

Der Abgeordnete Reichensperger von der katholischen Partei bemühte sich in seiner Adreßrede, die deutsche Frage der preußischen voranzustellen und glaubte, nach Zertrümmerung der Bundesverfassung gewähre die Vergrößerung der preußischen Hausmacht dem von ihr getrennten übrigen Deutschland keine Bürgschaft des Zusammenhaltens mehr. Er ermahnte also die Regierung, nicht blos speziell preußische Interessen, sondern die deutschen Gesammtinteressen ins Auge zu fassen.

Der polnische Abgeordnete Labiensky wollte aus dem Bündniß, welches Preußen mit Italien geschlossen hatte, und aus einer in Böhmen verbreiteten preußischen Proklamation den Schluß ziehen, daß Preußen, wenn es dem Nationalitätenprinzip in Italien, Böhmen und Ungarn Vorschub leiste, es auch in Polen thun müsse. Graf Bismarck antwortete ihm aber, die Proklamation eines Generals in Feindesland sey kein geeignetes Aktenstück, um zur Unterlage staatsrechtlicher Erörterungen in unsern inneren Angelegenheiten zu dienen.

Am 25. August wurde die Adresse durch eine Deputation dem König überreicht. Derselbe äußerte sich wohlwollend und gnädig und bemerkte nur: „Die Vorzüge der Armeereorganisation würden nun wohl erkannt werden, denn ohne diese wäre es nicht möglich gewesen, so große Mühseligkeiten zu überwinden und solche Erfolge zu erzielen.“ Nachdem der König hierauf über die Schwierigkeiten gesprochen, welche dem norddeutschen Bunde noch entgegenständen, fuhr er fort: „Das Budgetrecht sey von der Regierung nie bestritten worden, die Etats seyen dem Abgeordnetenhause immer zur Berathung und Gutheißung vorgelegt, und was den in der Thronrede gebrauchten Ausdruck „Indemnität' anlange, so sey eine solche dem Sinne nach wiederholt beantragt worden. Leider sey eine Einigung nicht zu Stande gekommen, und für diesen Fall enthalte die Verfassung gar keinen Paragraphen, der der Regierung vorschreibe, was sie dann zu thun habe. Träte dieser Fall wieder ein, so würde die Regierung ebenso handeln müssen, wie sie bisher gehandelt habe. Aber ein solcher Conflict, davon sey der König überzeugt, werde nicht wieder vorkommen."

In der Sitzung des 1. September kramten gleichwohl die berühmtesten Schreier der vorigen Zeit die Eitelkeit ihrer Theorien von neuem aus. Waldeck wollte keine Indemnität bewilligen oder verlangte wenigstens vorher ein Ministerverantwortlichkeitsgesetz. Ebenso Gneist. Waldeck wollte sogar noch einmal die Armeereorganisation in Frage stellen. Aber v. Vincke wies darauf hin, daß die budgetlose Regierung nur durch das Haus verschuldet worden sey, welches die jetzt als so vortrefflich bewährte Reform des Heeres habe verhindern wollen. Wagener erinnerte an die frechen Verhöhnungen, welche die Linke den um das Land so verdienstvollen Ministern ins Gesicht geschleudert hätte, gerade weil sie dem Wohl des Landes dienten. Graf Bismarck ermahnte zum Frieden im Innern, welcher nothwendig den äußern Frieden ergänzen müsse.

Die Rede des Grafen Bismarck in der Sitzung des Abgeordnetenhauses vom 1. September verdient ihres Freimuths und ihres praktischen Verstandes wegen wörtlich mitgetheilt zu werden. „Je aufrichtiger," sagte der Ministerpräsident, „die Regierung den Frieden wünscht, um so mehr fühlen ihre Mitglieder die Verpflichtung, sich jedes Eingehens auf retrospective Kritik zu enthalten, sey es abwehrend oder angreifend. Wir haben in den letzten Jahren unsern Standpunkt von beiden Seiten mit mehr oder weniger Bitterkeit oder Wohlwollen vertreten. Keiner hat vermocht, den Andern zu überzeugen. Jeder hat geglaubt, recht zu handeln, wenn er so handelte, wie er that.

Auch in auswärtigen Verhältnissen würde ein Friedensschluß schwerlich zu Stande kommen, wenn man verlangte, daß ihm von einem von beiden Theilen das Bekenntniß vorangehen sollte: „Ich sehe es jetzt ein, ich habe Unrecht gehandelt.' Wir wünschen den Frieden, nicht weil wir kampfunfähig sind, im Gegentheil, die Fluth ging mehr zu unsern Gunsten als vor Jahren; denn ich glaube nicht, daß man uns anklagen wird, ich glaube nicht, daß wenn dies geschieht, man uns verurtheilen wird. Man hat dem Ministerium viele Vorwürfe gemacht, aber der der Furchtsamkeit ist neu.*) Wir wünschen den Frieden, weil das Vaterland ihn in diesem Augenblicke mehr bedarf, als früher, weil wir hoffen, ihn jetzt zu finden; wir hätten ihn früher gesucht, wenn wir gehofft hätten, ihn früher finden zu können. Wir glauben ihn zu finden, weil Sie erkannt haben werden, daß die königl. Regierung den Aufgaben, welche auch Sie in ihrer Mehrzahl

*) Die unverbesserliche Arroganz der parlamentarischen Prahler gab sich in der dreisten Behauptung kund, wenn sie, die Fortschrittspartei, im Ministerium gesessen wären, würde ihr Sieg den von Königgrätz noch weit übertroffen haben. Sie, die für die Armee keinen Heller bewilligten und mit allen Feinden Preußens Hand in Hand gingen. Das Hallesche Volksblatt spottete darüber sehr mit Recht: „Da findet Einer, ein wahrhaft constitutionelles Ministerium würde noch ganz andere Erfolge gehabt haben. Es ist spaßhaft, wie es in dem Kopfe solcher Leute aussehen muß (wenn das, was sie reden, wirklich ihre Ueberzeugung ist, was oft schwer zu glauben). Gerathen sie auf die Frage: wie gewinnt man Schlachten von Königgrätz? so antworten sie: durch freiheitliche Entwicklung und verfassungstreues System. Wie überwindet man das Widerstreben der Anhänger des Alten in den neu incorporirten Ländern: Durch freiheitliche Entwicklung und verfassungstreues System. Wie begegnet man Napoleon III.? Durch freiheitliche Entwicklung und verfassungstreues System. Wie schafft man eine Flotte? Wie macht man das Wetter? Wie macht man aus Trichinen nützliche Hausthiere? Alles durch freiheitliche Entwicklung und durch verfassungstreues System."

erstreben, nicht so fern steht, als Sie vielleicht vor Jahren gedacht haben, nicht so fern steht, wie das Schweigen der Regierung über Manches, was verschwiegen werden mußte, Sie zu glauben berechtigen könnte. Aus diesen Gründen glauben wir den Frieden jetzt zu finden und suchen ihn ehrlich, wir haben Ihnen die Hände dazu geboten und der Commissionsantrag gibt uns Bürgschaft, daß Sie in diese Hand einschlagen werden. Wir werden dann die Aufgaben, die uns zu lösen bleiben, mit Ihnen in Gemeinschaft lösen, ich schließe von diesen Aufgaben Verbesserungen der innern Verwaltung, Herstellung der regelmäßigen Verfassungszustände keineswegs aus. Aber nur gemeinsam werden wir sie lösen können, indem wir auf beiden Seiten erkennen, daß wir demselben Vaterlande mit demselben guten Willen dienen, ohne an der Aufrichtigkeit des andern zu zweifeln. In diesem Augenblick sind aber die Aufgaben der auswärtigen Politik noch ungelöst, die glänzenden Erfolge der Armee haben nur unsern Einsatz im Spiel gewissermaßen erhöht; wir haben mehr zu verlieren, als vorher, aber gewonnen ist das Spiel noch nicht; aber je fester wir im Innern zusammenhalten, desto sicherer sind wir, es zu gewinnen in diesem Augenblick. Wenn Sie sich im Auslande umsehen, wenn Sie die Wiener Zeitungen durchgehen, und zwar diejenigen, von denen bekannt ist, daß sie die Meinungen der kaiserlichen Regierung vertreten, so werden Sie diejenigen Aeußerungen des Hasses und der Aufregung gegen Preußen finden, die auch vorher vorhanden gewesen waren, und die nicht wenig dazu beigetragen haben, den Krieg zum Ausbruch zu bringen. Sehen Sie die Völker von Süddeutschland, wie sie sich in der Armee vertreten finden, da ist der Grad von Versöhnlichkeit und von Erkenntniß einer gemeinsamen Aufgabe des gesammten Deutschlands gewiß nicht vorhanden, so lange bayrische Truppen aus dem Eisenbahnwagen meuchlings auf preußische Offiziere schießen. Sehen Sie sich das Verhalten der einzelnen deutschen Regierungen an gegenüber den gemeinsam zu errichtenden Einrichtungen; es ist bei einigen vollständig befriedigend, bei andern widerstrebend; gewiß aber ist, daß Sie kaum in Europa eine Macht finden werden, welche die Constituirung dieses neuen deutschen Gesammtlebens in wohlwollender Weise förderte, welche nicht das Bedürfniß hätte, sich in ihrer Weise an dieser Constituirung zu betheiligen, sey es auch nur, um einem der mächtigern Bundesgenossen, wie Sachsen, die Möglichkeit nicht zu verkümmern, dieselbe Rolle noch einmal spielen zu können wie bisher. Deswegen, meine Herrn, ist unsere Aufgabe noch nicht gelöst, sie erfordert die Einigkeit des gesammten Landes der That nach und dem Eindruck auf das Ausland nach. Wenn man oft gesagt hat, was das Schwert gewonnen hat, hat die Feder verspielt, so habe ich das volle Vertrauen, daß wir nicht hören werden, was Schwert und Feder gewonnen haben, ist von dieser Tribüne vernichtet."

Vergebens setzte die Opposition ihre Protestationen fort. In der Sitzung vom 3. September sagte Achenbach den unverbesserlichen Schreiern: „Schon viele, die in diesem Hause gesessen, haben sich für Eckteine gehalten und sind doch von der Nation verworfen worden. Der Boden, auf dem diese Herrn stehen, ist hohl. Herr Gneist hat im preußischen Beamtenthum nur Fäulniß gesehen, in Wahrheit zeichnet dieselbe Gewissenhaftigkeit und Ehrenhaftigkeit aus.*) Sicherheit sucht Herr Gneist in einem Ministerverantwortlichkeitsgesetze. Hat ein solches Papier die Dynastie Ludwig Philipps geschützt?" Lasker mahnte das Haus an die große Frage der Neugestaltung Deutschlands, verwies auf das bald zusammentretende norddeutsche Parlament und warnte das Haus, es möge sich hüten, daß man nicht einst von ihm sage: der große Moment fand nur ein kleines Geschlecht. Schultze-Delitzsch hatte den Kopf so verloren, daß ihm die Naivetät entwischte, wenn

---

*) In keinem Staate findet man eine größere Solidität, Unbestechlichkeit und gute Zucht der Beamtenwelt, als in Preußen. Ihre Folie ist leider die österreichische. Dort herrscht Fäulniß, nicht aber in Preußen.

Bismarck früher die Volksrechte anerkannt hätte, würde seine Politik jetzt nicht nöthig haben, bei der Mainlinie stehen zu bleiben. Graf Eulenburg erwiderte ihm sehr wahr, wenn Graf Bismarck sich früher der Opposition des Hauses gefangen gegeben hätte, würden ihm als Besiegten die Hände gebunden gewesen seyn. (Auch wollte man ihn ja stürzen und gar nicht als Minister behalten.) Graf Eulenburg erinnerte noch einmal daran, welche Garantien die Regierung dem Hause gegeben habe. „Wir suchen den Frieden und dafür, daß wir ihn aufrichtig suchen, mögen Ihnen die aus königlichem Munde gesprochenen Worte Bürge seyn. In der Form haben wir gefehlt, aber so gefehlt, als wenn man einen verbotenen Weg betritt, um schneller einen Ertrinkenden zu retten." v. Vinke rief aus: „Die Herrn von der Opposition können sich dem eingetretenen Umschwunge selber nicht mehr entziehen. Möge man also endlich die alten Nergeleien fahren lassen und der Welt zeigen, daß wir eins seyen in einem großen Augenblick. Im Lande sagt man, die Fortschrittspartei habe blos vom innern Conflict gelebt. Würde die Indemnität nicht ertheilt, so wäre die Wiederwahl dieser Herrn (deren Reihen schon sehr gelichtet sind), nicht wahrscheinlich." Sogar Twesten erhob sich zu einem patriotischen Aufschwung. „Die hundert Tausende von Kriegern," sprach er, „die jetzt an den heimathlichen Herd zurückkehren, wollen nicht vom Budgetstreit, sondern von ihren Siegen sprechen. Die Regierung bedarf des Hauses und wir müssen die Gelegenheit freudig ergreifen, um mitzuwirken zur Einheit Deutschlands. Eine neue Epoche für die Geschichte des Vaterlandes ist angebrochen und das Haus ist verantwortlich dafür, daß der große Augenblick nicht unbenutzt vorübergehe. Das gegenwärtige Ministerium hat schwer gesündigt, aber durch seine großen Erfolge sich das Recht auf Indemnität erworben!" Als noch Schultze-Delitzsch bemerkte, das Volk sey gegen den Krieg gewesen, erwiderte ihm Graf Eulenburg, man könne nur sagen, das Volk sey nicht kriegslustig gewesen und auch der König sey es nicht gewesen.

Erst als die Nothwendigkeit des Krieges herantrat, sey sie vom König bis zum letzten Soldaten hinab begriffen worden. Mit großer Bescheidenheit sey die Armee ins Feld gezogen, mit großer Bescheidenheit habe sie sich nach ihren Siegen benommen, mit großer Bescheidenheit verhalte sich nach diesen Siegen auch jetzt die Regierung. Diese Bescheidenheit sey es, die den Staat groß gemacht, nicht jene Elemente, die vor dem Kriege geschrien haben: keinen Bruderkrieg und diesem Ministerium keinen Pfennig!

Diese Schlußrede wurde mit lautem Beifall aufgenommen. Die Verbissenheit der alten Regierungsfeinde konnte nicht mehr durchbringen. Die große Mäßigung der Regierung, die Macht der Thatsachen, der gesunde Verstand trugen den Sieg davon. Die Indemnität wurde im Abgeordnetenhause mit 230 gegen 75 Stimmen und ein Credit für die Regierung von 154 Mill. ebenfalls mit sehr großer Majorität angenommen.

Am folgenden Tage erstattete eine Commission des Abgeordnetenhauses Bericht über die Annexionsvorlage der Regierung. Hier machten sich wieder vexatorische Rechtsbedenken geltend. Während es sich darum handelte, Deutschland der Einheit näher zu führen, endlich die klägliche Vielstaaterei zu beschränken, wurde dem Grafen Bismarck ein preußisches Eroberungsrecht bestritten und das kleinstaatliche Recht vertheidigt, als ob es sich blos um die Vergrößerung eines Particularstaats auf Kosten andrer gleich berechtigter gehandelt hätte und nicht vielmehr um die Bekämpfung und Ueberwindung des Particularismus durch ein wachsendes Band der Einigkeit Aller. Graf Bismarck stellte sich auf diesen höheren nationalen Standpunkt, verwahrte sich gegen den Vorwurf roher Gewalt und rechtfertigte die Eroberung nicht aus einem particularistischen Interesse Preußens, sondern aus dem Urrechte der deutschen Nation, zu existiren, zu athmen und sich zu einigen. Preußen sey nicht der Zweck, sondern nur das Mittel für Deutschland. Es solle der deutschen

Nation nur die für ihre Existenz nöthige Grundlage liefern. In der Mehrheit der Commission siegte das richtige Gefühl und der gesunde Verstand und sie stimmte dem Grafen Bismarck zu. Nur einige unverbesserliche Rabulisten der Kleinstaaterei reclamirten das Selbstbestimmungsrecht sämmtlicher deutschen Krähwinkel.

Freiherr v. Vincke sagte in der Abreßdebatte: „Die Thronrede in der großartigen Weise, in welcher der König uns mitten im Siegeslauf die Hand zur Versöhnung reicht, ist die That eines echt deutschen Monarchen und der Beweis einer echt deutschen Gesinnung. Ich wenigstens glaube, daß so etwas in einem romanischen Staate nicht möglich gewesen wäre.“ Dieses Wort bezeichnet sehr gut den Unterschied zwischen deutscher und französischer Volksvertretung. Die deutsche hatte in allen frühern Zeiten das Gesammtwohl des Staates, des Fürsten wie des Volkes, im Auge. Indem sie den Haushalt des Staates controlirte, und der Krone rieth oder abrieth, war ihr erstes Augenmerk immer die Erhaltung des Besitzstandes, die gedeihliche Fortdauer der politischen und nationalen Existenz. Mit einem Wort, die deutsche Volksvertretung, wie sie früher im Reich und unter den einzelnen Landeshoheiten sich ausgebildet hat, war immer conservativ und hinderte so viel möglich die revolutionären Ausschreitungen einzelner Kaiser und Fürsten, durch welche die Existenz des Reichs oder des fürstlichen Territoriums und Ruhe und Gedeihen des Volks gefährdet waren. Die französische Volksvertretung dagegen, wie sie aus der Revolution hervorgewachsen ist, blieb revolutionär und ist es heute noch. Nur wenn sie durch eine starke Regierungsgewalt niedergehalten wird, hört sie auf, gefährlich zu seyn. So wie sie stark genug ist, stürzt sie jede Regierung. Ihr gegenüber ist allein die Regierung conservativ und muß es seyn, weil die ehrgeizigen Elemente in der Opposition nur nach Zerstörung und Aenderung streben, jeden Augenblick bereit, die Existenz des Staates und das Wohl des Volkes aufs Spiel zu setzen. In ihren Debatten concentrirt sich alles immer nur zu dem Stoß, wodurch die jeweilige Ministerbank, ja der Thron der Dynastie selber umgestürzt werden soll. Wie viel solche Umstürze hat Frankreich erlebt, ehe noch ein Jahrhundert voll geworden ist!

Das moderne Verfassungswesen in Deutschland, wie es seit der Restauration zuerst in den mittleren und kleinen Bundesstaaten eingeführt wurde, war bekanntlich nur eine schwächliche und geistlose Nachahmung des französischen, unhistorisch, nicht aus der deutschen Geschichte, nicht aus der deutschen Erfahrung, nicht aus dem deutschen Volksgemüth, nicht aus deutschem Geist hervorgewachsen. Die von den vormaligen Rheinbundfürsten den Mittel- und Kleinstaaten octroyirten Verfassungsurkunden waren mit einziger Ausnahme der württembergischen (denn die Württemberger ließen sich nichts octroyiren) ein matter Abklatsch der französischen Charte und auch nur darauf berechnet, das Volk zu täuschen, eitlen Advokaten und Professoren ein unschädliches Spielzeug in die Hand zu geben und durch einen plötzlich zur Schau getragenen Liberalismus die gehässige Despotenwillkür, welche sie noch kurz vorher unter Napoleons Schutz verübt hatten, vergessen zu machen und wieder populär zu werden. Wenn die parlamentarische Opposition etwa unangenehm wurde, schrieb Fürst Metternich eine kleine Note und der Bundestag erhob sich als grimmiger Wauwau, um die unartigen Kinder zu schrecken. Dennoch täuschten sich die Fürsten, die parlamentarische Spielerei blieb ihnen nicht so ganz ungefährlich, wie sie meinten. Sie selbst hatten ja mit ihren der französischen Charte nachgeäfften Verfassungen die französische Oppositionsschule nach Deutschland verpflanzt. Nicht nur die Charte hatte ihre Nachbilder in Deutschland gefunden, sondern auch die systematische Opposition gegen jede bestehende Regierung. Wie viel die deutschen Schüler von den französischen Meistern gelernt hatten, zeigte in zwei Abstufungen die deutsche Nachahmung der Julirevolution und später der Februarrevolution. Die deutschen Throne wankten.

Die deutsche Opposition hatte wirklich etwas gelernt, aber nur etwas Französisches, ja sie hatte in ihrem französischen Ideengange auch nur daran zu denken vergessen, was ihr als einer Vertretung des deutschen Volks zu thun oder zu lassen geziemte. Ganz ähnlich der französischen Opposition verstand sie nur zu zerstören, aber nichts zu bauen. Deswegen kam in der Paulskirche nichts Gedeihliches zu Stande.

In Preußen wurde die Volksvertretung ganz nach der französischen Schablone und in einer Zeit revolutionärer Bewegung eingeführt. Also auch hier war sie nicht natürlich aus dem geschichtlichen Boden hervorgewachsen, nichts Eigenes, nichts dem Volksgemüth und dem nationalen Geist Entsprechendes, nur aus einer undeutschen Sphäre adoptirt, dem deutschen Volk unnatürlich aufgepfropft, nur das Panier einer in fremder Schule groß gezogenen Partei, die wohl zu destruiren, aber nicht zu conserviren, zu zertrümmern, aber nicht zu bauen verstand. Es wäre freilich dieser Partei nicht möglich gewesen, eine so große Rolle in Preußen zu spielen, wenn ihr nicht leider die destructiven Tendenzen, die seit dem Altenstein'schen Ministerium auf den preußischen Universitäten zur Herrschaft gelangt waren, mächtig in die Hände gearbeitet hätten. In der traurigen Periode nämlich, in welcher man in Preußen sich vom Kaiser Nicolaus und Fürsten Metternich gängeln ließ und die patriotische Jugend, in der noch die Begeisterung der Freiheitskriege fortglühte, systematisch verfolgte, begünstigte man auf den Universitäten unter Humboldts Einfluß nur die exacten Naturwissenschaften mit starker Hinneigung zum religionsfeindlichen Materialismus, in der Theologie theils den plattesten Rationalismus, theils jene wissenschaftlichen Taschenspieler, welche die Selbstvergötterungslehre Hegels für das wahre Christenthum ausgaben. Dazu gesellte sich in der Unterhaltungsliteratur ein vorzugsweise in Berlin gepflegter Spottgeist, der das jüdische Literatenthum (Börne und Heine) in die Mode brachte. So reifte unter den gebildeten Classen in Preußen (natürlich nicht im gemeinen Volke, welches der neuen Schulweisheit und Literatur fern blieb), eine jüngere Generation heran, die stark zur Negation neigte und die mit Eifersucht die Fortschritte der Opposition in Frankreich und selbst in den kleinen constitutionellen Staaten Deutschlands verfolgte. Als der Damm, der diese Oppositionselemente lange zurückgehalten hatte, in Preußen endlich riß und man auch hier eine Verfassung nach dem Muster der französischen Charte bekam, stand auch die Opposition nach dem Muster der französischen schon fix und fertig da.

Rührig lernte die Opposition in Preußen den ältern parlamentarischen Oppositionen bald die Handgriffe der Agitation ab, das Drängen und Treiben in der Presse, die Kunst mit einer kleinen Mehrheit von s. g. Gebildeten die große Mehrheit des Volks zu überstimmen, den Terrorismus in den Wahlen und bei der Kammer, die wohl organisirte Perfidie, womit der Regierung jedes Recht, jede Einsicht, jeder gute Wille abgesprochen wird, die ganze Rabulisterei, mit welcher der französische Liberalismus zwanzigmal die Minister und zweimal den Thron selbst umstürzte. Es ist der Opposition in Preußen nicht eingefallen, weder aus Pflichtgefühl für das Staatswohl, noch aus nationalem Ehrgefühl die Volksvertretung im deutschen Sinne aufzufassen. Nur mit geringen Ausnahmen waren alle diese Schwätzer und Schreier des preußischen Parlaments nur Epigonen jener ältern Berühmtheiten der weiland Pariser Deputirtenkammer. Und so sehr hatte sie der Nachahmungstrieb verblendet, daß sie die Wirklichkeit übersahen und immer voraussetzten, nur das sey wahr, was sie sich einbildeten.

Nach solchen groben Täuschungen der preußischen Opposition war auf nichts so dringend aufmerksam zu machen, als worauf Freiherr von Vincke in den oben angeführten Worten aufmerksam gemacht hat, nämlich auf den großen Unterschied einer deutschen Volksvertretung von einer bloßen Nachäffung der französischen.

Wenn Herr von Bernuth im Herrenhause, nachdem das Abgeordnetenhaus mit großer Mehrheit die Indemnität ausgesprochen hatte, eine Befriedigung darüber bezeugte, als ob ein Alpdruck für ihn aufgehört hätte, „weil die nunmehr abgeschlossene budgetlose Periode für Preußens Entwicklung keine günstige und erfreuliche gewesen sey," so hat er damit doch nicht das Richtige getroffen, obgleich die oberflächlich urtheilende Menge ungefähr dasselbe denken mochte. Jene budgetlose Periode war eine Prüfungszeit, eine Lehrzeit, welche sicher noch die besten Früchte tragen wird. Möchte man doch endlich begreifen, ihr Hauptwerth bestehe darin, daß sie die völlige Nichtigkeit französischer Experimente im deutschen Verfassungswesen zur klaren Anschauung gebracht hat. Selbst Gneist, der sich früher ein so schnödes Benehmen gegen den Ministerpräsidenten erlaubt hatte, war ehrlich genug, jetzt zu sagen: „Noch heute können die beiden Häuser des Landtags spurlos hinweg genommen werden und es bleibt dennoch eine vollständige Staatsmaschine übrig, die an keiner Stelle irgend eine Lücke hat." Warum fügte er nicht hinzu, was das hohe Haus der Abgeordneten daraus zu lernen habe?

Der 20. September war zum feierlichen Einzug des siegreich zurückgekehrten Heeres in Berlin bestimmt und das Fest wurde durch heiteres Wetter begünstigt. Es war einer der schönsten Herbsttage. Ganz Berlin hatte sich in Schmuck geworfen, da war kein Haus, aus dem nicht schwarz-weiße Fahnen wehten, das man nicht mit Blumen und Teppichen geschmückt hätte. Die meiste Pracht aber war entfaltet unter den Linden, vom Brandenburger Thor und dem Pariser Platz an bis zum königlichen Schloß. Das Brandenburger Thor war in eine kolossale Ehrenpforte umgewandelt. Auf dem Pariser Platz befanden sich zu beiden Seiten Tribünen für 7000 Personen, theils für den Magistrat, theils für die Verwundeten. Sämmtliche Linden, welche bekanntlich eine Doppelallee bilden, waren durch Guirlanden unter einander verbunden. Dazwischen standen riesige Flaggenbäume mit Trophäen und Fahnen in den Farben des Landes, der Provinzen und der Stadt. Rechts und links von der mittlern Promenade standen unter den Bäumen die eroberten Geschütze so zahlreich, daß sie ein Spalier bis zum Denkmal Friedrichs des Großen bildeten und der Siegeszug zwischen ihnen hindurch gehen konnte. Das wundervolle Denkmal Friedrichs des Großen, das Meisterwerk von Rauch, prangte in ausgesuchtem Schmuck. Von da zum königlichen Schloß reihte sich ein Flaggenmast an den andern und rauschten unzählige Fahnen. Am Palast des Kronprinzen war eine ungeheure Trophäe aufgerichtet von österreichischen Waffen, die auf dem Schlachtfeld gesammelt waren. An der Schloßbrücke rechts und links wimmelte es von reich beflaggten Schiffen. Im herrlich geschmückten Lustgarten war ein Altar errichtet für das hier abzuhaltende Te Deum. Dahinter stand eine riesige Borussia und gegenüber sah man die Standbilder der Könige von Preußen und der sechs letzten Kurfürsten von Brandenburg. Vom frühen Morgen an wimmelte die Stadt von Menschen, die sich dahin drängten, wo man den Einzug der Truppen sehen konnte. Kopf an Kopf stand es in den Straßen, alle Fenster waren von Menschen gefüllt, halbe Dächer abgedeckt, bis zu den Schornsteinen hinauf drängten sich die Schaulustigen.

Am Morgen sammelten sich die Gewerke mit klingendem Spiel und fliegenden Fahnen und bildeten auf beiden Seiten der Linden, hinter den eroberten Geschützen ein zweites Spalier. Zugleich sammelten sich die Truppen auf dem Königsplatz vor dem Brandenburger Thor und wurden, so wie sie von den umliegenden Dörfern her in die Straßen der Stadt einzogen, vom Volk mit ungeheurem Jubel begrüßt und mit Blumen und Kränzen geschmückt. Bis die Truppen sich alle gesammelt hatten, währte es mehrere Stunden. Um zehn Uhr zogen die Verwundeten, zum Theil an Krücken, aus dem Innern der Stadt durch die Linden, um sich zu ihrer Tribüne auf dem Pariser Platz zu begeben. Alle Musikchöre spielten, wurden aber vom Donner der Hochrufe des Volks übertäubt.

Um halb zehn Uhr erschien der König, begleitet vom Kronprinzen und Prinzen Friedrich Karl, denen alle übrigen königlichen Prinzen und die in Berlin anwesenden fürstlichen Gäste folgten. Sie kamen vom königlichen Palais und ritten durch die Linden den Truppen entgegen, unter lautem, nicht enden wollenden Jubelruf. An der Tribüne der Verwundeten hielt der König an und grüßte sie aufs freundlichste und reichte mehreren die Hand. Den Herrn folgten die Damen zu Wagen, die Königin, die Königin-Wittwe, die Kronprinzessin und sämmtliche Prinzessinnen. Außerhalb des Brandenburger Thores auf dem Königsplatz begrüßte der König die Truppen, die ihn mit ungeheurem Jubel empfingen. Sie formirten sich sodann zum Einmarsch. Auch die Damen fuhren auf den Königsplatz, um die Truppen zu begrüßen, zogen sich dann aber wieder zurück.

Nach elf Uhr begann der Einzug der Truppen unter dem Geläut aller Glocken der Stadt und unter dem Donner der Kanonen. Das Geläut und der Kanonendonner dauerten ununterbrochen zwei Stunden lang fort, aber man hörte sie fast nicht, so laut war das Freudengeschrei des Volks. An der Spitze des imposanten Zuges ritt der greise Feldmarschall Wrangel mit allen Generalen und Stabsoffizieren, welche den Krieg nicht mitgemacht hatten. Dann folgten in einer Reihe fünf Generale zu Pferde, zur Rechten der eben erst zum General der schweren Landwehrcavallerie ernannte Graf Bismarck in Kürassieruniform, neben ihm der Kriegsminister von Roon, in der Mitte der General von Moltke, dann die Generale von Voigts-Rheetz und von Blumenthal, hinter diesen ritt der König mit dem oben genannten Gefolge, denen sich aber noch die siegreichen Generale Herwarth von Bittenfeld, von Steinmetz, Vogel von Falkenstein, Manteuffel, von Bonin, von Schmidt und von der Mülbe angeschlossen hatten. Ihnen folgten die sämmtlichen vom Feind eroberten Fahnen, und dann das Heer in seiner Feldausrüstung und in der Mütze, bedeckt mit Blumen und Kränzen. Als der König durch das Brandenburger Thor gekommen war, überreichten ihm fünfzig schwarz-weiß gekleidete Jungfrauen ein Gedicht und drei Lorbeerkränze. Er antwortete voll Huld: „Meine Damen, in meinem Alter ist man doppelt erfreut, wenn junge Damen einen so freundlichen Empfang bereiten. Ich danke für die Worte und für den Kranz, den ich gern annehme; da Sie auch für die beiden Prinzen Kränze bestimmt haben, so vertrauen Sie mir sie nur an. Ich werde sie ihnen selbst von Ihnen übergeben." Hierauf gab er dem Kronprinzen einen, den andern dem Prinzen Friedrich Karl, der ihm unter stürmischem Volkszuruf dankend die Hand küßte. An der Tribüne des Magistrats hielt der Oberbürgermeister von Seidel im Namen der Stadt eine Anrede an den König voll Bewunderung für das Heer, voll Versicherungen der Treue für den König. Dieser wies in seiner bescheidenen Antwort die ganze Ehre des Tages dem tapfern Heere zu und dankte der Stadt für den so würdigen Empfang desselben. Hierauf bewegte sich der Triumphzug unter den Linden durch die lange glänzende Allee voller Trophäen. In sinniger Weise nahm der König zu Pferde, den Lorbeerkranz in der Hand haltend, seine Stellung unter dem Denkmal des alten Blücher und hielt hier an, die Königin an seiner Seite, umgeben von seinem ganzen Gefolge, um von hier aus die Truppen vorüberziehen zu sehen. Es war nur der größere Theil der zum Einzug bestimmten Massen, der andere sollte erst morgen nachkommen. Wenn alle mit einenmal eingezogen wären, hätte es doch zu lange gedauert. Ueberhaupt konnten natürlicherweise nicht alle Truppen bei der Hand seyn, welche die siegreichen Schlachten geschlagen hatten. Doch waren alle Regimenter durch Deputationen vertreten und sämmtliche Soldaten wurden als Ehrengäste bei den Bürgern einquartiert.

Noch an demselben Tage verkündete der Staatsanzeiger eine umfassende Amnestie für alle politischen Verbrechen. Auch wurde ein Statut verkündet, betreffend die Verleihung von Erinnerungskreuzen an den Feldzug von 1866.

Am folgenden Tage zogen die übrigen Truppen vollends ein, unter gleichem Volksgedränge und Jubel wie am ersten Tage. Der König hielt auf dem Opernplatze und sah sie vorbeidefiliren. Um ein Uhr begab er sich mit der Königin und sämmtlichen Prinzen und Prinzessinnen und fremden Fürsten nach dem Lustgarten unter ein großes Zelt. Rechts davon nahmen die Generale ihren Platz, links die Minister. Jenen reihten sich Deputationen aller Heerestheile, diesen die Mitglieder des Herren- und Abgeordnetenhauses an. Nun begann das Te Deum. An den Stufen des Altars standen 104 Geistliche aller Confessionen. Der Feldprobst Thielen aber sprach über den Psalm 118, Vers 23: „Das ist vom Herrn geschehen und ist ein Wunder vor unsern Augen." Er knüpfte an den Bettag vom 27. Juni an, pries die Wunder der Tapferkeit im überstandenen Kriege und den greisen Heldenkönig, gedachte der Gefallenen und Verwundeten, tröstete ihre Angehörigen und betete. Darauf erscholl der ambrosianische Lobgesang und nach Beendigung der Feier donnerten die Kanonen wieder. Beim Diner im königlichen Schlosse brachte der König den ersten Trinkspruch auf das Heer aus und dachte dabei der gefallenen Helden. Die Stadt war illuminirt. In der Nacht wurden dem Grafen Bismarck vor seinem Hotel stürmische Huldigungen dargebracht.

Noch ist zu bemerken, daß den Altar ein großes goldnes Kreuz zierte, und daß am Sockel der hinter dem Altar befindlichen riesigen Borussia die Inschriften angebracht waren: „Vom Fels zum Meer, 1415." (In welchem Jahre Friedrich I. die Markgrafschaft Brandenburg erhielt) und: „Vom Meer zum Fels, 1866."

Am dritten Festtage gab die Stadt Berlin ein großes Festmahl, aber nicht auf einem großen Platze gemeinschaftlich allen, sondern je 100 bis 200 Mann in den einzelnen Stadttheilen, was zur Gemüthlichkeit wesentlich beitrug, denn das Volk in Waffen wollte ein Familienfest feiern, und Weiber und Kinder feierten es mit und saßen mit an den Tischen. Auch schon beim Einzuge der Truppen hatten sich viele Frauen der verheiratheten Landwehrmänner, nicht minder Bräute und Geliebten der jungen Soldaten an deren Arme gehängt und in die Reihen gemischt.

Am 20. September richtete der König von Preußen an den Kronprinzen folgenden Brief: „Beim Ausbruch des nun glorreich geendigten Krieges habe ich Dir den größten Beweis königlichen und väterlichen Vertrauens gegeben, indem ich Dir die Führung einer Armee übertrug! Du hast diesem Vertrauen im hohen Grade entsprochen und an der Spitze der zweiten Armee Sieg auf Sieg erfochten, welche Armee sich durch Ausdauer, Hingebung und Tapferkeit eine der ersten Stellen in der Geschichte des preußischen Heeres erworben hat. Ein ehrenvoller Friede bereitet Preußen und Deutschland eine Zukunft vor, die Du berufen seyn wirst, unter Gottes gnädigem Beistande dereinst auszubauen.“ Den Brief begleitete ein goldener Stern mit dem Medaillon Friedrichs des Großen und der Umschrift: pour le mérite. Dieselbe Dekoration erhielt auch Prinz Friedrich Karl.

Am 25. September wurde im Abgeordnetenhause die Creditforderung der Regierung berathen. Sie lautete auf 60 Millionen Thaler. Die Kriegskosten hätten etwas mehr als 180 Millionen Thaler betragen, wozu die Regierung 27½ Millionen aus dem Staatsschatz erhoben habe. Zur Deckung bedurfte die Regierung noch jener 60 Millionen. Die Abgeordneten Michaelis und Rögell beantragten die Bewilligung und den Ersatz für den Staatsschatz, der jedoch ein Maximum von 30 Millionen künftig nicht überschreiten solle. Der Finanzminister v. d. Heydt machte darauf aufmerksam, das Ausland werde sich noch lange nicht an die neue Ordnung der Dinge gewöhnen können und Preußen müsse bereit seyn, den Kampf für dieselbe jeden Augenblick wieder aufzunehmen. Dazu müsse es auch stets Mittel parat haben und zwar im Staatsschatze, um keinen Augenblick zu versäumen, wenn es rasch zu handeln gelte. Dann müsse man nicht erst Geld suchen, sondern es haben. Auch Graf Bismarck, obgleich damals unwohl, fand sich ein, um zu constatiren: „Auf eine friedliche Entwicklung der Dinge müsse man natürlich hoffen, aber amtliche Kundgebungen seyen hier eingegangen, daß in die Wiener Hofburg mit dem Frieden nicht zugleich der Geist der Versöhnung eingezogen sey, wie man es wünschen müsse. Dazu geselle sich die orientalische Frage. Wenn es nun zu Verwicklungen kommen sollte, so würde, ähnlich wie im verflossenen Frühjahr, kein Geld zu bekommen seyn und die Situation wäre dann noch gefährlicher, wenn die Regierung nicht mehr über einen Schatz zu verfügen hätte, wie im Frühjahr. Er gebe dem Hause das feste Versprechen, wenn der Credit bewilligt werde, solle das Geld zu nichts anderem verwendet werden, als zur Landesvertheidigung. Er bitte das Haus durch die Bewilligung des Credits zu beweisen, daß die Versöhnung der Geister in Preußen eine tiefgehende und aufrichtige und daß es allen nur um das Wohl des Vaterlands zu thun sey. Er bitte das Haus, ferner der Regierung zu vertrauen, daß sie ihre Politik so weiter führen werde, wie sie dieselbe begonnen habe."

Die Bewilligung erfolgte. Die neue Hallesche Zeitung konnte nicht unterlassen, ein wenig über die grimmigen Löwen des Abgeordnetenhauses zu spotten. „Es ist sicher ein interessantes, wenn nicht komisches Schauspiel, welches die Auflösung unsrer alten doctrinären Parteien in dem mächtigen Strome der Ereignisse darbietet, der in so unwiderstehlicher Macht über sie dahin gefluthet ist. Das krappelt und zappelt und müht und regt sich, um auf der Oberfläche zu bleiben, und bunt durcheinander wirft sie die gewaltige Macht. Die einen, weil sie das Gesicht gegen die Strömung gerichtet haben und sich in dieser Stellung mühen und abarbeiten, bilden sich deshalb ein, daß sie wirklich gegen den Strom schwimmen. Sie blicken stolz um sich in der Zuversicht, die allgemeine Bewunderung zu erregen, und fühlen nicht, wie der Strom sie trotzdem mit sich fortführt, höchstens etwas langsamer, aber nicht weniger constant als die andern. Und welche sonderbare Gesellschaft, Professor Gneist, von den zwanzig tausend Juristen, die er ausgebildet, verlassen, sieht sich auf die Gesellschaft der Herrn Jacoby und Classen-Kappelmann angewiesen, und Herr Professor Virchow, der den Engeln des lieben Herrgotts wissenschaftlich nachgewiesen, daß ihre Flügel nur Hautgebilde ohne Stützpunkt am Skelet seyen, sie arbeiten brüderlich neben einander der gleichen Richtung entgegen. Von den andern, die klüglicherweise aufgegeben haben, dem Strome einen unnützen Widerstand entgegen zu setzen, sind diejenigen besonders interessant, die sich mit gravitätischem Ernste den Anschein geben, als gehorchten sie nicht unfreiwillig der Bewegung, sondern als beherrschten sie dieselbe, noch mehr! als hätten sie dieselbe hervorgerufen. Seht auf uns! Auf uns muß sich die Regierung stützen, die sich zu unsern Ansichten bekehrt hat. Und dabei suchen sie sich trotzdem in einer angemessenen Distance von denen zu halten, die ihnen längst voraus sind und das Ministerium zu einer Zeit stützten, als sie es bekämpften."

Die von Preußen annectirten Länder verloren mit ihren Dynastien *) zugleich ihre bisherigen Verfassungen und erhielten die preußische. Demnach hatten sie auch ihre Vertreter ins Berliner Abgeordnetenhaus zu wählen und die Regierung beantragte demgemäß eine verhältnißmäßige Vermehrung der Mitgliederzahl des Hauses. Es war wohl sehr natürlich, daß sich das Herrenhaus dagegen sträubte. Einmal, weil von einer entsprechenden Verstärkung des Herrenhauses

*) Im Dezember 1866 erhielt Graf Bismarck ein Schreiben von Schülern russischer Gymnasien aus Moskau, Petersburg, Kiew und Kasan, worin sie ihm „aus ganzer Seele" dankten, daß er die Karte von Deutschland vereinfacht habe, denn die vielen Staaten in Deutschland alle einzeln zu kennen und dem Gedächtniß einzuprägen, sey ihnen beim geographischen Unterricht allemal am schwersten gefallen.

nicht die Rede war und zweitens, weil das Abgeordnetenhaus bereits 352 Mitglieder zählte, also jetzt schon zu viele. Allein Graf Bismarck machte geltend, die Einberufung von Mitgliedern des Herrenhauses aus der Aristokratie der annectirten Länder sey vor der Hand noch nicht zulässig, weil ein großer Theil dieser Herren noch zu sehr im Particularismus befangen „sich zu Organen preußenfeindlicher Herrscher hergeben würden." Im Uebrigen versicherte der Ministerpräsident, das Herrenhaus irre, wenn es sich dadurch in seinen Rechten verletzt erachte; die Regierung werde den Bestand und die organische Fortbildung des Herrenhauses gegen jede Anfechtung vertreten. „Die Regierung habe nicht die conservative Partei verlassen, wohl aber stünden conservative Männer in Gefahr, die Regierung zu verlassen; ein großer Staat könne nicht nach Parteiansichten regiert werden." Hierauf fügte sich das Herrenhaus mit großer Mehrheit.

Nach Beendigung des Landtags gaben 24 Abgeordnete, gemischt aus dem linken Centrum und der Fortschrittspartei, darunter von Bockum-Dolffs, Twesten, v. Unruh eine Erklärung von sich, worin sie sagten: „Neben der gerüsteten Macht und dem Ansehen der Waffen bedarf es einer freisinnigen Verwaltung. In der Mischung beider Elemente, in der Ausbildung der lange schon vorbehaltenen organischen Gesetze und in der Selbstverwaltung als Grundlage des Gemeindewesens erkennen wir den graden Weg zur höchsten Bedeutung Preußens und zu seiner Herrschaft in Deutschland. Das ist der Sinn unsrer Unterstützung und unsrer Opposition. Doch sind wir fest entschlossen, so lange uns in diesem Sinne zu wirken vergönnt ist, die Opposition nicht hinübergreifen zu lassen auf das Gebiet der gebilligten deutschen Politik. In dem großen Moment des erstarkten und sich verwirklichenden Einheitsdranges halten wir keine Partei und keine Maßregel berechtigt, welche der deutschen Entwicklung Hindernisse bereitet."

Der preußische Landtag bewilligte den Invaliden, die erwerbsunfähig geworden, wie auch den Wittwen und Waisen der Gefallenen erkleckliche Unterstützungen, jedem der ersteren jährlich 72 Thaler, dem äußerst Verstümmelten und Blinden noch 96 Thaler Zulage, der Wittwe jährlich 50 Thaler, jeder Waise 24. Daneben blieb noch die Invalidenstiftung mit einem Kapital von 1,252,000 Thaler, deren Zinsen ebenfalls den Invaliden zu Gute kamen.

Dagegen wollte das Abgeordnetenhaus die von der Regierung geforderten 24 Mill. Thaler für neue Eisenbahnbauten nur unter der Bedingung bewilligen, daß die Regierung ohne Zustimmung des Landtags keine Bahn verkaufen oder verpachten dürfe. Das Haus begnügte sich indeß, die Regierung nur zu der Befragung des Landtags im Verkaufsfall und in Bezug auf die neu zu errichtenden Eisenbahnen zu verpflichten.

Im Gedränge der Ereignisse konnte Preußen noch nicht mit voller Ruhe die Marineangelegenheiten in die Hand nehmen, doch wurden im Laufe des Jahres 1866 die Bauten zur Herstellung des Kriegshafens an der Jahde und zur Befestigung des Kieler Hafens rüstig fortgeführt und wurden mehrere Schiffe, Schraubencorvetten, Panzerfregatten, Segelfregatten, Dampfkanonenboote rc. theils in Stand gesetzt und vollendet, theils in Angriff genommen und Summen zur Beschaffung eines größern amerikanischen Panzerschiffs ausgesetzt. Auch begannen die Dünenbauten am gefährdeten Westufer Schleswigs, die von den Dänen seit Jahrhunderten systematisch waren vernachläßigt worden.

Am 11. November wurde in der ganzen preußischen Monarchie ein kirchliches Dankfest gefeiert, entsprechend dem großen Bettage vor dem Beginn des Krieges.

Bemerkenswerth ist der große Aufschwung Berlins. Die preußische Hauptstadt zählte im Anfang des J. 1864 bereits 632,379 Seelen, während Wien um dieselbe Zeit nur 578,525 zählte. Berlin ist demnach die vierte Stadt in Europa und wird in der Einwohnerzahl nur von Constantinopel mit 715,000, Paris mit 1,696,141 und London mit 3 Millonen Seelen übertroffen. Petersburg zählt nur 560,000. Auffallend erscheint, daß die Bevölkerung Berlins erst in der letzten Zeit so erstaunlich zugenommen hat. Sie ist von 1861—1864 um nicht weniger als 84,788 Seelen gewachsen.

Am 9. Februar schloß König Wilhelm den Landtag persönlich mit einer Rede voll hoher Mäßigung. Zuerst dankte er den beiden Häusern für das Geleistete. „Durch Ertheilung der Indemnität für die ohne Staatshaushaltgesetz geführte Finanzverwaltung der letzten Jahre haben Sie die Hand zur Ausgleichung des Prinzipienstreites geboten, welcher seit Jahren das Zusammenwirken Meiner Regierung mit der Landesvertretung gehemmt hatte. Ich hege die Zuversicht, daß die gewonnenen Erfahrungen und ein allseitiges richtiges Verständniß der Grundbedingungen unseres Verfassungslebens dazu helfen werden, die Erneuerung ähnlicher Zustände in der Zukunft zu verhüten. Durch die Gewährung der außerordentlichen Mittel für die Bedürfnisse des Heeres und der Flotte haben Sie in Anerkennung dessen, was die Politik Meiner Regierung, gestützt auf die erprobte Schlagfertigkeit und Tapferkeit Meines Heeres, bisher geleistet hat, den Entschluß kund gegeben, das Errungene zu wahren. In der Feststellung des Staatshaushaltsetats vor dem Eintritte des gegenwärtigen Etatsjahres ist eine weitere Bürgschaft für die feste Gestaltung der verfassungsmäßigen Zustände gewonnen. Meine Regierung hat durch den zeitweiligen Verzicht auf einzelne Ausgabepositionen, welche bei Fortführung der Verwaltung schwer entbehrt werden, einen neuen Beweis dafür gegeben, welchen Werth sie auf die Verständigung mit der Landesvertretung legt. Sie darf um so zuverlässiger hoffen, daß den in Rede stehenden Bedürfnissen Anerkennung und Befriedigung künftig nicht versagt werden wird. Mit besonders lebhaftem Danke erkenne Ich die Bereitwilligkeit an, mit welcher die Landesvertretung Meiner Regierung die Mittel gewährt hat, die Lage der im Kampfe für das Vaterland unfähig gewordenen Krieger, so wie der Wittwen und Kinder der Gefallnen zu erleichtern. — Während die spezielle Entwicklung des preußischen Staatswesens durch das einheitliche Zusammenwirken der Landesvertretung mit Meiner Regierung eine erfreuliche Förderung erfahren soll, berechtigt Mich die Thatsache, daß der Entwurf der Verfassung des norddeutschen Bundes von allen mit Preußen verbündeten Regierungen angenommen worden ist, zu der Zuversicht, daß auf der Grundlage einer einheitlichen Organisation, wie Deutschland sie in Jahrhunderten des Kampfs bisher vergeblich erstrebt hatte, dem deutschen Volke die Segnungen werden zu Theil werden, zu welchen es durch die Fülle der Macht und Gesittung, die ihm beiwohnt, von der Vorsehung berufen ist, sobald es den Frieden im Innern und nach Außen zu wahren versteht. Ich werde es als den höchsten Ruhm Meiner Krone ansehen, wenn Gott Mich berufen hat, die Kraft Meines durch Treue, Tapferkeit und Bildung starken Volkes zur Herstellung dauernder Einigkeit der deutschen Stämme und ihrer Fürsten zu verwerthen. Auf Gott, der uns so gnädig geführt hat, vertraue Ich, daß er uns dieses Ziel wird gnädig erreichen lassen."

Neunzehntes Buch.

Die Annectirten und die Bundesgenossen Preußens.

Der König von Preußen machte vom Recht des Siegers Gebrauch und vereinigte das Königreich Hannover, das Kurfürstenthum Hessen, das Herzogthum Nassau und die freie Stadt Frankfurt mit der preußischen Monarchie. Auch die Elbherzogthümer kamen jetzt an Preußen, da der Kaiser von Oesterreich im Prager Frieden auf das Recht des Mitbesitzes verzichten mußte. Preußen gewann an Flächenraum 959 Quadratmeilen und 3¼ Millionen Seelen. Es erstarkte dadurch, um in seiner deutschen Mission fortarbeiten zu können, und wurde zunächst in den Stand gesetzt, für Norddeutschland zu sorgen. Es kam an die Nordsee, es konnte Nord- und Ostsee durch einen Kanal verbinden. Die deutsche Marine lag in seiner Hand.

Unter einem so juristenreichen Volk, wie das deutsche, konnte es nicht fehlen, daß die Rechtsfrage der Annexion erörtert wurde. Seltsamerweise gerade am meisten in den Kreisen, aus denen vor dem Kriege das vae victis! gerufen worden war. Wenn Preußen besiegt worden wäre, hätte man das Recht des Siegers im vollen Maße ausgeübt. Die Theilungskarten waren schon entworfen. Nun aber Preußen gesiegt hatte, sollte das Kriegsrecht nichts mehr gelten und auch bei denen, die nicht annectirt wurden, machte sich mit einer merkwürdig ernsthaften und ehrwürdigen Miene das staatsrechtliche und sittliche Bedenken, ja sogar der religiöse Scrupel bemerklich, ob Preußen nicht ein himmelschreiendes Unrecht begehe, indem es annectire und Fürsten absetze?

Abgesehen davon, daß die abgesetzten Fürsten Preußen den Krieg erklärten, ohne von ihm beleidigt zu seyn, und noch in der letzten Stunde die ehrenvollen Anträge Preußens zurückwiesen, sich also allen Wechselfällen des Kriegs preisgaben und im Fall einer Niederlage das Kriegsrecht über sich ergehen lassen mußten, — abgesehen davon waren die Rechte, die sie durch einen so muthwillig angefangenen Krieg durch eigene Schuld verscherzten, zum Theil auf Thatsachen eines Unrechts begründet, welches sie selbst an andern begangen hatten. Es wurde nur ein welthistorisches Gesetz auf sie selbst angewendet, was sie früher auf andere angewendet hatten. Was sie im Lauf der europäischen Ereignisse mit Unrecht erworben hatten, mußten sie im weitern Verlauf der Ereignisse wieder verlieren. Man muß diejenigen Fürsten, welche heute mediatisirt werden, daran erinnern, daß sie es einst gewesen sind, welche andere mediatisirt, daß sie sich mit dem Raube anderer bereichert haben. Man muß an den Rastatter Raubcongreß, an den von Franzosen und Russen beeinflußten Reichsdeputationshauptschluß, an den von Napoleon dictirten Wiener Frieden erinnern, durch welche diejenigen deutschen Fürsten, die ihr deutsches Vaterland am ehrvergessensten an das Ausland verriethen, dafür zum Lohn ihre schwächern deutschen Nachbarn und Reichsgenossen unbarmherzig berauben und mediatisiren durften. Reichsunmittelbare Fürsten,

Grafen, Ritter, Erzbischöfe, Bischöfe und Aebte, ebenso eine Menge freie Reichsstädte wurden ihrer alten Rechte beraubt und mediatisirt von Fürsten, welche durch nichts dazu berechtigt waren, die nur im schnöden Dienste des Auslands sich alles erlauben durften. Die deutschen Reichsgenossen, die von den Rheinbundfürsten mediatisirt wurden, verdienen unser Mitleid unendlich mehr, als die deutschen Bundesfürsten, welche jetzt von Preußen mediatisirt werden. Denn jene wurden hingeopfert dem fremden Moloch, zum Verderben und zur Schande Deutschlands; diese aber fallen jetzt mit Recht der langersehnten Wiederherstellung deutscher Einheit zum Opfer.

Auch nach dem Wiener Congreß, der keinen andern Zweck hatte, als Deutschlands Einigung zu verhindern, und auf welchem die Neugestaltung Deutschlands den Zwecken des Auslands diente, wurde einigen vom Ausland begünstigten deutschen Fürsten Landbesitz geschenkt, auf den sie nicht den geringsten rechtlichen Anspruch hatten. Was hatte denn Hannover für ein Recht an Ostfriesland? Was hatte Kurhessen für ein Recht an Fulda und Hanau? Was hatte Darmstadt für ein Recht an Mainz? Das Unrecht, welches der Wiener Congreß den deutschen Volksstämmen zufügte, übersteigt so alles Maaß; die Intrigue, die den Bund zumal an seinen Grenzen mit ihren verworrenen Fäden unnatürlich umspann, zusammenschnürte und knebelte, war so perfid und unwürdig, daß man nur das Schwert segnen kann, das diese Knoten und Netze endlich zu durchhauen angefangen hat. Dänemark hatte in der ganzen napoleonischen Periode heimtückisch an Deutschland gehandelt, sich mit dem Erbfeind verbündet und war jedem Befreiungsversuch in Norddeutschland so recht schadenfroh entgegen getreten, und zum schuldigen Dank dafür durfte es Holstein behalten, ja es hing nur an einem Haare, so hätte es auch die Hansestädte bekommen, was Rußland und Schweden verlangten, und einzig England verhinderte. Dem Oranier, der nicht das geringste Verdienst um Deutschland hatte, wurden nicht nur die ehemaligen österreichischen Niederlande, sondern auch noch das Bisthum Lüttich und Luxemburg geschenkt.

An alle diese frühern Schändlichkeiten muß erinnert werden, wenn für Rechtsbruch erklärt werden will, was nur der Anfang des längst ersehnten Endes eines ungeheuern an der deutschen Nation begangenen Unrechts ist.

Erst nach den großen Siegen Preußens im Jahr 1866 ist es möglich geworden, daß Norddeutschland seine maritime Bedeutung wieder gewinnen konnte, die ihm seit Jahrhunderten durch die dem Ausland dienende Kleinstaaterei genommen worden war.

Obgleich das Welfenthum seine alte geschichtliche Bedeutung für Deutschland längst verloren hatte, seit dem Anfang des vorigen Jahrhunderts nur noch eine englische Provinz, seit der Gründung des Königreichs Hannover nur ein österreichischer Vorposten gegen Preußen, also ein unselbständiges Ding, nur ein in jeder Beziehung blindes Werkzeug anderer Mächte geworden war, bildete sich der blinde König dennoch ein, seine Dynastie sey nicht nur die älteste in Europa, sondern auch einer der wichtigsten und unvermeidlichsten Factoren in der Constituirung Deutschlands. Die Wahrheit ist, daß durch die Schöpfung des Königreichs Hannover auf dem Wiener Congreß einfach der böse Wille aller der Mächte vollzogen wurde, die dem großen deutschen Nationalinteresse feindselig entgegen wirkten und insbesondere Norddeutschland schwächen und das Aufkommen einer deutschen Seemacht verhindern wollten. An dieser großen Sünde der europäischen Diplomatie ist nun zwar das welfische Geschlecht nicht Schuld. Der Herzog von Cumberland übernahm das neue Königreich Hannover, wie er es vorfand. Er hatte es nicht selber gemacht und war auch nicht verantwortlich dafür, daß dieses Königreich, statt eine Stärke Norddeutschlands zu seyn, nur seiner Schwächung diente. Er versah aber diesen Dienst, wie auch sein Nachfolger. So lange das Königreich Hannover bestand, hatte Preußen, es mochte deutsches

Interesse nach Westen oder Osten verfechten, einen Feind im Rücken. So lange dieses Königreich bestand, bestand auch die jämmerliche Hemmniß des Verkehrs mit den Hansestädten, so lange fehlte der dem deutschen Handel unentbehrliche Weg, der Hamburg direkt mit dem Süden verbinden sollte. So lange das Königreich Hannover bestand, grenzten nur ohnmächtige deutsche Kleinstaaten an die Nordsee und war Preußen verhindert, eine deutsche Seemacht zu schaffen.

Diese Uebelstände hätten nicht einmal ausgeglichen werden können, wenn auch das welfische Haus in seiner innern Politik größeres Lob verdient hätte. Ob aber seine Camarilla und Adelsregierung ein solches Lob verdient, wird im Lande selbst bezweifelt. Schon im vorigen Jahrhundert wurde die Dynastie ganz englisch, machte ihr deutsches Stammland zu einer englischen Provinz und ließ es durch eine Adelscoterie ohne Verantwortung ausbeuten. Wundervoll schlugen sich die Hannoveraner, als die Dynastie durch Napoleon vertrieben war, in Spanien für die deutsche Sache. Aber sie ernteten schlechten Dank, denn nach dem Sturz Napoleons wurde Hannover wieder eine englische Provinz und durch die Intriguen des Auslands auf Kosten deutscher Nachbarländer einzig zu dem Zweck vergrößert, um Preußen in zwei Stücke zerschneiden zu können und es von der Nordsee fernzuhalten. Das Uebel vermehrte sich noch, als der in England verrufene Herzog von Cumberland selbständiger König von Hannover wurde. Wie Ernst August die Verfassung vernichtete, dann abermals eine Verfassung gab und brach, wie er nur den Adel bevortheilte, nur in der Noth den Verfassungsmännern nachgab und mit Preußen das Dreikönigsbündniß einging, um, nachdem die Gefahr vorüber war, das gegebene Wort wieder zu brechen, darüber hat die Geschichte längst gerichtet.

Sein Sohn und Nachfolger Georg V. gelangte zum Thron,

obgleich er blind war.*) An Eigenmächtigkeit gebrach es ihm so wenig, als seinem Vater. Die Minister waren sein Spielzeug.**) Der Kammer bewies er eben so wenig Rücksicht und die Opposition, an deren Spitze Herr von Bennigsen stand, vermochte nichts gegen ihn auszurichten. Bewußt oder unbewußt handelte er immer noch nach dem Programm, welches der Schöpfung des Königreichs Hannover zu Grunde lag, nämlich Preußen zu schaden und den deutschen

*) Es ist bekannt, daß Georg V., obgleich er ganz und gar blind war, doch nie duldete, daß man ihn für blind hielt. Seine Höflinge, ohne Ausnahme, mußten sich stellen, als zweifelten sie nicht im mindesten, daß er eben so gut sehen könne, wie sie. Wenn er Fremde zu sich kommen ließ, wurden sie von der fixen Idee des Königs unterrichtet und angewiesen, doch ja seine gemüthliche Illusion nicht zu stören, erstaunten aber gewöhnlich über die Ungenirtheit, mit welcher der Blinde den Sehenden spielte, bis ihm, wie von Treitschke eben so ungenirt sagt, „die Lüge zur Natur wurde."

**) In den „Trostbriefen für Hannover," Hamburg 1866 heißt es: „Die Herren ließen sich schlecht behandeln, sie duldeten es, oft wochenlang nicht zum Vortrage zugelassen zu werden, sie gehorchten Immediatbefehlen und ließen dem persönlichen Regimente viel freieren Spielraum, als es nach der Verfassung hätte geschehen sollen. Allerlei höfischer und nicht höfischer Einfluß, die Ohrenbläsereien eines Friseurs, die Schmeicheleien und Klatschereien des Polizeidirectors Wermuth machten sich geltend. Die Hofhaushaltung war liederlich und unordentlich geführt, Spieler und unzuverlässige Menschen führten die königliche Chatulle und andere Kassen, wie der im Zuchthause endende General von Hedemann, in neuerer Zeit noch der mit der Erbauung der Marienburg beauftragte Obristlieutenant und Burghauptmann Witte. Wechsel des Königs und der Königin cursirten in der Handelswelt. Ich müßte ein Buch schreiben, wollte ich die Mißregierung von 1855 bis 1862 im Detail schildern; und wenn das schwache Ministerium Hammerstein-Windthorst von 1862 bis 1865 auch manches that, das, was Borries verbrochen, wieder gut zu machen, so geschah dieß meist wider Willen des Königs, wie dieser durch die Art, wie er seine Minister im vorigen Herbst zwang, ihren Abschied zu nehmen, deutlich bewies."

Handel zu hemmen. Man frage nur die Hansestädte, namentlich Bremen, welche Plackereien der Verkehr an den Grenzen erlitt.*) Es hatte ganz den Anschein, als diene Hannover einer feindlichen Macht gegen das nationale Interesse Deutschlands, als sey es sein eifrigstes Bestreben, die natürlichen Wege des deutschen Handels zu unterbrechen und die verständigen und wohlwollenden Absichten Preußens systematisch zu durchkreuzen.

Eine einsichtsvolle Correspondenz äußert sich darüber folgendermaßen: „Die trefflichste Illustration für die Gemeinschädlichkeit der deutschen Vielstaaterei bietet die Eisenbahn-Politik der Mittelstaaten. Classisch war in dieser Beziehung die hannoversche Eisenbahnpolitik gegenüber Bremen und Bremerhafen. Die komischen Weiterungen und Umwege, welche Hannover dem Verkehr auferlegte, um seine Versuche bureaukratischer Schöpfungen von Hafenplätzen zu begünstigen, sind noch in frischem Andenken. Preußische Eisenbahnen mußten im Export aus unserem Ruhr-Kohlenbecken holländische Häfen begünstigen, weil das hannoversche Gebiet und die hannoversche Eisenbahnpolitik zwischen dem Ruhrthale und der Nordsee lagen. Lange Jahre hat es gedauert, ehe die hannoversche Regierung sich dazu verstand, den Bau der s. g. Hamburg-Pariser Bahn, welche eine direkte Verbindung

*) In den Trostbriefen heißt es: „Industrielle und Handeltreibende waren empört über das Spiel, das man 1864 und 1865 bei Erneuerung der Zollvereinsverträge mit Preußen trieb. Man schädigte dadurch nicht nur Handel und Wandel, sondern schadete sich selbst. Hätte sich damals Hannover offen und ehrlich von Anfang auf preußische Seite gestellt, auf der es stehen mußte, der ganze österreichische-münchener Schwindel, welcher den Handelsstand ein halbes Jahr in Furcht und Schrecken setzte, alle Thätigkeit hemmte, hätte gar nicht aufkommen können. Hannover, das den Zollverein weder finanziell, noch für den Wohlstand des Landes entbehren konnte, gerirte sich, als wenn es absolut nicht mehr mitmarschiren wollte, um Preußen seine Unentbehrlichkeit fühlen zu lassen.“

zwischen Bremen und Hamburg, so wie zwischen beiden Plätzen und dem rheinisch-belgisch-französischen Netze herstellen sollte, auf dem hannoverschen Gebiete zuzulassen, resp. selbst zu übernehmen. Und doch reicht eine einfache Rechnung hin, um die ungeheure Bedeutung dieser Linie für die deutsche Schifffahrt und die deutsche Industrie nachzuweisen. Die Seeschifffahrt bedarf zur Ergänzung oder zum Ersatz werthvollerer Ausfrachten nach transatlantischen Ländern oder europäischen Küstenplätzen eines jederzeit leicht zu erlangenden billigen und schließlich immer wenigstens ohne Schaden zu verwerthenden Rohstoffes, der im Schiffe statt des unbrauchbaren oder doch unnütze Kosten verursachenden Balastes dient. In England dient hierzu die Kohle. In Deutschland, wo sie der Küste nicht so nahe liegt, hätte sie gleichwohl schon längst der Schifffahrt dieselben Dienste in bedeutendem Umfange leisten können, wenn die hannoversche Eisenbahnpolitik die Herstellung der nöthigen direkten Linie nach Bremen und Hamburg und die nothwendigen niedrigen Frachtsätze zugelassen hätte."

Nicht einmal um ihre Existenz kämpfte diese Regierung im entscheidenden Augenblick mit Klugheit und Würde. Die wohlwollenden und eindringlichen Vorstellungen des Königs von Preußen wurden noch in der letzten Stunde mit kaum glaublicher, doch schon habitueller Verblendung zurückgewiesen und doch zugleich mit den Unterhandlungen so besinnungslos gezögert, daß die braven hannoverschen Truppen, die noch hätten gerettet werden können, kapituliren mußten.

Der König und Kronprinz waren gefangen, wurden aber durch die Großmuth des Königs von Preußen frei entlassen. Sie zogen sich nach Hietzing bei Wien zurück und feierten hier am 22. September ein Freudenfest mit der laut ausgesprochenen Hoffnung einer baldigen Rückkehr nach Hannover. Am folgenden Tage erließ der König einen Aufruf an alle Mächte, ihm sein unveräußerliches Eigenthum zurückzugeben. Es ist gewiß charakteristisch, einen König aus dem angeblich ältesten Geschlechte demselben Wahne verfallen zu sehen, dem unsere blutjungen Demokraten verfallen sind, nämlich dem Wahne, es gebe für sie nur Rechte, keine Pflichten. Ein Recht der Könige, das Volk wie eine Schafheerde als ihr Eigenthum zu betrachten, gibt es überall nicht. Das königliche Recht ist wie an natürliche, herkömmliche und sittliche, so auch an verfassungsmäßige Bedingungen geknüpft. Das Recht wird durch die Pflicht eingeschränkt. Von einer solchen Pflicht ist aber im Protest des nur auf sein Recht pochenden fünften Georg nicht die Rede. — Die Königin blieb auf einem Lustschloß in der Nähe von Hannover zurück und was bisher vom Hofe abhängig gewesen war, benahm sich sehr preußenfeindlich.*)

*) In den Trostbriefen liest man: „Unser stadthannoversches Philisterthum, das gegen Mittag in der Georgenhalle mit den großen europäischen Künstlern Champagner trank, oder im Telegraphen, bei Hartmann, in der Zauberflöte, dem Georgenkeller und wie die unzähligen Lokale sonst heißen mögen, in Gesellschaft pensionirter königlicher Diener politisirte, Nachmittags und Abends im Odeon und Tivoli sich von den Trinkanstrengungen des Mittags erholte, gegen Mitternacht bei Müller oder im Postkeller, im Louisenkeller oder in Meinekens-Keller einige Abwechslung in Unterhaltung mit jungen Damen des Comptoirs suchte, nun ja, für das hört mit der Annexion die Gemüthlichkeit auf. Die hannoverschen Frauen werden damit sehr zufrieden seyn, sofern sie Hausfrauen waren und nicht etwa noch schlimmer als die Männer der Genußsucht nachgingen, sich unglücklich fühlten, wenn sie des Nachmittags und Abends im Hause zubringen mußten und im Sommer nicht im Odeon, Tivoli, Bella Vista u. s. w. ihren Kaffee, Thee, resp. Bier und Wein trinken konnten, im Winter nicht ihre Loge, wenn auch nur im zweiten Range des königl. Hoftheaters einnahmen. Wahrlich, die bürgerliche Familie in Berlin (Dresden ꝛc.) war zufrieden, wenn sie das am Sonntag hatte, was unsere Frauenzimmer, jung und alt, jeden Standes beinahe, täglich prätendirten. Und diese Crinolinen und Schleppkleider, die sich da in dem ewigen von 10,000 Flammen erleuchteten Kreise, dem Georg V. so große Elogen machte, herumtrieben, sie sehnen sich nach hannoverschen Fähndrichen und Rittmeistern. Wenn die Annexion

Im Volke dachte man anders. Schon am Ende des Juni gelangte eine Adresse der Ostfriesen an den König von Preußen, worin derselbe von seinen ehemaligen Unterthanen freudig wieder als Landesherr begrüßt wurde. Aehnliche Adressen kamen aus andern Landestheilen des aufgelösten Königreichs Hannover. Dasselbe war, wie oben schon bemerkt ist, nicht durchaus altes welfisches Erbe. Der Wiener Congreß hatte ihm erst Ostfriesland, das Harlingerland, die Kreise Emsbüren und Meppen, das Eichsfeld und mehrere hessische Landestheile zugewiesen. Ebenso war die Grafschaft Bentheim, das Bisthum Osnabrück erst im gegenwärtigen, das Land Habeln und das Herzogthum Bremen und Verden erst im vorigen Jahrhundert zu Hannover gekommen.

Indem Preußen am 20. September vom Königreich Hannover Besitz ergriff, hatte König Georg V. die Civilbeamten (noch nicht die Offiziere) bereits des Huldigung= und Diensteides entbunden, jedoch wie am 6. October in Hannover öffentlich bekannt gemacht wurde, unter Vorbehalt eines Wiederauflebens der früheren Verpflichtungen auf die Zeit, wo Seine Majestät der König Georg V., oder einer Ihrer successionsberechtigten Nachfolger zur Ausübung der Regierung im Königreiche wieder gelangen würde. Somit erfolgte die Uebergabe an Preußen unter Beibehaltung der bisherigen Beamten, die nunmehr dem König von Preußen huldigten und ihm den Diensteid leisteten, ohne Anstand.

Am 30. September versammelten sich viele Mitglieder der vormals zweiten Kammer des Königreichs in der Stadt Hannover, wobei hauptsächlich der alte Führer, v. Bennigsen, thätig war. Die Versammlung veröffentlichte eine Ansprache, worin es hieß: „Der unaufhaltsame Gang der Geschichte hat die Selbständigkeit des König=

---

in diesem Schwindel eine Aenderung hervorbrächte, so wäre das für die Residenz unendlich viel werth."

reichs Hannover beseitigt und zu einer Vereinigung desselben mit dem Königreich Preußen geführt. Vergeblich waren in der letzten hannoverschen Ständeversammlung unsere auf eine andere Entwicklung der deutschen Einheit gerichteten Bemühungen. Unsere Appellation an die Pflichten gegen Deutschland, unsere Mahnungen an die Interessen des Landes, unsere Warnungen wurden nicht gehört. Jede Bereitwilligkeit, von nutzlosen Souveränetätsrechten zu Gunsten des großen Vaterlandes auch nur das geringste zu opfern, jede Erkenntniß der Nothwendigkeit, sich zu den neuen Aufgaben in das rechte Verhältniß zu setzen, fehlte. Ein Theil des Landes betrachtet die Vereinigung mit dem großen deutschen Staate Preußen als ein für Deutschland und Hannover gleich glückliches Ereigniß; ein großer Theil sieht zwar den neuen Zuständen noch feindselig entgegen, wir hoffen jedoch, alle politisch denkenden Männer, durchdrungen von der Ueberzeugung, eine Wiederherstellung des Königreichs Hannover wäre nur mit Hülfe des Auslands, auf Kosten und zum Ruin Deutschlands möglich, werden es als ihre patriotische Pflicht erkennen, an der baldigen Wiederherstellung definitiver Zustände mitzuwirken. Wir beklagen deshalb nutzlose Agitationen, die dem Lande und den Betheiligten nachtheilig seyn können. Außerdem hoffen wir, Preußen werde die besondern Eigenthümlichkeiten beachten. Der preußische Staat hat schon bisher bewiesen, daß er die Einheit mit der Mannigfaltigkeit zu vereinigen weiß." Hieran knüpft die Ansprache den Wunsch, die preußische Regierung möge bei den neuen Anordnungen in Hannover auch eine Anzahl Vertrauensmänner aus dem Volke hören. Schließlich drückt die Ansprache die Erwartung aus, die Trennung des Südens vom Norden Deutschlands werde nur eine vorübergehende seyn, denn „die Nation ist eine und bedarf einer einheitlichen Organisation."

Inzwischen gab Georg V. den Gedanken nicht auf, er solle und müsse mit nächstem restituirt werden. Am 5. October ließ König Georg eine Proclamation drucken, worin er wiederholt erklärte, daß er gegen die Einverleibung Hannovers in die preußische Monarchie bei den Regierungen aller civilisirten Staaten protestirt habe, erklärte ferner darin alle Acte der preußischen Regierung in Hannover für nichtig und ermahnte die Hannoveraner zum Ausharren, indem er auf die frühere Occupation von 1805 hinwies, welche nicht lange dauerte. Im November wurde von Wien aus in Hannover eine aufreizende Flugschrift colportirt, worin dem hannoverschen Militär gesagt wurde, es dürfe nicht in preußische Dienste treten, es solle ruhig die Zukunft abwarten, um wieder seinem einzig rechtmäßigen Herrn zu dienen, ja es sollte sich auf die Capitulation von Langensalza berufen und jeder einzelne Soldat habe das Recht, den preußischen Fiskus vor den preußischen Gerichten zu belangen und auf Herauszahlung seiner Competenz zu klagen. Am 3. November erließ Graf Platen von Wien aus, als ob er noch dirigirender Minister in Hannover wäre, ein Circulär an die vormals hannoverschen Consuln, worin er ihnen befahl, ihre Amtsgeschäfte fortzuführen. Die preußische Regierung hatte diese Consuln bereits entlassen und begnügte sich, Platens Rescript für ungültig zu erklären, ging aber von ihrer bisherigen allzu großen Schonung insofern ab, als sie von allen Schlössern und Privatbesitzungen des Königs Georg Besitz ergriff, auf die Marstallpferde, soweit sie König Georg nicht schon hatte verkaufen lassen, Beschlag legte und jede fernere Geldsendung nach Wien untersagte. Auch wurde den hannoverschen Offizieren am 25. November eröffnet, ihr Eintritt in die preußische Armee stehe nur bis zum 1. Januar 1867 offen, da ihnen von diesem Termin an, sofern sie nicht in preußische Dienste treten, auch kein Gehalt mehr ausgezahlt werden könne.

Trotz alledem dauerte die Unbotmäßigkeit gegen Preußen fort, hauptsächlich durch die Schuld des Adels, der auf die Sympathien seiner Standesgenossen in Preußen rechnete und am 7. November eine trotzige Erklärung in welfischem Sinne erließ. Unter solchen

Einflüssen stieg auch die Frechheit des insgeheim gehetzten Pöbels auf den höchsten Grad, so daß preußisches Militär, wo es sich einzeln auf den Straßen blicken ließ, den gröbsten Insulten ausgesetzt war. Auch wurden täglich in Hannover die preußischen Farben und Placate abgerissen oder besudelt. Liberale Blätter beklagten, daß die preußische Regierung den Adel schone. Diese Schonung aber hörte auf.

Unmittelbar nach der Rückkehr des Grafen Bismarck nach Berlin, am 3. Dezember, erschien ein preußischer Erlaß an den Generalgouverneur von Hannover, Generallieutenant v. Voigts-Reetz, worin diesem befohlen war, jeden hannoverschen Beamten, sobald er es im preußischen Interesse für erforderlich halte, ohne weitere Rückfrage vom Amte zu suspendiren, ferner alle vormaligen hannoverschen Militärs, welche gegen Preußen agitirten, augenblicklich nach der Festung Minden abführen zu lassen, wie auch alle diejenigen Individuen, welche preußisches Militär beleidigten. Hierauf wurden sogleich vierzehn Verwaltungsbeamte entlassen, Graf Kielmannsegge, Commandeur eines Cavallerieregiments, welcher Unteroffiziere aufgefordert hatte, nicht ins preußische Heer einzutreten, verhaftet und nach Minden abgeführt und Untersuchung gegen die Unterzeichner der ritterschaftlichen Erklärung eingeleitet. Zugleich wurde die Beschlagnahme des königlichen Privateigenthums in Hannover preußischerseits für vollkommen gerechtfertigt erklärt, so lange König Georg die von ihm aus der Staatskasse mitgenommenen Werthpapiere, die dem Staat und nicht ihm gehören, nicht herausgäbe. Thut er das nicht, „so werden die benachtheiligten Personen muthmaßlich gegen ihn vor hannoverschen Gerichten klagbar werden und durch die Beschlagnahme seines Privatvermögens wird gesorgt, daß zur Exekution des den König etwa verurtheilenden Rechtsspruchs ein Vermögensobject im Lande vorhanden ist.“ Zugleich ließ Preußen in England bekannt machen: „Daß außer den dem Staatsschatze, dem Domänenfonds und dem klausthaler Tilgungsfonds zugehörigen Werthpapieren und Geldern, die schon mehrmals specificirt worden sind, noch eine fernere Anzahl von verzinslichen Werthpapieren, welche als Sicherheit für mehrere von dem Domänenfonds bezogene Anleihen in dem Staatsschatze depönirt waren, zur gleichen Zeit nach England hinübergebracht worden seyen. Die Papiere lauten auf 23,650 Thlr. in Gold, 2,328,450 Thlr. in Noten, 89,500 österr. Gulden, 39,353 £., 72,000 Frcs., 42,600 Rubel, 68,500 Mark Banko, 1000 holl. Gulden und 19,000 Dollars, im Ganzen also auf mehr als 2,800,000 Thlr.; sie werden in der Annonce genau beschrieben. Das Publikum wird vor dem Ankaufe gewarnt, da zur Wahrung der Eigenthumsrechte des Landes Schritte geschehen sind, um sowohl die Auszahlung der Zinsen, als die Rückzahlung des Kapitals zu inhibiren."

Einige hundert junge Hannoveraner wurden im Laufe des Sommers und Herbstes nach London verlockt, um dort eine Legion des Königs Georg zu bilden. Es waren größtentheils Rekruten, die, wenn sie daheim geblieben wären, in die preußische Armee hätten übertreten müssen. Man glaubte lange, der nach Hietzing bei Wien geflüchtete König Georg habe diese Unbesonnenheit der jungen Leute veranlaßt und ihnen die Reisekosten bezahlen lassen. Eine im welfischen Fanatismus befangene Dame soll zum gleichen Zwecke Geld gespendet haben. Allein im Januar 1867 gab im „Herrmann" der deutsche Rechtsschutzverein in London Aufklärungen über jene „Welfenarmee", die sehr überraschten. Jener Verein nämlich hatte sich in Verbindung mit der preußischen Gesandtschaft der armen Rekruten angenommen, um sie von der Unsinnigkeit ihres Unternehmens zu überzeugen und ihnen eine straflose Rückkehr in die Heimath zu ermöglichen. Da stellte sich nun heraus, daß die jungen Leute durch Seelenverkäufer irre geführt worden waren, die sie zwar im Namen des Königs Georg geworben und nothdürftig mit Reisegeld versehen hatten, aber nur, um sie nachher in London zu ganz andern Zwecken zu gebrauchen, namentlich um sie nach Brasilien zu schicken, wo man wegen der Unfälle im Kriege mit Paraguay Soldaten brauchte. Weiße Sclaven aus Deutschland nach Brasilien zu schaffen war schon längst ein blühendes Gewerbe in den Seeplätzen.

Einige strengere Maßregeln der preußischen Regierung gegen welfische Wühler, auch solche von Adel, hatten die gehoffte Wirkung. Mehrere wurden eine Zeitlang nach der Festung Wesel geschickt, ein Herr von Alten-Hemmingen des Landes verwiesen (Januar 1867).

Eine Commission von hannoverschen Offizieren begab sich nach Wien und Berlin, um einen befriedigenden Ausweg aus der Verlegenheit zu suchen, in der sie sich befanden. Ohne von König Georg ihres Eides entlassen zu seyn, konnten sie in den preußischen Dienst nicht eintreten, obgleich er ihnen offen stand, weil Gewissensbedenken sie abhielten. Der blinde König ließ sie rücksichtslos in ihrer Noth stecken und sprach sie von ihrem Eide nicht frei. Als die Commission nach Berlin kam, sagte ihnen der ehrenwerthe Kriegsminister v. Roon: In dem vorliegenden staatsrechtlich durchaus klaren Falle könne es durchaus keinen Anstand finden, daß hannoversche Offiziere auch ohne Eidesentbindung von Seiten ihres früheren Königs in die preußische Armee eintreten könnten. Seinen persönlichen Gefühlen nach würde es ihm freilich lieber seyn, wenn die Eidesentbindung zu bewirken wäre. König Georg beharrte inzwischen bei seinem Anspruch, die Offiziere müßten ihm bis an ihren Tod den Eid halten, wenn er ihnen auch nicht den geringsten Gegendienst dafür leiste und sie keinen Heller Sold mehr von ihm erhielten. Endlich bequemte er sich dazu, ihnen den Abschied zu bewilligen, nicht aber die Entbindung vom Eide.

Der Kurfürst von Hessen fügte sich mit einem Phlegma, welches sehr gegen die welfische Hitze abstach, in sein Schicksal, entsagte allen Souveränetätsrechten gegen eine jährliche Rente von 600,000 Thalern, entband alle Beamten und Offiziere ihres Eides und begab sich von Stettin einfach wieder nach Kurhessen zurück auf sein Schloß Philippsburg bei Hanau. Das Datum seines Abfindens mit Preußen war der 18. September. Er hatte ganz richtig gerechnet, daß ihn trotz der alten Erbitterung des Volks gegen ihn, seine Hessen diesmal gut aufnehmen würden. Eine Zeitung schrieb, er sehe jetzt lauter freundliche Gesichter, weil er nicht mehr Kurfürst sey. Im Winter erfuhr man seltsame Dinge von Streitigkeiten des Kurfürsten mit seinem Sohn, dem Prinzen Moritz von Hanau. Der Vater hatte dem Sohn das Rittergut Völkershausen als heimgefallenes Lehen verliehen, sich aber, wie es scheint, die Nutznießung vorbehalten, die nun beide zugleich ansprachen. Man las im Anfang des Januar 1867 in öffentlichen Blättern: „Das gegenseitige Verhältniß von Vater und Sohn prägt sich recht deutlich in den Gefechten aus, die sich die kurfürstlichen und prinzlichen Feldhüter und Forstbeamten jetzt in Völkershausen liefern, wobei es schon viele blutige Köpfe abgesetzt haben soll."

Mainz hatte aufgehört, Bundesfestung zu seyn. Das siegreiche Preußen erhielt das Besatzungsrecht im Friedensvertrage mit Bayern. Also zogen am 26. August die letzten Oesterreicher und Bayern (die Würtemberger und andere Bundestruppen hatten sich schon früher entfernt) von Mainz ab und die Preußen rückten unter dem Prinzen Waldemar von Schleswig-Holstein Sonderburg-Augustenburg daselbst ein. Noch wehte von der Citadelle die schwarz-roth-goldne Fahne, wie auch auf den Kasernen. Sowie aber der Prinz den preußischen Truppen voran in die Stadt ritt, senkten sich diese Fahnen wie auch die weiß-rothe Darmstadts und tauchte die schwarz-weiße Fahne Preußens empor. Sehr ungeschickterweise hatte man die österreichische Artillerie und bayrische Infanterie erst so spät auf die Eisenbahn gebracht, daß ihr langer Zug noch bei den einrückenden Preußen vorbeifahren mußte. Zwar die Oesterreicher jauchzten und winkten mit Händen, Mützen und Tüchern den Preußen zu mit dem lauten Ruf: „Hurrah, Kameraden! hoch die Preußen!" was die Preußen mit dem Ruf: „Hoch die Oesterreicher!" erwiderten. Aber die Bayern hielten ihre geballten

Fäuste oder blanken Säbel zu den Fenstern der Waggons heraus und schrieen den Preußen, die sich ruhig verhielten, wüthende Schimpfworte zu. Noch ärgere Scenen erfolgten in Aschaffenburg, als derselbe Bahnzug in dieser Stadt anhielt. Es standen Preußen in der Stadt, über welche die aussteigenden Bayern herfielen und mehrere verwundeten. Auf der Station Stockstadt ging einer in seiner Wuth so weit, einen ruhig vorbeigehenden preußischen Offizier mit einem Schusse von hinten schwer zu verwunden.

Am 8. October wurde auch die Einverleibung der freien Stadt Frankfurt und ihres Gebiets in die preußische Monarchie vollzogen. Der zum Civilgouverneur daselbst ernannte vormalige preußische Minister v. Patow sagte in seiner Ansprache, die er im berühmten Kaisersaale des Römers hielt, die denkwürdigen Worte: „Deutschlands Kaiser blicken in diesem Saale in mehr als tausendjähriger Reihe aus von Meisterhand gemalten Bildern auf uns herab. Von diesem Balcon wurden die Wahlen dem harrenden Volke verkündigt, deren Resultat oft für die Schicksale Deutschlands, für die Geschicke der Welt entscheidend war. Ueberall hier in Frankfurt tritt uns eine große Vergangenheit, ein reich entwickeltes städtisches Gemeinwesen entgegen. Aber die Weltgeschichte läßt sich nicht durch Gefühle, nicht durch Erinnerungen bestimmen. Sie schreitet unaufhaltsam vorwärts, neue Zeiten bringen neue Anforderungen, die alten Gebilde müssen den neuen Platz machen. Die bisher freien Bürger Frankfurts haben ihre Selbständigkeit verloren, das ist ein Verlust, dessen Größe sich, wenn Sie wollen, jeder Schätzung entzieht. Aber dafür wird Ihnen Ersatz gewährt. Sie erlangen ein Vaterland in dem eminenten Sinne, in welchem Sie bisher ein solches nicht hatten. Sie kommen zu einem Reiche, welches durch die treffliche Organisation und Führung, durch die Tapferkeit seines Heeres, durch sein Volk in Waffen fest auf eigenen Füßen zu stehen und seine und seiner Bürger Rechte zu schützen weiß. Sie werden künftig die Weltgeschichte nicht mehr über sich ergehen lassen, Sie werden helfen, dieselbe zu machen. Sie werden Bürger eines Staates, der zuerst klar begriff, daß eine neue Zeit eingetreten sey, und das, was sie verlangte, mit kräftiger, aber schonender Hand zu geben wußte; der zuerst die Fesseln der nationalen und der volkswirthschaftlichen Entwicklung zerbrach, der zuerst durch die Gründung des Zollvereins, durch die Verabredungen über das Münzwesen, über Posten und Telegraphen ꝛc. Deutschland wenigstens in manchen und wichtigen Beziehungen zur Einheit zurückführte."

Die Stimmung in Frankfurt blieb freilich noch lange eine wehleidige. Die große Contribution war erlassen bis auf die schon gezahlten sechs Millionen, die aber nur zum besten Frankfurts verwendet werden sollten. Diese glimpfliche Behandlung von Seite Preußens versöhnte aber die nicht, die schon so lange ihre Seelen mit unvernünftigem Preußenhaß vergiftet hatten. Viele konnten nicht verschmerzen, daß sie ihre Füße so lange unter den Tisch von Diplomaten gesetzt hatten, die gegen Preußen verschworen gewesen waren. Dazu kam, daß den verweichlichten Söhnen der Reichen jetzt die allgemeine Wehrpflicht zugemuthet wurde. Vom Schweiß und Blut des deutschen Volkes hohe Procente zu ziehen, war freilich bequemer, als unter dem deutschen Volk zu dienen im Schweiß des Angesichts und wohl gar Blut vergießen zu müssen.*) Am 22. November

*) Von der Tapferkeit der Betreffenden gab noch nach dem Kriege ein Vorfall im Theater zu Florenz (Januar 1867) einen Beweis. Ein junger preußischer Offizier, der bei Königgrätz beide Beine verloren hatte, aber glücklich geheilt worden und zu seiner Erholung nach Italien gereist war, saß in Uniform und mit Orden geschmückt im Theater Pagliano, als ein Frankfurter auf ihn zulief und ihn mit Schimpfworten überhäufte. Ein zweiter rief ihm von der Galerie zu: Gieb ihm ein paar Ohrfeigen! Der Offizier blieb ruhig, seine Ordonnanz wehrte dem plumpen Angreifer ab, das Publikum mischte sich ein und machte, indem es den Frankfurter hinauswarf, demselben so Angst, daß er schrie: „Ich bin ja ein Preuße!" Als das

wurde dem Schwäbischen Merkur aus Frankfurt geschrieben: „Zum Verständniß der strengen Haltung der preußischen Befehlshaber nach der Einnahme der Stadt gehört nicht nur die Kenntniß der officiellen Kundgebungen des Senats, sondern auch die Kenntniß der Maßlosigkeiten der Presse, der Verleumdungen, Verdächtigungen und Feindseligkeiten gegen die anerkannten Anhänger des deutschen Bundesstaats unter preußischer Führung, welchen noch jetzt mitunter die Verantwortlichkeit für den staatlichen Untergang von Frankfurt zugewälzt wird, während es doch die Helden des Circus sind, die, indem sie die Neutralität der Mittelstaaten, so viel an ihnen lag, unmöglich gemacht, recht eigentlich pour le Roi de Prusse gearbeitet und durch Verwicklung der Mittelstaaten in den Krieg den von niemand gewünschten Ausgang in völlige Annexion Frankfurts herbeigeführt haben.“ Indem der Correspondent diejenigen tadelt, die nun über das gedemüthigte Frankfurt ihren Spott ergießen und zwischen Schuldigen und Unschuldigen nicht unterscheiden, fügt er mit Recht hinzu: „Der Typus des blasirten, feigen, an der Stelle des Herzens einen Geldsack tragenden Börsenjobbers ist noch lange nicht der Typus des Frankfurter Bürgers, dessen Gemeinwesen das Streben nach harmonischer Vereinigung des Gemeinnützigen mit dem Schönen und Edlen zeigte, dessen Hand immer offen war für wohlthätige und wissenschaftliche Bestrebungen des Vaterlandes ꝛc.“ Grade diese bessern Elemente der Bevölkerung haben aber keinen Grund, Preußen zu grollen, das im gleichen gemeinnützigen Streben immer voranging.

Preußische Landwehrmänner eines aus Frankfurt heimkehrenden Regiments tumultuirten beim Abzug aus geringfügigem Grunde, weil ihnen nicht gleich ein Bahnzug zu Gebote stand, wurden wegen

---

Stück zu Ende war, hob die Ordonnanz den Offizier auf die Arme, und jetzt erst sahen die Florentiner, daß ihm beide Beine fehlten, und brachen in stürmischen Jubelruf aus: Eviva la Prussia!

Ungehorsam nach Mainz transportirt und hier bis zum Neujahr festgehalten.

Eine Anzahl Einwohner von Frankfurt wagte es, am 20. Jan. 1867 dem preußischen Finanzministerium anzusinnen, es möge der Stadt, der die größere Contribution ohnehin längst erlassen war, auch noch die 6 Millionen Gulden (wirklich nur 5,747,000), die gezahlt worden seyen, wieder zurückerstatten. Der Finanzminister v. d. Heydt wies sie jedoch am 4. Februar entschieden ab mit dem Bemerken: „Nach der vom Herrn Ministerpräsidenten Grafen v. Bismarck bei dessen Anwesenheit in Brünn dem Senator Doktor Müller gemachten Eröffnung würde es lediglich von der Entschließung der Stadt Frankfurt abgehangen haben, durch ihren freiwilligen Anschluß an Preußen nicht nur jede Kriegsauflage von sich abzuwenden, sondern sich auch im Wege des Vertrages eine Ausnahmsstellung unter den Städten der Monarchie mit wichtigen Privilegien zu sichern. Nachdem die Stadt Frankfurt hierauf nicht eingegangen ist, hat dieselbe die eingetretenen Verluste als unvermeidliche Kriegsfolgen lediglich ihrer freigewählten Haltung zuzuschreiben.“

Auch das Herzogthum Nassau wurde als erobertes Land von Preußen annectirt, in Folge der Hartnäckigkeit, mit welcher der Herzog Preußen bekämpft hatte, und zur wahren Erleichterung der Bevölkerung, welche hier, wie in Kurhessen, unter langer Mißregierung gelitten hatte.

Die Landstände von Nassau hatten noch am 27. Juni den Herzog Adolf dringend vom Kriege abgemahnt, aber vergebens. Die Soldatenspielerei hatte seit dem Bestande des Bundestags dem kleinen Lande Nassau nicht weniger als 30 Millionen Gulden gekostet und dafür hatte man die Schande des letzten Mainfeldzugs eingekauft. In Veldes Flugschrift hieß es von den nassauischen Truppen im Sommer 1866: „Ein fortwährendes Hin- und Hermarschiren ohne Plan und Ziel, verbunden mit höchster Strapaze und Entbehrniß der

Mannschaft; wiederholte Bewegung der ganzen Brigade, das einemal gegen eine Hand voll requirirender Preußen, das anderemal gegen einige lediglich in der, auch vollkommen gelungenen, Absicht der Schwächung des Feindes für den bevorstehenden Hauptangriff vorsmarschirte Bataillone Landwehr; endlich Rückmarsch nach den Gebieten der Staaten, die sich beeilten, ihren Frieden mit Preußen zu schließen und den Verbündeten seinem Schicksale zu überlassen — das ist in wenigen Zügen der Antheil der, ob ihres Schicksals so bedauernswerthen, wie allgemein bedauerten nassauischen Truppen an einem Feldzuge, der, mit den kühnsten Erwartungen unternommen, dem kläglichsten Ende entgegenging. Daß es gleichzeitig mit der Feldpost auf das mangelhafteste bestellt war, die Verbindung der ausmarschirten Mannschaften mit ihren daheim befindlichen Angehörigen eine Zeit lang beinahe alles zu wünschen übrig ließ; officielle Nachrichten vom Kriegsschauplatze und insbesondere Verlustlisten nach den Gefechten bei Würzburg gar nicht erschienen, vollendet die Staffage des Bildes. Man forderte zur Sammlung von Leinen für die Verwundeten auf und traf nicht einmal Vorkehrungen für das Wegbringen ganzer Stöße von Leinwand, die das herrlichste Verbandmaterial abgaben, aus den Magazinen der Garnisonstädte. Man gönnte den Bewohnern einer Garnisonstadt nicht die Strohsäcke für den Fall von Einquartirung, und man wußte es doch nicht zu hindern, daß im selben Augenblicke eine Menge von Waffen, Monturen, Bettstellen, Bett- und Handtüchern von den Preußen entführt wurden. Man war allen Ernstes entschlossen, die Brücken, Viadukte und selbst Tunnels der Staatseisenbahn zu sprengen in einem Augenblicke, in welchem diese für den ferneren Erfolg der Operationen schon völlig gleichgültig waren, und damit dem eigenen Lande, neben einer nicht abzusehenden Dauer von Verkehrsunterbrechung, einen Schaden von Millionen zuzufügen, und man stand erst auf die eindringlichsten Einwendungen von diesem wahnsinnigen Vorhaben ab und begnügte sich mit dem stellenweisen Auflegen der Schienen. Dafür hatte man dann die Genugthuung, daß dieselben Leute, welche die Bahn unfahrbar machten, bald darauf auf Befehl der Preußen sie wieder herstellen mußten."

In Oppermanns Flugschrift lesen wir, daß in dem kleinen Herzogthum Nassau in einem einzigen Jahre (1864) für auswärtige Angelegenheiten nicht weniger als 212,092 fl. 15 kr. verausgabt worden seyen, „obgleich die Repräsentation eines Kleinstaats von so geringem Umfange ohne alles Ansehen ist und niemals und nirgends einem nassauischen Bürger Schutz und Beistand zu gewähren vermochte." Die Nachwelt wird staunen, daß innerhalb einer großen Nation, wie es unstreitig die deutsche ist, solcher Unfug und solche Unnatur im 19. Jahrhundert noch möglich war. Aber der Bundestag war ja eben nur im Jahr 1815 niedergesetzt worden, um die deutsche Nation nie zur Entwicklung kommen zu lassen. Das war eben die fluchwürdige Metternich'sche Politik, der das unwürdig mißhandelte deutsche Volk fünfzig Jahre lang preisgegeben blieb.

Am 25. September kam eine Deputation aus Dillenburg im Nassauischen nach Berlin, um dem Könige die Ergebenheit der Stadt zu beurkunden. Der König dankte ihr und verfehlte nicht, zu bemerken, wie sich der berühmte Nassauer, Freiherr von Stein, welcher Preußens Stolz wurde, gefreut haben würde, wenn er die Vereinigung Nassaus mit Preußen erlebt hätte, denn das höchste Lebensziel dieses großen Ministers sey die Einigkeit Deutschlands gewesen, die nunmehr um einen guten Schritt gefördert worden sey.

Der Herzog von Nassau besitzt außerordentlich große Domänen, die etwa den fünften Theil aller Waldungen des Landes, den zehnten Theil der Weinberge, Aecker und Wiesen, einen großen Theil der Bergwerke ꝛc. umfassen. Schon im Jahr 1816 hat Freiherr Karl v. Stein unter Zustimmung des vormals reichsunmittelbaren Adels dargethan, daß diese Domänen Landeseigenthum, nicht Privateigenthum des Herzogs seyen. Die liberalen Mitglieder der letzten nassauischen Landtage erklärten am 9. September in einer Adresse an den König von Preußen, die Aufnahme des Herzogthums Nassau in die preußische Monarchie werde den Bewohnern des erstern zum wahren Nutzen gereichen. Hochwichtig für dasselbe sey aber die Domänenangelegenheit. Das Land habe ein Recht an die Domänen. Die ständische Vertretung habe bei der Verwaltung der Domänen mitgewirkt, ohne ihre Zustimmung habe nichts davon veräußert, noch mit Schulden belastet werden können. Aus dem Ertrag der Domänen werde die ältere Staatsschuld verzinst. Wollten also sämmtliche Domänen dem Herzog als Privateigenthum überlassen werden, so würde das dem Lande den größten Schaden bringen. Den wirthschaftlichen Interessen des Landes würde nichts so sehr entsprechen, als die Veräußerung der Domänen und Verwandlung derselben in freies Eigenthum.

In der Flugschrift von Velde wird erörtert, wie das materielle Wohl des kleinen Landes auch in anderer Beziehung vernachläßigt wurde. „Man sollte denken, daß von einer Zolllinie gegen Preußen, das uns, wie in einem trefflichen Berichte der ersten Kammer vom Jahr 1862 gesagt wird, auf zwei Drittel unserer Grenze umschließt, wohin mindestens 90 Procent unseres ganzen Exports gehen, von wo wir die uns nothwendigen Steinkohlen nur allein beziehen können, durch welches der billigste Transit für die zu uns eingehenden Colonialwaaren ist, und mit dem wir in den vielfachsten und mannigfaltigsten Handels- und Verkehrsbeziehungen stehen, nun und nimmermehr die Rede seyn dürfte. Gleichwohl war die Gefahr eines Austrittes aus dem Zollverein zweimal nahe genug an uns herangetreten. Das erstemal vor dem Jahr 1853, als die s. g. Darmstädter Coalition, deren eifrigstes Mitglied Nassau war, es auf eine Sprengung des Zollvereins absah. Das zweitemal vor 1865, als Nassau im Bunde mit den Regierungen einer Anzahl süddeutscher Staaten den Beitritt zu dem von Preußen mit Frankreich abgeschlossenen Handelsvertrage, den ein Heißsporn unter den Klerikalen im Landtag als eine ‚Schandsäule‘ zu bezeichnen sich erdreistete, verweigerte.“

„Fürwahr der Fürst von Hohenzollern durfte mit Recht in seiner an die Bewohner des Herzogthums Nassau gerichteten Proklamation von dem ‚Unglücke der entnervenden Herrschaft dynastischer Interessen und einseitiger Sonderbestrebungen‘ reden. Auch im übrigen wurde gegen den Geist der Zollvereinsverträge schwer gesündigt. Die in den fünfziger Jahren eingeführte Besteuerung des Branntweins und des Biers zog einen selbständigen Zollgürtel um das Ländchen, und das hohe Ausgabebudget und die wachsende Last der Staatsschuld rechtfertigten die Besorgniß, daß man auf neue indirecte Steuern sinnen würde. Den Lahnzoll hob man, allen Bemühungen und Warnungen der Betheiligten, und der wiederholten Aufforderung des Landtags zum Trotze, erst auf, nachdem von der früheren stattlichen Anzahl von beiläufig 600 Fahrzeugen deren nur noch kaum viel mehr wie hundert übrig und die Mehrzahl der Schiffer ruinirt waren. Und bis zu einer Beseitigung der armseligen Schleußengelder hat sich nicht einmal der Gedanke herangewagt.“

Dazu kam noch, daß der Herzog in seiner Hauptstadt Wiesbaden eine berüchtigte Spielhölle geduldet hatte, und den noch schlimmeren, Deutschland entehrenden Handel mit Kindern nach England. Speculanten holten Jahr aus Jahr ein eine Menge nassauische Kinder, besonders junge Mädchen ab, um sie unter dem Vorwand, sie verkauften Besen, der Prostitution in London zu überliefern. Der Spielhölle, wie diesem schändlichen Menschenhandel machte die preußische Regierung sofort ein Ende.

Für die Katholiken waren die kriegerischen Erfolge Preußens und die Annectirungen ein Vortheil, an welchen sie vor dem Kriege kaum gedacht hatten, da alle katholischen Blätter in Süddeutschland die österreichische Sache vertraten. Es konnte indessen nicht lange unbeachtet bleiben, daß der Preußenhaß von Seiten der Vertreter der katholischen Kirche nicht wohl begründet war. Denn Preußen war den Katholiken seines eigenen Landes gerecht geworden. Auf den katholischen Universitäten und Priesterseminarien kam der katholische Geist zu einer Blüthe, wie kaum in Frankreich und Belgien, während dieser Geist in der ganzen österreichischen Monarchie systematisch eingeschläfert blieb und während in den süddeutschen Staaten mit nur geringen Ausnahmen die katholische Kirche von der Staatsgewalt mehr oder weniger unter dem Daumen gehalten und gemaßregelt blieb. Wenn das geistreichste aller katholischen Journale in Deutschland, die historisch politischen Blätter in München, nur aus patriotischen Gründen die Parole auswarf: „lieber preußisch, als rheinbündisch“, so sprachen sich andere katholische Blätter auch anerkennend über die Toleranz aus, welche der preußische Staat den Katholiken angedeihen lasse.

Das Münsterische Sonntagsblatt brachte eine Correspondenz aus Frankfurt, worin vom Jammer der Frankfurter die Rede war und wie bitter sie klagten, preußisch werden zu müssen. Dann hieß es: „Vom kirchlichen Standpunkte aus aber betrachtet, können wir die Annexion nicht so lebhaft bedauern; denn in Frankfurt herrschte wohl der ärgste Zopf in allen deutschen Landen im Benehmen der Staatsgewalt der Kirche gegenüber. Von irgend einer Freiheit der Kirche war nicht die Rede. Es wurden z. B. principiell religiöse Genossenschaften nicht geduldet. Nun haben wir seit drei Jahren englische Fräulein aus Nymphenburg bei München hier; dieselben leiten ein Erziehungsinstitut, das heute an 100 Zöglinge zählt. Diesen Ordenspersonen wurden fortwährend die größten Schwierigkeiten gemacht, und ihre Existenz in Frankfurt wohl auch gefährdet; unter keiner Bedingung wurde ihnen erlaubt, ihr Ordenskleid (?) zu tragen. Was sind das für Lappalien? Die Preußen bringen andere Anschauungen über die Ordensfrauen mit. So befinden sich auch seit beinahe zehn Jahren die ‚armen Dienstmägde Christi‘ von Dermbach in unserer

Stadt, gerufen und unterhalten vom katholischen Gemeindevorstand. Deren Zahl ist in der letzten Zeit auf fünfzehn gewachsen, denn alle Confessionen nahmen sie in Anspruch zur Pflege der Kranken in den Häusern bei Tag und Nacht. Das Gremium der Frankfurter Aerzte erklärte diese Schwestern als die besten Krankenwärterinnen. Aber die Staatsgewalt der ‚freien Republik?' Sie anerkannte die Schwestern nicht, sie tolerirte sie nicht, sie ignorirte sie bloß, — und wäre z. B. vom Vorstand beim Senate die Berufung der Schwestern angezeigt worden, so hätten dieselben, wollte man dem Princip nicht untreu werden, ausgewiesen werden müssen; es ist aber nie eine Anzeige erfolgt und es ist bis zur letzten Stunde beim „Ignoriren' geblieben. — Nach Frankfurt kamen nach und nach bei tausend Verwundete und wurden in verschiedenen Gebäuden untergebracht. Bis in die letzten Tage besorgten diese Kranken Frankfurter Aerzte. Glauben Sie, daß unsere barmherzigen Schwestern zur Pflege der armen Verwundeten wären zugelassen worden, so lange Frankfurt noch zu befehlen hatte in den Lazarethen? Durchaus nicht. Die preußische Commandantur von Frankfurt schickte unsere Schwestern auf die Gefechtplätze von Uettingen, Helmstadt, Roßbrunn, wo sie seit mehr als vier Wochen thätig sind; aber die Herren Frankfurter blieben ihrem Princip: ‚keine Orden!' treu bis in den Tod — bis zum Tode ihrer Freiheit nämlich. In den allerletzten Tagen ist bereits eine Wendung zum Bessern eingetreten, denn die preußischen Stabsärzte kennen den Werth der barmherzigen Schwestern."

Die Breslauer Hausblätter bemerkten dazu: „Dasselbe könnte man fast aus allen annectirten oder gerupften kleinen deutschen Vaterländern erzählen. Die ‚Kirchenknechtschaft' florirt in ihnen aufs üppigste und weil die kleinen Minister und Kammerredner sonst nicht viel zu sagen hatten und haben, so ging ihre Hauptthätigkeit beständig auf das Hineinregieren in die Kirche und auf Unterbindung ihrer Lebensthätigkeit. Wollten wir Katholiken also nur den kirchlichen

Zweck im Auge haben und vom Recht absehen, so würden wir von diesem Standpunkt aus selbst die Annexion Bayerns, Württembergs und Badens aufs angelegentliche befürworten können. Denn auch hier, wie in den kleinen mitteldeutschen ‚Staatchen' steht der Polizeistock in seiner Anwendung gegen die katholische Kirche in hohen Ehren, wie auch in Sachsen, das trotz des besten Willens seines Königs sich durch die bissigste Intoleranz gegen die katholische Kirche hervorzuthun den kläglichen Ruhm behauptet. Gegenüber allen diesen Ländern waltet in Preußen entschieden ein größeres Maß von Gerechtigkeit gegen die katholische Kirche vor und wenn wir auch noch bedeutende Forderungen an unsere Regierung zu stellen berechtigt sind, ehe von einer in allen Verhältnissen durchgeführten Parität die Rede seyn kann, so ist doch das wahr, daß man sich bei uns längst von jener kleinlichen, erbärmlichen und durch und durch ungerechtfertigten Einmischung in rein kirchliche Dinge freigemacht, die in den deutschen Kleinstaaten noch in Blüthe steht, selbst wo katholische Herrscher an der Spitze stehen, wie in Bayern. Also nochmals! Wenn wir bloß nach den kirchlichen Interessen urtheilen wollten, so könnten wir mit Fug sagen: Die deutschen Kleinstaats-Regierungen gewähren der katholischen Kirche das möglichst geringe Maß von Freiheit und ihr Verschwinden wäre für die Katholiken als solche am wenigsten ein Grund, sich die Augen roth zu weinen." Das in Stuttgart erscheinende Volksblatt, bisher sehr preußenfeindlich, erklärte am 23. September seine volle Zustimmung zu diesen Ansichten.

Im gleichen Sinne erklärte sich der Bischof von Limburg am 20. October in einem Hirtenbriefe. Indem er den Gläubigen empfiehlt, dem neuen Herrn in Ehrfurcht und Liebe unterthan zu seyn, rühmt er „die Glaubensstärke des Königs von Preußen, welcher nicht von der herrschenden Partei, sondern vom Altare des Herrn die Krone genommen habe. Die katholische Kirche nehme in Preußen verfassungsmäßig eine würdigere Stelle ein, als anderwärts. Von

Preußen sey für die Einheit und Freiheit Deutschlands noch Großes zu erwarten. Vergeblich jedoch würden alle Bemühungen zur Einheit und Freiheit zu gelangen seyn, so lange man dem Geiste widerstrebe, der früher Deutschland groß und gewaltig gemacht, dem Geist der Kirche."

In der nassauischen zweiten Kammer sagte noch unlängst der geistliche Rath Rau: „Ich verkenne es nicht, daß wir dem großen Nachbarstaate Preußen vieles zu verdanken haben; insbesondere erkenne ich es als katholischer Geistlicher an, daß Preußen seit der Thronbesteigung Friedrich Wilhelm IV. von allen deutschen Staaten zuerst der katholischen Kirche Freiheit gewährt; auch zur Zeit, als der Kirchenconflict störend auf unsere öffentlichen Verhältnisse einwirkte, erfreute sich die katholische Kirche in Preußen der durch die Verfassung garantirten Unabhängigkeit und Freiheit, und auch in dem gegenwärtigen Augenblicke können die Katholiken Preußens eine pflichtmäßige Thätigkeit in Kirchen- und Schulsachen freier und ungehinderter entfalten, als es uns in Nassau vergönnt ist."

Damit vergleiche man nun die täglichen abscheulichen Angriffe der Wiener Judenblätter auf alles, was den Christen heilig ist, z. B. die ruchlose Verspottung des Christkindes in der Christtagsnummer der „Neuen freien Presse" von 1866. Ferner die Pöbeldemonstrationen gegen die Jesuiten in Wien und Prag. Als auch in Bayern, wie in Wien und Prag aufs heftigste gegen die Jesuiten getobt und denselben die Gastfreiheit verweigert wurde, bemerkte die Augsburger Postzeitung, die katholischen Bevölkerungen sollten sich schämen, da in dem überwiegend protestantischen Preußen die Jesuiten geduldet seyen und in öffentlicher Sitzung des Abgeordnetenhauses am 16. Januar 1865 die Jesuitenmissionen in Preußen wegen ihres segensreichen Wirkens gelobt wurden, und sogar New-York, die Metropole der Protestanten und Republikaner, die zahlreichen Jesuiten in ihrer Stadt wegen ihrer Verdienste auf den Schlachtfeldern für abgabefrei erklärte und ihnen jährlich ein Geschenk von 25000 Fr. aussetzte. Die bayrische Regierung befahl dem Bischof von Regensburg, die wenigen Jesuiten, die sich im Schottenkloster daselbst zusammengethan hatten, auszuweisen, indem sie nach § 76 der zweiten Verfassungsbeilage und Art. 7 des Concordats keine Genossenschaft bilden dürften. Der Bischof mußte demnach ihre Entfernung aus dem Kloster veranlassen. Als einzeln lebende Individuen blieben sie geduldet.

Als ein katholisches Blatt in Schwaben mich, der ich lange Jahrzehnte hindurch das gute Recht der katholischen Kirche gegenüber dem nichtsgläubigen Liberalismus und der Bureaukratie vertheidigt habe, wegen meiner Preußen günstigen Auffassung der deutschen Frage angriff, rechtfertigte mich der katholische „Wahrheitsfreund" von Sursee am 13. Februar 1867 mit den charakteristischen Worten: „In der Schweiz geht der radikale Absolutismus so weit, daß manche Katholiken wünschen möchten, die preußische Freiheit zu haben. Unter einem Hinweis auf die Thatsachen sagt die schweizerische Kirchenzeitung: ihr schweizerischen Staatsmänner, seyd gegen die katholische Kirche wenigstens so tolerant als — Bismarck! Während die Jesuitenspukereien, die Ligorianer-Spürnasereien, die Lehrschwestern-Riechereien, die administrationsräthlichen-Sakristanereien 2c. im gegenwärtigen Augenblick die confessionelle Toleranz und selbst die politische Klugheit gewisser Schweizer Staatskünstler in Zweifel stellen, bringen öffentliche Blätter fortwährend Thatsachen aus Deutschland, welche zeigen, daß sogar der Bismarck, wenn nicht aus Ueberzeugung, doch aus staatsmännischer Klugheit sich bestrebt, tolerant und zuvorkommend gegen die Katholiken zu seyn."

Schleswig-Holstein kam durch den Prager Friedensschluß an Preußen, ein für die deutschen Nationalinteressen günstigeres Ergebniß, als wenn dieses schöne Nordalbingische Küstenland nur ein Kleinstaat unter dem Augustenburger geworden wäre. Es war ein großes Glück für Deutschland, daß das scharfe Schwert Preußens wieder gut machte, was die Federn der Professoren und Advokaten schon gänzlich zu verderben im Begriff gewesen waren. Der Liberalismus hatte hier in einer wirklich dummen Verblendung einem Particularismus und Wünschen und Interessen des Auslandes gedient, die mit dem Recht und Interesse der großen deutschen Nation geradezu im Widerspruch standen. Nachdem Gablenz mit den Oesterreichern Holstein verlassen hatte, stellte Preußen den zuverlässigen Freiherrn von Scheel-Plessen an die Spitze der Regierung, trotz seiner Unpopularität bei den liberalen Schreiern. Eine Ergebenheitsadresse der Ritterschaft wurde am 16. August vom König in Berlin huldvoll beantwortet. Der Großherzog von Oldenburg trat seine Ansprüche auf die Elbherzogthümer für 1 Mill. Thaler und ein paar holsteinische Enclaven an Preußen ab. Nach dem Kriege wurde General von Manteuffel wieder Gouverneur der Elbherzogthümer, trat jedoch schon Ende Januar zurück, wie es hieß, wegen Krankheit. Die Einverleibung beider Herzogthümer in den preußischen Gesammtstaat wurde am 24. Jan. 1867 vollzogen.

In dem Maaße, in welchem von einer mehr oder weniger dringlichen Einmischung Frankreichs in die deutschen Angelegenheiten die Rede war, tauchte auch der dänische Anspruch auf das dänischredende Nordschleswig wieder auf. Es wurden deshalb dänenfreundliche Versammlungen abgehalten und wurde auch eine Deputation nach Berlin geschickt in der Hoffnung, sie werde gerade dort in einem günstigen Momente ankommen, in welchem Preußen den früher schon von Frankreich bevorworteten Forderungen des Nationalitätenprincips nachgegeben habe. Preußen gab aber nicht nach und die Deputation wurde gar nicht vorgelassen. Bald darauf hielt die deutsch gesinnte Partei Nordschleswigs eine Versammlung in Hadersleben, bei der sich 6—700 Männer betheiligten. Dabei zeigten sich in der Grenzfrage die augustenburgisch gesinnten mit den preußisch gesinnten Männern ganz einig.

Beide protestirten gegen die Abtretung Nordschleswigs an Dänemark. Ein Redner, der bisher zur augustenburgischen Partei gehört hatte, benutzte diesen Anlaß, um der Versammlung dringend ans Herz zu legen, man müsse die Selbständigkeit auf dem Altar der Einheit opfern. Beim Gastmahl wurde dem König von Preußen ein neunmaliges Hoch ausgebracht. Am 2. Januar war Prinz Friedrich von Augustenburg so loyal, von Baden=Baden aus alle Schleswig=Holsteiner des Eides zu entbinden, den sie ihm geleistet hatten.

Der König von Dänemark drückte schon am 12. November in einer Thronrede die Zuversicht aus, Nordschleswig werde an Dänemark zurückfallen. Ein indiscreter Vortrag des schwedischen Gesandten in Berlin in derselben Angelegenheit (schon am Ende des September) wurde vom Grafen Bismarck gar nicht angehört und auch vom König von Schweden desavouirt. Dem Wiener Frieden zufolge sollte in Nordschleswig eine Volksabstimmung über den Anschluß an Preußen oder Dänemark entscheiden. Der Termin aber war noch nicht bestimmt und auch die Sprachgrenze noch nicht gezogen. Provisorisch blieb Nordschleswig in Preußen einverleibt und wurden dort nicht nur die Wahlen zum preußischen und norddeutschen Parlament verfügt, sondern im März 1867 auch die Rekruten ausgehoben und die, welche den Fahneneid nicht leisten wollten, in Haft genommen. Die Zahl der letztern belief sich nicht ganz auf hundert.

Wie sich die Feinde Preußens rührten, davon gab die Nordd. Allg. Zeitung vom 6. April 1857 einen hübschen Beleg. „In den englischen Preßorganen, namentlich in der Schlesingerschen Correspondenz wird eine Rede des Königs von Dänemark colportirt, die denselben Fabrikstempel trägt, wie die Tischrede, die man vor wenigen Wochen dem Könige von Schweden in den Mund zu legen die lügenhafte Dreistigkeit hatte. Der König von Dänemark soll nämlich einer Deputation aus Nordschleswig geantwortet haben: Mit tiefer Rührung habe ich bis in die letzte Zeit Proben der unverbrüchlichsten

Treue gegen Dänemark von Seiten der Einwohner Schleswigs erhalten. Selbst im südlichsten entschieden deutschen Distrikt heißt es: Lieber mit Dänemark sterben, als mit Preußen verderben! — So erzählt der erwähnte Correspondent. Die Plumpheit des Ausfalls gegen Preußen wird nur durch die Ungeschicklichkeit übertroffen, mit welcher man den König in dem Gefühl seiner eignen Nationalität zu Gunsten des Dänenthums sich demüthigen läßt."

Wir gehen nunmehr von den annectirten Ländern zu denen über, die mit Preußen den engeren norddeutschen Bund schlossen.

Hier steht das Königreich Sachsen in der ersten Reihe.

Nachdem Oesterreich sich einmal entschlossen hatte, mit Preußen Frieden zu machen, ließ es seine bisherigen Bundesgenossen eine auffallende Kälte fühlen. Sie wurden gar nicht zu den Unterhandlungen gezogen, in den österreichischen Frieden nicht mit eingeschlossen. Wie Oesterreich vor dem Kriege durch Verweisung der Elbherzogthümerfrage an den Bundestag den Gasteiner Vertrag und durch Aufforderung der Bundesstaaten zum Kriege gegen Preußen den deutschen Bundesvertrag gebrochen hat, so brach es nach dem Kriege auch gleich wieder den Vertrag vom 14. Juli, in welchem es Bayern ausdrücklich zugesichert hatte, es werde nicht einseitig, sondern nur gemeinsam mit Bayern Frieden schließen. Jetzt ließ es sämmtliche süddeutsche Bundesgenossen im Stich, ließ sie sogar noch fortkämpfen und stellte es ihnen mit äußerster Gleichgültigkeit anheim, ob und wie sie sich mit Preußen abfinden könnten. Allerdings hatte sich Bayern schon im Beginn des Krieges geweigert, ihm Zuzug nach Böhmen zu leisten und durch sein Zögern, Hannover zu entsetzen, wohl den Verdacht erregt, es wolle sich nicht anstrengen und kein Opfer bringen, bevor die Hauptentscheidung in Böhmen erfolgt sey. Als diese nun erfolgt war, konnte man in der That Bayern nicht zumuthen, nach der großen Niederlage Oesterreichs mit seinen schwachen Verbündeten allein den Sieg herstellen zu wollen. Daher die große Erkältung Oesterreichs gegen

Bayern und die Unterhandlungen mit Preußen ohne Zuziehung der verbündeten Mittelstaaten. Gleichwohl wunderten sich besonnene Männer, daß Oesterreich diese Rache an seinen Bundesgenossen nahm und daß seine Presse auch noch nach dem Frieden Bayern und Baden mit den schwersten und kränkendsten Vorwürfen überhäufte. Es wäre großmüthiger und auch klüger von Oesterreich gewesen, Nachbarn zu schonen, deren Schwäche manches nachgesehen werden kann und die immerhin noch stark genug sind, um dem Freunde zu nützen, dem Feinde zu schaden.

Gegen Sachsen allein benahm sich Oesterreich bundestreu, wenigstens noch bei den Friedenspräliminarien. Es bestand darauf, daß dem König von Sachsen die Integrität seines Staats gesichert bleibe, wenn Sachsen auch in den norddeutschen Bund treten und besonders im Heerwesen Concessionen machen müsse. Als aber die Verhältnisse den König von Sachsen nöthigten, seinen bisherigen Rathgeber von Beust zu entlassen (an seine Stelle trat Graf Hohenthal, bisher sächsischer Gesandter in Berlin), und trotz langen Sträubens sich immer mehr in die preußischen Forderungen fügen mußte, fing der Wiener Wind auch ihn kalt anzuwehen an. Je länger König Johann den Abschluß seines Friedens mit Preußen, den er doch schließlich nicht vermeiden konnte, hinaus schob, um so länger lagen die sächsischen Truppen in Oesterreich dem Lande zur Last, obgleich König Johann kein Opfer scheute, für sie zu zahlen. In der Mitte des September brachte die Magdeburger Zeitung folgende Enthüllungen.

„Die Beziehungen des sächsischen Corps zu den österreichischen Truppen waren schon im letzten Abschnitte des Feldzugs die ungünstigsten geworden. Die Oesterreicher gaben den Sachsen schuld, durch ein zu frühes und ungerechtfertigtes Aufgeben der Flankenstellung bei Problus und Ober- und Unterprim den Hauptantheil an dem Verluste der Schlacht bei Königgrätz zu tragen, und die gegenseitige Gereiztheit hatte mit Abschluß des Kriegs bereits eine Höhe erreicht, daß die

Offiziere beider Armeen nicht nur nicht mehr mit einander verkehrten, sondern sich selbst zu grüßen unterließen. Seit dem erfolgten Friedensschlusse zwischen Preußen und Oesterreich ist diese gegenseitige Spannung noch bedeutend gewachsen. Die sächsischen Truppen erscheinen den Oesterreichern jetzt nur noch als eine überflüssige Last. Dazu kommt, daß die Cholera unter den in der Umgegend von Baden eng concentrirten sächsischen Truppen jetzt nicht minder heftig wüthet, als vor einigen Wochen unter den preußischen Truppen in Brünn und in den böhmisch-mährischen Etappenstädten. Die allgemeine Abneigung macht sich zuletzt in den Preisen Luft, welche den Sachsen in ihren Standquartieren auch für die einfachsten Lebensbedürfnisse abgefordert werden. Die einen Augenblick gehegte Absicht, sie bis auf weiteres in weitläufige Quartiere nach Ungarn zu verlegen, hatte wegen des Widerspruchs der Ungarn und bei den ohnehin schon so schwierigen ungarischen Verhältnissen sofort wieder aufgegeben werden müssen."

Während der kurzen Zeit, in welcher die Sachsen in Ungarn verweilten, meldete die Neue freie Presse (im August): „Die sächsische Regierung hatte in Pesth für ihre auf der Flucht schrecklich zugerichtete Armee eine Lieferung von 10,000 Hemden, 10,000 Schuhen und 7000 Mützen ausgeschrieben, ihr Commissär fand aber neun Zehntheil der gelieferten Gegenstände unbrauchbar. Die Lieferanten wollten den Commissär, einen sächsischen Oberstlieutenant, bestechen und waren sehr erstaunt, als er sie zur Thüre hinauswerfen ließ. Noch wäre von einer Partie Hafer zu erzählen, welche dreimal geliefert, dreimal bezahlt wurde und zum drittenmal in einem Zustande war, daß die grünen Keime aus den Säcken herauswuchsen."

In den Friedenspräliminarien von Nikolsburg sicherte Artikel 5 dem König von Sachsen seine Souverainetät und überließ es ihm, seine künftige Stellung zum norddeutschen Bunde zu regeln. Diese ein wenig vage Bestimmung ermächtigte ihn, sich gegen jede Forderung Preußens zu sträuben, die als Eingriff in seine Souverainetätsrechte betrachtet werden konnte, namentlich alles, was sich auf den obersten Armeebefehl und auf die preußischen Besatzungen fester Plätze in Sachsen bezog. Daraus erklärt sich das monatlange Hinausziehen der Unterhandlungen. Inzwischen blieben preußische Truppen in Sachsen stehen, vervollständigten die Verschanzungen um Dresden und mußten auf Kosten des Landes ernährt werden. Zwar benahmen sie sich überall mit schonender Milde und machten sich bei den Einwohnern vielfach beliebt, aber das Land schwebte doch in steter Ungewißheit und trug um so schwerer an der Last der fremden Einquartierung, als auch die ganze noch in Oesterreich verweilende sächsische Armee auf Kosten des sächsischen Volks unterhalten werden mußte, wie es hieß, mit einem täglichen Aufwande von 30,000 Thalern.

Es war natürlich, daß auch ein so gutherziges Volk wie das sächsische endlich ungeduldig wurde. Namentlich in Leipzig empfand man lebhaft das Unnatürliche eines Zustandes, in welchem diese wichtige Handelsstadt in eine feindliche Beziehung zu der großen Nachbarmonarchie gesetzt war, zu der alle ihre Interessen hinstrebten. Eine Volksversammlung in Leipzig unter dem Vorsitz des Professor Biedermann sprach sich schon am 26. August offen dahin aus, das Beste für Sachsen wäre eine völlige Einverleibung in Preußen. Am 12. October wurden in einer noch viel größern Volksversammlung daselbst die gleichen Wünsche wiederholt und ermahnte man den abwesenden König, den Frieden so schnell als möglich abzuschließen und das Land nicht noch länger zu belasten.

Endlich erfuhr man, der König habe sich den Forderungen Preußens gefügt. Am 25. October wurde die erste jener Forderungen erfüllt, nämlich die Festung Königstein den Preußen geöffnet, deren General von Brisen das Commando daselbst übernahm.

Der Friede Sachsens mit Preußen stellte fest, daß Sachsen 10 Millionen Thaler Kriegsentschädigung zu zahlen habe, wovon jedoch bedeutende Summen abgezogen werden für die an Preußen abzutretende Eisenbahnstrecke nach Görlitz. Auf dem Königstein und in Dresden bleiben preußische Besatzungen neben den sächsischen. Die sonst noch nöthigen Garnisonen stellt Preußen. Den Oberbefehl über alle Truppen in Sachsen erhält ein preußischer General, den Commandanten in Dresden aber ernennt Sachsen. Die Reorganisation der sächsischen Armee, bei der zunächst umfassende Beurlaubungen eintreten, bleibt vertagt, bis die für den norddeutschen Bund überhaupt zu treffenden Bestimmungen festgestellt sind. Sachsen tritt in den norddeutschen Bund und erhält einstweilen seine diplomatischen Agenten, bis auch diese Verhältnisse im norddeutschen Bunde neu geregelt seyn werden. Sachsen bleibt im Zollverein mit sechsmonatlicher Kündigung.

Der König von Sachsen traf am 27. October in Pillnitz ein und hielt am 3. November seinen feierlichen Einzug in Dresden unter ungeheurem Jubel, aber auch reichlich fließenden Thränen. In seiner Proklamation an das Volk erklärte er, er werde „der neuen Verbindung dieselbe Treue widmen, mit welcher er dem alten Bunde angehangen sey.“ Auch versprach er, „die besonnene Entwicklung der politischen Einrichtungen fördern zu wollen.“ Die Anwesenheit der Preußen störte die Gemüthlichkeit des Wiedersehens nicht. Man bemerkte kameradschaftliches Entgegenkommen zwischen preußischen und sächsischen Offizieren. Eine am 2. November in Leipzig abgehaltene große Versammlung der „liberal-nationalen Partei“ beschwerte sich darüber, daß der König die bisherigen Stände, die unter ganz andern Verhältnissen gewählt worden seyen und jetzt nicht mehr paßten, auf den 12. November einberufen habe, ohne daß man Neuwahlen vorgenommen hätte.

Die Kammern wurden am 15. November in Dresden eröffnet. Die Thronrede wiederholte, der König werde dem neuen norddeutschen Bunde dieselbe Treue widmen, wie dem frühern deutschen Bunde, und kündigte Wahlen für das norddeutsche Parlament, eine neue

Wehrverfassung, Schwurgerichte, eine Verfassungsreform und ein neues Wahlgesetz an. Eisenstuck verlangte alsbaldige Neuwahlen zur zweiten Kammer, Minister von Friesen entgegnete aber, dieselben würden passender erst vorgenommen werden, wenn der norddeutsche Bund sich werde constituirt haben. In der zweiten Kammer, wie sie damals noch zusammengesetzt war, herrschte Abneigung gegen Preußen vor. Ein Theil der Versammlung sprach das offen aus, ein zweiter beobachtete die resignirte Haltung der Regierung, nur eine Minderheit kam Preußen freundlich entgegen, jedoch nicht ohne das gewaltthätige Vorgehen Preußens zu bedauern.

Am 16. Dezember kamen der König und Kronprinz von Sachsen nach Berlin. Der König von Preußen reiste ihnen entgegen und umarmte den König herzlich. Am 19. Februar 1867 erwiderten der König und Kronprinz von Preußen den Besuch und kamen nach Dresden, nachdem unmittelbar vorher der sächsische Minister v. Friesen der Kammer die neue Militärconvention mit Preußen vorgelegt hatte, aus welcher eine seltene Großmuth Preußens hervorleuchtete. Danach sollte das sächsische Armeecorps möglichst selbständig bleiben. Nur sollten die Truppen neben dem Eide, den sie dem König von Sachsen leisteten, auch dem Bundesfeldherrn Gehorsam geloben. Der Chef des sächsischen Armeecorps sollte zwar vom König von Preußen ernannt werden, aber nur auf Grund der Vorschläge des Königs von Sachsen. Die sächsischen Festungen gehören fortan, wie alle andern im Gebiet des norddeutschen Bundes, diesem Bunde an und werden auf dessen Kosten armirt. Die Verschanzungen bei Dresden sollen erhalten, aber vorläufig nicht erweitert werden, auch soll Dresden zur Zeit für keinen festen Platz gelten. Endlich werden die preußischen Truppen, falls das sächsische Armeecorps bis dahin organisirt und die norddeutsche Bundesverfassung anerkannt ist, am 1. Juli Sachsen verlassen und nur noch bis auf weiteres den Königstein, Leipzig und Bautzen besetzt halten.

Schon im Anfang des April 1867 war die Reorganisirung des sächsischen Armeecorps fertig und der Kronprinz, als Chef desselben, machte beim König in Berlin Meldung. Er erwarb sich dadurch ein großes Verdienst.

Im Großherzogthum Mecklenburg-Schwerin beriethen die Stände am 1. October den Anschluß an den norddeutschen Bund und machten zur Bedingung desselben, daß die Adelsprivilegien im Lande erhalten würden. Die alten patriarchalischen Tugenden des Landes kamen in harten Conflict mit den liberalen Forderungen der Zeit. Der Adel hätte sich vielleicht nicht so schroff benommen, wenn er nicht schon so lange von den liberalen Advokaten und Reformjuden geärgert worden wäre. In der kleinen Schrift „Alt-Mecklenburg" von Spielmann wurde die richtige Mitte eingehalten und das gute Alte im Lande Mecklenburg nach Verdienst gepriesen, der Adel aber mit Recht getadelt, sofern er selbst, grade im Widerspruch mit dem patriarchalischen Princip, dem Bauernstand als solchem seine Rechte vorenthalte. „Läuft mit der Selbständigkeit des Adels die Blüthe eines selbständigen, selbstbewußten, in sich gefesteten Bürgerthums parallel, so soll in einem gesunden Staatsleben ein freier Bauernstand die letzte der drei natürlichen Gesellschaftsgruppen bilden. Es ist über allen Ausdruck schmerzlich, daß unserem Lande ein freier Bauernstand fast ganz fehlt, und es ist der unverantwortlichste politische Fehler (es ist mehr als ein bloßer Fehler, es ist ein Frevel gegen sich selbst!) der Regierungen und der Stände, daß sie die Schaffung und Cultivirung eines freien Bauernstandes nicht blos nicht gefördert, sondern sogar gehindert haben. Der Adel insbesondere hat sich selbst ins Fleisch geschnitten, wenn er der Förderung eines freien Bauernstandes entgegentrat. Jeder Edelmann, der einen Bauerhof legte, trennte damit ein Glied von seinem eigenen Körper, zerriß eine Schake der historischen Kette, die den Grundsassen, dessen Väter unter seinen Vätern geboren, unauflöslich mit seinem Hause verband."

„Die Aristokratie und die Bauern, das sind die Mächte des socialen Bewahrens, und der Adel im Verein mit einem freien Bauernstand, der social selbständig, demgemäß also politisch unabhängig, auf wohlgefesteter eigener Hufe sitzt, ist wie der granitne Bogen einer Brücke, an dem die destructiven Fluthen machtlos zerschellen. Mecklenburg einen vermehrten freien Bauernstand zu schaffen, das ist die große nationale Aufgabe der Regierung und der Stände. Ganz verschwunden ist übrigens, Gott sey Dank! dieser alte freie Bauernstand in unserm Lande noch nicht, und so ein echter und rechter mecklenburgischer Bauer ist eine wunderbar herrliche und prächtige Figur.“

Die Hansestädte waren bisher in mancher Beziehung von der deutschen Bundesgewalt vernachlässigt worden und daher auch wieder in manchen Beziehungen dem deutschen Nationalinteresse, man kann kaum sagen fremd geworden, sondern fremd geblieben. Denn Kaiser und Reich hatten sie auch früher vernachlässigt und die mächtige Hansa, den Stolz unserer Nationalität, zu Grunde gehen lassen, zum einzigen Vortheil Dänemarks, dem verrätherische deutsche Fürsten beistanden. Nachher blieb es den drei Städten Hamburg, Lübeck und Bremen immer allein überlassen, wie sie sich fortbringen wollten; vom Reich wurden sie nicht unterstützt. Während die scandinavischen Reiche, England, Holland, zuletzt noch Rußland Kriegsflotten ins Meer schickten, um ihren Handel und ihre Colonien zu beschützen, geschah vom deutschen Reich nicht das geringste, um die Hafenstädte an der Nord- und Ostsee zu befähigen, jenen Seemächten Concurrenz zu machen. Es blieb jenen Städten nichts übrig, als sich auf möglichst gutem Fuß mit England zu halten, dem sie dafür in seinem Handelsinteresse dienen mußten. Da im deutschen Reich keinerlei Selbstthätigkeit mehr zu finden war, vergaß man die Bedeutung unserer nordischen Emporien ganz und gar. Das deutsche Volk, einst eine einzige ungeheure Emigration, war jetzt wie angenagelt an die Scholle, eingepfercht in viele hundert große und kleine Territorien. Von Colonien, die dem Mutterlande nützlich werden könnten, ließ man sich nichts mehr träumen. Sogar der Straßenbau wurde vernachlässigt, und an die nächsten, natürlichsten Verbindungswege zwischen dem Binnenlande und den Hafenplätzen nicht gedacht.

Die gedachten Städte waren zu ohnmächtig, um sich der Unbilden erwehren zu können, welche sie von Zeit zu Zeit in den Kriegen der uneinigen Fürsten erfuhren, die ihnen immer schlechte Nachbarn blieben, Hannover z. B. noch bis zu seiner letzten Einverleibung in Preußen. Was hätten die Hansestädte seit Jahrhunderten für das Gesammtinteresse Deutschlands leisten können! Alles, aber auch alles wurde hier versäumt. Selbst in dem glorwürdigen Jahr 1813 wären die Hansestädte, nachdem sie schon französisch gewesen waren und Hamburg bekanntlich von Davoust auf das entsetzlichste ausgeplündert und mißhandelt worden war, beinahe an Dänemark abgetreten worden. Oesterreich bekümmerte sich nicht um sie und der König von Preußen, trotz seines patriotischen Volkes und Heeres, hatte sich leider zu sehr von Rußland abhängig gemacht, um den Hansestädten helfen zu können, auf welche damals Rußland die Hand legte. Der König von Preußen war leider gezwungen, sich Rußland hinzugeben, um sich vor der ewigen Eifersucht Oesterreichs zu schützen. Der Kaiser von Rußland wollte sein mitten im Frieden auf die ungerechteste Weise von Schweden abgerissenes Finnland behalten, Schweden mit dem dänischen Norwegen und Dänemark mit den deutschen Hansestädten und einem weitern Gebiet umher entschädigen. Der damalige Kronprinz von Schweden, der sich an die Alliirten angeschlossen und bis zur Schlacht bei Leipzig eigentlich nur zum Schein gegen Napoleon mitgefochten hatte (denn er verlor im ganzen Kriege nur 200 Mann) verließ die Alliirten wieder und zog scheinbar gegen die Dänen, aber nur, um Gelegenheit zu haben, in der Nähe der Hansestädte Posto zu fassen, um sie als Pfand für Norwegen in Kopenhagen verwerthen zu können. Der Kaiser von Rußland hatte schon alles mit ihm verabredet und durch den Fürsten Dolgoruki den schändlichen Verkauf der deutschen Hansestädte bereits zum Abschluß bringen lassen. Dänemark, welches Norwegen ohnehin nicht hätte behaupten können, war über die Compensation äußerst erfreut, die es nimmermehr hätte erwarten können, da seine perfide Politik gegen Deutschland während der Franzosenzeit vielmehr eine harte Strafe verdient hätte. Man hätte diesen treulosen Dänen, die unsern edlen Schill mordeten, Holstein und Schleswig ohne weiteres wegnehmen sollen. Statt dessen gedachte der russische Kaiser, sie noch mit den Hansestädten zu belohnen. Dieser Verrath an Deutschland wäre auch vollzogen worden, ohne daß es Oesterreich und Preußen gehindert hätten, wenn nicht England, sobald es die russische Intrigue erfuhr, mit größter Entschiedenheit und offener Drohung dagegen aufgetreten wäre. Das that England freilich nicht aus Liebe zu Deutschland, oder aus Achtung vor dem Recht, sondern nur im eigenen Interesse. Es wollte nämlich nicht leiden, daß die dänische Marine und der dänische Handel durch Erwerbung der Hansestädte verstärkt werden sollten. Genug, England duldete den Verkauf jener Städte an Dänemark nicht, dem letztern wurde nur das kleine Herzogthum Lauenburg zu Theil, was immer noch Schande genug für Deutschland war.

Die drei Hansestädte wurden auf dem Wiener Congreß zu freien Städten erklärt und traten somit ungefähr in das alte Verhältniß von Reichsstädten zurück. Es war mithin natürlich, daß sich in ihrer innern Verfassung und Verwaltung auch noch viel von dem ältern reichsstädtischen Wesen erhielt. Man nennt das jetzt Zopf, aber es war viel Achtungswürdiges darin, viel Solidität. Der reiche Kaufmannstand herrschte in patriarchalischer Weise vor, wie seit Jahrhunderten, und seine Leistungen in Schifffahrt und Handel erscheinen bewunderungswürdig, wenn man bedenkt, daß sie von keiner Kriegsflotte unterstützt waren und gegen übermächtige Concurrenzen zu kämpfen hatten. Da sie von Deutschland nicht unterstützt waren, richteten sie ihre Blicke auch mehr nach London, als nach der deutschen Bundesstadt oder Wien und Berlin, und schlossen sich auch nicht an den Zollverein an, von dem sie überdieß bis 1851 durch Hannover abgetrennt waren. Daß sie nachher auch noch von Hannover chikanirt wurden, ist schon erwähnt.

Hamburg als die dritte Stadt in Deutschland überragte Bremen und Lübeck durch die Zahl seiner Einwohner, seiner Schiffe und Kapitale, sprach daher auch eine höhere politische Bedeutung an, modernisirte sich mehr als die andern und verfiel sogar einige Zeit in den Schwindel, der eine bekannte Katastrophe herbeiführte. Die kaufmännische Welt wußte sich aber zu helfen und Hamburg behauptete seinen Kredit. Die reiche Republik prunkte ein wenig zu viel. Man bemerkte hier, daß der Bürger, wenn er zu großem Vermögen gelangt, gern in Vornehmigkeit und Diplomatie macht. Hamburg hatte zwar glücklicherweise keine so einflußreiche Diplomatie zu beherbergen wie Frankfurt a. M., es hatte sich nicht mit dem Bundestage und mit allen den aus- und inländischen Giften, mit denen die großen Staatsmänner den Labetrunk für die deutsche Nation mischten, identificirt wie Frankfurt. Es blieb reiner und unschuldiger, that aber doch allzu wichtig mit seinen 292 Gesandten und Consuln, die es selbst ins Ausland schickte, und mit weitern 102 in Hamburg residirenden Diplomaten und Consuln. Und was nützte diese Diplomatie? Das deutsche Consularwesen lag und liegt noch im Argen. Wenn irgend wo in der Welt einem Engländer, Franzosen oder Yankee Unrecht geschieht, so sind die Gesandten und Consuln gleich bei der Hand, ihm Recht und Genugthuung zu verschaffen, und flößen überall Respect ein. Nur der arme Deutsche ist im Ausland verlassen, weil er statt einer Regierung deren dreißig hat, weil der Bundestag sich niemals der Deutschen im Ausland annahm.

Der Hamburger Marr sagte in einer Flugschrift: „Unsere überseeischen Consulate sind in ihrer großen Mehrzahl ein Futter für die Titelsucht hamburgischer und anderer Kaufmannssöhne. Jeder Kaufmann wird uns Recht geben, wenn wir behaupten, ein großer Theil der Regierungen überseeischer Staaten respectirt geschlossene Handelsverträge nur in so weit und so lange, als die Bestimmungen solcher Verträge nicht in Collision mit den ephemären Interessen jener Regierungen kommen. Tritt ein solcher Fall ein — und dies kommt nur zu häufig vor — so ist unser ‚Consul' zu machtlos, vor Schaden zu bewahren, und da die Republik Hamburg selber machtlos ist, so würde er sich noch lächerlich dazu machen, wollte er in der Weise eines Consuls eines respectablen Staates auftreten. Die Consularvertretung ist daher wesentlich nichts als ein ohnmächtiger Humbug. Dagegen liegt es in der Macht eines solchen consularischen Jünglings, seinen eigenen Landsleuten, wenn diese zugleich seine Concurrenten sind, eine Menge kleiner und wohlfeiler Schwierigkeiten in den Weg zu legen. Auch für diese Behauptung darf dreist an das Urtheil sachverständiger Kaufleute appellirt werden."

Seitdem die Hansestädte in den nordischen Bund unter Preußen eingetreten sind, entsteht die Frage, ob sie nicht besser thäten, ganz in die preußische Monarchie überzugehen. Preußen wird zwar nie so bundesunfreundlich handeln, wie bereits besorgt wird, und nicht von Altona aus Hamburg chikaniren, sondern seinen Stolz darin suchen, Hamburg und seine Interessen zu beschützen.

Wir können Hamburg nicht verlassen, ohne noch einen Blick auf den deutschen Seehandel zu werfen. Die Thätigkeit hiefür ist Hamburgs glänzende Seite, was auch von Marr überall anerkannt wird. Keine deutsche Stadt läßt soviel Handelsschiffe in See gehen, als Hamburg. Der norddeutsche Bund, wie unsicher auch noch sein Verhältniß zu seinen Nachbarn im Süden ist, wird segensreich für unsere norddeutschen Küstenländer seyn. Ist erst der Nordostseekanal fertig, wird ein neuer Schwung in den deutschen Seehandel kommen und werden alle bisher politisch getrennten deutschen Küstenbewohner dasselbe Bedürfniß fühlen, sich gegenseitig zu stärken unter Preußens Führung.

Welche schöne Gelegenheit böte sich Holland dar, im Verein mit Preußen seine Seemacht wieder zu heben, aus Deutschland seine Colonien reich zu bevölkern. Auch in Belgien regt sich das deutsche Blut. Wer hat diesen schönen deutschen Niederlanden den Namen angehängt, den ihnen einst Cäsar gab? Der moderne Cäsarismus ahmte jenem alten nach und veränderte die deutschen Namen. Doch nicht das Volk. Die Vlämingen sind bis auf den heutigen Tag ehrliche Niederdeutsche geblieben, nur ihre s. g. gebildeten Classen sind der französischen Mode verfallen. Das feste Mauerwerk ist deutsch, nur die Uebertünchung ist französisch. Antwerpen ist ein deutscher Hafen. Der Name kommt her von der weggeworfenen Hand. Warum haben wir sie uns abreißen lassen, diese schöne Hand?

Um eine Vorstellung davon zu bekommen, was Deutschland zur See, in Handel und Colonialwesen leisten könnte, müssen wir das überblicken, was bisher trotz der ungünstigsten Umstände doch wirklich geleistet worden ist. Obgleich Deutschland, so lange der Bundestag bestand, keine eigentliche Seemacht werden konnte, waren doch die seeanwohnenden Deutschen rührig genug und bewiesen, daß es wenigstens an Menschen nicht fehlte, um eine große deutsche Seemacht zu begründen. Die deutschen Anwohner der Nord- und Ostsee von Ostfriesland bis Memel sind seetüchtig. Da sie sich nur von Kaufleuten auf Handelsschiffen dingen lassen können, Preußen bisher nur eine kleine Kriegsflotte hatte und der deutsche Bund von Anfang an uns vom Ausland octroyirt war, (unter anderm zu dem Zweck, daß Deutschland nie eine Marine haben sollte) sahen sich unsere Seeleute genöthigt, auf englischen Schiffen zu dienen, ja man rechnet, daß der vierte Theil aller Matrosen auf englischen Schiffen Deutsche sind. Die übrigen werden auf deutschen Schiffen gebraucht, deren Zahl auffallend groß ist und doch noch lange nicht groß genug, um alle unsere seetüchtigen Küstenbewohner zu beschäftigen. Im chinesischen Hafen Hongkong ankerten im J. 1865 235 Hamburger, 126 Schleswig-Holsteinische, 91 Bremer, 61 preußische, 32 hannoversche und 12 österreichische Schiffe. Preußen allein besitzt mit seinen jetzt annectirten Ländern 5470 Schiffe, die übrigen mit ihm verbündeten norddeutschen Staaten noch 1941 Schiffe. Vergleicht man den Seehandel nach dem Tonnengehalt der Schiffe, so fallen auf England 7 Mill. Tonnen (zu 2000 Pfund), auf die Vereinigten Staaten von Nordamerika 5 Mill.; auf den norddeutschen Bund 1,293,188 Tonnen, auf Frankreich 985,235 Tonnen, so daß Deutschland trotz seiner bisher so schwachen Kriegsmarine doch die dritte Seemacht in der Welt darstellt. Was Großes ließe sich aus diesem Material machen, wenn wir erst einig wären!

Ein Hamburger Kaufmann, Wichmann, erklärte in einer Flugschrift, *) es wäre ein großer Nachtheil für Hamburg, wenn sein Handel durch eine Kriegsflotte beschützt werden, und wenn es nicht mehr seine Schiffe unter der alten hanseatischen Flagge in See gehen lassen sollte. „Durch Bevormundung und Schutz nützt man dem Handel nicht, sondern führt nur dessen Verfall herbei. Der Kaufmann ist nach der Natur seines Geschäfts Kosmopolit und muß es seyn. Seine Aufgabe ist, möglichst mit aller Welt in Frieden zu leben. Ihm zumuthen wollen, daß er aus nationalen oder patriotischen Rücksichten wissentlich gegen sein erlaubtes Interesse handeln solle, hieße etwas Unvernünftiges von ihm verlangen. Es ist Thatsache, daß die deutschen und vornemlich die hanseatischen Schiffe zur Zeit die gesuchtesten sind auf der ganzen Welt. Eine Nation kann wohl eine fremde Regierung und die Bewohner eines fremden Landes

---

*) Der deutsche Handel und die beabsichtigte deutsche Kriegsflotte. Hamburg, Meißner 1867.

durch eine Kriegsflotte zwingen, den berechtigten oder wohl gar unberechtigten Anforderungen eines ihrer Angehörigen nachzugeben, sie kann aber mit aller Macht nicht das erzwingen, was für das Gedeihen des Handels unerläßlich ist, nämlich Vertrauen und bereitwilliges Entgegenkommen. Jeder in einem fremden Lande durch eine Kriegsflotte ausgeübte Zwang wird vielmehr eine Entfremdung der Bewohner desselben zur Folge haben und auf den Handel nachtheilig wirken."

Man muß den Hamburgern alle Ehre widerfahren lassen, daß sie auch in der traurigen Zeit des Bundes durch ihre Privattugenden im Auslande dem deutschen Namen Achtung erworben haben. Daraus folgt aber nicht, daß die große deutsche Nation die staatliche Einheit entbehren kann und daß ihr eine Kriegsflotte unnütz sey, wohl gar schädlich werden könnte. Man braucht eine Kriegsmarine nicht blos, um Kauffahrteischiffe zu schützen, so wie man ein Landheer nicht blos dazu nöthig hat, um Frachtwagen und Eisenbahnzüge zu beschützen. Der deutsche Mann ist nicht blos Privatmann, sondern auch Bürger einer großen Nation. Was dem Juden, Zigeuner oder Landsknecht zum Vortheil gereichen mag, der kein Vaterland hat oder sich ausnahmsweise darüber hinwegsetzt, kann nicht der Maßstab für den Genossen einer großen Nation seyn.

Zwanzigstes Buch.

Das südwestliche Deutschland.

Im Prager Frieden waren die süddeutschen Bundesstaaten, die das 7. und 8. Bundesarmeecorps gebildet hatten, Bayern, Württemberg, Baden und Hessen-Darmstadt aus dem Bundesverband mit Oesterreich herausgerissen und vom norddeutschen Bunde ausgeschlossen worden, indem man es ihnen überlassen hatte, einen selbständigen Südbund für sich zu bilden, über dessen Verhältniß zum Nordbunde man sich beiderseits verständigen dürfe. Dieses Arrangement hatte Preußen und Oesterreich allein getroffen und die betheiligten vier Staaten mußten es sich gefallen lassen, ohne vorher darüber gefragt worden zu seyn. Es drängte sie auch gar nicht, sich als Südbund zu constituiren. Bayern war nicht mächtig genug, um im Südbunde eine durchgreifende Hegemonie ansprechen zu können, versuchte es also auch nicht. Württemberg, Baden und Hessen würden sich seinem Willen nicht unterworfen haben.

Da nun der Südbund einstweilen noch nicht vereinbart wurde, sondern die vier Staaten, die er umfassen sollte, jeder selbständig handelte, müssen wir ihr Verhalten im Einzelnen verfolgen. Gemeinsam war ihnen nur das Mißbehagen, welches stets einer Niederlage im Kriege folgt, und die unangenehme Ueberraschung, die ihnen Oesterreich bereitet hatte, indem es sie bei seinen Friedensunterhandlungen mit Preußen gar nicht mehr berücksichtigte. Die unfreundliche Behandlung der Bundesgenossen motivirte Oesterreich damit, daß die letztern während des Kriegs ihre Schuldigkeit nicht gethan hätten. Diesen Vorwurf machte es namentlich Bayern und Baden. Das gab nun viel Aergerniß und obligate Gegenbeschuldigungen, so daß man sich fragen mußte, ob Oesterreich nicht besser gethan haben würde, über das Vorgefallene einen Schleier zu decken und Bundesgenossen zu schonen, die es vielleicht noch einmal brauchen konnte.

Was nun zunächst Bayern anlangt, so machte es eine auffallend rasche Schwenkung von der österreichischen Seite auf die preußische hinüber. In Bezug auf das Verhalten Bayerns vor dem Kriege bemerkte die Spenersche Zeitung, Herr v. d. Pfordten, wenn auch in seinen Aeußerungen zurückhaltender als Herr v. Beust, sey doch die Seele der antipreußischen Coalition gewesen und Herr v. Beust würde nicht so weit vorangegangen seyn, wenn ihn Herr v. d. Pfordten nicht geschoben hätte. Es sey daher natürlich, daß Preußen beim Friedensschluß strengere Forderungen an Bayern machen müsse als an Württemberg, Baden oder Darmstadt. Baden sey sogar von Bayern mit einer Theilung bedroht worden, wenn es nicht mitrüste gegen Preußen. Ganz ebenso äußerte sich die Norddeutsche Zeitung in der Mitte des August: „Wäre Bayern auf den früheren Bundesreformplan Preußens eingegangen, worin ihm die militärische Leitung Süddeutschlands angetragen war, so würde es aller Wahrscheinlichkeit nach gar nicht zum Kriege gekommen seyn, denn Oesterreich hätte dann keine Bundesgenossen gegen Preußen gehabt und würde für sich allein den Krieg schwerlich unternommen haben. Alle Vorstellungen aber, welche Preußen der bayrischen Regierung machte, waren vergebens, sie wurden wiederholentlich offenbar in der Hoffnung zurückgewiesen, daß der Krieg einen für Preußen unglücklichen Ausgang haben würde. Selbst nach dem Siege von Königgrätz machte Preußen noch einmal den vergeblichen Versuch, ferneres Blutvergießen zu vermeiden, Bayern zum Rücktritt von der Coalition zu bestimmen. Der Bruch der Neutralität, die Verletzungen des Völkerrechts, deren sich die bayrische Regierung, ihren eigenen Anträgen zum Trotz, in Frankfurt a. M. und Mainz schuldig machte, lassen einen Blick in die preußenfeindliche Gesinnung des bayrischen Kabinets thun, welche mit Sicherheit das vae victis Preußen entgegen rufen zu können hoffte."

Als in München selbst große Aufregung über die schlechte Führung der Armee herrschte und in einer größern Volksversammlung, wie das in sehr vielen andern Städten des Südens gleichzeitig geschah, gegen jeden Frieden protestirt wurde, welcher den deutschen Süden vom deutschen Norden trennen und den Zollverein aufheben würde, daher den Anschluß an Preußen empfahl, trat ein rheinbündisches Gelüste im neuen bayrischen Courier ungescheut hervor. „Jetzt," schrieb er, „nachdem Oesterreich hinausgeworfen ist, noch von einem Deutschland reden zu wollen, ist purer Unsinn, es handelt sich also für uns Bayern nur noch darum, unsere Selbständigkeit möglichst zu erhalten, das Vasallenthum unseres Könighauses von den Bismarck-schen Krallen frei zu halten, durch Anschluß an den großen Nachbar Frankreich sich zu schützen. Wer hat Bayern, Württemberg, Baden, Hessen vergrößert? Frankreich, Napoleon I. In welcher Periode bildeten sich unsere bisher nicht erreichten bayrischen Staatsmänner und Gelehrten, wie z. B. Montgelas, Reigersberg, Feuerbach ꝛc., unsere Heerführer Deroy, Wrede ꝛc. aus? Zur Zeit des Rhein-bundes, an der Seite der Franzosen. Darum: Lieber ein Bayern in seiner Größe und Selbständigkeit erhaltendes, ja vielleicht noch vergrößerndes — Bündniß mit Frankreich — als ein preußisch Bismarcksches Helotenthum."

Inzwischen vertheidigte von der Pfordten die bayrische Sache bei den Friedensverhandlungen in Berlin mit großem Geschick. Bayern stand isolirt. Oesterreich hatte es bei den Friedenspräliminarien im Stich gelassen. Allein konnte Bayern den Krieg gegen Preußen nicht fortführen. Es mußte also den Frieden mit Preußen eingehen und suchte dabei so wenig als möglich zu verlieren, ja noch zu gewinnen. Wenn wir nämlich den erst im April in der Kölner Zeitung veröffentlichten Enthüllungen Glauben schenken sollen — und das dürfen wir, weil sie nicht widerlegt worden sind, — so suchte Herr von der Pfordten mittelst Preußen zu erreichen, was ihm durch die Verabredungen des 14. Juni von Oesterreich hätte gewährt werden sollen, wenn dieses gesiegt hätte, nämlich Grenzerweiterungen auf Kosten seiner nächsten Nachbarn. Als diese Nachbarn davon Kunde erhielten, beeilten sie sich, den bayrischen Plan durch unbedingte Hingabe an Preußen zu vereiteln. Dies der wahre Grund, warum Württemberg zuerst und dann auch Baden und Hessen-Darmstadt das enge Schutz- und Trutzbündniß mit Preußen eingingen, welchem Beispiel nun auch Bayern folgen mußte, wenn es die Zeche nicht allein selber bezahlen sollte, die es zu bezahlen den Nachbarn hatte aufbürden wollen. Preußen zog es vor, Württemberg nachzugeben, und ging auf den bayrischen Plan nicht ein, ohne Zweifel ein sehr großmüthiges und loyales Verfahren, wodurch es die süddeutschen Staaten zu versöhnen, zum Anschluß an den Nordbund in ihrem eigenen Interesse geneigter machen und überhaupt ihnen Vertrauen beweisen wollte.

Die Kölner Zeitung schrieb: „Als es zu den Friedensverhandlungen kam, verlangte Graf Bismarck, daß alle süddeutschen Staaten pro rata der Bevölkerung in gleicher Weise zu den Lasten des Kriegs herangezogen würden, und daß deshalb sowohl Darmstadt als auch

Bayern für die abgetretenen Gebietstheile von Württemberg und Baden entschädigt würden. Für Darmstadt war als Entschädigung für die eventuelle Abtretung Oberhessens entweder die Rheinpfalz oder das bayrische Aschaffenburger Gebiet in Aussicht genommen. Bayern, welches auch an Preußen bedeutende Theile von Ober- und Unterfranken abzutreten gehabt haben würde, hätte von Baden und Württemberg entschädigt werden sollen. Den süddeutschen Staaten war diese Aussicht auf bedeutende Gebietsabtretungen durchaus unerwünscht. Sie ergriffen zur Abwendung derselben die Initiative und machten den Vorschlag eines Schutz- und Trutzbündnisses mit Preußen. Graf Bismarck wollte dem Ernste dieses Angebots anfangs keinen Glauben schenken, er glaubte hinter demselben nur den Wunsch nach Zeitgewinn erblicken zu dürfen; indessen gelang es doch den süddeutschen Unterhändlern, den preußischen Premier von dem Ernste und der Ehrlichkeit des Angebots zu überzeugen, und diesen zur Verzichtleistung auf die territoriale Vergrößerung Preußens auf Kosten der Südstaaten zu Gunsten einer allgemeinen Solidarität der deutschen Staaten zu bestimmen."

Man ersieht aus diesen Enthüllungen, wie auch aus den Annectirungen Hannovers und Kurhessens, daß die kleinen Staaten nur im engen Anschluß an Preußen, als an die erste und stärkste deutsche Macht, ihren bisherigen Besitzstand, ihre verhältnißmäßige Autonomie und ihre Dynastie zu behaupten vermögen, oder daß sie, wenn sie das verhältnißmäßig kleine Opfer einer vertragsmäßigen oder bundesverfassungsmäßigen Unterordnung gleich derjenigen der Reichsfürsten im alten Reiche nicht bringen wollen, sie keine Macht und kein Recht mehr haben, sich den Maßnahmen, welche die Neugestaltung Deutschlands verlangen, zu widersetzen und daß sie alsdann verdientermaßen zu einem rein passiven Entschädigungsmaterial herabsinken. Sämmtliche Kleinstaaten haben ihre Sonderrechte nur als organische Glieder des deutschen Reichs erworben und können sie nur behaupten, wenn sie sich der neuen Eingliederung in ein Ganzes fügen. Wer sich versagt, fällt aus durch eigene Schuld.

Bayern konnte froh seyn, die fränkischen Markgrafschaften zu behalten und seine schwäbischen Nachbarn durch Acquisitionen nicht zu erbittern. Es mußte im Frieden mit Preußen sich noch dazu verstehen, die Mainzölle aufzuheben und die Düsseldorfer Bilderfrage zu reguliren.*)

Von der Pfordten verschwieg natürlich die geheimen Artikel des Friedens vom Schutz- und Trutzbündniß mit Preußen, hatte aber das Vergnügen, wahrzunehmen, daß die Kammermehrheit selbst ein solches zu erlangen wünschte. Am 28. August vereinigten sich in München 43 Abgeordnete der Linken zu folgendem Beschluß: Indem die Linke in Betreff der innern bayrischen Angelegenheiten an ihrem bisherigen Programm festhält, ergänzt sie dasselbe in Beziehung auf die deutsche Frage, mit Rücksicht auf die veränderte Gesammtlage, wie folgt: 1) Wir verwerfen die Zerreißung Deutschlands nach Nord und Süd und die Bildung des südwestdeutschen Bundes. Wir erstreben ein unter Parlament und einheitlicher Centralgewalt geeinigtes Vaterland

*) Die Reclamation der Düsseldorfer Bildergalerie, die sich bekanntlich in München befindet, war von preußischer Seite dadurch motivirt, daß dieselbe großentheils aus den von den bergischen Ständen bewilligten Landesmitteln angekauft worden sey und daß gedachte Stände gegen ihre Uebersiedlung nach München Protest erhoben hätten. Bayern übernahm die Galerie nicht als Eigenthum, sondern als fremdes Gut, welches nur der Sicherheit wegen dahin gebracht wurde, im Jahr 1805. Als Murat Großherzog von Berg wurde, reclamirte er die Bilder, bekam sie aber nicht. Die Reclamation wurde im Rheinischen Merkur von Görres bald nach Murats Vertreibung und noch einmal im Jahr 1836 durch den rheinischen Landtag erneuert. Aber wegen der damals grade schwebenden Verhandlungen mit Bayern wegen des Zollvereins wollte Preußen die Sache lieber ruhen lassen.

mit Autonomie seiner Glieder in ihren besondern Angelegenheiten und mit gesicherten Freiheiten des Volks. 2) Um einen Anhaltspunkt zur Erreichung dieses Ziels zu gewinnen, werden wir uns, wenn auch die Gesetze und Einrichtungen des im Norden Deutschlands in der Gründung begriffenen Bundes sich anfänglich noch als mangelhaft darstellen und ihre Verbesserung erst erkämpft werden muß, dadurch nicht abhalten lassen, sobald der Eintritt der Südstaaten in diesen Bund überhaupt möglich seyn wird, auf den Eintritt Bayerns zu bringen. 3) So lange eine organische politische Verbindung des Südens mit dem Norden nicht erreicht ist, erachten wir die Herstellung eines engen Bündnisses mit Preußen für die dringendste Aufgabe der bayrischen Politik und verlangen die Erhaltung des Zollvereins unter Umgestaltung seiner Verfassung mit Gewährschaften für die Stetigkeit und Entwicklung seiner Einrichtungen. 4) Ungeschmälerte Erhaltung des deutschen Gebiets und Abwehr aller Einmischung des Auslandes ist Pflicht des bayrischen wie jedes deutschen Staats. Sollte eine auswärtige Macht deutsches Gebiet bedrohen, so verlangen wir sofortigen Anschluß Bayerns an die norddeutsche Kriegsmacht behufs gemeinschaftlicher Vertheidigung unter preußischer Führung.

Am folgenden Tage, dem 29. August, erstattete von der Pfordten dem Reichsrath in München Bericht über den Frieden. Referent von Harleß bemerkte: „Dank dem Geschick und der Energie des Ministers Freiherrn von der Pfordten seyen die Friedensbedingungen verhältnißmäßig gut ausgefallen, das Opfer sey zwar immerhin noch groß, aber der Trost bleibe uns, daß wir dem gallischen Nachbar nicht die Freude gemacht haben, Deutschland zu schwächen. Trotz alles Vorgefallenen wünscht Redner, wenn Frankreich Preußen angreife, möge Bayern mit Preußen gehen.“ Herr von der Pfordten bemerkte, Bayern habe, von Oesterreich verlassen, den Krieg nicht fortsetzen können. Wenn gleichwohl die Friedensbedingungen sich verhältnißmäßig günstig gestaltet hätten, so verdanke man das der tapfern Armee, über deren Tapferkeit sich die preußischen Generale und der König selbst mit höchster Anerkennung ausgesprochen hätten. Eine eigentliche Niederlage habe die bayrische Armee nicht erlitten, auf den öffentlichen Plätzen Berlins stehe nicht eine einzige bayrische Kanone. Der Kriegsminister von Pranckh gab zur Beruhigung Vieler noch die Erklärung ab, die Regierung werde nicht verfehlen, gegen solche, die im Felde ihre Pflicht versäumt haben, ihre Schuldigkeit zu thun. Der Friedensvertrag wurde nun einstimmig vom Reichsrath genehmigt.

Am nächsten Tage, den 30. August, erklärte Herr v. d. Pfordten in der Kammer der Abgeordneten: „Mit der Frage der Bildung eines süddeutschen Bundes habe die Regierung sich noch nicht beschäftigt, es werde die Lösung derselben zunächst von der Gestaltung der Dinge im Norden abhängen; übrigens sey bei den andern südwestdeutschen Regierungen wenig Geneigtheit vorauszusetzen, auf dieses von Frankreich angeregte Project einzugehen. Auch bezüglich einer anzustrebenden Einigung Süd- und Norddeutschlands werde erst abzuwarten seyn, wie sich der beabsichtigte norddeutsche Bund gestalte. Was aber das Verhalten Bayerns betreffe, wenn die deutschen Grenzen sollten gefährdet werden, so werde die Regierung deren Vertheidigung als die gemeinsame Aufgabe aller deutschen Staaten betrachten.“ Der Abgeordnete Ruland aus Würzburg sprach in tiefster Erregung: Es sey nunmehr aus mit der Selbständigkeit Bayerns. Die Wittelsbacher Dynastie sey von nun an so gut wie preisgegeben, der preußische Cäsarismus werde Alles verschlingen. Mit tiefster Erbitterung sprach er von der Kriegführung: „Unsere Armee ist nur in Splittern vorgeführt worden, aber nie in offener Feldschlacht. Auf ihre Fahne war von vorn herein der Rückzug geschrieben. Ich habe mit eigenen Augen gesehen, wie gemeine Soldaten die Krone von ihrer Mütze rißen, wobei sie sagten, sie ist beschmutzt worden.“ Der Redner war so ergriffen, daß er schließlich den Kopf auf beide Hände stützte und bitterlich zu weinen anfing. Hohenadel verlangte Anschluß an Preußen und Theilnahme am Parlamente, was nicht angenommen wurde, dagegen drang Dr. Völk mit dem Antrag der Linken durch, wonach Bayern auf den südwestlichen Bund verzichten, die politische Verbindung des Südens mit dem Norden sich vorbehalten und einstweilen das Fortbestehen des Zollvereins und ein enges Bündniß mit Preußen erstreben solle.

Die Wiener Neue Freie Presse erwiderte die Auslassungen des Herrn v. d. Pfordten mit bitterm Hohn: „Herr v. d. Pfordten wagt zu behaupten, die Bayern seyen nicht geschlagen worden. Aber was hat man anders gethan, als plänkelnd vor dem Feinde zurückzuweichen, eine Linie nach der andern preiszugeben und dem Feinde durch beständigen Rückzug und beharrliches Vermeiden jedes größeren entscheidenderen Zusammenstoßes den Weg in das Herz des Landes zu öffnen. Daß die Preußen nicht einmal in die Lage kamen, bayrische Kanonen wegzunehmen, ist viel schimpflicher für diese Kriegführung, als wenn Herr v. d. Pfordten in Berlin einigen Batterien bayrischer Kanonen begegnet wäre. Der Feldzug des 7. und 8. Bundesarmeecorps, welche ihre Vereinigung stets anstrebten, ohne sie jemals zu bewerkstelligen, ist eine der größten Unglaublichkeiten des deutschen Krieges und würde zu seinen unlösbaren Räthseln gehören, wenn man nicht wüßte, daß derselbe Kopf, welcher die hinterhältliche, particularistische bayrische Politik ausgeheckt, auch im Hauptquartier der Bundesarmee dominirte. Es wird lange dauern, bis es auskommt, wie v. d. Pfordtens Geist den Arm des Prinzen Karl und v. d. Tanns gelähmt (sowohl vor der Hauptschlacht Oesterreichs und Preußens, deren Ausgang abgewartet werden wollte, als nach derselben), aber daß niemand für den schmachvollen Ausgang des Mainfeldzugs verantwortlich ist, als die v. d. Pfordtensche superkluge, eingebildete Staatsweisheit, dafür liegen schon heute die sprechendsten Indizien vor. Seine Marotte bis zum äußersten verfolgend, wollte er abwarten, daß Oesterreich und Preußen einander aufrieben, worauf dann die Großmacht Bayern mit ihrer zwar kleinen, aber ungeschwächten Kraft mächtig dagestanden und den Frieden dictirt hätte."

Die particularistische Presse verbarg ihren Groll gegen Preußen hinter einer patriotischen Maske. Dieselben Menschen, denen alles daran lag, daß die Deutschen niemals einig würden, damit die Winkelsouveränetäten nicht aufhören dürften, trugen jetzt einen patriotischen Schmerz zur Schau, welcher rein erlogen war. Der deutsche Bund, hieß es, habe Deutschland genügt, seine Grenzen gesichert, ihm einen langen Frieden gewährt. Da sey Preußen gekommen und habe die schöne Eintracht gestört, den Bund gewaltsam zerrissen, das Recht seiner Bundesgenossen mit Füßen getreten, bundestreue Fürsten vom Throne gestoßen und bedrohe zugleich die volksthümlichen Verfassungen, die innere Freiheit. Nicht für die deutsche Sache habe es die Waffen ergriffen, sondern nur für die preußische. Ein bloßer Raubstaat wolle es nur erobern, um seine Hausmacht zu vergrößern. Wenn es, wie es vorgäbe, für allgemeine deutsche Interessen kämpfe, so hätte es nicht am Main Halt machen müssen. Statt Deutschland zu vereinigen, habe es dasselbe mehr als je zerrissen. Deutschland sey jetzt in drei Stücke auseinander gefallen, die durch keine Verpflichtung mehr an einander gebunden seyen.

Aber diese Scheinpatrioten ignorirten gänzlich, daß der Krieg durch Oesterreich und die Mittelstaaten vom Zaume gebrochen worden war, daß man ihn nicht in Berlin, sondern nur in Wien, Dresden, Hannover und München gewollt und provocirt hatte. Ferner ignorirten sie, daß es, wenn sie Deutschland einig und stark haben wollten, ja nur auf einen ernstlich gemeinten und herzlichen Anschluß Süddeutschlands an den norddeutschen Bund ankam. Erfolgte dieser Anschluß, so war ja gar keine Gefahr mehr für Deutschland vorhanden, so war das neue Deutschland sogar ungleich stärker, als es der alte, ewig uneinige, stets aufgelockerte und niemals fest organisirte Bund gewesen war. Nur um nicht sagen zu müssen: „wir wollen nicht deutsch seyn," hieß es unaufhörlich: „wir wollen nicht preußisch seyn.“ Nur weil diese Begriffe bereits identisch waren, suchte der Particularismus mit allen Mitteln der Sophistik sie von einander zu trennen.

Im katholischen Bayern und Süddeutschland überhaupt hing man noch zähe an Oesterreich, selbst dann noch, als Oesterreich in den Friedenspräliminarien mit Preußen den Vertrag mit Bayern geradezu gebrochen und seine westdeutschen Bundesgenossen im Stich gelassen hatte. Katholische Blätter in Bayern und Schwaben fuhren fort in derselben Weise, wie es bis dahin die protestantische Augsburger Allgemeine Zeitung gethan hatte, preußische Dinge in jeglicher Weise ins gehässigste Licht zu stellen, Großes zu verkleinern, Gutes schlecht zu machen, Edles zu beschmutzen, zu verleumden und zu lügen. Es wäre eines so großen und klaren Geistes, eines so feurigen Patrioten, wie des verewigten Görres, unwürdig gewesen, wenn sein ehrwürdiges Andenken nicht in den von ihm gegründeten, in München erscheinenden historisch-politischen Blättern bewahrt geblieben wäre. Der Herausgeber dieser Blätter erklärte im Anfang des September als Abgeordneter der bayrischen Kammer in einem offenen Brief an seine Wähler: „Schon in der vorjährigen Session habe ich bei Zeiten meine warnende Stimme erhoben gegen die gefährlichen Täuschungen der so beklagenswerth unterschätzten Schleswig-Holsteinischen Streitfrage. Das war damals eine gewagte Sache, und ich bin fast allein gestanden in dem hohen Hause. In der Session dieses Jahres ließ sich nichts mehr bessern und unheilverkündende Prophezeihungen konnten schaden, aber nichts mehr hindern. — Was aber nun? Allem Anschein nach wird es zwei Parteien in unserem Vaterlande geben: eine deutsche und — um mich kurz auszudrücken — eine französische. Wohin ich gehören werde, kann mir keinen Augenblick zweifelhaft seyn. Bayern darf sich allerdings nicht bedingungslos an Preußen wegwerfen, aber es muß einen verfassungsmäßigen Anschluß an das noch übrig gebliebene Deutschland unter annehmbaren Bedingungen offen und ehrlich suchen. Zu diesem Zwecke wünsche ich nicht, daß man Zeit und Kraft und Geld mit dem Versuch eines süddeutschen Zwergbundes vergeude, aus dem überhaupt nun und nimmer etwas werden kann; eines Sonderbundes, in dem jeder Einzelne selber wieder Sonderbündler wäre, in dessen Vertretung insbesondere der bayrische Standpunkt niemals die Mehrheit hätte, die uns vielmehr bald genug die bedingungslose Unterwerfung unter Preußen zumuthen würde. Anstatt dessen wünsche ich, daß Bayern sich mannhaft auf sich selber stelle, aber freilich in steter Ausschau nach guter Gelegenheit einer größern deutschen Einigung."

Graf Bismarck erhielt schon bald nach dem Friedensschluß am 31. August den St. Hubertusorden, den höchsten in Bayern.

Am 19. October wurde in München vor dem Schwurgericht über die Anklage des Doctor Zander, Redacteur des Volksboten, wegen Amtsehrenbeleidigung des Generalstabchefs, Generallieutenants von der Tann, verhandelt. Dem Staatsanwalt stand Oberst Graf Bothmer als Expert im Auftrag der Militärbehörde zur Seite, einer der intelligentesten Generalstabsoffiziere Bayerns und für diesen Fall vom Dienstgeheimniß entbunden. Der Gerichtssaal war überfüllt mit Zuschauern, worunter auch von der Tann selbst in Civilkleidung. Wie glänzend aber auch die Vertheidigung desselben ausfiel, wobei seine frühern Verdienste gebührend hervorgehoben wurden, so brachte doch der Vertheidiger des Angeklagten, von Auer, solche Zeugen und Beweise bei, daß die Anklage dadurch auffallend geschwächt wurde. Besonders niederschlagend wirkten die Aussagen dreier Zeugen aus Kissingen.*) Nachdem von Auer seinen Klienten energisch

*) Der Pfarrer Weimer bezeugte umständlich, daß der Hr. Generalstabschef, als er am 11. Juli Abends nach dem Gefecht von Kissingen nach Aidhausen gekommen, keine Spezialkarte gehabt, sondern eine solche von ihm geliehen erhalten und dann mit sich genommen habe, was Oberst Graf

vertheidigt hatte, erklärten die Geschworenen den letztern für nicht schuldig unter lautem Bravo der Zuschauer, welches der Präsident

Bothmer dadurch aufzuklären suchte, daß die Karte des Generalstabschefs „in der Säbeltasche seines Adjutanten“ sich befunden habe, welcher auf höhern Befehl anderweitig verschickt worden sey. — Vorzüglich erhebliche Aussagen machten drei Kissinger, Stadtschreiber Engelbrecht, pens. Lehrer Riedmann und Lehrer Fuchs von Winkels, welche alle drei als Augenzeugen bekräftigten, daß die wichtigsten Höhen bei Kissingen (der „finstere Berg“ und die „Bodenlaube“) während des ganzen Gefechts von den Bayern völlig unbesetzt geblieben seyen, während dort aufgestellte Batterien das Eindringen der Preußen in Kissingen, wie ihr späteres Vordringen gegen Winkels und Nüdlingen unmöglich gemacht und in der That den Sieg der Bayern entschieden haben müßten. Dieselben bezeugten ferner, wie diese Besetzung der für den Kampf allerwichtigsten Stellung unbegreiflicherweise unterblieben sey, ungeachtet 32 Geschütze bei der „schwarzen Pfütze“ so nahe gestanden hätten, daß sie in einer, höchstens anderthalb Viertelstunden dort hätten aufgefahren werden können. — Vom Angeklagten wurde hierbei den Herren Geschworenen ein genauer Plan der Kissinger Gegend übergeben, zu welchem der Zeuge Riedmann die nähern Erklärungen gab. Die Einwendungen des Obersten Graf Bothmer waren sehr schwach, der Angeklagte selbst aber fand sich veranlaßt, ihn um weitere Aufklärung zu bitten. Der Hr. Oberst habe früher geäußert, General v. d. Tann sey schon um 11 Uhr auf dem Kampfplatz gewesen; wie es denn möglich gewesen sey, daß derselbe nicht sofort den großen Fehler der Nichtbesetzung der allerwichtigsten Punkte erkannt habe? Ob dagegen die Behauptung genüge, daß dergleichen Anordnungen Sache des Divisionsgenerals (Zoller) seyen, oder ob es nicht vielmehr Aufgabe und Pflicht des Generalstabschefs gewesen sey, für die schleunigste Besetzung jener entscheidenden Höhen Befehle abzusenden? — Die Entgegnung des Hrn. Obersten Grafen Bothmer ging dahin, General v. d. Tann sey mit „in dem hitzigsten Gefecht“ gewesen und „im Granatregen übersehe man leicht etwas,“ worauf der Redakteur des Volksboten erwiderte, er selbst sey schon vor mehr als 30 Jahren auch im Granatregen gestanden an der Seite eines Generalstabs. Da hiernach eine weitere Aeußerung des Hrn. Obersten nicht erfolgte, wurde mit dem Verhör der übrigen Zeugen fortgefahren, deren Aussagen im ganzen unerheblich waren.

dämpfen mußte. Der Spruch der Geschworenen war insofern von großem Belang, als er der Presse eine Freiheit zuerkannte, welche mit der Autorität der höchsten Militärbehörden nicht mehr zu vereinigen war, weshalb auch Prinz Karl alle seine militärischen Aemter und Würden niederlegte.

Es war ein eben so grober Fehler, die Autorität der höchsten Militärbehörden zu erschüttern, als es ein Unrecht war, Generalen zur Last zu legen, was nur Schuld der Politik war, von der sie ihre geheimen Instructionen empfingen. Man konnte sich von Anfang an nicht darüber täuschen, daß nach der entscheidenden Niederlage der Oesterreicher ihre schwächern Bundesgenossen allein den Krieg gegen Preußen nicht mehr fortführen konnten, also nur Ehren halber noch einige Demonstrationen machten. Es wäre eine reine Unvernunft gewesen, wenn sie ihre Truppen in noch größerem Maaße, als es geschehen ist, ohne die geringste Aussicht auf Sieg zur Schlachtbank geführt hätten. Das hätte die Presse billig berücksichtigen und die Lage der armen Generale, die gewiß nur ungern ihre Instructionen empfingen, nicht noch unerträglicher machen sollen. Nur die fanatischesten Demokraten benutzten mit wahrer Lust die Gelegenheit, den gemeinen Soldaten ihre Offiziere zu verdächtigen.

Im Laufe des Dezember war eine lebhafte Bewegung in den höheren Regionen zu München. Es handelte sich um mancherlei Interessen und Persönlichkeiten zugleich, um die Stellung Bayerns gegenüber dem norddeutschen Bunde und auch um innere Angelegenheiten. Nachdem an die Stelle des früheren Chefs des geheimen Cabinets v. Pfistermeister der frühere Minister des Innern v. Neumayr getreten war, wurde auch dieser letztere plötzlich wieder entlassen. Endlich enthüllte sich der bayrische Horizont und aus dem Nebel trat die edle Gestalt des Fürsten Chlodwig von Hohenlohe-Schillingsfürst hervor, der am letzten Tage des verhängnißvollen Jahres 1866 statt des Freiherrn v. d. Pfordten das auswärtige Amt übernahm.

V. v. Pfordten hatte sich zwar immer mit vieler Klugheit nach den Umständen gerichtet, die Umstände hatten ihm aber einen beständigen Meinungswechsel aufgenöthigt, der ihn vor Gott und Welt zuletzt compromittiren mußte. Als Bundesgenosse des Herrn v. Beust hatte er für die Triasidee Front gemacht gegen Oesterreich und Preußen zugleich und eifrig für den Augustenburger gearbeitet, um die Mittelstaaten mit einem neuen zu verstärken. Und doch hatte er wieder gezaudert, Hannover zu retten, und mit Oesterreich einen geheimen Vertrag geschlossen ohne Wissen und zum Nachtheil seiner mittelstaatlichen Nachbarn. Als Bundesgenosse Oesterreichs hat er Preußen den Krieg erklärt und doch Oesterreich so gut wie gar nicht geholfen. Als ihm Preußen noch nach der Schlacht von Königgrätz Frieden unter annehmlichen Bedingungen anbot, wies er denselben kühn zurück, weil er erwartete, das Siegesglück der Preußen werde vor Wien in Stocken gerathen und unterdeß ein französisches Heer über den Rhein kommen, um eine neue Vergrößerung der vormaligen Rheinbundfürsten auf Kosten Preußens zu erwirken. Da nun aber die Franzosen nicht kamen, sah er sich gezwungen, geradezu ins preußische Lager hinüber zu springen, ein Schutz- und Trutzbündniß mit Preußen einzugehen und den Grafen Bismarck mit dem höchsten Orden Bayerns zu decoriren. Von alledem aber, von der Zurückweisung der preußischen Friedensanträge, dann vom Schutz- und Trutzbündniß mit demselben Preußen und von der Decorirung durfte nichts ins Publikum dringen, um den Minister nicht zu compromittiren. Das brachte den letzteren in eine schiefe Stellung, in der er sich nicht lange halten konnte.

Die Aufgabe des Fürsten von Hohenlohe war, das Schutz- und Trutzbündniß mit Preußen endlich offen zu bekennen und die bayrischen Militäreinrichtungen darnach umzuformen. Die zweite Kammer war auf seiner Seite. Dennoch stand dem Fürsten-Minister ein zäher Particularismus im Lande und ein ganzer Intriguenknäul von außen her im Wege. Er traf die beste Wahl, indem er die Rechte Bayerns an den Pflichten abmaß, die dasselbe für die große deutsche Nation zu erfüllen habe, und der Grundgedanke seines neuen Programmes war, wenn Bayern seiner Pflicht gegen Deutschland treu bleibt, wird ihm dafür auch sein volles Recht zum Lohne werden.

Die Rede, welche der Fürst am 19. Januar 1867 in der Kammer hielt, hat wegen ihrer großen Wichtigkeit für die Zukunft Deutschlands einen Wiederhall in ganz Europa gefunden. Sie lautete: „Nach der Auflösung des deutschen Bundes und mit dem Austritt Oesterreichs aus Deutschland ist die Stellung der deutschen Mittelstaaten vollkommen verändert und unleugbar gefährdet. Ich unterlasse es, einen Rückblick auf die bayrische Politik der letzten Jahre zu werfen und zu untersuchen, ob Bayern Mittel und Gelegenheit geboten waren, dieser gefahrvollen Wendung der Dinge vorzubeugen. Die praktische Politik ist angewiesen auf die Thatsachen der Gegenwart; die Vergangenheit kann sie der Beurtheilung der Geschichte überlassen. Ich habe zu verschiedenen Zeiten die Gelegenheit gehabt, mich über das Verhältniß Bayerns zu Deutschland auszusprechen, und habe dieß stets mit größter Offenheit gethan. Ich bezeichne auch heute noch als den Zielpunkt der bayrischen Politik: ‚die Erhaltung Deutschlands, Einigung der Gesammtzahl der deutschen Stämme und, soweit ersteres nicht möglich ist, der größern Zahl derselben zu einem Bunde, geschützt nach außen durch eine kräftige Centralgewalt und im Innern durch eine parlamentarische Verfassung unter gleichzeitiger Wahrung der Integrität des Staats und der Krone Bayerns.‘ Wenn ich nun diesen Bund als den Zielpunkt der bayrischen Politik anerkenne, so darf ich mich doch der Wahrnehmung nicht verschließen, daß ein solches Ziel jetzt und unmittelbar nicht zu erreichen ist. Preußen war beim Abschlusse des Prager Friedens veranlaßt, sich auf die Bildung eines engeren Bundesverhältnisses nördlich von der Linie des Mains zu beschränken, und hat diese Beschränkung durch Unterzeichnung des Friedensvertrags als für sich bindend anerkannt. Sie können diese

Thatsache beklagen, Sie werden aber die Folgen nicht bestreiten können, welche sich daran knüpfen. Es folgt daraus, daß Preußen jeden Versuch der süddeutschen Staaten, der auf den Eintritt in den norddeutschen Bund gerichtet wäre, zurückweisen muß. Es folgt daraus ferner, daß die Staatsregierung nicht versuchen kann, über die Vereinigung Bayerns mit dem norddeutschen Bund in Unterhandlungen zu treten. Ich muß überdieß eben so offen aussprechen, daß die Entwicklung der norddeutschen Bundesverhältnisse, wie sie sich jetzt gestaltet, eine so entschiedene Hinneigung zum Einheitsstaat bekundet, daß ich es mit der Würde des Landes und den Pflichten der Staatsregierung nicht vereinbar halte, den bedingungslosen Eintritt in diesen norddeutschen Bund anzustreben. Ich wenigstens würde einem solchen bedingungslosen Eintritt meine Stimme nicht geben und die Verantwortung desselben nicht übernehmen. Auch glaube ich nicht, daß man sich bei der Bildung des norddeutschen Bundes durch die Rücksicht auf den Süden von Deutschland aufhalten lassen wird. Ebensowenig wird man im gegenwärtigen Augenblick zu Gunsten des Eintritts der süddeutschen Staaten Modificationen in der Gestaltung des norddeutschen Bundes vornehmen. Wir dürfen uns nicht täuschen, die Entwicklung Deutschlands auf dem Wege der Einigung schreitet nur langsam vorwärts. Wenn ich nun die Schwierigkeiten anerkenne, die der organischen Wiedervereinigung der deutschen Stämme in den Weg treten, so bin ich doch andererseits fest entschlossen, mich jedem Schritt entgegenzustellen, der die Erreichung des von mir bezeichneten Ziels verhindern könnte. Meine Herren! Die Staatsregierung wird keinen südwestdeutschen Bund unter dem Protectorat einer nichtdeutschen Macht schließen. Ein solches Bündniß ist in der zweiten Hälfte des neunzehnten Jahrhunderts einfach eine Unmöglichkeit. Ebenso ist Bayern nicht in der Lage, ein Verfassungsbündniß süddeutscher Staaten unter der Führung Oesterreichs abzuschließen. Wenn ich den Gang der Entwicklung der inneren Zustände Oesterreichs richtig beurtheile, so scheint mir das deutsche Element mehr in den Hintergrund zu treten, und die Regierung mehr ihre Stütze in den außerdeutschen Elementen der Monarchie zu suchen. Ein Verfassungsbündniß mit einem so gestalteten Oesterreich erscheint weder wünschenswerth noch ausführbar. Wohl aber werde ich es mit Freuden begrüßen, wenn die österreichische Monarchie aus den inneren Kämpfen, in welchen sie begriffen ist, gekräftigt und gestärkt hervorgeht, damit sie ihre civilisatorische Mission als östliche Grenzmacht erfüllen könne. Ich werde mich bemühen, darauf hinzuwirken, daß die freundschaftlichen Beziehungen Bayerns zu Oesterreich erhalten und gefördert werden. Meine Herren! Die Staatsregierung wird auch nicht die Hand bieten zur Bildung eines in sich abgeschlossenen südwestdeutschen Bundesstaats, weil unzweifelhaft eine Uebereinstimmung der Regierungen und Bevölkerungen in dieser Beziehung nicht zu erreichen ist, und weil ein solcher Bundesstaat die Kluft zwischen dem Süden und dem Norden von Deutschland noch erweitern würde. Wenn ich aber erklärt habe, daß die Staatsregierung keinen Schritt zu thun gedenke, der uns vom Ziel der deutschen Gesammtpolitik entfernt, so darf ich mich auf diesen negativen Standpunkt nicht beschränken. Es würde dieß eine Proclamirung der Isolirungspolitik seyn. Bayern als Staat zweiten Rangs kann nicht ohne Allianz mit einer europäischen Großmacht bestehen. Es bedarf einer solchen Stütze namentlich im gegenwärtigen Augenblick, in welchem die Verfassung des deutschen Bundes zerrissen ist und die Möglichkeit europäischer Conflicte nicht bestritten werden kann. Der Großstaat aber, an welchen sich Bayern anzuschließen und als dessen Bundesgenosse es im Fall eines Kriegs gegen das Ausland sich offen zu erklären hat, ist Preußen. Diese Bundesgenossenschaft, die in der Aufgabe der bayrischen Regierung liegt, bringt es mit sich, daß Bayern gegen bestimmte Garantie der Souveränetät des Königs im Fall eines Kriegs gegen das Ausland sich der Führung Preußens unterstelle; sie bringt es mit sich, daß das bayrische

Heer in einer Art und Weise organisirt wird, die eine gemeinschaftliche Kriegführung ermöglicht. Diese Bundesgenossenschaft wird an Werth gewinnen, wenn es gelingt, nicht nur die Wehrkraft Bayerns zu erhöhen, sondern auch die übrigen südwestdeutschen Staaten zur Errichtung einer gleichmäßigen und kräftigen Heeresorganisation zu bestimmen. Die Staatsregierung ist bestrebt, diese Uebereinstimmung herbeizuführen und damit die Annäherung des Südens von Deutschland an den Norden zu fördern, zugleich aber auch die eigene Unabhängigkeit, so weit dies an uns liegt, vor Annexionsgelüsten, von welcher Seite sie auch kommen mögen, zu wahren. Erlauben Sie mir nun, meine Herren, zum Schlusse noch einmal die Aufgabe der bayrischen Politik in wenigen Worten zusammen zu fassen: es ist die Anbahnung eines Verfassungsbündnisses mit den übrigen Staaten Deutschlands, sobald und soweit dies unter Wahrung der bayrischen Souveränetätsrechte und der Unabhängigkeit des Landes möglich ist — bis zur Erreichung dieses Ziels die Schaffung einer achtunggebietenden Macht nicht durch die Organisation des Heers allein, sondern auch durch den Ausbau unserer inneren Staatseinrichtungen auf freisinniger Grundlage, durch Hebung des Selbstbewußtseyns und des Vertrauens in unsere eigene staatliche Existenz. Wenn uns dies gelingt, so wird man unser Bündniß suchen, und wir werden nicht nöthig haben, uns ängstlich nach einem schirmenden Dach umzusehen, dann wird es auch gelingen, für die wichtige Frage über die Reorganisation des Zollvereins eine würdige und den Interessen des Landes entsprechende Lösung zu erzielen. Ob eine solche Lösung durch Besprechung dieser Frage in diesem Haus gefördert wird, gebe ich Ihrer patriotischen Würdigung anheim."

In Erwägung des particularistischen, durch auswärtige Intrigue unterstützten Widerstandes, den seine deutsche Auffassung der bayrischen Frage finden werde, wandte sich der Fürst an die zweite Kammer und bat sie: „Möge Ihr Vertrauen mich auf diesem Wege, dessen

Schwierigkeiten ich mir nicht verhehle, begleiten und — schützen!" Die Kammer antwortete ihm mit einem lauten Bravo.

Der Reichsrath war anfangs nicht in beschlußfähiger Zahl beisammen, was der Präsident schmerzlich rügte. Dann wurde der neue Minister im Reichsrath von Freiherrn v. Thüngen, v. Zurhein und Fürsten v. Thurn und Taxis interpellirt, ob bei seinem projectirten Anschluß an den norddeutschen Bund auch volle Gleichberechtigung beider Theile in Anspruch genommen sey? Fürst Hohenlohe antwortete: „er verstehe unter dem anzustrebenden Bündniß mit Preußen und den übrigen deutschen Staaten einen die gegenseitige Integrität des Gebiets und die gegenseitige Hülfe im Fall der Gefährdung dieser Integrität gewährleistenden, auf dem Boden vollkommenster Gleichberechtigung abzuschließenden Staatsvertrag. Daß ein solcher Vertrag die Freiheit der Entscheidung im gegebenen Falle nicht gleichmäßig vorbehält, sondern gleichmäßig beschränkt, wird bei näherer Prüfung der Natur solcher Verträge kaum entgehen."

Natürlicherweise rief dieser Vorgang in Bayern in der österreichischen und in der particularistischen Presse Süddeutschlands giftige Artikel hervor, während die preußische und national gesinnte Presse sich darüber freute und die Norddeutsche Allg. Zeitung, das Organ Bismarcks, erklärte, die Trennung Deutschlands durch die Mainlinie sey nur eine Fiction und dem Art. 4 des Prager Friedens widerspreche es nicht, wenn süddeutsche Fürsten einen Theil ihrer Souveränetät zu Gunsten einer engern Einigung Deutschlands freiwillig aufgeben. Daily News machte die richtige Bemerkung, es habe immerhin eine starke Einmischung Frankreichs in die deutschen Angelegenheiten stattgefunden, denn wenn sich Preußen nicht hätte die Mainlinie vorzeichnen lassen, so würde Bayern sich ohne alle Verwahrung an Preußen anschließen können. Daß der süddeutsche Particularismus sich nur noch mausig machen und das große Werk der deutschen Einigung unter dem Vorwand der unabänderlich befohlenen Mainlinie hemmen dürfe, das habe er allein Frankreich zu danken. Um so mehr Werth legt aber Daily News auf die patriotische, die Rheinbundgelüsten zurückstoßende Gesinnung Bayerns.

Inzwischen veranstaltete Fürst Hohenlohe am 5. Februar 1867 in Stuttgart eine Conferenz mit den Ministern und Generalen von Bayern, Württemberg, Baden und Hessen, um gemeinschaftliche Verbesserungen im Heerwesen vorzubereiten, und alle vier Staaten waren darin einstimmig. Der bayrische Entwurf verlangte im Wesentlichen, das preußische Wehrsystem in Bayern einzuführen. Der Kriegsminister v. Pranckh brachte den Entwurf am 11. Februar in der Kammer ein und fügte bei: „Preußens Wehrsystem, hervorgerufen und erprobt durch die großen Ereignisse am Beginn unseres Jahrhunderts, hat sich neuerdings bewährt und unsere Verfassungsurkunde stellt bereits die Grundlage für eine Reorganisation nach diesem Systeme fest: gewiß also Grund genug, gerade dieses Wehrsystem (und nicht das Milizsystem) als Grundlage zu wählen. Bei der aber nicht unbedeutenden Erhöhung der persönlichen und finanziellen Leistungen, welche die Durchführung dieses Wehrsystems erfordert, erachtet es das Kriegsministerium als Pflicht, alle mit Durchführung dieses Systems nur immer möglichen Erleichterungen eintreten zu lassen." Der Entwurf bestimmte: allgemeine Wehrpflicht vom 20. Lebensjahr an. Die Stellvertretung ist aufgehoben, wie auch das Loosen. Sechs Jahre Dienstzeit im stehenden Heere, doch wird nach den ersten drei Jahren beurlaubt. Nach vollendeter Dienstzeit Eintritt in die Reservebataillons auf fünf Jahre, also bis zum 31. Lebensjahre. Freiwillige können schon im 16. Lebensjahre eintreten und nach Ablauf einer einjährigen Dienstzeit Anspruch auf Offiziersstellen erlangen, wenn sie noch drei weitere Jahre dienen und höhere Schulbildung nachweisen können.

Die in Stuttgart erscheinende Schwäbische Volkszeitung bemerkte am 16. Februar, wenn jeder Bürger dem Vaterland mit den Waffen in der Hand dienen solle, so müsse es auch ein einiges großes Vaterland seyn, für einen Winkelstaat könne sich niemand begeistern.

König Ludwig II. von Bayern verlobte sich damals mit der Prinzessin Charlotte, Tochter des Herzog Max von Bayern und jüngeren Schwester der Kaiserin von Oesterreich. In Folge dessen scheinen einige Umtriebe gemacht worden zu seyn, um Bayern von Preußen wieder abzuziehen. Besonders wurde der Exkönigin Amalie von Griechenland in dieser Beziehung großer Eifer nachgerühmt. Bei einem Ball des Fürsten Minister-Präsidenten habe zwar der König die Dame des Hauses zum Tanze geführt, die königliche Braut aber sey vom österreichischen Gesandten, Grafen v. Trautmannsdorf, geführt worden. Auch erfuhr man durch den Hofklatsch, die Königin Amalie habe den König von Bayern entrüstet gefragt, ob er es verantworten könne, daß ein Wittelsbacher Vasall eines Hohenzollern werde? Ein Organ der Presse erlaubte sich zu bemerken, daß solche Aeußerungen dem dynastischen Interesse nichts weniger als förderlich seyen, da es die Dynastien gerade vermeiden müßten, so rücksichtslos ihr kleines Particularinteresse über das große Interesse der deutschen Nation zu stellen.

Eine Flugschrift, „Bayern und das politische Programm des Fürsten Hohenlohe,“ genirte sich nicht geradezu auszusprechen: Bayern liege in der Machtsphäre Oesterreichs und Frankreichs, habe also mit Preußen nichts zu schaffen. Es müsse mit Frankreich gehen. Ein Sieg Frankreichs über Preußen sey für Bayern der günstigste Fall. Das Aufgehen Deutschlands in Preußen wäre entsetzlich rc. Dummer, aber auch ehrlicher und offener ist der Verrath an der deutschen Nation nie gepredigt worden. Die Schwäbische Volkszeitung schrieb: „Welcher Contrast! Dort, in Berlin, unverrückte, scharfe Ausschau auf das patriotische Ziel, das man verfolgt, klare Erkenntniß des Berufs, der dem preußischen Staat im deutschen Chaos zugewiesen ist, und darum kluge und hochherzige Bescheidung der preußischen Sonderinteressen und Bedürfnisse unter die Forderungen, welche die nationale Frage an den preußischen Staat stellt. Hier, im Süden, unter der Mehrheit der politischen Führer Mangel an jeder Klarheit darüber, was man eigentlich will, Einigkeit und Consequenz nur im versöhnungslosen Bruderhasse, hetzende und schürende Demagogen, die ein ruhiges, verständiges Volk mit aller Gewalt zu fanatisiren trachten, bis dasselbe in Preußen seinen Nationalfeind, seinen natürlichen Freund aber jenseits des Rheines erblicken würde, allenthalben gegenseitiger Verdacht und Vorwurf des Verraths und der Feigheit, kurz traurige, jedes wirklich deutsche Herz mit tiefem Kummer erfüllende Zustände."

Erst im März 1867 wurden die geheimen Artikel des Friedens, den Herr v. d. Pfordten am 22. August 1866 im Namen Bayerns mit Preußen geschlossen hatte, in bayrischen Blättern veröffentlicht, mit dem Bemerken, daß Baden schon am 17. August 1866 gleiche Verpflichtungen gegenüber von Preußen übernommen habe. Ebenso Württemberg schon am 13. August. Ein förmliches Schutz- und Trutzbündniß zwischen Preußen und Bayern war demnach schon lange geschlossen und für den Fall eines Krieges hatte Bayern schon lange eingewilligt, sein Heer unter den preußischen Oberbefehl zu stellen. Der Fürst Minister von Hohenlohe verfehlte nicht, den Vorwürfen, mit denen ihn die Particularisten überhäuft hatten, die Thatsache entgegenzuhalten, daß er keine neue preußenfreundliche Politik Bayerns geschaffen, sondern nur das Amt übernommen habe, Verpflichtungen gegen Preußen zu erfüllen, die das frühere Ministerium eingegangen sey. Die Regierung werde loyal und offen, den Verträgen treu, diese Pflichten erfüllen, dem engern Vaterlande die mit der Existenz Deutschlands vereinbare Autonomie und Selbständigkeit erhalten. „Die Befürchtung, daß die Veröffentlichung des bisher geheim gehaltenen Vertrages geeignet seyn könnte, die guten Beziehungen Deutschlands zum Ausland und namentlich zu Frankreich zu stören, theilen wir in keiner Weise, glauben vielmehr, daß dieselbe als eine nothwendige

Consequenz des dort so oft hervorgehobenen und gebilligten Nationalitätenprincips erachtet, daß dieselbe als Beweis der Einigkeit der deutschen Regierungen und eben deshalb als eine Bürgschaft des Friedens aufgefaßt werden wird.“ Zugleich wies der Minister auf die Stuttgarter Einigung vom 5. Februar hin, „welche nicht eine Militärconvention mit Preußen, nicht einen südwestdeutschen Militärbundesstaat, sondern eine solche Militärorganisation festsetzt, welche die Armeen dieser Staaten befähigt, in einem Kriege ebenbürtig, an der Seite Preußens als Glieder eines deutschen Heeres zu kämpfen.“

Diese Erklärung wurde von bayrischer Seite abgegeben, nachdem im gesetzgebenden Körper zu Paris eben dem Kaiser der Franzosen die heftigsten Vorwürfe gemacht worden waren, daß er keinen Krieg mit Deutschland angefangen hatte. Eine echt deutsche Antwort, die Bayern stets zum Ruhm gereichen wird und alle etwa im Jahr 1866 begangenen Fehler wieder gut macht.

Wir gehen nun zum Königreich Württemberg über. Dasselbe hatte — was freilich eine sehr kleine und unwichtige Episode des großen Krieges war — dem Bundesbeschluß vom 25. Juni gemäß am 28. die gänzlich unvertheidigt gebliebenen Fürstenthümer Hohenzollern mit ein paar Compagnien besetzt, zog aber dieselben unmittelbar nach abgeschlossener Waffenruhe wieder zurück. Warum es seinen Frieden mit Preußen so sehr beschleunigt und schon am 13. August, früher als Baden, Bayern und Darmstadt, abschloß, ist schon oben gesagt worden. Durch die Vorschläge nämlich, welche Bayern gemacht hatte, Preußen möge, wenn es die fränkischen Markgrafschaften bis zum Main wegnehme, Bayern mit Gebietstheilen von Württemberg und Baden entschädigen, wurde die württembergische Regierung dermaßen genirt und bedroht, daß sie es zweckdienlich fand, sich Preußen ganz in die Arme zu werfen und ein Schutz- und Trutzbündniß anzubieten, um dadurch sein Vertrauen zu erkaufen und die beabsichtigten Abtretungen rückgängig zu machen. Die Bemühungen des gewandten

Unterhändlers, Herrn von Varnbüler, hatten auch den gewünschten Erfolg. Er sagte zu Graf Bismarck: Wir waren ehrliche Feinde, wir werden ehrliche Freunde seyn.

In dem Vortrag, mit dem die württembergische Regierung am 29. September dem Landtag den Waffenstillstand mit Preußen kund gab und die Gründe (rasches Drängen der Ereignisse und Gefahr im Verzug) erörterte, aus denen es ihr nicht möglich gewesen sey, rechtzeitig die Zustimmung des Landtags einzuholen, wird ein helles Licht auf das Verfahren Oesterreichs gegen seine Verbündeten bei den Friedensverhandlungen in Nikolsburg geworfen. Dasselbe stand mit dem Vertrage, welchen Oesterreich mit Bayern am 14. Juni abgeschlossen hatte, in auffallendem Widerspruch. Der Vortrag lautete:

„Es ist Ihnen bekannt, daß dem vom 2. August einschließlich laufenden Waffenstillstande, welcher zwischen Oesterreich und Preußen auf den Grund von Friedenspräliminarien abgeschlossen wurde, eine zehntägige, von Frankreich vermittelte Waffenruhe voranging, eine Waffenruhe zunächst auf fünf Tage abgeschlossen und dann um fünf Tage verlängert. Der Schwerpunkt der bezüglichen Verhandlungen lag in dem preußischen, gegen alle Nichtberufene streng abgeschlossenen Hauptquartier, ein Umstand, welcher den geheimen Gang der Verhandlungen und die Thatsache erklärt, daß keiner der vom 18. bis 22. Juli in München versammelten Minister der süddeutschen Staaten von dem Stande der Dinge unterrichtet war.

Am 22. Juli, unmittelbar nach Abschluß der Waffenruhe, erhielt der württembergische Minister der auswärtigen Angelegenheiten aus Wien die telegraphische Nachricht, daß diese Waffenruhe auf die süddeutsche Bundesarmee sich nicht beziehe. Da an die fünftägige Waffenruhe sich der Waffenstillstand anknüpfen sollte und man nach dem Wesen des Bundesverhältnisses zu Oesterreich, sowie nach vielfach gemachten Zusagen berechtigt war, anzunehmen, daß der Waffenstillstand auch für die Bundesgenossen Oesterreichs gelten würde, so hatte jene

Ausschließung von der fünftägigen Waffenruhe, so überraschend sie seyn mußte, keine großen Bedenken für Württemberg, insofern nach der militärischen Lage eine feindliche Occupation würtemb. Landestheile innerhalb fünf Tagen nicht denkbar war. Als aber am Tage des Ablaufs der ersten fünftägigen Waffenruhe an den königl. Minister des Aeußern die telegraphische Nachricht gelangte, daß die Waffenruhe um fünf Tage verlängert und wieder nicht auf das achte Armeecorps ausgedehnt worden sey, reiste derselbe sofort nach Wien ab, um an Ort und Stelle die gefährdeten Interessen Württembergs selbst zu vertreten. Vergeblich hatte derselbe eine förmliche Einladung zu den Verhandlungen früher zu erlangen gesucht.

In Wien angelangt, überzeugte sich der Minister, daß in Nikolsburg allein die Entscheidungen fielen, und reiste deshalb mit Seiner Königlichen Hoheit dem Prinzen Friedrich sofort dahin, dessen hohe Person die Reise durch die militärischen Linien leichter ermöglichte.

Indessen hatte der königl. bayrische Minister des Auswärtigen, Frhr. v. d. Pfordten, daselbst zwar einen Waffenstillstand für Bayern auf der Basis des uti possidetis abgeschlossen und mit anerkennenswerther Bundestreue den Regierungen des achten Armeecorps einen solchen auf gleicher Basis gesichert; allein die Ausdehnung der Waffenruhe hatte er so wenig für Bayern als die Länder des achten Armeecorps erreichen können. Unter solchen Umständen war es dringend geboten, daß der Waffenstillstand vom 2. August an für Württemberg abgeschlossen werde, und da dessen Abschluß dem preußischen Obercommandanten der Mainarmee zugewiesen war, so reiste der königl. Minister nach einer längeren Besprechung mit dem Grafen von Bismarck nach Würzburg zu dem Zwecke, um den Waffenstillstand mit dem General v. Manteuffel abzuschließen.

Vergegenwärtigt man sich, daß die preußische Mainarmee in jener Zeit nicht mehr sehr entfernt von der Grenze Württembergs stand, und daß sie während der Waffenstillstands-Verhandlungen unsere

Grenze bereits überschritten hatte, so wird es wohl von selbst klar, daß der württembergischen Regierung durch die Interessen des Landes geboten war, den Waffenstillstand auf ihre Verantwortung ohne ständische Zustimmung definitiv abzuschließen."

Im Verlauf der Debatten gab Herr v. Varnbüler noch folgende interessante Enthüllungen: „Der Gesandte in Wien habe stets angegeben, daß Oesterreich in Böhmen 40,000 Mann weniger habe, als Preußen, aber offizielle österreichische Berichte hätten versichert, daß Oesterreich 800,000 Mann habe, zudem habe man allenthalben, so auch in Paris, geglaubt, daß Oesterreich den Preußen überlegen sey, und selbst in Berlin habe man einen schwereren Kampf erwartet. Zu den Streitkräften Oesterreichs kamen die der andern deutschen Staaten. Ueber alle diese Momente habe er (der Minister) sich genau unterrichtet. Ferner habe er selbst Bedenken ausgesprochen, als man den Bundesbeschluß vom 14. Juni faßte, allein von anderer Seite habe man nicht länger warten zu dürfen geglaubt, und so habe Württemberg ebenfalls zugestimmt. Nach der Schlacht von Königgrätz habe er sich sagen müssen, daß es zum Friedensschlusse kommen könnte, er habe deshalb schon am 5. Juli und dann am 10. Juli nach Paris und dann fortlaufend nach Wien geschrieben, um nicht vom Friedensschluß ausgeschlossen zu werden, und er habe von allen Seiten die bündigsten Zusagen erhalten. Die Minister des 8. Armeecorps waren vom 19. bis 22. Juli zu München versammelt, und es wurde da die Frage erörtert, ob sie nicht zusammen vom Bündniß mit Oesterreich zurücktreten sollten. Man fand es nicht mit der Bundespflicht und der Ehre vereinbarlich, zudem konnte man noch hoffen, daß an der Donau eine Schlacht geschlagen würde. Wenigstens habe er (der Minister) noch am 16. Juli die Nachricht aus Wien erhalten, daß man sich bei Wien schlagen werde. Ein Zufall oder irgend ein Umstand aber fügte es, daß ein paar österreichische Armeecorps sich von Königgrätz seitwärts nach Olmütz statt nach Wien zurückgezogen hatten, und so glaubte man sich in Wien zu dem Kampfe nicht mehr stark genug.“ Nachdem sich der Herr Minister sodann über den Abschluß des Waffenstillstandes und Friedens erklärt, wobei er die Frage, ob er der geeignete Mann dazu sey, Sr. Maj. dem König und einem Beschluß seiner Kollegen anheimgestellt habe, fährt er fort: Man erwarte vielleicht, daß er auch darlege, was jetzt zu geschehen habe. Es fehle aber an positiven Substraten. Die Regierung könne sich nur über einige Punkte aussprechen, die unzweifelhaft sind, über die wichtigsten Punkte aber nicht, da müsse unsere Politik eine zuwartende seyn. Unzweifelhaft sey, daß unser Militärsystem auf eine ganz andere Grundlage gestellt und daß wir uns an andere anschließen, speziell mit den Staaten, welche sich mit uns in derselben Lage befinden, mit Bayern, Baden uns auf festen Fuß stellen und Verbindungen anknüpfen müssen. Und was den Norden betrifft, so sey gerade er (der Minister) es gewesen, der den Friedensartikel wegen des Zollvereins veranlaßte. Damit werde das materielle Wohl Deutschlands wenigstens gepflegt werden. Was den Frieden selbst betreffe, so hoffe er, daß derselbe zur Versöhnung Deutschlands führen werde.

Der württembergische Landtag ertheilte dem Ministerium die Indemnität, die zweite Kammer wich aber in ihrer weit überwiegenden Mehrheit von den preußenfreundlichen Beschlüssen der bayrischen und badischen Kammern ab, indem sie eine Adresse an den König erließ, worin sie weniger Geneigtheit zeigte, als das Ministerium, sich den neuen Verhältnissen und dem Uebergewicht Preußens in Deutschland zu accomodiren. Die Anhänger der Regierung selbst stimmten für die herbere Fassung, während die Aeußerungen Varnbülers versöhnlicher lauteten. Es fiel auf, daß die ministeriellen Abgeordneten sich so straff gegen jeden Anschluß an Preußen aussprachen, also keinen Wink von der Regierung bekommen hatten, auf die nach dem Kriege so ganz veränderte Stellung des Königreich Württemberg Rücksicht zu nehmen. Aus diesem Grunde kam in der Kammer ein Mehrheitsbeschluß zu Stande, der dieser Stellung nicht entsprach, ja die Regierung compromittirt haben würde, wenn die Kleinheit des Landes und die Ohnmacht seiner Kammer nicht hätten darüber hinwegsehen lassen. Die Katholiken stimmten aus alter Vorliebe für Oesterreich mit der Mehrheit. Die äußerste Linke schloß sich aus fanatischem Preußenhaß an. Die Zahl derer, die im Interesse Gesammtdeutschlands und insbesondere des Zollvereins Anschluß an den nordischen Bund wünschten, blieb klein und im Ganzen erklärten sich nur 25 Stimmen gegen die Adresse, am 13. October. Die Adresse selbst, wie die langen Debatten darüber, verriethen nur einen ohnmächtigen und darum unverständigen Aerger. Man mußte die Thatsachen anerkennen, ohne so verdrießliche Mienen dabei zu ziehen. Man mußte auch bedenken, daß Preußen durch Kündigung des Zollvertrags Württemberg schaden konnte. Gleichwohl entschied sich die Adresse einstweilen für den Südbund und gegen den Anschluß an den Nordbund und jedenfalls, wenn auch der erstere nicht zu Stande käme, für Zuwarten. Eine Zeitlang glaubte man, die Lage Deutschlands werde sich wieder ändern, Oesterreich werde sich wieder erheben und Frankreich ihm beistehen, wenn erst beide Mächte Hinterladungsgewehre haben würden. Eine ständische Deputation brachte die Adresse dem König nach Friedrichshafen am Bodensee. Der König empfing sie gnädig und betonte in seiner Antwort die Versöhnlichkeit, ohne dabei Preußen ausdrücklich zu nennen.

Die Norddeutsche Allgemeine Zeitung, Graf Bismarcks Organ, bemerkte: Die Gegner Preußens in Württemberg seyen auf dem Felde der Logik nicht glücklicher als auf dem Schlachtfelde. Sie sagen, Württemberg könne sich, selbst wenn es wolle, dem norddeutschen Bunde nicht anschließen, weil Preußen es nicht gestatte. Bekanntlich aber habe Preußen blos deswegen Bedenken getragen, den norddeutschen Bund auch auf Süddeutschland auszudehnen, weil sich grade hier so viel Abneigung gegen Preußen kundgegeben habe. Fiele diese

Abneigung weg, so würde auch jenes Bedenken wegfallen. Man treibe also die ganze Frage im Zirkel herum.

Am 11. November, an demselben Tage, an welchem in Preußen das große Dankfest begangen wurde, versammelte sich in Stuttgart eine Anzahl preußenfeindlicher Kammermitglieder aus Bayern, Würtemberg, Baden und Darmstadt, den alten Welcker an der Spitze. Der alte Welcker, vor vierzig Jahren noch ein energischer Bekämpfer des deutschen Bundestags, gab jetzt seinen Namen zu einem Programme her, in welchem das Vorgehen Preußens im nationaldeutschen Interesse als eine Deutschland zerreißende Gewaltthat bezeichnet und gefordert wurde, man solle für die „Wiedervereinigung in bundesstaatlicher Form, wie sie in der Reichsverfassung von 1849 mit Grundrechten bereits einen gesetzlichen Ausdruck gefunden hat," arbeiten und zu diesem Zweck einstweilen den Südbund constituiren, um „der Freiheit eine Stätte und einen Hort zu retten." Gedachter Südbund solle die allgemeine Wehrpflicht einführen und sich so schnell als möglich rüsten. Da der Südbund allein gegen Preußen nichts ausrichten konnte, mußten die Versammelten Hintergedanken haben, die sie nicht aussprachen, und auf Allianzen rechnen.

Die Reichsverfassung von 1849 diente hier jedenfalls nur zum Aushängeschild, denn sie durchzuführen war nur durch Preußen möglich; wenn die Versammlung also gegen Preußen agitirte, so agitirte sie auch gegen die Reichsverfassung. Man handelte nur im Interesse des Particularismus, des alten Metternichschen Systems oder eines neuen Rheinbundes. Die Schwäbische Volkszeitung vom 20. November spottete daher mit Recht über die kleinstaatlichen Deutschen, die immer vom Vaterland singen und, wenn sie endlich eins bekommen sollen, scheu davor zurückfahren. „Nirgends ist wohl mehr von ‚Vaterland' geredet, gedichtet und gesungen worden, als in Deutschland, speziell in Süddeutschland, wo gaumenglättendes Bier und männerstärkender Wein Rednern und Sängern übernatürliche Kraft und Ausdauer verliehen, eine Riesenkraft, wie sie nur die wunderthätige Coca des fernen Peru in ähnlichem Grade zu erwecken vermag. An die Süddeutschen schloßen sich dann im vollen Chore die Vaterlandsschwärmer der übrigen deutschen Kleinstaaten an, während in dem größeren Preußen ihre Dithyramben kaum ein Echo fanden. Die Erklärung dieser anscheinend seltsamen Thatsache ist eine sehr einfache. Die kleinstaatlichen Deutschen waren eben deshalb so stark im Schwärmen für ein ideales Vaterland, weil sie kein wirkliches Vaterland besaßen. — Man denkt sich darunter eine Art Schlaraffenland, in welchem bloß noch von Rechten, aber beileibe nicht von Pflichten der Bürger die Rede seyn darf. Einig und frei wollen daher alle werden, aber sobald damit Ernst gemacht werden soll, sobald sich herausstellt, daß außer Bier, Wein, Reden und wohlfeilen Gut- und Blutgelöbnissen auch noch andere Opfer gebracht werden müssen, sobald sich herausstellt, daß in dem neu zu gründenden deutschen Staate größere Pflichten, eine härtere Arbeit an den Einzelnen herantreten würde, schlägt man sofort einen andern Ton an. In den kleinen Staaten hat sich, so lange sie nach außen von den deutschen Großmächten beschützt waren, ein behagliches Phäakenthum gebildet, man konnte sich so harmlos und angenehm gehen lassen, und diesen Zustand, der leider bei uns vielfach mit der ‚Freiheit' verwechselt wird, will man um keinen Preis aufgeben, als ob die Erlaubniß, im Wirthshaus nach Belieben räsonniren zu dürfen, identisch mit Freiheit wäre. Da greift man aus dem großen Schatze deutscher Schlagwörter alles Mögliche heraus, um diesen alten behaglichen Zustand, über den man natürlich vorher, so lange es bloß zur Unterhaltung geschah, weidlich geschimpft hat, zu vertheidigen; da muß sogar göttliches und menschliches Recht verletzt seyn, da ruft man die Rache des Himmels an, wenn einige schlechte Fürsten verjagt werden und der elende deutsche Bund umgeworfen wird, den man seit 50 Jahren verdammt."

Sehr anerkennenswerth war im Königreich Württemberg die offene und warme Sprache, mit welcher der Schwäbische Merkur, das hier am meisten gelesene Blatt, die Trennung des deutschen Südens vom deutschen Norden verschmähte und den Anschluß an den preußischen Bund verlangte. Nachdem er die bisherige Politik der Südstaaten getadelt, fährt er fort: „Nun aber, da die Trümmer dieser unheilvoll geendeten Politik, eine ganze Reihe von Enttäuschungen, wie Scherben eines zerbrochenen Gefässes vor uns liegen — Oesterreichs Macht, Oesterreichs Bundestreue u. s. w. — nun sollten wir dieselbe Politik, die Abkehr vom Norden, den süddeutschen Particularismus mit einem Wort, auch ohne diese Stützen, die sich in der Entscheidung gebrechlich genug gezeigt haben und jetzt nur in Bruchstücken noch vorhanden sind — nun sollten wir sie aufs neue, ohne alle Aussicht auf reelle Vortheile für uns, für Deutschland aufnehmen? Der Norden, den wir bekämpft, stößt uns zurück. Er braucht uns nicht, überläßt uns unserm Schicksal. Wohl — aber wir brauchen ihn, wir wollen keinem Schicksal überlassen seyn, das uns eine Existenz gleich den homerischen Schatten anweist. Wir wollen in das neue Deutschland, in das ganze außerösterreichische Deutschland mit starker Centralgewalt mit wahrhaft volksthümlicher Vertretung, sofern es dasselbe werden soll, das wir auch während der unseligen Verblendung der letzten Zeit nicht aus dem Sinn ließen, mitaufgenommen seyn. Noch sind freilich erst die Grundlinien dieser Neubildung gezogen; es wird noch einen schweren Kampf kosten, den Bau fertig zu machen, ungefüge Steine, wie den preußischen Junkergeist durch die Kraft des deutschen Bürgerthums gefügig zu machen, tausend eingelebte, aber auch abgelebte Sonderlichkeiten der deutschen Volkszustände einzuebnen. Aber sollten wir, das deutsche Volk im Süden, an dieser Arbeit uns nicht betheiligen können, uns nicht betheiligen wollen? — Gewiß, es gibt auf den norddeutschen Zuruf: ‚Wir brauchen Euch nicht!‘ nur Eine Antwort: ‚Wir aber brauchen Euch und lassen nicht von Euch!‘“

Die neu entstandene Schwäbische Volkszeitung wirkte im gleichen

Sinne als Organ des preußenfreundlichen s. g. deutschen Vereins. In diesem Verein äußerte sich Director Pfeiffer über die Adresse: „Die Kammermajorität habe durch die von ihr durchgesetzte Adresse einen Pyrrhussieg erfochten und müsse sagen: noch ein solcher Sieg, und wir sind verloren. Denn nun müsse die Mehrheit dem Volke zeigen, ob sie leisten könne, was sie versprochen. Sie könne den Südbund unmöglich zu Stande bringen, nicht einmal eine gemeinsame Heeresverfassung. In der Frage der Verfassungsrevision werde sie bei dem bestehenden widernatürlichen Bündniß nichts zu Stande bringen, als ein erbärmliches Compromiß. Im Zollverein werden die Süddeutschen ohne Anschluß keine haltbare Stellung gewinnen, und wenn nur erst einmal Preußen sein Quos ego spreche, dann werden die Mittleren und Kleinen wieder unterkriechen, wie beim französisch-preußischen Handelsvertrag. Es sey zwar bedauerlich, daß Württemberg nicht freiwillig, sondern erst komme, wenn ihm mit dem Holzschlägel gewunken werde, aber es sey einmal so, daß unser Württemberg der undeutscheste Staat gegenwärtig sey. Ein Einwand der Gegner unserer Richtung sey immer der, daß wir durch die neueste Gestaltung die vielen Millionen Deutschösterreicher verloren haben, und dieser Einwand habe für viele wackere Männer etwas Schlagendes. Er aber sage: Wir haben Deutsch-Oesterreich noch nie gehabt, sind vielmehr erst jetzt auf dem besten Wege es zu bekommen. Wir haben Oesterreich noch nie gehabt, sondern umgekehrt, Oesterreich hat uns gehabt und Deutschland zu Gunsten seiner selbstsüchtigen Politik mißbraucht. Wenn einmal die Deutschösterreicher sich von Deutschland isolirt und von den übrigen österreichischen, halbbarbarischen Völkerschaften mißhandelt sehen, dann werden sie schon Mittel und Wege finden, sich mit Deutschland eng zu verbinden."

Inzwischen wütheten die gegnerischen Blätter in ihrer alten Weise fort und scheuten keine Lüge, keine noch so grobe Verleumdung, um den Haß gegen Preußen zu schüren und den Particularismus als das einzige Heil Deutschlands zu preisen. Einen nicht geringen Schrecken bekamen sie daher, als am 23. März 1867 der Staatsanzeiger das geheime Schutz- und Trutzbündniß Württembergs mit Preußen vom 13. August 1866 veröffentlichte und mit einer Mahnung begleitete, worin kurz und bündig gesagt war: man habe den Krieg nicht allein fortsetzen, keine besseren Friedensbedingungen erhalten können, wie die andern süddeutschen Staaten auch; Deutschland habe dabei gewonnen, die Vereinigung gewähre eben größere Sicherheit nach außen; der preußische Oberbefehl im Kriege sey ja aber nicht einmal etwas neues, denn auch im alten Bunde habe man sich im Kriegsfall einem österreichischen oder preußischen Oberbefehl unterstellen müssen. Die undeutsche Presse nahm diese Erklärung mit verbissenem Grimme hin.

Der Friedensabschluß Hessen-Darmstadts mit Preußen zog sich sehr in die Länge, bis in die Mitte des September. Man war mit dieser Verzögerung um so unzufriedener, als eine starke preußische Besatzung im Lande blieb und vom Lande unterhalten werden mußte. Anfangs sollte ganz Oberhessen, weil es noch nördlich der Mainlinie lag, mit Preußen vereinigt werden. Auf der andern Seite glaubte man, der Großherzog werde wegen seiner Verschwägerung mit dem Kaiser von Rußland einen mächtigen Schutz von außen gefunden haben, der ihn veranlasse, nicht nachzugeben. Endlich kam doch ein Friedensvertrag zu Stande, nach welchem das Großherzogthum an Preußen das ausschließliche Besatzungsrecht in der Festung Mainz zu überlassen, eine Contribution von 3 Mill. Gulden zu zahlen, Hessen-Homburg und Meißenheim, das s. g. Hinterland und die Herrschaft Itter abzutreten hatte, wogegen Oberrad, Nauheim und Reichelsheim an das Großherzogthum fielen. Die Provinz Oberhessen blieb somit, nach einem Ausfall von höchstens 50,000 Seelen, im Besitz des Großherzogs, mußte aber dem norddeutschen Bunde beitreten. Eine Anomalie, wie sie bei keinem andern Staate vorkam, jedoch nach dem Vorgang von Oesterreich, Preußen, Dänemark und den Niederlanden, welche früher mit einem Theil ihrer Besitzungen in den deutschen Bund getreten waren, mit andern nicht.

Mainz wurde übrigens nicht von der hessen-darmstädtischen Regierung, sondern von der bayrischen übergeben, weil damals Bayern in der Festung lagen. Ueber das eigenmächtige Verfahren des Herrn von der Pfordten kamen dem Münchener Volksboten scharfe Klagen aus Mainz zu. „Zuerst wurde Waffenstillstand mit Hessen geschlossen und hierbei ausgemacht, daß die hessischen Truppen in Rheinhessen Standquartier nehmen, dabei aber mindestens zwei Stunden von Mainz entfernt bleiben mußten. Nun standen zwar die Preußen auf der rechten Rheinseite dicht vor dem Mainz gegenüberliegenden Städtchen Kastel; wir Mainzer hegten aber nicht die geringste Besorgniß, daß die Preußen anders herein kommen würden, als nach geschlossenem Frieden mit unserer Regierung; denn wir hatten ja Bayern, Kurhessen und Nassauer zur Besatzung, und an eine gewaltsame Einnahme von Mainz war ja gar nicht zu denken. Die Hessen-Darmstädter durften also nicht nach Mainz. Da macht Bayern Frieden, und auf einen direkten Befehl des Ministers v. d. Pfordten übergibt, ohne die Einwilligung Hessens, der bayrische General und Gouverneur der Bundesfestung Mainz (Graf Rechberg) den Platz an die Preußen. So sind denn die Preußen zu uns gekommen, nicht als Garnison in Folge der Wiederherstellung des Friedens, sondern als Occupationstruppen in ein feindliches Land. Unsere Regierung wird geflissentlich mißachtet, die Stadt mit Belagerungszustand bedroht, die Bürger mit Einquartierung zu Lasten Hessens heimgesucht, und wenn sich auch die einzelnen Leute der Mannschaft manierlich betragen, so ist das bloß guter Wille der einzelnen. Für uns Mainzer ist es aber im höchsten Grade kränkend, daß Bayern uns in dem Augenblicke dem Feinde preisgibt, in welchem die Preußen überall aus den von ihnen besetzten Landestheilen fort müssen, da sicher der Friede zwischen Preußen und Hessen früher geschlossen wäre, wenn Hessen die Provinz Oberhessen gegen ein Stück bayrischen Landes hätte austauschen wollen. Letzteres hat der Großherzog von Hessen, wie bereits öffentlich bekannt ist, ehrenhaftester Weise entschieden verweigert. Noch in der letzten Zeit handelte es sich bei den bayrischen Friedensunterhandlungen darum, daß Bayern das Stück von Miltenberg u. s. w. an den Großherzog von Hessen als Gebietsentschädigung abtreten sollte; zum Dank dafür, daß der Großherzog die Annahme dieser Beraubung Bayerns zurückgewiesen, hat Bayern seinerseits dann hinterher die Festung Mainz den Preußen überliefert, wozu ihm auch nicht das allermindeste Recht zustand; denn wenn der Bund einmal aufgelöst ist und Mainz deshalb aufhörte, Bundesfestung zu seyn, so stand selbstverständlich Bayern allerdings nicht mehr das Recht zu, dort ohne den Willen des Landesherrn noch eine Besatzung zu halten, noch viel weniger aber das Recht, die Festung einer in jeder Weise unberechtigten Macht in die Hände zu liefern, sondern die Festung konnte ohne Widerrede nur an den Landesherrn übergehen. Nichtsdestoweniger hat Freiherr v. d. Pfordten, dessen frühere Abhandlungen über ‚Rechtsboden‘ noch frisch im Gedächtniß seyn müssen, sich herbeigelassen, in der Beilage zum Friedensvertrage, welche mit demselben ratifizirt worden ist, wörtlich folgende Abmachung zu treffen: ‚Die k. bayrische Regierung wird dem Gouverneur der Festung Mainz, Grafen Rechberg, den Befehl zugehen lassen, am 26. August die Festung dem von Sr. Majestät dem Könige von Preußen zu ernennenden Gouverneur zu übergeben, seinerseits aber an demselben Tage mit den k. bayrischen Truppen die Festung zu verlassen.‘ — Schon der Umstand, daß dies überhaupt in die bayrisch-preußische Friedensvertrags-Beilage eingesetzt worden, kann kaum anders betrachtet werden, als daß man durch solche Ueberlieferung fremden Gutes, also auf Hessens Unkosten, die von Preußen zuvor von Bayern geforderten größeren Gebietsabtretungen — des Stücks Kulmbach-Hof — bei Seite schaffte."

Großes Aufsehen erregte die am 17. September aus Worms datirte Proclamation des Großherzog Ludwig, wodurch er dem Lande ankündigte, daß er die Regierung wieder übernehme. Nachdem er dem Volk und den Truppen herzlich für ihre Treue gedankt, erklärte er mit überraschender Entschiedenheit, die neue Lage Deutschlands erfordere auch eine neue Politik der Kleinstaaten:

„Wir haben nicht nur die Wunden zu heilen, welche der Krieg unserem Hessen geschlagen hat, wir haben auch in der Neugestaltung unseres gemeinsamen deutschen Vaterlandes in einer, die gerechten nationalen Ansprüche befriedigenden Weise zu beginnen. Der alte Rechtsboden, auf dem wir hätten fortbauen können, ist zusammengebrochen. Wir müssen nun die Vervollkommnung des durch die Macht der Thatsachen geschaffenen neuen Rechtszustandes zum Gegenstande unserer Sorge machen. Mein eifrigster Wunsch war, den Bund, welcher dermalen den Norden Deutschlands umfaßt, auf das ganze große Vaterland ausgedehnt zu sehen. Rücksichten, deren Beseitigung nicht in meiner Macht liegt, standen bis jetzt der Erfüllung meiner Wünsche entgegen. Aber wie ich stets seit meinem Regierungsantritt neben dem Wohl meines hessischen Landes das Glück und die Größe des gemeinsamen deutschen Vaterlandes und die Kräftigung des dasselbe umschlingenden Bandes angestrebt habe, so werde ich auch für die Zukunft dieses Ziel nicht aus dem Auge verlieren."

In der Allgem. Militärzeitung, die in Darmstadt erscheint, las man im October: „Während in Deutschland ein Nationalverein sich constituirte, ein deutscher Schützenbund mit gleichen Bestimmungen und Büchsen gleicher Construction errichtet wurde; während Wehr-, Turn- und sogar Gesangvereine sich nach denselben Gesetzen freiwillig leiten ließen, um dem Drange nach Einheit zu genügen und das Gefühl der Zusammengehörigkeit zu entwickeln und zu pflegen; während dies alles in Deutschland unter unsern Augen vorging, zeigte man in den maßgebenden militärischen Kreisen eine solche Gleichgültigkeit gegen alles das, was uns noth that, daß man es nicht einmal dahin bringen konnte, dem 7., 8., 9. und 10. Bundesarmeecorps Feuerwaffen von gleichem Kaliber zu geben. Das Heer wurde nicht als Mittel der Vertheidigung des Vaterlandes, sondern als eine geputzte Puppe betrachtet, mit der man ein glänzendes und theures Spiel spielte. Unsere braven Soldaten sind Märtyrer eines Systems geworden, das die einsichtsvolle militärische Welt längst verdammte, das sich aber so lange halten konnte, weil man rascher und sicherer avancirte, wenn man lobte, und weil man die Männer von Einsicht und praktischem Sinn als unbequem entfernte, oder sie wenigstens als revolutionär verschrie."

Im Anfang des April 1867 erfuhr man, die darmstädtische Armee sey genau nach denselben Bestimmungen, wie die sächsische, durch besondere Militärconvention der norddeutschen Bundesarmee einverleibt worden unter dem Obercommando des Königs von Preußen, mit der Bundesarmeeuniform ꝛc. Der erste wichtige Schritt zum Anschluß des südlichen Deutschland an den Nordbund.

Das Großherzogthum Baden war während des Kriegs von den Bundesgenossen am meisten bescholten worden. Die Anklagen und die Rechtfertigungen in Bezug auf den s. g. badischen Verrath sind oben schon in der Kriegsgeschichte ausführlich erörtert worden. Weniger hat man darauf geachtet, wie ernstlich Baden zuerst durch die österreichische, sodann durch die bayrische Politik bedroht war.

Zur Rechtfertigung der badischen Politik erklärte der Minister des Aeußern von Freydorff am 9. October im badischen Abgeordnetenhause: In dem am 14. Juni zwischen Oesterreich und Bayern abgeschlossenen Vertrage sey im Artikel 7 festgestellt worden, „daß wenn bei dem Friedensschluß Territorialveränderungen in Frage kämen, Oesterreich sich verpflichte, Bayern vor Verlusten zu bewahren, jedenfalls aber dahin zu wirken, daß Bayern für etwaige Abtretungen entschädigt werde." Freydorff frägt nun, wo anders diese Entschädigungen hätten gesucht werden können, als bei den unmittelbaren Nachbarn Bayerns? Deswegen sey der Vertrag auch sorgfältig verheimlicht worden. Später habe Oesterreich mit Preußen Frieden geschlossen und seine Bundesgenossen dabei im Stich gelassen, da sich doch von selbst verstehe und auch ausdrücklich in der Bundesakte und in der Wiener Schlußakte vorgesehen sey, daß die deutschen Bundesgenossen, wenn sie gemeinschaftlich Krieg führen, auch nur gemeinschaftlich einen Waffenstillstand oder Frieden schließen können. Nun habe aber Oesterreich grade so einseitig und willkürlich hinter dem Rücken der andern Verbündeten den Waffenstillstand und Frieden mit Preußen, wie vorher den geheimen Vertrag mit Bayern abgeschlossen.

Noch einläßlicher sprach sich derselbe Minister am 23. October in der Kammer über die gänzliche Unzuträglichkeit, ja Unmöglichkeit eines deutschen Südbundes aus, wie ihn der Prager Frieden in Aussicht genommen habe. Diese Rede ist von unschätzbarem Werth für die richtige Beurtheilung der süddeutschen Zustände und für die Politik, welche die süddeutschen Regierungen und Bevölkerungen zu befolgen haben, wenn sie ihr eignes Bestes und zugleich das des deutschen Gesammtvaterlandes wollen. Die Rede lautet nach der Karlsruher Zeitung: „Die großherzogliche Regierung ist nicht so verblendet, zu glauben, daß ein Land von der Größe und Einwohnerzahl des Großherzogthums Baden, gelegen inmitten Europas, an einer Stelle, über welche schon mächtige Heere herüber- und hinüberzogen, durch sich selbst stark genug sey, auf die Dauer seine Existenz und Selbständigkeit zu behaupten; und würde sie dies auch glauben, so würde sie sich der Zusammengehörigkeit des Landes und Volkes mit den andern deutschen Stämmen und Staaten bewußt bleiben und einen engen Bund mit diesen suchen, um die Kräfte des Großherzogthums nicht nur diesem selbst, sondern dem ganzen deutschen Vaterlande, der ganzen deutschen Nation widmen zu können. Es stehen, wenn wir von einer Anlehnung ans Ausland absehen, zwei Wege einer Anlehnung an deutsche Staaten und der Eingehung eines Bundes mit solchen Staaten offen. Die Verträge von Nikolsburg und Prag weisen uns auf die Bildung eines süddeutschen Bundes mit den andern diesseits der Mainlinie gelegenen deutschen Mittelstaaten hin. Es versteht sich, daß jene Verträge uns nur das Recht einer solchen Verbindung wahren, daß sie sich keine Verpflichtung zu deren Eingehen stellen. Es ist schon vorgekommen, daß man Staaten, welche einen Staatenbund, oder mit Aufgeben eines Theils ihrer Souveränetätsrechte einen Bundesstaat eingegangen waren, wider ihren Willen in solchem Bunde festgehalten hat, und man könnte uns, gälte es den deutschen Bund aufrecht zu erhalten, und wären wir einseitig ausgetreten, um einen süddeutschen Sonderbund zu gründen, nach Analogie des Schweizer Sonderbundes und des nordamerikanischen Krieges gegen die Südstaaten, zum Verbleiben im deutschen Bunde zu zwingen versuchen. Aber der Versuch wäre neu und ohne Beispiel in der Geschichte, einen souveränen Staat zur Eingehung eines Bundes nöthigen zu wollen, der zuvor nicht bestanden hat und jetzt nicht besteht. Es sind nun etwa 3 Monate her, daß die Idee dieses Südbundes das Licht der Welt erblickt hat; es sind wohl seither gelegentliche Anfragen über den Stand der Sache und über unsere Absichten gestellt worden, aber es ist niemanden eingefallen, uns an eine etwaige Verpflichtung zur Eingehung eines Südbundes zu mahnen. Zur Eingehung eines solchen Bundes scheint mir nun, von unserem Standpunkt aus betrachtet, weder in dem Wunsch oder Interesse der Mächte, welche bei Abschluß der Nikolsburger Präliminarien und des Prager Friedensvertrags mitgewirkt haben (so sehr wir auch die Rathschläge achten und in Erwägung ziehen mögen), noch in einem fortwirkenden Zorn gegen Preußen, noch in einer Antipathie gegen Norddeutschland und das norddeutsche Wesen, wie man sie zuweilen bei Leuten findet, die noch nicht aus dem schwäbischen Kreis hinausgekommen sind, ein hinreichender Anlaß zu seyn. Man wird uns vielmehr, wenn man uns zur Eingehung eines Südbundes auffordert, irgend ein Bedürfniß, irgend ein Interesse nachweisen müssen, welches durch solchen Bund befriedigt oder gefördert werden soll. Man denkt bei Erwägung solcher Interessen zunächst an Interessen des Handels und Verkehrs. Hätten wir keine gemeinschaftliche Handelsgesetzgebung, stünde der Zollverein in Gefahr, so müßten wir beides nicht nur in Gemeinschaft mit den süddeutschen Staaten, sondern hauptsächlich mit dem größern und stärkern Complex der norddeutschen Staaten, insbesondere mit Preußen zu Stande zu bringen suchen. Dasselbe ist der Fall bezüglich der Herstellung der Einheit im Münz-, Maß- und Gewichtssystem, des Patentwesens, des Schutzes des geistigen Eigenthums, bezüglich der Fragen des Post-, Eisenbahn- und Telegraphenverkehrs. Wir wollen bessern Schutz des Handels im Ausland, der deutschen Schifffahrt und Flaggen; wir haben von einer deutschen Flotte geträumt und gedichtet; ich sehe in ganz Süddeutschland kein seetüchtiges Schiff und keinen Matrosen. Eines Aufgebens unserer Particulargesetzgebung auf den Gebieten des Civil- und Strafrechts, des Prozesses lohnt es sich nur im Austausch gegen eine allgemein deutsche, nicht gegen eine süddeutsche Gesetzgebung. In Norddeutschland und nicht im Süden, der theilweise gegen den Norden noch weit zurück und erst in der Organisation begriffen ist, haben wir die Muster für unsere neue Gesetzgebung geholt. Wollen wir auf einem dieser Gebiete gemeinsame Einrichtungen, gemeinsames Recht herstellen, so erreichen wir unser Ziel leichter und sicherer, wenn wir uns unmittelbar und ungehindert an Preußen und den norddeutschen Bund wenden und anschließen können, als wenn wir erst die Mehrheit des Südbundes für unsere Anschauungen gewinnen und durch dessen Organ mit dem norddeutschen Bund verkehren müssen. Der Herstellung solcher gemeinsamen inneren Einrichtungen steht der Nikolsburger und Prager Vertrag selbst nach der nachtheiligsten Auslegung nicht entgegen; wir können sie suchen und gründen, auch wenn kein Südbund errichtet, auch wenn wir nicht in den norddeutschen Bund aufgenommen werden. Was nun das Verhältniß nach außen betrifft, so soll der Südbund nach Wortlaut des Prager Friedens „„eine internationale, unabhängige Existenz““ haben. Doch soll dem süddeutschen Bund eine internationale Verbindung mit dem norddeutschen freistehen. Eine solche Verbindung läßt sich, wenn sie irgend von Bedeutung und Werth seyn soll, nicht ohne Aufgeben eines Theils der Unabhängigkeit herstellen, und beide Sätze scheinen sich zu widersprechen. Zur Wahrung und Vertheidigung der Unabhängigkeit des süddeutschen Bundes und seiner Territorien würden vor allem Geld und Truppen nöthig seyn. Ich weiß nicht, ob der süddeutsche Bund auch nur das zum Ausbau und Unterhaltung der Festungen nöthige Geld aufzutreiben im Stande wäre. Allein der Ausbau der Festung Rastatt erfordert die Summe von 7—8 Mill. Gulden. Aber das weiß ich sicher, daß der süddeutsche Bund nicht genug Truppen hat, um seine Unabhängigkeit nach allen Seiten zu behaupten. Nur wenn wir unsere Festungen ganz entblößen und dem Feinde preisgeben, mögen wir eine Armee von 100—150,000 Mann ins Feld stellen können. Es früge sich, ob diese jedem Angriff gewachsen wäre, ob man gestützt auf diese Macht jeder gegen unsere oder gegen die deutschen Interessen verstoßenden Zumuthung widerstreben und widerstehen könnte. Aber diese Macht kann nur ins Feld gestellt werden, wenn man die Festungen entblößt. Will man diese, wie natürlich, besetzt und in Vertheidigungszustand erhalten, so wird nahezu die ganze Heeresmacht des süddeutschen Bundes durch die Besatzung der Festungen aufgezehrt. Das badische Kontingent von 16,000 Mann z. B. würde gerade ausreichen, die Kriegsbesatzung für Rastatt zu stellen, und es würde dem Vordringen des Feindes im Feld kaum ein ernstlicher Widerstand entgegengesetzt werden können. Der süddeutsche Bund scheint mir daher, auch wenn er sonst unseren Interessen entspräche, die zur Fristung der ihm zugedachten internationalen unabhängigen Existenz nöthige Macht nicht zu haben. Das sind so vorläufig unsere Bedenken gegen die Gründung des süddeutschen Bundes. Nichtsbestoweniger werden wir diese Frage, wenn sie erst an uns gebracht wird, einer reiflichen Erwägung unterziehen.“ ... „Sie kennen, meine Herren, die Hindernisse, welche zur Zeit des Abschlusses des Friedensvertrags dem sofortigen Anschluß an den norddeutschen Bund entgegengestanden. Diese Hindernisse bestehen noch heute, und wir müssen auch uns Zurückhaltung auferlegen, wollen wir nicht unnöthig und vorzeitig Gefahren heraufbeschwören. Ich sage unnöthigerweise, denn es wird eine Zeit kommen, in der, was jetzt mit Gefahr, nicht nur für uns, sondern für das Ganze verbunden ist, sich dieß durch den naturnothwendigen Gang der Dinge und Ereignisse von selbst gibt. Wir müssen diese Zeit abwarten, und ein Mittel, diese Zeit näher heranzurücken, liegt in der Hand der süddeutschen Bevölkerungen ... Die Zeit für diese Einigung des ganzen Deutschlands wird, wenn nicht unerwartete Ereignisse uns zu einem frühern, räschen Handeln drängen, dann gekommen seyn, wenn die süddeutschen Bevölkerungen dunkle, unbegründete Antipathien abgelegt haben und zur klaren Erkenntniß ihres eigenen wahren Vortheils und der Grundbedingungen der künftigen Größe und Macht Deutschlands gekommen seyn werden, wenn sie diese Erkenntniß aussprechen und danach handeln. Sie, meine Herren, sind berufen, der Stimmung des badischen Volkes Ausdruck zu geben. Ich zweifle nicht, daß sie nach dem großen Vorgang der Kammer der bayrischen Abgeordneten sich für einen thunlichsten Anschluß an den norddeutschen Bund aussprechen werden. Machen Sie die im Commissionsbericht niedergelegten Wünsche zu den Ihrigen, so wird die großherzogliche Regierung nicht säumen, in jedem Moment alles zu thun, was zu deren Verwirklichung führen kann ... Für uns ist der Anschluß an Norddeutschland eine Existenzfrage; er ist zudem der einzig mögliche Weg der Rettung der Einheit Deutschlands. Preußen und der norddeutsche Bund können ohne uns existiren, sind vielleicht sogar in der Vertheidigungsstellung ohne uns stärker als mit uns. Wenn wir unannehmbare Bedingungen stellen, wird man uns einfach abweisen, oder wenn die Zeit danach angethan ist, und wie mit einigen norddeutschen Staaten geschehen ist, uns gegen unsern Willen dem Ganzen unterordnen.... Hätte man im Norden allgemeine freiheitsfeindliche Bestrebungen, so war, als wir in Würzburg und Berlin erschienen, um Waffenstillstand und Frieden zu erlangen, sehr gute Gelegenheit und nahe Versuchung, uns anzudeuten, daß unsere Verfassung, freisinnige Gesetzgebung, constitutionelle Regierungsweise nichts tauge. Ich kann aber hier, unter der Controle der Oeffentlichkeit und zum Gehör der preußischen Staatsmänner, mit denen ich verkehrte, versichern, daß, geschweige eine Zumuthung, auch nicht die entfernteste Andeutung in dieser Richtung gefallen ist. Weder in den bisherigen Verhandlungen, noch in den Vorgängen seit Gründung des norddeutschen Bundes ist irgend ein Anlaß zu einer Verwahrung gegeben, wie sie von einer Seite verlangt wird."

Am folgenden Tage, 24. Oct., beschloß die Kammer einstimmig, die Verbindung mit dem Nordbund zur möglichen Wiederherstellung Gesammtdeutschlands zu erstreben.

Man glaubte, Baden werde sich bald der von Hessen-Darmstadt mit Preußen eingegangenen Militairconvention anschließen. In Bayern und Württemberg vermißte man Eifer für die Reorganisation des Heerwesens. Die particularistischen, demokratischen und ultramontanen Blätter kochten noch beständig Gift und suchten den Deutschen mit jeder erdenklichen Sophistik auszureden, daß die Einheit Deutschlands etwas besseres sey, als der alte Bundestag, die Vielstaaterei oder der Rheinbund. Die Deutschgesinnten ihrerseits klagten, daß das Schutz- und Trutzbündniß zwar auf dem Papiere stehe, aber noch nicht realisirt sey.

Die Augsb. Allgem. Zeitung schrieb: „Die Augustverträge, diese

Quelle des Staatsrechts für die Preußen III. Classe, finden vom nationalen und vom freiheitlichen Standpunkt aus Gegner, weil sie entweder als ein Zuviel oder ein Zuwenig erscheinen."

„Zu wenig bieten sie vom nationalen Standpunkt, weil sie, so wie sie sind, weder für alle Fälle einer Gefahr von West oder von Ost das Zusammengehen süddeutscher Regierungen mit dem Nordbund noch die Vertheidigung der gegen Frankreich und Oesterreich gleich sehr exponirten süddeutschen Staaten durch den Nordbund sichern. Besteht nicht etwa ein zweiter noch geheimerer Vertrag, welcher nach abermals acht Monaten den Süddeutschen eines schönen Morgens zum Verdauen vorgelegt wird, und bestimmt nicht ein solcher Vertrag, daß Preußen nach Rastatt, Ludwigsburg, Ulm Besatzungen zu legen, den Schwarzwald zu befestigen und die bayrische Grenze von Hof bis Lindau durch entsprechende Vorkehrungen zu decken berechtigt und verpflichtet sey, dann, sagt man sich, ist der Augustvertrag ein Blatt Papier, welches durch die Kugel eines Chassepotgewehrs ein Loch bekommen kann, und uns Süddeutschen bei allen Lasten aus dem Augustvertrag doch den Hauptzweck — Vertheidigung im Kriegsfall vor, nicht hinter der Mainlinie — nicht sichert. Seit neun Monaten ist fast nichts geschehen, um die süddeutsche Wehrkraft rasch zu heben, und Preußen zu ermuntern, den Südwesten vorkommenden Falls am Rhein und an den Alpen, statt hinter dem Main zu verheidigen. Darum, heißt es, ist der Augustvertrag ein Zuwenig vom nationalen wie vom spezifisch-süddeutschen Standpunkt, und von Männern, welche das Vordringen der preußischen Vasallenschaft in jeder Form bis auf das Aeußerste bekämpft haben, kann man sagen hören: Nun, da uns die Regierung die preußische Heerfolge bringen will, soll diese auch eine Realität werden, gebe man dem Nordbunde das Besatzungsrecht in Rastatt, Bruchsal, Ludwigsburg, Ulm, damit für alle Fälle Preußen auf uns und wir auf Preußen zählen können; denn außerdem kann uns durch vis major, nicht blos durch Zettelungen vielgewandter Minister, der Rheinbund wieder über den Hals kommen, können wir die untreuen Brüder des Nordbundes, und kann dieser unser Stiefvater werden müssen, sobald die gemeinsame Vertheidigung praktisch wird. Alles ziehen wir der Schmach vor, in der offen bleibenden Möglichkeit eines Rheinbundes nach Restaurationspolitik zu fischen."

„Zu wenig bieten die Augustverträge auch in freiheitlicher Beziehung. Sie reichen — hört man äußern — gerade hin, um uns die Schnüre des Staatsbeutels aus der Hand zu nehmen, und auf unser constitutionelles Leben einen erdrückenden Alp zu legen, um patentirte Adelsfamilien beim Regierungsmonopol zu erhalten und einer versumpften und impotenten Bureaukratie das Leben zu fristen; allein sie entziehen uns jeden Einfluß im Rathe der Nation, und machen uns der Regierung und dem Parlament des Nordbundes gegenüber rechtlos. Dieses Helotenthum in nationaler Beziehung würde ein Unrecht am Süden, eine Herabsetzung desselben, eine Verstümmelung aller Organe seiner politischen Selbstbestimmung seyn, und unserem constitutionellen Leben einen viel schlimmern absolutistischen Mühlstein an den Hals hängen, als es durch das glücklich begrabene Bundesrecht jemals geschehen ist. Für unsere materiellen Interessen würden alle Garantien fehlen, der Zollverein bliebe am Faden der Halbjahrskündigung hängen, Post-, Telegraphen-, Eisenbahn-, Geld-, Maß- und Gewichtswesen, einheitliche Gerichtspraxis für Handels- und Wechselrecht 2c. würden auch fortan einem schwerfälligen Vertragsapparat unterliegen, wobei der Süden doch nur einfach anzunehmen hätte, was der Norden zu bieten beliebt."

„Wir bezweifeln deshalb, ob die süddeutschen Kammern, wenn sie die Augustverträge annehmen, dies thun werden und thun dürfen, ohne uns die Rechte von Preußen höherer Classe in demselben Augenblick zu verschaffen, da die militärischen Lasten derselben definitiv auf das süddeutsche Volk übergewälzt werden. Dann müssen reelle Garantien geschaffen werden, daß Preußen unser Gebiet jederzeit wie sein eigenes vertheidigen wolle und könne, daß kein Rheinbundsversucher Erfolg habe, daß wir nicht Heloten seyen, daß unserem Wohlstand nicht die Schlinge der halbjährigen Zollvereinskündigung als politischer Drücker um den Hals gelegt bleibe. Und hiezu gehört einerseits ehrliche Bundesgenossenschaft von Seiten des Südens mit allen Consequenzen, andererseits Einräumung der factischen wie formellen Gleichberechtigung der Süddeutschen im neuen deutschen Reich. Die Augustverträge dagegen bilden ein juste milieu, welches auf die Dauer niemanden befriedigen kann; weder das süddeutsche Volk, weil es ihm das constitutionelle Leben und die Finanzen verkümmert, um ihm blos Lasten aufzulegen, ihm ein fremdes Zwinguri aufzubauen und es ohne gesicherten Schutz der Gefahr des allgemeinen Kriegsschauplatzes auszusetzen — noch die norddeutschen Bevölkerungen, weil nur ein fest angeketteter Süden ein Verlaß ist, eine wechselseitig erleichternde Militärlast an Stelle allgemeiner Erhöhung gestattet, und weil die Süddeutschen mit ihrem beweglicheren, leidenschaftlicheren und stürmischeren Wesen ein wohlthätiges Ferment im Rathe der Nation bilden sollen — noch die norddeutsche Bundesgewalt, da aus den Bundesgenossen vom August ohne weitere Bande auch wieder Feinde, Feinde von verstärkter Wehrkraft, in der Mitte zwischen Frankreich und Oesterreich werden können — noch die süddeutschen Regierungen, da sie in großer Gefahr bleiben, entweder von Preußen oder von Oesterreich und Frankreich vergewaltigt zu werden, und entweder in Mediatisirung oder durch erzwungenen Abfall von der Nation, zu Grunde zu gehen."

In diesem Sinne äußerten sich viele süddeutsche Blätter, wie auch die Kammern von Bayern, Baden und Darmstadt und viele Vereine und Redner in Volksversammlungen. Es fehlte jedoch auch nicht an einem großen Phlegma, welches sich jenen Wahrheiten verschloß, und an Agitationen theils des Particularismus, theils der

Demokratie, theils des Ultramontanismus, in denen man sehr deutlich Wiener und Pariser Impulse durchfühlte. Die deutsche Nation hatte sich zu lange nicht ins Gesicht gesehen, es war zu vielen Leuten niemals eingefallen, daß sie Deutsche seyen; irgend ein kleinstaatliches, Partei- oder Privatinteresse hatte sie ganz eingenommen und das große Nationalinteresse hatten sie zu sehr darüber vergessen, als daß man ihnen hätte zumuthen dürfen, sich schnell in dem ihnen geöffneten größern Horizont zu orientiren. Wenn die verlassene Ariadne der deutsche Michel gewesen wäre, würde sie den rettenden Gott, der sie weckte, dumm angeglotzt und womöglich mit plumper Faust ins Gesicht geschlagen haben. Das ist der Fluch der langen Vernachlässigung unserer großen Nationalinteressen. Man war zu lange verwöhnt und der Deutsche denkt überhaupt zu langsam, um sich mit kluger Besonnenheit schnell in eine neue Lage zu finden.

Durch die große Entscheidung in Böhmen war allerdings schon im Sommer 1866 für Süddeutschland ein Wendepunkt eingetreten, wie ihn ihm die Weltgeschichte seit Jahrhunderten nicht geboten hat. Nie war die Gelegenheit günstiger, die lang ersehnte Einheit Deutschlands rasch zu verwirklichen. Nie waren die süddeutschen Mittelstaaten und Bevölkerungen in der Lage, eine wichtigere, einflußreichere Entscheidung abzugeben. Die Verhältnisse hatten sich so gestaltet, daß sie trotz ihrer verhältnißmäßigen Schwäche mitten unter den Großstaaten, doch ein schweres Gewicht in die Wagschale legen konnten, auf welcher die Zukunft der gesammten deutschen Nation gewogen wurde. Ein nicht zu verkennendes wohlwollendes Verhängniß machte sie, welche zu schwach gewesen waren, die ärmliche Triasidee des Herrn von der Pfordten zu verwirklichen, jetzt auf einmal stark genug, etwas viel Besseres, viel Größeres zu verwirklichen, nämlich die Einheit Deutschlands.

Niemand zweifelte daran und es ist auch oft ausgesprochen worden, vor allem vom Fürsten von Hohenlohe, daß ein aufrichtiger Anschluß des südlichen an das nördliche Deutschland beide so stark machen würde, daß sie von außen keine Kriegsgefahr mehr würden zu besorgen haben, daß sie die Segnungen des Friedens und die bisherigen Vortheile des Zollvereins mit den neuen Vortheilen verbinden würden, die ihnen der Neu- und Ausbau des deutschen Bundes zu gewähren verspricht.

Die süddeutschen Regierungen hatten schon im August 1866 dem norddeutschen Bunde sich auf halbem Wege genähert. Dies war nicht nur nöthig, um einen raschen Frieden zu erzielen und Gebietsabtretungen, die ihnen drohten, zu vermeiden, sondern es war auch der besonnene Eintritt in eine neue Politik, die ihre Zukunft sichern sollte. Nach den großen Territorialveränderungen in Norddeutschland trat auch an die süddeutschen Dynastien die Frage heran, ob sie nicht besser thäten, wenn doch ein neues deutsches Reich erstünde, in das natürliche frühere Verhältniß von erblichen Reichsfürsten zum Oberhaupte des Reichs zurückzutreten, oder ob sie den Versuch wagen sollten, das Metternichsche System zum zweitenmal, wie im Jahr 1850, wieder herstellen zu können, oder ob sie den noch verwegenern Versuch machen sollten, den Rheinbund mit Frankreich zu erneuern. Was auch Herr von der Pfordten in der Mitte des Juli 1866 hin und her gedacht haben mag, gewiß ist, daß er die beiden letztgenannten Wege nicht wählte, sondern schon im folgenden Monat das Schutz- und Trutzbündniß mit Preußen abschloß. Nach dem Vorgang Würtembergs haben sämmtliche süddeutsche Regierungen diesen Weg der Vereinbarung mit Norddeutschland eingeschlagen und befinden sie sich somit auf der Höhe der Situation.

Es handelte sich daher nur darum, denen entgegen zu treten, welche sich diesen deutschen Regierungen noch fortwährend mit ihrem undeutschen Rathe aufdrängten, und den süddeutschen Bevölkerungen einzuprägen, sich durch dieselben Rathgeber nicht verführen zu lassen, die in der Presse noch immer unermüdlich waren, zum Verrath an

Deutschland aufzufordern, wovon wir oben schon einige Beispiele angeführt haben. Die süddeutsche Presse plaidirte gegen den Anschluß an den norddeutschen Bund hauptsächlich im particularistischen Sinne, stellte sich auf den Rechtsboden des früheren deutschen Bundes und nannte die Vertreibung einiger norddeutschen Dynastien eine widerrechtliche Gewaltthat. Hieß das nun so viel, als die Wiederherstellung des alten Bundes fordern, so vergaß man doch, daß es eine Unmöglichkeit geworden war, zu demselben zurückzukehren. Denn gesetzt auch, der norddeutsche Bund, wie er heute sammt dem Schutz- und Trutzbündniß mit Süddeutschland besteht, wäre in Folge eines neuen großen Krieges wieder auseinander gerissen und Preußen durch Niederlagen außer Stand gesetzt, ferner die Geschicke Deutschlands in der Hand zu behalten, würde doch der alte Bund nicht mehr in seinem alten Bestande zurückkehren. Die Mittelstaaten würden willenlos der Machtsphäre Oesterreichs und Frankreichs anheimfallen.

Wer irgend seit mehr als dreißig Jahren die großen Vortheile des Zollvereins kennen gelernt und genossen hatte — und hat nicht ganz Süddeutschland sie genossen? — würde wohl sehr erstaunt und erschrocken seyn, wenn er sich plötzlich im Netz der Wiener Finanzwirthschaft eingefangen sähe. Wer die Zustände sämmtlicher Provinzen Oesterreichs in dieser Beziehung kennt, wird vollkommen überzeugt seyn, daß ein kleiner Mehraufwand, den die Genossen des norddeutschen Bundes für das Militärwesen zu bestreiten haben, ein kaum nennenswerthes Opfer ist im Vergleich mit den Opfern, die ein Finanzsystem, wie das österreichische, neuen Bundesgenossen unfehlbar zumuthen würde. Aber wichtiger noch ist Folgendes. Die ganze Art und Weise, wie von der Wiener Burg aus den widerspenstigen Nationalitäten in den verschiedenen Kronländern nachgegeben und mit dem Liberalismus Komödie gespielt wurde, war im höchsten Grade unnatürlich und nur ein Nothbehelf. Die österreichische Monarchie war nie etwas anderes als Autokratie und muß, wenn sie das aufhört zu seyn, zerbröckeln. Nur mit eiserner Gewalt vermag sie die heterogenen Elemente in ihrem Innern zu bezwingen und sich dienstbar zu machen, und zu dieser Politik wird sie jederzeit naturgemäß zurückgreifen, sobald sie kann. Sie that es bald nach der Thronbesteigung des gegenwärtigen Kaisers und machte mit eiserner Gewalt den Thorheiten von 1848 ein Ende. Sie war im Begriff, das absolutistische System im Jahr 1859 zu verstärken und zu erweitern, wenn das Glück der Waffen in Italien sie nicht verlassen hätte. Wenn es ihr je gelänge, die Schlacht von Königgrätz zu rächen und mit fremder Hülfe Preußen aus der Reihe der Großstaaten wegzustreichen, so würde mit der militärischen Energie auch der politische Absolutismus und in dessen Sclavendienst auch der s. g. Ultramontanismus dermaßen überhand nehmen, daß die Bevölkerungen in den süddeutschen Mittelstaaten, besonders der liberale und protestantische Theil derselben, unter der österreichischen Pression in eine Verzweiflung kommen würden, die sie sich nie geträumt hätten. Die vielen Schwärmer für das Parlament und überhaupt für liberale Bürgschaften würden dann Erfahrungen machen, die sie lieber nicht gemacht hätten. Das Festland von Europa würde dem Imperialismus von Paris, Wien und St. Petersburg gänzlich verfallen.

Es wäre kaum daran zu denken, daß Oesterreich noch einmal in Deutschland Meister werden könnte, außer mit der Hülfe Frankreichs. Daraus würde aber zweierlei folgen, einmal würde die berüchtigte Compensation im vollsten Maaße von Oesterreich geleistet, das ganze linke Rheinufer würde an Frankreich abgetreten werden müssen; zweitens würden die süddeutschen Mittelstaaten in die bedenklichste aller Alternativen versetzt werden, entweder die Vasallen Oesterreichs oder die Vasallen Frankreichs werden zu müssen. Bei der Gefahr, das Danaidenfaß der österreichischen Finanzen mit dem durch langen Fleiß erworbenen Wohlstand füllen zu sollen; bei der uralten Furcht der Bayern, von Oesterreich annectirt zu werden, bei dem Widerwillen der süddeutschen Protestanten, sich dem Concordat, das ihnen das siegreiche Oesterreich wiederbringen und als härtestes Joch aufladen würde, zu unterwerfen, kann kein Zweifel obwalten, daß man auf dieser Seite den Rheinbund bei weitem vorziehen und bei Frankreich Schutz vor Oesterreich suchen würde. Aber auch dann würde man schmerzlich bedauern, nicht rechtzeitig die Bruderhand der Norddeutschen angenommen zu haben. Denn was würde Süddeutschland bei einem neuen Rheinbund gewinnen? Gibt es Bayern, die vergessen hätten, wie Montgelas ihren Glauben, ihre alte Sitte, ihr altes Recht verhöhnte, wie er ihre Beutel durch die Juden fegen und wie er ihr Blut in Strömen für den fremden Tyrannen vergießen ließ? Gibt es Württemberger, die vergessen hätten, mit welchen Beschwerden die Vertreter des Volks im Jahr 1815 vor die Krone hintraten? Ist ihnen die berühmte Denkschrift des Calwer Zahn nicht mehr erinnerlich? Und haben süddeutsche Katholiken vergessen, wie der verewigte Görres in seinem Rheinischen Merkur die fluchwürdige Rheinbundzeit und die Schergen der damaligen napoleonischen Tyrannei mit dem Flammenschwert der Wahrheit und Gerechtigkeit peitschte? Der feurigste Katholik seiner Zeit, war er zugleich der größte deutsche Patriot, weshalb ihn Napoleon auch die fünfte Macht in Europa nannte. Und von solcher Geistesgröße sollte unter den süddeutschen Katholiken keine Ahnung mehr seyn?

Der Abfall von Norddeutschland würde Süddeutschland unfehlbar von undeutscher Herrschaft abhängig machen, von der ungarisch-slavischen in Oesterreich oder von der französischen, am wahrscheinlichsten von beiden. Ihre Deutschheit kann lediglich von Norddeutschland aus geschützt werden. Dort allein lebt deutscher Sinn und ist man stolz auf deutsches Wesen. Wo sind alle die großen Denker und Dichter des Schwabenlandes so bekannt und verehrt, als in Norddeutschland? Welche Achtung und Liebe kommt dort allen Süddeutschen entgegen? Nationale, Geistes- und materielle

Interessen verbinden sie gleichermaßen als von Natur zusammengehörige deutsche Brüder. Und es soll noch Süddeutsche geben, die lieber französisch werden wollen? Schwaben hat Deutschland seine größten Kaiser gegeben, die Hohenstaufen. Aus Schwaben oder dem Herzogthum Alemannien stammen heute noch Deutschlands erste Dynastien, die Zollern, die Habsburger, die Welfen. Schwaben gab Deutschland die ersten Dichter, schon zur Zeit der Minnesänger und wieder in der neuern Zeit. Schwaben trugen des Reichs Sturmfahne voran. Sind einmal erst wieder Süd- und Norddeutschland verbunden, so wird auch den Schwaben die einflußreichste Stellung im neuen Bunde nicht fehlen, eine Stellung so ehrenvoll und vortheilhaft, wie sie ihnen keine Verbindung mit Slaven oder Franzosen jemals bieten kann.

Einundzwanzigstes Buch.

Der norddeutsche Bund und Reichstag.

Der Bundesreformvorschlag, den Preußen am 10. Juni 1866 gemacht hatte, bildete die Grundlage der von den verbündeten Regierungen berathenen norddeutschen Bundesverfassung.

Die Einladung zum Norddeutschen Bunde, welche Preußen am 16. Juni an die beiden Mecklenburg, Oldenburg, Weimar, Coburg-Gotha, Altenburg, Braunschweig, Anhalt, Waldeck, beide Schwarzburg, beide Lippe, Reuß jüngere Linie, Lübeck, Bremen und Hamburg hatte ergehen lassen, beantragte 1) ein Schutz- und Trutzbündniß zur gemeinschaftlichen Vertheidigung ihres Besitzstandes. 2) Ein aus sämmtlichen Bundesstaaten zu berufendes Parlament nach dem Reichswahlgesetz vom 12. April 1849. 3) Die Unterstellung sämmtlicher Bundestruppen unter den Oberbefehl des Königs von Preußen. Die Einladung war auch an Meiningen und Reuß ältere Linie ergangen, diese allein weigerten sich. Die übrigen Genannten alle nahmen den am 4. August von Preußen neu vorgelegten Bundesvertrag an, eventuell auf ein Jahr. Nachträglich schloßen sich auch noch Meiningen, dessen Herzog Bernhard Erich Freund zu Gunsten seines Sohnes Georg abdankte, und Reuß ältere Linie an.

Es wurde im Herbst viel unterhandelt, denn obgleich die eingeladenen Regierungen sich durch die Umstände genöthigt sahen, der Einladung zu folgen und die verlangten Opfer zu bringen, so kam es doch dem König von Preußen nicht darauf an, ihnen Gewalt anzuthun, sondern er hoffte sie durch Güte und Nachgiebigkeit in allen nicht wesentlich nothwendigen Punkten zu freiwilliger und ehrlicher Anerkennung der ihn leitenden Idee, der Wiederherstellung eines einigen deutschen Reichs zu bewegen, wozu ihm auch wirklich schon mehrere Regierungen die Hand geboten hatten. Es kam darauf an, aus den alten Bundeszuständen sanft und gelinde in die neuen hinüberzuführen und die Betheiligten zu überzeugen, daß Preußen sich Deutschland hingebe, eine große national deutsche Politik befolge. Auch hierbei wieder bereitete ihm das Berliner Abgeordnetenhaus Schwierigkeiten, denn die Fortschrittspartei bildete sich ein, sie werde im norddeutschen Parlamente die Stärke wieder gewinnen, die ihr seit der Schlacht von Königgrätz abgängig geworden war. Sie wollte das Berliner Abgeordnetenhaus nicht dem norddeutschen Parlament unterordnen, sondern in dasselbe hinüberspielen, um dem Ministerium Bismarck in ihrem alten Fanatismus zu opponiren. Die schwächern Bundesregierungen besorgten nun, unter dem Druck des norddeutschen Parlaments noch mehr verlieren zu können, und suchten daher ängstlich, sich im voraus durch die neue Bundesverfassung zu schützen. Auf der andern Seite hatte die preußische Regierung auch nicht im Sinn, illiberal zu verfahren, sondern hoffte, durch weise Mäßigung im Siege wenigstens einen Theil der Fortschrittsleute eben so zu versöhnen und an sich zu ziehen, wie die allzu besorgten Bundesregierungen. Auch nahm sie die geeignete Rücksicht auf die Staaten des südlichen Deutschland, um auch ihnen die Versöhnung zu erleichtern.

Mit Recht hatte Graf Bismarck dem norddeutschen Parlament eine größere Macht und Bedeutung zuerkannt, als dem preußischen Landtag, und konnte auch im Interesse des Bundes selbst nicht wohl anders handeln, als indem er den Normaletat auf einige Jahre feststellte, insbesondere wegen der Heeresorganisation, die den Zufällen jährlicher Wiederabstimmungen nicht ausgesetzt werden durfte. Diese höchst vernünftige und nothwendige Maßregel legte ihm die Fortschrittspartei im Berliner Abgeordnetenhause schon wieder so aus, als wolle er mittelst der Bundesverfassung und des Bundesparlaments die wichtigsten Volksrechte, welche die preußische Verfassung garantire und das Abgeordnetenhaus zu hüten habe, escamotiren. So die gehässigen Artikel der Berliner Nationalzeitung.

Mißfallen erregte auch eine Erklärung des Grafen Bismarck im Herrenhause in den ersten Tagen des Februar 1867, worin er ankündigte, die Presse werde für ihre Mittheilungen über die Parlamentsverhandlungen des norddeutschen Bundes verantwortlich gemacht werden, um diejenigen Bundesregierungen zu beruhigen, welche durch die in den Wahlreden vielfach ausgesprochenen Ansichten von der Besorgniß ergriffen werden konnten, daß Preußen einem Andringen auf Erweiterung der Prärogative, die der Verfassungsentwurf ihm beilegt, nicht Widerstand zu leisten vermöge. Auch in dieser Rücksicht der preußischen Regierung für ihre neuen Verbündeten wollte die Fortschrittspartei wieder nur Reaction erblicken. Was immer die preußische Regierung durch Aufrechterhaltung der Verfassung, durch das Indemnitätsgesuch, durch Mäßigung des Herrenhauses 2c. der Volksvertretung constitutionelle Bürgschaften gegeben hatte, die Schreier wurden nicht müde, ihr Reaction zuzutrauen und schienen nichts sehnlicher zu wünschen, als daß die immer von ihnen verheißene und doch nie verwirklichte Reaction doch endlich kommen möchte. Gewiß die unwürdigste Art, gegenüber einer wohlwollenden und tüchtigen Regierung in einem Augenblicke zu verfahren, in dem es galt, das mit Tapferkeit Errungene mit Klugheit und Großmuth zu behaupten und in den neuen Landestheilen Vertrauen zu erwecken. Die Taktik der Opposition blieb nach wie vor jedes politischen Verstandes und Patriotismus baar.

Am 15. Dezember versammelten sich die Bevollmächtigten der Regierungen des norddeutschen Bundes in Berlin zu Berathungen, welche Graf Bismarck eröffnete. Seine Rede bezeichnete klar das Ziel, nach welchem die deutsche Nationalpolitik zu streben habe. „Der frühere deutsche Bund erfüllte in zwei Richtungen die Zwecke nicht, für welche er geschlossen war; er gewährte seinen Mitgliedern die versprochene Sicherheit nicht und er befreite die Entwicklung der nationalen Wohlfahrt des deutschen Volks nicht von den Fesseln, welche die historische Gestaltung der innern Grenzen Deutschlands ihr anlegte. Soll die neue Verfassung diese Mängel und die Gefahren, welche sie mit sich bringen, vermeiden, so ist es nöthig, die verbündeten Staaten durch Herstellung einer einheitlichen Leitung ihres Kriegswesens und ihrer auswärtigen Politik fester zusammenzuschließen und gemeinsame Organe der Gesetzgebung auf dem Gebiete der gemeinsamen Interessen der Nation zu schaffen. Diesem allseitig empfundenen und durch die Verträge vom 18. und 21. August bekundeten Bedürfnisse hat die k. Regierung in dem vorliegenden Entwurfe abzuhelfen versucht. Daß derselbe den einzelnen Regierungen wesentliche Beschränkungen ihrer particularen Unabhängigkeit zumuthet, ist selbstverständlich und bereits in den allgemeinen Grundzügen dieses Jahres vorgesehen. Die unbeschränkte Selbständigkeit, zu welcher im Laufe der Geschichte Deutschlands die einzelnen Stämme und dynastischen Gebiete ihre Sonderstellung entwickelt haben, bildet den wesentlichen Grund der politischen Ohnmacht, zu welcher eine große Nation bisher verurtheilt war, weil ihr wirksame Organe zur Herstellung einheitlicher Entschließungen fehlten und die gegenseitige Abgeschlossenheit, in welcher jeder der Bruchtheile des gemeinsamen Vaterlandes ausschließlich seine lokalen Bedürfnisse ohne Rücksicht für die des Nachbars im Auge behält, bildete ein wirksames Hinderniß der Pflege derjenigen Interessen, welche nur in größern nationalen Kreisen ihre legislative Förderung finden können. — Nichtsdestoweniger verkennt die k. Regierung nicht, daß die Durchführung der wesentlichen Aenderungen gewohnter Zustände, welche von den beabsichtigten Reformen unzertrennlich sind, für die einzelnen Regierungen eine schwierige Aufgabe bilden und daß die Opfer, welche mit der Herstellung gleicher Pflichten und Rechte aller Theile der Bevölkerung des gemeinsamen Vaterlandes verbunden sind, überall da schwer werden empfunden werden, wo die bisherige Ungleichheit der Leistungen lokale Privilegien zum Nachtheile der Gesammtheit mit sich brachten. Die k. Regierung zweifelt aber nicht, daß der einmüthige Wille der verbündeten Fürsten und freien Städte, getragen von dem Verlangen des deutschen Volkes, seine Sicherheit, seine Wohlfahrt, seine Machtstellung unter den europäischen Nationen durch gemeinsame Institutionen dauernd verbürgt zu sehen, alle entgegen stehenden Hindernisse überwinden werde."

Es war keine geringe Aufgabe, die Einigung mit so vielen kleinen Staaten, die man schonen wollte, zu Stande zu bringen. Indeß gelang es der Klugheit und dem Wohlwollen der preußischen Regierung, der Macht der Thatsachen, der richtigen Einsicht der schwächern Regierungen, daß sie Opfer bringen müßten, und nicht selten auch einem wahren Patriotismus. In letzterer Beziehung zeichneten sich die sächsischen und darmstädtischen Bevollmächtigten aus. Die Protocolle der Conferenzen sind nicht veröffentlicht, nur das Protocoll der Schlußconferenz wurde dem Reichstag vorgelegt. Daraus geht nun hervor: bei den Verhandlungen hatten Meiningen, Koburg-Gotha, Schwarzburg-Rudolstadt, Reuß jüngere und ältere Linie und Lippe

Bedenken über die Höhe der ihnen zugemutheten Militärleistungen geäußert, Hamburg, Lübeck und Bremen hatten sich gegen die Nachtheile verwahrt, welche die sofortige Einführung einer Bundesflagge für ihren Handel haben würde, Oldenburg hatte ein Oberhaus, Beschränkung der Competenz des Bundesrathes, ein Bundesministerium, ein Bundesgericht und einen Militäretat an Stelle des Pauschquantums beantragt, Mecklenburg hatte Vorbehalte wegen des Zollvereins gemacht, Braunschweig das Dislocationsrecht der Bundesfeldherrn beschränkt haben wollen. Endlich hatten sich die Regierungen noch ihre letzte Entscheidung vorbehalten, bis der Reichstag den Entwurf begutachtet und amendirt haben würde. Es war daher sehr begreiflich, daß Graf Bismarck später bei den Verhandlungen am Reichstag wiederholt darauf aufmerksam machen mußte, wie nothwendig und unerläßlich es sey, den Entwurf nicht in einer Weise umzuändern, der die verbündeten Regierungen berechtigen würde, schließlich ihre Zustimmung zu dem ganzen Verfassungswerke zu versagen.

Nach langen und sehr umständlichen Verhandlungen einigten sich die Bevollmächtigten im Februar 1867 über den Entwurf einer Verfassung des norddeutschen Bundes, wie er, nachdem sämmtliche Regierungen ihm zugestimmt hatten, dem ersten norddeutschen Parlamente vorgelegt werden sollte. Darin waren folgende Hauptpunkte festgestellt: Gemeinsames Indigenat für den ganzen Umfang des Bundesgebiets, jeder Angehörige eines Bundesstaates soll in allen andern die Rechte des Inländers genießen, sich niederlassen, Grundstücke erwerben, Gewerbe treiben dürfen, vor Gericht dem Inländer gleich stehen ꝛc. — Die Bundesgesetzgebung wird ausgeübt durch den Bundesrath und den Reichstag. Ersterer besteht aus den Vertretern der Bundesregierungen mit zusammen 34 Stimmen, wovon der preußischen Regierung 17, der sächsischen 4, denen von Mecklenburg-Schwerin und Braunschweig je 2, den übrigen je eine zukommt. Der Bundesrath bildet sieben dauernde Ausschüsse für Kriegswesen, Seewesen, Zoll- und Steuerwesen, Handel und Verkehr, für Eisenbahnen, Post und Telegraphen, für Justizwesen, für Rechnungswesen. Die Mitglieder der ersten beiden Ausschüsse werden vom Bundesfeldherrn ernannt, die der übrigen vom Bundesrath gewählt. Jedes Mitglied des Bundesraths hat das Recht, im Reichstag zu erscheinen und darin gehört zu werden, kann aber nicht zugleich Mitglied des Reichstags seyn. Das Präsidium des Bundes steht der Krone Preußen zu, welche den Bund völkerrechtlich vertritt, im Namen des Bundes Krieg führt und Frieden oder Verträge schließt, Gesandte beglaubigt und empfängt. Das Präsidium ernennt den Bundeskanzler, der im Bundesrath den Vorsitz führt, beruft und entläßt den Bundesrath. Der letztere muß aber jedesmal berufen werden, sobald ein Drittel der Stimmen es verlangt. Das Präsidium verkündet die Bundesgesetze und überwacht deren Vollziehung. Es ernennt und entläßt die Bundesbeamten. Wegen Nichterfüllung verfassungsmäßiger Bundespflicht verfügt der Bundesrath Exekution. Nur wenn Gefahr im Verzuge ist, darf sie der Bundesfeldherr sogleich anordnen.

Der Reichstag (Parlament) geht aus allgemeinen und direkten Wahlen hervor, bis ein neues Reichswahlgesetz verabschiedet ist. Beamte im Dienst eines Bundesstaats sind nicht wählbar. Die Wahl ist für drei Jahre gültig. Zur Auflösung des Reichstags innerhalb dieser Periode ist ein Beschluß des Bundesraths unter Zustimmung des Präsidiums erforderlich. Die Reichstagsabgeordneten bekommen keine Diäten, sind an keine Instructionen von Seiten der Wähler gebunden und können wegen ihrer Aeußerungen im Reichstag niemals zur Verantwortung gezogen werden.

Der Bund bildet ein geschlossenes Zoll- und Handelsgebiet, nur die drei Hansestädte bleiben als Freihäfen außerhalb der gemeinschaftlichen Zollgrenze, bis sie ihren Einschluß in dieselbe beantragen. Der Bund ausschließlich hat die Gesetzgebung über das gesammte Zollwesen, über die Besteuerung des Verbrauchs von einheimischem Zucker, Branntwein, Salz, Bier und Tabak. Die Erhebung und Verwaltung der Zölle und Verbrauchssteuern bleibt jedem Bundesstaate überlassen, unter Controle von Bundesbeamten. Der Ertrag der bezeichneten Zölle und Steuern fließt in die Bundeskasse nach Abzug der Erhebungs- und Verwaltungskosten. Der Bundesrath beschließt über Handels- und Schifffahrtsverträge und über die innere Verwaltung, Verbesserung rc. Der bestehende Zollvereinsvertrag vom 16. Mai 1865 mit deutschen Staaten, die sich nicht im norddeutschen Bunde befinden, bleibt in Kraft, soweit er nicht durch die Vorschriften der gegenwärtigen Verfassung beschränkt ist und so lange der Bundesrath keine Aenderung zu beantragen für gut findet.

Im ganzen Bundesgebiet kommen die Eisenbahnen unter eine gemeinschaftliche Bundesverwaltung im Interesse des Verkehrs und der Landesvertheidigung und wird der gleiche Tarif eingeführt, der möglichst ermäßigt werden soll, zumal für den Transport der nothwendigsten Bedürfnisse des Ackerbaus und der Industrie, für größere Entfernungen und für Nothzeiten. Auch Post- und Telegraphenwesen kommen unter die einheitliche Bundesleitung. (Schon am 28. Januar 1867 entschädigte Preußen den Fürsten von Thurn und Taxis und übernahm innerhalb des Bundesgebiets alle seine Posten.)

Nicht nur die Kriegsmarine der Nord- und Ostsee wird eine einheitliche unter preußischem Oberbefehl, sondern auch die Kauffahrteischiffe aller Bundesstaaten bilden eine einheitliche Handelsmarine, führen die gleiche Flagge (schwarz, weiß, roth) und stehen unter der Oberleitung des Bundes, der auch die Abgaben feststellen wird. Das gesammte norddeutsche Consulatwesen steht unter der Aufsicht des Bundespräsidiums.

Das Kriegswesen des gesammten Bundes wird auf den preußischen Fuß gestellt. Allgemeine Wehrpflicht vom vollendeten zwanzigsten Lebensjahre an, Dienstzeit sieben Jahr in der Linie, fünf in der Landwehr. Die Friedenspräsenz ist zu ein Prozent der Bevölkerung gerechnet. Die preußische Militärgesetzgebung mit Ausschluß der Militärkirchenordnung wird im ganzen Bundesgebiet eingeführt. Die gesammte Landmacht des Bundes bildet ein einheitliches Heer mit fortlaufenden Regimentsnummern und gleicher Bekleidung. Nur äußere Abzeichen, Kokarden rc. können die Bundescontingente unterscheiden. Im Frieden wie im Kriege steht das Heer unter dem Oberbefehl des Königs von Preußen, dem der Fahneneid geleistet wird, der alle Höchstcommandirenden und alle Festungscommandanten ernennt und ohne dessen Zustimmung auch in den Bundescontingenten kein General ernannt werden darf. Er kann Offiziere aller Contingente des Bundesheeres versetzen. Er kann innerhalb des Bundesgebiets Festungen anlegen, wo es ihm zweckmäßig scheint. Die Armeeverwaltung ist Sache des Bundes und wird aus gemeinschaftlicher Kasse bestritten, in welche für jeden Soldaten jährlich 225 Thaler von dem betreffenden Bundesstaat eingezahlt werden. Etwaige Ersparnisse werden nicht zurückgegeben, sondern verbleiben der Bundeskasse. Innerhalb jedes Bundesstaats ist jeder Fürst Chef seines Bundescontingents. Der Bundesfeldherr kann, wenn die öffentliche Sicherheit im Bundesgebiete bedroht ist, jeden Theil desselben in Kriegszustand versetzen.

Der Bestreitung aller Ausgaben des Bundes dienen außer den schon erwähnten Einlagen für das Militär die Einnahmen von den Zöllen und Verkehrsanstalten sowie von den gemeinsamen Steuern. Ueber die Verwendung legt das Präsidium dem Bundesrath Rechnung ab. Jedes Unternehmen gegen den Bund wird bestraft, wie ein Unternehmen gegen den einzelnen Bundesstaat. Streitigkeiten zwischen Bundesgliedern, wenn sie nicht von privatrechtlicher Natur sind und mithin vor die Gerichte gehören, werden vom Bundesrath ausgeglichen.

Die Beziehungen des Bundes zu den süddeutschen Staaten werden sofort nach Feststellung der Verfassung des norddeutschen Bundes durch besondere dem Reichstage zur Genehmigung vorzulegende Verträge geregelt werden.

Dieser Verfassungsentwurf sollte dem norddeutschen Reichstage vorgelegt werden. Dessen Mitglieder wurden nun in allen zum Bunde gehörigen Staaten nach dem allgemeinen Stimmrecht gewählt und zwar 296 Abgeordnete, darunter 193 aus den alten und 43 aus den neuen preußischen Provinzen, weitere 60 aus den übrigen Bundesstaaten, unter denen Sachsen allein mit 23 Stimmen vertreten war, die beiden Mecklenburg zusammen nur mit 6, die übrigen nur mit 3 oder noch weniger Stimmen. Die Fortschrittspartei fiel diesmal bei den Wahlen in die Minderheit, dagegen lieferten Hannover und Sachsen viele Particularisten. Der Reichstag wurde am 24. Februar 1867 im weißen Saale des königlichen Schlosses zu Berlin von König Wilhelm mit folgender Rede eröffnet:

„Es ist ein erhebender Augenblick, in welchem Ich in Ihre Mitte trete; mächtige Ereignisse haben ihn herbeigeführt, große Hoffnungen knüpfen sich an denselben. Daß es Mir vergönnt ist, in Gemeinschaft mit einer Versammlung, wie sie seit Jahrhunderten keinen deutschen Fürsten umgeben hat, diesen Hoffnungen Ausdruck zu geben, dafür danke Ich der göttlichen Vorsehung, welche Deutschland dem von seinem Volke ersehnten Ziele auf Wegen zuführt, die wir nicht wählen oder voraussehen. Im Vertrauen auf diese Führung werden wir jenes Ziel um so früher erreichen, je klarer wir die Ursachen, welche Uns und Unsere Vorfahren von demselben entfernt haben, im Rückblicke auf die Geschichte Deutschlands erkennen.

Einst mächtig, groß und geehrt, weil einig und von starken Händen geleitet, sank das deutsche Reich nicht ohne Mitschuld von Haupt und Gliedern in Zerrissenheit und Ohnmacht. Des Gewichtes im Rathe Europas, des Einflusses auf die eigenen Geschicke beraubt, ward Deutschland zur Wahlstatt der Kämpfe fremder Mächte, für welche es das Blut seiner Kinder, die Schlachtfelder und die Kampfpreise hergab. Niemals aber hat die Sehnsucht des deutschen Volkes nach seinen verlorenen Gütern aufgehört, und die Geschichte unserer

Zeit ist erfüllt von den Bestrebungen, Deutschland und dem deutschen Volke die Größe seiner Vergangenheit wieder zu erringen.

Wenn diese Bestrebungen bisher nicht zum Ziele geführt, wenn sie die Zerrissenheit, anstatt sie zu heilen, nur gesteigert haben, weil man sich durch Hoffnungen oder Erinnerungen über den Werth der Gegenwart, durch Ideale über die Bedeutung der Thatsachen täuschen ließ, so erkennen wir daraus die Nothwendigkeit, die Einigung des deutschen Volkes an der Hand der Thatsachen zu suchen und nicht wieder das Erreichbare dem Wünschenswerthen zu opfern.

In diesem Sinne haben die verbündeten Regierungen, im Anschlusse an gewohnte frühere Verhältnisse, sich über eine Anzahl bestimmter und begränzter, aber praktisch bedeutsamer Einrichtungen verständigt, welche ebenso im Bereiche der unmittelbaren Möglichkeit als des zweifellosen Bedürfnisses liegen. Der Ihnen vorzulegende Verfassungsentwurf muthet der Selbständigkeit der Einzelstaaten zu Gunsten der Gesammtheit nur diejenigen Opfer zu, welche unentbehrlich sind, um den Frieden zu schützen, die Sicherheit des Bundesgebiets und die Entwicklung der Wohlfahrt seiner Bewohner zu gewährleisten.

Meinen hohen Verbündeten habe Ich für die Bereitwilligkeit zu danken, mit welcher sie den Bedürfnissen des gemeinsamen Vaterlandes entgegen gekommen sind. Ich spreche diesen Dank in dem Bewußtseyn aus, daß Ich zu derselben Hingebung für das Gesammtwohl Deutschlands auch dann bereit gewesen seyn würde, wenn die Vorsehung Mich nicht an die Spitze des mächtigsten und aus diesem Grunde zur Leitung des Gemeinwesens berufenen Bundesstaates gestellt hätte. Als Erbe der preußischen Krone aber fühle Ich mich stark in dem Bewußtseyn, daß alle Erfolge Preußens zugleich Stufen zur Wiederherstellung und Erhöhung der deutschen Macht und Ehre geworden sind.

Ungeachtet des allgemeinen Entgegenkommens und obschon die

gewaltigen Ereignisse des letzten Jahres die Unentbehrlichkeit einer Neubildung der deutschen Verfassung zu allseitiger Ueberzeugung gebracht und die Gemüther für die Annahme derselben empfänglicher gemacht hatten, als sie früher waren und später vielleicht wiederum seyn würden, haben Wir doch in den Verhandlungen von Neuem die Schwere der Aufgabe empfunden, eine volle Uebereinstimmung zwischen so vielen unabhängigen Regierungen zu erzielen, welche bei ihren Zugeständnissen obenein die Stimmungen ihrer Landstände zu beachten haben.

Je mehr Sie, Meine Herren, sich diese Schwierigkeiten vergegenwärtigen, um so vorsichtiger werden Sie, davon bin Ich überzeugt, bei Prüfung des Verfassungs-Entwurfes die schwer wiegende Verantwortung für die Gefahren im Auge behalten, welche für die friedliche und gesetzmäßige Durchführung des begonnenen Werkes entstehen könnten, wenn das für die jetzige Vorlage hergestellte Einverständniß der Regierungen über die vom Reichstage begehrten Aenderungen nicht wieder gewonnen würde.

Hier kommt es vor Allem darauf an, den günstigen Moment zur Errichtung des Gebäudes nicht zu versäumen. Der vollendetere Ausbau desselben kann alsdann getrost dem ferneren vereinten Wirken der deutschen Fürsten und Volksstämme überlassen bleiben.

Die Ordnung der nationalen Beziehungen des Norddeutschen Bundes zu unseren Landsleuten im Süden des Mains ist durch die Friedensschlüsse des vergangenen Jahres dem freien Uebereinkommen beider Theile anheimgestellt. Zur Herbeiführung dieses Einverständnisses wird Unsere Hand den süddeutschen Ländern offen und entgegenkommend dargereicht werden, so bald der Norddeutsche Bund in Feststellung seiner Verfassung weit genug vorgeschritten seyn wird, um zur Abschließung von Verträgen befähigt zu seyn.

Die Erhaltung des Zollvereins, die gemeinsame Pflege der Volkswirthschaft, die gemeinsame Verbürgung für die Sicherheit des deutschen

Gebietes werden die Grundbedingungen der Verständigung bilden, welche voraussichtlich von beiden Theilen angestrebt werden. Wie die Richtung des deutschen Geistes im allgemeinen dem Frieden und seinen Arbeiten zugewandt ist, so wird die Bundesgenossenschaft der deutschen Staaten wesentlich einen defensiven Charakter tragen. Keine feindliche Tendenz gegen unsere Nachbarn, kein Streben nach Eroberung hat die deutsche Bewegung der letzten Jahrzehnte getragen, sondern lediglich das Bedürfniß, den weiten Gebieten von den Alpen bis zum Meere die Grundbedingungen des staatlichen Gedeihens zu gewähren, welche ihnen der Entwicklungsgang früherer Jahrhunderte verkümmert hat. Nur zur Abwehr, nicht zum Angriff einigen sich die deutschen Stämme, und daß ihre Verbrüderung auch von ihren Nachbarvölkern in diesem Sinne aufgefaßt wird, beweist die wohlwollende Haltung der mächtigsten europäischen Staaten, welche ohne Besorgniß und ohne Mißgunst Deutschland von denselben Vortheilen eines großen staatlichen Gemeinwesens Besitz ergreifen sehen, deren sie sich ihrerseits seit Jahrhunderten erfreuen.

Nur von uns, von unserer Einigkeit, von unserer Vaterlandsliebe hängt es daher in diesem Augenblicke ab, dem gesammten Deutschland die Bürgschaften einer Zukunft zu sichern, in welcher es, frei von Gefahr, wieder in Zerrissenheit und Ohnmacht zu verfallen, nach eigener Selbstbestimmung seine verfassungsmäßige Wiederherstellung und seine Wohlfahrt pflegen und in dem Rathe der Völker seinen friedliebenden Beruf zu erfüllen vermag.

Ich hege das Vertrauen zu Gott, daß die Nachwelt im Rückblick auf die gemeinsamen Arbeiten nicht sagen werde, die Erfahrungen der früheren mißlungenen Versuche seyen ohne Nutzen für das deutsche Volk geblieben, daß vielmehr unsere Kinder mit Dank auf diesen Reichstag, als den Begründer der deutschen Einheit, Freiheit und Macht zurückblicken werden.

Meine Herren! Ganz Deutschland, auch über die Grenze

unseres Bundes hinaus, harrt der Entscheidungen, die hier getroffen werden sollen.

Möge durch unser gemeinsames Werk der Traum von Jahrhunderten, das Sehnen und Ringen der jüngsten Geschlechter der Erfüllung entgegengeführt werden.

Im Namen aller verbündeten Regierungen, im Namen Deutschlands fordere Ich Sie vertrauensvoll auf: Helfen Sie Uns, die große, nationale Arbeit rasch und sicher durchführen.

Der Segen Gottes aber, an welchem Alles gelegen ist, begleite und fördere das vaterländische Werk!"

Man bemerkte in dieser schönen Rede keine Spur eines preußischen Particularismus, sie war durch und durch deutsch, sie faßte die große deutsche Frage mit vollem Bewußtseyn, klar, scharf und fest auf, und mit voller Ruhe und billiger Berücksichtigung der Schwierigkeiten, welche, um das Werk zu vollenden, noch überwunden werden mußten, und der Schmerzen, die es manchen Annectirten machte, die Bequemlichkeiten zu verlieren, welche die Kleinstaaterei für sie gehabt hatte. Die Thronrede wurde fast allgemein wegen ihrer Mäßigung im Auslande wie in Deutschland selbst gepriesen.

Der Reichstag wählte Simson zu seinem Präsidenten, einen ehrenwerthen und gemäßigten Altliberalen, der schon im Erfurter Parlament den Vorsitz geführt hatte und Vicepräsident des Oberlandesgerichts in Frankfurt a. d. Oder war. Zum ersten Vicepräsidenten wurde v. Bennigsen gewählt, aus Hannover, das bekannte Haupt des Nationalvereins, und zum zweiten der Herzog von Ujest von der conservativen Partei in Preußen. Indem Graf Bismarck im Namen der verbündeten Fürsten dem Präsidenten Simson den Bundesverfassungsentwurf übergab, empfahl er dem Reichstage, im Patriotismus nicht hinter den Regierungen des Bundes zurückzubleiben, die mit gutem Willen zum allgemeinen Besten Opfer gebracht und manches theure Vorrecht auf den Altar des Vaterlandes niedergelegt hätten.

Der Reichstag hat im Ganzen dieser edlen Aufforderung entsprochen. Es waren zwar viele Mitglieder in denselben gewählt worden, denen es um etwas ganz anderes zu thun war, als um die Einheit, Größe, Macht und Ehre der deutschen Nation, die im Gegentheil feindselig und mit verbissenem Zorne das Werk der Einigung, wenn nicht ganz zu verhindern, doch zu verzögern suchten. Da saßen 13 Polen aus dem Großherzogthum Posen, die gegen alles Deutsche protestirten und die Gelegenheit nur benutzten, um von Europa die Wiederherstellung des alten polnischen Reichs zu verlangen. Ferner zwei Dänen, die nicht die blasse Ahnung davon hatten, welche welthistorische Nothwendigkeit es für die Dänen, wie für alle Scandinavier ist, mit den ihnen stammverwandten Deutschen gegen den slavischen Koloß zusammenzuhalten, die vielmehr den engherzigsten Kopenhagener Particularismus vertraten. Ferner sieben Abgeordnete aus den Elbherzogthümern, die eben so kleinlich am augustenburgischen Particularismus hingen und von denen einige, wie man glaubte, nicht verschmerzen konnten, daß ihnen durch die Annexion Aussichten auf Aemter und Würden genommen worden seyen. Noch zahlreichere Particularisten aus Hannover und Sachsen, denen die Kleinstaaterei allein heilig, ein einiges großes Vaterland aber völlig gleichgültig war. Dazu noch unter den vielen Preußen, die natürlicherweise im Reichstag die Mehrheit hatten, die alten Parteierinnerungen aus dem Berliner Abgeordnetenhause, die Feudalen hier und die Fortschrittsmänner dort mit ihrem alten Hasse und mit alten Doctrinen des monarchischen Conservatismus und des republikanischen Demokratismus, denen die eigentliche nationale Frage ursprünglich fremd war. Die Feudalen wären noch vor nicht langer Zeit mit dem russischen Czaaren, die Fortschrittsmänner mit den Demokraten in Frankreich und Italien durch dick und dünn gegangen, ohne sich viel um Deutschland zu bekümmern. Die stockpreußischen Schüler von Stahl und Gerlach perhorrescirten die liberalen Mittelstaaten, blos weil sie liberal waren, und wollten nichts weniger, als das Aufgehen Preußens in Deutschland, sondern ein enger begrenztes, aber rein conservatives Preußen nur im engsten Bunde mit Oesterreich, Hannover und Mecklenburg und unter der Aegide Rußlands. Die Fortschrittspartei hatte ihrerseits gar kein Hehl, daß ihr die nationale Frage vollständig gleichgültig sey, daß es ihr nur auf politische Principien ankomme und daß sie mit den radicalen Parteien aller Länder allein sich verbrüdert fühle, nicht aber mit Deutschen, wenn dieselben nicht radical seyen. Endlich waren auch noch mehrere ultramontane Priester und Laien in den deutschen Reichstag gekommen, von denen man nicht mit Unrecht sagte, sie kennen kein anderes Vaterland als Rom.

Trotz alledem war die Macht der Thatsachen, der Eindruck der Schlacht bei Königgrätz und die Festigkeit, mit welcher der König von Preußen eine großartige deutsche Politik einhielt, so überwältigend, daß von allen Parteien im Reichstag die bessern Elemente sich zu einer patriotischen Mehrheit zusammen ordneten, das nationale Bedürfniß ins Auge faßten und diesem großen vaterländischen Interesse ihren Parteistandpunkt aufopferten. So zweigten sich von der großen feudalen Partei die s. g. Freiconservativen und von der noch größern Fortschrittspartei die s. g. National-Liberalen ab und bildeten durch ihr Zusammenstehen eine Mehrheit im Reichstag, welche den Grafen Bismarck und den Bundesrath in allen wichtigen Fragen unterstützte, wodurch allein es möglich wurde, trotz allem unnützen Dreinreden der Particularisten und der extremen Parteien das Verfassungswerk in einer verhältnißmäßig kurzen Zeit zu vollenden.

Unter den Bevollmächtigten der Bundesregierungen, die dem Grafen Bismarck am feurigsten zur Seite standen, zeichneten sich vorzüglich Staatsminister Freiherr von Friesen, als der sächsische, und Geh. Legationsrath Hoffmann, als der darmstädtische Vertreter, aus.

Der Gang der Verhandlungen war ruhig. In der Sitzung des 11. März hielt Braun von Wiesbaden eine warme Rede für Annahme des Bundesverfassungsentwurfs, suchte allen klar zu machen, das nationale Einigungswerk sey die Hauptsache und was Süddeutschland betreffe, so werde dieses von selbst nachkommen. Das Wichtigste sey gewesen, „die habsburgische Fremdherrschaft“ aus Deutschland zu entfernen (der Ausdruck ist etwas kühn, der Redner hätte besser gesagt, „das deutschfeindliche System Metternichs“). Nachdem dies vollbracht sey, solle sich der Particularismus doch nicht einbilden, das deutsche Einigungswerk hindern zu können. Die Agitatoren in Württemberg würden den Staat freilich am liebsten in kleine Cantönli zerschlagen, um sich in denselben als Dictatoren aufzuwerfen (Heiterkeit)*). Aber Deutschland wolle einen Kopf, einen Leib ohne Kopf, Arme und Beine ohne einen einheitlichen Willen zu haben, sey man satt. Brauns patriotischen Worten folgte rauschender Beifall. Graf Bismarck beglückwünschte den Redner und fügte hinzu: „Preußen beabsichtige weder eine Vergewaltigung der Fürsten noch der Völker, es sehe der naturgemäßen Entwicklung des Einigungswerks entgegen; die Regierung sey möglichen Verbesserungen des Verfassungsentwurfs zugänglich; eine Einigung mit den süddeutschen Staaten sey angebahnt und bei einem Angriffe von außen werde Nord- und Süddeutschland zusammen halten.“

In derselben denkwürdigen Sitzung antwortete Graf Bismarck auf die kecke Drohung des Herrn Twesten, welcher gesagt hatte, wenn das Abgeordnetenhaus in Berlin nicht zustimme, gelte die ganze Arbeit des norddeutschen Reichstags nichts! mit überlegenem Geiste: Herr

*) Kurz vorher hatte Graf Bismarck dem englischen Gesandten, als derselbe sich über die vielen Particularisten im Reichstag wunderte, geantwortet: Sie kennen die Deutschen noch nicht; wenn jeder Deutsche Geld genug hätte, würde jeder sich einen eigenen König halten.

Twesten sey zu seiner Drohung nicht legitimirt; wenn ein einzelner Landtag das ganze norddeutsche Verfassungswerk umwerfen dürfte, so dürften das auch die mecklenburgischen Ritter.*) „Wenn Sie meinen, daß Sie die große Bewegung des vergangenen Jahres, wo um Kaiser- und Königskronen gewürfelt wurde, durch eine Landtagssession ad acta legen könnten, so stehen Sie nicht auf der Höhe der Situation. Wenn ein Invalide von Königgrätz Sie um das Ergebniß unserer Arbeit frägt und Sie sagen ihm: Die deutsche Einheit haben wir nicht zu Stande gebracht, aber das Budgetrecht des Berliner Abgeordnetenhauses haben wir gewahrt! wird er sich damit zufrieden geben? Was Süddeutschland betrifft, so ist die militärische Vereinigung desselben mit Norddeutschland zu gegenseitigem Schutz gegen jeden Angriff von außen gesichert. (Stürmisches Bravo.) Erledigen Sie Ihre Arbeit nun rasch, setzen wir Deutschland nur in den Sattel, reiten wird es schon können." (Lebhaftes Bravo.)

In derselben Sitzung erlaubte sich der frühere hannövrische Minister von Münchhausen als Abgeordneter zum Reichstage die feindseligste Sprache gegen die preußische Regierung, als habe sie den Vertrag von Langensalza gebrochen. Graf Bismarck wies diese Anklage unter dem lebhaften Beifall des Hauses als „unwürdige Verleumdung" zurück. „Die Personen, welche jene Capitulation schlossen, hatten keinen andern Auftrag, als ein Abkommen für die Dauer des Kriegs zu treffen, und das für den Privatbesitz des Königs Georg gemachte Zugeständniß konnte sich nur auf das Eigenthum beziehen, das er im Lager bei sich führte, und nicht auf sein Privateigenthum im Lande, über das auch jetzt noch nicht verhandelt werden kann, da er mit Preußen noch immer nicht Frieden geschlossen hat." Hierauf drückte Graf Bismarck sein Bedauern aus, daß Hannover die ihm so

*) Das wäre so ein liberum veto, wie vormals in Polen, welches grade durch diese Freiheit zu Grunde ging.

oft von Preußen dargebotene Freundeshand nicht angenommen, die so oft wiederholte Warnung nicht beachtet hat. „Aber wenn ein uns feindliches Hannover nur auf die Gelegenheit wartet, uns wo nicht den Dolch, doch die Waffe in den Rücken zu bohren, dann würde ich den preußischen Minister, der nicht die erste Gelegenheit benutzt, dieses uns feindliche Hannover zu vernichten, für einen Verräther an Preußen, für einen Verräther am Norden Deutschlands erklären. (Stürmischer Beifall.) Wir haben lange unterhandelt, vielleicht zu lange über ein Bündniß mit Hannover, wir haben noch bei Langensalza unterhandelt. Woran scheiterten diese Unterhandlungen mit Hannover? An der Abneigung Sr. Majestät des Königs Georg, Garantieen dafür zu geben, daß die hannoversche Armee sich auf nur ein Jahr lang der Feindseligkeiten gegen uns enthalten möge. Es ist mir von mehreren Seiten nach dem Kriege von manchen deutschen Staaten in einer Weise entgegengekommen, die etwa sagen wollte: Nun ist Alles wieder beim Alten, wir haben in Hannover nur mit scharfen Patronen Manöver gemacht, wir wollen uns auf die alten Stühle setzen, und Ihr werdet nicht böse seyn. (Hört, hört! Heiterkeit und Beifall.) Man hat sich über den Ernst der Sache getäuscht; ob in demjenigen Dünkel, mit dem Gott öfter die Fürsten schlägt, ob in derjenigen Unkenntniß der Diplomaten und Minister, in der viele sich über die Realitäten dieses Lebens befinden, lasse ich dahingestellt. Man hat Krieg gewollt mit offenen Augen, man war entschlossen, preußische Provinzen zu nehmen, wenn man gesiegt hätte: danach hat man kein Recht, sich nachher zu wundern, daß der Krieg die ernsten Folgen hatte, die er nun gehabt hat, und nun uns gegenüber einen Ton der Klage über diese Folgen anzuschlagen. M. H.! Wenn das Blut, wenn die Freiheit von Preußen aufs Spiel gestellt wird, wenn das ganze Königreich, wie es war, mit seiner glorreichen Krone als Einsatz stand, wenn die Kroaten unser Land mit ihren Plünderungen bedrohten, wenn die Fremdherrschaft, ich weiß nicht, auf wie lange, uns bevorstand, wenn man uns in der Gefahr einen Stich in die Seite gibt, dann soll man sich hernach nicht auf den Standpunkt der Sentimentalität stellen und über schlechte Behandlung klagen. (Lebhafter Beifall.) Glaubt man das zu können, so ist es eine Unkenntniß der Dinge, an der jeder Staat und jede Krone zu Grunde gehen muß, die in solchen Zeiten mit solcher Unkenntniß geschlagen ist.“ Schließlich rief Graf Bismarck dem Herrn von Münchhausen zu: „Mögen die Herrn sich hüten, uns herauszufordern. Sie würden sich damit auf ein Gebiet begeben, auf dem sie uns nicht gewachsen sind.“ — Auch die Kreuzzeitung, welche bisher die hannoversche Ritterschaft sehr geschont hatte, fand das Auftreten des Herrn von Münchhausen um so gehässiger, als er an demselben Tage an der königlichen Tafel gespeist hatte. Es war ein wohlverdienter Absagebrief an eine unverbesserliche Partei.

Am 18. März 1867 gab Graf Bismarck im Reichstage mehrere wichtige Erklärungen. Zuerst in Bezug auf Nordschleswig: nur Oesterreich habe ein Recht, vertragsmäßig die Abstimmung in Nordschleswig zu verlangen. Die Grenzlinie werde nur nach dem Interesse Preußens gezogen werden und der abzutretende Theil werde jedenfalls kleiner seyn, als man in Kopenhagen denke. — In Betreff Luxemburgs: Preußen verlange nicht den Eintritt Luxemburgs in den norddeutschen Bund, alle Mittheilungen der Zeitungen hierüber seyen bodenlose Erfindungen. — Auf eine Bemerkung des Herrn v. Carlowitz über eine eventuelle Verbindung Süddeutschlands mit Frankreich erklärte Graf Bismarck, die Beziehungen zwischen Nord- und Süddeutschland seyen vertragsmäßig verbürgt.

Professor von Sybel, der in den Reichstag gewählt worden war und sich in aller Weise bemühte, von dem liberalen Fanatismus, zu dem er sich früher im Abgeordnetenhause hatte hinreißen lassen, zur Unbefangenheit und Würde des Geschichtschreibers zurückzukehren, gab in der Sitzung vom 23. März 1867 eine gute Kritik des Bundesverfassungsentwurfs. „In der That,“ sagt er nach dem stenographischen Bericht, „es ist unverkennbar, die Urheber dieses Entwurfs haben einen dem in Deutschland gewohnten Wege völlig entgegengesetzten eingeschlagen, sie haben nicht ein noch so vortreffliches Hand- und Lehrbuch der Politik genommen, sie haben nicht aus diesem Lehrbuche das Sparrwerk des formalen constitutionellen Staatswesens zu Papier gebracht, sie haben dann nicht diesen Fächern zu Liebe die im Lande vorhandenen realen Kräfte zerschnitten und hereingeschnitten, sondern umgekehrt, sie haben in dem Chaos der vorjährigen deutschen Zustände die existirenden realen Kräfte aufgesucht, sie haben nach deren Zahl und Maaß gesetzliche Formen zu schaffen gestrebt, nach Zahl und Maaß der vorhandenen realen Kräfte haben sie einen gesetzlichen Boden bemessen, haben sie gesetzliche Organe herauszubilden gesucht, haben sie die allgemeine Richtung für Competenz und Wirksamkeit dieser Organe definirt. Die Kräfte waren, wie jeder weiß, hier das starke und siegreiche Preußen in seiner damaligen Stellung, nach seiner großen Vergangenheit, noch vielmehr nach seiner gewaltigen Zukunft viel zu kolossal herangewachsen für das Schema jenes Göttinger Bundesstaates, in der europäischen Lage des Augenblicks beinahe mit Nothwendigkeit auf eine hier und da dictatorische Machtansammlung angewiesen. Dann auf der anderen Seite die deutschen Particularstaaten, die allerdings in dem Kriege gegen Preußen keine Lorbeern geerntet, die, wo sie mit Preußen verbunden gewesen, grade durch dieses Verhältniß, durch den Riesenwuchs preußischer Macht, tief in den Schatten gestellt gewesen waren, die aber trotz dieses Verhältnisses eine zähe innere Lebenskraft documentirten, die sich zum Theil eines sehr starken auswärtigen Schutzes erfreuten, und die — was schwerer wog — trotz aller unitarischer Bestrebungen der gebildeten Classen, höchst reale Sympathien in dem heimischen Boden, in der heimischen Bevölkerung besaßen. Und endlich drittens dann die liberale öffentliche Meinung in Preußen, in Deutschland, in Europa: in Preußen, wie es den Anschein hatte, durch den erfolglosen Kampf gegen das Ministerium Bismarck nicht eben lorbeerreich, im Gegentheil aus manchen wichtigen Positionen hinausgeschlagen; bei alledem aber in dem ganzen Zusammenhange der europäischen Verhältnisse fort und fort noch immer so gewaltig, daß auch die stärkste Militärmonarchie auf die Dauer die Feindschaft dieser geistigen Gewalten nicht vertragen wird. Wem, meine Herren, dieser Ausdruck zu stark erschiene, der möge sich erinnern, wie nach dem letzten Kriege auf allen Seiten, auf Seiten unserer Regierung und auf Seiten des europäischen Publikums darüber gar kein Zweifel war, daß die Frucht der großen Siege erst dann sicher eingeheimst seyn würde, wenn nicht blos eine Majorität der conservativen Partei, sondern wenn eine einträchtig gesammelte Majorität aller Parteien, wenn die Zustimmung eines kräftigen Theils auch der liberalen Partei dem Werke der Regierung zu Theil werde. Mit diesen Kräften also war zu rechnen: mit den militärischen Forderungen des preußischen Großstaats, mit den populären Berechtigungen des Particularstaats, mit der Wucht der öffentlichen Meinung. Der Entwurf nun, meine Herren, gibt, wie er hier in unseren Händen liegt, einer jeden dieser Kräfte ein Organ: der Krone Preußen das Bundespräsidium, den kleinen Staaten den Bundesrath, der öffentlichen Meinung den Reichstag."

Der Redner sprach bei diesem Anlaß seine wärmste Anerkennung einer Regierung aus, die „mit beispiellosen Siegen gekrönt den auswärtigen Sieg nicht zum Staatsstreich und zur Unterdrückung der Freiheit benutzte, sondern sogleich nach der Rückkehr in die Heimath den Frieden mit der öffentlichen Meinung zu schließen sich beeilte." Auch konnte sich der Redner eines kleinen Spottes über das viele unnütze Paragraphendrechseln im Berliner Abgeordnetenhause nicht enthalten.

Das wurde ihm nun von Waldeck sehr übel genommen, der ihm vorwarf, die liberale Sache jetzt zu verlassen, für die er so eifervoll im Abgeordnetenhause gekämpft hätte. Der conservative Abgeordnete Wagener bemerkte, von Sybel sey unversehens in die von ihm abgeschätzte liberale Schablone zurückgefallen, indem er die drei Faktoren der neuen Bundesverfassung nach derselben Schablone beurtheilt habe.

Waldeck ging davon aus, etwas Haltbares lasse sich zwar nicht schaffen, außer durch die Freiheit, kein militärischer Erfolg helfe hier, nur durch eine freie Verfassung könne Deutschland erstarken und die Nation befriedigt werden. Deswegen stimmte er gegen die vorgeschlagene Heerverfassung des Bundes, gegen die Truppenvermehrung, gegen die dreijährige Präsenzzeit und verlangte immer nur Budgetrecht und Verantwortlichkeit der Minister. Den Einwurf, ein so complicirter Bundesrath, wie der des Entwurfs, mit einer gleichsam republikanischen Spitze, könne nicht verantwortlich gemacht werden, wie das Ministerium eines Einheitsstaates, wies Waldeck mit der Bemerkung zurück, es solle auch ein Einheitsstaat gebildet werden und der vorgeschlagene Bundesstaat sey entweder nur verwerflich oder nur ein verdeckter Einheitsstaat, und man maskire den imperialistischen Gedanken nur durch die föderative Phrase und Form. Man wolle die absolutistische Reaction und dabei durch keine Verantwortlichkeit genirt seyn. Er wollte den Einheitsstaat, aber nicht ohne volle parlamentarische Befugnisse und Ministerverantwortlichkeit. „Es wäre schrecklich, wenn es gelingen sollte, den Parlamentarismus aus der Welt zu schaffen, dem Parlamentarismus für immer den Strick um den Hals zu legen. Da müßten wir, indem wir die Verdienste unseres leitenden Staatsmannes in diesen Dingen anerkennen — und ich habe sie nie in Beziehung auf die auswärtigen Angelegenheiten angegriffen — ihm doch jene Worte eines englischen Whigs wiederholen, welche derselbe dem Herzog von Wellington bei Gelegenheit der Reformbill zurief, ‚Herzog von Wellington, Sieger in Spanien, Sieger in Indien, Sieger bei Talavera, Sieger bei Waterloo — Du sollst nicht Sieger seyn über das brittische Volk.‘“

Die Berathung nahm einen dramatischen Charakter an. Wagener entgegnete den beiden Vorrednern: „Es ist ganz richtig, wenn Herr von Sybel uns sagt, wir hätten es hier überhaupt mit einer Urkunde nach dem constitutionellen Schablonenwesen gar nicht zu thun; sie passe auch nicht, weder auf den Bundesstaat, noch auf den Staatenbund, sondern sie sey eben — und meine Herren, das ist ja schließlich die einzig wirkliche, reelle Verfassung — sie sey der thatsächliche Niederschlag einer geschichtlichen Entwicklung und der formulirte Ausdruck bestimmter thatsächlicher Zustände und geschichtlicher Resultate. Meine Herren, hätte er dies in seiner Ausführung prägnant festgehalten, dann glaube ich, würde er es vermieden haben, dem Herrn Abgeordneten Waldeck diejenigen Angriffspunkte zu bieten, gegen die dieser hauptsächlich aufgetreten ist. Er machte aber, wie es mir schien, den unwillkürlichen Fehler, nachdem er sich a priori gegen die Abstraction verwahrt, derselben doch a posteriori eine kleine Hinterthür zu öffnen. Er beging den Fehler, daß er es nicht lassen konnte, doch wieder den Maßstab der Abstraction an dasjenige Product zu legen, von dem er selbst sagte, daß eigentliche Abstractionen darin nicht enthalten seyen. Meine Herren, hätte der Abgeordnete Sybel das festgehalten, was ich meine, dann würde es ihm nicht begegnet seyn, zu sagen, die Verfassungsurkunde ist dreigetheilt: Präsidium, Bundesrath und Reichstag, und einem jeden von diesen dreien entspricht: starke Regierung, berechtigter Particularismus und was mich besonders überraschte, öffentliche Meinung. Meine Herren, diese Verfassung ist ein Compromiß zwischen allen denjenigen verschiedenen lebensfähigen und berechtigten Tendenzen, Elementen und Factoren, die überhaupt auf das Zustandekommen dieser Verfassung einen Einfluß ausgeübt haben, und das was der Abgeordnete Sybel abstrahirt und schematisch auf diese drei Abtheilungen vertheilt hat, das steckt zusammen in einem jeden dieser Theile. Es ist vollkommen unrichtig, das Präsidium gegenüber der Volksfreiheit, oder gegenüber dem berechtigten

Particularismus zu stellen. Es ist vollkommen unrichtig, den Bundesrath gewissermaßen als den Gegensatz gegen Preußen und als Gegensatz gegen Volksfreiheit und öffentliche Meinung aufzufassen, und es ist noch unrichtiger, meine Herren, den Reichstag zu formuliren als den Vertreter der öffentlichen Meinung. Meine Herren, wenn wir uns losmachen wollen von der Herrschaft der Phrase, dann ist eine der gefährlichsten Phrasen die öffentliche Meinung. Meine Herren, wer macht sie, wo kommt sie her, worin besteht sie, und wie kann man sagen, es wird hier ein Reichskörper gestiftet, der der Vertreter der öffentlichen Meinung ist. Meine Herren, die öffentliche Meinung, die jetzt das Parlament beherrscht, von wem ist sie gemacht? Ist diese öffentliche Meinung, — wenn ich so sagen darf — eine Parlamentstochter, oder ist sie nicht vielmehr eine Regimentstochter? Meine Herren, die öffentliche Meinung ist, wenigstens soviel ich mich bisher darüber informiren und belehren können, sie ist nach meiner Auffassung durchaus nichts anderes, als die Reaction oder die Antwort des nicht in der Geschichte thätigen Theils der Völker auf die Thaten derer, welche die Geschichte machen. Und so ist auch die jetzige öffentliche Meinung die Antwort des deutschen Volkes, die es ertheilt auf die weltgeschichtlichen Thaten des preußischen Gouvernements. Meine Herren, die steckt nicht allein in dem Reichstage, die steckt in allen dreien, und in allen dreien müssen wir sie suchen und wir werden dann vor der Gefahr vollkommen gesichert seyn, uns in der constitutionellen Schablone des Herrn Abgeordneten Waldeck noch wiederum einfangen zu lassen. Meine Herren, ich meinerseits verstehe alle die Richtungen, die in diesem Hause sich bisher geltend gemacht haben. Ich verstehe diejenige Richtung, die den Einheitsstaat anstrebt; ich verstehe die Herren, die in der Besorgniß vor dem Einheitsstaat ihre particularistischen Interessen vertreten und drücken. Aber, meine Herren, was ich nicht verstehe und worüber ich auf eine Aufklärung äußerst gespannt und begierig bin, das ist, wie die Herren Parti=

cularisten es sich eigentlich denken, ihre Tendenzen erreichen und stärken zu können dadurch, daß sie den Constitutionalismus aufbauen, dadurch, daß sie die constitutionellen Befugnisse der Reichstagsvertretung steigern wollen. Meine Herren, ich glaube deshalb auch, die Anträge, welche von jener Seite (links) gestellt werden, sie sind wohl nicht Anträge zur Verbesserung, sondern Anträge zur Verhinderung. Machen wir uns doch, meine Herren, einmal die Stellung Preußens und der preußischen Regierung innerhalb dieses Verfassungsentwurfs recht klar. Es ist ja nichts gewisser, als daß eigentlich ein Conservativer, der diese ganze Entwicklung nicht mit offenen Augen mit durchgemacht hat, mit einem gewissen Schauder vor dieser Verfassung stehen bleiben müßte. Es ist darin alles das, was man in gewisser Beziehung als die gefährlichste Institution für die conservative Sache und selbst für das preußische Königthum hinzustellen und zu betrachten gewohnt war. Es ist darin ein Bundesrath, der unzweifelhaft die formale Möglichkeit und Befugniß hat, Preußen unter gegebenen Umständen zu majorisiren; es ist darin ein Bundespräsidium, dem nicht einmal die Befugnisse des Präsidenten der nordamerikanischen Republik beiwohnen; es ist darin das Ein-Kammersystem auf der breitesten Grundlage, hervorgegangen aus dem allgemeinen directen Wahlrecht, eine Art und Weise der Vertretung, wie sie sonst in der Geschichte nur in den aufgeregtesten Revolutionszeiten vorgekommen ist. Und dessen ungeachtet, meine Herren, erschrecken meine Freunde und ich nicht vor diesen Dingen; dessen ungeachtet gehen wir an diese Dinge dreist heran, weil wir eben gelernt haben, uns auch unsererseits nicht mehr mit bloßen theoretischen Ausführungen, theoretischen Deductionen und sogenannten politischen Grundsätzen allein abzufinden, sondern weil wir — wenigstens ist das meine Stellung — weil ich gelernt habe, daß über allem dem, was man will, und was man als seine Basis hinstellt, ein höherer Wille in den Thatsachen der Geschichte entscheidet, und daß, wenn man weiter mit Geschichte machen will, man nicht wiederum seinem eigenen Willen diese Thatsachen unterschieben, sondern seinen eigenen Willen an diese Thatsachen anknüpfen muß. Vereinigen wir uns in den Thatsachen und lassen wir die Theorien bei Seite, acceptiren wir die Resultate und streiten uns nicht um die Verfassungsparagraphen, aus denen sie hergekommen oder nicht hergekommen sind, und, meine Herren, um mit einem Bilde des Herrn Bundespräsidenten zu schließen, besteigen wir endlich die Vollblutstute Germania, und hören wir auf, unsere Steckenpferde zu reiten."

Lasker meinte, der Bundesrath sey doch nicht sehr mächtig und die volle Gewalt besitze nur Preußen: „Nun, meine Herren, ich habe an den Thatsachen geprüft, was von den weitgehenden Befugnissen und Aufgaben der Executive anderen Factoren zugewiesen und was dem Bundespräsidium vorbehalten ist. Der Ausschuß für Eisenbahnwesen hat in Zeiten der Theurung dem Präsidium die Ermäßigung der Eisenbahntarife vorzuschlagen. Dann hat der Ausschuß für Landheer und Festungen die Anordnung, welche der König von Preußen für das Militär erläßt, an die übrigen Contingente zu vermitteln, und der Ausschuß für das Rechnungswesen die Abrechnung für die übrigen Bundesstaaten vorzubereiten. Das ist alles, was irgendwie von executiver Thätigkeit man sich bei den Ausschüssen zu denken hat. Der Bundesrath hat der Auflösung des Reichstages zuzustimmen, bestimmt über die Ausführungen und Ausführungsanordnungen und diejenigen Einführungen, welche nöthig sind für Steuer- und Zollwesen, und soll den in diesem Gebiete hervortretenden Mängeln abhelfen und in beiden Fällen steht dem Präsidium das Veto zu; er soll dem Präsidium die Rechnung abnehmen über die veranlaßten Ausgaben, die Abrechnung gegenüber den anderen Bundesstaaten feststellen, die Execution anordnen gegen solche Staaten, welche Widerstand gegen die Anordnungen des Präsidiums leisten; er muß seine Zustimmung geben zum Abschluß von Verträgen, den Zeitpunkt bestimmen, wann das Bundes-Consularwesen allgemein an die Stelle der Landes-Consulate treten soll, und endlich über Streitpunkte zwischen den verschiedenen Staaten eine Entscheidung treffen. Das ist alles, worin sich die Executive des Bundesrathes zusammenfaßt. Dagegen hat das Präsidium den Reichstag zu eröffnen, zu vertagen und zu schließen, Krieg zu erklären, Frieden und Bündnisse zu schließen, hat die ganze Militärgewalt in dem weitesten Sinne des Wortes, die Vertheilung der Lasten auf die Angehörigen des Bundes; es verwaltet und leitet die Post, das Telegraphen- und Kriegsmarinewesen, beaufsichtigt und controlirt die Eisenbahnen, vertritt die Flagge, schreibt Matricularbeiträge aus, verwendet die Einnahmen, vollstreckt die Execution, dislocirt die Truppen, von anderen Thätigkeiten sehe ich ab, welche dem Bundes-Präsidium beigelegt oder stillschweigend vorbehalten sind. Meine Herren! Angesichts dieser Zusammenstellung müssen Sie gestehen, daß das Präsidium zu einer recht kräftigen Executive constituirt ist. Unter welchem Namen es auch constituirt seyn mag, wenn auch der bescheidene Name eines Bundes-Präsidenten oder Bundes-Feldherrn gewählt ist, so glaube ich, daß Macht und Wesenheit eines wahrhaft monarchisch-kaiserlichen Hauptes dem Bundes-Präsidium gegeben ist. Für mich ist es keine Frage, welche in erster Linie interessirt, welcher Titel dem Bundes-Präsidium beigelegt werden soll, aber die Substanz und Macht eines kaiserlichen Oberhauptes hat der Bundes-Präsident schon gegenwärtig. Ist dies aber der Fall, so können Sie den Einwand nicht machen, daß eine Verantwortlichkeit deswegen nicht den vertretenden Organen beigelegt werden könne, weil die Executive nicht gehörig vertheilt sey."

Graf Bismarck vertheidigte die Bundesfürsten und ihre Rechte: „Innerhalb des Bundesrathes findet die Souverainetät einer jeden Regierung ihren unbestrittenen Ausdruck. Dort hat jede ihren Antheil an der Ernennung des gewissermaßen gemeinschaftlichen Ministeriums, welches, neben anderen Functionen, auch den Bundesrath bildet. Dieses Gefühl der unverletzten Souverainetät, welches dort seine Anerkennung findet, kann nicht mehr bestehen neben einer contrasignirenden Bundesbehörde, die außerhalb des Bundesrathes aus preußischen oder anderen Beamten ernannt wird, und es ist und bleibt eine capitis deminutio für die höchsten Behörden der übrigen Regierungen, wenn sie sich als Organe, gehorsamleistende Organe einer vom Präsidium außerhalb des Bundesrathes ernannten höchsten Behörde in Zukunft ansehen sollten. Glauben Sie nicht, daß wir die Frage nicht erwogen haben, ob die übrigen Regierungen diesen Anflug von einer Verminderung ihrer Souverainetät auf sich nehmen wollen? Wir haben über die Frage, ob die Ministerien der Einzel-Staaten, namentlich die Kriegs- und Finanz-Ministerien u. s. w. bleiben würden, Wochen lang verhandelt. Unsere Arbeit ist keine leichte gewesen und Sie können leicht ermessen, mit welchem Eindruck wir nach unseren schweren und erschöpfenden Arbeiten hier Amendements hören, die von allem, was wir gethan und geleistet haben, abstrahiren, von dem in der Geschichte unerhörten Fall, daß die Regierungen von 30 Millionen Deutschen sich nicht blos dem Wortlaute nach, wie bei der alten Bundesacte, sondern auch dem Geiste nach über einen solchen Entwurf geeinigt haben, keine Notiz nehmen. Ich möchte Sie doch bitten, den Einfluß der Regierungen, die Nothwendigkeit ihrer Mitwirkung beim Zustandekommen des Werkes nicht zu unterschätzen. Wir kommen sonst auf denselben Weg, den wir in den Jahren 1848—1850 gewandelt sind. Damals waren die Regierungen minder stark und hatten geringeres Selbstgefühl als heute. Trotzdem ist es damals nicht gelungen, den wohlwollendsten und vielleicht theoretisch richtigsten Gedanken für nationale Einigung Anerkennung zu schaffen, weil das Einverständniß der Regierungen fehlte. Wenn es sich darum handelt, Amendements zu stellen, so könnte ich selbst deren fünfzig einbringen. Sie haben nur den Fehler, daß sie früher bereits abgeworfen sind oder von Hause aus keine Aussicht auf Annahme haben, oder daß sie mißverstanden werden, und die preußischen Bestrebungen verdächtigen könnten. Deshalb behalte ich sie für mich, weil mir mehr am Zustandekommen des Ganzen, als am Durchsetzen meiner persönlichen Meinung liegt."

Der Abgeordnete von Blankenburg forderte dringend auf: „Vor allen Dingen, meine Herren, behaupte ich, daß in der gegenwärtigen Lage Deutschlands Se. Majestät der König von Preußen seine Schuldigkeit gethan hat, daß die Armee ihre Schuldigkeit gethan hat, und daß die Fürsten Norddeutschlands ebenfalls ihre Schuldigkeit gethan haben, um dieses Werk zu Stande zu bringen! Jetzt, meine Herren, ist es an uns, ob wir unsere Schuldigkeit thun werden, und darum bite ich Sie, darum warne ich Sie, ja ich beschwöre Sie, den Weg der vielen Amendements zu verlassen." Durch die vielen Amendements wurden die Debatten sehr in die Länge gezogen. „Warum, meine Herren, sind Sie denn so sehr besorgt? Ist denn wirklich eine so große Sorge da, daß der Absolutismus wieder hereinbrechen wird. Sollte wohl die Krone Preußens je dazu Veranlassung gegeben haben? Meine Herren, haben wir denn nicht erlebt, daß als im Jahre 1848 durch den Sieg unserer Truppen und die Energie des Ministeriums von keiner Nationalvertretung mehr die Rede war und einzig der Rechtsboden der vereinigte Landtag war, da die Verfassung von 1848 octroyirt wurde, die aus der Nationalversammlung hervorgegangen war? Meine Herren, ist es nicht ähnlich im Jahre 1866 gewesen? Haben Sie nicht immer vorher prophezeit: nun würde nach den Siegen der große Rechtsbruch kommen, das parlamentarische Wesen würde beseitigt. Nicht also, meine Herren, wir haben die Indemnität erlebt. Was ist in diesem Sommer geschehen nach Außen hin? Haben nicht viele erwartet, es würde über alle Maßen heraus die Krone Preußen alle Fürsten, die nicht mit ihr gegangen sind, beseitigen und auch allen denen, die nur etwa mit halbem Herzen mitgegangen sind, würde etwas Aehnliches geschehen, Meine Herren, ich sehe nichts davon. Wird nicht ein Bundesstaat mit überwiegender Majorität für die kleinen Staaten constituirt? Darum bitte ich Sie dringend, gehen Sie, gehen wir, ich schließe auch dabei uns mit ein, beschließen wir mit ähnlicher Schnelligkeit, meine Herren, mit der Schnelligkeit, wie die Armee bei Königgrätz — beschließen wir diese Bundesacte! Glauben Sie mir sicherlich, ein solcher Beschluß würde verstanden werden in Paris und in Wien, in München und in Stuttgart! Das wäre eine That, wo Ihnen unser Volk und die Mandanten, die Ihnen Ihr Mandat gegeben haben, voll und ganz zustimmen werden! Vertrauen Sie der Zukunft, vertrauen Sie Ihren eigenen Principien, wie wir den unsrigen und bringen Sie es nicht dahin, daß, wenn Sie ein abfälliges Votum geben, es wiederum nachher heißen wird von den parlamentarischen Männern: ‚unser Land hat sie gewogen und zu leicht befunden!'"

Graf Bismarck selbst bemerkte zu einem Amendement, welches sich auf einen Anschluß der süddeutschen Staaten an den norddeutschen Bund bezog, mit großer Vorsicht, die Herren Abgeordneten könnten sich darüber freier äußern, „aber eine Regierung ist verpflichtet, sich bei der Aussprache ihrer Wünsche nach der Decke ihrer Rechte zu strecken. Ich will damit auch nicht behaupten, daß die Annahme dieses Amendements im Widerspruche mit dem Art. 4 des Prager Friedens stände, ich will nur aus ähnlichen Gründen, wie ich sie gestern bei der Beantwortung der hessischen Interpellation hervorhob, nicht ganz den Verhandlungen, die zu einer einheitlichen Auslegung der Kontrahenten des Prager Friedens erforderlich sind, vorgreifen, auch nicht der Entschließung der süddeutschen Regierungen in einer Weise präjudiciren, zu welcher bisher der Grad ihres amtlichen Entgegenkommens uns nicht auffordert. Daß im Art. 4 des Prager Friedens nicht blos ein internationales Schutz- und Trutzbündniß — wie einer der Herren Vorredner, ich weiß nicht welcher, bemerkte — ins Auge gefaßt ist, geht, glaube ich, aus seinem Wortlaut für jeden aufmerksamen Leser hervor. Es ist im Artikel 4 nicht von einer neuen Gestaltung Norddeutschlands blos die Rede, sondern von einer neuen Gestaltung Deutschlands. Der Begriff wird dadurch erläutert, daß der Nachsatz folgt: ‚Deutschland ohne Betheiligung des österreichischen Kaiserstaates.' Also es ist zugestimmt zu einer Umgestaltung derjenigen Bestandtheile des früheren deutschen Bundes, welcher nach dem Ausscheiden der österreichischen Theile des Bundes-Territoriums übrig war. Es ist ferner in der dritten Zeile vor dem Schluß des Artikels von der nationalen Verbindung Süddeutschlands mit dem norddeutschen Bunde gesprochen, also nicht von einer internationalen, welches Wort ausdrücklich in demselben Artikel auf die Beziehungen Süddeutschlands zum Auslande seine Anwendung gefunden hat. Wenn ich nichtsdestoweniger die Frage, ob der Eintritt der süddeutschen Staaten mit diesem Artikel verträglich ist, einseitig nicht bejahen, sondern ihre Beantwortung im Einverständniß mit der kaiserlich österreichischen Regierung finden möchte, so bewegt mich dazu der Umstand, daß eine der Prämissen, welche Art. 4 aufstellt, in der Kette fehlt, das ist nämlich das Zustandekommen des süddeutschen Bundes. Wäre dieser zu Stande gekommen, oder hätte er Aussicht dazu, so ist meine Ueberzeugung immer gewesen, daß, wenn im Norden ein Parlament tagt auf einer nationalen Basis, im Süden ein anderes, diese beiden Parlamente nicht länger auseinander zu halten seyn würden, als etwa die Gewässer des rothen Meeres, nachdem der Durchmarsch erfolgt war (Heiterkeit). Die Prämisse fehlte bisher, und wir möchten bei der Ueberzeugung, daß die nationale Zusammengehörigkeit ihre Sanktion durch die Geschichte ganz zweifellos dennoch empfangen wird, über die Frage, ob dies sofort und in welcher Form geschehen kann, nicht in Meinungsverschiedenheit mit der kaiserl. österreichischen Regierung über die Auslegung des neuesten Friedensvertrages zwischen uns gerathen und dieser Auslegung nicht einseitig vorgreifen."

Unmittelbar nach dieser Rede dementirte die Norddeutsche Allg. Zeitung, das bekannte Organ des Grafen Bismarck, das Gerücht, eine preußische Depesche habe Württemberg pressirt, und fügte die edlen Worte bei: „Wir sind zu der Erklärung ermächtigt, daß eine solche Depesche nicht existirt, wie es denn auch selbstverständlich ist, daß die württembergische Regierung wegen des mit Preußen abgeschlossenen Bündnißvertrages der verfassungsmäßigen Zustimmung ihrer Stände bedarf. Die k. Regierung hat ihrerseits das vollste Vertrauen zur Vertragstreue der württembergischen Regierung und betrachtet den Bündnißvertrag vom 13. August v. J. nicht als etwas Zufälliges und Willkürliches, sondern als ein nothwendiges Ergebniß der politischen Sachlage und des deutschen Nationalgefühls. Die k. Regierung ist auch der Meinung, daß der württembergische Landtag diese Angelegenheit aus diesem Gesichtspunkte beurtheilen wird, daß es den dortigen Ständen nicht entgehen kann, daß die Vortheile jenes Vertrages inzwischen eingetreten sind und daß Preußen, sowie der norddeutsche Bund kein Sonderinteresse verfolgen, sondern eine nationale Pflicht erfüllen, wenn sie die Garantie des württembergischen Staats übernehmen, anstatt sich auf die zweifellos leichter ausführbare Aufgabe zu beschränken, den kompakten Zusammenhang Norddeutschlands mit eigenen Kräften zu schützen und Württemberg seinem Schicksal zu überlassen. Das nationale Pflichtgefühl, welches diesem letztern Verhalten entgegensteht, würde von Norddeutschland nicht verletzt werden, wenn die Weigerung, sich an dem gemeinsamen nationalen Werke zu betheiligen, von Württemberg und dessen Volke ausginge. Aber für uns liegt der Eintritt einer solchen Eventualität bei der Entwicklung und Stärke des Nationalgefühls im schwäbischen Volksstamme außerhalb aller Erwägung.“

Der Abgeordnete Dunker wagte zu sagen, die Schuld des letzten Krieges habe am Grafen Bismarck gelegen und daß das von ihm höchst gewagte Spiel von ihm gewonnen wurde, sey das Verdienst des preußischen Volks gewesen, vermöge der hohen Eigenschaften dieses Volks, die sich in der Armee verkörpert hätten. Graf Bismarck erwiderte: „Die Verdächtigung, wir hätten willkürlich die Ehre, die Freiheit und Unabhängigkeit Preußens in ein Wagniß, in ein Spiel hinein geworfen, weise ich auf das bestimmteste als eine unwahre Parteierfindung zurück. Wir waren in der Lage, gegen ungerechte, lange vorbereitete Angriffe, gegen eine rechtswidrige Majorisirung Preußens am Bunde, gegen eine Gefahr, welche nur mit Bajonetten von uns abgewehrt werden konnte, in ehrlicher Selbstvertheidigung, in der Nothwehr zum Degen greifen zu müssen, und das Wort ‚Spiel, verwegenes, gewagtes Spiel' darauf anzuwenden ist — ich will den Ausdruck, der mir kam, nicht gebrauchen, er paßt hier nicht" (Lebhaftes Bravo.)

Auf die militärische Kraft des neuen Bundes kam alles an, denn es drohten ihm von außen noch mannigfache Gefahren. Das wurde denn auch von den Ministern und von allen guten Patrioten betont gegenüber den Thoren oder Uebelwollenden, die jetzt noch immer nur ihre liberale Schablone auskramten. Um nicht ungerecht zu seyn, muß man zugeben, daß es sich um einen Ausnahmszustand handelte und daß die Verfassungen nicht nur Preußens, sondern aller zum norddeutschen Bunde zählenden Länder in einem ihrer wesentlichen Bestandtheile auf einige Zeit gleichsam suspendirt wurden, sofern der Bundesrath und Reichstag ein mehrjähriges Militärbudget feststellte, gegen welches von keiner zweiten Kammer der betheiligten Staaten mehr auf Grund der Einzelverfassungen etwas sollte eingewendet werden können. Allein die Umstände erheischten mit zwingender Nothwendigkeit eine vorübergehende Dictatur, wie dergleichen Fälle in der altrömischen Republik weise vorausgesetzt und gesetzlich geregelt worden waren. Die Kriegsbereitschaft des neuen Bundes war die erste Bedingung seiner Existenz. Darauf kam alles an. Die Freiheit und das verfassungsmäßige Leben sollte dadurch nicht aufgehoben seyn.

Twesten sagte: „Ich halte es für nicht thunlich, zuzugeben, daß wesentliche Zweige der Staatsverwaltung, über welche bisher jährlich mit der Landesvertretung verhandelt werden mußte, ein für allemal festgestellt und der Einwirkung der Landesvertretung entzogen werden. Und dieser Punkt ist für mich so wichtig, daß ich mich nicht in der Lage sehen würde, dem Verfassungswerke überhaupt zuzustimmen, daß ich es vielmehr, wenn eine solche Bestimmung in dieser Versammlung angenommen werden sollte, für geboten halten würde, daß der preußische Landtag die ganze Verfassung ablehnte, auf die Gefahr hin, daß nichts zu Stande käme, daß die Erwartungen des deutschen Volkes für eine endliche Constituirung Deutschlands abermals getäuscht würden. Ich glaube daher, in diesem Punkte wird die Regierung nachgeben und Concessionen an das berechtigte Verlangen des preußischen Volkes machen müssen. Meine Herren, bisher wurde über das Militärbudget alljährlich im preußischen Landtage verhandelt. Nach dem Entwurfe der Reichsverfassung soll ein für allemal ein Militärbudget festgestellt werden, welches also hinfort nicht mehr der Einwirkung der Landesvertretung in den einzelnen Staaten und des Parlamentes im Bundesstaate unterliegen soll. Es ist die Festsetzung getroffen, daß ein Präsenzstand des stehenden Heeres von etwa 300,000 Mann für die nächsten zehn Jahre verfassungsmäßig festgestellt und ein Militärbudget von ungefähr 67 Millionen Thalern jährlich der preußischen Regierung ein für allemal zu beliebiger Verwendung überwiesen wird. Neben der Budgetbewilligung ist nach dem Verfassungs-Entwurf auch die Militär-Gesetzgebung der Mitwirkung der gesetzgebenden Gewalten entzogen. Es ist allerdings nicht ausdrücklich gesagt worden, wie in Zukunft die Gesetzgebung geübt werden soll. Nach dem Verfassungs-Entwurfe sollen die bisherigen Gesetze nicht bloß, sondern auch Anordnungen, Instructionen, Reglements des preußischen Militärwesens für den ganzen Bundesstaat eingeführt werden. Wie in Zukunft die Militär-Gesetzgebung gehandhabt werden soll, ist nicht gesagt; nur das Eine ist hinzugefügt: auch künftige Reglements kann die preußische Regierung erlassen, und die übrigen Staaten haben sie demnächst unverweigerlich einzuführen. Man könnte hieraus schließen, daß in Zukunft die bloßen Reglements die Stelle der Gesetzgebnng vertreten sollen."

Köster bemerkte: „Sowie Preußen auch nur einen Groschen über die ihm zu bewilligenden 225 Thaler für den Mann bedürfen wird, tritt auch das Volk des Norddeutschen Bundes sogleich wieder in sein Bewilligungsrecht ein. Es wird daher, und grade das halte ich für besonders sichernd und beruhigend für unsere künftigen Bundes-Finanzen, die Bundes-Kriegs-Verwaltung mit der alten und bewährten preußischen Sparsamkeit um den Preis ihrer Unabhängigkeit vom Reichsrathe zu ringen haben. Aber auch jenes Gleichgewicht der Macht, meine Herren, das zu allen Zeiten für die Grundbedingung jeder freiheitlichen Entwicklung gegolten hat, finde ich in der uns gemachten Verfassungs-Vorlage in einem hervorragenden Grade gewahrt. Während sie von der einen Seite Preußen in allen Zweigen des Heerwesens, der Marine und der auswärtigen Angelegenheiten eine feste und unbehinderte Executive sichert, gibt sie von der anderen Seite dem Reichstage, im Falle seiner Uebereinstimmung mit der Mehrheit des Bundesrathes, nach Abschnitt 2, Artikel 4, in den 13 dort namhaft gemachten Fällen das Recht, auch gegen den Willen der Präsidialmacht und ohne daß dieser ein absolutes oder suspensives Veto zustände, Reichsgesetze mit verbindlicher Kraft zu erlassen. Meine Herren, Sie werden mir einwerfen, daß eine solche Möglichkeit der gegebenen Macht und dem überwiegenden Einfluß Preußens gegenüber keine große Aussicht auf Wahrscheinlichkeit hat, und ich gebe Ihnen das zu, aber von der andern Seite wird Preußen diesen Einfluß und diese Macht doch nur unter der Bedingung zu behaupten im Stande seyn, wenn es gut regiert und wohlfeil verwaltet wird, oder es werden sich unfehlbar Coalitionen zwischen dem Reichstage und dem Bundesrathe herausstellen, welche allerdings diese geringe Möglichkeit alsbald zur höchsten Wahrscheinlichkeit machen.“

Twesten: „Nach dem Verfassungs-Entwurfe würden die einzelnen Landesvertretungen nie mehr über die Bedürfnisse der Militär-Verwaltung zu sprechen haben, der Reichstag aber auch nicht, sobald die Regierung nicht mehr verlangt, als ihr ein für allemal durch die gegenwärtige Bundes-Verfassung anheim gegeben wird. Ich habe nun wiederum außerhalb schon den Einwand gehört, die Militärbedürfnisse pflegten sich sehr stark zu steigern, die Regierung würde daher bald in die Lage kommen, Mehrforderungen aufzustellen, und dann würde ja das Parlament es in seiner Macht haben, seinen Einfluß mit voller Wirksamkeit geltend zu machen. Meine Herren! Dagegen erinnere ich einmal an unsere preußischen Erfahrungen, wonach in früheren Zeiten der Bedarf der Militär-Verwaltung lange Jahre hindurch ein äußerst constanter geblieben; in den Jahren von 1834 bis 1845 ist das Militär-Budget constant auf 26 Millionen in runder Summe stehen geblieben, und in ähnlicher Weise hat wiederum in den Jahren 1853 bis 1857 das Militär-Budget nicht weiter geschwankt als von 28—29 Millionen. Wenn jetzt nach den letzten ungeheuren militärischen Anstrengungen ein Budgetsatz festgestellt ist, der noch erheblich hinausgeht über die Bedürfnisse der letzten Jahre, so ist nicht abzusehen, daß die Regierung bald genöthigt seyn würde, sich wiederum wegen größerer Erforderniſſe an die Landesvertretung zu wenden, und dabei bemerke ich, daß die gegenwärtige Rechnung in der That auch nach dem Verhältniß der letzten Jahre eine sehr hohe ist. In den Jahren 1862 bis 1865 hat der Militär-Etat nach den Voranschlägen 39—41 Millionen betragen, erst in diesem Jahre ist er dann auf 44 Millionen angeschwollen, und legt man die Rechnung des Verfassungs-Entwurfes zu Grunde, so würde danach auf die alten preußischen Provinzen statt der 44 Millionen, welche für das Jahr 1867 nach dem preußischen Budget gefordert sind, ein Militär-Budget von 45 Millionen fallen. Hiernach scheint es also, daß die Regierung allerdings sich darauf eingerichtet hat, eine Reihe von Jahren ziemlich sicher mit diesem Satze auskommen zu können."

Waldeck eiferte: „Durch diese Bestimmungen der Verfassung, welche ich aber hier nicht als eine Verfassung ansehen kann, sondern deren andere Qualität als ein Vertrag zwischen Fürsten und Regierungen hervortritt — (diese doppelte Qualität müssen wir immer unterscheiden) — durch diese Bestimmung in der Verfassung wird aufgehoben das preußische Kriegsministerium, das verantwortliche preußische Kriegsministerium, welches jetzt existirt, wird aufgehoben, die Nothwendigkeit, dem preußischen Landtage ein Budget für alle Einnahmen und Ausgaben jährlich zur Bewilligung vorzulegen. Denn diese Möglichkeit ist nicht mehr vorhanden nach dieser Verfassung; es ist keine Volksvertretung mehr vorhanden, die mit diesem ordinären Budget irgend etwas zu thun hätte, nur für ganz außerordentliche Bedürfnisse ist vorgesehen, daß das stattfinden solle. Meine Herren, ich weiß ja recht gut, daß von der conservativen Seite vielfältig gewünscht worden ist, eine solche Scheidung des Budgets in Ordinarium und Extraordinarium vorzunehmen, es ist das die von Metternich längst proclamirte Theorie; aber es ist nicht unsere preußische Verfassung, die das sanctionirt, und zu allen Zeiten und von allen liberalen Männern ist dieser Punkt immer hartnäckig bekämpft worden. — Ich halte das volle Einnahme- und Ausgaberecht, das volle Budgetrecht für ein Recht der preußischen Volksvertretung; aber, meine Herren, wir dürfen auch da nicht von der preußischen Volksvertretung allein sprechen; in Sachsen und Braunschweig und noch in mehreren Staaten, die wir mit uns verbinden, existirt das volle Budgetrecht. Wenn wir also eine Verfassung machen, so müssen wir auch das volle Budgetrecht anerkennen. Es ist dann der jährliche Etat über alle Einnahmen und Ausgaben hier vorzulegen. Ich finde es auch gar nicht passend, daß in einer Verfassung steht: es sollen gerade die Zölle seyn, die bewilligt werden. Es versteht sich das von selbst, materiell, so lange sie existiren; sie werden sich ja immer vermindern und zuletzt wird es am Ende besser seyn, eine Besteuerung, etwa Einkommensteuer oder welche Art man will, für die Art und Weise, wie die Einnahme jetzt von der Regierung festgesetzt wird, einzuführen. Wer in aller Welt will da dem Staate, der Centralgewalt die Hände binden, wie durch die Verfassung geschieht, die doch nur wieder mit zwei Drittel Majorität aus der Welt geschafft werden kann? Nein, als wir jene Länder, von denen jetzt viele Vertreter auch in unserer Mitte sitzen, die großen Gebiete von Hannover, Hessen, Nassau dem preußischen Staate verbanden und unsere Einwilligung dazu mit Freuden gaben (weil wir der Ueberzeugung waren, daß die Länder, wenn sie auch jetzt, wie es nicht anders seyn kann, eine momentane Abneigung und momentane Hindernisse darbieten, indem sie sich noch nicht behaglich eingerichtet finden), wohl, so geschah das unter der ausdrücklichen Bedingung, daß diese Länder, wie es nach unserer Verfassung auch nur geht, nicht einer absoluten Union, nicht einer Personalunion, sondern der preußischen Verfassung unterliegen sollten, und wir gaben der Regierung vertrauensvoll auch die Frist, die sie verlangte, da wir die Nothwendigkeit irgend einer Frist anerkannten, wir gaben Frist bis zum 1. October 1867. Nun, meine Herren, nehmen Sie diese Verfassung an, und wäre es denkbar, daß, so wie sie da ist, das preußische Abgeordnetenhaus darein willigt? Dann wäre die preußische Verfassung nicht mehr vorhanden, dann wäre der wesentlichste Punkt dieser Verfassung zerstört, und wir würden dann jenen Ländern die preußische Verfassung in Aussicht gestellt, aber nicht gegeben haben."

Graf Bismarck entgegnete: „Sie müssen doch die Regierung nicht in Verdacht haben, und keine der zweiundzwanzig Bundesregierungen, daß sie sich von der historischen constitutionellen Entwicklung Deutschlands lossagen wolle, daß sie nun dieses Parlament etwa benutzen wolle, um den Parlamentarismus im Kampf der Parlamente gegen einander aufzureiben. Was hätten wir denn davon? Ist denn eine Regierung auf die Dauer denkbar, namentlich eine solche, die sich zur Aufgabe gestellt hat, eine Einheit im Feuer, oder gar in kaltem Metall, wenn das Feuer erkaltet seyn wird, zu schmieden, eine Einigung, die nicht überall in Europa mit Wohlwollen gesehen wird, daß diese Regierung es sich gewissermaßen zur systematischen Aufgabe stellt, die Rechte der Bevölkerung auf die Theilnahme an ihren eigenen Geschäften zu unterdrücken, abzuschaffen; auf ein wildes Reactionswesen sich einzulassen, sich in Kämpfen mit der eigenen Bevölkerung aufzuhalten, meine Herren, das können Sie von einer Dynastie, wie sie über Preußen regiert, das können Sie von keiner der Dynastien, die augenblicklich in Deutschland regieren, erwarten, daß sie an ein nationales Werk mit dieser Heuchelei — ich kann es nicht anders nennen — herangeht. Wir wollen den Grad von Freiheitsentwicklung, der mit der Sicherheit des Ganzen nur irgend verträglich ist. Es kann sich nur handeln um die Grenze: wie viel, was ist mit dieser Sicherheit auf die Dauer verträglich? was ist jetzt mit ihr verträglich? ist ein Uebergangsstadium nöthig? wie lange muß dies dauern? Es kann nicht in unserer Absicht liegen, das Militärbudget auch für den Zeitraum, wo es von Ihnen selbst als eisern behandelt werden sollte, und ein solcher Zeitraum ist meines Erachtens unentbehrlich, Ihrer Kenntniß zu entziehen. Es ist hier gesagt worden, als wenn das Militärbudget mit einer gewissen Heimlichkeit nachher behandelt werden sollte. So weit ich mir überhaupt diesen Gedanken schon klar gemacht habe, so schwebt er mir in der Art vor, daß wir jedenfalls ein Budget vorlegen würden, welches die Gesammtausgaben des Bundes umfaßt, die militärische nicht ausgeschlossen; nur würden wir das auf der Basis des mit der Vertretung für eine gewisse Dauer von Jahren abzuschließenden Vertrages thun, so daß man uns an dem

Militärbudget für diese Zeit keine Streichung machen kann, wenigstens keine solche, die nicht mit dem Bundesfeldherrn vereinbart wäre. Es ist ja möglich, daß der Bundesfeldherr sich überzeugt, dies oder jenes kann ich entbehren, daß er selbst sagt, das will ich. Aber es muß einen Zeitraum geben, in welchem die Existenz des Bundesheeres nicht von zufälligen Schwankungen der Majorität abhängt."

Die tapfern Generale v. Moltke und Vogel von Falkenstein ließen sich in der Debatte hören, jener mit gewohnter Festigkeit, Ruhe und Klarheit, dieser mit fast jugendlichem Feuer. Beide erklärten die dreijährige Dienstzeit für unerläßlich. „Die Armee," sagte General v. Moltke, „ist keine productive Einrichtung, aber die Sicherheit, die sie dem Staate gewährt, ist das Mittel zu jeder volkswirthschaftlichen Productivität. Der Dienst gewöhnt an Zucht, Ordnung, Gehorsam und das sind auch Mittel für die Productivität. Sehen wir um uns, alle Welt rüstet. Wir hatten nach der Schlacht bei Königgrätz 664,000 Mann unter den Waffen und waren damals noch stärker als vorher in Folge unserer militärischen Einrichtungen. Auch die Oesterreicher haben sich sehr gut geschlagen, aber es war kein Zusammenhang unter den Leuten. Die Dienstzeit ist es, die den Zusammenhang macht. Mit kurzer Dienstzeit kann man wohl einen großen Haufen braver Leute zusammenbringen, aber Truppen hat man nicht." (Lebhaftes Bravo.) Weiter sagte Moltke: „Lassen Sie die Militärverwaltung in bestimmten Grenzen sich frei bewegen, das Land, die Armee wird Ihnen Dank dafür wissen. Es handelt sich hier um Fachfragen und auch eine Versammlung der besten patriotischen Männer wird sich hier in der Lage befinden, daß sie mit saurem Schweiß sagen muß, was sie nicht weiß! Gewähren Sie der Armee, was sie bedarf, die Freiheiten des Volks werden nicht darunter leiden." Auch der Kriegsminister von Roon sprach für die Aufrechterhaltung der Armeeorganisation, wie sie sich so vortrefflich bewährt habe. Professor v. Sybel, der früher im Berliner Abgeordnetenhause grade gegen diesen hochverdienten Kriegsminister so ungeberdig aufgetreten war, ergriff jetzt das Wort, um ehrenhaft zu revociren. „Ich habe früher gegen die Armeereorganisation opponirt, nach den Erfolgen des vergangenen Jahres sehe ich aber ein, daß ich mich im Irrthum befunden habe. Das Land würde es nicht verstehen und Europa würde uns nur mit verdientem Hohne überschütten, wenn wir dieser Armeereorganisation noch irgend etwas in den Weg legen wollten."

Nur Schultze-Delitzsch hielt immer noch an der albernen Fiction fest, der Staat brauche keine Armee, sondern blos Verfassungsparagraphen und Kammerschwätzer. Er wagte jetzt noch (es war in der Sitzung vom 5. April) zu sagen: „Man fordere nur Mannschaften und Geld, man weise auf das Ausland hin, aber unüberwindlich würden wir nur durch die Freiheit."

Der feurige General Vogel von Falkenstein sagte unter anderem: „Ich glaube, meine Herren, wenn es möglich wäre, daß Sie sich einmal in die Lage eines commandirenden Generals denken könnten: ich würde sofort die allgemeine Ansicht von Ihnen hören: dreijährige Dienstzeit! Sie wissen nicht, mit welcher Lust man in den Krieg zieht, wie einem der Muth, der Unternehmungsgeist wächst, wie die Stimmung gehoben wird, wenn man weiß, daß man eine Truppe unter sich hat, die kriegstüchtig ausgebildet ist und auf die man sich verlassen kann. (Lebhaftes Bravo.) Ja, meine Herren, man wird selbst zu Abenteuern herangezogen, weil man weiß, mit solchen Truppen kann man schon ein Abenteuer bestehen. — Von unserer Seite will ich zuvörderst hinstellen — ich will einmal ganz aufrichtig und ehrlich gegen Sie seyn — daß es uns Soldaten, namentlich den Offizieren, ein drückendes Gefühl ist, wenn wir von einem Friedensjahr in das andere hinübergehen und uns sagen müssen: der Staat hat uns besoldet, hat uns erhalten, und wir haben doch nichts gethan, als bloß die Truppen, die uns einmal anvertraut werden sollen, auszubilden. Meine Herren, Sie wissen gar nicht, was es da für eine Freude für einen Offizier ist, wenn es heißt: es giebt Krieg, es wird mobil gemacht! Da schlägt einem das Herz höher, denn da kommt der Zeitpunkt, wo wir dem Staate unsere Schulden abtragen können und wo wir sie abtragen, und zwar mit Zinsen, wie ein menschliches Wesen sie nicht höher abtragen kann, mit unserem Herzblut! Ich glaube aber, meine Herren, auch von Ihrer Seite ist es von großem Interesse, eine Armee zu haben, die in der Lage ist, allen Eventualitäten begegnen zu können. Sie, meine Herren, sind hier zusammengekommen, um ein großes Werk zu begründen; es ist unter denen, die von dieser Stelle oder von ihrem Platze aus gesprochen haben, keiner, der nicht erklärt hätte, er habe den festen Willen, er wolle Opfer bringen, das Werk solle und müsse begründet werden; und, meine Herren, in wenigen Tagen werden Sie Ihr Wort gelöst haben. Aber, meine Herren, damit dürfte es denn doch nicht abgemacht seyn, daß wir hier ein Haus bauen, ohne zu wissen, daß wir es auch vertheidigen können, und hierzu, meine Herren, wird doch nichts besser seyn können, als eine kriegstüchtige Armee, welche das versteht."

Der Kriegsminister bemerkte noch: „So wie in gewissen Deichordnungen allen übrigen Anforderungen an die Privaten die Forderungen für die Erhaltung des Deiches gesetzlich voranstehen, so muß auch in unserer Verfassung die Erhaltung der Armee unter allen Umständen gesichert seyn gegen alle zufälligen Strömungen der öffentlichen Meinung und augenblicklicher Verstimmung."

v. Forckenbeck wollte am 6. April die Organisation der Bundesarmee nur als ein Provisorium bis zum Schlusse des Jahres 1871 gelten lassen und brachte deshalb ein Amendement ein. Wagener bemerkte sehr richtig, es sey überflüssig, eine Armeeorganisation, die sich doch nicht ändern lasse, erst von einer Anerkennung abhängig machen zu wollen. „Wer hat die deutsche Einheit denn gemacht? Das Berliner Abgeordnetenhaus oder die Armee? jenes Haus hat alles mögliche gethan, um sie zu verhindern. Unsere Bedeutung nach außen haben wir durch die Armee, nicht durch eine Interpellation. Wem soll die Armee künftig gehorchen, dem König oder dem Parlament?" General v. Steinmetz erhob sich und bedauerte das geäußerte Mißtrauen gegen die Regierung. Wäre mehr Vertrauen da, so würde alles besser stehen. „Sie — zur Linken gewendet — haben nichts, als Ihren kalten Constitutionalismus. Als im vorigen Jahre die ersten Wolken am Horizont aufstiegen, standen nicht alle mit Gut und Blut ein, sondern viele verkrochen sich ins Mauseloch, um von da aus hinterdrein ihre Weisheit wieder hören zu lassen. Nach vollbrachter That, haben sich die Herrn bekehrt? nein, sie fahren fort — es muß das laut ins Land hinausgerufen werden — den Bestand und die Tüchtigkeit der Armee zu untergraben. Man sagt, die Ausgaben für die Armee seyen unproductiv, und doch, meine Herrn, erst unter dem Schutze der Armee können Sie Geld machen. Wenn die Armee unterlegen wäre, hätten wir Schlesien verloren und der Wohlstand des Landes wäre vernichtet gewesen. Wir haben das alles verhindert und das nennen sie unproductiv? Bewilligen Sie der Armee, was sie bedarf, sie wird Ihnen dankbar dafür seyn, und denken Sie an das Wort Napoleons I., es ist besser, das Geld für die Vertheidigung des Landes auszugeben, als daß der Feind komme und es sich hole!" (Beifall.) v. Vincke sagte, nach vier Jahren würden unsere Feinde wohl noch die nämlichen seyn, man müsse daher gerüstet bleiben und könne nicht die Zeit voraus bestimmen, wann man sich entwaffnen wolle. Die Fortschrittspartei solle doch endlich einsehen, daß das Volk nicht zu ihr, sondern zur Regierung stehe. Hierauf erinnerte der edle Freiherr an die früheren Beschlüsse dieser Fortschrittspartei, als sie noch die Mehrheit im Abgeordnetenhause hatte, Beschlüsse, deren Unvernunft jetzt doch wohl jedermann klar geworden sey, z. B.: „Unbedingte Verwerfung der Politik Bismarcks! diesem Ministerium keinen Groschen, auch dann nicht, wenn der Feind im Lande stände!"

Wenn wir hier die Reichstagsverhandlungen nicht streng chronologisch, sondern nach den wichtigsten darin besprochenen Materien behandeln, wird dies hoffentlich von unsern geneigten Lesern gebilligt werden.

In der Reichstagssitzung vom 18. März 1867 protestirte Kantak im Namen der Polen gegen die Einverleibung des Großherzogthums Posen in den norddeutschen Bund. Graf Bismarck ermahnte die 13 polnischen Abgeordneten, sich keinen Illusionen hinzugeben, das polnische Volk genieße alle Rechte und Freiheiten der Deutschen, erfreue sich der Wohlthaten einer Civilisation und eines Rechtsschutzes, wie sie die frühere polnische Republik nie gekannt habe. Die polnischen Unterthanen Preußens hätten sich auch stets unter der preußischen Fahne durch Tapferkeit und Treue ausgezeichnet. Der Ministerpräsident verfehlte nicht, bei diesem Anlaß auch die deutschen Abgeordneten durch das Beispiel jener unglücklichen polnischen Republik daran zu erinnern, was dabei herauskomme, wenn ein Volk die persönliche Freiheit höher stelle, als die Sicherheit nach außen. Diese Erinnerung war sehr am Platz, denn das Berliner Abgeordnetenhaus wie früher schon das Frankfurter Parlament waren der polnischen Unvernunft verfallen.

Es ist nöthig, einiges Nähere aus der schlagenden Rede des Grafen Bismarck anzuführen, da es auf das Verhältniß der Deutschen zu den Polen das klarste Licht wirft. Zu bemerken ist, daß das Großherzogthum Posen halb von Deutschen, halb von Polen bewohnt wird und daß von dort 15 Deutsche und nur 13 Polen in den Reichstag gewählt worden waren. Auch diese mit ihren feindlichen Tendenzen gegen Deutschland wären von den, mit der preußischen Verwaltung sehr zufriedenen polnischen Bauern nicht gewählt worden, wenn nicht die plumpsten und gewissenlosesten Umtriebe von Geistlichen gemacht worden wären. Graf Bismarck legte einen Theil der Acten darüber vor. „Der Geistliche Wieczorkiewicz in Splawie hat bei einer Zusammenkunft mit polnischen Bauern diese mit folgenden Worten angeredet: ‚Die Wahlen sind vor der Thür; man muß sich zusammennehmen, sonst wird man uns verbieten, polnisch zu sprechen, polnisch zu schlafen, polnisch zu beten, polnisch zu singen und zu weinen, polnisch eine Kanzelrede zu halten — unsere Kinder werden alle deutsch werden, und dann geht es in Deutschland gerade so, wie in Rußland, dann werden wir gehangen werden, wenn wir uns Polen nennen.‘

Ein anderer Fall: Der Probst Kunze in Kiebel, welcher als Wahlcandidat für den Wahlkreis Bomst-Meseritz aufgestellt war. Derselbe hat nicht nur in verschiedenen Ortschaften, z. B. in der Stadt Wollstein Wahlversammlungen selbst abgehalten — was einem Erlaß des hochwürdigen Erzbischofs direct widersprach, — für seine Wahl agitirt, sondern auch in den Parochien Priement, Altkloster und Schlußenze, in welchen die Pfarrgeistlichen sich von der Agitation fern hielten, selbst die Leute zur Abgabe der Stimme für ihn zu bereden gesucht, indem er die bekannten Agitationsmittel bei Polen, man wolle ihnen ihre Sprache und ihren Glauben, bei Deutschen, man wolle ihnen den katholischen Glauben nehmen, zur Anwendung brachte. Ferner: Die polnischen Bauern zu Zodyn haben dem Rittergutsbesitzer Jaensch, als dieser sie am Montag den 11. Februar fragte, weshalb sie denn zu der Partei des Probstes Kunze übergehen wollten, erwidert: er möge doch ihnen das nicht nachtragen; sie wüßten, daß sie ihm so vieles zu danken hätten und daß er gewiß ihr Bestes wolle — aber diesmal könnten sie nicht anders, sie dürften nicht seinem Rath folgen; es handle sich um ihr Seelenheil, der Obra'sche Probst habe ihnen gesagt, daß sie, wenn sie diesmal nicht ihm Folge leisten und nicht seine Zettel abgeben, bei der Osterbeichte nicht auf Absolution rechnen könnten.

In Woynowo sind die Frauen der deutschen, aber katholischen Leute zu ihrem Dienstherrn, Gutsbesitzer Boehmak, gekommen, und haben ihm Vorhalt gemacht, wie er ihre Männer könne zu einer Sache bereden wollen, bei welcher es sich um ihr Seelenheil handle.

Auch der Probst Zenbski in Slupia hat am 10. Februar d. J. über die Wahl gepredigt — das haben viele in demselben Sinne von der Kanzel her gethan — und unter vielen Thränen seinen Parochianen versichert, daß, wenn sie nicht einen Polen wählen, sie unzweifelhaft die katholische Religion und ihre polnische Sprache aufgeben müßten. Nach dem Gottesdienste sind außerhalb der Kirche durch die Kirchendiener die Wahlzettel vertheilt worden. Ich lege dieses Schriftstück, welches, ich weiß nicht, ob 50 oder 20 Fälle enthält, auf den Tisch des Hauses nieder zu jedermanns Einsicht, und glaube es später durch den Druck veröffentlichen zu sollen. Ueber die Provinz Westpreußen und den polnisch sprechenden Theil derselben sind die umfassenderen Nachrichten noch nicht eingegangen. Aber aus den Bruchstücken, die mir vorliegen, kann ich doch z. B. anführen, daß in Orten, wo es notorisch nur drei Leute gab, die polnisch konnten, 130, sämmtlich katholischer Confession, geängstigt durch die Sorge für ihren Glauben und für ihr Seelenheil, für den polnischen Candidaten gestimmt haben. Die Frauen sind hierbei, wie gewöhnlich, in Bewegung gesetzt. Eine wird hier redend eingeführt: ‚Wenn wir jetzt zugeben, daß unsere Männer auf einen Deutschen stimmen, so kommt in 14 Tagen ein evangelischer Geistlicher und tauft uns alle um und wir müssen deutsch werden.‘

Ich setze hinzu, daß ich bei der Heiligkeit des geistlichen Standes nicht daran zweifeln kann, daß diese Herren das, was sie ihren Beichtkindern gesagt haben, wirklich glauben; aber dann, meine Herren, herrscht unter ihnen ein Grad der Unwissenheit in Bezug auf weltliche Dinge, der die Regierung dringend wünschen lassen muß, daß ihm von Seiten der höheren Geistlichkeit ein Ende gemacht werde, namentlich, wenn die Geistlichkeit dort die Inspection über den Jugend-Unterricht behalten soll.“

Ferner erinnert Graf Bismarck an die Art und Weise, wie früher das unter dem deutschen Orden bereits fast ganz von Deutschen bevölkerte Westpreußen von den Polen mißhandelt worden sey, als es unter deren Herrschaft kam. Im Jahr 1466 „kam Polen durch das Recht der Eroberung, später durch Verträge sanctionirt, in den Besitz von West-Preußen, und benutzte dies sehr bald, um das Land zu polonisiren, nicht etwa, wie man uns Schuld gegeben hat, zu germanisiren, durch Kultur, sondern durch Feuer, Schwert und Zwang; es setzte gegen die geschlossenen Verträge polnische Beamte nach West-Preußen hinein, die sich dort bereicherten, indem sie den Adel theils aus seinen Gütern verdrängten, theils zwangen, sich zu polonisiren. So wurde aus der alten deutschen Familie Hutten durch einfache Uebersetzung des Namens Czapski, so aus dem deutschen Namen Rautenberg das polnische Klinski, aus Stein Kaminski. Ich könnte die Zahl bedeutend vermehren, unter der wir jetzt, während deutsches Blut ursprünglich in ihren Adern fließt, die heftigsten Gegner Deutschlands sehen. Die Städte wurden vertragswidrig in ihren Freiheiten beeinträchtigt; es wurde später die Religionsfreiheit gewährleistet, man hielt sie auch theoretisch aufrecht, aber man schloß die Kirchen, man nahm sie weg und gab sie den katholischen Gemeinden, die nicht vorhanden waren, die erst geschaffen werden mußten und nur aus dem Güter erwerbenden Adel und den Beamten, welche dorthin geschickt, bestanden. Manche der Städter — ich erinnere nur an Thorn — haben ihre Proteste dagegen auf dem Schaffote zu büßen gehabt. Von 19,000 Dörfern waren durch die Verheerungen der Polen in West-Preußen nach der Schlacht bei Tannenberg nur etwa 3000 übrig geblieben. Auch diese waren ihnen noch zu viel. Die Kriege zwischen Polen und Schweden räumten darin auf, und es ist mehr als einmal geschehen, daß entlassene polnische Armeen in den verwüsteten deutschen Dörfern colonisirt wurden. Von denen stammen Ihre jetzigen Wähler, meine Herren, aus der

Gegend von Marienburg und Stuhm; das sind colonisirte polnische Soldaten auf den Brandstätten deutscher Bauerhütten; daraus stammen Ihre Landsleute in Gegenden, von denen her die Quellen der deutschen Kultur sich über Preußen ergossen haben, in den Gegenden von Thorn, Rhaden, Fribeck, Löbau.

Meine Herren, wie Sie Angesichts dieser Thatsachen, dieser Gewalt, die von Ihren Vorfahren jederzeit geübt wurde da, wo sie die Macht dazu hatten, sich auf die Geschichte berufen, das verstehe ich nicht.

Den Gedanken der Wiederherstellung der Republik Polen in den Grenzen von 1772 — ich will nicht weiter zurückgreifen — braucht man nur auszudenken, um sich von seiner Unausführbarkeit zu überzeugen. Es ist eine Unmöglichkeit aus dem einfachen Grunde, weil es dazu nicht Polen genug gibt; es gibt sehr viel weniger Polen in der Welt, als man gewöhnlich glaubt, man spricht von 16 Millionen Polen. Das Gebiet der ehemaligen Republik Polen von 1772 ist — ich abstrahire ganz von dem, durch die Friedensschlüsse von 1660 an Schweden verlorenen, früher eroberten Livland, und von dem durch den Frieden von Andrussow an Rußland jenseits des Dnieprs abgetretenen Gebiete mit der Stadt Kiew ohne das heutige Gouvernement gleichen Namens — dennoch ist das Gebiet, was übrig bleibt, heut von etwa 24 Millionen Menschen bewohnt, unter diesen befinden sich 7½ Millionen Polen, mehr gibt es in der ganzen Welt nicht, und davon sind 1½ Millionen zerstreut in weiten Gebieten, welche die westlichen Gouvernements des russischen Reiches ausmachen. Unter Völkerschaften, die nicht nur keine Polen sind, sondern es auch gar nicht seyn wollen, die um alles in der Welt nicht unter die polnische Herrschaft zurück wollen, sehen Sie nur in Galizien die Feindschaft der Ruthenen gegen die Polen, denen sie früher unterworfen waren, gleich den Westpreußen. Ich führe grade dieses Beispiel an, weil es Allen bekannt ist, und Sie werden daran den Maßstab haben, welches die Gefühle der über 10 Millionen Nicht-Polen sind, die mit 1,200,000 Polen den Westen des russischen Reiches bewohnen. In den west-russischen Provinzen stehen gegenüber den 10 pCt. Polen, die in ihnen zerstreut wohnen, als frühere Herren, die mit der Eroberung gekommen sind, und Land an sich gebracht haben oder als Renegaten ihres Volkes polnische Sitte und Sprache angenommen haben, 90 pCt. andere Völker, zum größten Theil russischen Stammes, Ruthenen und Weißrussen, diese sprechen nur russisch, weinen russisch, wenn sie unter polnischer Herrschaft sind, sie sind Russen und wollen Russen bleiben, und stehen der russischen Regierung bei im Kampfe gegen den polnischen Adel. Die übrigen sind Litthauer, Letten, Deutsche und eine ganz erhebliche Anzahl von Juden. Da haben Sie also von 24 Millionen 12 Millionen, wo es doch die äußerste Ungerechtigkeit wäre, wenn man den 10 pCt. unter ihnen eine gefürchtete und verhaßte Herrschaft über die übrigen 90 pCt. beilegen wollte. In Galizien, wie ich schon erwähnte, haben Sie 2 Millionen Ruthenen gegen 2 Millionen Polen in West-Galizien, im Königreich Polen 3,400,000 Polen, außerdem 1/4 Million Russen im Südosten vom Gouvernement Lublin und 1/4 Million Litthauer vom Niemen bis ungefähr nach Suwolki am nordöstlichen Zipfel des Königreichs; ferner haben Sie 300,000 Deutsche, 600,000 Juden und dann den Rest von 3,400,000 Polen. Ich habe schon erwähnt, daß wir in der Provinz Posen deren 800,000 haben, in der Provinz Westpreußen etwa 350,000. Zählen Sie diese Alle zusammen (nur diejenigen aber, die compact genug wohnen, um ein Gemeinwesen zu bilden und die bei sich zu Hause doch wenigstens in der Majorität sind), dann bekommen Sie, wenn ich mich nicht irre, 6½ Millionen Polen heraus, und im Namen dieser 6½ Millionen Polen fordern Sie die Herrschaft über 24 Millionen zurück mit einem Tone, einem Gefühl, als ob es die tiefste, unwürdigste Knechtung und Erniedrigung wäre, daß Sie die Leute nicht noch ferner unter Ihrer Herrschaft haben und knechten können, wie es leider Jahrhundertelang, ja ein halbes Jahrtausendlang geschehen ist.“

Der Abgeordnete von Henning fügte noch eine lehrreiche Notiz hinzu. Als Preußen das Herzogthum Warschau in Besitz nahm, handelte es aufs großmüthigste gegen die dortigen Polen. Als Preußen diese Provinz wieder verlor, erntete es den schwärzesten Undank: „Als von Preußen die Provinz Südpreußen eingerichtet war, befanden sich die Grundbesitzer jener Provinz in einer sehr gedrückten Lage; in Folge dessen nahm die Bank alle Kräfte zusammen, und belieh die Güter der dort wohnenden Polen, und die Beleihungen fanden statt zu dem ungeheuren Betrage von 9 Millionen, nahe an 10 Millionen Thalern. Als nun durch den Tilsiter Frieden das Herzogthum Warschau gegründet und Südpreußen demselben einverleibt wurde, da wurde in jenem Frieden ausdrücklich ausgemacht, daß alle Summen, die die öffentlichen Institute irgendwie nach Südpreußen verliehen hatten, verbürgt und garantirt seyn sollten von der neuen Regierung des Herzogthums Warschau; die Bank war aber nicht namentlich genannt, weil diese damals, wie den Meisten bekannt seyn wird, in Preußen noch kein Privat-Institut war, wie sie es heute ist, an dem der Staat nur einen Antheil hat, sondern es war eine Staatsbank im eigentlichen Sinne des Worts. Nichtsdestoweniger wurde in dem Bayonner Vertrage von Seiten der Franzosen die Bank nicht als ein Staats-Institut, sondern als eine Privatanstalt erklärt: es wurden die gesammten Summen, welche die Bank nach dem Herzogthum Warschau geliehen hatte, confiscirt zu Gunsten des Herzogthums Warschau; ja, man ging weiter, man nahm nicht blos das Geld, welches die Bank geliehen hatte, sondern auch das, welches die Wittwen-Kasse, die Invaliden-Kasse, das Kadettenhaus in Potsdam und unzählige andere milde Stiftungen nach Südpreußen auf Hypotheken geliehen hatten. Alle die Summen wurden confiscirt, und jeder Privatmann, gegen den irgendwie Verdacht ausgesprochen wurde, als ob er hätte mit der Bank in Verbindung stehen können, dessen Capitalien wurden ebenso confiscirt, so daß die Summe der damaligen Confiscationen, welche von Seiten des Herzogthums Warschau ausgeübt wurden, die Höhe von 24,389,000 Thalern erreichte."

Am 1. April kam die Marine zur Berathung. Es handelte sich zunächst um die Sonderstellung der Hansestädte, die ferner vom Zollverein ausgeschlossen und Freihäfen bleiben wollten. Der Bundeskommissär Dr. Krüger sagte: „Wenn der norddeutsche Bund, der vermöge der Hansestädte die erste Handelsmacht des Continents ist, diese Stellung ferner behaupten will, so darf er dem Handel nicht die Gesetze seiner Existenz vorschreiben wollen, vielmehr muß er den Handel unter den Bedingungen hinnehmen, unter denen er sich entwickelt hat. Sie vermögen, meine Herren, durch Sperrung der Grenzen eine Industrie zu erschaffen, wenn Sie auch immer nur eine Treibhauspflanze sich erziehen werden. Was aber der Staat mit keinen Mitteln zu erschaffen im Stande ist, das ist der Handel! Ich muß endlich der wiederholt geäußerten Meinung, als ob es zur Frage stände, ein Monopol oder eine Erbschaft des Particularismus in neue Verhältnisse mit hinüberzunehmen, entgegentreten. Der Particularismus, meine Herren, klebt an der Scholle, auf der er erwächst. In einer Bevölkerung, die ihrer Natur nach sehr beweglich ist, deren einflußreichste Elemente ihre Schule im Auslande und großentheils in fernen Welttheilen durchzumachen haben und dort an die Erreichung ihrer Zwecke ihre besten Lebensjahre setzen, in einer Bevölkerung, die nahe dem Meere wohnt, die im täglichen Wechselverkehr mit der ganzen Welt sich befindet, die von allen politischen Ereignissen am nächsten und unmittelbarsten berührt wird, in einer solchen Bevölkerung ist nicht der Boden für den Particularismus, von dem Sie reden. Engherzig wird man in den Hansestädten nicht; viel näher läge die Gefahr, zu weitherzig zu werden. Aber, meine Herren, hiergegen sind wir durch einen Umstand wesentlich geschützt. Wer längere Zeit im Auslande gelebt hat, wird es an sich selbst und anderen erfahren haben — ich wenigstens darf es von mir sagen — daß sein Nationalgefühl nicht geschwächt, sondern durch die Gegensätze lebhafter angeregt und selbst bis zu hoher Empfindlichkeit gesteigert wird.

Ich glaube nirgends lebhafter als im Auslande wird der Deutsche das demüthigende Gefühl empfunden haben, daß, so freundlich man ihm auch dort begegnen mochte, doch seine Stellung mehr auf einer wohlwollenden Duldung, als auf derjenigen Achtung beruht, die eine große Nation für sich in Anspruch nehmen darf und in Anspruch nehmen muß. Meine Herren! Grade an den Deutschen im Auslande haben wir erfahren, daß sie in der richtigen Beurtheilung der großen Ereignisse des letzten Jahres und in der Begeisterung für die Grundlegung der deutschen Einheit ihren heimischen Brüdern ein nachahmungswerthes Vorbild gewesen sind.

Diese Bemerkung wird genügen, um Ihnen die Ueberzeugung zu gewähren, daß Sie von Seiten der Hansestädte für alle großen nationalen Ziele das bereitwilligste Entgegenkommen finden werden, und nur den Wunsch habe ich noch auszusprechen, daß auch Sie, meine Herren, den durch die Hansestädte vertretenen Interessen des großen Handels, denen Sie aus leicht erklärlichen Gründen bisher fern gestanden haben, mit lebhafter Theilnahme sich zuwenden mögen."

Der Abgeordnete Sloman erörterte die Wichtigkeit der Freihäfen und das große Interesse, welches Ackerbau und Industrie dabei hätten: „Es wird doch gewiß einem jeden einleuchten, daß es für den Consumenten und für die Producenten eines jeden Landes, sie mögen Fabrikanten, Landwirthe oder Handwerker seyn, von der größten Nothwendigkeit oder jedenfalls ein großes Bedürfniß ist, in möglichster Nähe den bestassortirten, bestversehenen und eben seiner Nähe wegen billigsten Markt zu haben für diejenigen Artikel, welche sie zu consumiren haben oder deren sie zur Anfertigung ihrer Erzeugnisse benöthigt sind; es wird doch ferner einleuchten, daß derjenige Markt, der den größten Umkreis in dieser Weise zu versehen hat, diese Bedingungen am besten wird erfüllen können; folglich kann das Binnenland dabei nur gewinnen, wenn seine Häfen nicht nur auf das Binnenland angewiesen sind, sondern, wenn es möglich wäre, die ganze Welt oder doch so viel sie deren erreichen können, mit ihren Producten versehen; mit einem Worte, meine Herren! unbedingt werden doch 20 Millionen Menschen — um eine Zahl zu nennen — besser dort kaufen können, wo sich Vorräthe für 40 oder 50 Millionen anhäufen, als wenn sich die Vorräthe nur auf die Bedürfnisse der 20 Millionen reducirt hätten. In dem Maaße also, wie wir gezwungen sind, viel zu importiren, um diese große Kundschaft, wenn ich es so nennen darf, zu befriedigen, in demselben Maaße sind wir auch wieder gezwungen, zu exportiren, denn, meine Herren, ohne zu exportiren, können wir nicht importiren, wir müssen doch etwas im Austausch hergeben, da Sie sehr gut wissen, daß man mit baarem Gelde seinen Import nicht bezahlen kann. Wir sind also gezwungen, in demselben Verhältnisse zu exportiren, wie wir importiren, und je mehr wir zu importiren haben, desto mehr müssen wir exportiren. Bei solchem Export liegt es natürlich auf der flachen Hand, daß wir vorzugsweise auf die Erzeugnisse Deutschlands angewiesen sind, daß wir auch darauf angewiesen sind, für diese Erzeugnisse alle nur möglichen neuen Absatzquellen aufzufinden, und so hat es sich denn als eine nothwendige Folge herausgestellt, daß auf allen Plätzen in allen Zonen der Welt sich hanseatische Etablissements gebildet haben, gerade um ihren Absatz zu finden.

An allen diesen Plätzen werden Sie deutsche Waaren, werden Sie deutsche Schiffe, werden Sie deutsche merkantilische Intelligenz vertreten finden, und ich glaube, dieser Ruhm kommt wohl den hanseatischen Städten zu gute.

Wir könnten aber diese Geschäfte gar nicht treiben ohne unsere Freihafenstellung, und wenn ich die Aufmerksamkeit des hohen Hauses noch ein wenig in Anspruch nehmen dürfte, so würde ich mir erlauben, Ihnen einige Beispiele aus dem praktischen Mechanismus des Handels vorzuführen.

Ein Haus hat z. B. ein Etablissement an der mexikanischen Küste, so wird es je nach dem Bedürfniß des Landes alljährlich zwei, drei oder vier große Aussendungen zu machen haben. Es wird diese Aussendungen jetzt von Hamburg aus machen, aber, weil die Bedürfnisse seines Etablissements nach den Erfordernissen des Landes sich nicht ganz und gar nur nach deutschen Erzeugnissen erstrecken, so sieht es sich natürlich gezwungen, die Erzeugnisse anderer Länder mit beizuladen. Diese können wir aber nur durch unsere Freihafenstellung in Hamburg anschaffen. Könnten wir sie nicht in Hamburg bekommen, so würden wir die Expeditionen überhaupt nicht machen können; denn Sie werden sehr gut begreifen können, meine Herren, ein Schiff mit einer Halbladung läßt sich nicht expediren. Wir würden also gezwungen seyn, unsere Expeditionen vielleicht von England zu machen und die deutschen Producte, die wir mitschicken wollen, würden wir nach England schicken müssen, um sie dort beizuladen, während wir jetzt das Schiff in Hamburg beladen können, hauptsächlich natürlich mit deutschen Erzeugnissen, wie das aus der Natur der Sache entspringt, und die Producte, die wir von anderen Ländern hinzugebrauchen, lassen wir von diesen Ländern zu uns kommen. Dieses würde gar nicht durchgeführt werden können, wenn wir nicht die Freihafenstellung hätten. Ich würde noch ein anderes Beispiel nennen können, meine Herren, wenn ich Sie nicht zu sehr ermüde. Wir haben z. B. von Hamburg nach Norwegen und Schweden vier Dampf-Schifffahrts-Verbindungen. Diese Schiffe machen anscheinend ein ganz gutes Geschäft, sie fahren immer mit vollen Ladungen von Hamburg weg, aber die Ladungen bestehen nicht ganz und gar aus deutschen Producten. Sie werden vielleicht uns Hamburgern einen Vorwurf daraus machen, daß wir so wenig patriotisch sind, nicht dafür zu sorgen, daß nur deutsche Erzeugnisse mitgehen. Aber Sie müssen verstehen, meine Herren, wir können nicht dafür sorgen, daß die Norweger und Schweden nur Geschmack haben für deutsche Producte, wir müssen finden, was sie haben wollen, und irgend ein Beschluß in diesem Hause würde an diesem Geschmack auch gar nichts ändern. Also die Norweger und Schweden kommen herüber nach Hamburg, sie finden dort Gelegenheit, die Producte aller Welt zu kaufen. Die Folge aber ist wieder, daß sie natürlich vorzugsweise deutsche Producte kaufen, daß die Dampfschiffe, die regelmäßig Jahr aus Jahr ein fahren, in großer Masse mit deutschen Producten beladen werden, und wenn wir sie nicht ausfüllen könnten mit den Producten anderer Länder, so würden die Dampfschiffslinien nicht bestehen können, die Dampfschiffe würden nicht fahren können, und ich möchte sehen, wie die deutschen Producte ihren Weg nach Norwegen finden können; sie würden ihn auf einem Umwege finden müssen und der deutschen Industrie fiele das wiederum zur Last. Meine Herren, ich könnte Ihnen in dieser Weise so viele Beispiele vortragen, daß wir die Sitzung bis morgen früh auszudehnen hätten. Ich habe mir nur erlaubt, Ihnen einige Beispiele aufzuführen. Wer nicht den Mechanismus des Handels genau kennt, kann kein Urtheil so haben, wie die, welche sich täglich darin befinden. Ich wiederhole: deutsche Industrie und Handel würden verlieren, wenn Sie uns die Freihafenstellung nehmen."

In Bezug auf die Kriegsmarine waren die Hamburger unter sich selbst nicht einerlei Meinung. Meier glaubte sie um eine viel kleinere Summe brauchbar herstellen zu können, als de Chapeaurouge.

In der Sitzung vom 2. April erinnerte Dr. Schleiden an die schnöde Art und Weise, wie die Frage der deutschen Flotte vom früheren Bundesrathe behandelt worden sey: „Der heutige Tag ist ganz besonders geeignet, sich darüber zu freuen, daß wir eine Bundesmarine erhalten sollen. Es ist gerade der Jahrestag desjenigen Tages, an welchem am 2. April 1852 der entschlafene Bundestag den Beschluß faßte, die damaligen Anfänge einer deutschen Marine aufzulösen, sie unter den Hammer zu bringen. Im Herbste des Jahres 1852 erfolgte diese Auflösung, und für die beinahe 5 Mill. Thaler, die man auf deren Anschaffung und Erhaltung verwendet hatte, erhielt man lumpige neunhundert und so und so viel tausend Thaler wieder. Ich sehe mit Freuden auf den heutigen Tag, wo wir die Errichtung einer Bundesmarine beschließen sollen. Ich erinnere mich bei dieser Gelegenheit der ersten Anfänge der deutschen Marine, zur Zeit des großen Kurfürsten, wo sechs Fregatten unter preußischer Flagge existirten, die siegreich gegen die Franzosen kämpften, die den Spaniern reiche Beute abnahmen, und die in Westindien und — zum Schutz der deutschen Colonie Friedrichsburg, welche erst im J. 1720 unter König Friedrich Wilhem I. aufgehoben wurde — an der Goldküste von Afrika kreuzten: ich denke auch an das Jahr 1817, wo die Hansestädte sich an den deutschen Bund wandten und die Errichtung einer deutschen Flotte beantragten, zum Schutze gegen die damals bis in die Nordsee hinein schwärmenden Barbaresken.

Der Bundestag machte es damals, wie er es oft gethan hat. Die Commission wußte keinen besseren Vorschlag zu machen, als die beiden Großmächte, Oesterreich und Preußen zu ersuchen, sich doch geneigtest bei den Großmächten, die zu gleicher Zeit Seemächte wären, dafür zu verwenden, daß sie auch die deutsche Handelsflotte unter ihren Schutz gegen die Barbaresken nehmen möchten.

Es kam das Jahr 1848. Am 11. Mai — ich sage es mit Freuden — habe ich selbst das Schreiben entworfen, wodurch damals der 50er Ausschuß die Bundesversammlung aufforderte, einen Marinecongreß nach Hamburg zu berufen. Der Congreß kam zu Stande.

Er beschloß die Errichtung einer Marine zweiten Ranges für Deutschland mit einer ursprünglichen Herstellungskostensumme von ungefähr 10 bis 11 Millionen und einer jährlichen Ausgabe für jenen Zweck von — wenn ich mich recht erinnere — 3,600,000 Thalern. Wenige Tage später, am 8. Juni, faßte die Nationalversammlung den Beschluß, die sofortige Ausschreibung einer Umlage von 6 Mill. Thalern zu beantragen, um den Anfang einer Marine zu machen. Zu den 6,000,000 Thalern, die demnächst auch ausgeschrieben wurden, haben aber im ganzen nur 15 Staaten ihre Beiträge bezahlt, und diese Beiträge beliefen sich nicht auf 6,000,000 Thaler, sondern nicht einmal auf volle 4,000,000 Gulden. Im folgenden Frühjahr 1849 wehete allerdings auf 12 Kriegsschiffen eine deutsche Flagge, diese Schiffe waren aber alle nicht viel werth, und als sie in der Nähe von Helgoland sich zeigten, da erließ bekanntlich Lord Palmerston sein berüchtigtes Schreiben, worin er von einer Piratenflagge, die sich dort gezeigt habe, sprach. Das, meine Herren, denke ich, werden wir nicht wieder zu befürchten haben, denn ich hoffe, daß die Kriegsflagge der Bundesmarine schnell die Anerkennung und allgemeine Achtung der ganzen Welt finden wird."

Aus den interessanten Reichstagsverhandlungen vom 28. März über das allgemeine Wahlrecht, über das fehlende Oberhaus und über den im Verfassungsentwurf beabsichteten Ausschluß der Beamten von der passiven Wahl verdient die Rede des Grafen Bismarck hervorgehoben zu werden.

Er sagte über die allgemeinen Wahlen: „Das allgemeine Wahlrecht ist uns gewissermaßen als ein Erbtheil der Entwicklung der deutschen Einheitsbestrebungen überkommen; wir haben es in der Reichsverfassung gehabt, wie sie in Frankfurt entworfen wurde; wir haben es im Jahre 1863 den damaligen Bestrebungen Oesterreichs in Frankfurt entgegengesetzt, und ich kann nur sagen: ich kenne wenigstens kein besseres Wahlgesetz. Es hat ja gewiß eine große Anzahl von

Mängeln, die machen, daß auch dieses Wahlgesetz die wirklich besonnene und berechtigte Meinung eines Volkes nicht vollständig photographirt und en miniature wiedergiebt, und die verbündeten Regierungen hangen an diesem Wahlgesetz nicht in dem Maße, daß sie nicht jedes andere acceptiren sollten, dessen Vorzüge vor diesem ihnen nachgewiesen werden. Bisher ist diesem kein einziges gegenübergestellt worden. Ich habe nicht einmal cursorisch im Laufe der Rede ein anderes Wahlgesetz diesem gegenüber rühmen hören: ich will damit nur motiviren, daß ‚verbündete Regierungen,' die gewissermaßen eine republikanische Spitze, die in dem Worte ‚verbündete Regierungen' liegt, bilden, keineswegs ein tief angelegtes Complott gegen die Freiheit der Bourgeoisie in Verbindung mit den Massen zur Errichtung eines cäsarischen Regiments beabsichtigt haben können. Wir haben einfach genommen, was vorlag und wovon wir glaubten, daß es am leichtesten annehmbar seyn würde, und weitere Hintergedanken nicht dabei gehabt. Was wollen denn die Herren, die das anfechten, und zwar mit der Beschleunigung, deren wir bedürfen, an dessen Stelle setzen? Etwa das preußische Dreiklassensystem? Ja, meine Herren, wer dessen Wirkung und die Constellationen, die es im Lande schafft, etwas in der Nähe beobachtet hat, muß sagen, ein widersinnigeres, elenderes Wahlgesetz ist nicht in irgend einem Staate ausgedacht worden. — Dann habe ich stets in dem Gesammtgefühl des Volks noch mehr Intelligenz als in dem Nachdenken des Wahlmannes bei dem Aussuchen des zu Erwählenden gefunden, und ich appellire an die ziemlich allgemeine Erscheinung, — ich weiß nicht, ob die Herren meine Wahrnehmungen alle theilen, aber ich habe den Eindruck, daß wir bei dem directen Wahlrechte bedeutendere Capacitäten in das Haus bringen, als bei dem indirecten. Um gewählt zu werden bei dem directen Wahlrechte, muß man in weiteren Kreisen ein bedeutenderes Ansehen haben, weil das Gewicht der lokalen Gevatterschaft bei dem Wählen nicht so zur Hebung kommt, in den ausgedehnten Kreisen, auf die es bei directer Wahl ankommt. Ich hoffe, das hohe Haus wird für die indirecte Schmeichelei, die ich hierdurch ausdrücke, empfänglich seyn." (Große Heiterkeit.)

Ueber das Oberhaus: „Es ist mir an und für sich nicht leicht, mir ein deutsches Oberhaus zu denken, das man einschieben könnte zwischen den Bundesrath, der, ich wiederhole es, vollkommen unentbehrlich ist, als diejenige Stelle, wo die Souveränetät der Einzelstaaten fortfährt, ihren Ausdruck zu finden, — das man also einschieben könnte zwischen diesem Bundesrath und diesem Reichstage, ein Mittelglied, welches dem Reichstage in seiner Bedeutung auf der socialen Stufenleiter einigermaßen überlegen wäre, und dem Bundesrathe und dessen Vollmachtgebern hinreichend nachstände, um die Classifikation zu rechtfertigen. Wir würden in der Versammlung nicht souveräne Pairs, Mitglieder haben, die ihrerseits geneigt sind, zu rivalisiren mit den mindermächtigen Souverainen in ihrer socialen Stellung. Der Bundesrath repräsentirt bis zu einem gewissen Grad, ein Oberhaus, in welchem Se. Majestät von Preußen primus inter pares ist, und in welchem derjenige Ueberrest des hohen deutschen Adels, der seine Landeshoheit bewahrt hat, seinen Platz findet. Dieses Oberhaus nun dadurch zu vervollständigen, daß man ihm nichtsouveräne Mitglieder beifügt, halte ich praktisch für zu schwierig, um die Ausführung zu versuchen. Dieses souveräne Oberhaus aber in seinen Bestandtheilen außerhalb des Präsidiums so weit herunterzudrücken, daß es einer Pairskammer ähnlich würde, die von unten vervollständigt werden könnte, halte ich für unmöglich, und ich würde niemals wagen, das einem Herrn gegenüber, wie der König von Sachsen ist, auch nur anzudeuten. Der hauptsächliche Grund aber, warum wir keine Theilung des Reichstages in zwei Häuser vorgeschlagen haben, liegt immer in der zu starken Complicirung der Maschine. Die Gesetzgebung des Bundes kann schon durch einen anhaltenden Widerspruch zwischen dem Bundesrathe und dem Reichstage zum Stillstande gebracht werden, wie das in jedem Zweikammersystem der Fall ist; aber bei einem Dreikammersystem, — wenn ich einmal den Bundesrath als Kammer bezeichnen darf — würde die Möglichkeit, die Wahrscheinlichkeit dieses Stillstandes noch viel näher liegen, wir würden zu schwerfällig werden."

Ueber den Ausschluß der Beamten: „Da ich einmal das Wort habe, so bemerke ich noch einiges über den Schlußpassus des Artikels, nämlich den Ausschluß der Beamten. Diese Bestimmung hat ihren Grund in den mannigfachen Uebelständen, die mit der Betheiligung der Beamten an den öffentlichen Verhandlungen zweifellos verbunden sind und die hier von der Tribüne her schon berührt worden sind. Als einen derselben, der hier noch besonders maßgebend hat seyn können, bezeichne ich die Besorgniß, daß Beamte zu sehr geneigt seyn möchten, den particularistischen Regungen derjenigen Bundesregierung, der sie dienen, Ausdruck zu geben in der Versammlung. Die andern Gründe dagegen sind mehr allgemeiner Natur, und für mich der Hauptgrund ist die Lockerung der Disciplin in dem Beamtenstande. Je mächtiger die parlamentarischen Einflüsse auf das Staatsleben einwirken, desto nothwendiger ist meines Erachtens eine straffe Disciplin in dem Beamtenstande. Wir haben in Preußen augenblicklich gewissermaßen zwei Verfassungen, die neben einander laufen: wir haben die alte Constitution des Absolutismus, die ihre Schutzwehr gegen Willkür in der Unabsetzbarkeit der Beamten fand, und wir haben die moderne constitutionelle Verfassung, mit welcher in fast allen andern Ländern diese Unabsetzbarkeit der Beamten unverträglich gedacht wird. Wir — wenn ich sage ‚wir,' so meine ich in diesem Augenblick die preußische Regierung — die Regierung, die handeln, die sich bewegen soll, fühlt sich gehemmt von allen Seiten. Sie kann nicht einmal einen Beamten, der zwar formell ihren Anordnungen gehorcht, der aber in den Geist nicht eingeht, sie kann ihn nicht absetzen.

Es hat das seine großen Vorzüge. Ich möchte die Integrität des preußischen Beamtenstandes, sein Ansehen, sein Gefühl der Würde, was ihn bei schlechter, oft unzulänglicher Besoldung über Versuchungen hinweghebt, um keinen Preis verloren geben und möchte lieber die Uebelstände einer gehemmten und genirten Regierung noch länger tragen, als unbesonnen in diese Schwierigkeiten hineinschneiden. Aber gerade, weil wir sie nicht beliebig beseitigen können, so bedürfen wir aller Mittel, die geeignet sind, eine strenge Disciplin festzuhalten, und scheuen uns vor allem, was geeignet ist, sie zu lockern. Ich kann nicht behaupten, daß es im Lande einen günstigen Eindruck macht, ich kann kaum daran zweifeln, daß es das unbehagliche und berechtigte Gefühl, daß etwas krank seyn müsse im Staate, hervorruft, wenn man erlebt, daß in der Oeffentlichkeit ein Beamter seinem höchsten Chef entgegentritt und ihm gegenüber und in Bezug auf ihn öffentlich eine Sprache führt, die derselbe Beamte unzweifelhaft zu wohlerzogen ist, um sie zu Hause seinem Kanzleidiener gegenüber zu führen."

Der Reichstag nahm am 2. April die vom Bundesrath vorgeschlagenen neuen Farben des künftigen norddeutschen Bundes an, nämlich die preußischen Farben schwarz und weiß, zu denen man noch das Roth der hanseatischen Flagge hinzugefügt hat. Duncker machte mit Recht geltend, man hätte die schwarz-roth-goldne Fahne nicht aufgeben sollen, denn diese Farben seyen die des deutschen Reichs, oder wenn man dies bestreiten wolle, wenigstens seit den Freiheitskriegen die Farben des ersehnten, idealen deutschen Reiches gewesen, die Fahne der besten deutschen Patrioten. Man hätte daher ihre Farben beibehalten sollen, trotzdem, daß der Bundestag sie 1848 mißbraucht habe und trotzdem, daß diese Farben im letzten Kriege von Gegnern Preußens getragen wurden. Wir glauben, daß Duncker hierin Recht hatte, und fügen nur noch hinzu, daß Schwarzrothgold die Farben der deutschen Burschenschaft zur Zeit der patriotischen Begeisterung nach den Freiheitskriegen gewesen sind, lange vor dem Zeitpunkt, in welchem der französisch gefärbte Liberalismus in Deutschland aufkam. Wir folgern daraus, daß auch der Gebrauch, den die liberale Partei im Jahre 1848 von diesen Farben gemacht hat, für die conservative Partei kein Grund seyn darf, dieselben zu verschmähen. Der deutsche Patriotismus, wie er rein und jungfräulich, fromm, treu und tapfer aus den Freiheitskriegen hervorgegangen ist, hat ein Recht auf diese Farben, das erste und älteste Recht. Und wenn dieser Patriotismus einmal das ganze deutsche Volk erfüllen und das große deutsche Reich fertig seyn würde, dann sollte auch jenen Farben noch ihr gutes Recht werden.

Als Curiosum sey bemerkt, daß ein ehemaliger deutscher Bundesstaat spurlos verloren gegangen war, nämlich das kleine Fürstenthum Lichtenstein, das nicht einmal beim Project des Südbundes zu diesem zugezogen, sondern einfach vergessen wurde.

In der Reichstagssitzung am 10. April hatte der sächsische Abgeordnete Bebel die Naivetät, zu sagen: „Es handelt sich hier nicht um die Gründung der deutschen Einheit, sondern nur um eine Vergrößerung der hohenzollernschen Hausmacht. Preußen will auch den Eintritt Süddeutschlands in den Bund nicht. Man will Norddeutschland nur zu einer großen Kaserne machen; darum stimme ich gegen den Artikel und gegen die ganze Verfassung!" — Diese classische Rede kennzeichnete die ganze Logik des Particularismus. Während man um keinen Preis eine Einheit Deutschlands zu Stande kommen lassen, sondern nur die Kleinstaaterei fortdauern lassen wollte und desfalls Preußen, das zur Einheit drängte, jeden erdenklichen Widerstand leistete, warf man ihm höhnisch vor, es wolle gar keine Einheit. — Weber von Stade entgegnete dem sächsischen Demosthenes, es handle sich allerdings um die deutsche Einheit und der Reichstag, der nicht so viele Rücksichten zu nehmen habe, wie die Regierung, solle aussprechen, daß man das ganze Deutschland einigen wolle, daß nichts Geringeres die deutsche Nation befriedigen könne. „Im Hintergrunde droht die Wolke der Luxemburger Frage, aber wenn das deutsche Volk zusammensteht, so braucht es eine Welt in Waffen nicht zu fürchten!"

Der großherzoglich hessische Bundescommissär Hoffmann bemerkte zu einer, den Eintritt des Großherzogthums in den norddeutschen Bund betreffenden Interpellation: „Für einzelne Uebelstände, welche durch die bisherige Theilung des Großherzogthums (Oberhessen gehört schon zum norddeutschen Bunde, das größere Niederhessen noch nicht) herbeigeführt sind, kann auf dem Wege der Verträge wohl Abhülfe geschafft werden, aber eine gründliche und vollständige Beseitigung dieser Uebelstände kann nur durch den Eintritt des ganzen Großherzogthums in den Bund erfolgen. Natürlich werden die von dem Großherzogthum zu tragenden Lasten dann größer seyn, als sie jetzt sind, und es wird daher insbesondere auch ein Einverständniß zwischen der großherzoglichen Regierung und der Landesvertretung erforderlich seyn; von dem patriotischen Geiste der großherzoglichen Regierung und der Ständeversammlung hoffe ich indessen zuversichtlich, daß die Lösung der Frage in nicht zu langer Zeit so erfolgen wird, wie das Interesse des Gesammtvaterlandes sie erfordert."

Die Bundesregierungen hatten in ihrer Verfassungsvorlage die Diäten für die Reichstagsmitglieder ausgeschlossen. Ein Abgeordneter wies auf die Gefahr des „gewerbsmäßigen Parlamentarismus" hin, der einreißen könnte und zum Theil schon eingerissen ist, sofern viele aus ihrer Kammerthätigkeit ein einträgliches Handwerk machen und viele sich zu den passiven Wahlen nur der Diäten wegen drängen. Der sächsische Staatsminister, Freiherr von Friesen, machte noch besonders auf den Zusammenhang der Diätenfrage (§ 29 des Entwurfs) und des allgemeinen Wahlrechts (§ 21) aufmerksam und äußerte, man habe das allgemeine Wahlrecht nur in der Voraussetzung angenommen, daß es nicht zu einer Industrie mißbraucht werde, daß also die Diäten wegfallen müßten. Gleichwohl wollte die Mehrheit des Reichstags die Diäten behalten und nur die Festigkeit des Bundesraths setzte die Abschaffung bei der Schlußberathung durch.

Der Reichstag hatte seine Aufgabe endlich in Durchberathung des Verfassungsentwurfs für den Norddeutschen Bund gelöst und die brennende Luxemburger Frage hatte nicht wenig beigetragen, die letzten Berathungen zu beschleunigen und eine große Mehrheit für das Verfassungswerk zu einigen, das man gegen jeden Angriff von außen schützen wollte. Der Bundesrath ließ sich alle vom Reichstag dem Entwurf angehängten Amendements gefallen und erklärte sich zur Annahme bereit, wenn der Reichstag von seiner Seite nur in zwei Punkten nachgäbe, nämlich von den Diäten abstehe und die Heereseinrichtung des norddeutschen Bundes genehmige. Am 15. April gab deshalb Graf Bismarck im Namen der Regierungen seine Erklärung ab und am 16. nahm der Reichstag mit der großen Mehrheit von 230 gegen 53 Stimmen diese Bedingungen und somit auch die Verfassung an.

Am folgenden Tage, 17. April, erfolgte der Schluß des Reichstags durch den König von Preußen im weißen Saale. Die Mitglieder der extremen Opposition im Reichstag (Particularisten, Demokraten, Ultramontane, Polen und Dänen) hatten sich vorher entfernt. Die auswärtige Diplomatie war sehr vollzählig anwesend, nur der französische Gesandte fehlte.

Die Thronrede lautete: „Erlauchte, edle und geehrte Herren vom Reichstage des Norddeutschen Bundes! Mit dem Gefühle aufrichtiger Genugthuung sehe ich Sie am Schlusse Ihrer wichtigen Thätigkeit wiederum um Mich versammelt. Die Hoffnungen, die Ich jüngst von dieser Stelle zugleich im Namen der verbündeten Regierungen ausgesprochen habe, sind seitdem durch Sie in Erfüllung gebracht.

Mit patriotischem Ernste haben Sie die Größe Ihrer Aufgabe

erfaßt, mit freier Selbstbeherrschung die gemeinsamen Ziele im Auge behalten. Darum ist es uns gelungen, auf sicherem Grunde ein Verfassungswerk aufzurichten, dessen weitere Entwicklung wir mit Zuversicht der Zukunft überlassen können.

Die Bundesgewalt ist mit den Befugnissen ausgestattet, welche für die Wohlfahrt und die Macht des Bundes unentbehrlich, aber auch ausreichend sind; den Einzelstaaten ist, unter Verbürgung ihrer Zukunft durch die Gesammtheit des Bundes, die freie Bewegung auf allen den Gebieten verblieben, auf welchen die Mannigfaltigkeit und Selbständigkeit der Entwicklung zulässig und ersprießlich ist. Der Volksvertretung ist diejenige Mitwirkung an der Verwirklichung der großen nationalen Aufgabe gesichert, welche dem Geiste der bestehenden Landesverfassungen und dem Bedürfnisse der Regierungen entspricht, ihre Thätigkeit von dem Einverständnisse des deutschen Volkes getragen zu sehen.

Wir alle, die wir zum Zustandekommen des nationalen Werkes mitgewirkt, die verbündeten Regierungen ebenso, wie die Volksvertretung, haben bereitwillig Opfer unserer Ansichten, unserer Wünsche gebracht; wir durften es in der Ueberzeugung thun, daß diese für Deutschland gebracht sind, und daß unsere Einigung derselben werth war.

In diesem allseitigen Entgegenkommen, in der Ausgleichung und Ueberwindung der Gegensätze ist zugleich die Bürgschaft für die weitere fruchtbringende Entwicklung des Bundes gewonnen, mit dessen Abschluß auch die Hoffnungen, welche uns mit unsern Brüdern in Süddeutschland gemeinsam sind, ihrer Erfüllung näher gerückt werden. Die Zeit ist herbeigekommen, wo unser deutsches Vaterland durch seine Gesammtkraft seinen Frieden, sein Recht und seine Würde zu vertreten im Stande ist. Das nationale Selbstbewußtseyn, welches im Reichstage zu erhebendem Ausdruck gelangt ist, hat in allen Gauen des deutschen Vaterlandes kräftigen Widerhall gefunden. Nicht minder aber ist ganz Deutschland in seinen Regierungen und in seinem Volke darüber einig, daß die wiedergewonnene nationale Macht vor allem ihre Bedeutung in der Sicherstellung der Segnungen des Friedens zu bewähren hat.

Geehrte Herren! Das große Werk, an welchem mitzuwirken wir von der Vorsehung gewürdigt sind, geht seiner Vollendung entgegen. Die Volksvertretungen der einzelnen Staaten werden dem, was Sie in Gemeinschaft mit den Regierungen geschaffen haben, ihre verfassungsmäßige Anerkennung nicht versagen. Derselbe Geist, welcher die Aufgabe hier gelingen ließ, wird auch dort die Berathungen leiten.

So darf denn der erste Reichstag des Norddeutschen Bundes aus seiner Thätigkeit mit dem erhebenden Bewußtseyn scheiden, daß der Dank des Vaterlandes ihn begleitet, und daß das Werk, welches er aufgerichtet hat, sich unter Gottes Beistand segenbringend entwickeln wird für uns und für künftige Geschlechter.

Gott aber wolle uns alle und unser theures Vaterland segnen!"

Die Verfassung des norddeutschen Bundes, wie sie aus der Berathung des Reichstags hervorgegangen und vom Bundesrath angenommen worden war, blieb im Wesentlichen dem Entwurfe treu. Sie garantirte den Bundesstaaten gemeinsames Indigenat, vollkommene Vereinigung des Heer- und Seewesens, der auswärtigen Vertretung, des Zollwesens, der Handelsgesetzgebung, des Post- und Telegraphenwesens, des Eisenbahnwesens, gleiches Maß-, Münz- und Gewichtsystem. Sie sicherte ferner den verbündeten Fürsten unter dem Vorsitze Preußens das Stimmrecht im Bundesrathe und die Theilnahme an den verwaltenden Ausschüssen. Sie sicherte dem Reichstag das allgemeine Wahlrecht, Redefreiheit, Unabhängigkeit von jeder Instruction und versagte nur aus den angegebenen Gründen die Diäten. Sie sicherte dem Bunde eine starke Stellung nach außen, indem sie Heer und Marine dem preußischen Oberbefehl unterstellte, auf preußischen Fuß einrichtete, die Stärke des Bundesheeres im Frieden zu ein Prozent der Bevölkerung bestimmte und dem Bundesfeldherrn (König von Preußen) jährlich so viel Mal 225 Thaler zu bezahlen vorschrieb, als aus den verschiednen Bundesgebieten Individuen ins Heer eintreten und auf so lange, als sie darin präsent sind. Sie erhielt den Hansestädten ihre bisherigen Freihäfen und sie hielt den süddeutschen Staaten den Anschluß an den Bund offen. Sie leistete mithin das Wichtigste und Wesentlichste, was die Situation erforderte, die divergirenden Interessen möglichst ausglich und schonte. In einigen Punkten gaben die Regierungen nach, indem sie z. B. die Wahl von Beamten in den Reichstag zuließen, in noch wesentlicheren Punkten gab aber auch der Reichstag nach und die Hauptsache, die Stärke des Bundesheeres, seine musterhafte und gleichförmige Organisation und seine einheitliche Führung, blieb unangetastet.

Zweiundzwanzigstes Buch.

Rußland und die orientalische Frage.

Kaiser Alexander II. von Rußland benutzte die Zeit, in welcher Oesterreich und seine Verbündeten selbstmörderisch den blutigen Racenkrieg der deutschen Stämme begannen und man auch schon auf einen Krieg der germanischen und romanischen Race rechnen konnte, sehr klug und geschickt, um sein großes Slavenreich innerlich zu befestigen, in Mittelasien seine Eroberungen fortzusetzen und eine neue Verwicklung im Orient einzufädeln, da ihm diesmal die deutschen Großmächte und die Westmächte durch ihre gegenseitige Verbissenheit und Abschwächung die schönste Gelegenheit öffneten, den unveränderlichen Gedanken der russischen Politik (die Eroberung Constantinopels) endlich zu verwirklichen. Er brauchte nur noch ein wenig zu warten, bis aus dem unnatürlichen Bruderkampf der deutschen Stämme ein eben so unnatürlicher Kampf zwischen Deutschland und Frankreich hervorgehen und auch England dabei engagirt seyn würde. Während diese alle nun über einander herfallen würden, wollte Rußland den Riesenschritt über das schwarze Meer hinüber machen und bereitete alles dazu vor, langsam, aber sicher.

Im Innern Rußlands wurde die Abschaffung der Leibeigenschaft glücklich und ruhig vollendet. Der Mordversuch Karakasofs, eines russischen Edelmanns, auf den Kaiser am 4. April 1866 wurde durch einen Bauern vereitelt, der ihm noch rechtzeitig in den Arm fiel. Der Mörder war durch die Emancipation der Leibeigenen um sein ganzes Vermögen gekommen und wollte sich rächen; er wurde gehenkt, der Bauer Komissarow in den Adelstand erhoben.

In der kaiserlichen Familie war die einzige Veränderung von Wichtigkeit der Tod des Thronfolgers Nicolaus, der in den Bädern von Nizza starb, ehe er noch seine Braut, Prinzessin Dagmar von Dänemark, heirathen konnte. Sie wurde am 9. November 1866 die Gemahlin seines Bruders, des nunmehrigen Thronfolgers Alexander.

Man erfuhr, in der Staatsverwaltung herrsche noch immer das Bestechung- und Betrugsystem fort, wie früher. Im September 1866 wurden deshalb zwei hohe Beamte, Geheimrath Gastinski und Staatsrath Zalowlew, nach Sibirien geschickt. Der russische Adel, der durch das neue Bauerngesetz so viel verloren hatte, hoffte in einem Reichsrath Ersatz zu finden, aber auch die leiseste Andeutung in Bezug auf einen solchen wurde von der Regierung energisch zurückgewiesen. Der Provinziallandtag von Petersburg wurde im Anfang des Januar 1867 aufgelöst. „Sein Verbrechen reducirt sich auf eine diplomatisch zweideutig gehaltene Bitte um eine Gesammtvertretung des Reiches. Es brachte nämlich in einer der letzten Sitzungen des Gouvernements-Landtages Graf Schuwaloff den Vorschlag ein, ‚die Entwicklung des Gesetzes vom 21. November (welches die Machtbefugnisse der alten Adelsversammlungen erweiterte) auf Grundlage der Gleichheit und des Rechtsschutzes aller durch Zusammenwirken der Centralverwaltung und der Zemstro zu erbitten.‘

Zemstro ist nun aber die russische Bezeichnung für die gegenwärtig bestehenden, mit beschränkten Rechten ausgestatteten Provinzial-Vertretungen; Zemstro heißt aber auch der von vielen gewünschte allgemeine Landtag, von dem doch eigentlich allein die Rede seyn kann, wenn er mit der Centralregierung zusammenwirken soll. Graf Schuwaloff wurde denn auch von zwei Mitgliedern über den Sinn des Wortes in diesem Falle interpellirt; er zog sich aus dieser Verlegenheit, indem er meinte, das Wort ‚erbitten' beweise schon, daß man die Regierung als eine höhere, befehlende Macht betrachte; es sey daher eine nähere Präcisirung nicht nothwendig. Auf diese Interpretation hin nahm der Landtag seinen Antrag mit 38 gegen 8 Stimmen an. Eine weitere Sünde der aufgelösten Körperschaft war die, daß sie sich bei der Votirung der Steuer nicht streng an den Modus hielt, welchen die Regierung angeordnet hatte."

Die eigentliche altrussische Partei im Adel hatte sich mit der Fortschrittspartei verbunden, seitdem durch Aufhebung der Leibeigenschaft ihr der Grundbesitz gleichsam unter den Füßen weggezogen worden war. Sie suchte daher nach einer neuen verfassungsmäßigen Basis, um dadurch in die Regierung zu gelangen, eine seltsame Verbindung des barbarischen Bojaren- und Bartrussenthums mit der doctrinären Schablone des constitutionellen Occidents. Der Hauptsitz dieser Partei war immer noch Moskau, die alte Hauptstadt des Reichs, das Lager der unzufriedenen Großen. Der Kaiser löste jedoch 1865 die Moskauer Adelsversammlung auf und setzte den Gouverneur von Moskau, Aphrosimoff, der sie begünstigt hatte, ab. Doch blieb Katkoff, Redakteur der Moskauer Zeitung, das immer noch sehr einflußreiche Haupt der Partei, eine Art von Deak für Rußland. Was ihm vorzüglich zu statten kommt, ist die rein altrussische Politik, in welcher er das Russenthum stramm zusammenhalten und keineswegs in einem weitherzigen Panslavismus aufgehen und gleichsam verschwimmen lassen will. Da im Grunde der Panslavismus, wie ihn Herzen dem jungen Rußland empfahl, eine Entnationalisirung der Russen, eigentlich ein Aufgehen derselben in Polen bezweckte, und auch der sehr russenfreundliche Panslavismus Wielopolskis den speciell russischen Interessen zu gefährlich schien, verlangte die altrussische Partei nunmehr mit echt orientalischer Unbarmherzigkeit die Vernichtung aller nationalen wie kirchlichen Elemente, selbst bei verwandten slavischen Stämmen, und wenn es noch einen Panslavismus geben dürfe, sollte derselbe doch nur das Altrussenthum seyn.

Das ist die Lehre, welche Murawiew und Kaufmann, als Gouverneure von Litthauen, praktisch durchgeführt haben. Nachdem Wielopolskis Hoffnung, die Polen auf friedlichem Wege in der höhern panslavistischen Idee mit den Russen zu versöhnen, gescheitert war, blieb der russischen Regierung nichts übrig, als das ewig rebellirende Polen ganz und gar unschädlich zu machen, und hierin wurde sie von der altrussischen Nationalpartei kräftigst unterstützt. Katkoff war vollkommen mit der blutigen Strenge Murawiews einverstanden und lobte sie. Wenn es in der altrussischen Partei noch Mildergesinnte gab, so wollten doch auch sie nichts anderes, als die gänzliche Vernichtung der polnischen Nationalität und Sprache und der katholischen Kirche in Polen, nur in allmäligern Uebergängen. Dieser Ansicht war hauptsächlich Nicolai Milutin, einer der vertrautesten Freunde des Kaisers. Daher die Regierungsmaßregeln, die im Jahr 1865 dem Schreckenssystem Murawiews und Kaufmanns folgten.

Durch den Ukas vom 22. Dezember 1865 wurde der zwangsweise Verkauf aller Güter des compromittirten polnischen Adels an orthodoxe Russen verfügt und wurde das Recht der Expropriation nicht nur für Eisenbahnen und Straßenbauten, sondern auch zum Zweck der Pacification des Landes in Anspruch genommen. Zum Verkauf wurden ferner ausgesetzt alle Adelsgüter, auf welchen Schulden hafteten. Als Käufer wurden nur rechtgläubige Russen zugelassen und da man deren nicht genug auftreiben konnte, wurden Tschinowniks

(Civilbeamte) und Offiziere commandirt, solche Güter zu kaufen. Natürlich zu Spottpreisen, wenn sie aber gar nichts hatten, erhielten sie Vorschüsse von der Regierung. Ein weiterer Ukas vom 5. Jan. 1867 hob die Statthalterschaft in Warschau und den Staatsrath daselbst auf und zerstückte das bis dahin, wenigstens dem Namen und der Form nach, noch bestandene Königreich Polen in russische Gouvernements. Russische Tschinowniks überschwemmten das ganze Land. Amts-, Geschäfts- und Schulsprache wurden russisch. Der Russische Invalide bemäntelte dieses System mit der schönen Redensart: „Das Ziel der kaiserlichen Ukasen, betreffend Polen, ist die Annäherung und die Gleichstellung aller Beziehungen Polens und Rußlands. Die Einheit der Verwaltung wird nunmehr auch ermöglichen, die in Rußland bereits eingeführten Verbesserungen vorzunehmen." Im Februar 1866 wurden alle polnischen Offiziere aus der russischen Armee ausgestoßen, mit einziger Ausnahme solcher, die zur griechischen Kirche übertraten. Um die polnischen Bauern für die Regierung zu gewinnen, wurden sie von allen Lasten befreit, welche sie bisher dem Gutsherrn hatten leisten müssen.

Die katholische Kirche in Polen sollte nun ebenfalls vollends ausgerottet werden. Am 4. October 1866 wurden zu Chelm Bischof Kalenski und die Mehrheit der Capitelgeistlichen verhaftet und fortgeführt. Am 8. Dezember erklärte ein kaiserlicher Ukas allen Verkehr mit Rom für abgebrochen, mit dem Bemerken, der Kaiser werde allein die Fürsorge für die katholische Kirche übernehmen. Am 19. Januar 1867 machte Fürst Gortschakof diesen Schritt seiner Regierung der europäischen Welt bekannt, gab Rom allein die Schuld und rühmte die Toleranz seines Kaisers: „Nachdem die Thaten des römischen Hofes Se. Majestät den Kaiser in die Unmöglichkeit versetzt hatten, die diplomatischen Beziehungen mit der päpstlichen Regierung fortzusetzen, entstand daraus die Nothwendigkeit, das 1847er Concordat aufzuheben, welches die Beziehungen des kaiserl. Cabinets zum heil. Stuhl regelte. Der Ukas Sr. Majestät des Kaisers, welcher diese Bestimmung ausspricht, ist Ihnen bekannt. Dieses Aktenstück beschränkt sich darauf, die Abschaffung des Conkordats zu konstatiren; es wurden ihm keine zur Aufklärung und Motivirung dieser Maßregel bestimmten Betrachtungen beigegeben. Diese dem kaiserl. Cabinet durch seine Schonung für den heil. Stuhl auferlegte Zurückhaltung wurde von der päpstlichen Regierung nicht beobachtet. Sie hat so eben eine Sammlung von Aktenstücken veröffentlicht, deren Gedanke und deren Styl bezwecken, den hl. Stuhl jeder Verantwortlichkeit zu entlasten und dieselbe gänzlich auf das kaiserl. Cabinet zurückfallen zu lassen. In dieser Absicht setzt jene Sammlung den Gang des bedauerlichen Conflicts in parteiischer und unrichtiger Weise auseinander; hiedurch befreit uns der römische Hof von den Scrupeln, welche uns zurückgehalten hatten. Er ruft uns auf das Gebiet der Debatten, und macht es uns sogar zur Pflicht, ihm dahin zu folgen. Die Thaten unseres erhabenen Gebieters scheuen das Licht nicht. Anliegend finden Sie eine streng wahrheitsgemäße Darlegung der Thatsachen, welche zum Abbruch der diplomatischen Beziehungen zwischen den beiden Höfen geführt haben, und Sie sind ermächtigt, diesem Aktenstück die erforderliche Publizität zu geben. Gleichzeitig werden Sie sich es angelegen seyn lassen, hervorzuheben, daß, indem das kaiserliche Cabinet dem römischen Hof in dieser peinlichen Debatte folgt, es von keinerlei feindlichen Gedanken gegen den heil. Stuhl geleitet wird. Dasselbe bezweckt nichts anderes, als die Wahrheit herzustellen. Die Principien religiöser Toleranz und die fortwährende Sorgfalt des Kaisers für alle in seinen Staaten bestehenden Glaubensbekenntnisse bleiben nichtsbestoweniger die unveränderliche Regel seines politischen Gewissens. (!) Soweit es von Sr. Kaiserl. Majestät abhängen wird, werden seine römisch-katholischen Unterthanen von der Einstellung der Beziehungen nicht zu leiden haben, welche unser erhabener Gebieter, im Hinblick auf ihre religiösen Interessen, sich bemüht hatte, mit dem heil. Stuhl zu unterhalten.“

Die gepriesene Toleranz bestand darin, daß der polnische Bauer seitdem 15 Rubel erhielt, wenn er sein Kind orthodox erziehen ließ, dagegen dem Popen 100 Rubel bezahlen mußte, wenn er sein Kind wollte katholisch taufen lassen. „Wen der Pope nicht bekehrt, den ängstigt der Tschinownik.“ Der gesammte katholische Klerus steht unter Polizeiaufsicht. Fast in jeder Predigt wollen russische Spione gefährliche Grundsätze entdeckt haben und die Geistlichen wurden eingesperrt oder nach Sibirien geschickt und überall lauern Popen, um an ihre Stelle zu treten.*)

Im Laufe des Sommers 1866 wagten die nach Sibirien verbannten Polen, die dort an einer Eisenbahn bauen mußten, sich gegen ihre russische Bewachung zu empören. Sie wurden jedoch durch russische Truppen, die man von allen Seiten herbeizog, wieder überwältigt und die in die Wälder geflohen waren, wie das Wild gejagt. Von denen, die nicht umgekommen waren, wurden sieben als Rädelsführer erschossen, vor allen der Hauptanführer Czielinski. Etwa 200 wurden decimirt, die andern bekamen jeder 100 Knutenhiebe und wurden nachher in die Bergwerke geschickt; 250 erhielten gelindere Strafen und weitere 250 blieben ungestraft.

Ungeachtet das Stockrussenthum jedes Aufgehen in den Panslavismus zurückstieß, hielt es die russische Regierung doch nicht für überflüssig, die außerhalb Rußland lebenden Slaven an sich zu ködern. So die den Russen verwandten Ruthenen in Galizien, die Czechen als Todtfeinde der Deutschen und sämmtliche Südslaven. Konnte Rußland diese gewinnen, so war Oesterreich nicht mehr im Stande, das untere Donauthal und die Türkei gegen russische Uebergriffe zu schützen. Im April 1867 erfuhr man, die Warschauer Hochschule

*) Augsb. Allg. Zeitung 1867. Nr. 11. 13. 109.

solle zu einer vollständigen Universität mit ausgeprägtem panslavistischen Charakter erweitert werden. Sämmtliche slavische Sprachen sollten an ihr Vertreter haben.

Die Czechen entsprachen diesem Entgegenkommen von russischer Seite. In der Sitzung des Prager Landtags vom 3. April brach die ganze Wuth der Czechen gegen die Deutschen aus. Nach maßlosen Angriffen auf die Regierung in Anwesenheit des Herrn von Beust erklärte Rieger an der Spitze der Czechen, die Wahlen für den Reichstag nicht vornehmen zu wollen, reclamirte die alten Rechte des Königreichs Böhmen und verließ, als er die Mehrheit des Landtags gegen sich sah, mit seiner ganzen Partei tumultuarisch unter lautem Slavaruf den Saal. Doch blieben noch so viele Abgeordnete zurück, daß der Beschluß gefaßt werden konnte, den Professor Herbst Namens der deutschen Partei beantragte, zur kaiserlichen Regierung zu halten und den Reichstag zu beschicken. Die Czechen konnten es nicht verschmerzen, daß ihr großer Protector, Graf Belcredi, entlassen worden war und daß die Regierung, die ihm kurz vorher noch so auffallend geschmeichelt hatte, jetzt wieder nur die Deutschen und Ungarn auf Kosten der Slaven begünstige. In ihrer Leidenschaftlichkeit gingen nun die Czechen blitzschnell und gleichsam mit fliegenden Fahnen besinnungslos und tollköpfig ins russische Lager über.

Da die panslavische Universitas an der Weichsel noch nicht eingerichtet war, hielten sie sich einstweilen an die „ethnographische Ausstellung in Moskau" und viele ihrer Führer schickten sich an, nach Moskau zu gehen, sofern jene Ausstellung in der That eine Verbrüderung aller Slaven vorbereiten sollte. Manche waren sogar naiv genug, die russische Regierung um freie Hin- und Herreise und Verpflegung in Moskau anzugehen. Eins der czechischen Blätter übertraf alle andern an Naivetät, indem es den Entschluß der Czechen, sich, um ihre Nationalität zu rächen, den Russen in die Arme zu werfen, mit den Worten motivirte: „Wer im Begriff sey zu ertrinken, müsse jede ihm dargebotene Hand annehmen, auch wenn es die eines Verbrechers wäre.“ Eine andere czechische Stimme suchte den czechischen Liberalismus zu beruhigen mit der Bemerkung, „der Despotismus sey in Rußland jetzt bedeutend gemildert und der Zeitpunkt nicht mehr fern, wo die russische Nation sich auf einen höheren Standpunkt stellen werde, als irgend eine Nation der Welt.“ Diese Sprache fanden die polnischen Blätter gar nicht erbaulich und entrüsteten sich darüber so, daß sie den Czechen ihre Sympathien aufkündigten. „Es sey thöricht, Schutz für nationale Rechte da zu suchen, wo gar kein Recht anerkannt werde, wo nicht nur die nationale, sondern auch die persönliche Freiheit schutzlos sey.“ Man muß dabei die Polen fragen, warum sie selbst und noch zuletzt durch ihre Vertreter am norddeutschen Reichstage sich den Deutschen ebenso feindselig entgegengestellt haben, wie die Czechen? Aber auch die Deutschen können aus diesen Vorgängen eine große Lehre ziehen. Entsagen sie nicht aufrichtig ihrem eigenen innern Hader, so werden sie eben so in das große Netz fallen, welches Rußland gegen Westen ausspannt, wie die Polen, die schon darin stecken und die Czechen, welche blind hineinrennen.

Unterdessen nahmen die russischen Eroberungen in Mittelasien ihren Fortgang. Die Macht des Sabik Kenissarim als Chans von Kokand in Turkestan wurde durch die Eroberung der wichtigen Stadt Taschkund gebrochen, diese Stadt am 29. August 1866 dem russischen Reiche einverleibt. Im Februar 1867 hieß es, die Russen stünden, nachdem sie auch die Truppen des Chan von Bokhara geschlagen hätten, siegreich vor Samarkand. Der Weg durch Afghanistan nach dem englischen Ostindien ist ihnen damit geöffnet.

Rußland hatte sich während des deutschen Krieges passiv verhalten, sich nicht eingemischt, aber auch noch keine Anstalt getroffen, im Orient einzuschreiten. Man warf ihm zwar vor, es habe den Aufstand auf der Insel Kandia geschürt, aber es that keinen Schritt, den Insurgenten daselbst mit Waffengewalt zu Hülfe zu kommen.

Die Vermuthung liegt nahe, daß es seine Truppen nicht marschiren lassen wollte, ehe Frankreich mit Deutschland in Krieg gerathen sey, um nicht wieder, wie 1854, von einer französischen Streitmacht in der Levante, verbunden mit der englischen Flotte, genirt zu werden, und daß es einer Allianz mit Preußen noch nicht sicher war. Wenigstens gab das Journal von St. Petersburg vier Tage nach der Schlacht bei Königgrätz ein auffallendes Zeugniß russischen Mißtrauens gegen den Grafen Bismarck, indem es sagte: „Der Waffenstillstand in Deutschland könnte eine Versöhnung bringen, wenn nicht jemand in Deutschland wäre, der sich stark genug glaubt, Europa die Zustimmung zu der Eroberung Deutschlands aufzudrängen, indem er vergißt, daß noch in Europa starke, gesammelte Mächte existiren, welchen das europäische Gleichgewicht kein leerer Wortklang ist." (Wer hat dieses Gleichgewicht mehr gestört, als Rußland selbst?)

Im Laufe des August richtete Rußland eine Note an Preußen, worin es sich der von den preußischen Waffen bedrängten deutschen Mittelstaaten, insbesondere der mit der russischen Kaiserfamilie verwandten Fürstenhäuser in Stuttgart und Darmstadt annahm und daran erinnerte, daß Territorialveränderungen im deutschen Bunde nicht vorgenommen werden dürften ohne Zustimmung der europäischen Mächte, die den Bundesvertrag garantirt hätten. Diese Mahnung hätte Rußland sich selber geben sollen, als es den europäischen Verträgen zuwider die polnische Verfassung und Nationalität unterdrückte. Es versteht sich von selbst, daß ganz abgesehen von verwandtschaftlichen Rücksichten die russische Politik, wie sie von jeher gethan, die Kleinstaaterei in Deutschland schützen und erhalten mußte, denn Rußland erkannte wohl, daß es mit einem einigen und starken Deutschland kein so leichtes Spiel mehr würde treiben können, wie mit dem bisherigen vielstaatlichen Conglomerat. Indeß war diesmal die russische Drohung nicht so gefährlich, als sie aussah, denn Rußland verfolgte seinen orientalischen Plan und hatte demzufolge alle Ursache, mit

Preußen in gutem Vernehmen zu bleiben. Dieses wurde nun auch noch im August hergestellt durch den preußischen General von Manteuffel, der die siegreiche Mainarmee verlassend schnell nach St. Petersburg reiste.

Man erfuhr, die übermüthigen Reclamationen französischer Blätter, die grade damals eine Compensation für Frankreich verlangten, haben in St. Petersburg sehr mißfallen.

Nach der Schlacht bei Königgrätz tauchten allmälig unheimliche Gerüchte auf von Gelüsten Rußlands, von dem geschwächten Oesterreich den ruthenischen Osttheil Galiziens abzureißen und sich einzuverleiben. Oesterreich sah sich deshalb veranlaßt, sich des bisher niedergehaltenen polnischen Elementes in Westgalizien mehr anzunehmen, und setzte im September einen guten Polen, den Grafen Goluchowski, als Gouverneur über Galizien. Das wurde sehr mißliebig in russischen Blättern besprochen.

Am Ende des September brachten die Norddeutsche Allgemeine Zeitung und die Berliner Börsenzeitung einige Artikel, aus denen hervorging, daß Rußland nach seiner bisherigen Weise wieder einmal Preußen hatte hofmeistern wollen. Das letztgenannte Blatt schrieb: „Wir glauben es gern, daß für die russische Regierung die neue Ordnung der Dinge in Deutschland überaus unbequem ist, und zwar nach zwei Seiten hin. Erstens ist Preußen eine Macht geworden, um deren Zuneigung man jetzt ernstlich werben muß, und in St. Petersburg ist die Zeit noch zu frisch im Gedächtniß, wo Preußen nach der russischen Pfeife tanzte. Sodann empfindet man es sehr peinlich, daß die angenehmen Handhaben, welche man im deutschen Bunde hatte, mit diesem zu Boden gefallen sind. Ist auch zur Zeit der kleinen Vetterschaft die Souveränetät noch gerettet, so sind sie doch Nullen geworden, mit denen nicht mehr gerechnet werden kann. Durch diese gewiß für Rußland verdrießlichen Thatsachen läßt es sich zu allerlei Chicanen und Umtrieben verleiten, statt ihre Unabänderlichkeit zu beachten und sich bestmöglichst damit ins Einvernehmen zu setzen. Wenn aber die Wirren im Orient auf eine Entscheidung, sey es auch nur eine diplomatische, hindrängen, dann möchte für Rußland der Preis der preußischen Freundschaft, welche alsdann vielleicht sehr erwünscht erscheinen dürfte, durch sein neuestes Verhalten sehr in die Höhe getrieben seyn."

Ein deutscher Correspondent aus St. Petersburg in der Augsb. Allg. Zeitung vom 23. November 1866 drückte seine Freude aus, daß die Deutschen in Rußland endlich hoffen dürften, unter den Ausländern nicht mehr die Rolle der Parias zu spielen, wie das leider bisher größtentheils der Fall gewesen sey. Seit dem großen Siege Preußens würde die Achtung vor den Deutschen überall im Ausland steigen und somit auch wohl der Schutz, der ihnen im Ausland werden sollte.

In merkwürdiger Uebereinstimmung damit wurde der Augsb. Allg. Zeitung auch aus Nordamerika (New-York) unterm 20. April geschrieben: „Wenn jetzt neunundneunzig Hundertstel der Deutschen im Ausland eifrige Verehrer des Herrn von Bismarck sind, so braucht man nicht lange nach einer Erklärung dafür zu suchen. Denn auf ihnen allen hat seit undenklichen Zeiten der Alpdruck der Verachtung Deutschlands gelastet, die um nichts weniger peinlich wirkte, wenn sie zuweilen die Form eines geringschätzigen Mitleids und gönnerhafter Leutseligkeit annahm. Sie alle haben es, besonders bei einer Vergleichung mit der achtungsvollen Höflichkeit, die den unbedeutendsten französischen Abenteurern entgegen getragen ward, aufs bitterste empfunden, daß sie unter dem Fluche der Zerrissenheit und Ohnmacht ihres Vaterlandes litten — einem Fluch, welchen ihre redlichsten Bemühungen, ihre entschiedensten Erfolge auf allen Gebieten des Wissens und Könnens nicht zu lösen vermochten. Und diesen Fluch hat Herr von Bismarck gelöst. Nicht bloß, daß die Zeitungen in London wie in New-York, in Chicago wie in San Franzisko, ihn tagtäglich als den Mann der That preisen, der Deutschland zu dem hohen Rang wieder emporhebe, welchen es seit Karl V. verloren habe — auch in den Volksanschauungen macht sich ein Umschwung geltend, der jedem Deutschen im persönlichen Umgang zu gute kommt."

Die einander so sehr widersprechenden Nachrichten von dem Verhältniß Rußlands zu Preußen erklären sich vielleicht aus Schwankungen der Politik. Inzwischen reussirte Prinz Karl von Hohenzollern (vergl. Theil I. S. 257). Ganz heimlich am 22. Mai in Bukarest angekommen, wurde er in der Wallachei mit Jubel begrüßt, ohne daß Rußland Miene machte, ihn nicht anerkennen oder gar vertreiben zu wollen, so daß man auf ein Einverständniß schloß. Andrerseits erkannte ihn schon am 8. Juli der Sultan als Hospodar an, womit am 11. die Conferenz der großmächtlichen Gesandten übereinstimmte. Am 29. August hielt er auch in Jassy seinen Einzug und huldigte ihm die Moldau, wie vorher schon die Wallachei. Am 24. October traf er in Constantinopel ein, wurde vom Sultan aufs ehrenvollste empfangen, empfing den großen Orden und einen kostbaren Ehrensäbel und der Sultan bestätigte ihn als Fürsten von Rumänien in der Art, daß die Erbfolge in seiner Familie bleiben sollte, er eine Armee von 30,000 Mann halten dürfe und ihm noch andere Rechte eines selbständigen Regenten gewährt wurden. Stimmen in der Presse ließen sich vernehmen, es sey eine große Combination im Werk, die Bildung eines aus den rumänisch-slavischen Mittelstaaten zwischen dem Balkan und Pruth zusammengesetzten größern Reiches. Es schien, als ob dasselbe dem österreichischen Einfluß im Orient entgegengestellt werden sollte. Dem entsprach die Passivität Rußlands, aber die Zufriedenheit des Sultans läßt sich nicht wohl damit vereinigen. Man glaubte, Rußland wolle Preußen schmeicheln, um es zum Bundesgenossen zu werben.

Serbien* begehrte im October 1866 gleiche Vorrechte wie Rumänien und erreichte wirklich, daß die Türken am 18. April 1867 die Festung Belgrad räumten. — Auch in der Bulgarei gährte es. Ein geheimes Comité, wahrscheinlich in Bukarest etablirt, schickte im Frühjahr 1867 dem Sultan eine französisch geschriebene Denkschrift zu, worin es alle Beschwerden der Bulgaren auseinandersetzte. Die Verwaltung sey corrumpirt, die Justiz barbarisch, die Steuern seyen unerschwinglich. Der Bulgare dürfe in den Angelegenheiten seines Landes nicht mitsprechen, gelte gar nichts. Für Straßen und Verkehrsmittel, gemeinnützige Anstalten sorge niemand. Der Volksunterricht sey gänzlich vernachlässigt, auch die Kirche in kläglichem Zustand. Die Bulgaren bedürften und verlangten daher einen Landesfürsten, wie ihn die Serbier und Rumänen bereits hätten, oder wenigstens eine Verfassung und einen Vicekönig, ein Parlament, Trennung der Justiz von der Verwaltung &c. Von einer Demonstration in Bulgarien selbst verlautete noch nichts.

Während des deutschen Krieges brach der Aufstand der Griechen auf der großen Insel Kreta oder Kandia gegen die türkische Regierung aus, angeblich von Griechenland, in Wirklichkeit von Rußland geschürt. Rußland sondirte nur damit, um nach Umständen das kleine Feuer langsam zu nähren, oder ganz wieder auszulöschen, oder es plötzlich zu einem großen Brande auszubreiten, je nachdem die Vorgänge im mittlern und westlichen Europa ihm verbieten oder gestatten würden, seinen alten Plan der Zertrümmerung der Türkei wieder aufzunehmen. An der Spitze des kandiotischen Aufstandes stand eine s. g. Generalversammlung in Lambia. In Rußland wurden nicht nur Sammlungen für die Kandioten erlaubt, sondern auch von der Regierung und der hohen Geistlichkeit empfohlen. Die kaiserliche Familie selbst besuchte einen Ball, der zum Besten der Kandioten gegeben wurde, und Großfürst Nicolaus brachte dabei einen Toast auf die griechischen Freiwilligen aus, Ende Februar 1867. Die Gelder wurden durch den russischen Gesandten den Kandioten übermacht. Ein russisches Kriegsschiff in den Gewässern von Kandia beging zwar keine Feindseligkeit gegen die Türken, war aber doch thätig, geflüchtete Kandioten zu retten. Von den Kämpfen auf der Insel selbst erfuhr man in den Zeitungen fast immer nur widersprechende Nachrichten, da von beiden Seiten jeder kleine Erfolg übertrieben wurde. Die Eroberung des Klosters Arkadi durch die Türken unter blutigen Greueln und eine Niederlage der Kandioten unter Koroneus bei Fonia heben sich unter den vielen kleinen Kämpfen hervor. Wiederholt hieß es, die Türken hätten den Aufstand besiegt, doch hörte man bald wieder, es sey nicht wahr. Am 2. September 1866 trug eine s. g. Nationalversammlung der Kandioten zu Sphakia förmlich auf Anschluß an das Königreich Griechenland an, wogegen aber der französische Gesandte de Moustier protestirte. Die Sache schleppte sich hin, da die Großmächte sich über eine gemeinschaftlich einzuhaltende Politik noch nicht geeinigt hatten und Rußland, einseitig vorzugehen, nicht wagte.

Im März 1867 las man in der Wiener „Presse:“ „Der Petersburger Bankier Bernadaki überlieferte in den ersten Flitterwochen der Erhebung dem kretischen Komité zu Athen zwei Millionen Francs in einem Schreiben, das durch Zufall zur Kenntniß der türkischen Gesandtschaft gelangte und in dem auf die Sympathien des Fürsten Gortschakof hingewiesen wurde. Es liegen aber noch viele andere und weit bedeutendere Thatsachen vor, die über Rußlands Antheil an diesem Aufstande keinen Zweifel lassen. Auf welche Weise von der anderen Seite die Serben zum Vorgehen ermuntert wurden, ist bekannt genug.“

Im englischen Oberhause sprach sich Graf Derby nicht ohne Entrüstung über die Vorgänge in Kandia aus, vermied es jedoch, dabei von Rußland zu reden. Er erklärte: „Wenn der Sturz des ottomanischen Reiches wirklich unabwendbar wäre, so sey es die Aufgabe der britischen Regierung, dahin zu wirken, daß er allmälig erfolge, und keineswegs dazu behülflich zu seyn; bei der Anerkennung

Griechenlands sey der Fundamentalgrundsatz aufgestellt worden, daß man ihm keinen Angriff auf die Türkei gestatten werde. Der englische Konsul auf Kandia habe berichtet, daß die Beschwerden der Christen theils übertrieben werden, theils unbegründet seyen, die Steuern seyen geringer als in andern türkischen Provinzen und die Landstraßen nur darum in schlechtem Zustande, weil die Bevölkerung sich weigere, dafür etwas beizutragen. (Unter den Beschwerden der Kandioten befindet sich auch die, daß die Türken Straßen bauen wollen, um künftige Aufstände leichter niederwerfen zu können.) Den Kandioten sey es auch nie aufrichtig um Concessionen zu thun gewesen; während sie in Konstantinopel darum petitionirten, hätten sie den fremden Mächten erklärt, es würde sie nichts anderes als die Annexion an Griechenland zufriedenstellen. Die Pforte habe die Gefangenen mit unerhörter Schonung behandelt. Die fremden Freiwilligen wurden in die Heimat entlassen und ihr Gepäck ihnen herausgegeben; England selbst würde nicht so mild verfahren seyn. Es sey eine Thatsache, daß der Aufstand auf Kandia griechischen Ursprungs sey und von Athen aus befördert wurde; von dort seyen die lügenhaften Berichte über angebliche Siege gekommen; von dort seyen Kriegsproviant, Waffen und Freiwillige hinübergesandt worden und nach Unterdrückung der Insurrection sey sie durch neue Zuzüge aus Griechenland wieder angefacht worden. Die Schlichtung der kretischen Händel sey durch den Fanatismus der untereinander wohnenden Christen und Türken freilich schwierig, allein die Pforte zeige die versöhnlichsten Gesinnungen; ganz Europa, wenn es sich zu diesem Zwecke verbinde, werde die Pforte aber nicht dazu bewegen, Kandia freiwillig aufzugeben. Die Fortschaffung von Weibern und Kindern aus Kandia habe nicht fortgesetzt werden können, weil man in Athen bei Ankunft des ersten Transports darin eine Intervention zu Gunsten Griechenlands gesehen hätte, und England auch jeden Schein einer solchen Parteinahme habe vermeiden müssen. Nicht ein Jota von Wahrheit sey an dem verbreiteten Gerücht, die Türken hätten 500 Frauen massakrirt. Es sey nicht Englands Politik, übertriebene Hoffnungen zu erwecken und durch Sympathiebezeugungen die Grenznachbarn Griechenlands zu Aufständen zu ermuntern.“ (Der französische Minister Moustier sagte über die Türkei: In derselben seyen nur die Türken gedrückt.)

Eine Correspondenz der Augsb. Allg. Zeitung vom 13. October beschuldigte Rußland, die Unruhen in der Türkei veranlaßt zu haben, um unter dem Vorwand, die griechische Kirche beschützen zu müssen, abermals einen Versuch zur Eroberung der Türkei zu machen. Der Ausgangspunkt der Agitation sey Pera, die diplomatische Vorstadt Constantinopels. Wallachen und Slaven seyen dabei am meisten betheiligt, obwohl man die Griechen vorschiebe. „Es ist augenscheinlich, daß in all diesen Planen nur das slavische Element maßgebend ist, dem die hellenischen und romanischen Köpfe und Arme dienstbar sind; weil das slavische Element verborgen bleiben wolle, gebe man den Putschversuchen einen hellenistischen Charakter. Faßt man aber das gänzlich discreditirte Treiben im eigentlichen Hellas ins Auge, das sich durch seine muthwillige Revolution, seine Königsbettelei und den Bankerott seiner gesammten Verhältnisse selbst in den wenig cultivirten Nachbarprovinzen verächtlich gemacht hat, so klingen die angeblichen Schmerzensrufe nach Annexion an dieses Hellas sehr verdächtig. Zudem fanden die Unruhen in Albanien in Districten statt, wo griechisch fast gar nicht geredet wird. Bei jenen Wallachen und Schkypetaren Begeisterung für das Hellenenthum vorauszusetzen ist geradezu lächerlich.“

Im Königreich Griechenland dauerte die gemüthliche Anarchie fort wie bisher. Der junge König Georgios war der Spielball der innern Parteien und auswärtigen Intriguen, wie es König Otto gewesen war. Sein deutscher Minister Graf Sponnek mußte den einheimischen Barbaren weichen, wie es früher die bayrischen hatten thun müssen. Nur an seinem Oheim, dem Prinzen Johann, hatte der junge König noch einen Halt. Die Anarchie wurde gegen Ende des Jahres 1866 so bedenklich, daß die Schutzmächte im Dezember Kriegsschiffe abzusenden beschlossen, um die Autorität der königlichen Regierung aufrecht zu erhalten. An der Tagesordnung war die russische Intrigue, welche durch bestochene Agenten, namentlich griechische Geistliche, das Volk gegen die türkische Herrschaft aufregte, damit Rußland einen Vorwand gewänne, sich wieder einmal mit den Waffen in der Hand in die Confusion im türkischen Reiche einzumischen. Von Athen aus wurde der kandiotische Aufstand genährt und hier etablirte sich auch ein revolutionäres Komite für Thessalien unter dem Metropoliten Theophilos.

In einer sehr verständigen Correspondenz aus Constantinopel in der Augsb. Allg. Zeitung, Beilage vom 9. September wurde ernstlich gewarnt. „Daß Rußland das griechische Feuer fortwährend schürt, ist hier allbekannt. Auffallend ist es, daß grade jetzt, wo es auch in Thessalien kocht, der russische Gesandte, General Ignatieff, eine Vergnügungsreise dahin unternommen hat. Rußland beansprucht das Protectorat über sämmtliche Donaufürstenthümer; es arbeitet dahin, um den im Krimfeldzuge verlorenen Theil Bessarabiens wieder zu erhalten. Wo soll das hinaus? Diese Großmacht, welche vom Norden, d. h. vom caspischen Seeufer und von Sibirien aus, das unermeßliche Turkestan fest umklammert hält, das seine Grenzen südlich bis Persien und Herat, östlich bis China ausgedehnt hat, will sich fortwährend vergrößern. Nicht durch Frankreich, sondern durch den nordischen Koloß ist das europäische Gleichgewicht in der Zukunft ernstlich bedroht. Die Herstellung Polens, die Vergrößerung Oesterreichs durch südslavische Länder ist als Vormauer gegen die immer näher rückende Gefahr unumgänglich nothwendig. Noch ist es Zeit, dem moskowitischen Ehrgeize vorzugreifen; möchten die Leiter der civilisirten Nationen so bald als möglich diesen Gegenstand einer ernsthaften Erwägung unterziehen!"

Der Sultan verfehlte nicht, am 26. Dezember 1866 ein Rundschreiben an die Schutzmächte zu erlassen, worin er sie bat, den griechischen Umtrieben mit ihrem Ansehen entgegenzuwirken, um den Krieg wo möglich zu vermeiden.

Man erfuhr im Januar, Rußland habe eine Theilung des türkischen Reichs in folgenden Grundzügen vorgeschlagen: 1) der Vicekönig von Aegypten soll unabhängig und erblicher Sultan werden; 2) sämmtliche griechische Inseln sollten sich entweder mit dem Königreich Griechenland vereinigen oder einen eigenen Staat bilden; 3) Thessalien und Epirus seyen mit dem Königreich Griechenland zu vereinigen; 4—7) Serbien, Rumänien und Montenegro, die schon eigene Fürsten haben, wie auch Bosnien und Bulgarien, die erst welche bekommen sollen, werden jedes für sich ein unabhängiger Staat. Das gäbe ein lockeres Staatenconglomerat, etwa wie der vormalige deutsche Bund, das bequemste Instrument, auf dem die russische Politik spielen könnte, wie sie bisher mit Deutschland gespielt hat. Die ganze Welt soll zerfahren, nur Rußland soll einig seyn.

Weiter erfuhr man, Herr von Beust habe bald, nachdem er das österreichische Staatsruder in die Hand genommen, die europäischen Mächte eingeladen, die Christen in der Türkei in gemeinschaftlichen Schutz zu nehmen, indem sie statt der zu allgemein gehaltenen Versprechungen des Hat Humayun ganz bestimmt präzisirte Forderungen zu Gunsten der christlichen Bevölkerungen der Türkei formuliren sollten. Im Februar 1867 erließ Herr von Beust ein Umlaufschreiben an die Großmächte des Inhalts: „Um ein fruchtbares Einverständniß aller Parteien zu erlangen, hält es Oesterreich für unerläßlich, sich durch gewisse Zugeständnisse die aufrichtige Zustimmung Rußlands zu verschaffen. Diese Zugeständnisse müßten sich erstrecken auf die Beschränkungen, welche dieser Macht durch die Acte von 1856 auferlegt wurden, um ihre Aktion nach der Seite der Türkei hin zu hemmen.“ Diese neue Schwenkung der österreichischen Politik zu Gunsten Rußlands erregte Staunen, da niemand mehr als gerade Oesterreich gefährdet würde, wenn Rußland wieder Herr und Meister an der untern Donau wäre. Man glaubte, Herr v. Beust habe zu diesem verzweifelten Mittel gegriffen, um Rußland von Preußen zu trennen. Allein Frankreich sah die Sache ganz anders an. Napoleon III. fürchtete, wenn erst Rußland und Oesterreich zusammen gingen, würde auch Preußen nicht fehlen und dann wäre die nordische Allianz wieder fertig, deren Gespenst schon mehr als einmal ihn geschreckt hatte. Er soll daher Rußland noch mehr Concessionen angeboten haben, nämlich nicht blos Kandia, sondern auch Thessalien und Epirus von der Türkei abzureißen, um Rußland nur wieder von Oesterreich abzuziehen. Unter so günstigen Umständen soll Rußland den Fürsten Michael von Serbien aufgereizt und ihm noch dazu Bosnien, die Herzegowina und Montenegro versprochen haben, wenn er gegen die Pforte rebellire. Dieser Contrecoup sey nun doch für Oesterreich zu stark gewesen. Es beschränkte sich daher jetzt darauf, nur Kandia frei machen zu wollen. Für dieses Minimum erklärten sich nun auch Frankreich und Rußland, als plötzlich England auch dagegen ein energisches Votum einlegte und die ganze Türkei erhalten wissen wollte, Ende März 1867. Zugleich schickte Herr v. Beust den Grafen Zichy nach Serbien, um dem Fürsten Michael ernstlich zu drohen. Dieser soll sich gefügt haben, wurde aber aufs neue von russischen Agenten umlagert.

Am 7. März 1867 wurde die griechische Insel Mitylene, während die Menschen sich grade am Carneval erfreuten, durch ein furchtbares Erdbeben erschüttert und der laute Volksjubel endete in einem gräßlichen Geschrei. Von dreitausend Häusern der Hauptstadt blieben nur ein paar stehen. Man rechnete 13,000 Todte. Auf der Insel Kephalonia dauerte die vulkanische Thätigkeit noch länger fort.

Auch Ismael, Vicekönig von Aegypten, wurde entweder aufgereizt oder von eigenem Ehrgeiz angetrieben, sich die abermals drohende Erschütterung des osmanischen Reiches zu Nutze zu machen. Um sich den europäischen Mächten gegenüber als Reformator der muhamedanischen Welt und Mann der Zukunft zu kennzeichnen, eröffnete er zu Kairo am 27. November 1866 eine s. g. Nationalversammlung, die freilich mit ihren schwarzen Mitgliedern einer Affenkomödie noch ähnlicher sah, als die hellenische. Im Februar 1867 forderte Ismael vom Sultan den Titel Aziz Ul Miser, d. h. Beherrscher von Aegypten, das Recht, eigene Münze zu schlagen und die Erlaubniß, sein Heer bis auf 100,000 Mann bringen zu dürfen. Das geschah in Folge der großen Concessionen, welche der Sultan im vorigen Jahre dem neuen Fürsten von Rumänien gemacht hatte. Der Großvezier Fuad Pascha in Constantinopel gab sich alle Mühe, den Aegypter zu beschwichtigen und bei guter Laune zu erhalten.

Inzwischen war auch der vielbesprochene Suezkanal endlich flüssig geworden und am 17. Februar 1867 hatte ein Schiff von Triest die Ehre, zum erstenmal hindurch zu fahren.

Auch die Türkei mußte die europäische Mode mitmachen und ihre Fortschrittspartei in einem s. g. Jungtürkenthum bekommen. An der Spitze derselben steht der ägyptische Prinz Mustapha Fazyl Pascha, ein eifriger Schüler der Franzosen. Im Interesse Frankreichs hat er schon versucht, den gleichfalls noch jungen Sultan Abdul-Aziz zu einer durchgreifenden Reform, d. h. zum völligen Uebertritt aus dem orientalischen Staaten- und Völkerkreise in den occidentalischen zu bewegen. Es soll sogar von einer Bekehrung die Rede gewesen, diese Kühnheit aber dem jungen Prinzen übel bekommen seyn, denn er wurde fortgeschickt und begab sich nach Frankreich.

Im Laufe des Jahres 1866 machte sich eine intime Annäherung Nordamerikas an Rußland bemerklich. Als am 16. April Karakosof den vergeblichen Mordversuch auf Kaiser Alexander II. gemacht hatte, wurden dem Kaiser die artigsten Beglückwünschungen aus der Union zugesendet und dem russischen Admiral Lessowsky Feste gegeben. In Erwiderung dessen gab im Anfang des September Fürst Gortschakof, Minister der auswärtigen Angelegenheiten, in St. Petersburg dem amerikanischen Commodore Fog und den dort anwesenden Amerikanern ein glänzendes Diner und sagte in der Festrede: „Ich brauche mich nicht bei den Kundgebungen der Sympathie zwischen den beiden Völkern (Rußland und den Vereinigten Staaten von Nordamerika) aufzuhalten. Diese Kundgebungen drücken sich laut und offen genug aus. Sie bilden eines der bemerkenswerthesten Ereignisse unserer Epoche; sie streuen zwischen zwei Völkern, ich kann sagen, zwischen zwei Continenten, den Samen gegenseitiger Freundschaft aus, welcher Frucht tragen wird. Sie schaffen Ueberlieferungen für die Zukunft. Diese Sympathie beruht nicht auf geographischer Nachbarschaft, nicht auf Pergamenten. Sie ist durch eine unwiderstehliche Anziehungskraft hervorgerufen und deshalb erlaube ich mir, sie als den Winken der Vorsehung entsprossen zu betrachten."

Einen praktischen Commentar dazu brachten die nordamerikanischen Schiffe, die sich in demselben Herbst in den griechischen Gewässern sehen ließen und den auf der Insel Kandia gegen die türkische Herrschaft empörten Griechen ihre Hülfe anboten. Es gährte in der ganzen europäischen Türkei und niemand zweifelte, daß es russische Agenten seyen, die den Aufruhr der Christen schürten, um Rußland Gelegenheit zu geben, sich einzumischen. Oesterreich war von Preußen besiegt und weniger als vorher im Stande, den orientalischen Eroberungsplänen Rußlands entgegenzutreten. Man schien in Europa jene Vorgänge zu ignoriren. Nur Napoleon III. machte darauf aufmerksam, wie gefährlich eine Allianz Asiens und Amerikas dem alten Europa werden könne. Napoleon war voraussichtiger als die andern Herrscher in Europa, er hatte das schon durch seinen mexikanischen Plan bewiesen, den vereitelt zu haben den übrigen Mächten Europas nicht viel Ehre macht.

Im März 1867 erfuhr man, Rußland habe alle seine Besitzungen im äußersten Norden von Amerika den Vereinigten Staaten um den Preis von 7 Millionen Dollars abgetreten. Verhältnißmäßig unbedeutende Niederlassungen für Fischerei und Pelzhandel und nur wichtig in Bezug auf die Monroedoctrin, nach welcher es keiner nicht amerikanischen Macht zustehen sollte, amerikanischen Grund und Boden zu besitzen. Bedeutsam sodann, weil es die Allianz zweier Welttheile gegen den dritten constatirte, wovor Napoleon III. England gewarnt hatte, ohne daß es darauf achtete.

Ehe wir Rußland verlassen, muß noch darauf aufmerksam gemacht werden, daß Stimmen aus diesem Lande die Befürchtung ausgesprochen haben, Kaiser Alexander II. habe seit dem Attentat vom 4. April 1866 auf dem Wege der Reformen im Innern inne zu halten angefangen*). Die socialistischen Tendenzen der geheimen Gesellschaften hätten ihn erschreckt. Diese Gesellschaften sollen in der That die destructivsten Tendenzen, insbesondere auch antireligiöse, in den Schulen zu verbreiten gesucht haben. Daß die Regierung gegen solche Wühlereien mit Strenge vorgeht, erscheint ganz natürlich. Daraus ist aber noch nicht zu folgern, daß der Kaiser, nachdem er die Abschaffung der Leibeigenschaft, der Prügelstrafe, Hebung des Unterrichts ꝛc. als Heilmittel erkannt hat, plötzlich in eine schroffe Reaction zurückfallen sollte.

Wir gehen zu **England** über. Mit Lord Palmerston war von England eine fatalistische Bezauberung gewichen. Der satyreske Großvater der mit allen Revolutionen kokettirenden Whigpolitik hatte zwar, als er am 18. October 1865 starb, noch die Großmutter, das liberale Waschweib Graf Russel, zurückgelassen, allein der Humor war unwiederbringlich verloren. Andere Verhältnisse erforderten wieder eine ernstere conservative Politik und der mißlungene Versuch einer abermaligen Parlamentsreform

---

*) Das Attentat vom 4. April in seiner Bedeutung für die culturgeschichtliche Entwicklung Rußlands. Von Dr. v. H—st. Leipzig, 1867.

führte zu einem Ministerwechsel. In das neue Toryministerium, dessen Bestellung schon ein Londoner Telegramm am verhängnißvollen 3. Juli 1866 meldete, das aber erst einige Tage später förmlich eingesetzt wurde, erhielt zum Chef den ersten Lord der Schatzkammer, Graf Derby. Die vorzüglichsten Mitglieder waren ferner für das auswärtige Amt Lord Stanley, für den Schatz Disraeli, für den Krieg General Peel, für die Marine Pakington, für die Kolonien Lord Carnarvon, für Indien Lord Cramborne 2c.

Lord Stanley ließ keinen Zweifel über die auswärtige Politik Englands übrig, als er bei seinem Amtsantritt im Parlament erklärte: Es sey eine absurde Voraussetzung, daß ein conservatives Ministerium in England kriegslustig seyn müsse. Die conservative Partei (der Tories) habe während des amerikanischen Bürgerkrieges vorsichtig zurückgehalten, während die Führer der Whigs, Graf Russel und Gladstone ziemlich unvorsichtig für den Süden Partei genommen hätten. Was den gegenwärtigen Continentalkrieg in Deutschland betreffe, so werde sich England nicht einmischen, erstens zur Schonung der ärmeren Classen in England, denen man keine neue Steuer aufbürden dürfe, und zweitens um den Colonialhandel nicht zu stören. Zum Schluß seiner Rede machte der edle Lord dem Kaiser der Franzosen ein schmeichelhaftes Compliment wegen seiner friedlichen Gesinnung.

Bei dieser Gelegenheit schrieb ein Deutscher aus London in seine Heimath, die gewaltige Machtentfaltung Preußens habe England diesmal noch weit mehr als vor zwei Jahren im Dänenkriege imponirt. Die erstaunlichen Siege in Böhmen hätten sehr zur Friedensliebe an der Themse mitgewirkt und dort ein gewisses Vertrauen hervorgerufen, daß auch Frankreich seine Rheingelüste bezähmen werde. Staunen ergriff die Bevölkerung von London. „Der im Auslande lebende Deutsche," hieß es in jenem Schreiben, „fühlt am deutlichsten, wie seit Anfang Juli eine deutsche Nation zum erstenmale vor den Schranken der Weltgeschichte plötzlich als Weltmacht erschienen ist. Der Deutsche, seither als braver Mensch geduldet, auch manchmal in Frankreich und England individuell geschätzt, ist plötzlich das geachtete Mitglied einer ersten Weltmacht geworden.“

Es fiel einigermaßen auf, daß England gegen die Einverleibung Hannovers in Preußen keine Einwendungen machte, da die Königin von England aus welfischem Geschlechte stammte, der jeweilige König von Hannover noch eine Apanage von England genoß und Sitz und Stimme im Hause der Lords hatte, Hannover auch immer den englischen Interessen diente, um von England geschützt zu werden. Insbesondere war durch Hannover Preußen von der Nordsee verdrängt und die Bildung einer deutschen Seemacht dadurch gelähmt worden, alles zum Vortheil Englands. Gleichwohl that England diesmal nichts für Hannover, sondern erklärte sich schon am Ende Juli mit der Einverleibung dieses Landes in Preußen einverstanden. Lord Stanley erklärte das, wie die englischen Blätter es ausdrücklich bemerkten, im Gegensatz gegen Rußland, welches England und Frankreich zu einer Einmischung aufgefordert hatte, aber isolirt blieb. Da es bekanntlich in England weniger auf den Willen der Königin, als auf den des Ministeriums und Parlaments ankommt, war für die englische Politik in der hannöverschen Frage schwerlich der Umstand von Entscheidung, daß der Königin Tochter mit dem Kronprinzen von Preußen vermählt war. Von ungleich mehr Einfluß scheint für beide Mächte der Hinblick auf neue Verwicklungen im Orient gewesen zu seyn. Den Westmächten mußte daran liegen, mit Preußen in guten Beziehungen zu bleiben, wenn Rußland im Orient wieder erobern wollte.

Während der Krieg in Deutschland noch nicht zu Ende war, hatten England und Nordamerika die Freude, ein großartiges und gemeinnütziges Werk, das schon einmal mißlungen war und Millionen gekostet hatte, endlich vollständig gelingen zu sehen. Das transatlantische Kabel kam nämlich von der Westküste Irlands auslaufend am 27. Juli 1866 in der Trinitybai an der Küste von New-Foundland wohlbehalten an und hat seitdem seinen Dienst verrichtet. Es ist sogar schon ein zweites Kabel zu legen unternommen worden, um jenem ersten Concurrenz zu machen. Eben so wichtig wäre eine Telegraphenverbindung mit China und Japan. Eine solche ist schon seit einigen Jahren im Plane. Der Nordamerikaner Culins wollte eine Telegraphenlinie durch den Norden Amerikas bis zur Behringsstraße leiten und der russische Kaiser hatte sich bereits angeboten, ihm mit einer Telegraphenlinie durch ganz Sibirien auf der asiatischen Seite bis zur Behringsstraße entgegenzukommen. Die Enden beider Linien sollten dann auf der kurzen Strecke, welche das Meer in der Behringsstraße zwischen beiden Welttheilen offen läßt, durch ein Kabel verbunden werden. Einsichtige zweifelten gleich anfangs, ob es möglich wäre, auf so langen Strecken, in so rauhem Klima, in gänzlich öden oder nur von Wilden bewohnten Gegenden sichere Telegraphenstationen anlegen zu können, und wegen dieser außerordentlichen Terrainhindernisse hat der Russe Romanow dem Kaiser einen andern Plan vorgelegt, dessen Ausführung weniger Schwierigkeiten darzubieten scheint. Der Landtelegraph soll nämlich weder in Asien noch in Amerika bis zur Behringsstraße, sondern in beiden Welttheilen nur bis zu einem weiter südlich gelegenen Punkte geführt werden und zwar in Sibirien bis nach Nikolajewsk. Von da soll ein unterseeisches Kabel nach Kamtschatka und über die aleutischen und Fuchsinseln bis zur Westküste von Amerika hinübergeleitet werden.

Einige andere England betreffende Neuigkeiten seyen hier nur kurz erwähnt. Im Frühjahr 1866 tauchten rebellische Banden in Irland unter dem Namen der Feniers auf, wurden jedoch bald überwältigt. Der Name Fenier bedeutet Phönizier, weil die Irländer von diesem alten Volk abzustammen glauben. Jahrhundertlanger Mißhandlung im Vaterlande durch Auswanderung entronnen, hatten sich einige

Millionen Irländer in den Vereinigten Staaten von Nordamerika angesiedelt und kamen dort allmälig auf den Gedanken, ihre zurückgebliebenen Brüder in Irland vom unbarmherzigen Joche der Engländer zu befreien. Sie machten daher eine Verschwörung, hielten Meetings und schickten Emissäre ab, um in Irland selbst das gemeine Volk zur Empörung aufzurufen. Aber mit viel zu geringen Mitteln. Viele waren schon im Herbst 1865 verhaftet worden, unter andern ihr verwegenstes Haupt Stephens, der aus dem Kerker glücklich wieder entkam. Die Sache der Feniers gerieth aber ins Stocken. Nur von den Flotten der Union oder von Frankreich unterstützt, hätte der Versuch Bedeutung gewinnen können. Im Frühjahr 1867 wurde ein großer Aufstand angekündigt. Man glaubte nicht, daß die Feniers es im Ernst wagen würden, sich zu erheben, da die englische Regierung wachsam war und mit ihren großen Mitteln die Banden, die sich etwa gegen sie bewaffnen konnten, leicht bewältigen mußte. Indessen machten sie doch am 11. Februar einen Anschlag auf das Schloß Chester, worin sich bedeutende Waffenvorräthe befanden. Ein früherer nordamerikanischer Offizier, der mit 50 Mann aus Amerika gekommen war, machte der Polizei in Liverpool Anzeige von der Absicht der Verschworenen, so daß die Regierung Zeit hatte, die Waffenvorräthe zu schützen und die Feniers, die sich wirklich von allen Seiten zu hunderten eingefunden hatten, genöthigt waren, unverrichteter Dinge wieder zu verschwinden. Doch hörte man nach wenigen Tagen, 800 Feniers seyen wohlbewaffnet in den Bergen von Killarney an der Südwestspitze von Irland versammelt. Aber erst am 6. März erfolgte eine größere Bewegung, ein Angriff der Feniers auf Drogheda, der jedoch zurückgeschlagen wurde. Man rechnete, daß damals bereits 4000 Feniers von der Polizei waren ergriffen worden, ehe sie sich an ihre kämpfenden Brüder hatten anschließen können. Zahl und Bewaffnung der Insurgenten war so unzureichend, daß die Regierung in London nicht einmal nöthig erachtete, den Kriegszustand über Irland zu verhängen. Die Proclamation der Feniers, die in jenen Tagen veröffentlicht wurde, war ein klägliches Machwerk. Man kann darin freilich nicht ohne Rührung lesen, was sie von ihrer Armuth, von ihrem Hunger, von der grenzenlosen Ungerechtigkeit der Engländer sagen, indem sie aber eine irische Republik proclamiren, machen sie das Gelingen ihrer Sache von vornherein unmöglich. Zugleich sprechen sie den ganzen Boden Irlands für sich an mit Ausschluß nicht nur des englischen Staats und der englischen Kirche, sondern auch aller Privatbesitzer.

„Der jetzt im Besitz einer Oligarchie befindliche Grund und Boden von Irland gehört uns, dem irischen Volke; uns muß er zurückgegeben werden."

Nach Palmerstons Tode wurde der Gedanke der Parlamentsreform wieder angeregt. Die herrschende Aristokratie war indeß schon gewohnt, dem Cerberus der Demokratie kleine Bissen in den bellenden Rachen zu werfen und ihn dadurch wieder auf einige Zeit zu beschwichtigen. Eine wirkliche Parlamentsreform ist nicht durchführbar, so lange die Aristokratie ihren Reichthum besitzt. Diesen schweren Goldfelsen vermag keine Bill, sondern nur eine Revolution aus dem Schwerpunkt zu bringen. Gladstone brachte am 12. März 1866 eine neue Reformbill an das Unterhaus. Danach sollte der Grafschaftscensus von 50 auf 14, der Städtecensus auf 7 Pfund Sterling herabgesetzt werden. Miether von 10 Pfund Sterling jährlichem Miethwerth und wer zwei Jahre nach einander 50 Pfund in der Sparkasse hat, sollten Stimmrecht erhalten.

Gladstone setzte jedoch seine Bill nicht durch. Auch diesmal erschütterte die Bewegung für die Parlamentsreform das Ministerium nicht. Am 11. Febr. 1867 erklärte Schatzkanzler Disraeli im Unterhause, seit 1852 habe man viermal einen Anlauf genommen, eine Reform durchzusetzen, aber immer vergebens. Der Kern der Frage sey der, „ob das Haus der Gemeinen auf der Grundlage der englischen Verfassung, oder der eines andern Landes, etwa Frankreichs oder Amerikas, wieder aufgebaut werden solle? Die Regierung behalte den Grundsatz der englischen Verfassung im Auge und wolle am Grundcharakter des Hauses nichts ändern. Sie fasse das Stimmrecht als ein Privilegium und nicht als ein demokratisches Recht auf und halte daran fest, daß die Besteurung die Grundlage des Wahlrechts seyn müsse. Er schlage vor 1) daß kein Burgflecken die Vertretung ganz verlieren dürfe; 2) daß andere noch unvertretene Orte Sitz und Stimme im Parlament erhalten müssen. Gegenwärtig seyen die Grafschaften mit 11½ Mill. Seelen nur mit 162, die Burgflecken mit 9½ Mill. durch 334 Parlamentsglieder vertreten. Er schlage vor, den Wählercensus in den Grafschaften zu ermäßigen, dann würden mehr Burgfleckenbewohner für die Grafschaft stimmen."

Die große Frage ist, soll die Macht der Aristokratie in England, in welcher bisher die ganze Größe Englands beruhte, erschüttert werden? Das will diese Aristokratie begreiflicherweise nicht zulassen, aber nicht bloß aus egoistischen, sondern auch aus patriotischen Gründen, denn die Solidität und Dauerhaftigkeit des englischen Staates wäre augenblicklich in Frage gestellt, wenn der Stamm der Parlamentsglieder nicht mehr der geschlossenen Aristokratie angehörte, wenn durch demokratische Wahlen jegliche Agitation schlauer Demagogen, ehrgeiziger Emporkömmlinge, unpraktischer Theoretiker ins Parlament eindränge und darin herrschend würde, und statt des Steuerruders in der festen Hand einer erfahrungsmäßig durchgebildeten Kaste, wie in den meisten Parlamenten des Continents die Windfahne einer Deputirtenkammer träte, die jede Mode, jeder Wahn des Augenblicks und jede neu auftauchende Partei umdrehen könnte.

Das wird nun auch in England eingesehen und es ist durchaus kein Grund vorhanden, um von der neuen Reformbewegung irgend eine wesentliche Aenderung der Dinge zu erwarten. Wenn ein Whigministerium abtritt, wird das Toryministerium gewöhnlich um Concessionen im Sinne der Reform bedrängt, aber bisher hat sich noch jedes Toryministerium mit einem Minimum von Concessionen in Nebendingen begnügt und in der Hauptsache das Princip festgehalten. So hielt es auch Disraeli in der von ihm eingebrachten sparsamen Reformbill fest, im Frühjahr 1867.

Mit Recht bewundert man den Rechtssinn und die Loyalität des gemeinen Volks in England, welches oft massenhaft im tiefsten Elend schmachtet und dem Hungertode preisgegeben ist und doch niemals eine Revolution anzettelt. In London leben viele hunderttausend Arbeiter und doch machen sie keine Revolution gleich denen in Paris. Im Beginn des April 1867 wurde der Augsb. Allg. Zeitung aus London geschrieben: „Amtlicher Erhebung zufolge betrug die Einwohnerzahl der Stadt London am Ende des vorigen Jahrs 3,037,000. Seit 1861 ist die Bevölkerung um 234,002 Einwohner gestiegen. Das ganze Königreich Württemberg zählt in runder Zahl 1,800,000 Einwohner — 1,300,000 weniger als jene einzige Riesenstadt. Daß ein solches Stadtungeheuer nicht mehr schön seyn kann, liegt auf der Hand. Es ist geradezu schauderhaft zu denken, welchen physischen und moralischen Schmutz-Zubehör die Existenz einer solchen Menschenmasse auf einem Fleck voraussetzt. Und dieß unter Londons Rauch- und Nebelatmosphäre! Mittlerweile wächst auch die Noth der Tausende von beschäftigungslosen Arbeitern, besonders im östlichen Theile der Stadt, ins Riesengroße. Ungemessener Reichthum und jammervollstes Elend wohnt wahrscheinlich nirgends in der Welt so nahe und unvermittelt nebeneinander. So hatte denn auch London am 4. April das Schauspiel eines Zugs von etwa 1500 hohläugigen, abgemagerten Männern, die, mit einer freiwilligen Musikbande an der Spitze, unter den Tönen des Klagelieds feiernder Arbeiter: „We have no work to do," (wir haben nichts zu arbeiten) sich langsam daher bewegten. Es ging durch den kommerziellen Theil der Stadt, an der Wohnung des Lordmayor vorüber, auf das Westende zu. Die Region der großen Klubs wurde durchzogen und auch dem stillen Viertel der großen Aristokratie ein Besuch gemacht. Die traurige Schaar hatte sich auf ihrem Stelldichein meist mit nüchternem Magen und begleitet von ihren ebenfalls hungrigen Familien eingefunden, und der lange Weg mag manchem der Arbeiter, die sich nach aller Urtheil mit tadelloser Ruhe benahmen, sauer genug geworden seyn. Wie es heißt, haben die Beklagenswerthen eine Deputation an das Ministerium abgesandt, um die Regierung zu bitten, ihnen durch öffentliche Arbeiten Gelegenheit zu geben, die Mittel zur Fristung ihrer Existenz zu erwerben."

Die Königin von England hatte sich durch ihre Sympathie für Deutschland heimliche Feinde in England gemacht, die mit einer in diesem Lande nicht seltenen Bosheit ehrenrührige Lügen in Bezug auf Ihre Majestät verbreiteten. Da nun solch elendes Geklatsch auch in der deutschen Presse verbreitet wurde, schrieb die lithographirte englische Correspondenz vom 2. April 1867: „Die persönlichen und häuslichen Verhältnisse der Königin von England scheinen in Deutschland weit lebhafter als in England selbst zu interessiren. Zu solchem Schluß berechtigt die Thatsache, daß über sie in der deutschen Presse unendlich mehr Gerüchte und Anekdötchen als in der hiesigen verbreitet werden, obgleich letzterer das Material näher liegt und die Furcht vor Preßprozessen am wenigsten abzuschrecken brauchte. Die Königin von England hat es um uns Deutsche wahrlich nicht verdient, daß wir ihr die Ehre abschneiden, denn eben, daß sie für Deutschland allzu lebhaft empfinde, ist der stille Vorwurf, der sie hier durch ihre glücklichsten Lebensjahre verfolgt hat. Pflicht und Ehre gebieten daher dem durch einen Theil der deutschen Blätter ziehenden Gerüchte von einer morganatischen Vermählung der Königin mit einem untergeordneten Diener ihres Hofhalts entgegenzutreten. Solch müßiges und unwahres Geschwätz, das nur in den niedrigsten Kneipen Londons ausgeheckt wird, verdient nicht jenseits des Canals wiederholt zu werden."

Dreiundzwanzigstes Buch.

Französische Pläne.

Indem der Kaiser von Oesterreich nach der Niederlage seines Heeres bei Königgrätz Venetien an den Kaiser Napoleon III. verschenkte, wurde dieser dadurch zum Schiedsrichter im deutschen Kriege auserkoren und nahm auch in gewohnter Feierlichkeit die Ehre und den Ruhm an, die er davon hatte, blieb aber weit hinter den Erwartungen Oesterreichs zurück. Denn es gelüstete ihn nicht, sich jetzt noch für das besiegte Oesterreich mit dem siegreichen Preußen zu schlagen. Er trat auch jetzt noch nicht aus seiner Neutralität heraus und wenn er Oesterreich auch nicht mehr den Erwerb Schlesiens verschaffen konnte, so setzte er doch durch, daß in den Friedenspräliminarien von Nikolsburg Preußen von Oesterreich keine Gebietsabtretung verlangte. Auch sollte Preußen seine Hegemonie in Norddeutschland nicht über die Mainlinie hinaus erstrecken. Indem Preußen sich diesen Bedingungen fügte, handelte es klug, denn wenn es Oesterreich und die Mittelstaaten durch höhere Forderungen erbittert und zur Verzweiflung gebracht hätte, dann erst würde Frankreich an ihnen enragirte Bundesgenossen gefunden haben. Durch Schonung dämpfte der Sieger die Rheinbundgelüste.

Die Italiener geriethen in eine wahre Wuth, als sie sich zu Wasser und zu Lande geschlagen sahen und Venetien nur durch französische Gnade erhalten sollten. Sie wagten daher, im Vertrauen auf das starke und siegreiche Preußen, dem französischen Kaiser eine kurze Zeit lang zu trotzen und rückten, obgleich er es ihnen verboten hatte, gegen Venetien vor, schlossen sich aber nachher dem Frieden an, den Frankreich mit Wien vermittelte. Napoleon III. war mit dem Verhalten Victor Emanuels damals nicht ganz zufrieden. Lamarmora, der französisch gesinnte Minister Italiens, mußte dem preußisch gesinnten Ricasoli weichen. Deswegen arbeitete die französische Diplomatie in Florenz darauf hin, das Band zwischen Italien und Preußen wieder zu lockern und dem italienischen Vasallen zu bedeuten, der französische Schutz sey ihm doch noch unentbehrlicher als der preußische.

Einstweilen störte nichts den Frieden. Frankreich mußte sich erst Italiens wieder vergewissert, erst Hinterladungsgewehre genug angeschafft, erst neue Allianzen gewonnen haben, ehe es wagen durfte, Preußen anzugreifen. Ja es konnte diese Zwischenzeit benutzen, um Preußen selbst eine Compensation abzudiplomatisiren. Die strengste Neutralität einzuhalten, durch Vermittlung des Friedens den Rang eines europäischen Schiedsrichters zu bewahren, war das nächste Interesse des Kaisers. Er blieb daher auch von den Feierlichkeiten weg, mit denen in der Mitte des Juli, gerade nach den großen Siegen der Preußen, das Jubiläum der Einverleibung Lothringens in Frankreich begangen wurde.

In der zweiten Woche des August wurden unruhige Gerüchte verbreitet. Die Opposition in Paris suchte, je ohnmächtiger sie sich gegenüber dem Kaiser fühlte, mit desto lauersamerem Scharfblick jede Gelegenheit zu benutzen, um den Kaiser beim französischen Volke zu verdächtigen, als sey er schon zu alt und kränklich, um noch energisch das Interesse der französischen Nation vertreten zu können. Ja man scheute sich nicht, ihm indirekt den Vorwurf der Feigheit zu machen. Mit denselben Mitteln waren Karl X. und Ludwig Philipp allmälig um allen Kredit gebracht worden. Gerade jetzt bemühte sich die Opposition, den Kaiser noch in einen Krieg mit Deutschland hineinzuhetzen, weil es beleidigend für die französische Ehre und unerträglich sey, daß Frankreich die deutsche Beute nicht mit Preußen theilen sollte. Auch den Ehrgeiz des französischen Heeres reizte man auf und gab zu verstehen, dasselbe könne unmöglich dulden, daß es von der preußischen Armee an Kriegsruhm übertroffen werde. Diese Stimmen gingen von einer keineswegs wahrhaft kriegslustigen Partei, sondern wieder nur von der orleanistischen Opposition aus. Indessen glaubte man, Napoleon III. wolle die Opposition diesmal benutzen, um Preußen ein wenig zu drohen und dessen Forderungen an die deutschen Mittelstaaten zu mäßigen. Etwas Bestimmtes erfuhr man nicht. Erst im Anfang des August verbreitete der Pariser Siècle das Gerücht, die kaiserliche Regierung habe mit dem Berliner Kabinet Vorbesprechungen (pourparlers) bezüglich der Rheingrenze eröffnet, Preußen aber bisher nicht geglaubt, die französischen Vorschläge annehmen zu können.

Auf mehr als eine größere Schonung der deutschen Mittelstaaten im Frieden lief der von Frankreich her geübte Druck auf Preußen nicht hinaus. Und jene Schonung selbst lag so sehr im preußischen eigenen Interesse, daß es eines Drucks von Frankreich her gar nicht bedurfte. Die Compensationsfrage, wenn je darüber verhgndelt worden war, ließ doch Napoleon III. wieder fallen. Preußen blieb seinem alten Programm getreu, keinen Fußbreit deutschen Bodens abtreten zu wollen, und Frankreich entsagte oder glaubte wenigstens die Erfüllung seiner Wünsche auf eine günstigere Zeit vertagen zu müssen. Die nächste Folge davon war, daß Drouyn de l'Huys, weil er immer zu sehr zu Oesterreich geneigt hatte, das auswärtige Amt niederlegen mußte.

Der Weserzeitung wurde unterm 13. August aus Berlin geschrieben: „Heute sind es acht Tage, daß hier die französische Note eintraf, in welcher die Wiederherstellung der Grenzen von 1814 angeregt wurde. An demselben Abend noch fand ein Ministerrath statt, in welchem der zugezogene Generalstabschef von Moltke den Ministern v. Roon und Graf Bismarck bewies, daß Preußen gerüstet und im Stande sey, den Krieg gegen Frankreich aufzunehmen, wenn es seyn müsse, sofort. Frankreich hat nicht ganz 400,000 Mann auf den Beinen, nach Abzug der in Mexiko, Algerien und Rom befindlichen Truppen etwas über 300,000 Mann; Preußen hat am Anfang dieses Monats 640,000 und einige hundert Mann ausgelöhnt. Die Folge dieses Ministerrathes war, daß am Dienstag von preußischer Seite eine entschieden ablehnende Antwort gegeben wurde."

Der englische Globe wunderte sich, wie Frankreich dazu komme, aus Anlaß der Erwerbung Preußens eine Compensation für sich zu beanspruchen. „Was hat denn Frankreich in diesem Kriege gethan?" frug der Globe. „Waren es denn die Franzosen, welche die Schlacht bei Königgrätz gewonnen haben? Die Preußen allein haben gesiegt und niemand hätte sie gehindert, auch noch vollends in Wien, München und Stuttgart einzurücken. Wenn Oesterreich in der Noth die französische Vermittlung anrief und Preußen darauf Rücksicht nahm, so hat damit doch nur Oesterreich eine Verpflichtung zum Dank übernommen und nicht Preußen."

Nachdem Napoleon III. am 2. September Drouyn de l'Huys als Minister der auswärtigen Angelegenheiten beseitigt und dessen Portefeuille dem bisherigen Gesandten in Constantinopel, Marquis de Moustier zugewiesen hatte, der letztere aber noch nicht angekommen war und Herr von Lavalette einstweilen für ihn eintrat, erließ dieser letztere am 16. September auf Befehl des Kaisers ein denkwürdiges Rundschreiben an die diplomatischen Agenten Frankreichs im Auslande. Es kündigte vor allen Dingen Frieden an und behandelte die künstliche Erhitzung der Orleanisten gegen Preußen, durch die Frankreich in den Krieg gehetzt werden sollte, mit der Geringschätzung, welche sie verdiente, warf aber zugleich einige Leuchtkugeln in die Höhe, um einigermaßen die Nacht der europäischen Zukunft zu erhellen. Wir heben hier nur die Grundgedanken der Denkschrift hervor: „Die öffentliche Meinung Frankreichs ist bewegt. Sie schwankt, unsicher zwischen der Freude, die Verträge von 1815 vernichtet zu sehen, und der Furcht, daß die Macht Preußens nicht übermäßige Verhältnisse annehme, zwischen dem Verlangen nach Erhaltung des Friedens und der Hoffnung, durch den Krieg eine Gebietsvergrößerung zu erlangen. Sie ertheilt der vollständigen Befreiung Italiens ihren Beifall, aber sie will gegen die Gefahren, die den heil. Vater bedrohen könnten, beruhigt seyn. Die Ungewißheiten, welche die Geister bewegen und die im Ausland ihren Widerhall haben, legen der Regierung die Verpflichtung auf, ihre Anschauungsweise klar herauszusagen."

Nun heißt es weiter, die neue Umgestaltung Deutschlands sey Frankreich nicht mehr so bedrohlich, als es die frühere Bundesverfassung gewesen sey: „Es ist unbestreitbar, daß es während mehr als 40 Jahren vor und gegen sich hatte die Coalition der drei nordischen Mächte, die durch die Erinnerung gemeinschaftlicher Niederlagen und Siege, durch gleiche Regierungsprincipien, durch feierliche Verträge und die Gefühle des Mißtrauens gegen unsere freisinnige und civilisirende Aktion geeinigt waren."

„Die Freiheit der Allianzen ist das neue Princip, welches Europa regiert. Alle Großmächte sind gegenseitig zum vollen Maß ihrer Unabhängigkeit und zur geregelten Entwicklung ihrer Geschicke gelangt. Ein vergrößertes, nunmehr aller Solidarität lediges Preußen sichert die Unabhängigkeit Deutschlands. Frankreich braucht daran keinen Anstoß zu nehmen. Stolz auf seine wundervolle Einheit, auf seine unverwüstliche Nationalität, kann es das eben vollzogene Assimilirungswerk weder bekämpfen und bedauern, noch die Principien der Nationalität, die es in Bezug auf die Völker vertritt und verkündigt, eifersüchtigen Empfindungen unterordnen. Ist einmal das Nationalgefühl Deutschlands befriedigt, so schwinden dessen Besorgnisse und erlischt dessen Feindschaft. Indem es Frankreich nachahmt, thut es einen Schritt, der es uns nähert, aber nicht von uns entfernt.

„Im Süden tritt Italien, dessen Patriotismus durch eine lange Knechtschaft nicht erstickt werden konnte, in den Besitz aller seiner Elemente nationaler Größe. Sein Bestehen bringt eine tiefe Veränderung in den politischen Bedingungen Europas hervor; allein ungeachtet unüberlegter Empfindlichkeiten oder vorübergehender Unbilligkeiten nähern es seine Ideen, seine Principien und Interessen der Nation, welche ihr Blut vergossen hat, um ihm zur Erringung seiner Unabhängigkeit behülflich zu seyn.

„Die Interessen des päpstlichen Stuhles sind durch die Convention vom 15. September sichergestellt. Diese Convention wird in loyaler Weise ausgeführt werden. Indem der Kaiser seine Truppen aus Rom zurückzieht, läßt er als Sicherheitsbürgschaft für den hl. Vater den Schutz Frankreichs daselbst zurück.

„In der Ostsee wie im Mittelmeer erstehen Marinen zweiten Ranges, die der Freiheit der Meere günstig sind.

„Indem Oesterreich, seiner italienischen und germanischen Sorgen enthoben, seine Kräfte nicht mehr in unfruchtbarer Nebenbuhlerschaft verzehrt, sondern sie in Osteuropa concentrirt, steht es noch immer als eine Macht von 35 Millionen Seelen da, die keine Feindseligkeit und kein Interesse von Frankreich scheidet."

Sodann kommt der Kaiser auf den großen Gedanken des Zusammenstehens des romanischen und germanischen Europa gegen Rußland und die neue Macht in Amerika zurück, und warnt vor neuen Kämpfen in Europas Mitte, die nur Europa selbst Schaden und nur Asien und Amerika Vortheil bringen könnten. „Während die alten Völker des Continents in ihren eingeschränkten Gebieten nur mit einer gewissen Langsamkeit wachsen, können Rußland und die Republik der Ver. Staaten Amerikas vor einem Jahrhundert je 100 Millionen Menschen zählen. Obgleich die Fortschritte dieser beiden großen Reiche für uns kein Gegenstand der Besorgniß sind, sondern wir im Gegentheil ihren hochherzigen Anstrengungen zu Gunsten unterdrückter Racen Beifall zollen, so liegt es doch in dem vorausschauenden Interesse der Nationen Central-Europas, nicht in so vielen verschiedenartigen Staaten ohne Kraft und ohne öffentlichen Geist zerstückelt zu bleiben.

„Die Politik muß sich über die engen und kleinlichen Vorurtheile einer vergangenen Zeit erheben. Der Kaiser glaubt nicht, daß die Größe eines Landes von der Schwächung der es umgebenden Völker abhänge, und er sieht das wahrhafte Gleichgewicht nur in den befriedigten Wünschen der Völker Europas. Darin gehorcht er alten Ueberzeugungen und den Ueberlieferungen seines Hauses. Napoleon I. hatte die Veränderungen vorhergesehen, die heutzutage auf dem europäischen Continent vor sich gehen. Er hatte die Keime neuer Nationalitäten ausgestreut, in der Halbinsel, indem er das Königreich Italien schuf, in Deutschland, indem er 253 selbständige Staaten abschaffte.

„Wenn diese Erwägungsgründe gerecht und wahr sind, so hat der Kaiser wohl daran gethan, das nicht unrühmliche Amt eines Vermittlers anzunehmen, unnützem, unsäglich betrübendem Blutvergießen Einhalt zu thun, den Sieger durch freundschaftliches Einschreiten zur Mäßigung zu stimmen, die Folgen der Niederlagen zu mildern und durch so viele Hindernisse hindurch die Wiederherstellung des Friedens zu verfolgen. Im Gegentheil hätte er seine hohe

Verantwortlichkeit verkannt, wenn er sich unvermuthet in die Wechselfälle eines großen Krieges gestürzt hätte, eines jener Kriege, welche alten Stammeshaß wieder anfachen und ganze Nationen gegen einander werfen."

Aendert sich die Politik des Kaisers, so ist es jedenfalls von Werth, zu wissen, wie er sich im September 1866 noch geäußert hat.

Am Ende des October reizte die „Opinion nationale" die Eifersucht der Franzosen gegen die Deutschen auf und warnte vor Preußen. „Das besiegte Oesterreich," sagte sie, „hat Venetien abgetreten; wir haben fortan nichts mehr von ihm zu fürchten, weder in Italien, noch am Rhein. Unsere alten Beschwerden verschwinden vor der neuen Lage der Dinge und wir haben nur noch ein Interesse, nämlich Oesterreich einerseits gegen Rußland, andererseits gegen Preußen zu stärken. Preußen, welches siegreicher war, als wir es zu Anfang des Conflicts geglaubt hätten, hat eine beklagenswerthe und gefährliche Neigung, seinen Sieg zu mißbrauchen. Wir geben gerne zu, daß es seine Hegemonie von der Ostsee bis zum Main erstrecke, aber es trägt heute Gelüste nach ganz Süddeutschland, Böhmen und den deutschen Provinzen Oesterreichs; später wird es vielleicht die dänischen Inseln, Holland, Flandern, die deutsche Schweiz (von Elsaß und Lothringen spricht der Artikel nicht) beanspruchen und es ist unsere Pflicht, diese exorbitanten Ansprüche, diesen maßlosen Ehrgeiz zu bekämpfen. Es ist die Politik des Pangermanismus, der Europa mit Stürmen bedroht." Das widerspricht sehr dem Nationalitätenprincip, welches von Frankreich aus immer so sehr empfohlen wird. Und mit welchem Recht klagt Frankreich, das erst Savoyen und Nizza annectirt hat, über preußische Annectirungen? Was hat sich Frankreich endlich um Dynastienwechsel in Deutschland zu bekümmern? Als die alten Bourbons durch die Orleaniden, diese durch die Republik und diese wieder durch den 2. December gestürzt wurden, haben sich da die Deutschen in diese französischen Dinge eingemischt?

Im November 1866 gab Jules Favre eine Sammlung seiner politischen Reden heraus, worin er seine Angst vor Deutschland mit lächerlichem Pathos zur Schau trug: „Die Klagen der verrathenen Völker sind erstickt unter den Trümmern des deutschen Bundes und der umgestürzten Throne. Die Karte von Deutschland ist umgeändert ohne uns und gegen uns. Eine furchtbare nationale und militärische Einheit organisirt sich dort und bedroht uns. Einstweilen verachtet man uns, um uns später zu trotzen. Denkt an die gebieterischen Nothwendigkeiten, die das höchste Gesetz seines eigenen Heiles Frankreich auferlegt.“ Der gute Mann phantasirte sich vor, die Preußen stünden schon wieder auf dem Mont Martre.

Der Graf von Chambord, Prätendent der älteren Linie Bourbon, wollte seinerseits auch nicht dahinten bleiben, als die verkappten Anhänger des Hauses Orleans in der Friedenspolitik des Kaisers einen Vorwand zu finden glaubten, diese der Feigheit und des Verraths an der französischen Ehre anzuklagen. Er hätte die Vergrößerung Preußens, die Erstarkung Deutschlands nicht dulden, sondern eine Compensation verlangen oder Krieg anfangen sollen. In einen solchen Krieg wollten die Intriganten ihn nur stürzen, damit er darin zu Grunde gehe. Der Graf von Chambord nun ging auf den Ton ein und richtete ein Schreiben an seine Anhänger, worin er die Schwäche beklagt, in welche Frankreich durch die napoleonische Politik versetzt worden sey. Frankreich dürfe niemals dulden, daß vor seinen Thoren ein mächtiges Italien und ein mächtiges Deutschland entstehen.

Graf Bismarck verhielt sich ganz ruhig diesen Demonstrationen gegenüber und erklärte nur am 20. Dezember im Berliner Abgeordnetenhause, welche Rücksicht Preußen in Nikolsburg auf Frankreich genommen habe. „In Bezug auf Nordschleswig,“ sagte er, „hatte es Preußen nicht mit Dänemark allein zu thun, Preußen steht in Europa. Für Frankreich wäre es nicht erwünscht, sich Deutschland unter Oesterreichs Leitung geeinigt, als ein Reich von 75 Millionen zu denken;

auch wenn Frankreich bis zum Rhein ginge, wäre es kein Gegengewicht gegen eine solche Macht. Für Frankreich sey es ein Vortheil, wenn Oesterreich an diesem Deutschland nicht betheiligt ist, da die österreichischen Interessen mit den französischen in Italien, im Orient mannigfach collidiren. Zwischen Frankreich und einem von Oesterreich getrennten Deutschland sind die Berührungspunkte, die zu feindlichen Beziehungen führen können, sehr viel geringer, und daß Frankreich ein Bedürfniß hat, zum nächsten Nachbar einen solchen zu haben, mit dem es alle Hoffnung hat, in Frieden zu leben, einen solchen, dem 35 oder 38 Millionen Franzosen im defensiven Kampfe vollständig gewachsen sind, ist ein natürliches Interesse, das kann man nicht verargen. Ich glaube, daß Frankreich, wenn es seine Interessen richtig erkannte, weder zugeben konnte, daß die preußische Macht aus Deutschland verschwände, noch auch die österreichische. Welches sind weiter die Interessen Frankreichs bei einer europäischen Verwicklung, namentlich der jetzigen Dynastie? Es ist die Berücksichtigung des Systems der Nationalitäten.“ Nachdem Bismarck sodann über Frankreichs Haltung in der schlesw.-holst. Frage und seine diesfallsigen Besprechungen mit Dänemark und andern Mächten sich verbreitet, fuhr er fort: „So lag die Sache, als Frankreich durch die Ereignisse im Juli d. J. in die Lage kam, seine eigenen Wünsche mit einem ganz besonderen Gewicht zu accentuiren. Ich brauche Ihnen die Situation nicht zu schildern, sie ist bekannt genug, und niemand hat Preußen zumuthen wollen, zwei große europäische Kriege gleichzeitig zu führen oder in dem Momente, wo es den einen führte und seine Früchte noch nicht gesichert hatte, seine Beziehungen zu andern Mächten zu compromittiren. In dieser Lage wurde Frankreich von Oesterreich zum Vermittler der Streitigkeiten berufen, also vollkommen legitim durch einen der streitenden Theile berufen, seine Meinung geltend zu machen. Daß Frankreich die Erfordernisse seiner Politik berücksichtigte, kann ihm niemand verdenken. An uns trat die Frage heran, nicht ob wir es den Wünschen der Schleswig-Holsteiner entsprechend hielten, sondern ob wir in dieser europäischen Lage, in der wir uns vor Wien befanden, die Gesammtheit dessen, was uns von Oesterreich durch französische Vermittlung und, wie ich vermuthe, auf Grund französischer Redaktion geboten wurde, annehmen oder ablehnen sollten. Eine starke Anlehnung hatten wir an der unerschütterlichen Vertragstreue Italiens, die ich nicht genug rühmen und deren Werth ich nicht hoch genug anschlagen kann (hört! hört!); die italienische Regierung hat der Versuchung, durch ein Geschenk des gemeinschaftlichen Feindes Oesterreich sich von dem Bündniß abziehen zu lassen, mit großer Entschiedenheit widerstanden (hört! hört!) und wir haben darum gegründete Hoffnungen an die zukünftigen freundschaftlichen Beziehungen zwischen Deutschland und Italien geknüpft (hört! hört! lauter Zuruf von verschiedenen Seiten des Hauses) auch außerhalb des Schlachtfeldes. Dennoch war unsere Ueberzeugung, daß wir den Bogen nicht zu hoch spannen dürften, daß es nicht angemessen sey, durch Verwerfung der Einzelheiten, durch Discussionen die Gesammtheit der Errungenschaften wieder in Frage zu stellen und ihre vollständige Sicherung vielleicht von weiteren europäischen Complicationen abhängig zu machen. Diesen Verhältnissen, meine Herren, verdankt die Clausel wegen Nordschleswigs in dem Friedensvertrage ihre Entstehung."

Am 20. Jan. 1867 erließ der Kaiser der Franzosen ein Decret, durch welches er die bisher üblichen Adreßdebatten in der Kammer abschaffte und dagegen das Interpellationsrecht der Kammer wiederherstellte. In dem das Decret begleitenden Schreiben hieß es: „Seit mehreren Jahren frage ich mich, ob unsere Staatseinrichtungen schon den höchsten Grad der Vollkommenheit erreicht haben. Heute halte ich es für möglich, den Staatseinrichtungen die ganze Entwicklung, deren sie fähig sind, und der öffentlichen Freiheit eine neue Ausdehnung zu geben, ohne daß dadurch die Macht gefährdet wird, welche die Nation mir anvertraut hat.“ Von der Adreßdebatte hieß es, sie habe zuweilen die öffentliche Meinung in Aufregung versetzt und zu unfruchtbaren Wortkämpfen Anlaß gegeben. Das Publikum nahm das Decret hin, glaubte aber nicht, daß die Freiheit dabei gewonnen habe.

Am 14. Febr. 1867 eröffnete Kaiser Napoleon III. die Kammern mit einer friedlichen Rede und wählte zum Programm derselben einen Ausspruch seines Oheims von St. Helena: „Einer meiner größten Gedanken war die Vereinigung und Concentrirung der Völker, welche durch Politik und Revolutionen aufgelöst und zerstückelt worden sind. Eine solche Vereinigung wird später noch durch die Macht der Dinge verwirklicht werden.“ Der Neffe vergaß dabei nur zu bemerken, daß der Oheim eine Vereinigung durch Waffengewalt und Eroberung im Sinne gehabt hatte, während er selbst, der Neffe, nur eine Conföderation unabhängiger Nationen zunächst Frankreichs mit Deutschland und Italien in Aussicht stellte. „Die Umgestaltungen, welche in Italien und in Deutschland erfolgt sind, bereiten die Verwirklichung eines umfassenden Programms der Einigung der europäischen Staaten in einer einzigen Conföderation vor.“ Der kaiserliche Redner erinnerte weiter an den großen Gedanken, der ihn nach Mexiko geführt habe, und bedauerte, daß die Ausführung seines Gedankens durch ein Uebermaß von Opfern, welches Frankreich hätte bringen müssen, verhindert worden sey. Darin lag ein indirecter Tadel der andern Großmächte Europas, welche die Frage als eine europäische aufzufassen nicht verstanden hatten. In Bezug auf den Orient glaubte er, der Frieden werde erhalten werden können. Daß er in Deutschland nur vermittelt und nicht das Schwert gezogen habe, rechnete er sich zum Ruhme und Frankreich zum Vortheile an. „Preußen sucht alles zu vermeiden, was unsere nationalen Empfindlichkeiten wecken könnte, und ist in den europäischen Hauptfragen mit uns einverstanden.“ Gleich friedlich sind seine Aeußerungen in Bezug auf die andern Mächte. „Unsere Verbindungen mit England gestalten sich durch die Uebereinstimmung in unsrer Politik und durch die Vielfältigkeit unsres Handelsverkehrs mit jedem Tage inniger. Versöhnlichen Sinnes ist Rußland geneigt, im Orient seine Politik nicht von der Politik Frankreichs zu trennen. Ebenso ist es mit Oesterreich, dessen Größe für das allgemeine Gleichgewicht unentbehrlich ist.“ Ueber die Vermehrung des Heeres äußerte sich der Kaiser einfach dahin, daß es eben nothwendig sey, eben so gerüstet dazustehn, wie andere Staaten. Im Uebrigen erklärte er sich durch die innern Zustände Frankreichs befriedigt.

Es war ziemlich gleichgültig, ob eine Adresse hätte berathen werden dürfen, oder ob die Redner in langen Interpellationen ihre Meinung kundgaben, der Strom der Redner mußte unter allen Umständen zum Durchbruch kommen und die Opposition hatte Gelegenheit genug, die vorjährige Politik des Kaisers zu tadeln. Thiers, der alte Intrigant, eröffnete den Reigen mit einer langen Rede, worin er wiederkäute, was der Graf von Chambord schon in seinem Briefe und die Anhänger des Hauses Orleans schon oft genug gesagt hatten. Diese Leute affectirten eine Entrüstung darüber, daß der Kaiser die Ehre Frankreichs nicht genug wahrgenommen, daß er den Bürgerkrieg in Deutschland nicht benutzt habe, um Frankreich die Rheinlande zu erwerben ꝛc. Wie wir oben schon bemerkt haben, war es diesen Leuten nur darum zu thun, den Neffen in unbesonnene Kriege hineinzureißen, damit er darin wie der Onkel zu Grunde ginge und dann sie wieder Herrn und Meister in Frankreich werden könnten. Thiers vertheidigte das s. g. europäische Gleichgewicht, welches durch die plötzliche Machtvermehrung Preußens erschüttert worden sey. Frankreich hätte dieselbe nicht zugeben, es hätte sich einmischen sollen. Auch jetzt noch sey es nothwendig, daß Frankreich sich mit Oesterreich, sämmtlichen kleinen Staaten und zugleich mit England und Scandinavien verbinde, um Preußen wieder zu schwächen und jedenfalls das Zustandekommen der deutschen Einheit zu verhindern.

Der Bedeutung wegen, welche die Rede von Thiers in Frankreich erlangt hat, müssen wir wenigstens ihre Hauptsätze wörtlich mittheilen. Vor allem suchte er zu beweisen, der westphälische Friede sey unschätzbar für Frankreich gewesen, denn die deutsche Einheit sey dadurch auf Jahrhunderte hinaus zerrissen und ein System von deutscher Kleinstaaterei begründet worden, welches Frankreich freie Hand gelassen habe, am Rhein zu wirthschaften, wie es wollte. Annähernd hätten auch die Verträge von 1815 Frankreich wesentlich genutzt. Nach einem so großen Siege der Deutschen über die Franzosen sey dennoch Deutschland getheilt geblieben und seine Kleinstaaterei habe Frankreich nach wie vor sein Uebergewicht gesichert. Auch die Eifersucht der Großmächte sey dem damals besiegten Frankreich trefflich zu Statten gekommen. „Die Verträge von 1815," sagt er dann, „machten das europäische Gleichgewicht nicht unmöglich, was hatte man denn wirklich zu fürchten? nicht Oesterreichs und nicht Englands Ehrgeiz. Nur den Ehrgeiz Rußlands gegen die Türkei und den Preußens in Deutschland. Aber wenn Rußland gegen den Orient vorrückte, so konnten ihm Oesterreich und England widerstehen und waren sie zu schwach dazu, so schloß sich ihnen Frankreich an, und der Erfolg war nicht zweifelhaft. Wenn Preußen Deutschland bedrohte, so konnte ihm Oesterreich mit dem Bunde entgegentreten; im Nothfall schloß sich ihm Frankreich an und das Gleichgewicht blieb aufrecht erhalten. Die Zunge der Waage ruhte in Frankreichs Händen. Ich bitte die, welche über die Zerstörung der Verträge von 1815 frohlocken, um Nachsicht; diese Verträge können wir vermissen. (Unterbrechung.) Erlauben Sie, in den Verträgen von 1815 lagen zwei verschiedene Dinge: einmal handelte es sich um die Grenzen und in diesem Punkte sind die Erinnerungen, die sie uns hinterlassen, gewiß beklagenswerth. Und dann handelte es sich um das jetzt gestörte

Gleichgewicht. War dieses Gleichgewicht durch die Verträge von 1815 bloßgestellt? Nein, die Streitkräfte, die man heute von Ihnen verlangt, zu was sollen sie verwendet werden, wenn nicht dazu, es wiederherzustellen? Die heilige Allianz fälschte allerdings das europäische Gleichgewicht, aber in dieser Zeit hat Frankreich für die Freiheit wenigstens die Völker für sich gehabt. Von dieser Tribüne aus, von welcher die Geschichte sagen wird, daß es nicht ihre Schuld war, wenn Frankreichs Größe einen Stoß erlitt, von dieser Tribüne ging während 40 Jahren ein Strom freisinniger Ideen aus, welcher diese Verschwörung der Regierungen zu nichte machte, so sehr, daß im Jahr 1848 diese Regierungen wie Schatten zerstoben vor dem Hauch, der aus Frankreich ausgegangen war. Das Gleichgewicht war wieder hergestellt und wir haben die Früchte davon im Krimkrieg gepflückt. Während der ganzen Dauer der heiligen Allianz hatten wir Rußland, Preußen und Oesterreich gegen uns. Zur Zeit des Krimkriegs stand Rußland allein. Dank dem liberalen Hauche aus Frankreich, der die Regierungen mit ihrem Vorurtheile aufgelöst, und Dank dem Krimkriege wurde das Gleichgewicht wieder hergestellt. Warum sind wir dort nicht stehen geblieben?"

Nun geht Thiers zu der Politik des Kaisers über, die durch das neugeschaffene Nationalitätenprincip wieder alles verdorben habe. „Hätte man nicht seither tausende von Menschen und hunderte von Millionen für die Expeditionen in Italien und Mexiko aufgewendet, welches wäre die Größe Frankreichs? (Zustimmung.) Frankreich hätte keine Verlegenheit, wie konnten wir diese Lage aufgeben?" Der Redner sprach dann davon, was man an die Stelle der Freiheit Frankreichs gesetzt hat. „Sie zu ersetzen war nicht leicht. Man mußte zuerst an ihre Stelle die großen Arbeiten, d. h. die großen Ausgaben setzen, und dann mußte man dazu noch eine neue Politik fügen, die Politik der Nationalitäten und der großen Agglomerationen. Man hat sich für Polen passionirt, aber nicht zu seinem Nutzen. Dann hat man sich für Italien passionirt.“ Redner sagt nun hier, daß er allerdings für die Freiheit in Italien sey und für ein neuzeitliches Regierungssystem daselbst; „was aber die Einheit Italiens betrifft,“ fährt er fort, „so habe ich nie geschwankt. Wenn ich die Ehre hätte, die Geschäfte Frankreichs zu leiten, so würde ich alle seine Kräfte daran setzen, die italienische Einheit zu verhindern (Bewegung). Die Freiheit, ja; die Einheit, nimmermehr! Das ist meine Ueberzeugung. Man hat aus der Befreiung Polens und aus der italienischen Einheit die Grundlagen unserer äußeren Politik machen wollen. Damit hat man allerdings Beifall geerntet; die Presse, welche nicht mehr von der Freiheit Frankreichs sprechen konnte, sprach von der Freiheit Italiens und von der Freiheit Polens. (Lachen und Lärmen.) .... Man hat sich nicht damit begnügt, das Nationalitätenprincip, die Idee der großen Einheitsstaaten zum Thema der Discussion zu machen, man hat damit furchtbare Wirklichkeiten geschaffen. Man sagt, das Nationalitätenprincip gehe ganz natürlich aus unserem eigenen Regierungsprincip hervor; aber muß denn das Princip unserer inneren Politik auch das unserer äußeren seyn? Nein, das war nie Frankreichs Politik in den Zeiten, die seine Größe und seine Sicherheit ausgemacht haben. Finden Sie ihr eigenes Princip im Ausland, um so besser; aber man braucht nicht dessen Sieg im Ausland zu betreiben.“

„Die gegenwärtigen Ereignisse haben eine ungeheure Tragweite, und es gilt jetzt, nach den Mitteln zu forschen, um die Ruhe und die Würde Frankreichs in der Situation, in welcher wir uns befinden, zu wahren. Indem ich diese Ereignisse bespreche, taucht in meinem Gedächtniß, nicht unfreiwillig, sondern sogar unwiderstehlich eine Erinnerung auf. Ich möchte mit Bossuet ausrufen: ‚Ein Mann hat sich gefunden!‘ Nicht daß ich einen Vergleich ziehen wollte zwischen Cromwell, dem diese Worte gelten und dem kühnen Minister, der Preußen so reißend schnell auf die Bahnen der Größe geführt hat.

Nein, kein solches Gleichniß! Es hieße Hrn. v. Bismarck verleumden und zugleich ihn erhöhen. (Lachen.) Aber, indem ich sehe, wie sehr der Mann den Umständen gewachsen ist, kann ich mich nicht enthalten, zu sagen: Ja, ein Mann hat sich gefunden von seltenem politischen Scharfblick, von noch größerer Verwegenheit in seinen Unternehmungen, eine Persönlichkeit, in der ihr Land einen großen Patrioten erblicken muß, und die vor der Idee entsetzt zurückbeben mußte, sich mit 19 Millionen Preußen einem 36 Millionen, und mit dem deutschen Bunde 50 Millionen Seelen zählenden Oesterreich gegenüber zu befinden. Preußen beschuldigte ihn der Verrücktheit; dieses Preußen, das heute so stolz auf seine Größe ist, wollte damals nichts von ihm wissen. Der Minister beurtheilte die Situation ganz richtig; er sah, daß Oesterreich, das er anklagte, so kriegsbereit zu seyn, es ganz und gar nicht war; er sah, daß es ihm nur die Hälfte seiner Streitkräfte entgegensetzen konnte, weil die andere den Italienern die Stirn bieten mußte; er sah, daß nicht nur Italien Oesterreich zwang, seine Streitmacht zu theilen, sondern daß es auch die Kräfte Frankreichs durch die Bande lähmte, in welche es seine Politik verstrickt hatte. Dieser richtigen Erkenntniß paßte Herr v. Bismarck seine Politik an; dieser Erkenntniß verdankte er seinen Erfolg. Warum haben nicht wir auch so richtig geurtheilt? Der so wahre Gedanke des Herrn v. Bismarck wäre dann falsch geworden, sein Triumph hätte sich in eine Katastrophe verwandelt! Man mußte es ja voraussehen, daß, was immer der Ausgang dieses Krieges sey, er ein unglücklicher seyn müsse, daß das Gleichgewicht Europas gestört, Frankreich in seiner Stellung bedroht seyn, daß in keinem Falle ein Nutzen für dasselbe, und namentlich kein Gebietszuwachs sich ergeben würde; es war klar, daß es nur ein Wort zu sagen brauchte, um den Krieg zu verhindern. Diese Behauptungen sind leicht zu begründen. Der Krieg konnte in keinem Falle für uns einen glücklichen Ausgang nehmen. Blieb Oesterreich siegreich, so konnte es sich versucht fühlen, den deutschen

Bund zu seinem Vortheil umzugestalten, eine Unzukömmlichkeit, die freilich leichter wog als jene, die sich aus einem Siege Preußens ergeben hätte, aber doch immerhin eine Gefahr war, da Oesterreich auch versucht seyn konnte, die Italiener zu züchtigen, und wir dann nothgedrungen hätten eingreifen müssen. Die Italiener sagten es ganz laut. Eine zweite Alternative gab es: daß Oesterreich und Preußen, beide gleichmäßig erschöpft, sich entschlossen, Frieden zu machen. Dann hätten sie es auf Kosten des deutschen Bundes gethan, und in Deutschland wären nur mehr zwei große Mächte übrig geblieben, die beim ersten Anstoß die deutsche Einheit verwirklicht hätten. Diese zweite Chance, die wahrscheinlichste, war gleichermaßen unbequem für uns. Eine dritte Voraussetzung, jene, die sich verwirklicht hat und die am wenigsten vorhergesehen wurde, war, daß Preußen vollständig Sieger bleiben würde. Dies geschah, und heute hat es die deutsche Einheit beinahe zu drei Viertheilen realisirt. Gab es in allen diesen Fällen für uns irgend eine Aussicht auf Gewinn und namentlich auf eine Gebiets-Erwerbung? Wenn es eine Leidenschaft in Deutschland gibt, so ist es die, seinen Besitzstand zu wahren bis auf das armseligste Dorf herab. Nun, wer immer Sieger blieb, es war ein deutscher Sieger, und Sie haben gesehen, was Preußen, das übrigens in einer günstigeren Lage war, um ein Opfer zu bringen, Ihnen am Morgen nach der Schlacht bei Sadowa geantwortet hat: ‚Nein, ich kann, ohne mich in den Augen Deutschlands zu Grunde zu richten, auch nicht das kleinste Stückchen nationalen Bodens preisgeben.‘ Der Krieg ließ uns also keine Aussicht auf einen Gebietszuwachs.

„Deutschland war ein Bundesstaat. Auf der einen Seite hatte es eine junge, ehrgeizige Macht, die 19 Millionen Unterthanen zählte. Im Mittelpunkte war der deutsche Bund mit 17 oder 18 Millionen Einwohnern; am andern Ende, weit von uns, Oesterreich, stärker durch die Zahl, denn es umfaßte 36 Millionen. So war die politische Organisation Deutschlands beschaffen. Was ging daraus hervor? Die Unfähigkeit, nicht zur Vertheidigung, sondern zum Angriffe. Was befindet sich heute an Stelle dieser Organisation? Preußen, das, sey es direct durch seine eroberten Unterthanen, sey es indirect durch seine Beziehungen mit dem norddeutschen Bund, von 19 auf 31 Millionen Seelen angewachsen ist. Ich frage nun alle diejenigen, welche sich dem Studium der Geschichte widmen, wo es eine zweite Macht gibt, selbst in unserer Zeit der Kriege und raschen Eroberungen, die binnen wenigen Wochen, wenigen Jahren, 11 bis 12 Millionen Unterthanen erworben hätte! Das ist ungeheuer!

„Was den norddeutschen Bund betrifft, so weiß man, daß er, wiewohl er sich Bund nennt, eine reine Illusion ist. Der König von Preußen ist das diplomatische Oberhaupt, das ihn bei den fremden Mächten vertritt. Ueberdies ist er der militärische Chef, der seine Streitkräfte befehligt. Er braucht nur anzuordnen und alle Corps des Bundes setzen sich in Bewegung. Er verfügt über das Normal-Budget für eine unbestimmte Reihe von Jahren, und dieses gewährt ihm ein Quantum Männer und für jeden Mann eine Summe, weit größer als die, welche der französische Soldat kostet. Man kann also ohne Uebertreibung sagen, daß Preußen die 30 bis 31 Millionen Einwohner des norddeutschen Bundes besitzt.

„Ich will nicht viel von dem großartigen baltischen Littorale, von Bremen, Hamburg und Lübeck reden; aber sprechen wir vom Festlande. Hier hat Preußen eine bewunderungswürdige Grenze, den Rhein und Main; es hat Mainz, das Napoleon den Schlüssel des Continents genannt. Statt 19 Millionen hat Preußen jetzt 31 Millionen Seelen mit dem ersten Platze Europas und an der solidesten Grenze, hinter welche es selbst nach einer verlorenen Schlacht, da es sich auf Mainz und Cöln stützt, schwerlich leicht zurückzuwerfen ist. Der Südbund umfaßt 9 bis 10 Millionen Einwohner, und er hat einen militärischen Bund geschlossen, der sich genau an den Nordbund anschließen wird, so daß Preußen sodann über 40 Millionen Deutsche an unserer Grenze verfügen wird. Zwar existirt in Süddeutschland heute noch eine föderalistische Partei, die wahrhaft deutsche Partei, aber sie bedeutet im Kriegsfalle nichts. Oesterreich jedoch steht außer dem Bunde und vermag da nichts mehr; es ist zu wünschen, daß es sich reconstituire, denn wenn dies nicht gelänge, so würden die 13 oder 14 Millionen Deutschen, die dazu gehören, noch das große Deutschland verstärken.

„Und das sind nicht die einzigen Gefahren. Sehen Sie nach dem Orient. Dort muß verhindert werden, daß Constantinopel in die Hände schon Mächtiger falle; denn von Constantinopel sagte Napoleon in Tilsit: ‚Constantinopel ist die Weltherrschaft.‘ Nun kommt die Gefahr für den Orient nicht von England und nicht von dem unglücklichen Oesterreich, sondern die Gefahr liegt darin, daß Constantinopel in Rußlands Hände falle. Dann hätte Rußland 100 Millionen Einwohner, und die düstere Weissagung Napoleons wäre erfüllt. Diese Gefahr also gilt es zu beschwören. Um der Nationalitäten-Politik gerecht zu werden, müßte man in Constantinopel einen christlichen Thron errichten, denn es gibt im Orient 9 bis 10 Millionen Christen. Aber sind sie gleichartig? Es sind 2 Millionen Hellenen, 4 Millionen Rumänen, dann Slaven, Bulgaren, Bosniaken; nicht eine dieser Racen will sich die Suprematie der anderen gefallen lassen. Also in Constantinopel ein christliches Kaiserreich etabliren wollen, wäre eine chimärische Politik. Es ist wahr, die Türken sind keine Christen, und ich weiß, daß das Evangelium besser ist als der Koran, aber was ist da zu thun? Und mir ist ein treuer Türke lieber, als ein ungetreuer Christ. Ich wünschte auch, in der Türkei wäre eine unserer Cultur homogenere Bevölkerung, aber die Thatsachen kann ich nicht ändern und die Politik muß mit Thatsachen rechnen.

„Auf dieser Seite liegt die Gefahr in Rußland. Dieses hat eine mit den Christen in der Türkei sympathisirende Politik angenommen und bereitet damit die Zukunft vor, indem es die Christen der ottomanischen Herrschaft entfremden will. Zwischen der deutschen und orientalischen Frage aber besteht ein Zusammenhang, und dieser liegt in der Einheit der Interessen zwischen Preußen und Rußland. Rußland denkt sich: Gleichviel was Bismarck am Rhein und an der Zuydersee macht, das kümmert England und Frankreich, wenn ich nur am schwarzen Meere thun kann, was mir beliebt; und ebenso denkt für sich Preußen. Schon ahnt man das Bestehen eines russisch-preußischen Bündnisses. Ob es besteht, weiß ich nicht; aber wichtiger als ein Allianzvertrag ist die Gemeinschaft der Interessen, denn sie erzeugt die wahre Allianz. Auch zwischen Preußen und Italien bestand Anfangs April kein Vertrag, aber er kam in 24 Stunden zu Stande, als das gemeinschaftliche Interesse es erheischte.

„Das also ist heute in Europa die doppelte Gefahr. Weder der Czaar noch Bismarck werden die Ereignisse überstürzen, aber am Ende hängt nun Europa von der Klugheit eines ehrgeizigen Ministers ab. Im vorigen Jahre hatte noch Frankreich die Ereignisse in seiner Hand, jetzt sind sie in den Händen Rußlands und Preußens. Das ist der Umschwung. (Zustimmung.)"

Schließlich ermahnt Thiers Frankreich, eine Coalition aller liberalen Völker und aller von Preußen und Rußland bedrohten Cabinette zu stiften und sich an deren Spitze zu stellen. England werde zustimmen, da es im Orient ein Rußland, und an der Schelde und der Zuydersee ein Preußen entgegengesetztes Interesse zu wahren habe. Auch Oesterreich werde bei diesem Rendez-vous nicht auf sich warten lassen.

Der Sprechminister Rouher rechtfertigte die Friedenspolitik des Kaisers. Die Einheit Italiens sey Frankreich nicht gefährlich. „Wie soll aber Italien und seine Einheit eine Gefahr für Frankreich seyn? Gefahr kann nur in der Reaction und in der Revolution liegen, dort aber handelt es sich jetzt um Beschwichtigung, Versöhnung und Förderung der commerziellen und volkswirthschaftlichen Fragen. Allerdings ist es gut„ Italien auf die Schäden seiner Finanzen, auf die bedenkliche Haltung seiner revolutionären Parteien aufmerksam zu machen. Ebenso darf man ihm seinen Stolz und seine Undankbarkeit vorhalten, als es so erbittert darüber war, daß Frankreich ihm die Schlüssel von Venedig überreichte. (Bemerkenswerthes Eingeständniß von Seite Frankreichs.) Auf diese Weise muß man ihm den Weg vorzeichnen', den es einzuschlagen hat, um ein mächtiger, mit Frankreich aufrichtig befreundeter Staat zu werden." Im Namen der Regierung erklärt also Rouher, daß sie nichts von dem, was in Italien vorgegangen ist, zu bedauern hat. Und nun geht der Redner zu Deutschland über. „Zunächst kann der Regierung wegen des deutsch-dänischen Conflicts kein Vorwurf gemacht werden. Die Bewegung in Deutschland war von vornherein so intensiv, daß sie durch ein Einschreiten Frankreichs nicht aufgehalten, sondern nur noch verstärkt werden konnte."

„In London hat Frankreich eine Abstimmung der schleswig-holsteinischen Bevölkerung verlangt, und damit war auch das beste Mittel geboten, weiterem Unheil vorzubeugen. Allein dieser Vorschlag scheiterte an dem Eigensinn Deutschlands, der Hartnäckigkeit Preußens und der Verblendung Oesterreichs, keineswegs durch die Schuld Frankreichs. Uebrigens ist der ganze dänische Conflict: nur ein Zwischenfall, bloßer Vorwand in dem großen deutschen Conflict. Die kaiserliche Regierung hat alles aufgeboten, um die Katastrophe zu verhindern, allein alle ihre Bemühungen scheiterten. Italien war nicht aufzuhalten. Es hätte damals nicht auf Frankreichs Stimme gehört. Frankreich hat sich darum in Gemeinschaft mit England an Oesterreich gewandt, damit es Venetien freiwillig aufgebe. Einen Augenblick durfte man hoffen, Oesterreich sey nachgiebig, und damals lud Frankreich zum Congresse ein, Oesterreich hat aber nicht nachgegeben." Rouher begreift diese Weigerung und will sie nicht anklagen, „allein in der Annahme lag das einzige Mittel, dem Kriege zuvorzukommen. Nun kam es zum Kriege und das Glück der Schlachten entschied. Der 4. Juli war ein gewichtiger Tag. Diesem unerwarteten und unwahrscheinlichen Ereignisse gegenüber," gesteht Rouher ein, „waren die Herzen aller Männer der Regierung mit patriotischer Angst erfüllt. Die Entscheidungen, die wir ins Auge zu fassen hatten, waren von denen, welche auf Jahrhunderte hinaus die Zukunft bestimmen, und wir hatten nur Minuten, um uns zu entscheiden. Wir glaubten, uns weder in schmollende Thatlosigkeit versenken, noch zur Kriegsdrohung greifen zu sollen. Wir hielten auch fernerhin an dem Gedanken fest, der stets das Staatsoberhaupt erfüllt hatte, den Frieden zu erhalten oder doch so bald wie möglich wieder herzustellen. Darum entschieden wir uns für die Vermittlung. War denn aber diese Vermittlung ein Werk ohne Ruhm und Schwierigkeit?

„Wir haben das Programm von 1859 verwirklicht. Wir haben ein Italien frei von den Alpen bis zur Adria geschaffen, und endlich haben wir uns um die Interessen der kleinen Staaten bekümmert, die wir niemals vernachlässigt haben. Wir haben den Sieger aufgehalten, als er Bayern 900,000 Seelen wegnehmen wollte; wir haben die Abfindung mit Sachsen, Württemberg und andern Mächten gemildert, stets die Befürchtungen gemäßigt, die Folgen des Kampfes abgeschwächt, den wir nicht hatten verhindern können.

„Die deutsche Einheit bestand schon lange, ehe sie proklamirt wurde. Die Wiener Verträge stellten zuerst die Integrität Deutschlands als Grundsatz auf. Später forderte man die verschiedenen Staaten auf, ihre staatsökonomische Einheit herzustellen. Preußen sah bald ein, welchen ungeheuren Hebel sie für seinen Ehrgeiz erlangen könnte und stellte sich an die Spitze der Bewegung. Von 1836 an verschwanden die Zollschranken und es entstand unter der Hegemonie Preußens gemeinschaftlicher Reichthum und Wohlstand. Alle Staatsmänner sahen darin den Anfang der Einheit. Von 1836 an sprach man in diesem Saale von dieser Bewegung, und als man Thiers

Vorwürfe darüber machte, daß er nichts dagegen thue, sagte er: „Ja! die deutsche Zolleinheit ist zu Stande gebracht, aber es war unmöglich, sie zu verhindern; wenn Oesterreich dieses nicht verhindern konnte, was sollten wir dagegen thun?‘ Uebertreibe ich, wenn ich in der deutschen Zolleinheit die politische Einheit dieses Landes suche? Preußen hat nicht einen Augenblick lang die Wichtigkeit dieser Zolleinheit außer Acht gelassen. Ungeachtet des Krieges, ungeachtet der Opposition Oesterreichs hat es dieselbe immer im Auge behalten. Und was war denn dieses Deutschland seit 1815. Man muß an seine Studentengesellschaften und andere Vereine erinnern, an die Bewegung von 1830. Von 1830–1840 nahm die Agitation in Deutschland ohne Aufhören zu. Alle unsere Gesandten hielten die Einheit Deutschlands in einer gegebenen Zeit für unumgänglich nothwendig. Als 1840 Frankreich von einem Kriege bedroht war, denn es hatte 4 Mächte gegen sich, proklamirte Deutschland am Rhein die Nothwendigkeit seiner Einheit. War dieses nicht eine Enthüllung für alle Beobachter? Und 1848? Welche Fahne erhob damals Deutschland? Es war die Fahne der Einheit. Die Revolution proklamirte die Einheit, indem sie Oesterreich ausschloß und an die Spitze der Einheit Preußen stellte. Oesterreich wich der Einheit aus, aber 1863 sanktionirte es dieselbe ebenfalls. Der Kaiser von Oesterreich begab sich nach Frankfurt, wo er dem deutschen Bunde eine neue Gestalt geben wollte. So schritt Deutschland zur Einheit hin.“

Diese neue Einheit sey aber Frankreich, sagt Rouher, nicht so gefährlich, als es die frühere Bundesverfassung gewesen sey. „Unter der gleichzeitigen Leitung Preußens und Oesterreichs und von Rußland überwacht, etablirte der deutsche Bund gegen Frankreich eine Herrschaft, welche von Petersburg ausging und erst am Rheine inne hielt. Diese Herrschaft, diese Macht von 75 Millionen Einwohnern wurde durch die Verträge von 1815 organisirt. Der Bund verschlang unsere Festungen, bedrohte uns am Rheine und auf den Alpen, nöthigte uns, Hüningen zu schleifen, und zerrüttete unser Vertheidigungssystem. Er war die Schildwache über unsere Interessen, sowie die des Mißtrauens und der Feindseligkeit der Mächte. Thiers hat gesagt, der deutsche Bund sey eine pure Defensivmacht gewesen. Aber im Jahre 1859 war er nicht angegriffen" und Rouher zeigt nun, „wie die 300,000 Mann, welche damals Preußen mobilisirte, den Kaiser vor dem Festungsviereck aufgehalten haben. Wenn der Kaiser den Frieden von Villafranca unterzeichnet hat, so that er dies, weil er Frankreich um Italiens willen nicht weiter gefährden wollte. (Auch ein bemerkenswerthes Eingeständniß!) Und dieß nennt man eine Organisation ohne Gefahr für uns, eine rein defensive Organisation! Was ist aber nun die jetzige Lage? Preußen kann sich durch seine Allianz mit dem Nordbunde auf 29, durch seine Allianz mit dem Südbunde auf 32 Millionen vermehren. Ehemals konnte aber Deutschland 75 Millionen gegen Frankreich ins Feld führen und hatte Rußland als Rückhalt. Heute giebt es ein Oesterreich, das nicht lange ohnmächtig bleiben wird. Oesterreich hat seine Lebenskraft. Es besitzt 33 Millionen Einwohner; es hat aus den letzten Ereignissen Erfahrungen und einen Muth geschöpft, die seine Unglücksfälle wieder gut machen werden. Es wird nicht mehr bald eine ungarische, bald eine deutsche, bald eine italienische Politik haben. Es gibt dort 33 Mill., die durch nichts an Preußen oder Deutschland gebunden sind. Statt der Coalition der Mächte werden wir also drei Theile der ehemaligen Conföderation vor uns haben. Aufrichtig gesagt, ich sehe in dieser Lage der Dinge keine Gefahr." *)

*) Gegenüber der einfältigen Behauptung des Herrn Thiers, der ein Geschichtskenner seyn will, die Deutschen hätten erst von den Italienern lernen müssen, den Einheitsgedanken zu fassen, erinnerte Rouher noch an eine 1839 in Frankreich aus Anlaß des Zollvereins erschienene Schrift, worin es hieß: „Immerhin, wie stark auch die Macht der Dinge seyn mag, der die deutschen Regierungen gehorchen, kann man sich nicht genug

Einen komischen Eindruck machten die Reden des Grafen Latour und des Herrn Garnier-Pagès. Jener nämlich verlangte, Frankreich solle sich mit allen conservativen Mächten gegen das revolutionäre Italien und Deutschland verbinden, und dieser, es solle sich im Gegentheil nur mit den freiheitsdürstenden Völkern gegen die neuen Militärdespoten verbinden.

Die bedeutendsten Reden für und gegen den Frieden waren die von Ollivier und Fabre. Ollivier sagt: „Wenn Frankreich durch das, was geschehen ist und geschieht, herabgesetzt und verkleinert ist, wenn der Nordbund jetzt schon eine Gefahr und ein Nachtheil für Frankreich ist, so ist jetzt schon dringend zum Kriege zu rathen, welche Opfer er auch erheische. Denn nachher ist es zu spät, wenn die Einheit wirklich zwischen Norden und Süden zu Stande gekommen ist. Augenblicklich ist noch nichts beendigt, überall besteht der Groll noch in den annectirten und den besiegten Ländern.“ Allein auch jetzt ist dieß eine

---

über das Phlegma und die Leichtigkeit verwundern, womit sie dem Vollzug eines so großen Ereignisses, wie es die längst erwartete politische Einheit Deutschlands ist, entgegen gehen. Wenn die Situation reif ist, wird ein Ereigniß, ein Mann vielleicht genügen, um mit einem Schlage dieses Resultat herbeizuführen.“ Rouher erinnert sodann an die alte Patriotenpartei von 1813, an die Turner, an die deutsche Burschenschaft. In der That, wenn Thiers ein Geschichtskenner seyn will, sollte er wissen, was Arndt und Görres vor fünfzig Jahren geschrieben, Körner und Schenkendorf gesungen haben. Rouher erinnert ferner an den großen Allarm in Deutschland im Jahr 1840, als der kleine Thiers den Rhein haben wollte, an die deutschen Einheitsbestrebungen im Jahr 1848. Aber er fügt hinzu, daß in allen diesen deutschen Bewegungen nie ein Angriff auf Frankreich beabsichtigt worden sey. Die einzige Gefahr, von Deutschland her angegriffen zu werden, habe Frankreich im Jahr 1859 gedroht, als Preußen gemäß seiner Bundespflicht Oesterreich habe helfen wollen. Frankreich sey aber dieser Gefahr durch den klugen Friedensschluß von Villafranca glücklich entgangen.

schlechte Politik und Ollivier räth an, ohne Hintergedanken, ohne Kleinmuth, ohne Besorgniß und mit Vertrauen ein Werk hinzunehmen, das, wie er überzeugt ist, nicht gegen Frankreich sich richtet. Dieß erscheint ihm als eine würdige, verständige, geschickte Politik. „Thiers selbst hat es als Aufgabe bezeichnet, Constantinopels wegen, Rußland beständig zu überwachen. Das beste Mittel, die russische Besitzergreifung Constantinopels zu verhindern, besteht in der Verhinderung der deutsch-russischen Allianz. Es ist nicht allein leicht, sie zu verhindern, sondern sogar schwer, sie zu Stande zu bringen. Die Interessen Preußens und Rußlands sind lange nicht so identisch, wie Hr. Thiers glaubt. Die ganze Geschichte des deutschen Volks ist ein mißtrauisches Protestiren gegen Rußland, und es wird sich nie an Rußland anschließen, als wenn es dazu genöthigt wird, um sich gegen Frankreich zu vertheidigen. Jedesmal auch, wenn sich die Gesinnungen des deutschen Volks frei äußern konnten, erklärten sie sich gegen Rußland. So 1848 in Frankfurt, so 1854 in Berlin, und selbst der alte ‚Franzosenfresser‘ Menzel sagt, daß es früher oder später zum Krieg mit Rußland kommen wird.*) Darüber kann sich nur der irren, der die Politik in Hofkanzleiprotokollen, und nicht in dem Herzen des Volks studiert.“

Granier de Cassagnac sagte ein schönes Wort: „Preußen darf so gut erobern, als es Frankreich immer gethan hat. Die Deutschen werden sich zu der kühnen That von 1866 Glück wünschen und von der Höhe ihrer Sockel werden die Statuen Bismarcks auf die Angriffe antworten, die heute auf ihn gemacht werden.“

In der folgenden Sitzung machte sich Fabre noch sehr breit mit

*) Das mir hier beigelegte Prädikat muß ich mir doch endlich verbitten. Ich habe stets die romanischen und germanischen Völker zum Zusammenhalten gegen die drohende slavische Weltmonarchie ermahnt. Darin liegt kein Haß gegen das französische Volk, dem ich auch in meiner „Weltgeschichte“ den hohen Rang eingeräumt habe, der ihm gebührt.

einer eben so heftigen Rede gegen die Regierung, wie die von Thiers. Um jeden Preis, meinte er, habe Frankreich die Allianz zwischen Italien und Preußen verhindern sollen, ja es habe schon vor drei Jahren schwer gefehlt, als es den dänischen Krieg nicht verhindert habe. Das wäre leicht gewesen, wenn Frankreich sich nur an England hätte anschließen wollen. So habe man den Ehrgeiz Preußens aufkommen lassen, der jetzt keine Grenzen mehr kenne 2c. Am Schlusse der Sitzung kam es noch zu einer tumultuarischen Scene zwischen Thiers und Rouher. Dieser hatte vom 2. Dezember gesprochen und jener, als weiland Proscribirter des 2. Dezember, fand sich dadurch beleidigt.

Die französische Regierung ließ sich durch das drohende Geschrei der Opposition nicht einschüchtern. Grade jetzt wurde das bisher streng geheim gehaltene Schutz- und Trutzbündniß der südwestlichen Staaten Deutschlands veröffentlicht. Daraus sollten die Kriegslustigen in Frankreich erkennen, in welcher Stärke ihnen das neue Deutschland gegenüber stehen würde. Napoleon III. selbst scheint von dem geheimen Bündniß schon längst Kenntniß gehabt zu haben. Seine Organe verriethen keine Spur von Ueberraschung. Der französische Gesandte Benedetti war eben damals von Berlin nach Paris gekommen und beeilte sich, nach Berlin zurückzukehren, um bei der Geburtstagsfeier des Königs von Preußen am 22. März nicht zu fehlen.

Der Moniteur gab eine wahrscheinlich vom Kaiser selbst verfaßte Erklärung, worin zwar der preußischen Armeereorganisation großes Lob gespendet, aber bezweifelt wurde, ob sie auch auf Frankreich anwendbar sey. Frankreich habe so großer Anstrengungen nicht bedurft, um sich geltend zu machen. Mit dieser Erklärung wurde die neue Militärvorlage eingeleitet, wonach von den jährlich militärpflichtig-werdenden 160,000 Mann durch das Loos die Hälfte auf fünf Jahre dem stehenden Heer, die andere Hälfte sogleich auf vier Jahre der Reserve zugewiesen werden und Austausch der Nummern oder Ersatz durch Einsteher erlaubt seyn sollte. Gewiß eine sehr besonnene Maaßregel, dem Bedürfniß genügend und dem Herkommen angemessen. An die Reserve sollte sich sodann noch eine mobile Nationalgarde anreihen für den Dienst im Innern, wenn das stehende Heer und die Reserve nach außen engagirt wären. In diese Nationalgarde sollten, die in der Reserve gedient, noch fünf Jahre lang einzutreten verpflichtet seyn (nicht solche, die in der activen Armee gedient) und außerdem solche junge Leute, die weder in der activen Armee, noch in der Reserve gedient hätten, ebenfalls auf fünf Jahre.

Wir müssen nun noch den Blick nach Mexiko hinüber wenden und nach der dort gänzlich mißlungenen französischen Expedition. Der Rückzug der Franzosen war angekündigt und wer hätte es für wahrscheinlich gehalten, daß Kaiser Maximilian allein, ohne den Beistand französischer Truppen sein neues Reich würde behaupten können? Nur er selbst scheint es für möglich gehalten zu haben. Marschall Bazaine kam dadurch in einige Verlegenheit, denn der Kaiser machte Ansprüche, die Frankreich nicht mehr befriedigen konnte noch wollte, oder die, wenn der Kaiser darauf verzichtete, jedes längere Verbleiben der Franzosen in Mexiko als überflüssig erscheinen ließen. Man durfte das Kaiserthum in Mexiko bereits als unwiederbringlich verloren erachten, als die Finanzcommission genöthigt war, zu erklären, die Zinsen der Staatsschuld könnten nicht mehr bezahlt werden. Das Kirchengut war schon eingezogen und der Kaiser hatte es mit den Klerikalen verdorben, ohne die Liberalen zu gewinnen. Aus dem weiten Umfang des Reichs ließen sich die Steuern nicht erheben oder sie wurden unterwegs abgefangen. Der Kaiser hatte zwar mit regem und löblichem Eifer Straßen und Eisenbahnen anzulegen befohlen, um raschere Verbindungen zwischen den Provinzen herzustellen, da der Straßenbau bisher beinahe gänzlich versäumt worden war; allein die Arbeiter wurden fast überall von rebellischen Banden gestört und vertrieben. Die wenigen Oesterreicher und Belgier waren dem Volk noch verhaßter als die Franzosen, weil sie nicht mit diesen abziehen, sondern bleiben sollten. Am 4. März 1866 wurde die belgische Gesandtschaft, als sie mit der Post von Mexiko nach Vera-Cruz fuhr, unterwegs in einem Walde bei Rio Frio von Räubern überfallen, der Gesandte, Baron d'Huart, der sich wehrte, getödtet, alle übrigen Belgier, denen es gelang, durch tapfere Gegenwehr das Gesindel zu vertreiben, doch verwundet. Der Kaiser gerieth so in Zorn, daß er sich aufs Pferd warf und nach Rio Frio hinausstürmte, bis er zu den Verwundeten gelangte.

Wenn Frankreich nicht auf die Vereinigten Staaten von Nordamerika hätte Rücksicht nehmen müssen, würden die Mexikaner allein wenig gegen die europäische Invasion ausgerichtet haben, denn was man von ihren Parteiführern und von ihren Guerillabanden erfuhr, zeigt sie nur in tiefster Corruption. Von den Vereinigten Staaten war Juarez immer noch als rechtmäßiger Präsident der Republik Mexiko anerkannt und sein Gesandter Romero bemühte sich, in Washington gegen Verpfändung mehrerer Nordprovinzen Mexikos ein Anlehen von fünfzig Millionen Dollars aufzubringen. General Ortega, der dem Juarez seine Präsidentschaft bestritt, weil der Termin ihrer Dauer allerdings schon abgelaufen war, wollte es der Regierung in Washington noch bequemer machen und bot ihr ganz Mexiko als Pfand für 20 Millionen an. Auch der alte Santa-Anna bewarb sich in Washington um Unterstützung, denn auch er wollte wieder Präsident der Republik werden, nachdem er anfangs für den Kaiser Maximilian gewirkt, demselben aber kein Vertrauen eingeflößt hatte. Er fand aber auch in Washington kein Vertrauen, weil er höchstens einigen Anhang in der klerikalen Partei hatte. So war also unter den Führern der dem Kaiser feindlichen Mexikaner keine Einheit und nirgends ein moralisches Uebergewicht. Die Bandenführer handelten meist unabhängig und fanden wieder bei ihren eigenen Leuten keine

Treue. Offiziere, die sich durch Raub bereichert hatten, wurden nicht selten wieder von ihren eigenen Leuten beraubt und erschlagen.

Im Laufe des Sommers belagerten die Insurgenten die Stadt Matamoros, welche der kaiserliche General Mechia vertheidigen sollte. Die Zeitungen meldeten, er sey geschlagen worden und habe kapitulirt. Nachher hieß es, er sey zu Juarez übergegangen. Im August räumten die Franzosen Louis de Potosi. Man hörte noch von mancherlei kleinen Gefechten, aber nirgends von einer Entscheidung. Die Bewegung der Kaiserlichen und der Franzosen war jedenfalls eine rückläufige geworden.

In dieser kritischen Periode faßte die Kaiserin Charlotte den kühnen, aber mehr verzweifelten als überlegten Entschluß, nach Europa zu reisen, um den Kaiser der Franzosen umzustimmen und durch welches Mittel immer Hülfe für ihren Gatten zu werben, damit er sich auf dem schönen Thron von Mexiko behaupten könne.

Sie kam im August nach Paris und wurde hier zwar auf das ehrenvollste und liebreichste empfangen, konnte aber begreiflicherweise an der französischen Politik, für welche das Aufgeben Mexikos eine Nothwendigkeit geworden war, nichts mehr ändern. Noch weniger konnte das schwache Belgien (sie war eine belgische Prinzessin) und das aus tausend Wunden blutende Oesterreich ihr helfen. England ohnehin nicht, theils aus Eifersucht gegen Frankreich, theils um nicht in einen Krieg mit den Vereinigten Staaten verwickelt zu werden. Nicht einmal Geld konnte die unglückliche Kaiserin auftreiben. Dazu mußte sie den Schmerz erleben, daß ihre Verwandten von mütterlicher Seite, die Orleaniden, ihr aus ihrer Hingebung an Napoleon III. eine Art Verbrechen machten. Man erfuhr, als sie zum letztenmal mit Napoleon III. zusammenkam, habe sie dieser beim Abschied im Vorzimmer auf eine schöne Statue aufmerksam gemacht, sie aber habe geantwortet: „Sire, Sie zeigen mir eine solche Nichtigkeit, während ich um eine Lebensfrage mit Ihnen verhandle.“ Noch hatte sie die

Tuilerien nicht verlassen, als sie erschöpft in einen Fauteuil sank und nach Wasser rief. Man reichte es ihr, aber plötzlich fuhr sie davor zurück und rief: Man will mich vergiften! Es ist in den Blättern darüber gestritten worden, ob die Gemüthskrankheit der Kaiserin, gemäß der obigen Erzählung, wirklich schon in den Tuilerien ausgebrochen sey oder erst in Rom, wohin sie sich sofort begab. Französische Blätter nahmen das letztere an und sagten aus, die Krankheit der Kaiserin sey erst im Vatican ausgebrochen, nachdem ihr der Papst wegen der kirchenfeindlichen Politik ihres Gemahls Vorwürfe gemacht habe. Wie dem immer sey, ihr sonst so heroischer Muth brach plötzlich zusammen. Am 1. October warf sie sich dem Papst zu Füßen und flehte ihn an, sie vor den Mördern zu schützen, von denen sie überall verfolgt werde, und ihr ein Asyl im Vatican zu gewähren. Der Papst und der Cardinal Antonelli bemüheten sich aufs sorglichste, sie zu beruhigen, und sie kehrte wirklich um 7 Uhr Abends in ihr Hotel zurück. Aber um elf Uhr in der Nacht riß sie die Verzweiflung wieder empor, begab sie sich mit ihrem geängstigten Gefolge noch einmal in den Vatican und wollte nicht von dort weichen, wo allein sie ihres Lebens sicher zu seyn behauptete. Sogar vor ihren Hofdamen scheute sie zurück und der Papst mußte ihr andere Damen kommen lassen. Erst am andern Mittag konnte man sie wieder zurückbringen und ihr Zustand besserte sich allmälig. Napoleon III. war lebhaft von dem Vorfall ergriffen und bezeigte der Kaiserin Charlotte die wärmste Theilnahme. Ihr Bruder, der Graf von Flandern, reiste zu ihr und brachte sie nach einigen Tagen von Rom nach Miramare, ihrem Schlosse bei Triest.

Inzwischen gingen wichtige Dinge in Mexiko vor. Marschall Bazaine hatte nur noch das Interesse, die französischen Truppen auf eine ehrenvolle Art und unbehelligt von den Nordamerikanern nach Frankreich zurückzuführen. Warum es in der stipulirten Art nicht geschah, ist noch nicht aufgeklärt. Das erste Drittel der Truppen ging nämlich im November noch nicht ab und Napoleon III. zog es vor, alle drei Abtheilungen zugleich im Frühjahr 1867 abfahren zu lassen. Da er dieses Verfahren in Washington nicht angemeldet hatte, beschwerte sich Seward darüber in sehr energischen Noten und der nordamerikanische Gesandte Campbell wurde zu Juarez geschickt, um ihm 20,000 Mann unter General Sherman und eine Flotte zur Verfügung zu stellen. Indeß hielten die Nordamerikaner in ihrer drohenden Bewegung wieder inne, da sie über die Absichten Frankreichs ausreichend beruhigt wurden.

Maximilian stand nicht zum besten mit Bazaine. Natürlich, da er sich von Frankreich verlassen sah. Am 18. October erfuhr er den traurigen Unfall seiner Gemahlin in Rom und reiste zwei Tage später von Mexiko ab, um nach Europa zurückzukehren. Er wollte, wie es scheint, den Franzosen allein die ganze Verantwortung für ihre mexikanische Expedition anheimgeben. Allein das lag nicht im französischen Interesse, weshalb ihn Bazaine unterwegs in Orizaba aufhalten ließ. Er sollte nicht gehen, ohne förmlich abgedankt zu haben, eine Bedingung, die ohne Zweifel in Washington gestellt war und Frankreich zugleich von aller Verbindlichkeit gegen Maximilian losgesprochen hätte. Er konnte nun nicht fort, dankte aber auch nicht ab, sondern verharrte in einem passiven Widerstande. Unterdeß näherte sich ihm die klerikale Partei wieder, an die sich auch andere Gegner und Nebenbuhler des Juarez anschlossen. Wenn der Kaiser sie verließ, so sahen sie sich der ärgsten Unterdrückung durch Juarez ausgesetzt und die Verzweiflung trieb sie an, den Kaiser zu bitten, er möge nach der Hauptstadt zurückkehren und einen Versuch machen, ob er nicht auch ohne die Franzosen sich noch werde halten können. Er machte nun am 1. Dezember die Bedingung, es solle ein nationaler Congreß einberufen werden und wenn derselbe ihn als Kaiser anerkenne, wolle er bleiben. In diesem Sinn erließ er zu Orizaba eine Proclamation an das mexikanische Volk. Bazaine hinderte ihn durchaus nicht, denn Maximilian nahm ihm durch seinen Entschluß eine schwere Verantwortung ab. Wollte Maximilian allein und selbständig handeln, so that er es auf seine Gefahr und das Cabinet von Washington war stark genug, mit ihm fertig zu werden, wenn Frankreich ihm nicht mehr beistand. Die französischen Truppen sahen von nun an Gewehr im Arme zu, wie die juaristischen Banden aufs neue Fortschritte machten und über die wenigen Oesterreicher und Belgier herfielen, die den Kaiser allein noch schützen sollten. So fielen Oaxaca und Jalappa mit bedeutenden Vorräthen in die Gewalt jener Banden. Die Hauptstütze des Kaisers waren die Generale Miramon, Mendez, Mejca und Marquez, welche sich auch ohne die Franzosen gegen Juarez behaupten zu können glaubten, da die Nordamerikaner dem letztern bewaffneten Beistand zu leisten sich wohl nicht beeilen würden, denn durch den Abzug der Franzosen konnte die Unionsregierung befriedigt seyn und eine Einmischung der Yankees in Mexiko war in diesem Lande selbst allen Parteien gleich sehr verhaßt, so daß dem Juarez seine Abhängigkeit von den Yankees nicht zu gute kam und im Gegentheil die Actien des Kaiser Maximilian im Lande stiegen. Bazaine erklärte sich neutral, nahm aber die Zollkassen in Vera-Cruz für seine Armee in Beschlag. Am 6. Febr. 1867 räumte er mit seinen Franzosen die Hauptstadt Mexiko. Mit ihnen verließen auch 212 österreichische Offiziere und 3500 öster. Gemeine den Kaiser, um nach Europa zurückzukehren; nur 200 polnische Uhlanen (Galizier) blieben beim Kaiser zurück. Am 12. März verließ Bazaine mit der Flotte, auf der sich seine Truppen eingeschifft hatten, Vera-Cruz, und die berühmte Expedition hatte damit ihr Ende erreicht. Man beschuldigte ihn noch, im Hafen von Vera-Cruz große Massen Pulver, die er nicht mitnehmen konnte, ins Meer versenkt zu haben. Indessen war diese Maßregel kaum tadelnswerth, da er nur zu guten Grund zu der Besorgniß hatte, das Pulver würde, wenn er es zurückließe, den Juaristen in die Hände fallen.

Wir haben unsere Ansicht über die französische Expedition nach Mexiko bereits ausgesprochen und können nur unser Bedauern wiederholen, daß sie mißglückt ist. Europa hat sich ein Armuthszeugniß ausgestellt, indem es auf den großen Gedanken des Kaisers der Franzosen nicht eingegangen ist, und den ganzen Uebermuth der neuen Welt gegen sich herausgefordert hat.

Nachdem Kaiser Maximilian den gefährlichen, aber heroischen Entschluß gefaßt hatte, in Mexiko zurückzubleiben und mit den sehr geschwächten Kräften seiner Partei, einzig im Vertrauen auf die Unterstützung, die er jetzt erst wieder bei den Klerikalen zu finden hoffte, den Kampf mit Juarez und den von Nordamerika her unterstützten Republikanern aufzunehmen, war er am 5. Januar nach der Hauptstadt Mexiko zurückgekehrt und ergriff im Anfang des Februar persönlich die Offensive, nachdem am 18. Januar 1867 sein General Castillo bei St. Felipe dem juaristischen General Rocha eine kleine Niederlage beigebracht hatte. Man erfuhr, der Kaiser habe am 19. Februar noch einen Sieg über die Republikaner unter Carvajal erfochten, sey aber später in Queretaro von der Uebermacht des Juarez eingeschlossen worden. Im Laufe des Winters war es Juarez gelungen, seinen Nebenbuhler Ortega gefangen zu nehmen und seine Streitkräfte zu vermehren. In Zacatecas ließ der juaristische General Escabedo 134 Gefangene von hinten erschießen und verkünden, er werde alle Ausländer, die mit den Waffen in der Hand ergriffen würden, auf diese Art behandeln. Man erfuhr wochenlang nichts näheres vom Kaiser, bis englische Blätter eine Correspondenz zwischen der österreichischen Gesandtschaft in Washington und Herrn Seward mittheilten. Der Kaiser von Oesterreich ließ durch Herrn von Wydenbruk die Regierung der Vereinigten Staaten ersuchen, etwas zu Gunsten des Kaiser Maximilian zu thun, falls derselbe etwa von den Juaristen gefangen genommen würde, und Herr Seward verfehlte nicht, am 6. April dem mexikanischen Gesandten, Herrn Campbell, zu notificiren:

„Die Gefangennehmung des Prinzen Maximilian in Queretaro durch die republikanischen Armeen scheint wahrscheinlich. Das strenge Verfahren, welches, wie es heißt, gegen die in Zacatecas gemachten Gefangenen beobachtet worden ist, läßt dieselbe Behandlung bezüglich des Prinzen und seiner Truppen befürchten. Eine solche Strenge würde der nationalen Sache Mexikos und dem republikanischen Regierungssystem in der ganzen Welt zum Schaden gereichen. Sie wollen schleunigst dem Präsidenten Juarez den Wunsch mittheilen, den die diesseitige Regierung hegt, daß der Fürst und seine Anhänger, falls sie gefangen genommen würden, mit derjenigen Humanität behandelt würden, welche civilisirte Nationen Kriegsgefangenen zugestehen."

Daß der Kaiser der Franzosen ernstlich mit Deutschland in Frieden zu bleiben wünschte und an keine muthwillige Einmischung in die deutschen Zerwürfnisse dachte, dafür liegt der unzweideutigste Beweis in der Anordnung, die er getroffen hatte, vom 1. April 1867 an in Paris eine Welt-Industrieausstellung zu eröffnen, welche die von London noch übertreffen sollte. Ein großartiges und kostspieliges Friedenswerk und mit so vieler Ostentation angekündigt, daß unbedingt vorausgesetzt werden mußte, der Kaiser wünsche die volle Durchführung und das glückliche Gelingen dieses Friedenswerkes. Man konnte also unmöglich glauben, daß er einem solchen Friedenswerke so große Theilnahme zuwenden würde, wenn es gleichzeitig seine Absicht war, einen großen Krieg anzufangen. Auch um etwa eine solche kriegerische Absicht zu maskiren, wäre der Aufwand zu groß gewesen.

Er hatte das weite Marsfeld bei Paris ausersehen, um darauf den großen Glaspalast für die Ausstellung zu errichten, und rings umher Raum genug gelassen für kleinere Gebäude und Gärten, welche die verschiedenen Nationen nach ihrem besonderen Geschmack sich selbst herstellen und einrichten sollten. So konnten die Chinesen ein kleines

China hinbauen und sich wie in ihrer Heimath etabliren, konnten die Russen ein kleines russisches Dorf mit zierlichen Holzhäusern bauen wie an der Wolga; die Schweden aus ihrer nordischen Heimath das phantastische Schindelhaus, worin einst Gustav Wasa gewohnt, an die Seine verpflanzen; die Tunesen mit vielfarbigen Pinseln ihre bunten Kioske ausmalen, wenn auch die Palmen dazu fehlten. Kurz, um den großen Glaspalast gruppirten sich alle Nationen mit ihren eigenthümlichen Gebäuden und Gärten, Möbeln und Trachten, geselligen Vergnügungen und Arbeiten, und legten zugleich vor den neugierigen Parisern den Reichthum ihrer Länder, die kostbarsten Artikel ihrer Industrien aus. Paris füllte sich schon im ersten Frühjahr mit Gästen aus allen Welttheilen, welche Tausende von Arbeitern mitbrachten, um die improvisirten Häuser zu bauen und alles für die große Ausstellung vorzubereiten.

Der Glaspalast zeigte schöne Verhältnisse, eine eirunde Form, nach der Mitte hin sich verengende Parzellen. Die Augsb. Allgem. Zeitung enthielt im Anfang des April einen gutgeschriebenen Bericht aus dem Glaspalast. „In der riesigen Maschinenhalle herrscht der allgemeine Tag des Glasgewölbes, das mit seinen für das Auge in kühnen Kurven fliehenden Eisenrippen einen in der That großartigen und charaktervollen Anblick bietet von nahezu monumentalem Werth, weil hier Inhalt und Rahmen auf das innigste zusammenstimmen, und ein mächtiges stylvolles Bild unserer Zeit erschaffen, der Zeit der mit eiserner Faust gebändigten Naturkraft. Für die Abtheilungen der übrigen Industrien und der Künste haben die Franzosen die sog. faux plafonds erfunden — schwebende Decken von Papier, in den Kunstsälen ergänzt durch die sog. Velums, Seitentheile aus weißem Moll, die ein sanftes schmeichelndes Licht erzeugen. Die Franzosen haben diese Plafonds in ihren Bildergalerien, um das Licht noch pikanter zu machen, so tief herabgehängt, daß sie wie riesige Kästen im Raume schweben und fast störend wirken. In den deutschen Abtheilungen war man glücklicherweise bescheidener. Die Engländer haben einfach flach mit Glas gedeckt und in ihren Industrie-Sälen nach oben den geringsten Aufwand gemacht; sie haben, so scheint es, nichts als einen Verkaufsbazar errichten wollen, einen großen Marktplatz; sie haben den vorhandenen eisernen Dachstuhl lackirt und das Licht, wo es nöthig erschien, mit gelbem Calicot verhängt — kaufmännisch, praktisch, aber sehr nüchtern!

„Ganz interessant ist überhaupt die Erscheinung des Völkergeschmacks, wie solcher sich in der Einrichtung der Säle und Compartiments, in Rahmen, Ornamenten, Farben und Stylweisen bekundet. Zuvörderst haben die Franzosen, welchen der allgemeine Anstrich zugefallen war, alle Schattirungen ihrer Lieblingsfarbe, roth, erschöpft. Die Hauptmauern sind alle braunroth, die Geschichte (?) der Arbeit ist dunkelroth, die Säle der modernen Kunst sind granatroth; die Installationen ihrer Industrie trompeten in allen Tönen von Roth. Hie und da eine grüne Loge wirkt höchst wohlthuend, wie eine Insel in dem allgemeinen rothen Meer. Vielleicht aus nationaler Eifersucht, jedenfalls mit feinerer koloristischer Wirkung haben die Engländer vielfach zu grün gegriffen; ihr Kunstsalon, den sie äußerst sorgsam behandelt haben, trägt diese Farbe; der steinerne Boden mit Strohmatten belegt, breite Divans laden zur Beschauung ein, die untern Gemälde sind an die Wände festgeschraubt. Solidität, Vorsicht und Comfort. Die französischen Salons, weitaus die größten und bestgelegenen, strotzen von Kunstobjekten, in dichten Reihen übereinander geschichtet. Sonst lassen die Etalagen der Franzosen in Geschmack der Anordnung, in graziösem Schwung und kühnem Wurf nichts zu wünschen übrig. Aber ihr traditioneller Vorrang hierin wird bereits stark bestritten. Der Geschmack macht die Runde um die Welt und er lehnt sich glücklicherweise an die Eigenthümlichkeiten der Völker an. Es entwickeln sich sichtlich nationale Stylweisen. Deutschland bleibt keineswegs zurück. Die Großstaaten, sowie auch die ‚Sekundären,‘

treten in glücklichen Formen und wohl gewählten Farben auf. Preußen z. B. hat für seine Säle helle, glänzende, feinabgestufte Töne gewählt; plastische Friese geben den Wänden Halt und Solidität; es tritt auf wie in einer festen glänzenden Rüstung, auf der seine schwarzen Adler einen vornehmen, stolzen, für den jetzigen Moment fast drohenden Charakter entfalten. Oesterreich erscheint in sehr ernsten, würdigen, nahezu melancholischen Farbenakkorden; durchgängig dunkelgelbe Wände mit schwarzem Laub, schwarzes Holzwerk mit tiefrothen Fonds, goldenes Ornament — unbestritten eine der schönsten und einheitlichsten Gesammtwirkungen im ganzen Palast erzielend. Bayern, Württemberg, Baden, Hessen glänzen in einer dem preußischen Geschmack sich nähernden Heiterkeit. Unter aller Würde sitzen die Südamerikaner da, in den Farben und der Ornamentik eines Provincialtheaters. Von großer Pracht sind die Orientalen: Türken, Aegypter, Tunesen; nur darf man nicht glauben, daß diese schimmernden Einrahmungen von den betreffenden Völkern selbst herrühren. Diese Formen, Malereien, Vergoldungen, Embleme u. s. w. sind alle gegen schweres Geld in Paris von den besten Künstlern geliefert, und übertreffen an Geschmack weitaus die Stoffe, welchen sie zur Einfassung zu dienen haben; sie lassen die Technik jener Völker in einem durchaus erlogenen Glanz erscheinen. Nur Moldau und Walachei scheinen nach eigenen Heften und Mustern gearbeitet zu haben und sind deshalb von einer wahrhaft komischen Geschmacklosigkeit; alles erinnert an Kümmel, und man ist geneigt wie jener Wiener zu fragen: ‚Haben's kein Türken g'sehn?‘ Man betrachte nur seine beiden schief gewickelten Thürme auf dem Pont mit den vergoldeten Zwiebeln auf dem Kopf! Rußland tritt in schwerer mongolischer Pracht auf; ein größerer Gegensatz existirt im Palast nicht als der Kontrast zwischen der russischen Façade und der italienischen; sie stehen sich gegenüber diese Fronten zweier Racen, so verschieden an Blut, Herkunft und kulturgeschichtlichem Gange. Hier das uralte Asien in seinen melancholischen, grotesk=majestätischen Formen; dort eine glückliche Wiedergeburt der Renaissance, der graziösen Erbschaft der Griechen und Römer und des Cinque-Cento! Fast alle Radialwege im Palast bieten solche für die Vergleichung des Völkergeschmacks höchst fruchtbare Gegensätze. Großartig sind die Fronten von Frankreich und England, die sich auf dem Diametralweg gegenüberstehen und in Entfaltung von Glanz und Macht gewaltig zu ringen scheinen. Der Ehrenweg vom Hauptthor bis zur Jenabrücke ist eine Schöpfung der Dekorationskunst, die alles bisher Gesehene übertrifft.

„Wenn die Abendsonne diese tausend flatternden Banner, märchenhaften Thiergruppen in Erz, diese bronzenen Riesenbrunnen, dieses dunkelgrüne, mit goldenen Bienen besäte Teppichgezelt, diese Adler des Kaisers, die dräuend auf den Stufen seines Kiosk sitzen; wenn die sinkende Sonne all diese asiatische Pracht mit glühenden Lichtern übergießt; wenn links und rechts dem Blicke die Tempel, die Moscheen, die Minarets zauberfarbig auftauchen — und wenn zur selben Stunde aus dem Palast die markerschütternden Töne jener Riesenorgel auf dem Hochgang hervorbrechen, dann sagt man sich: ‚So war es, als Sardanapal die alte Welt regierte,' und unser Geist schrieb ein warnendes ‚Mene Tekel' über das Bild, das langsam vor unsern Blicken in Dämmerung und Nacht versinkt."

Man erwartete in Paris, nachdem die Ausstellung am 1. April eröffnet worden war, einen noch größeren Zudrang von Fremden, als er sich wirklich einfand, denn viele wurden durch die drohende Kriegsgefahr in ihrer Heimath zurückgehalten. Der König der Belgier kam schon im April, um die Ausstellung zu besehen und zugleich um die Kriegsgefahr zn beschwören. Besuche des Königs von Preußen und des russischen Kaisers wurden erwartet und von der Presse, welche den Kriegsgerüchten entgegenwirken sollte, wiederholt angesagt.

Man las im April in deutschen Zeitungen von einem Augenzeugen bei der Eröffnung der Pariser Ausstellung: „Die schönste

Sculptur der Ausstellung stellt den sterbenden Napoleon I. vor. Ein italienischer Bildhauer hat diesen Marmor gemeißelt, dessen Anblick ergreifend ist. Napoleon I. sitzt in einem großen Lehnstuhle, den siechen, schon fast erstorbenen Körper in Decken gehüllt; nur der mächtige Kopf, das große, fiebernde Auge leuchtet noch von Schmerz und Leben; wild-düstere Gedanken furchen noch in der letzten Stunde die gewaltige Stirne. Als der Kaiser und die Kaiserin mit ihrem Gefolge von Höflingen u. s. w. in der italienischen Abtheilung erschienen, empfing sie das italienische Comite, und als dasselbe nach kurzer Begrüßung ehrerbietigst zurückwich, fiel der Blick des Kaisers auf jene imposante Statue. Mit rascher Bewegung schreitet er darauf zu. Da läßt sich plötzlich ein polterndes Gekrache hören. Die Kaiserin wendet sich und stößt einen Angstschrei aus. Die übrigen Anwesenden sind nicht minder erschrocken. Schon glaubt man an eine Höllenmaschine. Man erfährt endlich, daß ein Gerüste eingebrochen unter dem Zudrang des Publikums, und so den blinden Lärm verursacht habe. Der Kaiser war ruhig und kalt geblieben. Die Kaiserin wurde aber krank von dem gehabten Schrecken und in den Tuilerien mußten Diner und Soiree abbestellt werden."

Als die Arbeit weiter vorgerückt war, im Beginn des Mai enthielt der Schwäbische Merkur eine artige Schilderung der Ausstellung: „Vergeblich sucht man, dem Marsfelde näher gekommen, lange nach einem Bauwerke, welches für das Ausstellungsgebäude gelten könnte. Endlich dicht davor kommt das zwar sehr lange und breite, aber nur 80 Fuß hohe, ovale Ding zu Tage, welches die Schätze der Kultur birgt. Man hat dieser unförmlichen, länglich ovalen, flachen Schachtel eine Menge von Spottnamen gegeben. Der Eine sagt: das Gebäude sieht aus wie eine Gasanstalt; der Andere beginnt die Beschreibung seiner Wanderung dahin mit den Worten Gellerts: ‚Um das Rhinozeros zu sehn, beschloß ich, auszugehn.' Mache sich jeder sein Bild selbst. Wenn das Gebäude rund statt länglich oval wäre, so möchte ich es mit einer flachen Torte vergleichen. Die schöne Leserin pflegt wohl, wenn sie eine solche anschneidet, erst in der Mitte einen kleinen Rundschnitt zu machen. Das daraus entstandene kleine Stück denken Sie sich als den zu einem gartenartigen Hofe bestimmten Mittelpunct, nach oben offen, verziert mit Statuen, Blumen, Springbrunnen, Ruheplätzen (aber nicht umsonst, sondern für einige Sous den Stuhl) und einer herumlaufenden Galerie, aus welcher viele Thüren in das diesen Mittelhof umschließende überglaste Ausstellungsgebäude führen. Alle diese Thüren sind überschrieben mit den Namen der ausstellenden Länder und jede Thüre führt vom Mittelpunkte aus in gerader Linie durch mehr oder minder breite Wege, welche die Namen der betreffenden Länder führen, bis zum Ausgang am äußern Ringe des Gebäudes. Denken Sie sich diese Straßen als Einschnitte in die Torte, so trifft das Gleichniß wieder zu. Während man so die Ordnung nach Ländern hergestellt hat, ist die sehr zweckmäßige Einrichtung getroffen, daß andere Wege, welche kreisförmig um einander laufen, die Anwartschaft gewähren, daß man die verschiedenen Classen der Ausstellungsgegenstände besonders betrachten kann, wenn man diesen Cirkeln folgt. Man bleibt dann auf dem innersten kleinsten Rundgange z. B. immer bei den Gemälden und Statuen, während man aller Länder Kunstwerke nach und nach zu sehen bekommt. Auf andern Rundgängen stets bei den Mineralien, Hüttenprodukten und Rohstoffen ꝛc. Der äußerste, sehr breite Cirkelgang bildet den Maschinenraum, welcher nur umschlossen wird von den doppelten Außenwänden, durch welche die großen Eingangsthüren führen. Zwischen den doppelten Außenwänden sind die Restaurationen der verschiedenen Nationen und verschiedene Weinausstellungen ꝛc. errichtet, welche von außen rings herum von der Parkseite ihre Zugänge haben. Man sieht, der äußerste Rand der Torte ist erst recht genießbar. Es ist schon erwähnt worden, daß das Ausstellungsgebäude ringsherum von Parkanlagen umschlossen ist. Nur von den äußeren Eingängen her, durch die Umfassungsmauern und Planken bis an das Hauptgebäude, führen gerade Wege. Die übrigen sind geschlängelt und umfassen Beete und Plätze, auf denen Pavillons, Moscheen, Schweizerhäuser, norwegische, russische, türkische und andere Wohnhäuser stehen, als interessante Proben der Baustyle der verschiedenen Völkerschaften. Ferner für solche Länder oder Gruppen, denen der zugewiesene Platz im Hauptgebäude zu eng war, Regierungsbureaux, Kleiderbewahranstalten und andere Anstalten. Endlich auf allen Wegen Statuen, Fahnenstangen, Blumenbeete und Stuhlreihen für müde Menschenkinder. Letzteres für die übliche Bezahlung an die Vermietherinnen. Diese schändliche Geldschneiderei macht sich allenthalben auf die unangenehmste Weise bemerkbar und sticht schmählich ab gegen die Liberalität und den Geschmack, mit welchen die Engländer vor 5 Jahren die reizendsten Ruheplätze unter Oleandern und Palmen in ihrem Industriepalaste angebracht hatten, gegen welchen, was Schönheit und Kühnheit des Baues anbelangt, dieses Pariser Machwerk doch nur einem leidlichen Pferdestalle ähnlich sieht. Die Franzosen gestehen das selbst ein, was viel sagen will. Sie gestehen aber nicht ein, daß sie einen unverschämt großen Platz für sich in Anspruch genommen haben, worauf sie sich behaglich ausbreiten, während die fremden Aussteller zu Aushülfsgebäuden greifen müssen."

Von der Restauration heißt es: „Bayern hat schon lange sein gutes Bier (40 Centimes = $2^3/_4$ Sgr. das Seidelchen) verzapft und gibt große Portionen seiner landesüblichen Gerichte für $1^1/_2$ Franken. (12 Sgr.) Oesterreich versteht es noch besser. Sein Bier ist ganz vorzüglich (für 25 Cent.). Seine Kellnerinnen sind in die Nationalanzüge der österreichischen Länder gekleidet. Eine kleine Abtheilung gibt aus den Händen einer hübschen, schwarzhaarigen Dame ungarische Liqueure. Holland hat seine friesischen Trachten mit den Goldmützen durch frische, dicke Kellnerinnen vorgeführt. Bei Frankreich nun kann man sich denken, daß da die feinen Comptoirdamen hinter den Buffets ebensowenig fehlen, wie die Trinkgeld gewohnten Garçons mit den lackirten Schuhen. Es ist das alles theuer und winzig und auf das Ausschneiden der Gäste berechnet."

Große Aufmerksamkeit verdienten und erregten die Maschinen mit ihren zahllosen neuen Erfindungen. Am meisten angestaunt wurde die aus der großen Krupp'schen Anstalt in Essen hervorgegangene Riesenkanone, deren Rohr allein 100,000 Pfund wiegt.

Die Engländer waren so geschmacklos, eine 50 Fuß hohe Pyramide von vergoldetem Pappdeckel, mit welcher sie schon bei der Ausstellung von 1862 geprahlt hatten, hier noch einmal aufzustellen. Sie sollte genau die Masse des wirklichen Goldes darstellen, welches die Goldgräbereien in Australien geliefert hatten. Neben Produkten der barbarischen Länder und Zonen sah man auch die seltsamsten Zusammenstellungen von Werken moderner Civilisation, z. B. eine sächsische Volksschule mit allem Zubehör und eine Pariser s. g. Krippe oder Säuglinge-Bewahranstalt.

Die Industrie-Ausstellung in Paris fiel merkwürdigerweise zusammen mit großen Arbeitseinstellungen (Strikes) in Paris selbst und in London. Ein Beweis, daß aller Glanz der Weltausstellung den Abgrund des Elends nicht ganz verhüllen konnte, welches die Herrschaft, sagen wir vielmehr die Tyrannei der Industrie in unserer Zeit ausgeboren hat. Es liegt ein tiefer Widerspruch zwischen der Ueberhebung und dem Dünkel des großen Kapitals, welches die Industrieprodukte prahlerisch zur Schau legt, und dem Groll der Arbeiter, durch deren Hände alle diese Kostbarkeiten geschaffen worden sind, denen aber der Gewinn davon nicht zu Theil geworden ist. Jede dieser fleißigen Hände ballt sich zur zornigen Faust und das geistige Auge kann durch jedes Fenster des Glaspalasts diese Fäuste herein drohen sehen. Die Sachlage wird nicht besser, wenn man entgegnet, es sey keineswegs immer die Noth, welche die Arbeiter veranlasse, die Arbeit einzustellen, bis sie den Arbeitgebern höhern

Lohn abgezwungen haben; es sey vielmehr häufig nur Habgier und revolutionärer Trotz. Sie wollten den Arbeitslohn in die Höhe schrauben, nicht aus Hunger, sondern nur, um mehr Mittel zum sinnlichen Genuß zu erlangen und um ihre Macht zu zeigen und dem Kapital einen Schrecken einzujagen. Ob nun wirkliche Noth oder ein solcher Uebermuth der Arbeitermassen in großen Städten das Motiv ist, immerhin bleibt die Gefahr dieselbe und befindet sich das Gewerbewesen in einem unnatürlichen Zustande. Am 1. April, absichtlich an demselben Tage, an welchem der Kaiser die große Industrieausstellung eröffnete, stellten 25,000 Schneidergesellen in Paris alle Arbeit ein, bis sie 20 Prozent Arbeitslohn mehr erhalten würden, und ihr Comité wurde schon am folgenden Tage mit 200,000 Fr. unterstützt, die aus England kamen, wie man glaubte, als ein Geschenk der Orleaniden. Doch konnte die orleanistische Partei die Unzufriedenheit der Arbeiter nur benutzen, sie gegen den 2. Dezember aufzuhetzen; die Veranlassung zur Unzufriedenheit lag im zu niedern Lohn. Daher auch die Schneidergesellen in London denen in Paris ihre Sympathie durch eine Adresse zu erkennen gaben. In England hatten kurz vorher auch alle Arbeiter und niedern Angestellten bei den Eisenbahnen jegliche Thätigkeit eingestellt und der Verkehr blieb eine Zeitlang auf eine für den Handel und die Reisenden höchst empfindliche Weise gestört. Aehnliche Arbeiterstrikes im kleinern Maßstabe wiederholten sich fast beständig auf beiden Seiten des Kanals.

Im Anfang des Februar 1867 enthüllte ein Theaterscandal in Paris die tiefe Corruption in der höhern Gesellschaft dieser großen Hauptstadt. Der s. g. Demi-Monde hatte sich längst in die hohe Gesellschaft eingedrängt, ohne daß es die Damen der letztern irgend zur Verzweiflung gebracht oder nur genirt hätte. Diese Mischung der Stände und das Vergessen der dem Range schuldigen Würde hat von jeher die Entsittlichung großer Weltstädte charakterisirt. Schon zu den Zeiten der Aspasia im hochgebildeten Athen, in den Glanzzeiten des verderbten altrömischen Kaiserthums und in Paris selbst schon im vorigen Jahrhundert vor der Revolution, als Beaumarchais die Hochzeit des Figaro schrieb und eine Dubarry die Königin aller Hoffeste wurde. Wenn sich dergleichen nun in neuester Zeit wiederholt hat, so ist es nicht sowohl als ein einfacher und naiver Rückfall in Sittenzustände zu betrachten, die vom Müßiggang, von der Langeweile, der Flatulenz und dem Luxus der Vornehmen und Reichen, wo sie in Menge beisammen sind, unzertrennlich zu seyn pflegen, wenn man nicht dagegen einschreitet, als vielmehr eine Folge der vom Kaiserreich eingehaltenen Politik. Es muß dem Imperator zuträglich seyn, wenn die höhern Classen der Gesellschaft, so weit sie nicht unmittelbar in seinem Dienste stehen, wenigstens nicht Opposition gegen ihn machen, sondern sich lediglich mit ihrem Privatvergnügen beschäftigen und sich im Enthusiasmus für nichtige und frivole Dinge verlieren, sich in ein Tagesinteresse vertiefen, welches sie vom wahren großen Tagesinteresse der Politik fern hält.

Eine Opernhetäre, Cora Pearl, eine „rothhaarige englische Schöne," von der Andere behaupten, sie sey eine Posener Jüdin, hatte schon seit einiger Zeit die goldene Jugend von Paris durch die Schamlosigkeit entzückt, mit der sie auf der Bühne auftrat. Die Theaterdirektionen gewannen durch den Zubrang des Publikums, unterstützten daher die Koketterie und gaben ihr die größte Oeffentlichkeit. Man kündigte an, sie werde in Offenbachs muthwilliger Oper Orpheus, als Kupido auftreten, um den Parisern ihren Reiz völlig zu enthüllen. Die ganze vornehme Welt von Paris gerieth in leidenschaftliche Aufregung. Am 25. Januar sollte das Wunder vor sich gehen. Der unbekannte Liebhaber der Dame wollte ihr Auftreten nur gestatten, wenn ihm eine ganze Prosceniumsloge mit besonderem Eingang zugestanden würde. Die Neugier stieg aufs höchste. Nicht etwa blos die goldene Jugend und das habituelle Laster mit grauen Haaren, sondern die ganze Aristokratie von Paris, die vornehmsten

Damen der höchsten Gesellschaft drängten sich herbei. Man las in den Zeitungen: „Die Fürstin Metternich, Frau von Pourtalès, Madame de Galiffet schrieben eigenhändige Briefe an die Direktion, um sich für den Preis von je 500 Fr. eine Loge für die erste Vorstellung zu sichern. Madame de Galiffet besonders war dringend in ihrem Schreiben und es ist dies erklärlich, da sie jedenfalls die Dame sehen wollen, die ihrem Gemahl die bekannte — Vergnügungsreise nach Mexiko verschafft hat.“ Der „reiche Türke“ bezahlte für eine Loge tausend Frcs. Plätze im Parquet wurden mit 150—200 Fr. bezahlt. Die Vorstellung fand statt und der unbekannte Liebhaber, der sich in die privilegirte Prosceniumsloge setzte, war — Prinz Napoleon. Die rothhaarige Cora präsentirte sich „als Amor fast ohne Costum.“ Der Jubel war unermeßlich. Ein Engländer bot der Dame für die Schuhe, die sie als Cupido getragen hatte und die allerdings mit Diamanten besetzt waren, 50,000 Frcs. an. Nachdem dies in den Bouffes Parisiens vorgegangen war, sollte die Straßensängerin Theresa ihr im Chatelet-Theater durch womöglich noch größere Schamlosigkeit Concurrenz machen, als eine Anzahl junger Studenten von Paris mit Störung der Aufführung drohten, wenn das Unwesen dieser exhibition fortdauere. Als ferner bekannt wurde, Cora habe jeden Abend in ihrer Ankleideloge ihren Prinzen Protector und die fine fleur des Jokeyclubs in paradiesischem Costüm empfangen, sah sich der Polizeipräfect veranlaßt, dem Kaiser Anzeige zu machen, der augenblicklich die scandalösen Schaustellungen zu schließen befahl.

Vierundzwanzigstes Buch.

Der Luxemburger Handel.

Deutschland war dem lang ersehnten Ziel seiner Wiedervereinigung näher gekommen, ohne dasselbe noch erreicht zu haben, denn nur Norddeutschland war geeinigt, ein Bund mit dem südwestlichen Deutschland erst zugesagt und das südöstliche Deutschland war bei Oesterreich und vom neuen Bunde getrennt geblieben. Faktisch bestand wirklich noch eine Dreitheilung des deutschen Gebiets, während noch viele Länder, worin deutsch gesprochen wird und die zum alten deutschen Reichsverbande gehört hatten, uns entfremdet blieben. Zugleich waren die auswärtigen Mächte durch die Vorgänge in Deutschland alarmirt worden und selbst das geringe Maaß, in welchem die Einheitshoffnungen Deutschlands verwirklicht worden waren, erweckte große, ja für die Situation eigentlich lächerlich große Besorgnisse vor der unwiderstehlichen Macht, zu welcher Deutschland anschwellen würde, wenn es sich zu reconstruiren fortführe.

Man konnte also wohl voraussehen, daß der norddeutsche Bund früher oder später eine Probe seiner Haltbarkeit und damit zugleich das deutsche Volk eine Probe seiner wahren Gesinnung zu bestehen haben würde. Die Frage mußte an das deutsche Volk herantreten: Bist du von deiner Kleinstaaterei schon so erbärmlich zusammenregiert und zusammengeschult, von der Sophistik deiner Professoren und Advokaten so vom nationalen Ehrgefühl entkleidet und nur für fremde Ideale begeistert, daß du kein Herz zu dir selber mehr fassen kannst, oder blieb dir noch gesunder Sinn und Ehrgefühl genug, um zu begreifen, daß du das stärkste Volk der Welt seyn kannst, wenn du nur willst?

Die Bemühungen aller unserer Nachbarn, unser Volk innerlich zu spalten, unsere Stämme gegen einander zu hetzen, unser großes Reich in Stücke zu reißen und uns fort und fort Provinzen zu rauben, haben Jahrhunderte fort gedauert und unser Volk wirklich schrecklich heruntergebracht. Die Deutschen wurden zum Verrath an Deutschland förmlich erzogen, durch ihre eigenen Fürsten zum Verrath an Kaiser und Reich gezwungen, durch undeutsches Recht, undeutsche Mode, undeutsche Tendenzen in Wissenschaft und Kunst dem eigensten Wesen, Bedürfniß und Ziel deutscher Nationalität entfrembet. Jahrhunderte hindurch herrschte im katholischen Deutschland nur der spanische, im protestantischen Deutschland nur der französische Geist und Geschmack. Eine so lange Unnatur mußte ihre tiefen Spuren in den deutschen Dynastien, im deutschen Adel und Klerus, in der deutschen Wissenschaft und Kunst und überall, wohin sie einmal gedrungen war, zurücklassen. Solche Eindrücke verwischen sich nicht so schnell. Der Einfluß Spaniens und Roms auf das katholische Deutschland erlahmte zuerst, um so mächtiger aber wurde der französische Einfluß, hauptsächlich seit dem Aufkommen des Josephinismus und des modernen Liberalismus.

Der Liberalismus unterdrückte das Nationalgefühl in Deutschland mächtiger, als es die französische Mode im vorigen Jahrhundert und als es Napoleons große Armee je vermocht hatte. Denn er brachte nicht nur in allen deutschen Ländern, die an Frankreich grenzen, die französische Sprache und Bildung bei den höhern Classen, mit einziger Ausnahme des gemeinen Volks, zur ausschließlichen Herrschaft, sondern fand auch innerhalb des deutschen Bundes so viele Sympathien, daß dieselben Liberalen, welche die deutsche Nationalität an der Schley mit der größten Ostentation vertheidigten, auch nicht im geringsten um die Zurücksetzung des deutschen Elements in unsern alten Niederlanden sich bekümmerten.

Die deutschen Niederlande waren noch im 15. Jahrhundert der Mittelpunkt deutscher Bildung. Nirgends blühte deutscher Gewerbfleiß und Handel, deutsche Malerei und Musik herrlicher als hier. Von hier war die gothische Baukunst ausgegangen, von hier gingen Geschmack und Mode aus. Ganz Europa kleidete sich niederländisch, selbst die stolzen Spanier. Die großen Meister der italienischen Kirchenmusik, die großen Meister der Oelmalerei in Italien waren Schüler der niederländischen Meister — und jetzt? Was ist uns Deutschen von diesen unschätzbaren Niederlanden noch übrig? Schwer hat sich das Haus Habsburg an ihnen versündigt, indem es sie an Spanien abtrat und systematisch Deutschland entfremdete. Durch die greuliche spanische Wirthschaft wurden sie in die zwei feindlichen Hälften gespalten, die sich heute noch als Belgien und Holland gegenüberstehen. Belgien blieb spanisch. Holland, vom deutschen Reich nicht unterstützt, brach selber das spanische Joch und wollte nun auch von Deutschland nichts mehr wissen. Belgien fiel an die deutsche Linie des Hauses Habsburg zurück, aber zu spät, es hatte schon alle Gemeinschaft mit seinen deutschen Brüdern diesseits des Rheins abgebrochen und sein spanischer Kirchensinn wehrte sich verzweifelt gegen den unvernünftigen Liberalismus des Kaiser Joseph. So wurde die Entfremdung von Deutschland zum bittersten Haß gegen Kaiser und

Reich und so wurde es möglich, daß Belgien, als es bald darauf von Frankreich verschlungen wurde, sich allmälig an die französische Sprache und Sitte gewöhnte, ohne irgend ein Heimweh nach Deutschland.

Als im Winter 1813 die Preußen unter dem unvergeßlichen Sieger von Dennewitz, General von Bülow, Holland und Belgien vom französischen Joche befreiten, jubelte ihnen alles entgegen, aber die dem deutschen Nationalinteresse todfeindliche Politik Rußlands, Englands und Frankreichs und leider auch Oesterreichs, die bei den Friedensschlüssen in Paris und am Wiener Congreß triumphirte, duldete nicht, daß Belgien wieder mit Deutschland vereinigt wurde. Man schenkte sie dem treulosen Oranier, der den Preußen, die ihm Holland wieder erobert hatten, wie ganz Deutschland, mit dem schnödesten Undank lohnte*) und uns höhnisch die Rheinmündungen verschloß, obgleich sie nach den Verträgen von 1815 uns offen bleiben sollten. Derselbe Oranier mißhandelte die Belgier, weshalb sie im Jahr 1830 das Beispiel der Franzosen nachahmten, die ihren König fortgejagt hatten, und im Vertrauen auf die nahe französische Hülfe sich von Holland losrissen. Daß sie unter diesen Umständen selber halbe Franzosen zu seyn affectirten, das niederdeutsche Volkselement möglichst ignorirten und ihre französische Sprache und Bildung mehr als je betonten, lag in den Umständen. Als Leopold von Koburg König der Belgier wurde, mußte er zunächst, um populär zu werden, dieser Strömung folgen. Auch um sich des französischen Schutzes zu versichern, zu welchem Zweck er auch eine Tochter Ludwig Philipps, des neuen Königs der Franzosen, heirathete.

---

*) Als der berühmte preußische Patriot, Major von Schill, in Stralsund den Heldentod starb, waren die Holländer so niederträchtig, ihm den Kopf abzuschneiden und in Spiritus im Naturalienkabinet zu Leyden aufzustellen, wo er bis zum Jahr 1836 zu sehen war.

Nur einige belgische Gelehrte, voran der edle Willems, bemühten sich um die Pflege der vlämischen Sprache, aber die politische Strömung der gebildeten Classen war ihnen entgegen und das niedrige Volk apathisch. Erst im Jahr 1866 wurden die glorreichen Siege der Preußen auch in Belgien so angesehen, als sey damit der deutschen Sache ein Dienst geschehen, und den Vlämingen dämmerte eine leise Hoffnung. Die vlämische Zeitung „Het Volk“ gab im October folgende schüchterne Andeutungen: „Wir sind keine Annectionisten und wir wollen von niemanden einverleibt werden; wir sind weit entfernt davon, Herrn von Bismarck und sein Zündnadelgewehr in den Himmel zu erheben; aber wenn deutsche Zeitungen schreiben, daß wir Vlämingen unterdrückt und stiefmütterlich behandelt sind, so rufen wir mit aller Kraft unserer Stimmen, daß dies die Wahrheit ist, und wir werden es so laut rufen, daß die Nachbarn es hören sollen.“ Am 11. Dezember erfolgte wirklich in der zweiten Kammer ein stürmischer Antrag gegen die unnatürliche Bevorzugung der französischen Sprache in einem deutschen Lande und wurde gefordert, vor Gericht die vlämische Sprache der französischen wenigstens gleichzustellen. Da dieser sehr vernünftige und natürliche Antrag aber von den Klerikalen und Feudalen ausging, hatte er alle liberalen Sympathien gegen sich und auch das durch Adoption des französischen Liberalismus schon so lange sich selbst entfrembete und dumm gewordene Deutschland wußte jene nationale Kundgebung in Brabant und Flandern nicht zu würdigen. Der belgische Justizminister Bara konnte ungestraft dem Abgeordneten Gerrits, der im deutschen Lande deutsche Sprache vor Gericht forderte, mit grenzenloser Frivolität antworten, er werde nie seine Zustimmung dazu geben, daß vlämische Richter eingesetzt würden, man müsse sonst ja so viele Kategorien von Richtern schaffen, als es Bauerndialekte im Lande gebe.

Auch das altehrwürdige Reichsbisthum Lüttich hatte man auf dem Wiener Congreß widerrechtlich vom deutschen Bund abgerissen und dem Oranier geschenkt, von dem es sich nachher zugleich mit Belgien losriß.

Das Großherzogthum Luxemburg, die Wiege eines großen deutschen Kaisergeschlechtes, ein durch und durch gutes deutsches Land, wurde vom Wiener Congreß eben so leichtsinnig dem Oranier zugeschoben, jedoch ausnahmsweise beim deutschen Bunde belassen, aus demselben Grunde wie das dänische Holstein, nicht etwa, um Deutschland dadurch zu vergrößern, sondern nur, damit Metternich am deutschen Bundestage zwei Stimmen mehr gegen Preußen gewinnen sollte, denn daß die Könige von Holland und Dänemark gegen Preußen und die deutschen Einheitsbestrebungen unter allen Umständen sich mit Oesterreich verbünden würden, wußte man in Wien sehr gut und die Schonung, die man dem kleinen Dänemark für alle seine an Deutschland begangenen Verbrechen auf dem Wiener Congreß angedeihen ließ, sowie auch die fast lächerliche Vergrößerung des oranischen Erbes auf Kosten Deutschlands hatten einzig den Zweck, Preußen zu schwächen und durch österreichisch gesinnte Vorposten in Norddeutschland einzuschränken. Daß man Preußen das Besatzungsrecht in der Festung Luxemburg überließ, ist keine Einwendung gegen die eben charakterisirte Politik des Wiener Congresses. Preußen wurde damit nur wie mit einem Almosen Schande halber abgefertigt. Die Festung behielt einen rein defensiven Werth, da sie außerhalb des preußischen Gebietes lag und war weniger geeignet, Preußen zu nützen, als es in Collisionen mit Holland und Frankreich zu bringen. Auch konnte diese vereinzelte preußische Garnison die französische Strömung in Sprache und Bildung des Volkes nicht abwehren, welche von Holland aus begünstigt wurde.

Im Magazin für Literatur des Auslands Nr. 12 werden die luxemburgischen Zustände von einem Sachkundigen in Folgendem geschildert. „Durch die Verträge von 1815 wieder den nun selbständigen Niederlanden zugetheilt, lernte Luxemburg in der nun beginnenden

Periode von Deutschland wenig mehr kennen, als die reactionären Einflüsse des Bundestages, der in seiner Schwäche nicht einmal die Zerreißung des Landes durch die belgische Revolution verhindern konnte, und eine preußische Garnison, mit der die Masse der Bevölkerung wegen der Verschiedenheit ihrer socialen und religiösen Anschauungen nicht harmoniren konnte. Die deutschen Grenzgebiete an Saar und Mosel wurden nun, allen politischen und militärischen Rücksichten entgegen, zuerst mit Frankreich, viel später erst mit dem inneren Deutschland durch Eisenbahnen verbunden. So wurden die Handelsverbindungen mit den ohnedieß näheren französischen Städten neu befestigt und erweitert und den Grenzbewohnern das Gefühl der Wehrlosigkeit gegen Frankreich um so tiefer eingeprägt. Der deutsche Bund, der früher den französischen Rheinschifffahrtscommissär aus militärischen Gründen veranlaßt hatte, seinen Wohnsitz aus der Bundesfestung Mainz nach Mannheim zu verlegen, und auf dessen Betreiben der französische Consul für das Großherzogthum nicht in der Stadt, sondern in dem Dorfe Eich, eine halbe Stunde von Luxemburg residirt, erhob keinen Einspruch, als der französischen Ostbahn der Betrieb auf der Linie Thionville-Luxemburg-Diekirch, dann auch für die Strecke Luxemburg-Wasserbillig (preuß. Grenze) verpachtet wurde und ein zahlreiches, fast ausschließlich französisches Bau- und Betriebspersonal, worunter viele alte Militärs, jenen Gründen zum Trotz, ihren Aufenthaltsort in Luxemburg nahmen, wodurch dem französischen Element Thür und Thor geöffnet wurden.

„Was die Regierung betrifft, so hatte der König-Großherzog es freilich nur der preußischen Besatzung zu danken, daß ihm Stadt und Festung Luxemburg nebst dem ersten Kilometerrayon erhalten wurden, während das ganze Land 1830—1839 thatsächlich unter belgischer Herrschaft stand, und daß er demnächst die deutschredende Osthälfte der Provinz wiedererhielt. In Anbetracht dessen aber, daß Dankbarkeit, namentlich in der Politik, eine seltene Tugend ist, und daß

Holland fürchten mußte, die isolirte, weit entfernte und sprachlich jetzt ganz deutsche Provinz durch den seit der Gründung des Zollvereins stärkeren Einfluß der deutschen Nachbargebiete seinen Händen ganz entwunden zu sehen, darf es nicht Wunder nehmen, wenn unter dem absoluten Regiment einzelne Maßregeln von dieser Besorgniß zeugen. Seit die im Jahre 1848 hergestellte bloße Personalunion mit Holland den jeweiligen Staatsminister zum wirklichen Souverän gemacht hat und mit verstärkter Eifersucht über die Wahrung der Souveränetätsrechte gewacht, auch die Lösung aller an Deutschland fesselnden Bande, mit Ausnahme des vortheilhaften Zollvereins, angestrebt wird, seit dieser Zeit ist ein Rückschlag eingetreten und die Pflege des Deutschen wird sichtlich vernachlässigt. Die Bewohner Luxemburgs halten sich gern für eine besondere Nationalität und ihre Sprache für einen ganz isolirt dastehenden Dialekt, was für jeden, der die Eifeler Dialekte und deren allmälige Veränderung von Cöln an bis zur französischen Grenze kennt, eine Absurdität ist. Man hört stets die Städtenamen Lützelburg, Arel, Nanzig, Diedenhofen, Pareis — für Luxemburg, Arlon, Nancy, Thionville, Paris. Die officiell stets behauptete Gleichberechtigung der beiden Sprachen wird zum Nachtheil des Deutschen von Seiten des jetzigen Regimes nicht geachtet. Vor Allem versteht der jetzige Staatsminister kein Wort deutsch und unter den Justizbeamten ist dasselbe so wenig eingebürgert, daß die Assisen deshalb abgeschafft sind, weil die Geschworenen nun einmal kein Französisch verstehen und angeblich dadurch (!) keine allgemein verständliche Sprache besteht."

In Belgien und Holland regieren deutsche Dynastien. Das Volk ist kerndeutsch, eine kleine Minderheit von Wallonen ausgenommen. Die Städte bewahren die großartigsten Erinnerungen an die alte deutsche Zeit. Im übrigen Deutschland ist eine Wissenschaft und Literatur erblüht, die an innerm Gehalt die französische weit überwiegt, also auch für die deutschen Niederländer ungleich mehr

Anziehungskraft haben sollte. Aber die gebildeten Classen wollen nichts von Deutschland wissen und der Bauer kennt es gar nicht. Das ist eine Unnatur und doch ist wieder nichts natürlicher, als daß es zu dieser Entartung gekommen ist. Die Hauptursache, warum die Niederländer nichts von uns wollen, war bisher die ungeheure Unpopularität des deutschen Bundes und die wirklich verabscheuungswürdige Erbärmlichkeit unserer Kleinstaaterei. Wäre Deutschland wie Frankreich einig und von Nationalstolz erfüllt gewesen, so würde die Stimmung unserer niederländischen Brüder in Bezug auf uns auch eine ganz andere gewesen seyn. Dasselbe gilt von Lothringen und Elsaß. Der feurige Görres meldete in seinem berühmten Rheinischen Merkur Nr. 98 vom 6. August 1814 aus dem Elsaß, welches kurz vorher von den Deutschen wieder erobert worden war: „In der ersten Zeit des Ueberganges waren die Elsäßer keineswegs so sehr gegen die Deutschen gestimmt. Nur später, als man ihnen deutlich merken ließ, sie sollten im Frieden an kleinere diesseitige Fürsten fallen, wurden sie wild und widerspenstig, sandten Abgeordnete nach Paris und baten, daß man sie nicht abtreten möge. Wie sollten auch diese kräftigen Menschen Freude daran finden, Unterthanen von diesseitigen Souverainen zu werden. Sollten sie sich darüber freuen, nun auch bald Theil zu nehmen an diesseitiger Erbärmlichkeit, die sie bisher mit Recht verlacht hatten.“ (Es war damals die Rheinbundzeit, freilich die gehässigste Form der Kleinstaaterei, grade vorübergegangen, aber auch die restaurirte Kleinstaaterei mußte denen zum Eckel seyn, die an einen größern Horizont in Frankreich gewöhnt waren). „Man kündigte den Elsäßern Freiheit und Wiedervereinigung mit Deutschland an, als sie nun aber mit einigen kleinen Erzeugnissen, Butter, Eiern ꝛc. freudig ans Ufer und zum Markte kamen, wurden sie visitirt und mußten so viel Zoll und Accise zahlen, daß sie sich entschlossen, lieber zurückzubleiben. Auch konnte sie nicht anlocken, daß diesseits jede deutsche Provinz die andere als Ausland behandelt und anderer Aberwitz mehr, der nirgends als in Deutschland bestehen kann."

Vieles von dieser kleinstaatlichen Misere besteht heute noch und es ist daher im höchsten Grade lächerlich, daß unsre kleinstaatlichen Bevölkerungen bei Sänger-, Turner- und Schützenfesten so viel von einem einigen und großen Deutschland phantasirten, als sie es aber verwirklichen sollten, nur ihre Krähwinkel vertheidigt und den Schutz des Auslandes dafür angerufen haben, damit es ja zu keiner deutschen Einheit komme.

War unsere Kleinstaaterei und das Metternichsche Absperrungs- und Polizeisystem der vorwaltende Grund, aus dem unsere deutschen Brüder über dem Rhein und in den Niederlanden fort und fort vor dem deutschen Bunde nur einen Eckel empfinden konnten, so war dieselbe kleinstaatliche Jämmerlichkeit auch wieder der Grund, warum innerhalb unseres Bundes die immer mehr anwachsende liberale Partei französische Doctrinen und Institutionen einzuführen und sich der Metternichschen Zwangsjacke zu entledigen suchte. Zugleich blieb die französische Sprache an den deutschen Höfen und in der höheren deutschen Gesellschaft noch immer die herrschende und die französische Mode beim gesammten deutschen Volke, so daß für französische Luxus- und Modeartikel seit und trotz der Schlacht bei Leipzig schon wieder ein paar Milliarden deutschen Geldes nach Paris wandern mußten. Was die tiefsten Denker in Deutschland für die Wissenschaft, die edelsten Dichter in Poesie leisteten, kümmerte keinen Franzosen; aber die literarischen Modeartikel der seichtesten und frivolsten Geister in Frankreich wurden immer in Deutschland übersetzt und verschlungen. Das nichtswürdigste Buch des nichtswürdigen Eugen Sue erlebte zehn verschiedene deutsche Uebersetzungen im Laufe eines Jahres.

Der Liberalismus ging mit der Verdrängung deutscher Gesinnung und Sprache überall Hand in Hand. Luxemburg ist dafür der sprechendste Beweis. Der berühmte Bischof Laurent hatte dort ganz im Geist der christlich deutschen Partei, wie sie in den Befreiungskriegen die alte französische Unzucht aus der deutschen Nationalität ausstoßen wollte, zugleich die alte Frömmigkeit und die alte deutsche Sitte und Sprache gegen die Ueberflutungen der französischen Mode kräftig conservirt. Da erhoben die Liberalen ihr obligates Geheul gegen den Mann der Kirche und gegen den Deutschgesinnten, machten es ihm zum Verbrechen, daß er die deutsche Volksschule aufrecht erhielt, und ruhten nicht, bis sie ihn vertrieben hatten. Nun nahm französischer Unterricht und französisches Wesen reißend überhand. Alles natürlich unter dem Beifall aller Liberalen auch diesseits des Rheins. Wir erinnern uns noch recht wohl, mit welcher Wuth die frommen Bischöfe Laurent und Arnoldi von der liberalen Presse in Deutschland angegiftet wurden, und wie diese Presse die deutsche Nationalität an den französischen Grenzen nie und nirgends in Schutz nahm. Auch die gänzliche Verwelschung Belgiens nahm sie willig hin, weil dieselbe ja im Namen des Liberalismus erfolgte.

Belgien war nicht ohne Besorgniß vor den Compensationsgelüsten Frankreichs, glaubte aber doch sich auf den Schutz Englands nicht allein verlassen zu dürfen und näherte sich Preußen. Des Königs Bruder, Philipp, Graf von Flandern, verlobte sich im Frühjahr 1867 mit der preußischen Prinzessin Marie von Hohenzollern-Sigmaringen. Dagegen gab sich in Holland eine auffallende Gehässigkeit gegen Preußen kund und man fingirte dort (heimlich dazu angereizt durch Frankreich) die Besorgniß, Preußen wolle Holland annectiren. Dies von Preußen vorauszusetzen, war nicht der mindeste Grund vorhanden, aber man brauchte einen Vorwand, um den schnöden Handel zu bemänteln, den man vorhatte.

Der König der Niederlande verlangte, da der deutsche Bund nicht mehr bestehe, folglich auch die Stadt Luxemburg nicht mehr Bundesfestung seyn könne, solle die preußische Besatzung daraus zurückgezogen werden, wie er denn auch Limburg für abgelöst vom deutschen Bund erklärte und sich weigerte, diese Grafschaft in den neuen norddeutschen Bund eintreten zu lassen. Von preußischer Seite wurde geltend gemacht, „daß Luxemburg, das rein zufällig durch die Person des Großherzogs mit dem Königreich Holland verbunden ist, die Holländer gar nichts angehe und sie deshalb davon fern bleiben sollten; daß ferner durch die Neugestaltung Deutschlands für die Niederländer so wenig jetzt als 1849 ein Recht erwachse, Limburg, das zur Entschädigung für einen Theil des alten Reichslands Luxemburg an den Bund gekommen war, ohne weiteres seinen bisherigen Verpflichtungen gegen Deutschland zu entheben, daß vielmehr die neue Regelung der Geschicke dieses Ländchens durch einen internationalen Tractat vollzogen werden müsse, was, beiläufig, der Minister des Auswärtigen in Holland selbst bei Gelegenheit öffentlich anerkannt hat; daß übrigens für uns kein Grund vorliege, um Limburg bei jetziger Neugestaltung der Dinge dauernd bei Deutschland zu halten, sondern nur für den Verzicht unsererseits eine Entschädigung zu bedingen sey, hauptsächlich die Zurückgabe des 1815 von Holland widerrechtlich angemaßten rechten Ufers der Maas.“ Das Natürlichste war, daß Belgien und die Niederlande, beide stets von Frankreich her bedroht, hätten Gott danken sollen, an dem mächtig erstarkten Preußen einen Schutz gegen Frankreich gefunden zu haben. Aber dafür hatte man im Haag kein Verständniß.

Das Verhalten der Niederlande überhaupt zu Deutschland verdiente den schärfsten Tadel. Holland war zur Zeit der französischen Revolution von den Jakobinern überschwemmt und ausgeplündert worden. England hatte ihm seine Colonien entrissen. Auch Napoleon drangsalirte die Holländer systematisch und setzte einen französischen Prinzen im schönen Amsterdamer Rathhaus zum Könige ein, während der einheimische Erbstatthalter vertrieben in der Welt umherirrte. Aus all diesem Elend, aus all dieser Schmach wurde Holland einzig durch die Preußen herausgerissen. Nie wäre Holland aus der Umstrickung Frankreichs frei geworden, wenn die großmüthigen Preußen es nicht frei gemacht hätten. Holland wurde in seiner Unabhängigkeit wieder hergestellt, der Erbstatthalter wurde ohne sein Verdienst zum König erhoben und bekam zu Holland auch noch die vormals österreichischen Niederlande, Luxemburg und Lüttich. Sämmtliche Großmächte machten ihm dies Geschenk, doch war er dafür am meisten den Deutschen verpflichtet, ohne deren Erhebung Napoleons Reich unerschüttert geblieben wäre, und namentlich den Preußen. Wie dankte nun der neue König der Niederlande den Deutschen für diese Großmuth? Zuerst durch einen infamen Betrug, indem er die freie Rheinschifffahrt, die nach den europäischen Verträgen jusqu'à la mer gehen sollte, nur bis ans Meer, und nicht bis ins Meer gestattete, weil der Satz hätte heißen müssen jusque dans la mer, wenn die Schifffahrt bis ins Meer frei seyn sollte. Auch keinerlei andere Verpflichtungen gegen die deutsche Nation wurden von Holland anerkannt und sogar der Nutzen verschmäht, welcher Holland aus einer engern Verbindung mit Deutschland erwachsen wäre. Zufrieden, wenn wir ihm nur seine Colonialwaaren abkauften und die Hefe unserer herabgekommenen Jugend als weiße Sklaven im kleinen Rest der holländischen Colonien zu Grunde richten ließen, fiel den holländischen Krämern wohl vielleicht einmal ein, welchen neuen großartigen Aufschwung ihre Colonien nehmen würden, wenn sie den Strom der deutschen Auswanderung in dieselben lenken würden. Aber sie fürchteten dann nicht mehr allein den Gewinn zu ziehen und sperrten sich ab. Auch an der deutschen Bildung und Literatur nahmen sie keinen Antheil und ließen sogar in der zum deutschen Bunde gehörigen Provinz Limburg die französische Sprache bei den höhern Classen ganz ebenso um sich greifen, wie dasselbe in Belgien geschah, obgleich die Bevölkerung eine rein deutsche ist. Wenn sich der König der Belgier, als Belgien von Holland getrennt wurde, dieselbe Vernachlässigung des deutschen Volkselements zu Schulden kommen ließ, so mochte es ihn entschuldigen, daß er vor dem nahen und übermächtigen Frankreich beständig zitterte. Holland dagegen, von nun an durch Belgien von Frankreich getrennt, brauchte weniger Angst zu haben.

Unter allen Bestandtheilen der deutschen Nation ist der holländische Volksstamm seit drei Jahrhunderten der am meisten particularistische, dem Gefühl der Zusammengehörigkeit mit der großen deutschen Nation am meisten entfremdete. Das zeigte sich auch wieder während des Krieges von 1866. Denn die Holländer sahen mit scheelem Auge und verbissener Unzufriedenheit der Neugestaltung Deutschlands unter Preußen zu. In commerzieller Beziehung fast ausschließlich von Deutschland abhängig, alle ihre Lebenssäfte aus Deutschland ziehend, dessen großer Markt die einzige Bedingung ihrer Forterxistenz ist, wollten sie doch ihre deutschen Stammgenossen immer nur wie eine dumme Heerde scheeren, ohne ihnen Selbständigkeit zu gönnen oder sich zu einer Gegenleistung gegen die großen Dienste, die ihnen Deutschland leistet, herbeizulassen. Zudem sind sie für Oesterreich interessirt, weil, wie man sagt, in Holland allein 800 Millionen Gulden österreichischer Papiere stecken. Die Nachricht von der Schlacht bei Königgrätz wurde in Holland nur mit großem Aerger und geheimem Kummer aufgenommen.

Im Anfang des Frühjahrs 1867 verbreitete sich das Gerücht, der König der Niederlande wolle das Großherzogthum Luxemburg an Frankreich verkaufen. Was sein Interesse dabei sey, darüber äußerte die Presse verschiedenerlei Ansichten. Man sprach von einem geheimen Groll, von einer geheimen Angst im Haag; das neue Deutschland weckte dem holländischen Particularismus Besorgniß. Der so lange vom Holländer nur mit Verachtung angeblinzelte deutsche Michel oder Muff war auf einmal wieder ein gar gewaltiger Mann geworden. Andrerseits hieß es, der König habe eine zu geringe Civilliste und sey in Schulden gerathen. Aus dem Nebel der unverbürgten

Zeitungsnachrichten tauchten die Umrisse einer Dame hervor, die unersättlich in Geldansprüchen gewesen seyn soll.*) Was Frankreich anlangt, so konnte ihm der friedliche Erwerb Luxemburgs und namentlich der Festung nur höchst erwünscht seyn, weil er, wenn gleich baar bezahlt, doch einer Compensation gleich kam, welche Frankreich bisher vergebens erstrebt hatte.

Luxemburg und Limburg waren bisher Bestandtheile des deutschen Bundes gewesen, es war aber kein Bund mehr da und ein neuer Anschluß derselben an den Nordbund wurde vom Cabinet im Haag nicht beliebt. Indessen konnte König Wilhelm III. der Niederlande doch nicht ganz frei über Luxemburg verfügen und Land und Leute wie eine Waare verkaufen. Er war erstens gebunden an die Zustimmung der luxemburgischen Stände, denn die Verfassung vom 9. Juli

---

*) Der Cölnischen Zeitung wurde aus Paris geschrieben: „In den letzten Tagen erregte hier ein prächtiger Vierspänner à la Daumont, mit ausgezeichneten Pferden in tadelloser Schirrung, Dienerschaft en grande livrée, ziemliches Aufsehen, oder wird, besser gesagt, mit ganz besonderer Neugierde betrachtet. Uneingeweihte fragen: ‚Wer ist die nicht mehr junge Dame mit den ziemlich verlebten Zügen? Eine italienische Herzogin? Eine russische Fürstin? Eine französische Prinzessin?‘ Nichts von alledem; es ist Madame Musard, die Geliebte oder, wenn das schöner klingt, die Freundin einer ausländischen, durch ihre Verkaufsliebhabereien bekannten Majestät, bekannt, ja sogar hier in Paris berüchtigt durch die beispiellose Verschwendung, mit der sie schon Millionen ihres freigebigen Freundes durchgebracht hat, angestaunt wegen des fabelhaften Luxus ihrer Einrichtung, ihrer Equipage, ihrer Juwelen. Dem sey nun, wie ihm wolle, Madame Musard braucht Geld, sehr viel Geld, ihr königlicher Freund hat aber nicht immer disponible Millionen und — kleine Ursachen, große Wirkungen — hierin liegt der Grund, warum Madame Musard in diesem Augenblicke mit besonderer Neugierde betrachtet wird, sobald man sie in ihrer vierspännigen Equipage im Bois de Boulogne bemerkt, besonders von denen, die in der Gegend der Ardennen zu Hause sind.“

1849 schrieb ausdrücklich vor: „Das Großherzogthum ist untheilbar und unveräußerlich; keine Abtretung, kein Tausch, kein Ausschluß von Gebiet kann stattfinden außer in Kraft eines Gesetzes.“ Zweitens hatte Preußen das Besatzungsrecht in der Festung Luxemburg nicht blos für den Bund erhalten, sondern auch zum Schutz seiner eigenen Provinzen und zum Schutz des deutschen Gebiets gegenüber von Frankreich, abgesehen von den inneren Verfassungszuständen, wie sie auch möglicherweise innerhalb des deutschen Gebiets wechseln konnten. Jedenfalls war Luxemburg als Grenzfestung von den Preußen nach Napoleons Sturz besetzt worden, nicht um den Frankfurter Bundestag und die papierne Verfassung des Bundes, welche abgeändert werden konnte, sondern um das stete und unabänderliche Interesse der deutschen Nation gegen Uebergriffe von Frankreich her, wie sie seit Jahrhunderten sich schon so oft wiederholt hatten, zu schützen. Zu dem gleichen Zwecke hatte man im Jahr 1815 dem aus der Verbannung zurückgekehrten Erbprinzen von Oranien zu seinem kleinen Holland noch das ganze große Belgien, wie auch das Bisthum Lüttich, Limburg und Luxemburg geschenkt. Man wollte, wie das sonnenklar in den Motiven zu den Verträgen von 1815 ausgedrückt ist, den Erbprinzen von Oranien nicht um seiner schönen Augen willen zu einem mächtigen und reichen König machen, sondern damit das neugeschaffene Königreich der Niederlande zu einem starken Bollwerk gegen Frankreich werde. Das war nach so vielen ungerechten und räuberischen Angriffen der Franzosen auf deutsches Gebiet eine nothwendige Vorkehr, zunächst im Interesse Deutschlands und Englands. Weil aber Preußen dabei viel näher betheiligt war als Oesterreich, setzte Metternich seiner bekannten Politik gemäß von Anfang an das neue Königreich der Niederlande in die Lage, Preußen opponiren und die deutsche Begeisterung von 1813 her im Nordwesten unseres alten Reichs völlig lahm legen zu können. Deshalb durften die sämmtlichen deutschen Niederlande, die noch bis 1794 zum deutschen Reich gehört hatten, nicht mehr dem deutschen Bunde einverleibt werden, mit einziger Ausnahme der kleinen Gebiete von Luxemburg und Limburg, die nur Schande halber dem deutschen Bunde einverleibt wurden und um am Bundestage für die metternichsche Politik gegen Preußen eine Stimme mehr zu gewinnen.

Der Zweck, aus den Niederlanden ein starkes Bollwerk für Deutschland und England gegen Frankreich zu schaffen, war daher von Anfang an von der metternichschen, wie auch russischen Politik nur fingirt, eine Täuschung für die deutschen Patrioten; der eigentliche Zweck war, die Macht Preußens am Niederrhein zu neutralisiren.

Seitdem der deutsche Bund aufgehört hat, an seine Stelle aber zunächst ein norddeutscher Bund getreten ist und dieser sogar, das deutsche Nationalinteresse im Nordwesten unseres alten Reichs zu wahren, in einem noch höheren Grade den Willen und die Macht hat, als der alte Bund unter dem metternichschen System, so verstand es sich von selbst, daß Preußen sein Besatzungsrecht festhalten sollte und daß man, wenn ein europäischer Krieg vermieden werden wollte, in Erwägung ziehen mußte, ob der König der Niederlande, dem man das Großherzogthum Luxemburg ausdrücklich nur als eine deutsche Schutzwehr gegen Frankreich verliehen hatte, das Recht habe, jetzt eben dieses Großherzogthum zu einer französischen Schutzwehr gegen Deutschland zu machen?

Graf Bismarck ließ sich weder durch die Drohung mit einem neuen Kriege beunruhigen, noch zu einer Sprache fortreißen, die dem formellen Theil der Rechtsfrage nicht volle Rücksicht geschenkt hätte. Als er am 18. März im Reichstage wegen Luxemburg interpellirt wurde, erklärte er: „Wir haben auf Luxemburg und Limburg (die zum deutschen Bunde gehörten) nicht verzichtet, können aber den Souveränen, die nicht beitreten wollen, keinen Zwang anthun.“ Eine nähere Erklärung gab der preußische Ministerpräsident erst dann, als die beunruhigendsten Berichte wegen Luxemburg sich immer dichter kreuzten. Es hieß, der Kauf Luxemburgs sey schon abgeschlossen. Man beschuldigte den Grafen Bismarck sogar, er habe denselben zugegeben, sey es, weil er sich früher schon in geheimen Verhandlungen desfalls gegen Napoleon III. verpflichtet habe, sey es, weil er sich vor einem Kriege fürchte. Die particularistische Presse konnte kaum ihr niederträchtiges Entzücken zurückhalten, indem sie hoffte, ein neuer Rheinbund werde nun doch vielleicht zu Stande kommen.

Am 1. April interpellirte v. Bennigsen im norddeutschen Reichstag den Grafen Bismarck wegen Luxemburg: „Meine Herren! Seit einigen Tagen mehren sich von allen Seiten die Gerüchte über Verhandlungen zwischen der französischen und niederländischen Regierung wegen der Abtretung von Luxemburg. Es tritt mit immer größerer Stärke die Behauptung auf, daß ein solcher Abtretungsvertrag bereits abgeschlossen sey. Danach würde also ein Fürst aus deutschem Geschlechte, uneingedenk der stolzen Erinnerungen seines Hauses, aus welchem dereinst selbst ein Mitglied die deutsche Kaiserkrone getragen hat, einen Handel eingegangen seyn über ein Land, welches keine Provinz von Holland bildet, sondern zu allen Zeiten ein deutsches Land gewesen, welches nur bei Gelegenheit der Gründung des deutschen Bundes dem regierenden Hause der Niederlande zu Theil geworden ist, als Austausch für Rechte an anderen Ländern, welche dieses Haus in Deutschland besessen hat. Luxemburg, ein deutsches Land, welches stets als Theil des burgundischen Kreises zum deutschen Reiche gehört hat — Luxemburg, ein deutsches Land, aus dessen Fürstengeschlechtern Kaiser für Deutschland hervorgegangen sind und Markgrafen derjenigen Provinz, in welcher jetzt der Reichstag versammelt ist, soll durch einen solchen Handel Deutschland verloren gehen! Meine Herren, es ist eine dringende Aufforderung für den Reichstag, in dieser Lage sich klar darüber zu werden, was die verbündeten deutschen Regierungen und die Vertreter deutscher Nation einer solchen Gefahr gegenüber zu thun gewillt sind. Wir haben in dem Grenzlande Luxemburg nicht bloß einen Theil deutschen Bodens zu vertheidigen; wir haben da auch eine wichtige militärische Position zu schützen, welche, wenn sie aufgegeben werden sollte, wenn das Land an Frankreich kommen sollte, nicht allein Belgien, sondern auch die deutsche Rheinprovinz stets unmittelbar bedrohen würde. Wir sollen ein Land aufgeben, in welchem eine Festung aufgebaut ist mit den Entschädigungsgeldern, welche Frankreich in dem Frieden von 1814 und 1815 auferlegt sind, eine Festung, welche zum Schutze Deutschlands gegen Frankreich als Bundesfestung angelegt ist, in welcher die preußische Regierung nicht blos auf Grund der Verträge von Wien, der Wiener Congreßacte, sondern auch auf Grund besonderer Abkommen zwischen der preußischen und niederländischen Regierung aus den Jahren 1816 und 1817, werthvolle Rechte der Besatzung und der Ernennung des Gouverneurs und des Commandanten hat. Es ist Gefahr vorhanden, daß ein deutsches Grenzland verloren geht, in welchem die Bevölkerung im wesentlichen deutsch ist, in welchem die Bevölkerung nicht daran denkt, französisch werden zu wollen, wo allerdings vielleicht eine Abneigung vorhanden ist, sich den schweren militärischen Anforderungen jetzt schon zu fügen, welche an alle Mitglieder des norddeutschen Bundes gestellt werden, in welchem man aber deutsch ist und deutsch bleiben will. Wenn die Versammlung es mir gestattet, so will ich einen Nothschrei aus Luxemburg, welcher, gerichtet an ein Mitglied des Reichstages, mir eben unmittelbar vor der Sitzung eingehändigt ist, hier mittheilen oder wenigstens einige Theile desselben, aus denen hervorgeht, wie deutsch gestimmt man in Luxemburg ist und wie wenig Neigung man hat, von Deutschland getrennt zu werden. Es heißt in diesem Schreiben: ‚Wüßten die Herren im Reichsrath, wie die 200,000 Luxemburger in Sprache und Sitte doch immer noch ein ganz deutscher Volksstamm sind, wüßten sie, wie im gegenwärtigen Augenblick überall in Stadt und Land alles so gebeugt und muthlos ist, jetzt, wo starke

Gerüchte von Annexion an Frankreich coursiren, wüßte man, wie sehnsüchtig allgemein die Blicke sich wenden nach jenen Männern, die doch eben nur des zu einigenden und zu befestigenden deutschen Vaterlandes wegen in Berlin tagen: es müßten doch alle sich erheben und im Namen so vieler deutscher und deutsch bleiben wollender Stammesbrüder die Stimmen dermaßen erheben, daß jede Concession von obenher quasi unmöglich und jedenfalls als schreiender Mißton im Einigungswerk, ja als moralischer Todtschlag angesehen werden müßte. Ja sagte man sich nicht allzulaut, wir seyen im geheimen Einverständniß schon längst von Preußen aufgegeben, Sie dürften sicher seyn, daß es an eclatanter Offenbarung der Gesinnung nicht fehlen würde. Käme es zu einem suffrage universel, so genügte eine nur etwas bestimmte Aussicht auf einen irgend annehmbaren Vertrag mit Preußen, um das Votum überall im deutschen Sinne zu sichern. Unser Wunsch geht dahin, es möchte doch in irgend einer Weise den Herren des Reichsrathes bekannt werden, wie wir Luxemburger nicht schon ein halb oder auch nur viertels französisches Volk mit fränkischer oder wallonischer Sprache, sondern immer noch ein ganz deutsches Volk mit ganz deutscher Sprache sind und immer bleiben wollen. Unter den 200,000 sind doch höchstens nur 100, die nicht deutsch verstehen und sprechen können.' Meine Herren, die Interpellation, die wir an den Vorsitzenden der Bundes-Commissäre gerichtet haben, die ist ausgegangen von der liberalen Seite des Reichstages, sie ist absichtlich von uns gerade ausgegangen, weil wir vor allen ein Bedürfniß gefühlt haben, kund zu geben, daß in solchen Fällen der auswärtigen Politik, wo es gilt, deutschen Boden zu vertheidigen gegen ungerechte Gelüste des Auslandes, keine Parteien im Hause existiren dürfen, (Bravo!) daß die Schwierigkeiten, welche sich in den letzten Wochen bei einzelnen Fragen des Ausbaus der innern Verfassung gezeigt haben, die Differenzen, die bis heute noch nicht vollständig gelöst sind, zwischen den liberalen Parteien des Reichstages und der Vertretung der Regierungen, daß sie nicht den geringsten Einfluß äußern werden auf die Haltung des ganzen Reichstages, wo es gilt, muthig und entschlossen dem Auslande gegenüber zu stehen, (Lebhaftes Bravo) und die kräftige Politik, welche die preußische Regierung und welche der Ministerpräsident bislang geführt haben, auf das Entschiedenste zu unterstützen! (Stürmisches Bravo.) Meine Herren, Sie haben aus dem Schreiben, welches ich eben Ihnen mittheilte und aus andern Notizen, die uns hier brieflich zugegangen und die in der Presse enthalten sind, vernommen, mit welcher Sorge man gerade in Luxemburg dem Ausgange dieses Handels entgegen sieht. Ich finde es auch begreiflich, daß in Luxemburg das Gefühl der Besorgniß sich nicht in offenen Kundgebungen zeigen kann. Denn so lange man in Luxemburg sich verlassen fühlt und die Besorgniß haben kann, daß in dem Momente der Neubildung von Deutschland vielleicht die Eingriffe des Auslandes nicht mit der nothwendigen Energie zurückgewiesen werden, da ist es erklärlich — wenn man es auch nicht vollständig rechtfertigen kann — daß ein so kleines Land nicht wagt, mit der Entschiedenheit derartigen französischen Gelüsten gegenüber zu treten, wie wir es allerdings wohl unter andern Umständen von allen deutschen Volksstämmen erwarten können. Um so mehr ist die Pflicht an uns herangetreten, an den Reichstag, die Vertretung der Nation und an die Bundescommissarien, in Deutschland und im Auslande und namentlich auch in Luxemburg keinen Zweifel darüber zu lassen, daß sie diese Position, diesen Theil Deutschlands vertheidigen wollen. Meine Herren, es ist eine nicht geringe Versuchung für das Ausland vorhanden, die Auflösung des deutschen Bundes zu benutzen, die Zeit zu benutzen, wo eine neue deutsche Staatenbildung noch nicht fertig geworden ist, wo Kämpfe der innern Politik ausgebrochen sind in Deutschland, die eigene Machtstellung gegenüber Deutschland zu verstärken. Wenn wir nicht dem ersten Versuche der Art entgegen treten, dann werden die Versuche sich stets wiederholen, und die jetzige Neubildung wird in Deutschland nicht zur Begründung eines starken Bundesstaates, sondern nur zur Fortdauer der alten Zerrissenheit und Schwäche führen. (Sehr richtig! von allen Seiten.) Wenn wir Vertrauen haben zu der kräftigen Leitung der auswärtigen Politik, wie sie sich gezeigt hat im vorigen Jahre und in den Jahren vorher bei der preußischen Regierung, so wird dies Vertrauen allerdings eine neue Bewährung verlangen in der schwierigen Lage, wo wir den Frieden erhalten können, wenn wir stark und entschlossen gegenüber stehen dem Auslande, wo wir aber auch zeigen müssen, daß wir den Krieg nicht scheuen, wo es sich um eine gerechte Vertheidigung gegen ungerechte Angriffe handelt. (Enthusiastisches Bravo.) Wir wissen ja alle, daß in Frankreich in Erinnerung an die alte schwache Stellung Deutschlands, an die Uebermacht Frankreichs gegen Deutschland, auch jetzt wieder die Reste alter Parteien und deren alt gewordene Führer die Leidenschaften in der Armee und die Leidenschaften im Volke aufzureizen suchen — aufzureizen vielleicht nicht bloß in dem Motive, Eroberungen zu machen für Frankreich, vielleicht in dem Motive, der jetzigen französischen Regierung Schwierigkeiten zu bereiten. (Von allen Seiten: sehr richtig!) Geben wir rasch und entschlossen die richtige Antwort auf alle solche Tendenzen, und wir werden sie im Keime ersticken können. (Sehr gut! Lebhaftes Bravo.) Meine Herren, welch einen Eindruck müßte es in Deutschland machen, wenn in einem Augenblick, wo der Reichstag versammelt ist, um eine Verfassung für Deutschland zu gründen, wenn in dem Augenblick, wo die Vertreter der Regierungen und die Vertreter des Volkes der preußischen Krone und der preußischen Staatsregierung die Leitung der auswärtigen Politik des norddeutschen Bundes übertragen wollen, wenn in demselben Augenblicke, wie leider schon früher in schweren Zeiten Deutschlands manchmal, Grenz-Provinzen von Deutschland losgerissen würden! Würde es nicht ein Fleck seyn, sehr schwer abzuwaschen von der deutschen Ehre, würde es nicht den

Stempel undeutscher Schwäche der Leitung der auswärtigen Politik aufdrücken, wenn in dem ersten Augenblicke, wo wir wieder eine deutsche, nicht bloß eine preußische Politik haben wollen, nicht das Aeußerste aufgeboten würde, um eine solche Schwächung, die Abreißung einer deutschen Provinz zu verhindern. Meine Herren, Sie erinnern sich des patriotischen Ausspruches, den vor mehreren Jahren Seine Majestät der König von Preußen gethan hat: Kein Dorf solle von deutschem Boden mit seiner Zustimmung abgerissen werden. Diese Worte haben einen lebhaften Widerhall gefunden in Deutschland, sie sind in dankbarer Erinnerung von der deutschen Nation aufbewahrt worden. Jetzt, wo die Vertreter des norddeutschen Bundes um Seine Majestät den König Wilhelm hier in Berlin versammelt sind, da mag er das deutsche Volk aufrufen, er wird in demselben keine Parteien finden, wo es gilt, sich gegen das Ausland zu vertheidigen, er wird noch eine einige und entschlossene Nation finden." (Stürmisches Bravo.)

Graf Bismarck (es war zufällig heute sein Geburtstag) antwortete: „Die hohe Versammlung wird es natürlich finden, wenn ich mich in einer Frage von der Tragweite, welche die vorliegende gewonnen hat, in diesem Augenblicke darauf beschränke, die Interpellation mit einer Darlegung des thatsächlichen Sachverhältnisses, soweit es der königlichen Regierung und ihren Bundesgenossen bekannt ist, zu beantworten. Ich muß dazu zurückgreifen auf die Ursachen, die es veranlaßt haben, daß das Großherzogthum Luxemburg nicht Mitglied des norddeutschen Bundes ist.

„Bei Auflösung und durch die Auflösung des früheren deutschen Bundes gewann jeder der an demselben betheiligten Staaten seine volle Souveränetät wieder, so wie er sie vor Stiftung des Bundes besessen, aber durch die Verpflichtungen, die er im Bundesvertrage freiwillig eingegangen war, beschränkt hatte. Nach Auflösung des Bundes genoß das Großherzogthum Luxemburg und sein Großherzog derselben Souveränetät europäischen Charakters, wie das Königreich der Niederlande und sein König. Die große Mehrzahl der früheren Bundesgenossen, gleich Preußen, benutzten ihre Freiheit, um sofort auf dem nationalen Boden einen neuen Bund behufs gegenseitiger Unterstützung und Pflege der nationalen Interessen zu schließen. Das Großherzogthum Luxemburg fand es seinen Interessen nicht entsprechend, denselben Weg einzuschlagen. Durch die Organe, welche uns innerhalb des Großherzogthums und an seinen Grenzen zu Gebote stehen, waren wir davon in Kenntniß gehalten, daß eine entschiedene Abneigung, dem norddeutschen Bunde beizutreten, in allen Schichten der Bevölkerung heimisch war. In den höheren und namentlich in den höchsten war sie getragen von einer deutlich ausgesprochenen Mißstimmung gegen Preußen und dessen Erfolge, in den unteren getragen von einer Abneigung gegen die Uebernahme derjenigen Lasten, die eine ernstliche Landesvertheidigung nothwendig mit sich führt.

„Die Stimmung der luxemburgischen Regierung fand Ausdruck in einer Depesche, die im Oktober an uns gerichtet wurde, und in welcher sie uns nachzuweisen suchte, daß wir kein Recht mehr hätten, in Luxemburg Garnison zu halten. Die königl. Regierung und ihre Bundesgenossen mußten sich die Frage stellen, ob es angemessen sey, unter diesen Umständen eine Einwirkung oder gar einen Druck dahin zu üben, daß das Großherzogthum, welches dem Zollverein angehört, auch dem norddeutschen Bunde beiträte. Sie hat sich nach gründlicher Erwägung diese Frage verneint. Sie mußte es einmal als einen zweifelhaften Vortheil betrachten, in einem Bunde von dieser Intimität in dem Großherzog von Luxemburg ein Mitglied zu haben, welches in seiner Eigenschaft als König der Niederlande seinen Schwerpunkt außerhalb des Bundes, seine Interessen außerhalb des Bundes hat und vielfach möglicherweise im Widerspruch mit dem Bunde haben konnte. Die Erfahrungen, welche wir in dieser Beziehung in dem früheren Bunde gehabt haben, waren lehrreich genug, um uns abzuhalten, eine ähnliche Einrichtung in vollem Maaße auf die neue Institution zu übertragen.

„Die königliche Regierung hat sich ferner gesagt, daß vermöge der geographischen Lage und der eigenthümlichen Verhältnisse gerade des Großherzogthums Luxemburg die Behandlung insbesondere dieser Frage einen höhern Grad von Vorsicht erforderte. Man erweist der preußischen Politik nur Gerechtigkeit, wenn an einer hervorragenden Stelle ausgesprochen worden ist, die preußische Politik suche die Empfindlichkeit der französischen Nation — natürlich, so weit es mit der eigenen Ehre verträglich ist — zu schonen. Die preußische Regierung findet und fand zu einer solchen Politik Anlaß in der gerechten Würdigung der Bedeutung, welche die freundschaftlichen Beziehungen zu einem mächtigen und ebenbürtigen Nachbarvolke für die friedliche Entwicklung der deutschen Frage haben mußten.

„Aus derselben Rücksicht, die ich hiermit charakterisirt habe, will ich mich enthalten, auf den zweiten Theil der Interpellation *) mit Ja oder Nein zu antworten. Der Wortlaut dieses zweiten Theiles ist ein solcher, wie er einer Volksvertretung, die auf dem nationalen Boden steht, wohl anstehen mag; er gehört aber nicht der Sprache der Diplomaten an, wie sie in Behandlung internationaler Beziehungen, so lange dieselben im friedlichen Wege erhalten werden können, geführt zu werden pflegt.

„Was den ersten Theil der Interpellation betrifft, so will ich das Sachverhältniß, soweit es zur Kenntniß der königl. Regierung gekommen ist, offen darlegen. Die königl. Regierung hat keinen Anlaß anzunehmen, daß ein Abschluß über das künftige Schicksal des Groß-

*) Dieser Punkt will wissen: „Ist die k. preußische Regierung in der Lage, dem Reichstage Mittheilung darüber zu machen, daß sie entschlossen sey, die Verbindung Luxemburgs mit Deutschland auf jede Gefahr hin dauernd sicher zu stellen."

herzogthums bereits erfolgt sey; sie kann das Gegentheil natürlich nicht mit Bestimmtheit versichern, sie kann auch nicht mit Bestimmtheit wissen, ob, wenn er noch nicht erfolgt wäre, er vielleicht unmittelbar bevorstände. Die einzigen Vorgänge, durch welche die Königliche Regierung veranlaßt gewesen ist, geschäftlich Kenntniß von dieser Frage zu nehmen, sind folgende:

„Vor wenig Tagen hat Se. Majestät der König der Niederlande den im Haag akkreditirten königl. preußischen Gesandten mündlich in die Lage gesetzt, sich darüber zu äußern, wie die preußische Regierung es auffassen würde, wenn Se. niederländische Majestät Sich der Souveränetät über das Großherzogthum Luxemburg entäußerten. Der Graf Perponcher, unser Gesandter im Haag, ist angewiesen worden, darauf zu antworten, daß die Königliche Regierung und ihre Bundesgenossen im Augenblicke überhaupt keinen Beruf hätten, sich über diese Frage zu äußern, daß sie Sr. Majestät die Verantwortlichkeit für die eigenen Handlungen selbst überlassen müßten, und daß die Königliche Regierung, bevor sie sich über die Frage äußern würde, wenn sie genöthigt wäre, dies zu thun, sich jedenfalls vorher versichern würde, wie die Frage von ihren deutschen Bundesgenossen, wie sie von den Mitunterzeichnern der Verträge von 1839 und wie sie von der öffentlichen Meinung in ganz Deutschland, welche gerade im gegenwärtigen Augenblick in der Gestalt dieser hohen Versammlung ein angemessenes Organ besitzt, aufgefaßt werden würde. (Bravo.)

„Die zweite Thatsache war diejenige, daß die königl. niederländische Regierung durch ihren hiesigen Gesandten uns ihre guten Dienste behufs der von ihr vorausgesetzten Verhandlungen Preußens mit Frankreich über das Großherzogthum Luxemburg anbot. Wir haben darauf geantwortet, daß wir nicht in der Lage wären, von diesen guten Diensten Gebrauch zu machen, weil Verhandlungen dieser Art nicht schwebten. (Lebhafte Zustimmung.)

„In dieser Lage, meine Herren, befindet sich, soviel der Königl. Regierung bekannt ist, die Sache noch in dieser Stunde. Ich betone, ‚soviel ihr bekannt ist,‘ und beziehe mich auf das zurück, was ich kurz vorher über die Möglichkeit eines Abschlusses gesagt habe. Sie werden nicht von mir verlangen, daß ich in diesem Augenblicke — ähnlich wie es einem Volksvertreter, einer Volksvertretung gestattet ist — über die Absichten und Entschlüsse der Königl. Regierung und ihrer Bundesgenossen in diesem und in jenem Falle in der Oeffentlichkeit Erklärungen abgeben solle. (Sehr richtig.) Die verbündeten Regierungen glauben, daß keine fremde Macht zweifellose Rechte deutscher Staaten und deutscher Bevölkerungen beeinträchtigen werde; sie hoffen, im Stande zu seyn, solche Rechte zu wahren und zu schützen auf dem Wege friedlicher Verhandlungen und ohne Gefährdung der freundschaftlichen Beziehungen, in welchen sich Deutschland bisher zur Genugthuung der verbündeten Regierungen mit seinen Nachbarn befindet. Sie werden sich diesen Hoffnungen um so sicherer hingeben können, je mehr das eintrifft, was der Herr Interpellant vorher zu meiner Freude andeutete, daß wir durch unsere Berathungen das unerschütterliche Vertrauen, den unzerreißbaren Zusammenhang des deutschen Volkes mit seinen Regierungen und unter seinen Regierungen bethätigen werden." (Sehr lebhaftes Bravo.)

Etwas später erklärte die Norddeutsche Zeitung, es sey zu beklagen, „daß von vielen Pariser Journalen in der Luxemburger Angelegenheit nicht nur die Nachrichten, sondern auch die für ihre Behauptungen als Beleg angeführten Urkunden gefälscht werden. So beruft sich die Patrie für ihre Behauptung, daß Luxemburg nur Bundesfestung gewesen sey, auf den Territorialreceß vom 20. Juni 1819. Dort heißt es aber wörtlich: ‚Der König von Preußen und der König der Niederlande als Großherzog von Luxemburg sind übereingekommen, um auf die wirksamste Weise für die Vertheidigung ihrer respectiven Staaten zu sorgen, in der Festung Luxemburg eine gemeinschaftliche Garnison zu halten.' Es unterliegt also keinem Zweifel, daß Preußen nicht nur als deutscher Bundesstaat, sondern gerade so gut als preußischer Staat das Besatzungsrecht in Luxemburg genießt."

Die deutsche Presse war sehr aufgeregt. Nur demokratische und ultramontane Blätter konnten ihre vaterlandsverrätherischen Hoffnungen kaum verbergen. Der weitaus größte Theil deutscher Zeitungen äußerte sich diesmal im Sinn des deutschen Rechts und der deutschen Ehre. Man hob hervor, Luxemburg sey ein deutsches Land von jeher gewesen, auf das der Franzose nun und nimmer ein Recht habe. Was Frankreich sagen würde, wenn der König von Belgien Antwerpen an England verkaufen wollte?

Im französischen Volke und insbesondere in dem menschenvollen Paris war durchaus keine Kriegslust wahrzunehmen. Man wußte hier die Gefahr eines Krieges mit Deutschland wohl zu würdigen, wünschte durchaus keine neue Erschütterung des Kredits, keinen neuen Ruin des Wohlstandes und glaubte um so weniger, der Kaiser werde die Nation unbesonnenerweise in einen ungerechten Angriffskrieg fortreißen, als er am 1. April die große Welt-Industrieausstellung eröffnet hatte, als das großartigste Produkt und zugleich Symbol des Friedens. Die Studenten von Paris liehen damals der Friedensliebe den würdigsten Ausdruck in einer Adresse an die deutschen Studenten, die sogleich allbekannt wurde. „Deutsche Brüder! Der Horizont zeigt sich finster und drohend. Kriegslärm läßt sich zu beiden Seiten des Rheines hören. Die Nationen erwarten unruhig, was ihnen die Zukunft bringt. Und ist die Zeit des Völkerhasses nicht längst vorbei? Fern von uns sind die Ideen eines andern Zeitalters. Die Völker sind groß nicht durch ihre Gebiete, sondern durch ihre Einrichtungen. Es ist nicht die Ausdehnung ihrer Grenzen, sondern diejenige ihrer Freiheiten, welche Frankreich und Deutschland wollen müssen. Kein Mann von Muth hat jemals den Krieg gefürchtet, aber jeder Ehrenmann muß ihn verachten. Hassen wir ihn wegen des Elends, welches er im Gefolge hat und wegen seines Despotismus. Ist es nicht auch Sache der Studenten, diese großen Wahrheiten laut auszusprechen? Gehen wir nicht zusammen auf diesem furchtbaren Wege, deutsche Brüder? Durch uns und mit euch möge Friede seyn, welcher die Völker zu Glück, Größe und Freiheit führt."

In ganz ähnlichem Sinne äußerten sich die Pariser Arbeiter in einer großen an die deutschen Arbeiter gerichteten Adresse. Nur der Chauvinismus war überaus thätig, die Franzosen gegen Deutschland aufzustacheln, und hinter die Maske dieses Chauvinismus versteckten sich auch die Orleanisten und alle Feinde Napoleons III., um ihn in einen Krieg zu treiben, von dem sie hofften, er werde für Frankreich unglücklich ausfallen und das ihnen so verhaßte Kaiserthum begraben.

Napoleon III. spielte hiebei, wie immer, doppeltes Spiel. Indem er einerseits durch die offizielle Presse und seinen Sprechminister Rouher, wie durch den Minister des Auswärtigen de Moustier fortwährend Frieden verkündigen ließ und die Weltausstellung ihren ungestörten Fortgang nahm, ließ er gleichwohl plötzlich ungeheure Kriegsrüstungen machen, Hinterladungsgewehre in großen Massen und größter Eile verfertigen und gewaltiges Kriegsmaterial in die Grenzfestungen werfen. Man wird nicht irren, wenn man voraussetzt, alles sey keine wirkliche Vorbereitung zu einer blutigen Entscheidung, sondern nur eine großartige Demonstration gewesen, um einerseits den Deutschen auf die Mittheilung der im August 1866 insgeheim geschlossenen Schutz- und Trutzbündnisse zwischen Nord- und Süddeutschland eine frappante Antwort zu geben und die Schadenfreude zu dämpfen, die seine Feinde über die durch jene Mittheilung ihm bereitete unangenehme Ueberraschung äußerten, und um andererseits den Kriegseifer der Opposition in Frankreich selbst dadurch zu dämpfen, daß er selbst diesen Eifer zu theilen schien und die Initiative der Rüstungen ergriff. Er blieb somit auf der Höhe der Situation und wußte wohl, daß ihn Deutschland nicht beim Wort nehmen und sich nicht in den Krieg stürzen, sondern ruhig abwarten würde, bis er wieder abgerüstet hätte. Denn es sprachen viel mehr vernünftige Gründe für den Frieden, als für den Krieg.

Die französischen Rüstungen hatten viel Pomphaftes, denn das ist einmal der Franzosen Art so. Sie prahlen gern schon vor der Schlacht, gleich den homerischen Helden. Insbesondere bemühte sich die französische Presse, etwaigen ängstlichen Gemüthern in Deutschland eine Kinderfurcht einzujagen mittelst einer kleinen kupfernen Kanone, die von einem Mann regiert, in einer Minute 50 Kartätschenschüsse abgeben sollte.

Die Kugelspritze, mit der man so viel prahlte, ist gar keine französische, noch auch eine amerikanische Erfindung. Es ist die Steinheilsche Fugalmaschine, welche im Jahr 1832 zuerst in Deutschland erfunden und probirt wurde. Die Augsb. Allgem. Zeitung bemerkte: „Das Prinzip ist der Fugalschwung. Die Ausführung besteht in einer Metallscheibe, die für kleine Kaliber durch Menschenkraft, für größere durch Dampf in Rotation versetzt wird. Der Rand dieser Scheibe nimmt eine Geschwindigkeit an, welche die Geschwindigkeit der abgeschossenen Kugel übertrifft. In der Oberfläche der drehenden Scheibe ist eine radiale Rinne von etwas mehr als der Hälfte des Kaliberdurchmessers ausgearbeitet. Wenn man in die vertiefte Mitte Kugeln rollen läßt, so müssen sie in Folge des Fugalschwungs an der Rinne der drehenden Scheibe hinausgleiten und verlassen die Scheibe mit 12 Mal der Randgeschwindigkeit. Damit aber alle Kugeln in derselben Richtung entweichen, ist über der drehenden Scheibe eine Eisenplatte mit ganz kleinem Abstand von der drehenden Scheibe angebracht. In dieser Platte ist nun zur Aufnahme der obern Hälfte der Kugel eine Curve eingearbeitet (die logarithmische Spirale), durch welche alle Kugeln, bei allen Geschwindigkeiten, ohne Zwang zu erleiden, entweichen müssen. An der Platte ist ein Rohr in der Verlängerung der Seitencurve angebracht, das allen Kugeln genau dieselbe Richtung gibt. Im Jahr 1848 hat Steinheil eine Maschine für Kartätschenkugeln mit Dampf getrieben, ausführen lassen. Aber auch da fand eine Militärcommission den Gegenstand nicht für unsere Verhältnisse, sondern mehr für Festungen und Marine geeignet. Es scheint also die Steinheilsche Fugalmaschine mit seinem galvanischen Telegraphen das Schicksal zu theilen, daß beide erst Werth bekommen, wenn sie über Amerika zu uns zurückkehren. Nach obigem ist übrigens klar, daß Frankreich dieses Geschoß nicht ausschließlich besitzt, sondern daß es jeder haben kann, wenn er es ausführen will." — Auch in Preußen hatte Dreyse schon seit längerer Zeit eine Revolverkanone von ähnlicher Wirkung erfunden, ohne daß man damit geprahlt hätte. In einem Artikel der Allg. deutschen Zeitung im Anfang Mai machte ein deutscher Ingenieur geltend, daß die Kugelspritze zum Feldgebrauch unpraktisch sey. „Die Flugbahn eines Geschosses bildet eine Parabel, und da durch Versuche ermittelt wurde, daß der theoretisch günstigste Wurfwinkel von 45 Grad (im luftleeren Raume) nicht auch der in der Praxis günstige Winkel sey, sondern jener von 33 Grad, so liegt der Scheitel der Parabel bei einer Wurfweite von 1500 Metern = circa 1 englische Meile, 250 Meter über der Oberfläche der Erde. Um ein Geschoß von 2 Pfd. oder 1 Kilogramm Gewicht mit der gewöhnlichen Geschwindigkeit der Flintenkugeln von 2—300 Metern per Sekunde durch diese Parabel zu treiben, bedarf es unter den günstigsten Umständen mindestens einer Arbeit von 162 Meterkilogramm = circa 2 Pferdekräfte; es kann in diesem Falle jede Sekunde eine Kugel fortgeschleudert werden. Soll aber die Zahl der in 60 Sekunden fortgeschleuderten Kugeln auf 360 steigen, so muß die Maschine schon ziemlich 10 Pferdekräfte besitzen. Dieses wäre der allergünstigste Fall, es ist hierbei die Reibung der Apparatbestandtheile und der Luftwiderstand gar nicht berücksichtigt.

Will man die Kugeln mit derselben Genauigkeit absenden wie durch die gezogene Kanone, sollen sie erst durch ein Rohr gepreßt werden, damit sie Drehung erlangen, so geht ungeheuer viel lebendige Kraft verloren; durch die Theorie kann man diesen Kraftverlust nicht genau bestimmen, es läßt sich aber annehmen, daß von der ganzen Leistungsfähigkeit der Maschine höchstens 20 bis 25 Procent übrig bleiben, wenn der Werth nicht noch mehr sinken dürfte. Sollen daher binnen 1 Minute 60 Kugeln geschleudert werden, so braucht man mindestens 10 Pferdekräfte dazu, bei 300 Kugeln per Minute 40 bis 50 Pferdekräfte — eine kleine Lokomotive von solcher Fläche, daß sie augenblicklich durch gewöhnliche gezogene 6-Pfünder zerschossen wäre. Es leuchtet ein, daß eine Kanone, welche Geschosse von 2 Pfd. = 1 Kilogramm Gewicht schießt, bedeutend leichter seyn wird, als eine Dampfmaschine, welche 10 Pferdekräfte stark seyn soll; abgesehen davon, daß es viel bequemer ist, die Triebkraft in Form von Pulver oder dergleichen zu besitzen, als Kohlen und Wasser in die Gefechtslinie mitschleppen zu müssen. Mittels eines Geschützes, welches Geschosse von 2 Pfd. Gewicht wirft, kann man aber auch sehr gut durch Vermehrung der Ladung cylindrische Geschosse von doppeltem Gewichte auf dieselbe Entfernung werfen, ohne befürchten zu müssen, das Rohr werde springen. Dies ist bei einer solchen Maschine nicht möglich, weil durch dieselbe nicht mehr Arbeit geleistet werden kann, als der Dampfproduction entspricht. Diese Kugelspritze wird also für die Feldschlacht nie eine Bedeutung erlangen. Welche riesigen Dampfmaschinen man brauchen würde, um 10- und 20pfündige Kugeln zu schleudern, brauche ich wohl nicht erst auszuführen; es würden dies willkommene Ziele für die Kruppschen Hinterladungsgeschütze seyn."

Ueber die Chassepotgewehre, die Frankreich den preußischen Zündnadelgewehren entgegensetzt, erfuhr man aus Berlin, es seyen dort Versuche mit jenen französischen Gewehren aus französischen Fabriken angestellt worden. „Beim Chassepotgewehr befindet sich die Patrone in einem Kautschukverschluß, welchen die Nadel jedesmal durchbohren muß. Dadurch wird allerdings die beim Zündnadelgewehr ermüdende Operation des Ladens erleichtert; der Kautschukverschluß aber, von dem der Soldat noch ein Reserve-Exemplar mitführen muß, ist sehr leicht dem Verderben ausgesetzt. Bei den Versuchen durch geübte Leute versagte das Chassepotgewehr bei langsamem Schießen öfters, beim Schnellfeuer aber nicht. Es kann in der Minute elf Schüsse abgeben, das Zündnadelgewehr nur acht, obgleich ein tüchtiger Unteroffizier es auch mit dem preußischen Zündnadelgewehr auf zwölf Schüsse per Minute brachte. Die Brauchbarkeit der Chassepotgewehre wird also hauptsächlich von der Frage abhängen, ob der Kautschukverschluß die nöthigen Strapazen aushält und ob die Reserve-Exemplare, vor allem auf dem Marsche, in brauchbarem Zustande bewahrt werden können."

Mitten in die Ruhmredigkeiten der französischen Kriegspartei hinein warf der bekannte Dichter Edgar Quinet eine Schrift, in der er auszusprechen wagte, die Deutschen würden, wenn sie einmal einig wären, in der That die erste und mächtigste Nation der Welt werden. Die Nutzanwendung davon war aber: wie mögt ihr Franzosen so thöricht seyn, den Nationalstolz und Ehrgeiz zu wecken, der jetzt noch so tief in der deutschen Nation schlummert. Danket doch Gott, daß sie nicht daran denken, euch Elsaß und Lothringen wieder wegzunehmen, und seyd nicht so einfältig, sie daran zu erinnern, daß sie das Recht dazu haben, mehr Recht dazu als ihr habt, Luxemburg zu nehmen.

Als Preußen wiederholt erklärte, es betrachte sein Besatzungsrecht in Luxemburg einfach als ein auf dem Großherzogthum haftendes Servitut, und keine Miene machte, den Kauf anzuerkennen und sein Besatzungsrecht aufzugeben, ließ Napoleon III. durch de Moustier dem gesetzgebenden Körper erklären, es sey noch gar kein Kaufvertrag mit Holland abgeschlossen, es habe bei vorläufigen Besprechungen sein

Bewenden gehabt. „Der Kaiser hat mir den Befehl ertheilt, Ihnen von den Umständen, aus denen die luxemburgische Frage entstanden ist, sowie von der gegenwärtigen Lage dieser Frage Kenntniß zu geben. Von der tiefen Ueberzeugung beherrscht, daß die wahrhaften und dauernden Interessen Frankreichs in der Erhaltung des europäischen Friedens liegen, ist die kaiserl. Regierung in ihren internationalen Beziehungen nur von Gedanken der Beschwichtigung geleitet. Darum hat sie auch aus freiem Antrieb diese Frage nicht in Anregung gebracht. Die unbestimmte Stellung von Limburg und Luxemburg hat eine Mittheilung des Haager Cabinets an die französische Regierung veranlaßt. Die beiden Herrscher kamen auch in die Lage, über den Besitz Luxemburgs ihre Ansichten auszutauschen. Uebrigens hatten diese Besprechungen noch keinen officiellen Charakter angenommen, als, von dem König der Niederlande über ihre Ansicht befragt, die preußische Regierung die Bestimmungen des Vertrags von 1839 anrief. Getreu den Principien, welche stets unsere Politik geleitet, haben wir die Möglichkeit dieses Gebietserwerbs niemals anders, als unter drei Bedingungen ergriffen: die freie Zustimmung des Großherzogs von Luxemburg, die loyale Prüfung der Interessen der Großmächte, der durch eine allgemeine Abstimmung kundgegebene Wunsch der Bevölkerung. Wir sind also geneigt, im Verein mit den andern Cabinetten Europas die Klauseln des Vertrags von 1839 zu prüfen. Wir werden bei dieser Prüfung mit der versöhnlichsten Gesinnung zu Werke gehen, und wir glauben fest, daß der europäische Friede durch diesen Zwischenfall nicht gestört werden wird." (Beifall.)

In Luxemburg selbst wurde gewaltig agitirt. Der französische Agent de Boigne strengte sich an, Adressen zu erwirken, in denen die deutsche Bevölkerung den Anschluß an Frankreich fordern sollte. Da nun auch die holländische Regierung für Frankreich arbeitete, hatte die Bevölkerung des kleinen Landes Angst und wagte nur, in ihrem ökonomischen Interesse den Wunsch auszudrücken, im deutschen Zollverein bleiben zu dürfen. Nationale Sympathien für Deutschland wagten sich nur spärlich und nur in hoffnungslosen Klagen hervor. Ein sachkundiger Gelehrter schreibt: „Schon im Alter von sechs Jahren müssen die Kinder ein französisches und deutsches Abcbuch mit in die Schule bringen und nachdem sechs Jahre hindurch Herz und Geist verunstaltet wurden, weiß man kaum den Namen zu schreiben. Dasselbe System wird in den höhern Unterrichtsanstalten befolgt. Das gute Volk wird durch die wallonische Beamtensprache am Narrenseile herumgeführt. Im Grunde scheint das ganze Unterrichtssystem nur darum eingeführt worden zu seyn, um das Volk zu verdummen und zu hintergehen. Der Angeklagte z. B. muß den Advokaten, den Notar u. s. w. sehr theuer bezahlen und versteht kein Wort von dem, was gesprochen oder geschrieben wird. Daß unter solchen Umständen die constitutionellen und Gemeindefreiheiten nur leerer Schein sind, liegt am Tage. Was die Herren in der Kammer sagen, das muß dem Volke von dem Zeitungsschreiber verdeutscht werden; was die Regierung an die Gemeinderäthe zu schreiben beliebt, das muß der Sekretär verdolmetschen ꝛc. Aus diesen wenigen Daten erhellt, daß die sogen. Gleichberechtigung beider Sprachen eine Lüge ist. Das Schlimmste ist noch, daß man sich in diese Zustände so hineingelebt hat, als seyen sie ganz normal. In den letzten Jahren haben endlich einige Notare angefangen ihre Urkunden deutsch zu verfassen und das Volk freute sich, doch einmal etwas in der Hand zu haben, was man lesen kann. So wird ein kerndeutsches Volk um seine Nationalität betrogen, weil einige Beamten zu stolz und zu träge sind, um sich die Sprache des Volkes anzueignen. Man hat nicht einmal eine autorisirte Uebersetzung des Code Napoléon."

Die bayrischen Landtagsabgeordneten entwarfen eine Adresse, die das Vertrauen aussprach, Deutschland werde Luxemburg nicht aufopfern; 115 Mitglieder der Kammer, denen später noch einige nachfolgten, hatten die Adresse unterzeichnet und eine Deputation übergab sie am 12. April dem Fürsten von Hohenlohe. Dieser antwortete: „Ich begrüße die Adresse mit Freuden als den Beweis, daß es in Fragen der Ehre Deutschlands nur eine Partei in der Kammer gibt, — als den Beweis, daß für Wahrung dieser Ehre die Kammer und das Land zu jedem Opfer bereit ist. Ich begrüße die Adresse als eine richtige Deutung des Vertrags, durch welchen Bayern zur Wahrung der nationalen Integrität mit dem übrigen Deutschland verbunden ist. So wenig Zweifel ich darüber bestehen lassen will, daß die Regierung sich den ihr durch diesen Vertrag auferlegten Pflichten nicht entziehen wird, so erachte ich es doch als meine nächste Aufgabe, nichts zu unterlassen, was zur Erhaltung und Sicherung eines ehrenvollen Friedens beitragen wird."

Fürst Hohenlohe sandte den bayrischen Kabinetsrath Grafen Taufkirchen in der Mitte des April nach Berlin und Wien, um womöglich zwischen Preußen und Oesterreich eine Allianz im Interesse von Gesammtdeutschland gegenüber von Frankreich zu Stande zu bringen, weil dies das sicherste Mittel seyn würde, Frankreich zu imponiren und seine Kriegsgelüste zu dämpfen. In Wien aber wollte Herr von Beust aus der Neutralität nicht heraustreten, es wäre denn, daß Preußen sich eine Revision des Prager Friedens würde gefallen lassen, und es wurde angedeutet, wie es wenigstens die Zeitungen berichteten, Oesterreich verstehe darunter, die süddeutschen Staaten diesseits des Main sollten zu ihm in das nämliche Verhältniß treten, wie die norddeutschen Staaten zu Preußen.

Man konnte billigerweise von Oesterreich nicht verlangen, daß es einen guten Willen haben sollte, irgend ein Unglück oder auch nur eine Gefahr von Preußen abzuwenden. Andrerseits war es auch nicht im Fall, sich mit Frankreich alliiren zu können, da die innern Zustände der österreichischen Monarchie und insbesondere der Armee noch wenig befriedigten und es im Kriegsfall auch besorgen mußte, Rußland werde Preußen zur Seite stehen. Herr von Beust präcisirte daher seine Ansicht in den Worten: In der Luxemburger Frage müsse man zuerst das formelle Recht berücksichtigen, in zweiter Linie das europäische Gleichgewicht, und erst in dritter die Nationalität. Oesterreich arbeitete daher auf einen europäischen Congreß hin, dem auch England und Rußland ihre Zustimmung gaben.

Es ist nothwendig, hier einige Bemerkungen über die Stellung Oesterreichs zu Frankreich überhaupt einzuschieben. Oesterreich hatte Frankreich auch die größten, ja unglaubliche Concessionen gemacht, schon im Frieden von Villafranca und noch mehr nach der Schlacht bei Königgrätz, und zwar in beiden Fällen aus einem sicher unklugen und blinden Haß gegen Preußen. Es hatte sich damit aber keinerlei Dank von Frankreich erkauft, nicht einmal Vertrauen. Sogar der Umstand, daß Frankreich Oesterreichs Allianz gegen Rußland dringend bedarf, wenn die orientalische Frage aufs neue an die Tagesordnung kommen wird, konnte das Vertrauen nicht herstellen. Frankreich wußte schon im Jahr 1859, daß Oesterreich, wenn es in Italien gesiegt hätte, der napoleonischen Dynastie gefährlich worden wäre und 1866, daß es, wenn es Preußen hätte niederwerfen können, eine Uebermacht in Deutschland erlangt haben würde, die für Napoleon III. noch viel bedenklicher geworden wäre. Deshalb hat sich Napoleon III. nicht beeilt, Oesterreich gegen Preußen beizustehen. Hätte Oesterreich den Rath, den ihm Graf Bismarck schon lange ertheilt hat, befolgt und den Schwerpunkt seiner Monarchie nach Pesth verlegt, d. h. hätte es sein Festhaltenwollen der Hegemonie in Italien und Deutschland aufgegeben und seine Mission im Orient erkannt und verfolgt, so würde freilich seine Stellung sowohl zu Frankreich als Preußen eine andere und weit günstigere geworden seyn. So lange es aber seine unglückliche Politik im Westen nicht aufgibt, um sich ganz dem Osten zuzuwenden, so lange kann ihm Frankreich kein Vertrauen schenken.

In Oesterreich wurde endlich, ziemlich spät, der erste Schritt gethan, um die heillose Corruption der Armee zu beseitigen. Am 20. April verkündeten Wiener Blätter ein neues Avancementgesetz. „Der Bericht des Armeeobercommandanten, Erzherzog Albrecht, an den Kaiser constatirt die höchst mangelhafte und ungenügende allgemeine wie militärische Ausbildung eines großen Theils der Offiziere. Die außerordentliche Vermehrung an Offizieren im Kriegsfalle mußte nämlich bei dem bisher beobachteten Systeme den in militärischer Beziehung nicht hoch genug anzuschlagenden Nachtheil haben, daß bei der fast allgemein sehr beschränkten Zahl intelligenter, gehörig vorgebildeter Offiziersaspiranten und bei der leider bestehenden Sucht, alle vakanten Offiziersplätze sofort zu besetzen, eine große Zahl solcher Individuen in die Offizierscharge gelangte, welche zu derselben gar nie berufen waren oder zur Zeit ihrer Beförderung noch nicht die Eignung hiezu besaßen. Daneben wird in dem bisherigen Beförderungssystem ein großer Uebelstand anerkannt. Bei einer Mobilmachung zeigte es sich, daß man einen großen Ueberfluß an General- und Stabsoffizieren hatte, von denen der eine Theil körperlich, ein anderer bezüglich der Fachbildung für den Krieg nicht verwendbar war. Von den ersteren kamen die meisten dann selbst um Pensionirung ein, von den letztern mußte die Kriegsverwaltung einen Theil pensioniren, dessen Unfähigkeit ihr eben bekannt wurde. Dadurch gab es im letzten Augenblicke Wechsel im Commando, der nicht heilsam wirkte, und Mangel in den unteren Chargen. Zur Abhilfe schlägt dann der Obercommandant vor und genehmigt der Kaiser: Solche Vorkehrungen zu treffen, welche die Gewähr geben, daß schon in die niederste Offizierscharge nur für ihren Beruf gehörig ausgebildete Individuen gelangen. Diese Aufgabe läßt sich nur durch Einführung des schon in vielen anderen Staaten bestehenden Instituts von ‚Offiziersaspiranten,‘ wozu die Betreffenden erst nach Ablegung einer besonderen, ihre volle Eignung zum Offizier erweisenden wissenschaftlichen und praktischen Prüfung ernannt werden können, erreichen. Zur Hebung der Ambition und des wahren Pflichtgefühls, und um den mit wirklichen Vorzügen für ihren Beruf ausgesprochen begabten Offizieren den Weg in höhere Chargen schneller und in jüngeren Lebensjahren zu bahnen, als dieß jetzt in der Regel möglich ist, wären bestimmte Aperturen für außertourliche Beförderungen, das heißt für solche Offiziere vorzubehalten, welche vermöge ihrer Gesammteigenschaften verdienen, so bald als möglich emporgebracht zu werden. Als Minimalzeit, welche vor Beförderung in die Hauptmanns- und Rittmeisterscharge unter normalen Verhältnissen in den subalternen Offizierschargen zugebracht werden muß, wären vier Jahre zu fixiren. Desgleichen wäre es wünschenswerth, eine normative Bestimmung zu erlassen, daß mit besonderem Vorzug classificirte Hauptleute und Rittmeister erster Classe, Majore und Oberstlieutenants auch in ihrer eigenen Waffe oder Branche selbst mit Vorzug befördert werden können, was besonders für die Artillerie- und Geniewaffe nöthig ist, um hervorragende Kapazitäten schneller, als es bis jetzt der Fall war, vorzubringen. Für den gesammten Offiziersstand, mit Einschluß der Generalität, muß nach Maaß der an die verschiedenen Chargengrade gestellt werdenden Anforderungen ein Maximalalter fixirt werden, bis zu welchem eine ersprießliche Dienstleistung zu hoffen ist. Die Beförderung von Charge zu Charge hängt von dem Erfolg einer jedesmal zu bestehenden Prüfung ab. Es wird der gemeinschaftliche Konkretualstatus für die Chargen eingeführt, um dem Uebelstande abzuhelfen, daß in einzelnen Regimentern Leute von weniger Dienstjahren rascher befördert werden als solche, (oft von bedeutenderen Kenntnissen) in andern Regimentern. Bei allen Truppen, Corps und Branchen, mit Ausnahme des Generalstabes, sind in den Chargen vom Unterlieutenant bis incl. zum Hauptmann (Rittmeister) erster Classe je drei in demselben Chargengrade auf einander folgende Abgänge von dem Regimentsinhaber oder dessen Rechte Ausübenden nach der Anciennetät, die vollkommene geistige und moralische Befähigung, dann physische Qualification der an der

Beförderungstour Stehenden vorausgesetzt, zu verleihen, die vierte Apertur aber durch eine außertourliche Beförderung oder eine durch sonstige Dienstesrücksichten bedingte Eintheilung zu ersetzen."

Auch im höhern Armeepersonal waren Aenderungen eingetreten. Crenneville hatte sich zurückgezogen.*)

*) In der Flugschrift „Der Krieg im Jahre 1866," 2. Auflage, Leipzig, 1867. S. 4 wird er im Vergleich mit seinem Vorgänger Grünne folgendermaßen charakterisirt: „Von 1849 bis 1859 war Grünne Herr der Situation gewesen — nach seiner Ansicht war die Rechtlosigkeit Aller nöthig, um die Macht der Krone fest zu begründen. Durch den Versuch, aus Oesterreich eine Art Persien zu machen, verdarb er das Reich und das Heer — doch wird jedermann zugeben, daß er es ehrlich meinte und nur in Folge des Wahns, daß man Ideen unterdrücken und ausrotten könne, sich in der Wahl der Mittel vergriff. — Graf Grünne war jedoch nicht heimtückisch und niemals Agent; er bevorzugte zwar seine Standesgenossen, doch des Kaisers Interesse ging ihm über alles. Dies war den Feudalen und Klerikalen keineswegs passend. Schon seit 1854 suchten sie ihn zu beseitigen, man hörte in gewissen Kreisen, daß nur Mensdorff oder Crenneville für den Posten eines ersten Generaladjutanten sich qualificire. Coronini und Comp. arbeiteten jedoch fruchtlos, bis die Unfälle des Jahres 1859 ihnen die Mittel boten, den Kaiser zu überzeugen, daß Grünne einen großen Theil der Schuld trage. Coronini brachte Crenneville an seine Stelle, was, abgesehen von dessen viel bösartigerem Charakter, schon deshalb bedauerlich war, weil die Lection von Solferino dem durchaus nicht unverständigen Grafen Grünne sehr gut bekommen hatte. ‚Mag der Krieg ein Handwerk oder eine Kunst seyn, das sehe ich, daß die Sache gelernt seyn will und es so nicht geht.' Damit war er auf dem rechten Wege; Selbsterkenntniß führt zur Besserung. Crenneville war im Heere ziemlich unbekannt. Da er als Prototyp des Höflings- oder Eunuchencharakters: kalt, glatt und giftig gelten kann, so gereichte ihm dies nicht zum Schaden. Alle Uebelstände im Heere aufrecht zu erhalten, um das Interesse jener Kaste, deren Agent er ist, nicht zu verletzen, stellte er sich zum Ziele. ‚Wenn dies geschieht (Aufhebung der Inhabersrechte), so wird kein Cavalier im Heere dienen,' und damit war die Sache, trotz der unverhehlten Mißstimmung des Offizierscorps, erledigt."

Durch diesen sehr interessanten Akt des Siegers von Custozza wird bestätigt, was bisher als die Corruption in der österreichischen Armeeorganisation und Verwaltung und als Hauptursachen der österreichischen Niederlagen in den Feldzügen von 1859 und 1866 bezeichnet worden ist. Der Erzherzog gab damals noch einen zweiten Beweis von Großherzigkeit. Dem Feldzeugmeister Benedek, über den schon so viele Verunglimpfung gekommen war, wurden alle seine Orden gestohlen, nicht aber andere, daneben liegende Werthgegenstände, so daß nicht gemeine Habgier, sondern nur eine boshafte Schadenfreude den Diebstahl motivirte. Als Erzherzog Albrecht es erfuhr, schrieb er dem tief gekränkten Feldherrn einen freundlichen Brief und stellte ihm neue Exemplare von allen seinen Orden zu.

Italien blieb sich in seiner Charakterlosigkeit treu. Kaum war die Luxemburger Frage angeregt, so schwenkte das Florentiner Kabinet von der preußischen Allianz schon wieder zur französischen hinüber; Ricasoli wurde entlassen und Ratazzi trat wieder an seine Stelle, am 10. April. Gleichzeitig hieß es, Victor Emanuel habe den Großjuden in Paris für 300 Millionen die italienischen Kirchengüter verpfändet.

Preußen behauptete eine merkwürdige Ruhe, echauffirte sich ganz und gar nicht und nahm auch gar keine Rüstungen vor. Das Säbelgerassel in Frankreich schien ihm keinerlei Sorge zu machen. Am 7. April schloß Preußen mit Hessen-Darmstadt eine Militärconvention ab, in Folge deren sich die darmstädtischen Truppen einstweilen an das 11. Armeecorps des norddeutschen Bundes anschließen sollten, bis sie, künftig mit den badischen Truppen vereinigt, ein besonderes Armeecorps, das 13. des gedachten Bundes würden bilden können. Am 25. April feierte Philipp, Graf von Flandern, in Anwesenheit seines Bruders, des Königs der Belgier, am Berliner Hofe seine Vermählung mit der Prinzessin Marie von Hohenzollern-Sigmaringen. Ein Beweis mehr, wie sehr Belgien auf den Schutz

Preußens rechnete, während Holland bereits in großer Uebereilung das Beispiel Frankreichs in eifrigen Rüstungen nachahmte.

Bald darauf eröffnete König Wilhelm die wieder einberufenen preußischen Kammern persönlich mit einer ruhigen und würdevollen Thronrede, am 29. April. Der König sprach: „Aus den Berathungen des Reichstages, zu welchem das preußische Volk auf Grund des von Ihnen genehmigten Gesetzes seine Vertreter entsandt hat, ist eine Verfassungs-Urkunde des Norddeutschen Bundes hervorgegangen, durch welche die einheitliche und lebenskräftige Entwicklung der Nation gesichert erscheint.

„Ich habe Sie um Meinen Thron versammelt, um diese Verfassung Ihrer Beschlußnahme zu unterbreiten. Das Werk nationaler Einigung, welches die Staats-Regierung unter Ihrer Mitwirkung begonnen hat, soll jetzt durch Ihre Zustimmung seinen Abschluß finden. Auf dieser Grundlage wird der Schutz des Bundesgebietes, die Pflege des gemeinsamen Rechtes und der Wohlfahrt des Volkes fortan von der gesammten Bevölkerung Norddeutschlands und von deren Regierungen in fester Gemeinschaft wahrgenommen werden.

„Durch die Einführung der Bundesverfassung werden die Befugnisse der Vertretungen der Einzelstaaten auf allen denjenigen Gebieten, welche hinfort der gemeinsamen Entwicklung unterliegen sollen, eine unvermeidliche Einschränkung erfahren.

„Das Volk selbst aber wird auf keines seiner bisherigen Rechte zu verzichten haben, es überträgt die Wahrnehmung derselben nur seinen Vertretern in dem erweiterten Gemeinwesen: die Zustimmung der frei gewählten Vertreter des gesammten Volkes wird auch im Norddeutschen Bunde zu jedem Gesetze erforderlich seyn. Durch die Bundesverfassung ist in allen Beziehungen dafür gesorgt, daß diejenigen Rechte, auf deren Ausübung die einzelnen Landesvertretungen zu Gunsten der neuen Staatsgemeinschaft zu verzichten haben, in demselben Umfange der Reichsvertretung übertragen werden.

„Die sichere Begründung nationaler Selbständigkeit, Macht und Wohlfahrt soll mit der Entwicklung deutschen Rechtes und verfassungsmäßiger Institutionen Hand in Hand gehen.

„Meine Regierung gibt sich der Zuversicht hin, daß die beiden Häuser des Landtages, in richtiger Würdigung des dringenden nationalen Bedürfnisses zur schleunigen Erledigung der vorliegenden Aufgabe bereitwillig die Hand bieten werden.

„Meine Herren! Der neu errichtete Bund umfaßt zunächst nur die Staaten Norddeutschlands; aber eine innige nationale Gemeinschaft wird dieselben stets mit den süddeutschen Staaten vereinigen. Die festen Beziehungen, welche Meine Regierung bereits im Herbste vorigen Jahres zu Schutz und Trutz mit diesen Staaten geschlossen hat, werden durch besondere Verträge auf die erweiterte norddeutsche Gemeinschaft zu übertragen seyn.

„Das lebendige Bewußtseyn der süddeutschen Regierungen und Bevölkerungen von den Gefahren deutscher Zerrissenheit, das Bedürfniß einer festen nationalen Vereinigung, welches in ganz Deutschland immer entschiedener Ausdruck findet, wird die Lösung jener bedeutsamen Aufgabe beschleunigen helfen.

„Die geeinte Kraft der Nation wird berufen und befähigt seyn, Deutschland die Segnungen des Friedens und eines wirksamen Schutzes seiner Rechte und seiner Interessen zu verbürgen.

„In diesem Vertrauen wird Meine Regierung sich angelegen seyn lassen, jeder Störung des europäischen Friedens durch alle Mittel vorzubeugen, welche mit der Ehre und den Interessen des Vaterlandes verträglich sind. Das deutsche Volk aber, stark durch seine Einigkeit, wird getrost den Wechselfällen der Zukunft entgegensehen können, wenn Sie, meine Herren, mit dem Patriotismus, der sich in Preußen in ernsten Stunden stets bewährt hat, das große Werk der nationalen Einigung vollenden helfen.“

Die Fortschrittspartei des frühern Berliner Abgeordnetenhauses hatte, soweit sie beim Reichstag vertreten gewesen war, öfter damit gedroht, das preußische Abgeordnetenhaus werde die neue norddeutsche Bundesverfassung nicht annehmen. Allein es geschah doch, nach einer nicht sehr stürmischen Berathung am 8. Mai mit 226 gegen 91 Stimmen. Man erkannte aus diesem Zahlenverhältniß, wie sehr es mit dem frühern Fanatismus der Fortschrittspartei zu Ende ging, wenn auch ihre schwachen Reste jetzt noch durch Polen und Ultramontane verstärkt wurden. In den übrigen norddeutschen Bundesstaaten fand die Anerkennung der norddeutschen Bundesverfassung noch weniger Schwierigkeiten. Die zweite Kammer in Sachsen erklärte sich am 4. Mai dafür mit 67 gegen nur 6 Stimmen. Die erste Kammer nahm sie, nicht aus Lust, aber aus Resignation einstimmig an.

In Bayern und Schwaben wurden mehrere Volksversammlungen abgehalten und die süddeutschen Regierungen dringend ermahnt, das bereits mit dem norddeutschen Bunde eingegangene Schutz- und Trutzbündniß, das nur auf dem Papiere stehe, zu einer Wahrheit zu machen, durch eine immer noch nicht erfolgte Reorganisation des Heerwesens. Stimmen wurden laut, die am guten Willen der einen oder andern Regierung zweifelten. Und, woran man in Deutschland bereits gewöhnt ist, wo die wenigste Kraft und Energie liegt, macht man die größten Ansprüche. In denjenigen deutschen Gauen, in denen Preußen am wenigsten unterstützt wurde, ließen sich am lautesten Stimmen vernehmen, welche Preußen Schwäche oder wohl gar Furcht glaubten vorwerfen zu können, wenn es Frankreich um des Friedens willen auch nur im Geringsten nachgeben würde. Man sprach die Befürchtung aus, wenn Frankreich die Räumung von Luxemburg durchsetze, werde es bald auch die von Mainz fordern. Wenn man ihm den kleinen Finger gebe, werde es die ganze Hand und den Arm dazu haben wollen ꝛc.

Indessen glaubte Preußen, dem allgemeinen Frieden ein Opfer bringen zu dürfen gegen Bürgschaften, welche dem Interesse und der

Ehre Deutschlands entsprächen. Es kam nur darauf an, den Verkauf des Großherzogthums Luxemburg rückgängig zu machen und unter der Garantie aller europäischen Großmächte die Neutralität des Großherzogthums in der Art festzustellen, daß es nie in die Hände Frankreichs fallen könne. Dann blieb die Abgrenzung Deutschlands gegen Frankreich in statu quo und konnte Preußen ungefährdet sein Besatzungsrecht in der Festung Luxemburg aufgeben, die sofort auch geschleift werden sollte. Gewann Frankreich dadurch keinen Angriffspunkt gegen Deutschland, so konnte auf deutscher Seite ein anderer Punkt zur Grenzfestung gewählt werden.

Nach mehrwöchentlichen Unterhandlungen vereinigten sich die Großmächte zu einer Conferenz in London, die daselbst am 7. Mai unter dem Vorsitz des Lord Stanley, Staatssekretär des Auswärtigen, eröffnet wurde. Die Bevollmächtigten waren der französische Gesandte Fürst de la Tour d'Auvergne, der preußische Graf Bernstorff, der österreichische Graf Apponyi, der russische Freiherr von Brunnow. Ferner durfte theilnehmen für Italien der Marquese Tapparelli d'Azeglio, für Belgien van de Weyer, für die Niederlande Freiherr v. Bentinck und für das Großherzogthum Luxemburg Baron von Tornaco. Da man vorbereitet war, brauchte es nur weniger Sitzungen, um die Sache zu erledigen. Es handelte sich darum, eine genügende Garantie für die Neutralität Luxemburgs zu finden. „Preußen wollte durch eine solche Garantie nicht betrogen, Frankreich nicht genirt und die andern Mächte möglichst wenig verpflichtet werden." England sträubte sich gegen die Verpflichtung am meisten, gab aber endlich nach und am 11. Mai wurde der Vertrag, welcher die auf Luxemburg bezüglichen Fragen ordnet und die Garantie den preußischen Bedingungen gemäß gewährt, unterzeichnet.

Sein Wortlaut war: „Art. 1. Se. Majestät der König der Niederlande, Großherzog von Luxemburg, hält die Bande aufrecht, welche das genannte Großherzogthum mit dem Hause von Nassau-Oranien verbinden, kraft der Verträge, welche diesen Staat unter die Souveränetät Sr. Majestät des Königs-Großherzogs, seiner Nachkommen und Nachfolger gestellt haben.

Die Rechte, welche die Agnaten des Hauses von Nassau auf die Erbfolge des Großherzogthums kraft derselben Verträge besitzen, sind aufrecht erhalten. Die hohen kontrahirenden Theile acceptiren diese gegenwärtige Erklärung und nehmen davon Akt.

„Art. 2. Das Großherzogthum, in den Grenzen, wie sie durch den, den Verträgen vom 19. April 1839 angefügten Akt unter der Garantie der Höfe von Oesterreich, Frankreich, Großbritannien, Preußen und Rußland festgestellt sind, wird künftig einen für immer neutralen Staat bilden. Es wird gehalten seyn, dieselbe Neutralität den anderen Staaten gegenüber zu beobachten. Dieser Grundsatz ist und bleibt gestellt unter die kollektive Garantie der Mächte, welche den gegenwärtigen Vertrag unterzeichnet haben, mit Ausnahme Belgiens, das selbst ein neutraler Staat ist.

„Art. 3. Da das Großherzogthum Luxemburg nach den Bestimmungen des vorhergehenden Artikels neutralisirt ist, so wird die Aufrechterhaltung oder die Errichtung von befestigten Plätzen auf seinem Gebiete ohne Nutzen und ohne Gegenstand. In Folge dessen ist man gemeinsam übereingekommen, daß die Stadt Luxemburg, welche in der Vergangenheit in militärischer Beziehung als eine Bundesfestung angesehen wurde, aufhören soll, eine befestigte Stadt zu seyn. Se. Majestät der König-Großherzog behält sich vor, in dieser Stadt die nöthige Zahl von Truppen zu unterhalten, um daselbst über die Aufrechthaltung der Ordnung zu wachen.

„Art. 4. Gemäß den in den Artikeln 2 und 3 enthaltenen Stipulationen erklärt Se. Majestät der König von Preußen, daß seine Truppen, welche gegenwärtig die Besatzung von Luxemburg bilden, den Befehl erhalten werden, mit der Räumung dieses Platzes unmittelbar nach dem Austausche der Ratificationen des gegenwärtigen

Vertrages vorzugehen. Man wird gleichzeitig damit beginnen, die Munitionen und alle Gegenstände zurückzuziehen, welche die Ausrüstung der genannten Festung ausmachen. Während dieser Operation wird nur die Truppenzahl dort bleiben, welche nöthig ist, um die Sicherheit des Kriegsmaterials zu überwachen, und um die Expedition desselben zu bewerkstelligen, die in einer möglichst kurzen Frist vollendet seyn wird.

„Art. 5. Se. Majestät der König-Großherzog kraft der Souveränetätsrechte, welche er über die Stadt und die Festung Luxemburg ausübt, verpflichtet sich seinerseits, die nöthigen Maßregeln zu treffen, um die genannte Festung in eine offene Stadt zu verwandeln vermittels einer Schleifung (Démolition), welche Se. Majestät für genügend erachten wird, um die Intentionen der hohen kontrahirenden Theile zu erfüllen, die in dem gegenwärtigen Vertrage ausgedrückt sind. Die dazu nöthigen Arbeiten werden unmittelbar nach dem Abzuge der Garnison beginnen. Sie sollen mit aller derjenigen Schonung bewerkstelligt werden, welche die Interessen der Stadtbewohner erfordern. Se. Majestät der König-Großherzog verspricht außerdem, daß die Befestigungen der Stadt Luxemburg künftighin nicht wiederhergestellt und daß kein anderes militärisches Etablissement daselbst aufrechterhalten noch gegründet werden soll.

„Art. 6. Die Mächte, welche den gegenwärtigen Vertrag unterzeichnet haben, konstatiren, daß, da die Auflösung des deutschen Bundes gleichmäßig die Auflösung der Bande herbeigeführt hat, welche das Großherzogthum Luxemburg an den genannten Bund geknüpft haben, so folgt daraus, daß die Beziehungen, deren Erwähnung geschieht in den Artikeln 3, 4 und 5 des Vertrages vom 19. April 1839, zwischen dem Großherzogthum und gewissen Territorien, die zu dem Herzogthum Limburg gehören, zu bestehen aufgehört haben, indem diese Territorien fortfahren, einen integrirenden Theil des Königreiches der Niederlande zu bilden."

Die kaiserliche Regierung in Frankreich ließ durch de Moustier darüber am 13. Mai dem gesetzgebenden Körper folgende Mittheilung machen: „Die Londoner Conferenz hat ihre Arbeiten beendigt und, am 7. Mai zusammengetreten, haben die Bevollmächtigten am 11. den Vertrag unterzeichnet, der in endgültiger Weise die internationale Stellung des Großherzogthums Luxemburg regelt. Die französische Regierung hatte sich schon lange mit dem ungewissen Zustand beschäftigt, in dem eine für die Sicherheit unserer Grenzen so wichtige Frage verblieb. Ob nun diese Sicherheit durch Vereinigung des Großherzogthums mit Frankreich oder durch irgend eine andere Combination verbürgt werde, die Hauptsache für uns war immer die, daß Preußen in der neuen Stellung, die ihm durch die jüngsten Veränderungen in Europa geschaffen worden war, jenseits seiner Grenzen und außerhalb des europäischen Rechtes keinen militärischen Platz behaupte, der uns gegenüber eine ungemein offensive Position darstellt. Wir waren zur Hoffnung berechtigt, daß unsere freundschaftlichen Beziehungen zu dem Berliner Kabinet eine günstige Lösung vorbereiten würden, denn stets war unsere Absicht die, die gerechte Empfindlichkeit Preußens zu schonen und in einer Frage, die in unseren Augen einen europäischen Charakter hatte, die loyale Prüfung der Verträge und des Interesses zuzulassen. Wir beeilten uns, dies zu erklären und durch diese Erklärung jede Ursache eines Conflictes zu beseitigen. Die Mächte haben unter einander vorbereitende Unterhandlungen eingeleitet, in die wir uns, im gerechten Gefühle der Zurückhaltung und der Mäßigung einzumischen vermieden. Auf alle an uns gerichteten Fragen antworteten wir, daß wir jede mit unserer Sicherheit und unserer Würde vereinbare Lösung annehmen würden, die uns die Kabinette als zur Befestigung des europäischen Friedens geeignet zur Annahme anempfehlen würden. Wir können es nicht laut genug bekunden, welch unparteiische Gesinnung die Mächte bei der von ihnen übernommenen Aufgabe und welchen aufrichtigen Wunsch sie an den Tag gelegt haben, um durch ein billiges und ehrenhaftes Abkommen an das Ziel ihrer Bemühungen zu gelangen. Nach Austausch der Ratifikationen wird die Regierung den Text des eben unterzeichneten Vertrages veröffentlichen, allein sie kann jetzt schon die Hauptbestimmungen desselben andeuten. Die Einleitung zu diesem diplomatischen Akt legt dar, daß der König der Niederlande, als Großherzog von Luxemburg, die in der Lage dieses Großherzogthums durch Auflösung der alten Bundesbande vorgegangene Veränderung in Betracht und in Erwägung ziehend, den Kaiser von Oesterreich, den König der Belgier, den Kaiser der Franzosen, die Königin von Großbritannien, den König von Preußen und den Kaiser von Rußland eingeladen hat, ihre Vertreter in einer Conferenz zu London zu vereinigen, um sich mit den Bevollmächtigten des König-Großherzogs über die im allgemeinen Interesse des Friedens zu treffenden neuen Maßregeln zu verständigen. Die Souveräne haben diese Einladung angenommen und in gemeinsamer Uebereinkunft beschlossen, dem Wunsche des Königs von Italien zu entsprechen, der dahin ging, an einer Versammlung, welche dem Fortbestand der allgemeinen Ruhe ein neues Pfand der Sicherheit darzubieten bestimmt sey, Theil zu nehmen. Der Großherzog erklärte, daß er die Bande, welche das Großherzogthum mit dem Hause Oranien-Nassau verbinden, aufrecht erhalte. Diese Erklärung wurde an- und zu Akt genommen. Das Großherzogthum wurde als neutraler Staat erklärt und seine Neutralität unter die Sanktion der Kollektivgarantie der unterzeichneten Mächte, mit Ausnahme Belgiens, das selber ein neutraler Staat ist, gestellt. Man kam außerdem überein, daß die Stadt Luxemburg aufhören solle, eine befestigte Stadt zu seyn, und daß der König-Großherzog sich vorbehält, daselbst die zur Aufrechterhaltung der guten Ordnung nothwendige Truppenzahl zu unterhalten. Der König von Preußen erklärt folglich, daß seine Truppen, die augenblicklich in der Festung Garnison halten, Befehl erhalten werden, die Räumung des Platzes vorzunehmen sofort nach Auswechselung der

Ratifikationen. Man wird gleichzeitig anfangen, die Artillerie und die Munitionen herauszuziehen; während dieser Operation, die in möglichst kurzer Frist vollendet werden soll, wird im Platz nur die Anzahl Truppen verbleiben, die unerläßlich sind zur Sicherheit und zur Fortschaffung des Kriegsmaterials. Der König-Großherzog hat sich seinerseits anheischig gemacht, die nöthigen Maßregeln zu ergreifen, um den Platz in eine offene Stadt zu verwandeln mittelst einer Schleifung, die er für genügend hält, um die Absichten der Mächte zu erfüllen. Die Arbeiten werden unmittelbar nach dem Rückzug der Garnison beginnen und werden mit aller Schonung vor sich gehen, welche die Interessen der Bewohner erfordern. Die Ratifikationen müssen in der Frist von höchstens 4 Wochen ausgewechselt seyn. Dieser Vertrag entspricht vollständig den Ansichten der französischen Regierung, er macht einer Lage ein Ende, die in bösen Tagen gegen uns geschaffen und während fünfzig Jahren aufrecht erhalten worden ist, er gibt unserer Nordgrenze die Garantie eines neuen neutralen Staates, er sichert dem König der Niederlande, Großherzog von Luxemburg, eine vollständige Unabhängigkeit. Nicht allein unterdrückt er die Ursache zu einem bevorstehenden Conflikt, sondern er gibt auch noch ein neues Unterpfand der Befestigung unserer guten Beziehungen mit unsern Nachbarn und für den Frieden Europas. Die Regierung des Kaisers meint, sie müsse sich Glück wünschen, das Ergebniß erzielt zu haben und gleichzeitig constatiren gekonnt zu haben, wie sehr die Gesinnungen der Mächte uns gegenüber sich billig und freundschaftlich gezeigt haben. Sie hält es endlich für nützlich, diese Thatsache hervorzuheben, daß, vielleicht zum ersten Male, einer Conferenz, anstatt einem Kriege zu folgen und sich darauf zu beschränken, seine Ergebnisse zu sanctioniren, dem Kriege vorzubeugen gelungen ist und Europa die Wohlthat des Friedens zu bewahren. Es liegt darin ein werthvolles Zeichen neuer Tendenzen, welche mehr und mehr in der Welt vorwalten, und über die alle Freunde des friedlichen Fortschrittes und der Civilisation sich freuen müssen."

Suchten die offiziellen Organe in Paris die Entscheidung der Conferenz in einem für Frankreich möglichst günstigen Licht zu zeigen, so fanden sie darin nur Unterstützung in den Organen der deutschen Demokratie und des Ultramontanismus. Die unabhängige Presse in Paris sah im Gegentheil jene Entscheidung als eine Niederlage der französischen Diplomatie an. Der Ankauf des Großherzogthums war annullirt, das Großherzogthum blieb im deutschen Zollverein. Die Norddeutsche Allg. Zeitung bemerkte mit Recht: beide Theile hätten einander Concessionen gemacht, Preußen das Besatzungsrecht der Festung, Frankreich den Ankauf des Landes aufgegeben.

Kein deutsches Dorf ist an Frankreich abgetreten worden. Wegen des ohnehin strittigen Besatzungsrechtes in Luxemburg durfte Preußen keinen Krieg anfangen, denn es kann Trier, es kann einen andern Punkt in der Nähe befestigen. Die Hauptsache bleibt immer, daß ein Krieg zwischen Frankreich und Preußen, zwischen der romanischen und germanischen Race, eben so unvernünftig seyn würde, als es der zwischen Oesterreich und Preußen (durch Oesterreichs Schuld) gewesen war. Denn beide Theile konnten ihren Interessen nachkommen durch gegenseitige Verständigung. Alle aber haben ein gemeinschaftliches Interesse zu wahren gegenüber dem großen Slavenreich im Osten.

Die Anregung der Luxemburger Frage hatte für Deutschland noch den Werth, die schlaftrunknen Augen der öffentlichen Meinung in Deutschland endlich einmal auf die niederländischen Grenzen hinzulenken. Gar viele Deutsche, selbst große liberale Wortführer, hatten bisher an die Schmach, welche der deutschen Sprache und Nationalität an jenen Grenzen widerfährt, niemals gedacht, in der größten Gleichgültigkeit gelebt. Jetzt entdeckte man erst wieder, daß es auch dort Deutsche gebe. Diese Deutschen an den Grenzen unseres Niederlandes haben freilich selber versäumt, durch Anschluß an das deutsche Literaturgebiet die Sympathien ihrer Brüder im Osten zu gewinnen. Warum nahmen sie nicht die allgemeine deutsche Schriftsprache an, wie die Schweizer, deren Mundart von der hochdeutschen nicht minder verschieden ist, als die vlämische? Indessen beginnen sie jetzt mehr und mehr einzusehen, was sie versäumt haben, und die Luxemburger Frage hat auch sie aufgeregt.

Wenn auch Löwe im Abgeordnetenhause zu Berlin Recht hatte, zu sagen: Die Einheit Deutschlands sey lange noch nicht fertig und die Haltung der süddeutschen Kabinette desfalls noch keineswegs gesichert, so war es doch nicht klug von Frankreich, den unter den Deutschen noch so tief schlummernden Nationalstolz durch den luxemburgischen Kaufhandel zu wecken. Sogar die Vlämingen regten sich. Die in Antwerpen bestehende Gesellschaft het neder-duitsche Bond verpflichtete sich, nur deutsch zu sprechen, ihre Kinder nur deutsch unterrichten zu lassen und sich im geschäftlichen und Amtsverkehr nur der deutschen Sprache zu bedienen.

Die Straßburger Studenten hatten den Berliner Studenten eine Adresse zugesandt, worin sie ihnen im Sinn der Pariser Studenten die Freundeshand darboten. Die Berliner antworteten eben so friedlich. Großes Aufsehen erregte eine angeblich von den Berliner Studenten ausgegangene Adresse, welche gefälscht war, aber anfangs für echt gehalten wurde, weil sie den Elsäßern grobe Wahrheiten sagte: ihr seyd gar keine Franzosen, ihr seyd Deutsche! wenn ihr ma patrie! kräht, werdet ihr lächerlich. Euer Vaterland ist Deutschland, eure Sprache die deutsche! — Bei der Ausstellung in Paris zeigten sich einige Hundert freiwillige Jäger aus den Vogesen, „echte deutsche Gestalten, aber fanatisirt für Frankreich und hier zur Schau gestellt, um den Deutschen zu zeigen, wie ergeben die Elsäßer Frankreich seyen.“ So steht also der Deutsche noch immer gegen Deutschland Schildwacht.

Wir können dieses Werk auf keine befriedigendere Weise schließen, als indem wir hier noch die Friedensrede hervorheben, mit welcher der Kaiser von Oesterreich den wiederhergestellten Reichstag für die Kronländer diesseits der Leitha am 22. Mai zu Wien eröffnete. Kurz vorher war, wie bereits erzählt ist, Ungarn pacificirt worden und blieb nur noch die Abgeneigtheit Kroatiens, sich mit Ungarn vereinigen zu lassen, eine bedenkliche Hemmung völliger Ausgleichung. Am 17. Mai hob der Kaiser das den Ungarn so anstößig gewesene Protestantenpatent wieder auf, um die Protestanten zu befriedigen. Der Kaiser selbst erklärte, sofern er allen constitutionellen Forderungen der Ungarn nachgegeben habe, folge daraus von selbst, daß er auch den übrigen Kronländern das gleiche Recht angedeihen lasse. „Der Reichsrath, dafür bürgt mir seine erprobte Einsicht, wird nicht verkennen, wie die neue Ordnung der Dinge, indem sie die verfassungsmäßigen Rechte und Freiheiten der ungarischen Kronländer mit neuen unumstößlichen Bürgschaften umgibt, eine gleiche Sicherheit für die übrigen Länder im nothwendigen Gefolge haben muß. Wie mir der Gedanke fremd geblieben, die einzelnen Königreiche und Länder in den ihnen zustehenden Rechten schmälern zu wollen, ist es auch meine Absicht, denselben im Wege der Vereinbarung mit dem Reichsrathe jede Erweiterung der Autonomie zu gewähren, die ihren Wünschen entspricht und welche ohne Gefährdung der Gesammtmonarchie zugestanden werden kann.“ Man kann nun allerdings sagen, diese Nachgiebigkeit der Regierung nach allen Seiten hin offenbare ihre Schwäche und es werde eine unendlich schwierige Aufgabe für sie seyn, die Ansprüche der Kronländer da zu befriedigen, wo sie collidiren, z. B. die einander widersprechenden Ansprüche der Ungarn und Kroaten in der Reichshälfte jenseits der Leitha, oder die der Czechen und Deutschen in Böhmen.

Schon ist des wilden Zornes gedacht worden, mit dem die Czechen die Entlassung des Ministeriums Belcredi und die neuen Maßregeln der Regierung aufgenommen haben. Sie wandten sogleich ihre Blicke nach Rußland und beschickten die Moskauer Ausstellung. Wiener Blätter meldeten aus Petersburg vom 22. Mai, Doctor Rieger, der seines deutschen Namens unwürdige Schwiegersohn Palacky's, der enragirteste Redner der Czechen, sey nach St. Petersburg gegangen und habe dort bei einem „den slavischen Gästen zu Ehren veranstalteten Bankette" eine fulminante Rede gehalten, worin er verkündet habe, „die Sonne des Panslavismus sey aufgegangen, denn alle Slaven hätten sich überzeugt, sie müßten sich gegenseitig unterstützen und zusammenhalten. Die bisher zerstreuten Glieder dieses großen Volkskörpers hätten bisher einzeln mit ihren geschworenen Feinden, den Deutschen, Magyaren, Italienern und Tartarn zu kämpfen gehabt. Von nun an würden sie vereinigt seyn, das größte der Völker, nicht nur an Zahl, sondern auch an Thaten!" Hinter diesen leeren Prahlereien verbarg sich immerhin etwas Reelles, die Czechen stellten sich nämlich dem russischen Kaiser zur Verfügung.

Das Sichaufdrängen der Czechen war zu plump, als daß die russische Regierung sie nicht hätte zurechtweisen müssen, Fürst Gortschakoff bemerkte daher der Slavendeputation, als sie ihm vorgestellt wurde: „Meine Nachfolger wahren die Interessen der Slaven eben so warm wie ich; der gastfreundliche Empfang des russischen Volks macht die Einmischung der Regierung überflüssig." Die Deputation bat ihn um eine Audienz beim Kaiser, was er ablehnte, indem er sie an den österreichischen Gesandten verwies, dem es allein zukomme, österreichische Unterthanen dem Kaiser vorzustellen. Bei dem großen Bankett aber gab der russische Unterrichtsminister Tolstoy den verdutzten Czechen wieder einen angenehmen Trost, indem er ihnen sagte: „Sie sind keine von Ihren Mitbürgern dem Herkommen gemäß gewählte Deputirte, Sie haben keine förmlichen Vollmachten. Auch wir sind hier keine offiziellen Personen, sondern Russen, nordische und östliche Slaven, die Sie, die westlichen und südlichen begrüßen. In unserer Versammlung, in den Ausdrücken unserer Sympathie, ist nichts combinirtes, sind keine politischen Berechnungen. Wird dadurch die Bedeutung unserer Sympathie verringert? Im Gegentheile, sie wird vergrößert! Sie ist nicht auf schwankende äußere Verhältnisse, sondern auf einen innern Bund zwischen uns gegründet, der in uns selbst, in unserer tausendjährigen Geschichte, in unserer Sprache, in der gemeinschaftlichen Idee der Slaven, in unserm Herzen, Blute, in unsern slavischen Adern lebt. Hört, wie ein Slavenherz schlägt; schlägt so ein fremdländisches? Welche Skeptik wird an der Dauerhaftigkeit dieses Bundes, an der großen Zukunft, welche die Vorsehung dem Stamme der Slaven zugedacht, zweifeln?"

Der russische Dichter Markovic ging noch weiter und sagte: „Das Amselfeld, (wo die slavischen Serben den Türken unterlagen) und der weiße Berg (bei Prag, wo Ziska seine Heldenthaten vollbrachte und später im dreißigjährigen Kriege die böhmische Partei von den Deutschen die größte Niederlage erlitt) sind noch nicht gesichert." (Das heißt, Böhmen ist für die slavische Weltmonarchie noch nicht gesichert, die Deutschen müssen erst herausgetrieben werden.)

Wenn man erwägt, wie lange schon diese Koketterie der Czechen mit Rußland im Gange war (man denke an die Methudfeier und an die russischen Ordensverleihungen), und wie auch unter den Ruthenen im österreichischen Galizien russische Agenten thätig waren (im Mai wurden mehrere solche verhaftet), so versteht es sich von selbst, daß solche Vorgänge der österreichischen Regierung nicht gleichgültig bleiben konnten.

Ohne Zweifel mußten dieselben zu der Einsicht führen, daß es für Oesterreich räthlich sey, den Groll gegen Preußen zu überwinden und sich mit dieser ersten deutschen Macht wieder in gutes Vernehmen zu setzen, wenn ihrem gemeinschaftlichen deutschen Interesse vom slavischen Osten her Gefahr drohen sollte. Der Kaiser erklärt in der Thronrede in Beziehung auf den letzten großen Krieg: „Werfen wir über die nahe Vergangenheit, die dem Reiche tiefe Wunden schlug, den Schleier der Vergessenheit; beherzigen wir die von ihr hinterlassenen Lehren, aber schöpfen wir aus ihnen die Kraft und den Willen, dem Reiche Ruhe und Wohlfahrt nach Innen, Ansehen und Macht nach Außen wiederzugeben. Nicht der geheime Gedanke an Wiedervergeltung sey es, der unsere Schritte leite; eine edlere Genugthuung sey uns beschieden. Wenn es uns immer mehr gelingt, durch das, was wir leisten, was wir schaffen, Ungunst und Feindschaft in Achtung und Zuneigung zu verwandeln, dann werden Oesterreichs Völker, welchem Stamm sie angehören und welche Sprache sie reden, sich um das kaiserliche Banner schaaren und dem Worte meines Ahnen vertrauen, daß Oesterreich unter dem Schutze des Allmächtigen dauern und blühen werde bis in die späteste Zeit." Der gefeierte Fürst Carlos Auersperg, „Whiglord und erster Cavalier des Reichs", wurde Präsident des Herrenhauses, der freimüthige Bürgermeister von Brünn, der nicht minder gefeierte Doctor Giskra, Präsident des Abgeordnetenhauses, beides deutsch gesinnte Männer.

Wir wagen, das vorliegende Werk mit der Hoffnung zu schließen, ein Zusammengehen Oesterreichs mit Preußen gehöre trotz des blutigen Krieges und seiner Nachwehen doch nicht zu den Unmöglichkeiten. Wir haben früher schon oft wiederholt, daß dies unser Programm immer vor dem Kriege war und noch nach dem Kriege geblieben ist, und in diesem wohlwollenden Sinne für Oesterreich möge man auch den Tadel verstehen, den wir ihm in diesem Werke nicht gespart haben.

Register.

A.

B.

E.

F.

G.

L.

M.

T.

U.

V.

Berichtigungen.

Zum ersten Bande.

Seite 54 Linie 7 von oben l. Schmerling für das Innere am 27. Juni 1865 das Portefeuille niederlegen und am 27. Juli trat Graf Belcredi an seine Stelle und wurde ꝛc.
„ 56 L. 14 von unten l. übernahm der Handelsminister, Herr von Wüllerstorf, die Sorge für Geldanschaffung und brachte ꝛc.
„ 59 L. 4 v. u. statt am folgenden Tage l. zwei Tage später.
„ 87 L. 12 v. o. st. 15. September l. 15. October.
„ 90 L. 15 v. o. l. 28. October.
„ 107 L. 7 v. o. st. aufgelöst l. geschlossen. L. 2 v. u. l. der preußische Landtag blieb im Winter vertagt, wurde aber zu Anfang des neuen Jahrs wieder einberufen.
„ 108 L. 8 v. u. st. Jahren l. Tagen.
„ 110 L. 15 v. u. l. 22. Mai.
„ 119 L. 15 v. u. st. 18. Februar l. 8. März.
„ 125 L. 12 v. o. st. geführt l. geschürt.
„ 136 L. 6 v. o. l. 12. Februar.
„ 137 L. 6 v. o. l. Oeversee.
„ 138 L. 11 v. u. l. 11. Februar.
„ 146 L. 7 v. o. l. 18. Juni.
„ 149 L. 13 v. o. l. 19. Juni.
„ 155 L. 15 v. o. l. ging von Bad Gastein nach Wien.
„ 158 L. 11 v. u. st. nach l. vor.
„ 171 L. 18 v. o. l. Bürgermeister des nahen Dorfes Lengerich das Fest. Als ꝛc.
„ 180 L. 2 v. u. l. 26. September.
„ 186 L. 7 v. o. l. 20. October.
„ 194 L. 4 v. o. l. 11. Januar und L. 13 v. o. st. einer l. seiner.
„ 210 L. 8 v. o. l. Oesterreich am 26. April auch die von Preußen ꝛc. L. 13 v. u. l. 5. Mai. L. 12 v. u. l. erklärte sich am 9. Mai mit ꝛc.
„ 240 L. 6 v. o. l. 3. Juni.
„ 243 L. 14 v. o. statt am 17. Juni l. sogleich.
„ 258 L. 4 v. o. l. 1859 und L. 5 v. o. st. Michael l. Milosch.
„ 260 L. 7 v. o. l. Doblado.
„ 263 L. 14 v. o. l. 10. Juni.
„ 276 L. 15 v. o. l. 15. Januar.

Zum zweiten Bande.

Seite 3 Linie 11 von oben l. Kassel am 19.
„ 4 L. 3 v. o. l. 17. Juni. L. 7 v. o. statt nach einem kurzen Gefecht l. ohne Gegenwehr.
„ 5 L. 11 v. u. l. 23.
„ 8 L. 9 v. o. st. bis zum l. am.
„ 10 L. 10 v. u. l. 28.
„ 14 L. 6 v. u. l. Dyhrrn.
„ 28 L. 7 v. o. del. an — mußte.
„ 29 L. 5 v. o. l. 4.
„ 33 L. 10 v. o. l. 20.
„ 46 L. 6 v. u. l. Darmstadt, am 15. der
„ 49 L. 2 v. o. l. 23.
„ 56 L. 1 v. o. l. 27.
„ 58 L. 14 v. o. l. 30.
„ 67 L. 5 v. u. l. 26.
„ 75 L. 11 v. o. l. Mitte März, L. 8 v. o. l. 18.
„ 76 L. 2 v. o. l. 18. L. 5 v. u. l. 3. L. 11 v. u. l. 1.
„ 81 L. 8 v. o. st. 22 l. 23. L. 17 v. o. l. 14. L. 11 v. u. l. 21.
„ 94 L. 7 v. u. l. 8. L. 2 v. u. l. 25 Juli.
„ 95 L. 6 v. o. l. 3.
„ 96 L. 2 v. o. st. Vater l. Pater.
„ 97 L. 6 v. o. l. General von Aleman im Beiseyn des franz. General Lebeouf der venet.
„ 109 L. 5 v. o. l. Das hieß von einer selbständigen italienischen.
„ 131 L. 6 v. u. st. 1 l. 2.
„ 146 L. 4 v. u. st. 28 l. 23. L. 10 v. u. st. 27 l. 26.
„ 161 L. 6 v. u. l. 17.
„ 179 L. 13 v. o. l. von den Wahlen und in.
„ 215 L. 7 v. u. st. machte l. machen sollte.
„ 224 L. 16 v. o. del. das Eingeklammerte.
„ 226 L. 6 v. u. l. 25.
„ 227 L. 13 v. o. l. 26.
„ 360 L. 6 v. o. l. 16 (4.)
„ 366 L. 5 v. o. l. 13.

Milton Keynes UK
Ingram Content Group UK Ltd.
UKHW010628091223
433988UK00003B/47

9 783752 541212